米岛

王十月　著

作家出版社

王十月　1972年生于湖北石首。著有长篇小说《烦躁不安》《31区》《活物》《无碑》，中短篇小说集《国家订单》《成长的仪式》《安魂曲》《大哥》《开冲床的人》，散文集《父与子的战争》，书画作品集《王十月画集》。获第五届鲁迅文学奖·中篇小说奖，《人民文学》奖，《中国作家》鄂尔多斯文学奖，老舍散文奖，冰心散文奖，在场主义散文奖，第八届、第九届广东省鲁迅文艺奖，首届南粤出版奖，广东省德艺双馨中青年作家称号，入选娇子·未来大家TOP20等。作品百余次入选各种选刊、选本，长篇小说《无碑》被《中国日报》评为2009年度10大好书，入选"新世纪十年15部中国文学佳作"。多部作品改编成影视作品，译成俄、西班牙等国语言出版。现为中国作家协会全委，广东省政协委员。职业编辑，业余作家。居广州。

天空虽然高不可攀，但我总想追

人生到底如何似，应是飞鸿踏雪

泥，泥上偶然留指爪，鸿飞那复计

东西。有位伟大导师说对人生的看法

但我总想似。飞鸟去辞岛，行了辞岛的人

隐长的一生。他们飞过这个世界，没

有留下痕迹，至我所做的，不过是西

他们留下了雪泥上偶尔的指爪，立指

他们当下云雪店，我不知证据

今，能为他们的此生存偬证吗？

二〇〇三年五月四日于广州的住斋

巴金堂。

作者手迹

为什么我的眼里常含泪水？因为我对这土地爱得深沉！

——艾青

此有故彼有，此生故彼生；此无故彼无，此灭故彼灭。

——《杂阿含经》

一

孩子，听我给你讲这米岛的故事。

你尚在蒙昧之中，还不能听懂我在说些什么，但我不能再等。我即将死去，在这米岛，除了脚下的大地，再没有比我更老的东西。千年时光于人生而言，自是不可及的漫长，于我而言亦不算短。但是孩子，这并没有什么可值得骄傲的，我知道，那些曾经生机勃发的力，正从我的身体里丝丝拉拉往外冒，像一个硕大的气球，被顽童拿针扎了小孔。我将枯萎，腐朽，倒下，化为泥土，融入我脚下的这片大地，成为这米岛不可分割的一部分。

千年前，一只七彩山鸡将我从遥远的河对岸衔来。我的身体从山鸡嘴里跌落，彼时大地蓬松，铺满厚厚的针叶与阔叶，舒适而温暖。彼时的我，与你现在一样半睡半醒，感觉天地间皆是混沌，而我，处于蒙昧之中，未曾见证过痛苦悲欢，亦未曾见证过酷暑严寒。对于那一段蒙昧的时光，大约如春夜里的一个梦，或是夏夜里的一阵风，我已记不真切，只隐约记得我来这里后的第一个冬天，雪落无声，有一种萌动的力在我的躯体里蕴藏。时光无所谓漫长和短暂，那时的我尚没有时间概念。也许就是打了一个盹，我感觉到身上的雪开始慢慢融化，我的身体随着雪水下沉，沉入那针叶和阔叶散发出的芬芳。身体里的力越来越不安，左冲右突，意识也渐渐清晰，我听见一个声音说，"要有光"。于是，我看见了光，那个声音又说，"告别蒙昧吧，给你智慧"。于是，我有了意识，有了想法。那些萌动的力开始往外扩张，终于挣破束缚，将我变成了另外的模样。

我是一棵树。有人叫我菩提树，而米岛人叫我觉悟树。许多年之后，我才觉出，作为一棵树，我在人类的眼中，是如此与众不同，我被赋予了神的灵性，被人膜拜，而至今，我依然未觉出我的与众不同。我不过是一株平凡的树。当年的我是那样娇嫩，像一滴松针上的露珠。我萌芽的那个春天，这片森林里同时萌芽了许多树。那是我记忆中遥远的童年，在我的头顶是一些小的荆棘，荆棘的上空，是高大的针叶松，阔叶的枫树。我感受着森林在一天天茂盛，感受着雨水一日日丰满，阳光从松针间洒落，干净透亮，一切都是那样生机勃发。夜幕降临，天上月亮清亮，银河清浅，满天星斗里，我看到了另外一个世界，在银河里沉浮，许多年以后，我明白了，那是我心灵的镜像。我汲取着天地日月朝露雨雪的精华，身体里，那无穷的力不停往上蹿，再往上蹿，我和我的同类一样，努力往上生长，上面有充足的阳光，有清新的空气。我不知道我为什么会这样，只有一个念头，那就是生长，生长，不知疲倦地生长，简单透明，充满乐趣。后来我才明白，那是一种本能，那些如我一样，努力往上生长的小树们，在一场持久的干旱，或是一场连绵的秋雨过后，渐渐停止了生长，最后被森林无情淘汰。在我的童年，我就开始不断见证死亡和新生。那时的我以为死可以避免，我不知道，世间万物，逃不过的终是一个"死"字。生来是为了去死，死却又滋润着生，生生死死，死死生生。我明白这死生轮回的道理，已是五百岁的时候。我见证过最持久的干旱，我的根拼命往下扎，我知道那土地的深处有水，我感受到了大地深处水的气息，听见了地下河涌动的声音。我知道，水是我的生命之源。我是幸运的，在那场持久的干旱来临之前，我已经把根扎进了大地深处。那一年的干旱从春天持续到秋天，许多的树木，那些曾在风中和我枝叶相亲的兄弟姐妹，最后离开了我，它们没能汲取到大地深处的水，生命从它们的躯体里抽离，它们的灵魂最终飘散在风中。冬天，持续的大雪，又让那些身体孱弱的树们失去了生命，它们曾经高大的身躯，在风雪的摧残与时光的消磨中，慢慢变矮，最终从这森林里消逝，而新的生命，又开始在这肥沃的土地上生长。我以一个长辈的经验告诉它们，春天的时候，你们要贪婪地汲取大地的养分；夏天的时候，要尽可能多地从太阳中汲取能量，将自己变得坚强而结实；秋天要学会把自身的能量储存起来，到了冬天，你才有足够的能力抵挡风雪与严寒。但现实是残酷的，土地里的养分有限，透进阳光的空间有限，不足以让所有的树苗都成长，一棵树苗的成功，背后是它众多兄弟姐妹的死亡。见多了这样的生生死死，我明白了这世界的残酷，当我活到三百岁的时候，我的前辈们在这片森林里几乎绝迹，和我同龄的树还有那么零星几株。我和其它的树木不一样，我的叶子和它们不一样，我的生命力也和它们不一样。我感恩这不一样，让我得以长时间幸存，我是这森林里的强者。我知道，我长时间的存活，同时也剥夺了其他树木生存的机会。当我活到五百岁时，我差不多成为了一棵孤独的老树，我的身体下面，除了年年岁岁堆积起来的落叶，再也未曾长出一株小树。我独霸了这一片天空的阳光雨露，成为了一个强悍无礼的家伙。当我六百岁的时候，我有了足够的高度，我看得更远，甚至看到了森林的边缘，还有森林外面那不一样的世界：一条河流从森林的北面流过，时而没在森林里，时而又闪出森林外。河流的对面，是一望无际的平原，那里生长着许多低矮的植物。当我活到七百岁，那无边的森林，渐渐变得小了起来。我成了这片森林里唯一的一株大树，那时的我，以为我也将和那些曾经高大的树木一样，有一天轰然倒下，在风中，在雨中，化为腐朽，融入大地，从而滋养新的生命，没有激情，平淡无奇。然而，一切却在突然之间改变。我得以见证了千年未有之大事件，目睹了生命在大自然面前的脆弱不堪，更见证了人这一物种内心的伟大与卑微、残酷与善良。

事情的发生，本是有一些征兆的，只是，在我七百年的生命里，未曾经历过这样的大事，因此未能读懂上天的警示。现在回想起来，这征兆，从上一年秋天就已经开始。上一年，下过夏天的最后一场雨，就开始了漫长的干旱，整个秋天，空气是静止的，天上没有一丝云，森林北面那条日夜奔腾不息的河，却一日日瘦了，瘦成一条线，裸露着的河床，龟裂成一望无际的花纹。树们提前脱光了叶子，连经冬常绿树的树叶都变成了赭黄色。空气里，看不见的火在游走，感觉只要有一点火星，就能在一瞬间，将整片森林，甚至整个天地化成一片火海。我一直提心吊胆，但火终于没来。进入冬天，开始有了风，风从西北来，没完没了地刮，白天黑夜，拉扯着我的枝柯，在风中，发出尖厉的啸叫。长时间缺少水分，许多的树在风中折断了腰。若不是有着足够深的根系，我怕是也难逃一劫。整个冬季是漫长的，却没有下过一场雪。风吹干了天地间最后的一丝水分，我的根拼命往下扎，却追赶不上水线下沉的速度。我以为，这次，我真的要回归大地了，我做了最坏的打算。整个春天，依然是干旱，北方的那条河瘦得不成了形，到处是坑坑洼洼。久旱必久雨，我知道这一规律。但雨却一直未来，我渴望一场雨，只有雨水，才能让萧瑟天地间的万物复苏。雨没有下，却有了一些异样的征兆，先是生活在森林里的蛇、鼠，不顾了曾经的天敌关系，纷纷倾巢而出，蛇不攻击鼠，鼠也不害怕蛇，它们从洞里爬出，首尾相顾，爬过我硕大的躯干，盘在我如云的冠盖之上。各种各样的小虫子，排成了无休无止的长队，向我的躯干进发。我的每一处枝干上都栖满了生命。我从它们惊慌的神态中，看出了巨变的前兆，却并不知道这将预示着什么。那群总在我的根部拱来拱去，把我脚下拱成烂泥坑的野猪，也变得烦躁不安起来，它们自然没有能力跑到树上来，却在森林里横冲直撞，发出嗷嗷的惊叫。这样的混乱持续了两天，天空中堆满了云层，云越压越低，我的树冠没在云层中，我什么也看不清，四周白茫茫一片，我终于感受到了湿润，感受到那些蛇、鼠、虫子在我的身上瑟瑟发抖。突然间，白雾中闪过一团球形闪电，接着就是天崩地裂一声巨响，大地开始剧烈地摇晃。大地摇晃持续的时间并不长，摇晃过去，暴雨接踵而至。雨下起来没完没了，我依然是什么也看不清，我被厚厚的积雨云笼罩着。依我的经验，太阳东升西落应该经历了三十个轮回。大地不再摇晃，积压在我头顶的积雨云散开了。我看到的是一片泽国。北方的那条河已胖得不成了形，这是我数百年来第一次这么近距离看见这条河。雨还在下，天开了窗，雨将天地连在一起，白茫茫一片，河的那边还是河。到处都是水，水顺着土壤往下渗，我的根泡在水中，吃水太饱，我再也吸不下一滴水，我感到根部肿胀难受。水从高处往低洼处跑，带走了因干涸太久寸草不生而干裂的土壤，有些扎根不稳的树，因脚下被掏空，倒在泥泞里，被污浊的洪水折断，撕碎，卷走。森林里多了许多条河，所有的河，都裹挟着泥土往外奔，奔出不远又遇到了别处来的水，水无处可逃，在原地回旋、上升，水越涨越高，我的身躯差不多有一半没在了水中。终于，太阳露了一下脸，眼前的视线清晰了许多，我所看到的，除了水，还是水，水面上漂浮着树木、杂草、死去的动物尸体。水在河道里奔走，河道已无所谓河道，只是黄汤汤一片，水打着漩，四面八方乱撞。太阳很快又躲了起来，天地间阴沉沉一片。另一场更加狂暴的雨，和着闪电与天崩地裂般的雷声，天地间成了一个恐怖的战场，到处都是力在乱窜，却无从突围，无处发泄。我感到疲乏至极，无边无际的雨水让我窒息，我身上蜷伏的那些动物们，终因体力不支，纷纷掉落水中，在水上打着转，慢慢不知所终。最后，只余下了七条公蛇、七条母蛇、七只公鼠、七只母鼠，那些虫子们，却是一只也没能活下来。我感觉到，我脚下的泥土开始松动，我知道，雨再这样下，我也难逃一死。突然间，一声巨响，我看见所有的水都朝着那巨响发出的方向狂奔而去，形成了无坚不摧的利器，在浑厚的大地上生生开辟出一条新的河流，许多的力，突然间有了突破口。这让我在后来，见经那些人类的风雨时，坚信了一个道理，当那些积聚的力量找不到突破口时，会越积越大，终将形成无坚不摧的利器，从而改变世界。水迅速从我的身边涌过，打着漩，发出吱吱的叫声，奔向那新辟的河流。天地间激起百尺高的浊浪，雨渐渐失去了威风，最终是停了，洪水积了一百五十天才退却，森林里一片狼藉，许多的树木不知所终，许多的动物们不知所终，林子里多了几条向南的沟壑。沟壑里是涓涓细流，汇聚向大洪水新创的河道，一路浩浩荡荡向东而去。而北面的那条大河故道却安静了下来，变得日益清澈。两条河流，在森林的西边分开，各自向东，流经十里，又在森林的东边汇合在一起。这两条河中间，形成了一块梭子形的肥美的岛。

许多年以后，这岛有了自己的名字：米岛。

二

　　米岛形成后没多久，迎来了第一户居民，那是米岛的开荒元老米南村一家。多年之后，米南村横死米岛，死后阴魂不散。随着米岛人口越来越多，横死之人也越来越多，那些心有不甘的阴魂，在米南村的教唆下，不肯入天堂，亦不肯下地狱，他们盘踞在我的枝柯上，以我那高大的冠盖为家，成为生活在阴阳之间的鬼魂，并在那不用吃喝的世界里，没完没了地继续着他们的争吵。每当他们争吵不休并大打出手时，总会请我来主持公道，因我是这世界的见证者，当我主持调解时，总是要从遥远的从前说起，把他们之间恩仇的根由指出。因此孩子，我将要讲述的米岛的故事，是米岛两个世界的故事，一个是人的世界，一个是鬼魂的世界。在人的世界里，人类以一种生存的本能，最大限度地扩张自己的利益，对于鬼魂们的世界，人类半信半疑，他们中间只有极少数的异类能见到鬼魂，并和鬼魂进行交流，而鬼魂们可以目睹人的生活，却对人类那些愚蠢的行动爱莫能助。米岛形成三百余年后，这岛上已然没有了森林、原始森林，我的那些同类们，早已在人类的扩张中被砍伐得所剩无几，幸存的一些，也在那次全民大炼钢铁的运动中丧失殆尽，只余下我这棵老树，孤独地立在这岛上。我之所以能够幸免，这得益于我是一株觉悟树，米岛人相信，觉悟树是菩萨的化身，他们从祖辈开始，就在我的树下烧香祈祷，他们认为伤害了我，会受到菩萨的惩罚。但是到了那特殊的年代，人类的胆子越来越大，不信鬼神之说的人也越来越多，当岛上的树木被砍伐光之后，他们的目光自然落到了我这棵老树身上。他们想砍倒我，确是一件艰难的事情，他们出动了十几个男子，用锯子锯，用斧子砍，崩坏了四条锯带，砍卷了三把斧子，还有一人，斧子砍出去又反弹回来，斧背打在额头上，顿时血流如注。第一天，他们没有成功，临走时撂下狠话，明天要弄一把电锯，一定要把我放倒。是日太阳刚落土，米南村的鬼魂发出了凄厉的尖叫，将那些盘踞在我枝柯上的鬼魂们，他的后人，他的仇家，他的朋友，大大小小二十余条全都聚集在了一起，米南村先是号啕大哭，继而就开始讲述当初他如何在我这棵大树的指引下来到米岛开荒，才有了这米岛今天的生息。他又对这一众鬼魂讲起我这棵大树的意义，从风水学讲到他们这些鬼魂往何处去的问题，他说，"这棵树是我们这些鬼魂的家，有了他，我们才能聚在一起，每天虽然争争吵吵，但总算是个家，现在，我们这些不孝的儿孙们，要将这觉悟树砍倒，你说，我们怎么办？"在米南村的动员下，这些鬼魂们最后达成了共识，他们在当天晚上，各自进入到后人的梦中，托梦给他们，告诉他们这觉悟树是神树，如果砍倒神树，米岛上所有的人家都将遭受灭顶之灾。当天晚上，鬼魂们潜入到后人的梦中，把这些话反复对自己的后人讲。次日，再没有人来砍伐我。他们都对所梦之事守口如瓶。这秘密，是一个小孩透露出来的，当一个小孩对另一个小孩说起他的梦时，另一个小孩表示他也做了相同的梦，于是，表示做过相同之梦的人越来越多，最后，这岛上的人才发现，在同一天晚上，他们居然都做了同一个梦。从那时起，我的地位与日俱增。白天尚好，到了晚上，总会有人偷偷摸摸来到我的面前，给我磕头，然后口中念念有词，向我祷告，说出他们的愿望。人类的愿望真是千奇百怪，孩子，当有一天你也如我一样，听到人类许下的愿望时，千万不要吃惊。有求子的，有求亲人病快点好的，还有请求早结良缘的，也有人，是来诅咒自己的敌人或仇家的。他们每个人都怀着沉重的心事，但他们的心事，又从来不对别人讲，却在夜深人静时，偷偷跑来对我说。就这样，我知道了他们的许多秘密。而一旦这些祷告的人走开，我枝柯上的那些鬼魂们，又开始相互攻击、谩骂与嘲笑。当然，还有那些来自遥远城市的男女青年，趁了夜色，躲在我的冠盖下，相互搂抱在一起，做出时下人们眼中伤风败俗的事情。

　　我就说一件这样的事情吧。

　　这一年的深秋，有风，无月，鸡不叫，狗不咬。这一夜，出奇安静，出奇的黑，一对青年男女来到了我的树冠下。夜晚的空气中，弥漫着冲动的气息，还有这对青年男女压抑的喘息。男青年把女青年压在身下，一下一下地撞击。这是人类在制造他们的下一代。我这颗老迈的心，也升起了一股怀春的念想。我活了近一千年，居然没有见到传说中的那棵母觉悟树，我自然也没有后代。当然，我并不觉得有后代是什么值得开心的事情，米南村——这个第一个来到米岛的农民，他眼见了自己一代又一代的后人在这片土地上折腾，那是何等痛苦惨烈。青年男女的苟且，自然引起了那些鬼魂的围观。可是，当米南村的第八代灰孙，那个在十年前因抵抗不住饥饿吃了太多观音土而死去的米家生跳下我的树枝，仔细辨认过那女青年之后，突然放声大哭，并大叫家门不幸，出了辱没先人的丑事。原来，那被人压在身下的女人，竟然是他还未出嫁的闺女米爱红，而那男人，却是来自遥远城市的知识青年吴青山。然而阴阳两隔，米家生的号啕大哭，并没有阻碍他的女儿和那城里青年的交欢。此刻他们正到高潮处，米家生的女儿米爱红流着泪，手指深深掐进了吴青山的肌肉中。米南村冷冷地对他的灰孙说，"哭有什么用？有什么好哭的？"余下的鬼魂，此时倒少了幸灾乐祸，都默不作声。倒是白振甫，这位在二十年前被枪决的大地主，走过去安慰米家生说，"每个人都有自己的命，这也许是你家孩子的福气呢，毕竟，和她好上的，是从城里来的，有文化，你们米家从此会改换门庭，再不会这样穷下去了。"米家生回头望着当年被他亲手五花大绑送到刑场的大地主白振甫，一时无语。一干鬼魂都陷入沉默之中。他们为儿孙担忧，却又无能为力。人的世界，于他们而言，是一种不可逆转的过往，他们能做的，至多是以梦的形式对他们进行警告与规劝，但这种形式，往往并不太能引起人类的关注。这米岛，此时正陷入一种疯狂与混乱之中。人们不再信仰各自曾经信仰的神，而全民信仰的，是一轮老迈的红太阳。红太阳的大手一挥，于是乎，四海翻腾云水怒，五洲震荡风雷激。一万年太久，只争朝夕。

米家生的女儿米爱红和知识青年吴青山在我的树冠下交欢之后，很长的一段时间，他们在米岛一切能避过人耳目的地方疯狂挥洒着他们的激情。但这样的激情并未持续多久，吴青山就离开了米岛。春去冬来转眼过，次年夏天，米岛发生了一件奇事。是年六月十六日，辰时，米岛降生了三男两女五个孩子。许多年以后，这五个孩子将改变米岛的命运，他们将成为这米岛的荣光与伤口，将给这养育了他们的米岛带来福音与灾难。但是在当时，谁也无法预料到后来将要发生的一切。谁也无法预知，人的命运，将会走向怎样的未知。最先降生的孩子姓白，是个男孩，他是大地主白振甫之孙，地主崽子白奇谋之子。当时的社会上流行阶级论、出身论，人因阶级与出身不同，被分成不同的等级，龙生龙，凤生凤，老鼠生儿会打洞。"地富反右坏"，被称为"黑五类"。二十多年前，大地主白振甫被枪毙，身为地主唯一的直系后人，地主崽子白奇谋受尽了屈辱，从过去养尊处优的地位，一下子沦为了米岛人的笑柄。白奇谋读过十六年书，那时，白家办有米岛最大的私塾，在白家私塾里读书的，多是白门子弟，旁支他姓想借读，只要交足先生的束脩，亦未尝不可。白奇谋长到五岁，其父亲白振甫就将他送进私塾，送去时，给先生留下一句话，"白家有良田百亩，家财万贯，我白振甫老来得子，只此一根独苗，原不指望他将来读书出仕光宗耀祖，来此读书，只为躲风避雨打发光阴，多几个玩伴，先生就请收起您的戒尺，不要罚他的站打他的手板了。"东家发了话，就馆的西席先生，本是一个老童生，读了一辈子"子曰诗云"，做了几十年八股文章，金榜题名骑马游街的大梦到两鬓斑白也未曾实现，刚考取秀才，却遇上革命，过去那八股文章再不管用，再后来，到处开始时兴洋学堂，他就活得越发恓惶。好在时代之风也未一下子吹遍神州大地，许多的富贵人家，依然是请了先生到家就馆，老秀才因此才在白家谋得一碗饭吃。心底也最是憎恶那"子曰诗云"的，现在东家这样说，他自然乐得不管，每天只是拿了书本，用那沙哑的唱腔，将"三百千"，《大学》《中庸》，教那小小蒙童望天背来。白奇谋就这样在私塾里混了十六年，读完了"三百千"，《孟子》《中庸》与《大学》，能张口背诵整本《大学》，大字却不识一个，连自己的名字白奇谋三字都不会写。本来以为天生富贵，衣来伸手饭来张口，用不着他懂得耕作，也不需识得五谷，谁承想一辈子的荣华富贵转眼成空。土地革命一开始，大地主白振甫被打倒，曾经靠给白家种地为生的长工短工们，愤怒拥进白家，将白家洗劫一空。白振甫被五花大绑，头戴纸糊的高帽，上书"地主恶霸"四个歪歪扭扭的大字，先是被押到米岛白氏宗祠门前的旧戏台上，众人历数了他的罪恶，然后在岛上示众游街，接受那些在灾荒之年曾受过他的接济、喝过白家舍粥的穷棒子们扔过来的土块与吐过来的口水，然后拉到八十场，被人在后腿弯里一脚踹跪下，白振甫还想挣扎着站起来，一粒子弹从他的后脑勺进去，白振甫就扑倒在地上。他听见众人的叫好声，看见那些往日里对他恭恭敬敬的长工短工左邻右舍们兴奋而扭曲的脸，他慢慢悠悠地站了起来，却感觉到脚下空空如也，就这样凌空飘浮着。他看见了自己的肉身倒在地上，这才意识到自己已死。他感到莫大的悲凉，阴魂在村子里日夜游荡，看到祖辈苦心积累起来的财富被瓜分，而他却只能眼睁睁看着，愤怒的他，在夜晚的米岛四处游走，发出尖厉的哀叫。而白天，强烈的阳光，几乎把他分解成碎片，他知道了，作为鬼魂的他，从此只能生活在阴暗的黑夜。白天，他只能躲进泥土里，发出沉闷的哭泣。

　　白振甫的鬼魂后来遇到了米南村的鬼魂，那时他正呆呆地站在米家生的门外。屋里的米家生，这个穷棒子，这个往日里对他唯唯诺诺的家伙，此时正搂着他的二姨太白花花的身体，不知疲倦地撞击。穷棒子米家生做梦也没有想到，风水轮流转，他这样一个长工，居然也有一天可以成为主人，瓜分了东家的财产，还可以得到东家那让他从来不敢正视只能在梦中意淫的二姨太。米家生几乎是用一种充满了仇恨的力量在摧枯拉朽，在疯狂撞击着前东家的二姨太，前东家的二姨太在他的冲撞之下，先是屈辱地哭泣，到后来，终于发出了压抑不住的快活呻吟。米家生边撞击边问，"怎么样，我和白振甫那个大地主谁厉害？"前东家的二姨太不说话。米家生就更加用力地撞击。直到二姨太说出"你比白振甫厉害多了"这句话，他才罢休。整个夜晚，米家生反复不知疲倦地爬到前东家的二姨太身上。而站在门外的白振甫却对此无能为力，就在他快要疯狂的时候，听见一个声音说："是不是觉得你的冤屈比米河的水还深？"

　　白振甫回头一看，一个精瘦的老头站在身后。白振甫警惕地说，

"你是何人？"

米南村呵呵一笑，说，"妙极妙极，祖上欠下的债，落到你头上来还了。"

白振甫不解，问米南村这话什么意思。

米南村说，"你不认得我，我却是认得你的，你的先人白泰公，曾是闯王的将军，闯王被灭后，你的先人逃到米岛，后来，生下了两个儿子，又数代，繁衍成这米岛一大姓。到你祖父这一支，生下你的父亲白华公与你的叔父白铭公，你父亲白华公在世时，扩大了白家的基业，成为米岛首屈一指的大地主，却只有你一根独苗，你娶了两房太太，大太太生下了独子白奇谋，读了十六年书，却大字不识一个，二太太嫁给你没几年，未生育，现在被你家的长工米家生霸占了去；你的叔父那一支却人丁兴旺，你叔父白铭公少年留学海外，后来，受父母之命，在二十岁时，娶了米岛花家的女子为妻，育二子，老大名白振中，老二名白振国，白振中后来生了四个儿子两个女儿。白铭公在成婚后不久就抛弃了原配，离开了米岛，去到日本国，娶了一位日本老婆，生了四个子女。抗战爆发后，你叔父白铭公归国，成为国民政府的官员，娶了一位大户人家的女儿，又生了三个儿女。四年前，白铭公带了他的第三任妻子生下的三个儿女，和二儿子白振国一家逃到了台湾。白振国娶的老婆，也是门当户对的大户人家，为他生了两个儿子，但他却又诱奸了家里的使唤丫头米如月。米如月怀上了白振国的孩子，白振国不敢得罪妻子的娘家人，就将米如月嫁给了他家的雇农花敬钟，后来生了一个儿子，取名花子范。你说是也不是？"老鬼魂米南村一口气说出了白振甫数代的传承。

白振甫很是吃惊，说，"你怎么对我家的事如此清楚？我知道的你知道，我不知道的你也知道？"

米南村说，"我来到米岛时，你的祖父还跟着闯王在混呢。吃他娘，喝他娘，打开城门迎闯王，闯王来了不纳粮。狗屁，血雨腥风，无数人头落地，旋风般杀进紫禁城，转眼就忘了自己的根本，被人打得屁滚尿流，无奈只好逃出北京城。"

白振甫说，"这怎么可能？我听说，白家是最先来到米岛的。"

米南村说，"看见那棵觉悟树了吗？他在这里活了一千年，他是这米岛所有恩怨的见证。让他来对你讲吧。"

于是米南村带着白振甫，来到了我的面前。我身上的那些鬼魂们，见到跟在米南村后面的白振甫，发出咯咯的怪笑。米南村威严地说，"你们这些死鬼，小兔崽子，都给老子消停点，听听老觉悟树来给咱们讲讲米家白家的世代恩怨。"米南村的话，有不容反驳的威严，那蠢蠢欲动的鬼魂们就老老实实栖在我的身上不再言语，而新来的鬼魂白振甫，则静静地立在我高大的树冠下。我以一棵千年古树的资历，以见证过佛得道的觉悟树家族的荣耀，开始对心怀愤怒的白振甫讲起了白米花三家先祖的恩仇。我喜欢这样的讲述，只有我，是事件的见证者，也只有我，能保证叙事的公正与客观。

我对白振甫说，米南村来到米岛时，米岛刚刚从去岁大洪水的创伤中恢复过来，洪水带来肥沃的泥沙和腐物，冲积成一条条沟壑与水塘，把这片荒芜的土地打造得完美无缺。世代耕种的米南村，以一个资深农民的眼光与智慧，一眼就看中了这片风水宝地。洪水初过，大地尚未迎来新的主人，其时天下大乱，大明王朝风雨飘摇自身难保，自无力救济灾民，千里饿殍，十室九空，良田荒芜，官员只知搜刮民膏，于这无人荒岛尚无力顾及。米南村因打鱼偶尔上得岛来，此时岛上荒草萋萋，荆棘蓬勃。米南村来到岛上，先是拔了一丛肥嫩的蒿草，将那蒿草底下黑乎乎的泥土举到鼻前，深深吸了一口气，那张布满沟壑的脸上堆满了笑。米南村又走到另一处水边，掬起一捧水，先是放在鼻子底下嗅一嗅，然后尝了一口，继而捧起水来洗了一把脸。这个资深农民满足地直起了腰，转向森林。我相信，他这时首先看到的，一定是我那高大伟岸的身躯。他的脸上现出了惊奇的神色。他朝我走来，不，是扑来。路途并不遥远，但没有路，到处是荒草与荆棘，他的身影没在荆棘丛中，当他气喘吁吁，一身植物绿汁地奔向我时，我正在望着远处的河水发呆。

这并不是我第一次见到人类，在我那漫长的过往生命中，我也曾有过多次与人类接触，但之前的人类让我感到恐惧，他们在森林里挖陷阱，布机关，消灭那些世代代与我朝夕相处的野猪、狐狸、獐子。中了他们机关埋伏的动物，发出凄厉的哀嚎，直到他们下次来到，将其打死，背在背上远去。这有限的记忆，让我对人类殊无好感。不过，米南村给我的感觉却不一样，他来到我的面前，空着两手。他笑眯眯的脸上，没有一丝的杀机。他不像那种要给这片土地带来杀戮与灾难的人，他的眼里闪着光，仰头望着我，又扑过来抱着我，用胳膊量着我躯干的宽度，他量了一圈，嘴里兴奋地数着他量过的次数，最后，他朝我的身上吐了一口口水，自言自语道："日他娘，十个人才围得过来。"他后来又说了一句："日他娘的，好大的觉悟树。"许久以后，我才明白，在人类的知识里，他们将我称为觉悟树，我还有一个学名，叫菩提树，我还知道了，我是一棵公树，所以一千年来，我不开花，不结果。而我本来应该和人类一样，有自己的爱人，有一棵母树相伴，而那母树会开花，会结满树的觉悟子，那些种子，有的将有幸如当年的我一样，去到陌生的地方，感受雨雪的滋润，最后长成一棵生机勃勃的觉悟树。知道这些之后，我就开始了眺望，我希望有风能将我的信息带给远方的母树，我希望将我的生命以接力的形式传下去，而不是孤独地存活千年。然而，在我目力能及的范围，再没有看到一棵如我一样的大树。后来，我也曾听人说起，在遥远的岛外，有一个村庄叫菩提村，也有一株和我一样高大的觉悟树，那是一株母树。于是，我开始了对那株母觉悟树的相思。许多年以后，在和人类的相处中，我渐渐明白了人类的思维，看透了人性中的那些悲怜与贪欲。我知道了太多人类的秘密，见惯了无数的腥风血雨，终于成为了一株通灵神树，我洞察人世间的一切，深晓内幕。我深入人类的灵魂与意识，目睹他们不为人知的私密，品察他们的幸福与悲伤，我也因此而变得痛苦。当然，这一切，都是人类入侵以后的事情。在当时，资深农民米南村，在骂了第二句粗口之后，突然解开了系在腰间的裤带，冲着我的树根撒了一泡尿，空气中顿时弥漫着一股怪异的味道。农民米南村在撒完尿后，可能觉得不过瘾，又脱下裤子，撅起黑瘦的屁股拉了一泡屎，这才心满意足地离开。

孩子，当我说到这儿时，树上的鬼魂们又开始骚动不安，并且发出窃笑。他们没有想到，眼前这个霸道而干瘦的老头，这个俨然以鬼魂老大自居的骄傲家伙，原来曾经是这样一副德行。米南村显然没有想到我还记得这些细节，他冲一干鬼魂们不耐烦地挥了挥手，说，"有什么好吵的，你们还听不听故事了？"众鬼魂们的骚动并没有因为米南村发怒而平息下来，他们为听到米南村这样不光彩的往事而得意。我待他们笑得差不多了，接着说，诸位，当时我对这个古怪人类的古怪举动百思不得其解。太阳东起西落十次之后，一天清晨，我看到从北面的米河故道摇来一条船，船靠岸，我看到这古怪的人类跳下了船，他的身后，跟着两个小人儿，那是他的第三个儿子和第四个儿子，第三个儿子那年已经五岁，第四个儿子那年三岁。他的长子和次子，在战乱中不知所终，他的女人也死于疾病。米南村从船上搬下了一些简单的生活用具，在这远离战乱的荒岛上开始了自耕自足的生活，他在一处坡地边搭起了简易房屋，每天起早摸黑，将那些长满荆棘，又靠近水沟的荒地，一点点变成良田，然后在门前屋后，栽种上了岛上所没有的桃树、李树、梨树。并且骄傲地以他的姓氏为这座新生的无名小岛命名为米岛。岛外边的血腥与暴力、权力的拉锯与争夺皆与他无关。他以蚂蚁搬家的毅力，慢慢扩大着属于他的土地，那些长满荆棘的土地，在他的规划下，依着地形走势，变成了肥沃的水田。随着水田面积的扩大，生产出来的粮食，在充当口粮之余，多的用船载到岛外，换成了家用和银两。他们一家，在这里与世无争地生活了八年，米南村拥有了近十亩水田，房屋也由开始时的小泥棚，变成了有点模样的三间正室。那是岛上有了人类之后有限的一段平静时光，我很怀念那段时光。日渐老去的米南村，身体里仿佛蕴藏着用不完的能量，而他对我也有着超乎寻常的感情。在他把家安好后，做的第一件事，就是开辟了一条从山坡通向我这株觉悟树的小路。于是，我的冠盖，就成了他们一家三口的乐园。米南村在开荒休憩间隙，头枕锄把，仰面躺在我的脚下，望着山坡下那属于他的水田，和水田里碧绿的庄稼。他爱自言自语，在自言自语中，这位朴实的农民，在细细规划他的未来。他的梦想，是把眼前这片一望无际的土地，都开垦成农田，自然，他也知道，以他一己之力，这是不能完成的事。可是他又说，"老伙计，"他叫我老伙计，他说，"老伙计，你是不是觉得我在说大话，是发梦。我有两个儿子，有儿子好啊，有了儿子，就会有孙子，有重孙，有重重孙。一个儿子生三个儿子，到我孙子辈，就有六房，每个孙子再生三个，到我的重孙辈，就有十八房啦。到我的重重孙呢，我算一算。"米南村说到这里，激动了起来，拿起一根小树枝，在地上画了起来，他先在地上画了一个圈，说，"这就是我啦。"在这个圈的下面，画两个小圈，说，"这是老三，这是老四。"然后又在老三和老四的下面，各画了三个圈，想了一想，又各添上了一个，说，"老三老四，每个人最少要给我三个，不，生四个儿子。"然后他又在代表老三老四的儿子们的圈下，各划四个圈。米南村站了起来，清点着最下一排的圈数，他的眼里，满是兴奋的颜色，像那透过清晨的云彩透出的霞光。"三十二。"米南村对我说，"老伙计，到我的重孙子辈，就有三十二口男丁啦，他们都是从我这根老木头上开枝散叶的，你说我厉害不厉害。"米南村又算着自己的年龄，然后就长叹了一口气，说，"可惜我是看不到啦，我活不了那么长，不过，老伙计，你是能看到的，日他娘的，你看得到，你说是不是。到那时，这个岛，全部都开成了水田，到那时，儿孙们就不能一直这样种地啦，要读书，要当官，你说是不是？"米南村的两个儿子，一个叫米有田，一个叫米有权。米南村说，"老伙计，你看我给两儿子取的名字，好吧，咱家姓米，有了水田，才有米吃，你说是不是？可是光有米还是不行啊老伙计，还得有权。有了权，什么东西都有了你说是不是？"

　　讲到这里时，我身上的那些鬼魂们都安静了下来，有风吹来，米岛的夜晚，终于从白天的躁动与喧哗中，恢复了平静，那些争斗与血腥，也终于有了暂时的停顿。只有米家生的小泥坯房里，依然传来白振甫二老婆那压抑的呻吟。而站在我高大树冠下的白振甫，这时已然没有刚来时的烦躁不安，他静静地立在那里，听着我的唠叨——

　　当米南村问我信不信他将儿孙满堂的时候，我没有回答他。那时，我对人类还不太了解，不知道人类是这样一种欲壑难填的动物。当时的我相信，他的愿望一定能实现，就算到了他的重孙辈时没有三十二房，总有一天，他的后人也会超过这个数。米南村的话，让我又多少有了一些担忧，如果这岛上，真有他说的那么多后代，终有一天，他的后代将远远超过这个数字，我们这些树，生活在森林里的这些动物，又到哪里去安家呢？当然，这样的问题，我想得并不深入，只是偶尔闪过的念头罢了。我们这些树，和米南村一家，基本上是和平相处的。只是，米南村也学会了从前我见过的那些猎人用的招数，开始在森林里布下各种各样的机关，猎杀动物，把动物的尸体煮得喷香，将他的两个儿子，米有田和米有权滋养得苗壮健康。我们相处得很好。时光依然是那样慢慢悠悠，不过，米南村一家来了之后，我感觉到，时光过得快了那么一丁点，有时听着米南村对我唠叨他的梦想，有时看着他的两个儿子在围着我疯跑，有时看着米南村在开垦荒地，一天的时间，转眼就过去了。一干鬼魂们不耐烦了，说，老觉悟树，你太多废话了，快点讲故事吧。

　　寒来暑往，秋收冬藏，转眼就是八年。八年来，米南村在一步步朝着他的梦想努力。第九年的夏天，我至今还记得，那年的夏天，天空与往日有一些异样，天空的云彩是红色的，而河对面，到处是火光冲天。米南村也看到了，他的脸上分明写满了焦虑。一整天，他都没有心思去干活，他呵斥着两个儿子，让他们不要到处疯跑。远处的河对面，浓烟滚滚，一股浓烈的血腥，还有强烈的烤肉的香味随风飘散。但这一天，除了这些异样之外，再未发生什么。傍晚的时候，米南村背了一把锄头，抱着两个陶罐，带着他的儿子米有田和米有权，走到了我的树冠下，他开始用锄头在我的根部挖了起来，他挖了一个很深的洞。这洞开始是沿着我的根部往下，然后往里横着拐了进去。米南村把两个陶罐盖子打开，对两个儿子说，"有田，有权，我的儿，你们俩看好了，这里有两罐银子，每一罐是二百两，这是你爹我一辈子积下来的，将来给你们一人娶一房媳妇，盖一间宅子。你们看好了，记好了，兄弟俩，一人一份。我把它们埋在这大树底下，如果我活着，你们谁也不许动这里的银子，我到时会分给你们。如果我死了，你们若没有长大成人，也不许动这里的银子，你们要等，等到你们成年了，再偷偷把它挖出来，兄弟俩分了，想办法成家立业。记住了没有？"米有田说，"记下了。""你呢？"米南村拿手打了一下米有权的后脑勺。米有权说，"记下了。"那时我也不明白，他在我的根下埋这些东西有什么用处，也不明白他为什么要把这些东西藏在地下。放在家里不是更好吗？后来我才知道，米南村预感到了危险的来临，他这是在未雨绸缪。他以一个花甲老人的阅历，预感到了灾难的来临。

我讲到这里时，鬼魂米南村的脸上，露出了古怪的神情，说不出是得意还是悲伤。我不理会米南村古怪的神情，继续对那一干鬼魂们讲述——

第二天是平静的，第三天依然是平静的。河对岸也看不到火光了，也没有那滚滚的浓烟和那焦糊的烤肉味了。米南村长长地松了一口气，他把两个儿子叫到了跟前，说，"你们两个小子，这里埋了银子的事，不许对别人说。"米有田说，"不说。"米有权说，"爹，这岛上就我们三个人，我对哪个去说呢。"米南村说，"好小子，能得你。这岛上难不成就一直是我们一家人么？"米有权说，"可是爹，你不是说，将来这岛就是我们家的么，是你的孙子的孙子的孙子们的么。"米南村咧开嘴，露出一嘴黄牙，半天合不拢，说，"好小子，好小子。"也不知该如何去夸这能说会道的小儿子，却回头对笨嘴拙舌的米有田说，"你看你弟弟，比你还小呢。"又说，"记住了，不能对别人说。打死也不能说。"

米南村以为，事情就这样过去了。没想到，第三天，岛上来了一大家人，这一家人来到岛上是在黑夜，他们是怎么来的，我也没有注意到。到了次日黎明，他们已经在岛上了。这一伙人，显然与米家人不一样，他们也是乡下人的装扮，但言谈举止却不似乡下人。为首的一个，长得高大俊朗，说话却轻言细语。三个女眷，一个与为首的男人年岁相当，另外两个，看上去都在十七八岁，另有两个男丁，一行人，对为首男人极为恭敬。这些人都背着包袱，看上去风尘仆仆，却又颇为警惕仓皇。

白振甫听到这里，小心问道，"来的可是我的先祖白泰公？"

米南村冲着白振甫翻了一下怪眼，说，"你插什么嘴，听觉悟树讲。"于是，白振甫不再言语。米南村说，"觉悟树呀，你真的是老

了，老得不中用了，讲起故事来，啰里啰嗦，半天都没有讲到正题，你讲快点好不好。"

我呵呵一笑，说，那我就讲快一点——

来的正是白泰公和他的夫人加两位侍女。两名男丁，本是兄弟二人，姓花，就是咱们米岛花家的先祖花从文与花从武，在白泰公帐下听令，正如他们的名字所昭示的一样，花从文是一位落第秀才，读过四书五经子曰诗云，跟随白泰公充当了军师的角色，自然，这军师，既没有诸葛孔明之才德，又无刘伯温之深谋，不过是比那一干跟随了白泰起事的农人多识得一些字，而军中自然又少不了识文断字之人，因而他便成了军师，却并未帮主将出过多少克敌制胜的奇谋。白从武倒是粗人一个，大字不识，本来就是农人，跟随了白泰，先只是想着吃他娘喝他娘的有口饭吃，后来眼看造反成了势，就想着有一天造反成功，能享尽人间洪福，为子孙谋一个富贵荣华，一路从陕西打到北京，转眼又从北京一路南逃。好在花从文出了个好主意，眼看形势不对，力劝白泰化装成了农民，带了家人细软，混进逃难的队伍里逃将出来，一路顺江而上，西行至此荒岛，只说岛上再无人家，可以在此隐姓埋名，没想到，这荒岛上居然有了人家。

次日清晨，鸡叫三遍，米南村起床，正要去茅房，就听见有人声，吓得躲在树林里，听着这一行人说些什么，却什么也听不清。但看那一行人的模样，似乎并无恶意，想到前几日河对岸那漫天的火光，心想定是哪家人逃难至此，心中虽说多少有些不安，感觉到来的人家，会打乱了他米家在此岛世代繁衍的美梦，但米南村知道，独霸米岛这样的事情，几乎是不可能，外面世道如此不安，他米南村能躲到这岛上来，难保没有别的人家也上岛来。再说了，如此大的荒岛，可以开垦多少良田，也不是他米家能独占得了的。又想，他们来了，还有一个伴，有个照应。如此一想，心下稍安，就去观察那一行人，见他们都不似恶人，特别是为首一人，长得文质彬彬，而那几位女子，也都长得模样可人。于是就咳嗽一声，主动从树后闪了出来，和来人打起了招呼。白泰公自然是没有说明他的真实身份，只说是江北富户，因为战乱，家园被毁，无意流落到此荒岛，没想到这岛上先有了人家，打扰打扰之类的话。一行人已是饿极，问能否买一顿米饭，银子他们是会付的。米南村本是热心之人，说来的都是客，哪里还用得着你们给银子，于是杀鸡宰鸭，张罗出了一桌丰盛的早餐，看着这一行人吃得狼吞虎咽，知道是多日未饱食一顿了。

说到此处，树上一个鬼魂说，"觉悟树，你这故事，多少有一些杜撰。你又不是米南村肚子里的蛔虫，怎会知道米南村心里所想？"米南村不高兴地说，"你这小子又插嘴，你怎就知道觉悟树不知我的心思。"我说，诸位，我不过是一棵树，哪里就知道米南村的心里所想，就是诸位心里所想，我本也是不知道的。不过是天长日久，我得日月之精华，受天地之灵气，因此和天地万物一体，凡这米岛所有，我无有不知不晓的。你不要打岔，听我继续道来——

就这样，白泰公一行人在这米岛安下了家。然而，他们安定下来没多久，一日，米南村对白泰公说，他明日要离岛去采购生活用品，问白泰公可有什么要带。白泰公就问了女眷们，女眷们自然有许多要采办的，米南村就记在了心里，说是明日一早就要离岛。又问花从文、花从武兄弟可有要带之物。花从武正要说什么，花从文咳嗽了一声，说我们兄弟没有什么要带的。米南村走后，花从文对白泰公说，"白公，我感觉米南村有些不对劲，明日一去，十有八九是去报官。"白泰公说，"米南村为人老实，不至于去报官，再说了，他也不知我等身份。"花从文说，"将军此言差矣，米南村长得獐头鼠目，一看就非善类，也许他早就看出了我等身份，佯装不知罢了。"白泰公说，"米南村不至于此。"花从文说，"不怕一万，就怕万一，若米南村此去报官，我等岂非束手就擒？"白泰公就有一些犹豫了，说，"那依你之见，我们当如何？"花从文说，"大凡成就大业者，皆为世之枭雄，曹孟德有云，宁可我负天下人，不可天下人负我。不若将这一家三口杀了，埋尸荒岛，人不知鬼不觉，既免去后患，又白得了他许多良田。"他们正在商议，白泰公的夫人听见了他们所议之事，便出来劝阻，说，"人不能没有良心，米南村为人忠厚，断不至于去报官，再说了，两个孩子年纪尚小，若就此灭了米家满门，天理难容。"白泰公在战场纵横，杀人如麻，本也没有把米南村一家性命太当回事，又听说可以占得米家水田，一举两得，心中杀机已动，正要下令，听得夫人如此一说，倒有些犹豫起来。沉吟片刻，说，"若明日米南村离岛去报官，必然心虚，害怕事情败露，定会带了两个儿子同他离岛，若如此，花从文、花从武，你兄弟二人，就将他一家三口截杀，若他只是孤身离去，就留他一条性命，我们再对他严加监视就是。"没想到次日，米南村离岛，居然带了两个儿子。他并不是去报官，只是想着给儿子们去做一身新衣，要带了儿子去镇上裁缝铺量尺寸。一家三口刚行至河边，听见背后有人喊他，米南村回头一看，原来是花从文、花从武。米南村便问花家兄弟有何事，花家兄弟说，"米老哥，麻烦你过这边树林里来一下，有句话想对你说。"米南村未曾多想，让两个孩子守在河边，他转身来朝花家兄弟走去。刚进树林，就被花从武一脚踹倒。米南村说，"兄弟，你，这是何故？"花从文说，"好你个米南村，我家主人待你不薄，你缘何要去报官？"米南村骇道，"这话从何说起。"花从武说，"大哥，与他啰嗦作甚，一刀解决了事。"说着亮出手中短刀就要戳。花从文说，"兄弟莫性急，让他死也做个明白鬼。"便对米南村说，"我们本是闯王麾下义军，只因兵败，隐居在此，自然是越隐蔽越好，你一个外人，留着迟早是个祸害。"米南村听罢，面色如土，汗落如注，战战兢兢，磕头如捣蒜道："各位大爷，我知道你们断不会留我性命，看在这些天对你们热心招待的分上，盼留下我两个小儿性命。我的这所有家当，还有十亩水田，都是你们的了。"花从文冷笑一声，说，"你两个儿子，也都十二三岁，到了懂事的年纪，如何留得？留下迟早会寻我等报仇。"正说着，就听见有人喊爹，却是米南村的儿子米有田，久候父亲不着，让弟弟在河边玩，他寻进树林里来了。米南村长叹一声，顿时瘫软在地。米有田刚进树林，见他父亲瘫在地上，又见花从文、花从武兄弟手中的刀，吓得不知所措，花从武上去手起刀落，一刀就将米有田砍倒在地。米南村扑过去欲要拼命，就听有人喊了一声且慢，树后闪出白泰公的身影。花从文、花从武便冲主人行礼。米南村扑过来，爬到了白泰公的面前，说，"您大人大量，行行好，求您给我米家留条根。"白泰公面色如冰霜，冷笑道，"留一条根也未尝不可，只是，如何保证他长大之后不寻我报仇?"米南村说,"我儿子老实,又不知道是你们杀了我,他不会报仇的。"白泰公显然是有备而来,说,"我倒是可以给你指条路,一会儿,你对你儿子说,你是朝廷钦犯,现在被朝廷发现,难逃一死,说米有田已被朝廷捉走,你把儿子米有权托付给我,然后自行了断。这样,我就成为了米家的恩公,自然会代你把孩子养大成人,你看如何?"米南村一听,连连磕头,千恩万谢。果然,米南村把小儿子米有权重新带回家,对儿子讲了他是朝廷钦犯,如今被发现,难逃一死,又说米有田已经被朝廷来的人害了,好在遇上了恩公白泰,让米有权当面给白泰跪下,认作了义父,并发下毒誓,世世代代不忘白家大恩大德。米有权完全被吓傻了,听了父亲的话,给白泰下了跪,磕头认了义父,又给白泰的夫人磕了头,认了义母。米南村抚摩着儿子的头,说,"儿子,记得爹的话,记得那棵大觉悟树。"如是反复交代了三遍,便挥刀自行了断。

众鬼魂就说:"白泰公怎如此节外生枝?"

我说,你们少安毋躁,听我慢慢道来——

这一切,都是缘于白泰的夫人,她实在不忍看着两个孩子无故被杀,这才为孩子求情,并出了这个主意,本是想保全两个孩子,没想迟了一步,只保全了一条性命。自此,米有权成了白家的义子,在白家长大成人。

我说到这里,就听米南村对白振甫说,"听了觉悟树所讲,你现在有何感想?"

白振甫呆若木鸡,半晌,说,"原来是一报还一报。"

米南村说,"从此,这岛上,白家,米家,花家,三家在此生息,三百年来,上演了多少恩恩怨怨,白家从此发达,但白家公子年幼,白泰公死后,花家兄弟谋夺了主人家产,白泰公的夫人不堪受辱,上吊自缢,她上吊前,告诉米有权,当年正是花家兄弟谋杀了他父亲米南村和他的兄长米有田。米有权于是又伺机杀了花从文花从武兄弟,帮白家夺回家产,花家人又沦为奴仆。三百年来,这三家,你杀我,我杀你,但三家人的后人,又相互通婚,你中有我,我中有你,血脉相融。米岛早不再是荒岛,从当初的一户人家,变成了现在

的米岛公社，下有岛南大队、岛北大队、岛西大队和咱们这岛东大队。"米南村对白振甫的鬼魂说："你白家家产被人分了，米家也分得一份，你自然是想不通，特别是你的二姨太也被米家人夺了去，你会觉得恨，你要是留下来，在这里再看上一百年，你会看到更多的恩怨，就会明白，许多的事情，原是有因有果，因果循环的。"

就这样，白振甫和其他那些厉鬼冤魂一样，留在了这阴阳两隔之间，成为了他们中间的一员。白振甫的二姨太，从此变成了贫农米家生的老婆，村里人却很少有人叫她名字，都叫她二姨太。而白振甫的大太太，却一直顶着地主婆的帽子，在后来的历次运动中受尽屈辱，却坚忍地活了下来，直到暮年，不知所踪。白振甫被枪决的次年春天，已成为米家生老婆的二姨太，为米家生生下了一个女儿，取名米爱红，自米爱红出生，二姨太才有了另外的一个名字——爱红娘。许多年以后，那夺得了白振甫二姨太的米家生，在大荒之年，把公社分得的一点口粮都让给了老婆和女儿，自己吃那树皮草根，再后来，树皮草根也成为稀罕之物，他又把四处剥得的树皮草根，还有从鼠洞里掏出的一点粮食，都留给了老婆和女儿，自己吃观音土而被活活撑死，而那抢来的女人，在米家生的关照下却挨过了十室九空的大灾之年。被观音土撑死的米家生，也没有去奈何桥喝孟婆汤重新投胎，他和米南村、白振甫一样，选择了当一名游魂，生活在我的树冠之下。从此，留下了一对母女相依为命，每到清明和除夕，太阳落土之后，母女二人，先到米家生的坟上磕头，然后又去无人问津的白振甫坟头烧纸。每当此时，白振甫和米家生站在坟头上，默默接受她们跪拜时，都会感慨万千。白振甫和米家生，恩仇之心早已泯灭，却也只能眼睁睁看着这片土地上，继续上演着杀戮、欺诈与仇恨。当然，还有谅解、宽容和爱。

三

　　许多年之后的农历六月十六，米岛相继出生了五个孩子，五个孩子在同一时辰出生，一度成为米岛奇谈，大家隐约感觉这五个孩子的不同凡响，但这五个孩子，将给米岛带来福还是祸，却没有人能说得清。于是，有人偷偷去请教据说能掐会算的外来户马脚，那时的马脚不敢再装神弄鬼糊弄人，害怕这种行为会成为下一次运动时被人揭发的把柄。何况，这五个孩子中有一个就是他的儿子。事实上，嘴上不说的马脚，却预感到五个孩子中，他的儿子将是最不同凡响之人。他对老婆李桂枝说，"你别看咱们现在混得没个人样，将来我们的儿子一定能出人头地。"但这样的话，李桂枝并未放在心上，又有哪个父母不觉得自己的儿女是最不同凡响之人呢？

　　让我来说说这五个孩子吧。

　　第一个出生的孩子，是地主白振甫之孙。他的父亲白奇谋，读了十六年书却大字不识一个。白奇谋的老婆，在天亮时开始阵痛。白奇谋说，"你忍着点，我去给你请接生婆。"白奇谋的老婆，那个来自花家的女子，在此之前，已经为白家生下了两个男丁，大男孩在十年前死于大饥荒。白奇谋一直记得长子死去的那一天，他趁着黑夜，抱着夭亡孩子想去埋掉，刚走出家门没多远，就被一群人团团围住。看着那些饿鬼们眼里发出的绿光，白奇谋打了一个寒战，深深的恐惧从脚底直蔓到头发丝。那些饿鬼们伸出干瘦如柴的枯爪，向白奇谋逼近。白奇谋开始后退，将死去的孩子护在怀里，用颤抖的声音说，"你们想干吗？""给我。"有饿鬼发出了命令，那声音，在那寒夜，冰冷刺骨。白奇谋知道他们想干吗。白奇谋节节后退，脚下一软，倒在了地上，孩子还紧紧搂在怀中。众饿鬼一拥而上，抢夺白奇谋怀中的孩子，就在这时，突然传来了一声凄厉的吼叫。白奇谋的老婆手执一根木棒，像头发疯的野兽。"谁敢动我的孩子，老娘和他拼命。"人们放下孩子，看着眼前这个疯女人。有人站了出来，说，"奇谋屋里的，你别这样，你看这孩子，已经死了，埋在土里还不是给蚂蚁蛆虫吃掉，何必呢，给我们吃了，还能救活几条人命，我们一辈子都感激你的大恩大德。"白奇谋的老婆冷笑一声，"说的比唱的好听，从前在荒年，你们这些人，哪个没有吃过白家施舍的粥，当年吃粥时，哪个不是说要感激白家的大恩大德？后来呢，你们却杀了我公公，分了白家的财产，霸占了白家的女人。"白奇谋老婆一番话，说得那些想抢孩子的人都低下了头。白奇谋的老婆抱着孩子，和白奇谋一道没入夜色中，他们寻了一处偏僻的荒地，将孩子埋了，然后又盖上了枯枝杂草，确信无人能找到，这才回到了家。他们并不知道，在他们身后，一双双饥饿的眼睛一直紧紧盯着他们，在他们离开后不久，那刚埋下的孩子就被人挖了出来。白奇谋的第二个孩子长到五岁时，突发脑膜炎不治而亡。自从两个儿子相继夭亡，白奇谋就天天晚上跪在我面前祈求上天再给他一个儿子。老婆临产，白奇谋很兴奋，说要去请接生婆，奇谋家的说，"奇谋，别去了，你拿什么请呢，请一个接生婆，要给人家十个鸡蛋二两红糖，你还不如把这些鸡蛋红糖省下来给我吃。"白奇谋听从了老婆的意见，自从当年老婆一通棒喝，吓退那些抢食他孩子的饿鬼之后，家里的大事小情就由老婆说了算。白奇谋在老婆的指挥下，烧了一大锅开水，把剪刀放在锅里煮了，又忙着去床底下的瓷坛子里摸鸡蛋。还在厨房里忙着，就听见房里传来一声啼哭，慌忙跑进房间，昏黄的灯光下，老婆正在给血糊糊的孩子擦着身子。

在失去两个儿子之后，白奇谋夫妇迎来了他们的第三个儿子。他们给孩子取名白鸿声，希望这个孩子能重振白家家声。孩子的身子骨很弱，哭声微弱似猫叫。抱着这不足五斤的孩子，白奇谋夫妇且喜且忧，喜的是白家终又添了男丁，忧的是这孩子一看就先天不足，怕是不好养。就在白鸿声弱弱的啼哭声从白家传出，告之这个多灾多难的村庄，他白鸿声来到了这人世间的同时，又一声响亮的啼哭从米家生的泥坯房里传出。这又是一个不合时宜的孩子。孩子的外公，是多年前抢了地主白振甫的二姨太，后来却饿死在大荒之年的米家生。孩子的外婆，从此和孩子的母亲米爱红相依为命。米爱红二十岁时，尚未婚嫁，却怀上了孩子。孩子的父亲，那位来自大城市的知青，在得知米爱红怀孕之后，先是劝米爱红想办法把孩子打掉，他不知从何处打听到了一个打孩子的偏方，但米爱红却说，不论那位知识青年是否和她结婚，她都要把孩子生下来。知识青年吴青山吓得从此再也不敢和米爱红约会，后来，又想方设法调到了河对岸的农场当了一名赤脚医生。米爱红怀上了孩子，自然瞒不过母亲，当一个夜深人静的夜晚，做母亲的突然悄悄睡到米爱红身边，并从背后轻轻将长大成人的女儿搂在怀中，用她温暖而粗糙的手掌，轻轻抚摩着女儿微微隆起的小腹，感知那里一个新的生命微弱地跳动时，做女儿的知道，母亲明察秋毫，什么都明白了。做母亲的没有责怪女儿，只是将女儿轻轻搂在怀里，一任泪水长流。一连几个晚上，母亲都搂着女儿入睡，这在当时的米岛是少有的。那时的米岛人，情感皆含蓄而节制，恨可以明目张胆，而爱，却要偷偷摸摸藏在心底。终于，女儿对母亲说了那个人的名字：吴青山。母亲问，"他不想要孩子？"米爱红答，"不想要。"做母亲的说，"他不想娶你？"米爱红说，"不想。"做母亲的说，"你后悔吗？"米爱红说，"不后悔。"做母亲的说，"你想把孩子生下来？"米爱红说，"想，他在我肚子里有一百天了，他是我的命，没有他，我也不想活了。"做母亲的说，"我儿，你知道，生下孩子，你从此就在人前抬不起头，人后要被人戳脊梁骨吐口水。"米爱红说，"我知道。"做母亲的说，"我儿，不管你怎么做，妈都支持你。"米爱红说，"妈，又让你为我受苦了。"做母亲的说，"妈这一辈子，什么委屈没有受过？什么白眼没有看过？妈和你一起受。"米爱红的肚子越来越大，村里人的闲言碎语，在那个时代，可以把人杀死。米爱红走在村里，把头低得不能再低。爱红娘，那个当年的二姨太，知道这样会毁了她的孩子。她对米爱红说，"孩子，抬起头。"米爱红说，"妈，我不敢抬头，我怕看到他们的眼睛。"爱红娘说，"你抬不起头来，你的孩子将来怎么抬起头做人？"于是在一个夜晚，爱红娘对米

爱红说，"孩子，我们去看一看你大妈。"

爱红娘所说的大妈，就是白振甫的正妻，白奇谋的母亲。在过去的这些年里，生存艰难的爱红娘，会从牙缝里省下一点粮食，送给这位被世人所不齿的地主婆。白奇谋不识五谷，手无缚鸡之力，在生产队里，成为了人们取乐的对象，他生活得卑微而谦恭。而他的母亲，那位地主婆，却生活得如一块顽石，从来不向这世道低头，这样做的结果，自然是在历次运动中首当其冲，受尽羞辱。她老了，每天的工作就是拐着小脚，在村子里走来走去，对一切她看不惯的人吐口水，用含混不清的语言咒骂那些羞辱过她的人。而在风雨要来的时候，她就会站在村口，大声呼喊着，叫骂着。她变成了一个恶毒的泼妇，成了米岛孩子们心中的老妖婆，谁家的孩子要是哭了，大人只要说一声白家婆子来了，把你捉了去，孩子立马就噤声。她被人们描绘成了一个吃孩子的怪物，她也因此越发做出恶毒状来，在村子里走得趾高气扬。渐渐地，米岛再没有人敢惹她，见她都绕道走。也没人敢再欺负她的儿子白奇谋。

白家婆婆和爱红娘，两位曾经的冤家对头，她们人生中有一段时光，一直在争夺那个叫白振甫的男人的宠爱，她们俩一个是白振甫的正妻，一个是偏房，偏房年轻漂亮，得到白振甫的宠爱是自然而然的事情，那是一段怎样的时光，两个女人，都恨不能吃了对方的肉。一个想把对方扫地出门，一个想取对方的位置而代之。当时的白家，这两个女人，一个是白天的胜者，一个是夜晚的王。白天，正妻高高在上，和白振甫商议家事，行走在他的身后，对家里的长工们发号施令，跟着白振甫去到他们的田间地头和商铺，这时候，偏房只能远远地看着，白天，这个家没有她说话的份，还要在每天清晨给那位死对头请安问好端茶送水。白天，正妻用一切恶毒的言语讽刺着偏房，但一到夜晚，失落者就变成了正妻，她只能眼睁睁看着她的男人走进偏房的卧室，听着从偏房里传出那个女人夸张的浪笑。偏房在夜晚故意把浪笑声与叫床声放大，以此来回报白天受尽的冷落。偏房虽然专宠，却未能为白家生下一儿半女。这其中的缘由，白振甫、正妻和偏房都心知肚明。正妻可以容忍偏房专宠，却不能容忍偏房的孩子将来瓜分属于她儿子白奇谋的家产。正当两个女人为一个男人而斗得火热时，一声枪响打碎了一切。这片土地换了主人，那个被她们争夺的男人被一枪打爆了头，曾经的家财被瓜分。正妻保持着正妻的尊严，带着儿子，在人们的白眼中，坚忍地活着。而偏房，因为年轻，成为众人争夺的对象，最终，偏房成为了穷棒子兼狠角色米家生的老婆。这一点，让正妻很是看不起，认为偏房辱没了白家的名声。后来的漫长时光，特别是在那易子而食的艰难岁月，偏房能将那有限的粮食草根与树皮匀出一口给正妻，两个女人，终于将那你死我活的敌意消解，在苦难中，有了一种心灵相通的默契。

爱红娘在这个夜晚，带着女儿米爱红去了白婆婆家。白婆婆见到低着头的米爱红，一双眼睛里，射出针一样逼人的寒光。寒光从米爱红的脸上顺着往下扎，到了米爱红的肚子上才停下来。白婆婆眼里的寒光一下子涣散了。她对爱红娘说，"你这个没用的女人，是怎么当娘的。"爱红娘不说话。白婆婆说，"你们怎么打算的，想拿掉？"爱红娘摇了摇头。白婆婆说，"那你带她来干吗？"爱红娘说，"孩子在人前抬不起头来。"白婆婆说，"知道了。"次日，白婆婆在青天白日之下，找到了正在棉花地里除草的米爱红，她大声地和米爱红说话，问米爱红肚子里的孩子几个月了，什么时候生。在众人惊异的目光中，她拉着米爱红的手，说，"孩子，抬起头来。"她大声地对着乡亲们宣告，米爱红怀孕了，怀上的是知青吴青山的孩子。她诅咒着那个害人的吴青山，诉说着米爱红的不幸。人们也觉出了米爱红的不幸，女人们围过来，安慰着米爱红，同时用怨恨的言语声讨知青吴青山。有人就自告奋勇，要去江北农场将流氓吴青山捉拿归案，但被米爱红给挡住了。女人们在当面表达着对米爱红的同情，背地里，却眉飞色舞地传递着米爱红未婚先孕带所来的兴奋与快感。在那个禁欲的年代，米爱红的行径，无异于自杀。对于米爱红来说，颜面已然无关紧要，当一切不必再遮遮掩掩，当真相大白于天下时，她反倒有了前所未有的勇气，她选择了勇敢面对这一切，在那样一个时代，她却从此抬起了头，走在村里时，骄傲地腆着大肚子，她不在乎别人的目光，她知道，她将来的孩子，也要遇到这样的目光，她要给孩子做出榜样。

孩子，你在听我说吗？每当我看到米爱红那坚强的样子，想到这米岛眼见的百年沧桑，总有一种强烈的感慨，觉得这世界上，男子皆无信无义，他们弱肉强食，他们下作，他们为了私欲能做出任何的事情，而那些女性，却都是那样的坚忍刚烈，心怀大爱。她们的存在，让我对人这种动物保持了应有的敬意。

给米爱红接生的是白婆婆。其时已过了饥荒的年月，不再会有人饿死，易子而食的往事，成为米岛人共同严守的秘密，但食物依然奇缺，平常人家，每口人一年能分到一斤肉票，红糖更加是少有的稀罕之物。各家各户的自留地被当成了资本主义尾巴割掉，再也没有人家敢养猪，鸡倒是能养上几只，鸡蛋却是舍不得吃的。自从知道米爱红怀孕之后，白婆婆就将那三只母鸡下的蛋都变成了钱，然后再变成了红糖和糯米。到了米爱红临产的那个月，她积攒了半斤红糖和三斤糯米。她算准爱红临产的日子，将三斤糯米酿成了香醇的米酒。这年六月十三日夜，米爱红的肚子就开始痛，爱红娘慌忙去请白婆婆，白婆婆让爱红娘先回家，她拐着小脚，抱着那一坛米酒和半斤红糖来到了米爱红家。其时米爱红正经历一次阵痛，矮小的土坯房里，昏黄的灯光下，米爱红全身是汗。见到白婆婆，米爱红虚弱地喊了一声大妈，顿时平静了许多。白婆婆用胰子洗干净手，查看了米爱红的下体，测量着子宫口张开的宽度，然后一脸镇定地说，"还早呢。"其时正是盛夏，屋内如同蒸笼一样燠热，蚊虫嗡嗡乱叫，没有一丝风，米爱红全身水洗过一样，流汗过多，她已然快要虚脱。白婆婆皱起眉头，指挥爱红娘在屋外面生起一堆艾火，将蚊虫熏走，又让爱红娘把她带来的包袱打开，当爱红娘看见包袱里的红糖、鸡蛋和米酒时，眼泪就掉下来了。往昔在白振甫家时，和这位正房太太争斗的一幕一幕如在眼前，却又恍若隔世。白婆婆说，"发什么愣，去煮一碗甜米酒来，里面打上两个鸡蛋，孩子一会要用力，不吃点东西哪成？"然而，这一晚，米爱红一直在断断续续着阵痛，孩子却没有要生下来的迹象。次日白天又这样在等待中过去，米爱红被间隔的阵痛折磨得有气无力，陈痛来临时连呻吟的力气都没有。白婆婆又试探了几次宫口，孩子还没有要生的迹象。白婆婆的脸色就变得凝重起来，她悄悄把爱红娘拉到一边，说，"孩子怕是要不好。"爱红娘面如土色，说，"大姐，你一定要帮帮爱红。"白婆婆说，"我刚拿手试了，好似摸到了孩子的脚，怕是一个倒胎。"爱红娘说，"那该怎么办？"白婆婆长叹了一口气，说，"你去拜拜神树吧，求菩萨保佑。"于是，爱红娘就来到了我的面前，给我磕了九个响头，求我保佑爱红的孩子顺利生产。对于人类的事情，我哪里能做到她们想象的那样有求必应？这么多年来，我见惯了她们的痛苦，我的心也渐渐变得冷漠了起来。一阵风吹来，吹得我的叶片"沙沙"作响。爱红娘喜极而泣，说，"觉悟树菩萨，你是答应了我的请求了吗？我听见你刚才说话了，我听见你的声音了，你一定要保佑我的爱红，为了她，为了她的孩子，我愿意折去十年的阳寿。"而此时，那盘踞在树上的鬼魂们也都紧张了起来，特别是米家生，太阳一落土，他就从我身上跳了下来，然后直奔他为人时的家，站在女儿床前，看着女儿被折磨得精疲力竭，又看着精心服侍在一旁的白婆婆，看到这以德报怨的一幕，作为鬼魂的米家生，此刻开始回想自己为人的一生，回想当年白家对他不薄，他却带头鼓动杀死了白振甫，又抢了白振甫的女人，想到自己这一生的罪恶，他流下了忏悔的泪水，也明白了，他的先祖米南村让他留在这阴阳相隔之间的用意。然而，人鬼殊途，他对女儿的痛苦却爱莫能助，他对白婆婆心有愧疚却忏悔无门。回到树上，他心事重重，突然在白振甫面前扑的一声跪下，然后磕了九个响头。他说，"神啊，都是我的罪过，现在要应在我女儿身上，要让她来代我偿还这孽债了。"白振甫头上的枪眼里，汩汩地冒出了泪水，他将米家生拉了起来，说，"你是对不起我白振甫，可是，我白振甫的祖辈，也曾经杀死过你们米家先人。我们现在明白了，后悔了，可又有什么办法呢？"

爱红娘磕完头重新回到家时，白婆婆对爱红娘说，"你守着孩子，我出去想想办法。"白婆婆拐着小脚回到了家，从家里摸出了一把钉齿耙，然后拐着小脚，来到了我的面前。我知道白婆婆这是要干什么了，在白振甫被枪毙之前，他已然感觉到了山雨欲来，因此他将一个箱子交给了他的大老婆，这箱子里，有白振甫在风云变幻之前换回来的金条和一些首饰。白振甫将那些金银埋在我的树根下，交代白婆婆，世道没有变化之前，千万不要把这金条挖出来，也不要对任何人讲起这件事。世上的事情，真是一个又一个的轮回，当年，米南村在预感到灾难来临时，将银子埋在了我的脚下，后来，白家人在预感到灾难来临时，又将财宝埋在了我的脚下，花家人，也曾在我的脚下埋下过东西。他们一代又一代的人，都为了这些金银在争斗。埋在我脚下的这些财宝，有的物归了原主，有的被仇家挖了去，有的至今沉睡在我的脚下，我一直弄不明白那些冰冷的东西有什么样的魔力，让人类一代又一代迷失心智。现在，趁着夜色，白婆婆来到了我的脚下，准确地挖出了那一箱东西。我听见白振甫发出了一声长叹，说，"这个死老太婆，现在这个时候，你怎么能把这东西挖出来呢，你这不是给自己找麻烦嘛。"然而他只能眼睁睁地看着他的发妻把箱子挖出来，看着她从箱子中取出三根金条，将余下的又掩埋在了原地，将那些枯枝腐叶，盖在了挖动过的地方。然后，白婆婆就离开了岛东大队。在夜色中，她拐着小脚，走得飞快，我以一棵千年古树的高度，目送着白婆婆的背影离开岛东村，离开米岛。次日清晨，白婆婆又回到了米岛，跟在她身后的是一位精瘦的男人，看上去五十多岁，面色蜡黄。走到离我不远的地方时，我看清了，原来白婆婆请来的，是米岛有名的接生圣手江一郎。江一郎少时曾留过洋，在国外学医，专长妇科。学成归国后，就在米河对岸的县城开了一家医院，救活过不少人。当年，江一郎的大名，在米岛是家喻户晓。共产党的军队打来的时候，败退的国军几次动员他一起离开，他说他是一介医生，救死扶伤，国民党在，他只管治病救人，共产党来了，他还是治病救人。共产党来了并未亏待他，只是他的医院再不是私产，改成了楚州县人民医院，他成为了人民医院的院长，还加入了政协，那时的他，庆幸自己的选择，没有跟着败退的国军一起跑到台湾去。但这样的好日子并没有一直持续下去，后来，他被打成了右派，发配到了江北农场进行劳动改造。农场周边的人，知道圣手江一郎在这里改造，求医问药者络绎不绝。后来他又回到了县人民医院，不当院长了，但每天坐诊。江一郎活人多矣。文化大革命开始没多久，江一郎又被打成了臭流氓、"黑五类"。他身为男人，却专治妇科，而且还干接生这样的事情，成为了臭流氓的如山罪证。他再一次被扔进了劳改农场。依然还是有人偷偷来请他看病，但他没有出诊的权利，他的自由掌握在农场革命委员会主任手上。白婆婆连夜赶到农场，她用那三根金条，买通了三个关键性人物。她对江一郎讲述了米爱红的现状，江一郎就跟着白婆婆匆匆来到米岛。看到跟在白婆婆身后的江一郎，鬼魂白振甫就用颤抖的声音叫着米家生的名字，"米家生，米家生，你家米爱红有救了，有救了。你知道跟在我那死老太婆身后的人是谁吗？那是江一郎。"米家生也曾经听说过江一郎的名头，只是眼前这个干瘦的老头，怎么也无法与传说中风度翩翩的江一郎相提并论。白振甫兴奋地说，"死老太婆，昨晚我还在骂你呢，现在我知道，你挖出那金条干什么去了，死老太婆，将来有一天你死了，我一定要告诉你，你做得对，做得好。"

江一郎跟随着白婆婆弯腰进入米家时，米爱红已然处于昏迷状态。孩子还没有生下来的迹象。江一郎给米爱红做了一些检查，把随身带着的草药让爱红娘赶紧煎了给米爱红服下。又问家里有鸡蛋没有，爱红娘说，"有的，有的。"江一郎又说，"有红糖没有？"爱红娘说有。江一郎交代爱红娘煮上一大碗红糖鸡蛋花。又让爱红娘把米爱红的衣服脱下来，拿毛巾把米爱红全身上下用温水擦洗了一遍。这时，米爱红才慢慢苏醒过来，先是见到眼前的陌生男人，继而发现自己竟然一丝不挂，她的眼里闪过了一丝羞涩。白婆婆说，"阿弥陀佛，谢天谢地，醒过来了。孩子，江神医来了，你有救了。""江神医？"米爱红虚弱地问了一句。爱红娘说，"是的，江神医。"米爱红的眼里，就有了一朵火苗跳动。

江一郎说，"孩子，没事的，我保你母子平安。"

江一郎这样一说，米爱红眼里的火就更加明亮了。江一郎说，"可是孩子，我虽说能帮你，主要还是你自己努力，你和孩子的命，都掌握在你手中。孩子胎位有点不正，一会儿我会帮你，现在，你要做的就是吃东西，养足精力。"说完，爱红娘就把那一大碗红糖鸡蛋花端了过来。江一郎说，"把它吃下去。全部吃下去，你才有力气生下你的孩子。"说着，扶米爱红坐了起来。米爱红此时也全然没有了

羞涩之感，在她的眼里，江一郎不再是普通男性，而是上天派来救她和孩子性命的神。神命令她吃下一大碗鸡蛋，她就一口气把一大碗鸡蛋都吃了下去，吃得浑身热汗直冒，感觉到身体里又有了力，又有了把孩子生下来的勇气与豪情。江一郎说，"孩子，你行，你一定能行的。"

就在这时，屋外传来说话的声音，有人在问江一郎江医生是否在这里。江一郎吃了一惊，问，"什么人。"就听见有人说，"我是米岛人民武装部的花庆余，米岛革命委员会主任花子范的爱人生孩子遇到了麻烦，让我们火速接你去米岛卫生院。"

屋外人这样一说，屋里的米爱红、爱红娘，还有白婆婆，脸上同时现出了惊慌的神色。江一郎对他们微微一笑，小声说，"没事的，我出去看看。"江一郎弯腰低头出了米爱红的家，就看到门口站着三个人，两个推着自行车，一个已经把自行车架好，正要往屋里闯。江一郎说，"我就是江一郎，屋里有产妇，有什么事，你们说。"人民武装部花庆余说，"我们花主任的爱人现在卫生院生小孩，这里的医生不行，主任听说你在这里，让我们来接你过去。请上车。"江一郎说，"对不起，这里的产妇难产，现在正是紧要关头，你们等一会儿，我接生完这个孩子，就同你们一起过去。"花庆余说，"人命关天，接生完这个要到什么时候，花主任命令我们，火速带你过去。"江一郎说，"是，人命关天，花主任的妻子是人命，这屋里的产妇也是人命。"说完，用不容置疑的语气对他们说，"你们在屋外等着。"说完转身要走。花庆余急了，说，"你不能进去。"那两个民兵，就要过来将江一郎强行拉走。江一郎冷冷地瞪了他们一眼，说，"耽搁了救人，你们谁负责？"他的凛然正气，让花庆余和两个民兵不敢造次。江一郎拿出他带来的剪刀，让白婆婆在沸水里煮了，用剪刀在米爱红的阴道口剪了一下，宫口洞开，露出了孩子的脚。江一郎指挥着米爱红，随着他的口令用力，吸气，用力，终于，哗啦一下，孩子从米爱红的子宫里，滑落到这个世界上来。孩子生下来了，却没有声响，江一郎将孩子侧躺，把手伸入孩子口中，掏出不少秽物，又抓住孩子的两只脚，将孩子倒提了，在屁股上拍了一巴掌，孩子这才哇地发出了一声响亮的啼哭。

这年六月十六日辰时出生在米岛的第二个孩子，经受了生与死的考验，来到这个世界。他声音洪亮，像他的母亲一样无所畏惧，大声宣告着他的来到。此时，他并不会想到，他的来到，从一开始，就充满了与众不同的曲折，他也不会知道，他这样一个没有嫁人的大姑娘生下的孩子，会因此受到与生俱来的耻辱。而未来的他，在成长过程中，注定了要受尽白眼与讥笑。他更加不会想到，许多年后，他将离开米岛，还要经过常人无法想象的炼狱。这孩子显然不在乎这一切，他并没有因为自己出生的不合常情而压低嗓门，他洪亮地啼哭，盖过了同一天出生的其他四个孩子，他的天性里，也许与生俱来就有着他母亲身上的这种品质。

　　看着这个健硕的孩子，江一郎脸上露出了笑，他擦着身上的汗，说，"这孩子声洪嗓大，中气十足，将来定能做出一番了不起的事业。"在来的路上，江一郎听说了这孩子的身世，他被这勇敢的母亲所折服。听江一郎如此一说，米爱红的脸上泛着疲惫而幸福的笑，但这笑里，却又有着一丝遗憾。要是孩子的父亲在这里，那该是多么完美的一件事情。爱红娘看出了女儿的失落，轻轻握住女儿的手，想把她的力量传递给女儿。米爱红感受到了母亲传达给她的爱。现在，她也是一个母亲了，她更深地体会到了"母亲"这两个字的含义。她想，从现在开始，这个孩子就是她的天，就是她的地，就是她的一切。米爱红看着江一郎说，"江医生，我有一事相求。"江一郎说，"请讲，只要我能办到。"米爱红说，"您是留过洋的，一肚子学问，又是神医，救活过无数人，我想请您为我的孩子取个名字，让我的孩子也沾一沾您的福气。"江一郎说，"何来的福气，我身为医生，连给人治病的自由都没有。"长叹一声，说，"你想让孩子姓你的姓，还是姓他爸的姓？"米爱红说，"米家的孩子，自然是姓米。"江一郎沉思片刻，说，"宋儒张载有一句话，为天地立心，为生民立命，为往圣继绝学，为万世开太平。你的孩子，大名就叫米立心，如何？"米爱红的眼里，又泛起了泪水。说，"我这辈子最大的遗憾，就是没读多少书。我喜欢吴青山，也是因为他是读书人，有文化。我喜欢有文化的人。我的儿子，将来也要成为一个有文化的人。"米爱红看了一眼

此刻已被擦干身子、依偎在她怀里的那个小人儿，说，"立心，我的立心，谢谢江爷爷给你取了这么好的一个名字。"

许多年以后，米立心回想起母亲对他说起他名字的来历与含义时，感慨万千，他想起那许多个夜晚，他在煤油灯下写作业，母亲在一边纳着鞋底，他看一眼母亲，母亲就摸摸他的头，说，"好孩子"。米立心还回想起，从小他就被母亲无数遍告知，为他取名字的江一郎，是何等了不起的人物，母亲告诉他，长大后，要做一个江一郎那样顶天立地的人。同样是许多年以后，当他明白了张载那四句话的含义时，他开始感慨，他的母亲，一个只上过扫盲班的农村女人，怎么就能记下那几句话，并且在他的孩提时代，一次又一次提起：为天地立心，为生民立命，为往圣继绝学，为万世开太平。当米立心想到这激励他的四句话时，他的内心深处，该涌起怎样复杂的情感。当然，这一切，都是后话。

此刻，在米岛卫生院，米岛革命委员会主任花子范的老婆武义兰，正经历着产前的阵痛。花子范，此时米岛最有权势的人物，守在产房外面的走廊里，双手背在身后，不停地来回踱着步子。一件的确良白衬衣，此刻已经全是汗水。他的老婆武义兰，那个全米岛最娇艳的女人，此刻已进入产房几个小时，他在外面，听着产房里的女人发出痛苦的呻吟，而他对这一切却无能为力。医生对他讲，产妇怀的是双胞胎，生产过程要痛苦许多，而要命的是，产妇的盆腔比较狭窄，这也为顺利生产带来了麻烦。花子范想到当初他铁了心要和发妻离婚，然后娶了这个比他小了二十岁的娇艳女人为妻时，他的母亲曾是如何坚决地反对。母亲反对的理由有千万条，其中一条，就是说武义兰中看不中用，腰细屁股小，生孩子困难。母亲还是喜欢那个胸大屁股大的儿媳妇。花子范对医生说，"你们不要对我讲这些客观条件，我要的是母子平安，母子平安懂不懂，如果母子有个什么闪失，你，你，你们都小心脑袋。"也正是在此时，花子范想到了著名的圣手神医江一郎，他把电话摇到了江北农场，农场的革委会主任是他的战友，他们曾经一道雄赳赳、气昂昂跨过鸭绿江，在异国他乡的战火中九死一生地活了下来，他们结下了深厚的革命友谊。他在电话中，请老战友将在那里接受改造的江一郎火速送到米岛卫生院来。老战友在电话那边支支吾吾，花子范急了，直接开骂，说你他妈的给老子打什么官腔，赶快把江一郎送到米岛来。在他的再三逼问下，老战友才说米岛有产妇难产，江一郎出诊了。花子范严厉地指责老战友，说，"江一郎是劳改犯，你们怎么可以让他出诊。是谁家那么大的面子可以让你放人？"老战友说，"米岛的米家，一户贫农，根正苗红，我和他们素不相识，只是出于革命的人道主义精神，答应了派江一郎出诊。"花子范问明了人家，不再和老战友在这问题上纠缠，吩咐身边的小跟班花庆余，火速带领两个民兵，骑上自行车去岛东村把江一郎接过来。

江一郎来到米岛卫生院时，花子范的妻子武义兰还在产房里高一声低一声地叫唤，两个接生大夫手忙脚乱却又六神无主。满头大汗的花子范，一见到江一郎，脸上顿时堆满了笑，大步走过来，伸出手来，要同江一郎握手。江一郎却并未伸出手来。花子范伸出的手，在空中凝固了那么两三秒钟，收了回来，说，"江医生来了，我就放心了。"江一郎并未和花子范多说什么，直接就进了产房。产房外面，花子范一脸不快，责问花庆余怎么去了这么半天。花庆余就将经过一一说了。花子范恨恨地说，"米爱红，就是米家生的女儿，她生小孩？"花庆余说是的。花子范铁青着脸，一言不发走到了产房门口，倾听着里面的动静。不到二十分钟，就听里面传来了一声娇弱的啼哭，花子范兴奋地想要冲进产房，里面出来一位大夫，说，"恭喜花主任，是一位千金。"又说，"您现在还不能进去，双胞胎，还有一个孩子呢。"花子范乐得眉开眼笑。花子范的前妻为他生了一个儿子，他的这位妻子武义兰却喜欢女孩，她说她就想要生一个和她一样漂亮聪明的女儿。花子范问产妇可好。大夫说江医生一来，产妇的情绪就平稳下来了，生产很顺利。花子范挥挥手说知道了你进去吧。花子范点上了一支烟，深深吸了一口，吐出一个烟圈，他的心情也渐渐平静下来。一支烟还没有抽完，产房里又传出一声啼哭，他的第二个女儿也平安降临到这个世界上。

江一郎疲惫地走出产房，对花子范说了一句母子平安。

花子范说了句多亏了江医生，急急进了产房，去看他的娇妻和一双女儿了。为花子范生下一对双胞胎女儿，居功至伟的武义兰见到冲进产房的花子范，叫了一声子范，眼泪就下来了。花子范握了武义兰的手，说，"义兰，你真了不起，你是我们家的功臣。说，你想吃什么？"武义兰脸上，荡漾着初为人母的幸福。说，"先抱抱你的孩子吧，看看像你还是像我，可千万别像你，像你将来就嫁不出去了。"花子范就把一双女儿，一个一个抱了。乐得合不拢嘴。笑着笑着，花子范的脸，却一下子阴沉下来。武义兰看出了花子范脸上的阴晴变化，问，"怎么啦？"花子范说，"两个孩子，都是江一郎亲手接生的么？"武义兰说，"是呀，子范你说怪不怪，一开始我心里很慌，总害怕生不下来，害怕我会死在这里，可是江医生一来，给我做了检查，也并没有用什么药，只说了一句，胎位正常，没事，你能行的。我的心就安了下来，我就觉得我能行了。"武义兰还沉浸在顺利生下一双女儿的幸福中。花子范说，"名医嘛，自然是有些手段的。"再没有说什么。

此刻，谁也未曾想到，花子范对江一郎的感激只是保留了一瞬，转眼就被另外的一种恨与屈辱所取代。想到娇艳如花的妻子，刚才就这样全裸在江一郎这个臭男人的面前，而且他还将手伸进了她最私密的，只属于他花子范的地方，又想到江一郎居然不顾他花子范妻子的死活，先给米爱红接完生才过来，这一切，都让他对江一郎充满了恨。好在来得及时，没有误事，不然不会轻饶了他。又想到在走廊里，他堂堂的米岛革命委员会主任，伸手和一个劳改犯握手，这个劳改犯却连手也不抬一下，花子范的心里，就像是吃了一只苍蝇样难受。直到妻子武义兰问他给两个女儿取什么名字时，他才回过神来。他说，"大女儿叫花卫红，小女儿叫花卫国，你觉得怎么样？"武义兰说，"不好。"花子范说，"我大老粗一个，想不到什么好名字。你有文化，你说，叫什么名字好？"武义兰说，"我早想好了，大女儿叫花一朵，小女儿叫花五朵。"花子范说，"花一朵，花五朵？为什么小女儿不叫花两朵呢？"武义兰说，"花两朵多土气，花三朵花四朵都不好听，花五朵就很好听，也顺口。我的女儿，就要像花朵一样好看。"花子范说，"好是好，只是，有点小资产阶级的意思，我看还是叫卫红卫国的好。"武义兰说，"卫红卫国，哪里像女孩子的名字。"拉下了脸，再不理花子范。花子范见武义兰生气了，说，"好，听你的，听你的还不行么，就叫花一朵和花五朵。"

如果说前面四个孩子的出生，都有着那么一些传奇与曲折，那第五个出生的孩子，则完全可能被人忽略，如果不是因为他恰好也是在这一天出生。这第五个出生的孩子姓马。马姓是米岛的杂姓。在很长的一段时间，米岛是米、白、花三姓的天下。而这三姓之中，米家穷，白家富，花家贵。米家人世代务农，白家人世代是财主，而花家人，则出官。有限的几户杂姓，在米岛，完全处于被人忽略的地位，但是情况在人民政权成立之后发生了改变，大地主家的土地分给了穷人，白家从此处于米岛社会的最底层，没有了过去值得夸耀的财富，也失去了那让人尊敬的地位，他们活得小心翼翼。白振甫这一支，已两代单传，而另一支则人丁兴旺，但因家中出了一位国民政府的高官，高官自离开米岛后再没回来，留下的儿孙们，从未享过他丁点福气，在那个年代，反而给他们带来了深重的灾难。只有花家，似乎是米岛的不倒翁，无论是满清时期，还是民国，还是后来的国民政府，甚至于到了人民政权时期，花家总是保持着在米岛真正的话事权。因米岛特殊的地理环境，加之土地肥沃，水源充足，解放后，政府安置了邻近数县的移民整村搬迁至米岛，米、白、花三姓，在米岛，反倒占不到人口的三分之一了。与那些从外县整村移民过来的人家不一样，马姓却是单门独户一家。马家的男人马脚，本是个游手好闲的角色，一不会耕田耙地，二不会栽秧斫谷。在旧社会，他有多种职业，走乡串户收鸡毛鸭毛废铜烂铁剃头劁猪外带算命看风水，他亦没有一个固定的住所，米岛各村都有窑场，窑场里住着一些叫花子，他就和那些叫花子们住在一处。解放后，再不许他去做那些邪门歪道，他也分得了白家的一份土地与浮财，还得了白家的一间厦屋，从此算是定下根来。但他这样一个游手好闲之人，分得了土地亦不会用心去耕种，反倒是吃了上顿没有下顿，后来搞合作社，无人愿意和他组社，再后来，他时来运转了，人民公社吃大锅饭，这是他做梦也没有想到的好世道，不用干正经活，走到哪村吃到哪村。有一段时间，马脚每天的工作就是到各地公社吃食堂。好景不长，人民公社一开始顿顿有大米饭白面馒头，很快就变成只有稀饭和杂面馒头，再后来，杂面馒头也没有了，稀饭清得照得见人影，喝了一肚子，两泡尿下来又空了，于是他就一直行走在到各公社食堂去喝稀饭的路上。后来出现了大饥荒，米岛饿死了许多的人，他却生生地活了下来。在别的米岛人还在将食谱拘泥于稀饭野菜树皮草根的时候，他早就开始了广泛拓展食物资源，天上飞的地上跑的水里游的，别人不敢吃的东西他都敢吃，等到别人都开始学着他吃这些东西的时候，他又开拓了新的食物资源。当米岛人纷纷挖观音土来充饥的时候，他却骂那些人是傻瓜，他知道那东西吃下去，只能是骗一骗肚子，很快就会一命呜呼。他当时就无比正确地指出，我们不择手段找吃的为的是什么？不是哄住肚子告诉它你不饿，然后做一个胀死鬼，我们不择手段找吃的，是为了活下来。因此，吃下去而不能让人活下来的东西，他马脚打死也不会吃。马脚的老婆李桂枝，就是他在那时捡来的。其实也算不上捡，李桂枝本也是外来户，一家人从外县迁来，只说在这肥沃丰饶的地方能过上幸福生活，哪里就曾想到，如此富饶的土地，也会发生饿死人的事。先是一场大水，把春天的庄稼都淹了，接下来又是长时间的干旱，岛上的水渠里早已干涸，河床退到了远处，北面的米河故道已然完全干涸，南面的河道还有水，但要将水引到岛上来灌溉农田，得想办法把水一级一级提升到高处，而当时显然没有这样的生产能力。李桂枝的男人，把能吃的都让给了李桂枝和他们五岁的女儿小满，而他则没能挺过第一个荒年。马脚遇到李桂枝，是在第二个荒年的年末，其时天寒地冻，滴水成冰，在夜晚像食腐动物一样出没的马脚，来到了米岛的岛北大队，他听见了李桂枝家里传来的哭泣声，马脚以他的敏感，感觉到了食物的来源，于是就贴在了李桂枝家的门外，听着里面传来的哭声，听了半天，只有一个女人的哭声和一个孩子说胡话的声音。马脚还听见李桂枝边哭边唠叨，说，"你这个死鬼，你死了倒好，把我们母女扔下，过这生不如死的日子，我死了不要紧，可我们小满才五岁呀。"听了好一阵工夫，冻得清鼻涕直流的马脚听出了端倪，他就着塞在窗洞里的稻草缝隙往里瞧，一个看上去不到三十岁的女人侧着身子偎在床上，搂着一个小孩。显然，孩子已饿得快不行了。其时已三十七岁依然光棍一条的马脚突然心生怜悯。马脚心里有了主意，他又开始像猎狗一样在村子里转悠，村子里安静得除了孩子的哭声和磨牙声，再没有了一丝生机，清冷的月光，惨兮兮地照在米岛。天快亮的时候，马脚怀里捂着一块热腾腾刚煮熟的肉，来到了李桂枝的窗前，其时，李桂枝还没有睡着，孩子还在迷糊地叫着饿。马脚轻轻敲了敲李桂枝的窗，李桂枝警觉地问是谁，马脚说，"是我，岛东大队的马脚。"作为一名曾经走乡串户游手好闲的人物，这米岛，甚至米岛之外的周边村庄，马脚的大名是妇孺皆知。大家都知道他，当然就知道他是个走邪门歪道的，算不上坏人，但也算不上好人。深更半夜，这样一个男人在外面敲窗，不会有什么好事。于是李桂枝警觉地问，"你要干啥？"马脚说，"大妹子，我来救你和你的伢。"李桂枝说，"你，救我们？"马脚说，"我上半夜经过你家门外，听见你在屋里哭，听见孩子在说胡话，我晓得，孩子是饿得不行了。我给寻来了吃的。"李桂枝一听他这样说，也顾不得什么了，一骨碌爬了起来，披上衣，就开门把马脚让进屋。马脚反身关上门，就从怀里掏出一块还冒着热气的食物，在李桂枝的眼前晃了一晃，又揣进了怀里。李桂枝的眼里一下子就发出了绿光。可是看马脚的样子，似乎并没有就这样给她的意思。李桂枝看着马脚，说，"我晓得你的意思。你救我的孩子，我的身子就是你的。"马脚就把那一团热乎乎的肉掏了出来，说，"说话算数。"李桂枝一把就抓了过去。咬一口，尖叫一声，说，"肉，你哪里有肉的？"马脚说，"你嚷什么？吃你的就是。"李桂枝顾不了许多，将那肉嚼碎，喂给女儿小满吃。小满其时在发低烧，但闻到了肉香，依然是吃得很香。吃饱之后，小满终于平静了下来。李桂枝也吃饱了，什么也没有问，钻回了被窝，冲着马脚说，"进来吧。"马脚一下子就浑身发抖了，慌乱将一身脏兮兮的破棉衣脱掉，光着身子钻进了李桂枝的被窝，抱着李桂枝热腾腾的身体，一时却手足无措，下面软耷耷地竟起不来。李桂枝说，"你这个马脚，长这么大，就没有沾过女人么。"马脚哪里顾得上说话，只顾了在李桂枝的胸前乱拱。李桂枝说，"你急什么，我又跑不掉，只要你不让我们娘俩饿死，我就是你的。"这第一个晚上，马脚在李桂枝的怀里乱拱了一气，好不容易把那货竖了起来，还没来得及进入，就一泄如注，软倒在李桂枝的怀里。李桂枝的泪就下来了，望着黑乎乎的屋顶，心里说，"她爸，别怪我，我的心，天知道，我这都是为了小满能活下来。"从这个晚上开始，马脚每天晚上都会来到李桂枝家，每次来，都会带来肉食。李桂枝从来不问马脚从哪里弄来的肉，马脚也从来不说。一段时间下来，小满的烧居然退了，命是保住了，但脑子却烧坏了，连李桂枝也不认得了，从此，小满只会说一句话："我要吃肉。"而李桂枝，却在马脚的帮助下，长得丰满了起来。马脚每天晚上依然是那样急不可耐，李桂枝总是充满了耐心，她对这个男人，心里倒没有恨，也没有爱，有的只是怜悯。马脚说他的那玩意儿是被自己给弄坏了，他十几岁时开始想女人，到如今活到了三十七岁，却没有沾过女人的边，他想女人了，就自己拿手来搓揉，他在李桂枝的怀里哭，说他没承想到，这辈子还会有女人，早知会有女人，打死也不会把那货给弄坏了，弄得现在想用时却用不成了。李桂枝就安慰他，"不要急，弄不坏的。"李桂枝慢慢地引导他，用手拿了那货慢慢进入她的天地，一段时间下来，马脚居然有了起色，终于能进入那块他梦寐以求的福地了，虽然进入之后坚持的时间依然让马脚感到懊恼，但终于是进入了。这是他三十七岁的生命里第一次进入女人的身体。事后，马脚哭得鼻涕眼泪糊在了一起，他说，"李桂枝，你就是我的活菩萨，你是老天爷派来可怜我的活菩萨么。"

李桂枝真的成了马脚生命中的活菩萨，她的出现改变了马脚，马脚不再是过去那个懒汉，他成了生产队里最勤快的人，他要挣到一天十分的满额工分，他对李桂枝发下誓言，说要让李桂枝过上好日子。在马脚的帮助下，李桂枝和她的女儿活了下来。女儿虽然成了傻子，除了吃，什么都不懂，但终归，李桂枝为自己的男人留下了后。时间就这样蜗牛一样爬过去了。荒年之后，马脚和李桂枝商量，想光明正大地将李桂枝娶进门，李桂枝没有应承。马脚问李桂枝为什么不肯嫁给他，李桂枝就盯着自己的鞋发呆，任马脚怎样追问，却不说缘由。这样过去了十年，这十年啊，米岛就没有好好消停过，好不容易不闹饥荒了，也不吃大锅饭了，也不大炼钢铁了，岛上的土著和解放后迁来的外来户之间，又经常发生械斗，并成立了两派，一派是"文攻派"，一派是"武卫派"，两派杀来打去的，闹得鸡犬不宁。李桂枝的心早死了，她可怜马脚，却对马脚殊无好感。马脚救了她的命，却让她得了难以愈合的心病。自她从马脚手中接过那团肉开始，李桂枝就被噩梦纠缠。她知道马脚给她的是什么肉，她从来不问，是不想从马脚那里得到明确答案，是在自欺欺人。她也知道，在那之后，米岛上许多人，都在或明或暗地吃那样的肉。她陷入了深深的罪恶感中，一切都是为了孩子，她这样为自己找到了心理的平衡。荒年过后，李桂枝开始吃素，再也见不得半点荤腥，只要沾过荤腥的锅炒的菜，她吃一口就会呕吐。她知道这是上天在惩罚她，她偷偷信了佛，彼时村里再无佛像可拜，于是她就把我这棵树当成佛，每每深夜，她跪在我面前，磕九百九十九个头，忏悔她的罪恶。每当她磕头时，一干鬼魂们就发出长叹。她以折磨自己肉体的苦行，来换取心灵片刻的安宁。女儿小满，成了她唯一苟活的理由，然而小满终没能健康活下来，在她活到十四岁的时候，却稀里糊涂地撞进了"文攻"和"武卫"两派械斗的现场，一颗流弹击中了她的腹部。她留给母亲李桂枝的最后一句话还是"我要吃肉"。女儿小满死后，李桂枝没打算独活，这世上，再无有牵挂。与其苟活在无法言说的罪恶中，不如一死而求得彻底解脱。就在她打算结束自己的生命时，却发现，另一条生命已悄悄在她腹中孕育。马脚听说了李桂枝怀孕的消息，喜出望外的他哀求李桂枝嫁给他，他说他现在改了，他能挣十个工分，他可以养活李桂枝和他们的孩子。"再说了，孩子不能没有爹。"马脚跪在了李桂枝的面前，抱着李桂枝的双腿。李桂枝抱着马脚的头，说她不想结婚，她不想把孩子生下来，她说与其把孩子生到这个世界上来受这无尽的痛苦，不如不生。马脚急了，马脚给李桂枝磕头。马脚说李桂枝你不能太自私，这孩子是我们两人的孩子，你无权决定他的生死。最终，李桂枝答应了马脚，她和马脚去公社领了一张结婚证，拿着大红的结婚证，李桂枝的内心没有丝毫的喜悦，她感觉到，这是菩萨对她无尽的惩罚。李桂枝和马脚的婚姻，被米岛人所不齿，"女儿尸骨未寒，她却

有心思结婚"，人们这样指责她。李桂枝无法向世人解释她的不得已，死了的，已经去了，活着的人，得要活下来。

　　彼年六月十六，辰时，在李桂枝生下她和马脚的孩子之前，米岛已相继出生了四个孩子。李桂枝这个大屁股的女人，既不像花子范的妻子武义兰那样娇气，也不像米爱红那样生头胎而且倒胎位。她的生产甚至比奇谋家的更加顺利。从阵痛开始，到孩子出生，李桂枝甚至没有来得及呻吟一下，就像鸡下了一个蛋。孩子生下来了，却并未像其他的孩子那样，发出响亮的啼哭。李桂枝甚至以为生下的孩子是死的，可是马脚却高兴地告诉她说，"桂枝，儿子，你生了个儿子。"儿子是活的，手舞足蹈，一生下来，眼睛就睁着，两颗清亮的眼里，发出怪异的光。李桂枝抱过孩子，看到孩子睁着的眼，那眼像两汪深潭，倒映着李桂枝内心的镜像。她从孩子的眼里，看到了女儿小满。李桂枝吓得差点将手中的孩子扔在地上。李桂枝让马脚将孩子倒提了，在孩子的屁股上拍两巴掌，她希望她的孩子和别人的孩子一样，哭着来到这个世界。然而她的孩子没有哭，挨了两巴掌之后还是不哭，不仅不哭，还睁着圆溜溜的眼，冲着他的母亲笑。也不是孩子惯有的咯咯咯清脆的笑声，而是一声冷笑。那一声冷笑让李桂枝浑身起了鸡皮疙瘩。那一瞬间，李桂枝认定了这孩子是个妖精，是来向她讨债的。孩子已然来到这世界，虽说李桂枝心有担忧，但母亲的天性，让她很快接受了这个孩子，并视这孩子为自己身上掉下的一块肉，她将孩子紧紧抱在怀里，孩子就拱了嘴，寻到她的奶头，只一吸，奶水从乳头里涌出的那一瞬间，李桂枝的心，就被巨大的母爱所淹没。孩子吃得很香，很贪婪，像一头饿狼。这让李桂枝隐约感觉到不安，这孩子，是个狼种。长大后，定然是个狠角色。孩子吃完奶，发出了一声叹息，闭上眼睛睡着了。马脚并没有觉察到李桂枝内心的担忧，他还在为儿子来到这个世界而兴奋不已。他说，"桂枝，咱们要为孩子取一个好名字，取一个响亮的名字。"马脚为孩子取名马龙，李桂枝说，"不好，名太大，孩子压不住，不好养。"马脚说，"那取名叫马超。"他听过《三国演义》，知道刘备手下的五虎大将中有一个叫马超的。李桂枝还是给否定了。马脚说，"那你说叫什么？"李桂枝看了一

眼睡在怀里的孩子，孩子的嘴角泛着一丝充满了讽刺的笑。李桂枝想
到这孩子怀上的时间，正是女儿死的时候，她把这看成是命运对她的
挖苦与讽刺，她也因此而受尽了米岛人的挖苦。她对马脚说，"孩子
就叫马挖苦。"马脚说，"马挖苦？这算什么名字？哪里有人取这样的
名字？我马脚好不容易有了儿子，怎么能给他取这样一个没有出息的
名字。"李桂枝斩钉截铁地说，"就叫马挖苦。"马脚望着态度坚决的
李桂枝，说，"马挖苦就马挖苦吧。"这个名叫马挖苦的孩子，当真给
马家招来了挖苦。当别人问马脚，"马脚，你儿子叫个什么？"马脚总
是很惭愧地低下了头，说，"叫马挖苦。"于是，他不可避免地招来旁
人一通挖苦。他们认为这样的名字，取得实在可笑。村里人小名有叫
狗蛋牛蛋驴蛋的，还从未有人大名叫"挖苦"的，然而，在挖苦声中
长大的马挖苦，从小就显示出了他作为奇人不同凡响的一面。

　　白鸿声，米立心，花一朵，花五朵，马挖苦。这五个孩子，在同
一天的同一个时辰出生，这注定了，他们的未来，将会有着斩不断理
还乱的纠结，但这都是未来的事情。而在这年的六月，他们还是五个
互不相干的孩子。其时流行一句话，"龙生龙，凤生凤，老鼠生儿会
打洞。"孩子甫一出生，尊卑贵贱已定。其时正是漫漫长夏，米岛笼
罩在酷暑之中。农人起早摸黑出生产队的工，到晚上，面对难耐的暑
热无法安眠，于是，我这大树底下，成了农人消暑的最佳去处。到晚
上，男人们穿一个大裤衩，光着背，摇着蒲扇，卷了纸烟，或坐或
蹲，开始摆起龙门阵。女人们，忙完家务，也加入谈论的队伍。不过
是，他们在我的树冠下围成了一个大的圆圈，圆圈的中间是男人，外
面一圈才是女人，而那些孩子们，则围着我的身子你追我赶。大人们
就怒喝孩子，说，"有这力气疯跑什么，过来，给老子扇扇风。"于是
各家的孩子就回到了自家父母背后，一二三，比起赛来给大人扇风。
自从五个孩子出生后，他们就成了人们闲聊时的一个重要话题，而这
话题，最终又要落实到这五个孩子的命运上。有人认为，这五个孩子
将来也许都会有出息，了不起，马上有人反驳，说，"鸡啼一声命不
同，鸡抬头刚叫时出生的是皇帝命，鸡叫声到中间时出生的是状元

命，而鸡叫声结束的时候出生的是叫花子命。"于是大家就来分析，看这五个孩子都是什么命。彼时，虽然这命理之说，被认为是封建沉渣，虽说这米岛，也有文攻派和武卫派，但米岛的农人，却实在不能理解政治。文攻派和武卫派，也不知道所攻为何，所卫又为何，之所以组成不同的两派，不过是不同利益团体之间的纠纷，而相互之间的械斗，也不过是响应了彼时唯一的大神"红太阳神"的号召，用合法的武斗来解决积年的恩怨。特别是到了夜晚，只要不说出有损"红太阳神"的大逆不道的狂言，也没有人会时刻保持政治上的正确性。就像这米岛，佛像虽然都被烧掉了，偷偷吃斋念佛之人，常被年轻人讥笑为老古董，但在老一辈人心里，多少尚有敬畏存在。就如这对人的命运的探究，虽说被认作是封建思想，但在米岛农人心中，却依然相信冥冥之中有左右人类命运的力量存在。

米岛的农人，在给这五个孩子预测未来时，无一例外，将花一朵和花五朵的命运列为了上等。用米岛人的话说，她们姐妹二人是含着金钥匙出生的。她们的父亲在米岛手握重权呼风唤雨。而据说，这对姐妹花，出生之后，居然不吃她们的母亲武义兰的奶，而要喝用牛奶粉冲出来的牛奶。彼时，米岛的农人，尚未有人喝过牛奶，亦无法想象，牛奶如何能制成奶粉，又如何将这奶粉再变成奶。但他们坚信，喝牛奶长大的孩子，命运将会远胜于喝人奶长大的孩子。无论如何，作为米岛革命委员会主任花子范的女儿，这两个孩子将来不用下农田干活，她们能吃上国家粮，住在城镇里，长大了能进国营工厂，或者供销社，或者在卫生院里当一个护士什么的，在米岛人可以穷尽的想象里，这就是他们认为的一个好命的极限。而这个极限，对于诸多农人来说，是一辈子也不可能达到的，他们的孩子，从出生，就注定了要在泥土里滚大，然后成长为一个茁壮的劳动力，能在生产队里挣得十分工，而不是被人讥笑的八分工或者七分工，到年底时，一家人的财政结算能得到一个盈余而不是超支，那就是另一种上好的命运。能排上这种命运的，只有米立心和马挖苦，很显然，马挖苦的命运，又要胜米立心一筹，不管怎么说，马挖苦是父母双全的孩子，而米立心，却是一个大姑娘生下的孩子，连父亲都没有。一个女人独自带着孩子，命肯定不会强到哪里去。这样的排序，基本上最后也能达成共识。而被排在最末尾的，自然是白家的孩子白鸿声，作为地主家的狗崽子，他从出生一开始，在家庭成分上，就将背上一个耻辱的地主崽子的标签，而不像马挖苦和米立心，能获得一个让人骄傲的贫农身份。何况，白鸿声的父亲白奇谋，一个大男人，在生产队里，除了能放牛之外，再也干不了别的活。而放牛，在生产队，原本是老人或小孩儿干的活，别人干一天能挣十分工，放牛也要起早摸黑，一天却只能挣五分工。一个只能挣五分工的人生的孩子，将来只能成为米岛最末等的人，在年终分配时，背负上一个沉重的超支。米岛的农人中，有幸能见到花一朵和花五朵的，都能成为一件值得夸耀的事情，特别是那些女人们，她们会将这一对姐妹花夸得跟天仙一样，用尽她们能使用的溢美之词，将这一对姐妹花的聪明、漂亮与机灵，描绘得淋漓尽致，并发出"吃牛奶的孩子与吃人奶的孩子就是不一样"的感慨。然而，花家的双胞胎姐妹，却很少回到岛东村，她们生活在镇政府的家属大院里，虽然花子范的家就在米岛乡下的岛东村，虽说花子范的父母还生活在米岛乡下，可是这对姐妹花的父母，却并未把她们看成是这乡村的一分子。花子范的父母花敬钟夫妇，这对朴素的农民，在米岛，每天享受着人们投射过来的尊敬而谄媚的目光，但他们并未因此而显出半分的高高在上，相反，经历过的沧桑与世事，时时提醒着花敬钟夫妇，人无百年好，花无百日红。特别是自从儿子花子范当上了革命委员会主任，又坚决和原配夫人离了婚，娶了这个小他二十岁的女人之后，花敬钟夫妇就时时如临深渊，他们深为儿子花子范担忧。

　　花敬钟去镇上看望孙女时，对花子范说，"吾儿，你当要记住一句话，富贵当思贫贱日，得意当思失意时。"又拿了白家人来做例子，说当年白振甫是何等威风八面，说话间，就落得这样一个下场。花子范不耐烦地对他的老父亲说，"你老啦，你说的这些都是老思想了。现在是什么时代？是革命的时代了，是无产阶级专政的时代，白家永无出头之日，而我们花家正当旺，您老就在家里享清福吧，别没事咸吃萝卜淡操心了。"眼见得儿子越来越张狂，花敬钟老人无可奈何地摇头，说，"你听不进我的话也罢，只一条，多行善事少作恶，得饶人处且饶人。"花子范说，"我们要痛打落水狗。"花敬钟回到米岛乡下，从此变得心事重重。当那些农人们围在我的树冠下谈论这五个孩子的未来时，花敬钟老人总是很谦和地说，"我看这五个孩子，都是一样的好命。"当别人夸奖他的一双孙女儿漂亮聪明的时候，他总会说，"鸿声、立心、挖苦，都是聪明的孩子呢。你看鸿声，多安静的一个小孩，将来是块读书的料。"米爱红说，"我们家立心一刻也闲不住，爱动。"花敬钟老人就会说，"爱动好啊，你看他，多大气呀，笑声大，哭声也大，手脚多有劲，将来是当领导的料呢。"就连马挖苦，这个让米岛人想夸奖他都无从下嘴的孩子，花敬钟都能找出一堆优点来。比如马挖苦从来不哭也不笑，一双眼睛，总是冷冷的，一点也不像孩子的眼神，花敬钟就会说，"他这是鹰眼啊，这样的人，相书上说，都是要当大人物的。鹰视狼顾，《三国》里的司马懿，就是这样的眼。后来他们家得了天下。"花一朵、花五朵长得当真像两朵花，白鸿声白净文弱，米立心苗壮健康，而马挖苦，却长得极为难看，小眼睛，大脑门，耳朵几乎与脑门成九十度角。花敬钟却说，"孩子有奇相，将来必是奇人，做奇事。大耳朵，往前罩，不骑马，就坐轿。"连说到这些孩子的名字，白鸿声，自然是希望他能发出鸿雁一样的叫声，那是志向远大。立心更不用说了，那是神医江一郎给取的名字，是什么意思来着？米爱红就会很顺嘴地说出"为天地立心，为生民立命"。花敬钟说，"你看你看，为天地立心。虽说我说不上来是什么意思，我也知道，这名字取得好啊。"马脚就苦着脸，说，"我就说给孩子取一个好名字，可是桂枝偏要给孩子取一个马挖苦，这算什么名字嘛。"花敬钟说，"这就是你不懂了，过去我们取名字，都会取猫啊狗呀泥巴啊之类的贱物，却不用龙呀凤呀的，为什么？取了太大的名字，怕孩子承受不了，取一个贱名字，好养。"总之，花敬钟时时处处小心翼翼，害怕显示出他花家与别人家的不同之处来。他对老伴说，"咱们这样做，是在为子范积德消灾啊，他现在人五人六的，今天斗这个，明天整那个，我是担心他。"

　　孩子，那时我已经很老了，但依然未显出老迈之相来。作为一棵千年古树，我眼见了米岛的形成，经历过空前的干旱与洪灾，更见证了三百年来，米岛人的恩怨情仇。过去的几百年，于我而言，时间不过和一天一样，我的生活，是那样的平静而安宁，大自然的风雨雷电，差不多组成了我情感生活的全部，就算是大自然的洪灾与米岛形成这样开天辟地的大事，也不过如同一块扔在平静湖面的石子，在我的意识里，只是如同一阵微风吹过，起了一点微波。自从米岛有了人后，作为一棵树，我被人类的情感传染了，我的心越来越敏感，我感知到了人类的痛苦，和他们为人的幸福与欢乐，时光就变得格外漫长。我看见一个孩子出生，我会很渴望知道他的未来，我看见人类在经历着空前的痛苦，但以我的经验，我知道，人类会进行自我修复，会从那痛苦中走出来，我就希望时间过得快一点，再快一点。按理说，当时的我已经是一个见怪不怪、处变不惊的老觉悟树了。但米岛这五个孩子的相继出生，却依然让我感觉到了一些未知的事情将要发生。我能从过往的事件中总结出一些历史经验，可我却没有未卜先知的能力，我和那些生息在我身上的鬼魂们一样，对这五个孩子和他们的未来充满好奇，还有一丝不安。而那些生息在我身上的鬼魂们，就算是米南村这样资深的老鬼，也依然无法逃脱血缘里流淌的对自己后人的关心。因此米南村对米立心的关注，显然更甚于其他四个孩子，当他听到那些人将米立心的未来排在花一朵和花五朵之后时，表现出了少有的愤慨。他以一个资深老鬼的见解，预言了花一朵和花五朵将来会命动多舛。米南村对其他的鬼魂们说，"你们看啊，花家，这米岛上百年杀戮的始作俑者，他们的后人，这一百年来，虽然或富或贵，一直掌握着米岛的要害，但实话实说，花家人从来就缺少了智慧，只有这个花敬钟，是个有智慧的家伙，可惜他老啦，他无法改变他的儿子花子范将来要面临的悲剧。"鬼魂白振甫显然把重振白家的希望寄托在了白鸿声的身上。当他的儿媳抱着文弱的白鸿声来到树下时，他就会得意地对其他鬼魂们说，"你们看啊，这孩子，一看就不是一般的孩子。你看他，唇红齿白，文文静静，老天有眼，我们老白家不会一直这样倒霉下去，世道终究是要变的。"白振甫的话，显然让米家生听着不那么入耳。虽然他和白振甫之间的恩怨早已云淡风轻，可是关乎他们后人的事情，他依然还是要据理力争。他反唇相讥道，"鸿声这孩子好是好，可就是长得太好看了，你说一个男孩子，长得那么文静秀气，像个女孩子一样，有什么好呢。还是我们家立心好，有男子汉的样，虎头虎脑，浓眉大眼。我看五个孩子中，最有出息的，还是我们立心呢。"白振甫说，"是啊，虎头虎脑，一看就是一个好劳力，将来能挣十分工吧。可是你别忘了，劳心者治人，劳力者治于人。米立心，一看就是一个劳力命啊。"马家作为外来户，那些死鬼们中，没有他的先人。于是，鬼魂们把目光投向了李桂枝的男人，他们说，"你家桂枝嫁给了马脚，马挖苦怎么说也和你沾点亲带点故，你说说看，马挖苦这孩子会是一个什么命?"李桂枝的前男人，一直保持着饿死前那个干瘦的样子，脚却水肿成一个夸张透亮的水袋，他从来无意于鬼魂们之间的纷争，之所以没有去天堂，也没有去喝了孟婆汤重新投胎，是放心不下他的老婆孩子，他要在这米岛守候她们。他守来的，却是女儿被流弹打死。女儿小满的鬼魂飘荡在村子上空，米南村又去劝说她不要喝孟婆汤，这让她的父亲很是愤怒，为这事，他将米南村摁在树上，端起了一碗孟婆汤就要灌给米南村喝，米南村已然爱上了这游魂的生活，看着一代又一代的儿孙们怎样的因果报应，现在让他喝了孟婆汤去重新投胎，无异于在为人时被人要了老命一样惊恐。自然，他未能将小满的鬼魂留下，从此后，米南村再向众鬼魂们发号施令倚老卖老时，只要李桂枝的前男人咳嗽一声，他就吓得不敢吭声，所谓卤水点豆腐，一物降一物。现在，当一干鬼魂们，将关乎孩子们未来的闲言扯到他身上时，他翻着怪眼看了众鬼魂一通，说，"你们就不能消停点? 做人争了一世，还没有争累，做鬼还要争来争去，可你们争来有什么用呢? 你们的儿孙出息了，会记得你们这些死鬼吗? 你们的儿孙不出息，你们能帮得上忙吗?"说完，他就栖在一个树窝里，不再言语。他的话，让其他的鬼魂们都无话可说，悲伤的情绪在他们之间传染。人鬼殊途，他们生活在两个世界。众鬼魂不再出声，天上一轮月，昏黄不清，而那银河，却清浅无比。有风吹过，我的枝叶沙沙作响。那生前专门超度亡灵的米端公，是个老童生，一生未能获得功名，到老了，靠做斋混口饭吃。此时的他却和着风声，用低沉的哭腔唱了起来："去君之恒幹，何为乎四方些？舍君之乐处，而离彼不祥些。魂兮归来！东方不可以讬些。长人千仞，惟魂是索些。十日代出，流金铄石些。彼皆习之，魂往必释些。归来归来！不可以讬些。魂兮归来！南方不可以止些……"众鬼魂和我一样，听不懂他唱的是什么意思，却也觉出了一种莫大的悲凉。于是，鬼魂们都和着他的声音，发出了呜呜的叫声。这一叫，叫出了一阵阴冷的风，那些在树下纳凉的人们，感到了这阴风，下意识地抱紧了身子，那抱着孩子的，赶紧将孩子搂紧。白鸿声吓得哇哇哭了起来，米立心的手脚，也暂时停止了挥动。只有那马挖苦，精光四射的小眼睛，一直盯着那树上唱着哀歌的米端公。米端公不再唱，众鬼魂们也不再和。米端公长叹一声，说，"我们栖在这里不走，说到底，是还有太多的放不下。这样痛苦牵挂，有什么用呢，还不如喝了孟婆汤，什么都忘了，下辈子脱胎成人还是成猪，都不操上一辈子的心了。"说完跳下了树，说，"我解脱了，不和你们在一起耗着啦，我要去喝孟婆汤了。"斋公这样一说，树上起了一阵骚动，有好几个鬼魂，都起了这样的心。米南村却冷笑着说，"走啦走啦，该走的劝不住，该留的不用劝。只是你们自认为是解脱了，却不知，你们喝了孟婆汤，又将陷入六道轮回之中，哪像我们这样，无生无死，无死无生来得自在。"他这样一说，几个本欲随了去的鬼魂，又止住了脚步。树下纳凉的人们，也纷纷站起了身，说时间不早了，咱们散了吧，明早还要出工。众人都走，抱着马挖苦的李桂枝走在最后，却不知，在她肩头的孩子，那精亮的目光，在树上的众鬼魂身上一一扫过。等树下的众人都散了，鬼魂们还没有回过神来，好半天，还是米南村，用一种近乎颤抖的声音在说，"你们，发现了没有，他看得见我们，马挖苦，这孩子，看得见我们。"米南村这样一说，众鬼魂们立时就炸开了窝，大家都说，刚才和马挖苦的目光相对了。"这还了得，完全是一个妖怪。"众鬼魂们就问我，"觉悟树，你说是不是这样。这孩子，他看得见我们。"我也感觉到了这孩子的与众不同，我安慰他们，说，"也许是你们在胡思乱想呢。"米南村说，"不会是胡思乱想，世道要变了，米岛要变了，辛亥年，咱米岛也出过这样一个怪物。"

四

　　米南村的预言在多年之后果然实现了。但在他说出世道要变之后，世道并未发生多大的变化。农人依然早出晚归在农田里忙活，学生们依然停课，跟在一群闲汉后面文攻武卫。到了是年的八月，米岛又召开了一场大型批斗会，此次批斗大会的主角，却不再是过去的地主富农，而是反动学术权威。这个消息，在多日之前就放出风来，可是对于米岛人来说，"反动学术权威"这个词，却显得十分陌生，往日里斗地主富农，大家都明白哪些人要挨斗了，而这反动学术权威是什么东西，哪些人称得上反动学术权威，却不得而知。作为一棵千年古树，以我的经验和智慧，我也不知道反动学术权威是什么。到了晚上，农人们都散去了，而我身上栖着的那些鬼魂们，还在热烈地讨论什么是反动学术权威，反动好理解，但学术权威呢？终是有那见多识广、生前走出过米岛的鬼魂，给我们解释，说学术权威，大概就是有文化的人，是知识分子。这样一说，众鬼魂们就开始算，说米岛谁是有学问的，算来算去，米岛最有学问的人，在多年前早逃到台湾去了，会不会把他的亲人拉上台来斗呢？大家议了半天，也没有一个结果。除了那逃去台湾的白铭公，米岛最有学问的，就数米岛中学的一干老师们，彼时学校已停课，老师们无事可做，是否把他们拉出来斗一斗呢，所谓下雨天打孩子，闲着也是闲着的。说到这里，一众鬼魂们，就为那些老师们担忧了起来。

　　其时米岛每个村都有一所小学，而在镇区，另有一所小学一所中学，中学名叫米岛一中。而在米岛的岛东村，又有一所中学，叫米岛二中。岛东小学就在岛东村南面的山坡下，一间四合院落，这是米岛最有特色的建筑，进门处，有着九级青石板铺着的台阶，两米多高的围墙上起伏着绿色的琉璃顶。走进院门，迎面是一间高大的建筑，飞檐斗拱，四根两人方能合抱的柱子。门上的白石上，曾经刻着三个刚劲的馆阁体大字——香山堂。两边，刻有一副对联，"诗书继世，忠厚传家"。走进香山堂，绕过一面高大的影壁，左右是两间游廊，迎面又是一间大堂，里面供奉着白氏历代祖先牌位。左右游廊皆有门，通向外面，外面各一排厢房，厢房和游廊之间是空阔的院落，种满了常青的女贞、月季，兰、竹、菊皆应时而生。又有围墙，将这院落围成了封闭状。当然，这是香山堂曾经的模样。香山堂是白氏宗祠，当年，白泰公带着金银细软及家眷逃难到这米岛，后来杀死了米南村和他的儿子米有田，在这岛上，过上了一段时间低调的隐居生活。满人建立全国政权之后，又过了几年，白泰公感觉到再无后顾之忧，便开始在米岛大兴土木，先是修建了三进九间带铺厦耳房的白家大院，又修了这威武壮观的香山堂。白泰公当年逃难时，所带金银虽然不多，但有几件宝物，却是价值连城，加之岛上那时尽是参天大树，就地取材，因此，白泰公将香山堂修建得富丽堂皇。又请了一干家奴用人，将这米岛，建成了他小小的王国，只是白泰公没有想到，他修建完成了白家大院和香山堂，没来得及圆他当年未竟的将相之梦，就死在了花从文、花从武兄弟之手，家产尽皆被花家兄弟占去，丢下一干孤儿寡母，日子过得好不悽惶。后来倒是米南村那被白夫人求情活下的儿子米有权，已然长大成人，又从白氏那里得知，花家兄弟是杀死他父兄的仇人。米有权隐忍多年，终于报得大仇，将花家兄弟的头颅祭献在了父兄的坟前。从此，米有权成为白家的大管家，而花家后人，又开始隐忍复仇，如是反复，血腥不断，不提也罢。说这香山堂，自解放后，大地主白振甫被一枪打死，他的白家大院和香山堂充公。白家大院后来成为了岛东大队部，又住进了十余户人家，而香山堂，则改成了岛东小学。"香山堂"三个大字，被抹上了厚厚一层石灰混合砂浆，上面写上了横平竖直的标语体的"岛东小学"四个大字。两边的对联也被抹上，用油漆写上了"听毛主席话，跟共产党走"，到了后来，又将"听毛主席话，跟共产党走"抹上了一层石灰混合砂浆，用油漆写上了"农业学大寨，工业学大庆"，没几年，又被抹去，写上了"革命无罪,造反有理"。两边的墙上,又刷了两行标语,"横扫一切牛鬼蛇神","千万不要忘记阶级斗争"。岛东小学不远处,是米岛二中。米岛二中过去是一间缫丝厂,缫丝厂本是花家的资产,老板的儿子当年加入了国民党,因此国军败退时,老板就跟着儿子,一家人都逃去了台湾,走的时候,把缫丝厂能用的一点设备都砸了,本来是打算一把火将这缫丝厂烧掉的,好在火刚烧起来就被发现,米岛人并不知道是老板自己放的火,还以为是意外失火,大家齐心协力,将火扑灭,只是烧掉了一间厂房,后来,就改建成了米岛二中。现在,岛东小学还是基本上保持了正常的上课,中学的学生,整天忙着大串联,搞运动,基本上就停课了。

米岛人对文化人,从心底里保有一份尊敬,因此之前的多次运动,被批斗的,基本上是地主富农。此次,米岛要批斗反动学术权威,在我和那一干鬼魂们看来,米岛能与学术沾上边的,就只有这些老师了。于是,我们都为米岛的这些老师们担忧起来。但很快,这担忧就显得没有必要了,大家很快就知道了确切的消息,米岛没有反动学术权威,但米岛革命委员会又决定了要打倒反动学术权威,为了达到教育米岛民众的目的,米岛革命委员会从江北农场借了两名反动学术权威来批斗,而为了不至于让米岛人太没有面子,连一个反动学术权威都选不出来,革命委员会决定将白奇谋作为米岛反动学术权威的代表,拉上批斗台,和借来的两名反动学术权威一起批斗。白奇谋之前挨过多次批斗,因此每次运动来时,他总是提心吊胆,只有这次,以为能躲过一劫,他大字不识一个,无论如何,也与学术权威扯不上干系。白奇谋对来揪他的一群革命小将说,"同志啊,冤枉啊,你们是不是搞错了,米岛的人民群众可以做证,我连自己的名字都不会写啊,哪里是反动学术权威呢?"一位十六七岁,嘴上刚长出稚嫩胡子的革命小将说,"你读了十六年书,是不是?"白奇谋说,"是。"另一位革命小将说,"十六年书,放到现在,大学都读完了,米岛还有读书时间比你更长的人么?"白奇谋说,"可是我读了十六年书,都是在混日子啊,我一个字也不认识。"革命小将说,"这正是你的反动之处。"白奇谋带着哭腔,腿肚子发抖地说,"我真的一个字都不认得啊。"另一位革命小将说，"听说你能背整本孔老二的书。"白奇谋说，"我就是望天背，我是个睁眼瞎呀。"白奇谋的争辩起不了丝毫作用。革命小将们说，"革委会的花主任点的名，想赖是赖不掉的。"一拥而上，将白奇谋捆了，押去了革委会。

与白奇谋一样，从江北农场借来的另一名反动学术权威，曾经不过是县城中学的一名初中语文老师，语文老师在教书育人之余，喜欢舞文弄墨写点文章，他的文章经常在县城的报纸和楚州的州报上发表，甚至还有那么一篇登上了省城的文学刊物，于是，作为本县的文艺人才，调进了县群众文化馆。后来也不知是何缘故，就被打成了右派，投进了江北农场进行劳动改造，并且成为了本县著名的"运动员"，但凡有运动，有人要批斗，他总能对号入座成为被批对象。长期的"运动员"经历，使得这位语文老师几近麻木，押上批斗台，什么罪行，他都会低头认罪，让他下跪他就跪，让他悔过他就悔过，让他喊什么口号他都喊，他这样的行为，并未让他成为改造积极分子而获得减刑释放的机会，反倒让他成为了各种批斗会上少不了的角色，与那些又臭又硬死不悔改的牛鬼蛇神相比，他的软弱与忍让，反而让他陷入了没完没了的批斗之中。批斗者需要他这样的人现身说法，用他的认罪，来衬托那些死不悔改者的罪恶。不过，他也因此而免除了被殴致死的可能，几年来，他被各地的批斗大会借去陪斗，却从未成为被批斗的主角。他被揪上台，往往只是挨上两脚三耳光或一二皮带，就顺利过关。因为他是一个活的批斗道具，借用他的人，向江北农场方面保证了不能损及他的性命，也不能将他打成重伤。因此，于他而言，那么多次的批斗，他被消灭的，只是他为人的尊严，而他的肉体，却在一次次的批斗会中保存了下来，也的确是一大奇迹。

白奇谋和语文老师一样，成为了这场事先就被大肆宣扬的米岛批斗反动学术权威的配角。当他和语文老师一同头戴纸糊的高帽，脖子上挂着一张写有"反动学术权威，牛鬼蛇神，臭老九某某某"字样的纸牌，被革命小将押上批斗台时，批斗会的现场，来了不下一千人。而这一千人，大多数是冲着批斗会现场放映的电影来的。在米岛，每逢重大批斗会，都会放一场电影，把批斗会搞得和过节一样隆重，这是花子范的创意。而对于米岛人来说，过节最隆重的活动，莫过于在露天地里扯开一块幕布放一场电影。彼时能放的电影就那么几部，可是就那么几部电影，翻来覆去地放，依然能吸引来人山人海。若是单纯的批斗会，则要费尽心思去组织观众。花子范的这一创意，作为成功经验，在邻近的几个公社和江北农场被复制，而能否在被批斗时放电影，也成为了那些牛鬼蛇神们地位与身份的象征。只有足够重要的批斗会，只有足够重量级的批斗对象，才能享受如此隆重的礼遇。因此，当白奇谋得知，当天的批斗会结束之后，将要放映电影《白毛女》时，他简直受宠若惊。在他之前经历的批斗，最大规模的，也不过是被人五花大绑，拉到村里的老戏台子上，下面一干乡亲，冲他喊几句口号，然后被人押着在村子里游走一圈。这样规格的批斗会，居然让白奇谋心里有一些说不清道不明的激动。他不止一次地问看管他的革命小将，批斗完了真的要放电影吗？革命小将说要放。白奇谋说，"我有这么重要吗？批斗我还要放电影。"革命小将说，"呸！你这臭地主，不以为耻，反以为荣。"白奇谋就不敢吱声了。

眼看天色将晚，也没有那么热了，西边的天空，烧起了火红的霞，白奇谋听见高音喇叭里开始响起了雄壮的革命歌曲，还夹着众人高呼的太阳神语录。白奇谋开始感到了前所未有的恐惧。他嗅到了死亡的气息，当年，他的父亲白振甫被枪毙的那场批斗会，白奇谋也嗅到过这样的气息，血的腥味在风中四处游走，天空也被烧成了血色，高音喇叭里的声音是那样响亮，那次，白奇谋也被五花大绑着押上了审判台。不同的是，那一年他才二十出头，他听说过其他的地方进行土地革命，将地主恶霸就地镇压，但他觉得他们家虽然是地主，但不是恶霸，白家向以仁义闻名乡里，每逢灾年，白家会在镇上搭粥棚施粥。白奇谋清楚地记得，在他童年时，祖父、父亲就带着他到粥棚现场去施粥，祖父还让年幼的他亲手给那些饿得在寒风中发抖的灾民们发粥，看着那些灾民们在接过粥时千恩万谢，个个嘴里都在喊着"活菩萨啊，善人啊"，他的祖父就不失时机地教诲他，为富不仁，富贵不能长久。祖父一生都在做修桥补路的事，有那饿倒在米岛的，只要白家知道了，总少不了捐出一副薄棺材。祖父死后，他父亲虽然并未完全继承他祖父乐善好施的品格，但怎么说，也算不得恶霸，算不得为富不仁。因此，当白振甫被五花大绑押上批斗台上时，他这样安慰这个不成器的儿子，说，"你不用怕，你看见台下的人了没有？他们多是我们白家的长工，没有白家，他们哪有一碗饭吃。他们不会把你怎么样的，大不了，把我们的土地分给大家。"然而批斗现场群情激愤，先是有人在台上从理论上讲了一通地主资本家是怎么剥削劳苦大众的，接下来，他家的那些长工短工们，一个个上台，指着他的鼻子，吐着口水，一桩桩数落着他的罪恶，说，米岛那么多人都娶不上老婆，他一个人占两个老婆，占两个还不说，一把年纪了，还占着一个那么年轻的老婆，这就是不公平。又有人说，过年的时候，长工们只能吃一点杂面馒头，白家的田都是他们给种的，可是打出来的谷子，却都归了白家。他们每天干那么重的农活，一年到头吃不上一两肉，而白家餐餐大鱼大肉。特别是白家当时在镇上开了一家当铺，那简直就是一家黑店，再值钱的东西，到了他那里都是虫吃鼠咬破棉烂袄……一桩桩的罪恶数下来，白奇谋听得是心惊肉跳，也当真觉得白家是罪大恶极。他的父亲白振甫也低下了头。到后来，轮到他表态时，白振甫说，从前他一直认为，白家天生就是富贵人家，享受这富贵是天经地义之事，今天的批斗大会，才让他明白了，人生来本就应该是平等的。孔子还说，民不患寡患不均。听了大家对他的控诉，他真的觉得自己是有罪的，而且罪大恶极，死有余辜，现在，他愿意听从人民政府的发落，就算被枪毙，他也毫无怨言。只是，他有一个请求，希望政府看在白家为富虽然有罪，但从来没有干过欺男霸女恶贯满盈的事情，从来都是修桥补路，遇上饥荒还施粥的分上，能对他的子女家人宽大处理。白家在米岛的民愤并不是太大，刚才大家一通揭露与批斗之后，白振甫的态度，又让昔日里的长工与乡邻们心怀不忍。再说了，白振甫同意将他的土地与浮财都分给大家，众人要他白振甫一家人的命又有何用。后来，人民政府算是答应了白振甫的请求，只是一枪结果了他的性命，而他的家人都保全了下来，并且还在白家大院里，割出了两间房子，供他们一家人生活。白奇谋清楚地记得，父亲被枪毙的那一天，天空中就飘浮着这种死亡的气息。许多年

过去了，白奇谋再一次站在了这样大的审判会现场，再一次嗅到了死亡的气息，脑子里一下子就空了，只有儿子白鸿声那文弱俊美的笑，在他的意识里飘来荡去。

白奇谋甚至都不清楚他是怎样被揪上台的，只听得台下发出哄的叫声，有人在喊口号，到处都是声音，在各种声音中，白奇谋的眼睛根本睁不开，他干脆就闭上了眼，他在等死。但很快，他被命令睁开他罪恶的狗眼。于是，白奇谋就睁开了他罪恶的狗眼，他这才看清，在台下，居然聚集了那么多的人，他在台下寻找熟悉的面孔，那么多熟悉的面孔，他们的脸上，怎么会有那么多的麻木与漠然。白奇谋是第一个被押上去的，对他的批斗，却并没有他想象的那样严厉，只是几位小将喊口号，下面众人跟着喊口号，然后有人将他的头摁得低低的，都快摁到了裤裆里，他看到了一个颠倒的世界，接着，他感觉到腿弯里被重重地踹了两下，他就跪倒在地，头也磕到了地上，血腥味儿更浓了，有血，在顺着他的额头往下淌。然后就是皮带抽打在身上的痛，打了十余下，他就被人拖到了一边，听到高音喇叭里在喊，把反动学术权威臭老九某某某押上台来。那资深的"运动员"就被押上了台，还没有等革命小将将他的头摁下去，他就扑通一声跪在了地下，大声忏悔，说，"地、富、反、坏、右、叛徒、特务、走资派。我是臭老九，我有罪，我接受革命小将的教育。"台下传来了哄的笑声，在众人的笑声中，资深运动员被掴了两个耳光，他依然是大声肯定了掴他耳光的正确性，他大声说，"大海航行靠舵手，干革命靠毛泽东思想。忠于毛主席，忠于毛泽东思想，忠于毛主席的革命路线……"又是两个耳光，革命小将说，"呸，你这种臭老九，也配忠于毛主席的革命路线。"资深"运动员"说，"我是不配，可是我争取洗心革面重新做人。"这时，米岛革命委员会主任花子范出现在了审判台上，他适时地制止了对资深"运动员"的继续审判，说，"我们要给他一个洗心革面重新做人的机会。"一挥手，他也被押到了批斗台的另一侧，和白奇谋一左一右，如同哼哈二将。这时，花子范拿起了高音喇叭，大声宣布："下面，将死不悔改、顽固不化的大右派、大反动派、大走资派、反动学术权威、臭流氓、江湖骗子江一郎押上台来。"直到此时，白奇谋才明白，今天批斗会真正的主角，原来是江一郎。他暗自庆幸自己又将逃过一劫的同时，却为江一郎忧心起来。

　　江一郎被押上台，在台下引起了一阵不小的骚动。没有谁会想到，今天被批斗的主角，居然是江一郎，而更让米岛民众没有想到的，是江一郎的罪状，在大右派、大反动派、大走资派、反动学术权威之外，还有另外的两条罪状，一条是臭流氓，一条是江湖骗子。就在大家的错愕之中，江一郎被押上了台，但他显然不像白奇谋那样被吓得惊惶不定，也不像语文老师那样巧于应对，他的双手被反剪在身后，头上也戴上了一顶远远高于白奇谋和语文老师的帽子，胸前一块硕大的纸牌上面，写着他的各种罪状，并被打上了一个血红的大叉。他的胡须凌乱，但眼神依然坚定，努力地将腰挺直，头不屈地昂着。那些年，我见过的批斗会不少，也有了一些经验，我知道，往往最后一个被押上台的，是批斗会的主角，也会是被收拾得最惨的，而像江一郎这样，对批斗表现出明显的不屈与抗拒，只会吃更多的苦头。这是一个不懂得变通的人，或许，他知道在劫难逃，于是，想站着死，有尊严地死。江一郎被押上台后，台下的人群一下子安静了许多，彼时，太阳已快落到岛西，血红的晚霞，已然变成了暗红色，有风吹过，风中杀气腾腾。

　　太阳落土，鬼上大路。众鬼魂们纷纷出来游荡。他们也被那批斗会吸引。

　　鬼魂白振甫叫了一声不好，说江一郎这次怕是在劫难逃。米南村指着那一干花家的鬼魂们说，"你看看，看看你们花家的不肖子孙，恩将仇报的白眼狼。几个月前，江一郎才给你们花家接生了一双女儿，今天，花家就将恩人绑上了断头台。"花家的先人们，在此时，就惭愧地低下了头。米南村说，"想不通，真的是想不通啊。"米家生说，"有什么想不通的呢，你们看，江一郎的罪名里，不是有一条大流氓么，有了这一条罪行，你们还不明白为什么吗？"

　　就在鬼魂们为江一郎忧心时，江一郎被押到了台中间，小将喝令他跪下，江一郎冷笑一声，说，"男儿膝下有黄金，我上跪天，下跪地，中间跪父母。"两位小将就将他往下摁，试图强迫江一郎跪下，江一郎僵在那里不肯跪，从后面忽地就挥过来一条大木棒，正击中江一郎的膝弯，江一郎的腿一软，就跪在了台上，想要再爬起来已是不可能。有人就开始喊起了口号，台下附和之声虽然不多，但把这死不悔改的江一郎给制伏了，让他下跪了，依然赢得了喝彩。花子范这才走到江一郎面前，呵呵一声长笑，说，"江，一，郎，江大夫，近来可好?"江一郎冷笑一声。花子范说，"江一郎，你可知罪?"江一郎说，"我行得正，坐得稳，何罪之有?"花子范冷笑一声，"何罪之有? 你就是一块茅坑里的石头，又臭又硬啊，何罪之有，你这个封资修的代表，你还何罪之有?"花子范就在台上，开始大声宣读江一郎的各条罪状，将他这个大右派、大反动派、大走资派的罪行，一一公之于众。花子范每公布一条罪行，就有人喊一阵口号，然后，红卫兵小将们冲过去，配合着口号，给江一郎连抽带打一通皮带。三条罪状公布下来，江一郎毕竟已是五十出头的人，哪里经得起这样的毒打，台下众人知道，这样打法，不到把他的最后两条罪状宣布出来，江一郎怕是性命难保。就在江一郎被押上台，又被小将们一阵毒打的时候，米爱红抱着孩子，站在台下的人群之中。她目睹着自己的恩人在台上受着如此非人的折磨，却不知该如何才能去救他，她恨不能冲上台去，替江一郎挨这一顿打，但想到怀里的米立心，她又犯难了，她知道，此时她若是冲上去，不过是多一个冤死鬼，说不定，还会因此连累江一郎，让花子范又给江一郎多加一条罪名。米爱红的心，就像被一只巨大的爪子攥在掌心里，台上每传来一声口号，米爱红的心就被揪得更紧，她快要喘不过气来了，她不敢看，却又担心着，不敢走。那一瞬间，米爱红发现，她的生命，和台上这个男人的生命，已然发生了千丝万缕的联系。也许，从那天，她赤身裸体呈现在江一郎面前的那一瞬间开始，她就和这个男人，产生了千丝万缕的联系。她是如此信任他，那天她的意识已然模糊，她都差不多要放弃活下去了，可是当她的目光与江一郎坚定的目光相对接的那一刻，她感觉到了这个男人身上巨大的能量，她信任他，相信有他在，什么问题都不会成为问题。后来的很长一段时间，当她怀抱着孩子，看着孩子的小嘴在她的怀里拱来拱去寻找奶头的时候，当她叫着立心的时候，她就会不可遏制地想起江一郎，她这才回想起来，当时，她是赤身裸体地呈现在江一郎面前的，而她的孩子，是江一郎从她的子宫里接到这个世界上来的。她会回想起来，当时的江一郎，眼睛里的光是那样的干净清澈，那一道光，照亮了米爱红后来漫长的生命，成为那漫长的孤独时光中难得的慰藉。许多时候，米爱红甚至会有一丝丝遗憾，遗憾那目光太过清澈干净，那眼睛面对的只是一个神圣的临产的母亲，而未将她当成一名女子，未将她的身体当成一具年轻女性的胴体。这样想的时候，米爱红的脸上会起一朵红晕，她为自己这样的意识感到羞愧，觉得自己犯下了滔天的罪行，于是，在夜深人静的时候，她会跪在我这觉悟树前，忏悔她这种罪恶的思想。她对我坦诚了她所有的心思，在很长一段时间里，她再没有提及过孩子的父亲，那个名叫吴青山的来自大城市的知青，她也不再悲伤，她的心里，有的是一种萌动的，对江一郎的思念。她轻声忏悔她的罪恶，然后又自我解释说，是啊，一个即将临盘的女人，大着肚子，面色如土，有什么好看的呢？她甚至对我袒露心思，希望有一天，江一郎能看到她作为一名女性年轻而有活力丰满健康挺拔的胴体。她总是这样，一边忏悔着她的罪恶，一边又祈祷着上天能给她一个新的机会。她一次又一次对她的母亲，那位和她一样坚忍的母亲谈起江一郎。米爱红发现，母亲和她一样喜欢谈论江一郎，在谈论江一郎时，母亲的脸上，同样荡漾着少女一样的神采。米爱红忽略了这一细节，她沉浸在对江一郎的思念之中，没有能体察到母亲的心思。这无疑为后来的悲剧埋下了伏笔。米家生死后，这么多年来，爱红娘孤身一人将她抚养长大，现在又和她一起抚养着米立心。米爱红只关注了自己内心深处的情感和身体里勃发的情欲，却忽略了母亲作为一名女性，现在依然是情欲勃发的年龄。母亲和女儿一样，这么多年来，她早已将白振甫，她生命中的第一个男人的样子遗忘，她尚能记得的，只是那许多的夜晚，白振甫对她的专宠，和她故意发出的夸张的用来刺激白婆婆的叫床声，而她生命中的第二个男人，那个为了她们母女活命而饿死的米家生的样子，她也记不真切了，她只记得，米家生在得到她时的激动，那没完没了的性爱，那带着仇恨与妒忌的发泄。后来的漫长时光，那些无边的黑夜，她会想念她生命中的这两个男人，而能想到的，却只是他们在床上的样子。而这样的想念，会让她的身体，仿佛有一团火在燃烧，她会去喝凉水，但是凉水也解决不了问题，她感觉到身体里有无数条蛇在游走，有万千只虫子在往骨头缝里钻。彼时，她的心中就充满了恨，对那两个死鬼男人的恨。她并不知道，当她在床上痛苦地翻来滚去时，她两个男人的鬼魂，正站立在她的床前，他们的心里，也是一样的痛苦无奈，生死两隔，人鬼殊途。米家生愤怒地说，"这个骚婆娘夹不住了，她迟早要偷人的。迟早要。"这样说时，米家生的眼里恨不能喷出火来。而这时，白振甫就会发出一声痛苦的浩叹，说，"家生，不要这样自私，我倒是希望她能再走一步，再找个男人成家，就算不成家，哪怕是偷个男人也好，你看她现在，多痛苦。"白振甫说，"家生，爱一个女人，就要指望她好，她好了，爱她的人才能安心。"米家生说，"你白振甫宰相肚里能撑船，我做不到。"白振甫说，"做不到又如何？你能去陪她，你能让她快活了？"米家生就揪了头发，痛苦地蹲在地上。这样长时间的煎熬之后，爱红娘慢慢习惯了，她不再去想那两个死鬼男人，她去想爱红，想爱红的未来，去想那做也做不完的农活，去想她曾经的少女时光，想那些不着边际的事情，小心翼翼，让身体里的情欲沉睡。就像一条冬眠的蛇。她做到了，她没有想到，江一郎的出现，让她身体里的春天又悄悄来临，那条好不容易冬眠的蛇复苏了。她一次又一次和女儿谈论江一郎，她喜欢抱着米立心，叫着米立心，她很奇怪，当她叫着米立心时，心里想的，却是为孩子取了"立心"这个名字的男人江一郎。母女俩同时不可遏制地爱上了江一郎，她们打听到江一郎的身世，知道江一郎自从被打倒后，他的原配夫人就果断和他划清了界限，并和他离了婚。这让她们在为江一郎鸣不平的同时，又给了母女二人以无限希望，虽然说现在江一郎在江北农场服刑，但母女二人都坚信，他会有出狱的那一天，不管那一天何时到来，也不管江一郎出狱之后有多么苍老，更不管作为一名大右派大走资派，就算江一郎出狱也将是人人唯恐避之不及的瘟神，但是母女二人同时在心底里发下了誓言，要照顾江一郎，要用自己的身体，温暖他、慰藉他。母女二人不约而同在我面前发下了她们一生中最郑重的誓言。那一刻，我就知道，对于米爱红母女而言，这将是她们人生无边痛苦的开始。许多年之后，爱红娘的选择，印证了我当时的预感。

当江一郎在台上受尽折磨时，台下人群中，痛苦的不仅是米爱红，还有爱红娘。看到米爱红只顾在那里流泪，爱红娘却有了主意，她冲着不知所措的米爱红说，快去把花子范的爹妈找来。一语惊醒梦中人，此时此刻，能喝令花子范停下复仇屠刀的，只有他的父母了。当米爱红抱着孩子拼命朝花敬钟家跑去时，台上的江一郎已然昏死了过去，花子范冷笑道，"你装什么，你装死就能逃避人民的审判吗？"一盆凉水泼在了江一郎的头上。花子范开始宣布江一郎作为大流氓的罪行。而这一条，却是让米岛的民众无论如何也不会相信的事情。可是花子范言之凿凿，他指出江一郎作为一名男人，学医偏偏学妇科，为的就是在为妇女治病时耍流氓，而此时发了疯一样冲上台去的爱红娘，则正好为花子范对江一郎的指控找到了铁证。爱红娘当时没有想太多，她知道米爱红去找花敬钟了，也知道花敬钟一定会来阻止花子范对江一郎继续的折磨，她更知道，只要花敬钟一来，花子范就不好在今天对江一郎下死手了。而她要做的，她能做的，就是在花敬钟到来之前，护住江一郎，有什么毒打，都由她来替江一郎受了。因此当她冲上去时，就做好了身败名裂的准备，也做好了死的准备。当她护住了江一郎，用身体挡住了抽向江一郎的皮带时，台下发出了一阵惊呼。要知道，公然维护一名大右派大走资派，可是罪大恶极。花子范和一干红卫兵小将愣住了，但只是一瞬，花子范就回过了神来。他大笑了起来，他英明地指出，爱红娘就是江一郎搞的破鞋，就是江一郎耍流氓的铁证。爱红娘回骂，放你娘的狗屁。花子范冷笑，他质问爱红娘，和江一郎是怎样认识的，是怎样勾搭成奸的。"江一郎在江北坐牢，你在米岛，江一郎只是去给你女儿米爱红接过一次生，你们就勾搭成奸了，可见江一郎的流氓手段有多么高明。"这样一来，连那些不相信花子范的人，也都半信半疑了。爱红娘骂，"江一郎离了婚，我死了老公，就算我们好，那怎么就是勾搭成奸了？"花子范命令红卫兵小将将爱红娘给绑了，他宣布现在要当着大家的面来公审这对作风败坏的男女。江一郎本来做好了必死的打算，他没料到，会有一个女人如此勇敢，在这节骨眼上出来护着他，而他，却只是觉得这女人面熟，一时竟未能想起她是谁，直到后来花子范指出他曾经为米爱红接生的事，他才想起来，这女人是米爱红的母亲。江一郎说，"你这是何苦。"又说，"我们是清白的。"而爱红娘却说，"你们问吧，有什么要问的，你们尽管问我。"爱红娘主动受审，这样一来，花子范居然就把那奄奄一息的江一郎放在了一边，兴趣盎然地审起了爱红娘。

　　审问爱红娘进行得并不顺利，她坦然地承认她喜欢上了江一郎，并大言不惭地表示，相信不止她一个女人会喜欢江一郎，她说江一郎是个好人，一个救过许多人性命的好医生，她说她就是要喜欢他。在当时，爱红娘简直是豁出去了，连花子范都觉得爱红娘是疯了，哪里有这样不要脸的女人，当着这么多人的面，就敢承认了自己喜欢一个只有一面之缘的男人。花子范打蛇随棍上，问爱红娘承认了喜欢江一郎，那么和江一郎之间，是否发生了不正当的关系。爱红娘说她只见过江一郎一次，而且是在给女儿接生的时候，而这一次，是她第二次见到江一郎，她不承认她和江一郎有任何其他的关系。事后，女儿米爱红问爱红娘，你是真的喜欢江一郎吗？爱红娘的脸红了，她看着激动得脸色发紫像一头随时要和她拼命的母狮子一样的米爱红，她小声地说你问这干吗？米爱红说我就问你，你是不是真的喜欢江一郎？爱红娘反问米爱红，说，如果妈告诉你，我想往前走一步，想和江一郎好，你是同意还是反对？米爱红，这个一向对母亲尊敬孝顺的女儿，突然之间冷笑了一声，说，"你要嫁人，是你的事，我不反对。"爱红娘满心欢喜，连声夸奖米爱红是个懂事的好孩子，然而米爱红却提出了她的条件，米爱红说，"你要嫁人可以，你想嫁给谁我都不会反对，但是有一点，在我嫁人之前，不许你先嫁人，哪有守寡的女儿还没有嫁人，守寡的妈就急着嫁人的道理。"爱红娘觉得米爱红的话很有道理，于是，她坦然地告诉米爱红，她喜欢上了江一郎，她也知道，江一郎就算是被打倒的劳改犯，也不会对她这样一个半老徐娘动心思，她说她知道，像江一郎这样有文化的人，不会喜欢她这样一个村妇，她当时在审判会上，之所以那样大胆地承认，也是在告诉江一郎，她爱他，为了他，她可以付出一切，甚至于自己的生命。果然，她那天被红卫兵小将们打得头破血流，当时就昏死在了批斗台上，如果不是米爱红带着花敬钟及时赶到，爱红娘和江一郎都难逃一死。

花敬钟赶到审判会现场，他也和爱红娘一样上了审判台，然而，没有人敢像对付爱红娘一样对付花敬钟。花敬钟上台后，花子范脸上的肌肉奇怪地扭曲着，他说，"爹，你糊涂了吗？你怎么来了，这里是批斗现场，你下去，不要妨碍我执行公务。"花敬钟颤抖着走到花子范的面前，突然扬起巴掌，一掌狠狠地掴在了花子范的脸上，"混账东西，当了芝麻大的官，就不晓得自己姓什么了。"台下顿时骚乱了起来，没有人上去劝架，大家在看着花敬钟怎样教训花子范。花敬钟给了花子范一巴掌之后，就去扶倒在地上的江一郎。花敬钟给江一郎跪下了，说，"我代不肖的儿子给您赔不是了。"江一郎对花敬钟说，"这怎么使得，老人家，使不得。"这一幕，让花子范很是难堪，一时不知该如何是好，于是就宣布批斗会结束。但事情却没有他想象的那样简单，革命小将们不干了，他们今天可是批斗反动学术权威的，小将们眼里没有权威。他们认为花敬钟居然敢在批斗会的现场公然为一个反动派张目，简直是胆大妄为，而花子范，作为革委会主任，居然纵容这种妄为，这种行为，应该受到批判。当时，站出来指责他的，是革命委员会的一位于副主任，副主任下令红卫兵小将们，将花敬钟、花子范父子捆起来，改天再开批斗会，专门来批斗他们父子。听令于副主任的小将们就逼了过来，而忠于花子范的小将，则护在了花子范面前。花子范气得直发抖，说，"你们敢造反？"副主任冷笑一声，说，"毛主席说，造反有理，革命无罪，就冲你刚才这句话，我们就可以造你的反，就可以将你打倒在地。说什么打倒权威，我看你花子范就是米岛最大的反动权威，我们现在就要革你的命。"现场的形势，一下子来了一百八十度的大转弯，但忠于花子范的人和忠于副主任的人显然势均力敌，现场一下子就陷入混乱之中，两边的人很快就打斗了起来，混乱之中，再没有人去管那些被批斗的人了。

这次批斗会之后，米岛陷入了新一轮的权力争斗，而爱红娘因此

躲过了一劫。

　　江一郎被押回江北农场继续服刑之后的几年，米爱红和她的母亲，想尽办法去探望江一郎，但是农场拒绝她们探视。但这并没有让母女二人死心，她们只要有空就会去江北农场，只要有机会，就会去求农场领导，希望能够获得探视的机会。这样长时间的坚持，终究没能打动农场的领导，而她们母女俩唯一能做到的，就是绕着那被铁丝网围着的农场，从那些在田间劳作的劳改犯们中间寻找江一郎的影子。这样的事情，成了米爱红和爱红娘母女二人生命中最幸福的事。她们回到米岛，在我的面前跪下，祈求菩萨保佑江一郎好人好报。漫漫长夜，母女二人就和米立心讲述江一郎。那时，母女二人都未曾想过，如果江一郎出来之后，她们该怎么办。江一郎只有一个，很显然，他也不可能同时属于她们两个女人。母女俩共同的心愿就是江一郎早日平安出狱，而出狱之后的事情，显然还没有被母女俩考虑。米爱红母女的行为，包括她们勇救江一郎的事情，在米岛人的口碑中，却并未成为壮举，人们反倒选择了相信花子范的指责，认为江一郎和爱红娘是有一腿的，要不然，爱红娘怎么可能冒如此巨大的风险冲上台去救江一郎，要知道在当时这样做意味着什么。若不是革命阵营内部出了争斗，他们无心顾及爱红娘，爱红娘的下场可想而知。爱红娘却并不在乎这样的口碑，想当年，她给白振甫做小的时候，口碑就很恶劣，后来嫁米家生，更是被人骂成不守妇道的骚货。甚至连米家生的饿死，也被指责为是被爱红娘掏空了身子不经饿的缘故，现在出了她和江一郎的丑事，这是米岛人最为不齿的事情。爱红娘在这样的不齿中已然生活了几十年，米岛人鄙视的眼光，反倒让她有了豁出去的勇气，在那个男女拉一下手都被说成有伤风化的年代，她这样的女子，自然会成为所有妇女们诅咒的对象和孩子们儿歌里的主角。但爱红娘和米爱红这对母女，却以最大的勇气无视着流言，她们是那样虔诚地在为江一郎祈祷。

　　在母女二人为江一郎祈祷的日子里，米岛又发生了一些大事情。

　　首先是花子范，自从他的父亲花敬钟闯上审判台给他一记耳光后，就打破了花子范的权威，也让革命小将们看清了他的嘴脸——原来领导他们革命的人，自己本身都存在着许多的问题，本身就是要被革命的对象。一开始，还有一些忠于花子范的革命小将追随着他，但这件事动摇了花子范的根本，跟随他的小将们，纷纷劝花子范大义灭亲，只有将花敬钟押上批斗台来一次批斗，才会让他重新赢得支持。这个提议让花子范犯难，他实在没有勇气将父亲押上审判台，他知道，一旦将父亲押上审判台，后面的结果将不好收拾。可是如果不这样，又将大权旁落。就在花子范犹豫不决时，米岛又举行了一场批斗大会，这次大会的召集人是革命委员会副主任。花子范听说之后，亲自去质问副主任此次批斗谁，为何他这个主任都不知情。副主任假意媚笑，说他正要向花子范汇报，关于被批斗的人选，他想保持神秘，但这个人物，一定是重量级人物。他热情邀请花子范亲自参加批斗大会，并说现场要请花子范讲话。其时花子范已然有种大权旁落的哀叹，跟随他的革命小将大多弃他而去，他甚至想过发动武斗，将副主任给拿下，但没敢行动，他害怕行动失败。一段时间以来，米岛的多次批斗大会，革委会都不请示他，也不通知他参加了，这让习惯了在人前抛头露面的花子范深感失落。他对妻子武义兰唠叨他的失落，在家里借酒浇愁，这让武义兰深为不满，武义兰说花子范变了，不再是过去那个呼风唤雨的花子范，变得婆婆妈妈了。武义兰说她喜欢的是英雄，喜欢的是英雄气概的花子范，她鼓励花子范重振旗鼓，但花子范显然不再是过去的花子范，自父亲花敬钟那当众一巴掌扇在他的脸上，他就再也没了往日的威风。这让武义兰对公公花敬钟亦深为不满，认为他这样胳膊肘往外拐太过分了。因此当花敬钟夫妇想来看孙女时，武义兰拒绝了花敬钟夫妇的要求，她冷着脸说，"这会儿你们想孙女了，你在台上捆子范耳光的时候，可曾想过你们的孙女？"其时的武义兰，并不能理解花敬钟的苦心。此时的武义兰，亦是爱着她的男人花子范的。后来，当她对花子范的爱情之火熄灭，最终心如死灰之时，她才明白花敬钟这位阅尽人世沧桑的老人的一片苦心。花敬钟夫妇长叹一声，心事重重地回到岛东大队的家，从此，两位老人开始变得沉默，路上遇见谁也不打招呼，和谁也不说话，每天就坐在我这株大树下，像两具木雕。终于有一天，花敬钟搬来一把梯

子，爬到了我的枝柯上，和那些鬼魂们一样，花敬钟住在了我的树冠深处。

花敬钟做出这怪异举动后没多久，副主任精心策划的批斗会就开始了。花子范在批斗会现场，从上台来讲话的领导，转瞬变成了被批斗的对象。直到被一拥而上的革命小将将他摁倒在地，并像捆粽子一样捆绑起来，并被戴上早就准备好的高帽子，花子范才明白他落入了副主任的圈套。彼时的花子范，并未忏悔他所犯下的罪，也未因为变成了被批斗的对象，而对过去那些被他批斗的人产生一丝悔意。他日思夜想的都是如何东山再起。花子范被打倒在地后，他的父亲花敬钟也被列为被打倒对象，当革命小将们来捉拿花敬钟时，却得知花敬钟早就疯了，不吃不喝，待在村子里的大觉悟树上已经多日。这样的结果，让小将们多少有些失望，但批斗一个已经疯癫的老人，显然也没有什么意义，于是，花敬钟得以躲过一劫。

被打倒的花子范沦为米岛公社的一名清洁工，他每天要起早贪黑打扫公社的院子，还要给各位领导的办公室打开水。这让花子范深感耻辱，但是现在，再没有谁把他的感受与喜怒当回事。深感屈辱与失落的花子范回到家，开始对曾经被他千般宠爱的武义兰骂骂咧咧，这让一直倍受尊崇的武义兰同样深感失落与不满。面对花子范无故的责骂，武义兰开始尚隐忍不发，但次数多了，武义兰少不了还嘴，于是夫妻之间的战争开始升级，武义兰决定冷落花子范，不许花子范再碰她的身子，这让一贯骄横的花子范忍无可忍，武义兰没能使花子范低头，反倒让这个好斗的人找到了新的战场，于是，武义兰的悲剧，不可避免地拉开了帷幕。花子范疯狂地想着东山再起，他在新的革委会主任面前卑躬屈膝，并开始暗中收集新任主任的劣迹，他在观察着，还有谁像当时副主任觊觎他的位置一样觊觎着主任的权柄。但还没有等他下手，新的主任就被打倒，转眼之间，各派势力轮番上马，真所谓沉舟侧畔千帆过，病树前头万木春。米岛的革命形势变化之快让人眼花缭乱，花子范很快被时代战车远远抛在了身后。对重掌权柄彻底失望了的花子范，开始将武义兰变成他的征服对象，他开始变着法子折磨武义兰，每天晚上，他将自己扮成高高在上的王，让武义兰像奴隶样的服侍他。他甚至将武义兰赤身裸体捆绑起来，想尽办法折磨她，武义兰的身上变得青一块紫一块，伤痕累累，看着武义兰在他的面前瑟瑟发抖，花子范发出了得意的狞笑。而那时的武义兰，已然完全没有了反抗的斗志。她的一双女儿，花一朵和花五朵，在晚上因得不到母亲的照顾而哭闹时，武义兰会哀求花子范，让她去照顾女儿。但是否同意武义兰的要求，则完全凭花子范的心情与兴致。

彼时，花一朵和花五朵尚小，花子范在折磨武义兰时并未避着两个女儿，他当着女儿的面，对武义兰进行变态的折磨，以填补权力失去之后带来的空虚与不平。他从折磨武义兰的过程中找到了无限乐趣，但奇怪的是，娇弱的武义兰，却因此渐渐变得坚强了起来，她学会了隐忍，学会将心中的恨埋藏起来，尽量迁就着花子范，她再不像过去那样，出门一身雪白的的确良衬衣，也不再将她的头发梳得整齐光滑并抹上香喷喷的发油。她开始穿着比那时普通的米岛妇女更加朴素的蓝布衣服，并将那一头飘飘长发剪成了和当时的妇女们一样的齐耳短发，她说话不再那样的娇滴滴，走路也不再似过去那样一步三摇风情万种，她以一个彼时流行的铁姑娘的标准要求自己。她的普通，渐渐让花子范失去了过去拥有武义兰这如花美妻的骄傲，花子范越发失落，也就越发喜欢剥光了衣服折磨她。于是，在那漫长的时光里，这夫妻二人，白天都人模人样地活着，到了晚上，花子范就变成了魔鬼。在白天，武义兰依然是让人羡慕的女人，虽然男人失去了权柄，但生了一双如花似玉的女儿，工作又是在米岛的供销社站柜台，那是彼时米岛女人们的梦寐。而她在夜晚经历的折磨与痛苦却不为人知。苦难让轻浮的武义兰渐渐成熟，她的内心开始经历不为人知的沧桑。她站在供销社柜台前的态度，也发生了一百八十度的大转变，过去她对来买东西的人，从来都是爱理不理，现在态度主动可亲，甚至让人觉得她过分热情。武义兰最大的转变，是开始修复和公婆的关系。她主动带上红砂糖回到米岛乡下看望花敬钟夫妇。彼时的花敬钟，依然住在我这棵大树上。他在我的树杈上搭了一个窝，放上被子，白天就在窝里睡大觉，到了晚上，他就会溜回家中，他的老太婆早已为他准备好了饭菜，吃饱喝足，然后偷偷溜回树上。米岛人并未发现这个秘密，只道是花敬钟自上树之后就再也没有下来过，都惊异于他怎么可以不吃不喝而生存下来。这让米岛人对他多少生出了一些敬畏，认为他已然变成了一个半人半鬼的妖怪。那些试图将他拿下治罪的革命小将，对这些传言多少有些将信将疑，花敬钟才得以躲过一劫。武义兰背上背着花一朵，胸前抱着花五朵，来到公婆家去看望公婆时，婆婆还以为她是在做梦。当她明白这不是在做梦之后，欢喜地接过了花五朵亲个没完，又换过了花一朵接着亲。边亲边拿眼斜看武义兰，奇怪的是，这一次，武义兰并未呵斥她，没有嫌她脏。武义兰说，"娘，我这次是专门来看望二老的，过去媳妇不懂事，做下了许多忤逆的事，望娘能原谅我。"这让做婆婆的更加惊魂不定，她无法判断武义兰的葫芦里卖的是什么药，她甚至以为武义兰疯了。但武义兰说话时很平静，完全不是过去那个对他们颐指气使的武义兰。武义兰问父亲去哪里了时，做婆婆的并未敢对儿媳道出实情，只说花敬钟这老不死的，自从上次在台上打了儿子花子范后，回来就得了失心疯，爬到了村里的那棵大觉悟树上，就再也没有下来过。"也不吃，也不喝，也奇怪了，几个月过去了，你看这天寒地冻的，他也没有饿死没有冻死。"做婆婆的小声说，"告诉你一个秘密，孩子她爷爷呀，是一个妖怪。"武义兰说，"这世上哪有鬼神，你们谁见过鬼神。"婆婆说，"孩子你还小，你不懂事啊。你没有见过鬼神就没有鬼神了吗？我们看不见鬼神，可是鬼神却是看得见我们的。也许，在我们的身边，就有鬼神呢，你看，在那门弯角落里，就有一个老鬼在阴笑呢。"婆婆的话，说得武义兰起了一身鸡皮疙瘩，差点就要落荒而逃。婆婆说，"你别走，你不想让她爷爷看看孙女么，你跟我来。"婆婆背了花一朵，武义兰抱了花五朵，两人就到了我这棵古树下，婆婆在树下喊，"老头子，你快看，谁来看你来啦。"彼时的花敬钟，正在迷糊之中，长时间的树上生活，改变了他的习惯。他装疯，本来是想躲避批斗，没想到，时间长久了，他就喜欢上了树上的生活，白天，他就在搭的窝里呼呼大睡，天一黑，他就来了精神。一开始，他只是感觉得到，在树上并不止他一个，还有许多东西，就生活在他的周围，这些东西一到晚上就嘀嘀咕咕，后来，他的心越来越静，就能听见那些嘀咕声了。那是鬼魂们在争吵。一开始，花敬钟试图加入那些阵营，但那些争吵太快，太远，他听不清，他就自言自语地骂娘。有一次，他在半夜溜下树时，一不小心从梯子上掉了下去，他昏倒在树下，迷迷糊糊中，他听到许多人说话的声音。当花敬钟睁开眼时，他看见那些鬼魂。这让花敬钟吃惊不小。花敬钟说，"你不是白振甫么？还有你，不是米家生么？白振甫你不是吃枪子死了吗？米家生，你这小子，你不是饿死了吗？你们怎么在这里？"花敬钟发出了一连串的问话。但他没有等待众鬼魂们的回答，就恍然大悟似的说，"我明白了，你们是鬼魂，我这是在阴间了。这么说来，我是死了，我就这样死了。"想到自己莫名其妙地就死了，花敬钟突然觉得无限悲伤，他甚至哭哭啼啼起来，说，"我怎么就死了呢？我死了，我的老婆子怎么办？我那不成器的儿子也就罢了，我的一双孙女又怎么办？天神菩萨啊，我还没有活够，你怎么就让我死了呢？"花敬钟这样哭哭啼啼时，他听见白振甫说，"花敬钟，你是看得见我么？"听见米家生说，"花敬钟，你这老疯子，你真的看见了我？"花敬钟说，"你们是鬼，我也是鬼，我怎么会看不见你们呢？"白振甫说，"可是你并没有死，你还活着呢。你看，你走到这月光下去看一看。"花敬钟就走到了月光下。白振甫和米家生，还有那一干鬼魂们，就都跳到了月光下。白振甫说，"你看看我们，再看看你，看看我们有什么不同？"花敬钟左看右看，也没有看出什么不同来。他说，"要说不同，就是你白振甫的头上有一个血糊糊的洞，米家生你瘦得都没有一两肉了。"白振甫说，"谁让你看这个了，你看看你，有没有影子？再看看我们。"花敬钟就看自己，清亮的月光，正从东边的天空照下，花敬钟看见自己细长的影子在地上一晃一晃，再去看那些人，他们站在月光下，却没有影子。花敬钟就哈哈哈地笑了起来，笑得老泪纵横，"太好了，太好了，我没有死。我是开天目了，我看见你们了。原来你们这些死鬼都没有去投胎呀，你们就一直住在这树上么？"众鬼魂们就说，"花敬钟，你没死有什么值得高兴的呢，活着这么苦，真的就比死了强么？你看我们，不愁吃，不愁穿，不怕冷，也不怕饿。我们做鬼多自在，也不用斗来斗去的。"花敬钟说，"你们好糊涂，不是有一句老话么，好死不如赖活。"花敬钟和众鬼魂们说话时，劳累了一天的家人，因天冷早早就睡了，只有马脚出来解小手，远远听见树下有人说话，他喊了一声，"哒，谁在那里？"花敬钟不理会他，依然和那些鬼魂们说话。马脚觉得奇怪，以为是什么坏人要干坏事，毛了胆子走过来，边走边问是谁在那里说话。花敬钟说，"还能有谁说话，是你花大伯。"马脚说话间走到了近前，说，"花大伯呀，你在和谁说话呢？"花敬钟说，"这里好多老朋友呀，你看不见么。"马脚说，"见鬼了，就你一个，还有谁？"花敬钟就笑了起来，说，"你这个马脚，这里明明好多人的嘛。你看这个，这是米家生，这个是白振甫。马脚，你看不见他们吗？你听不见他们说话吗？"马脚说，"哒，你这疯子，你真是疯了。"马脚不再理会花敬钟，解完手就回家了。回到家，对李桂枝说起刚才在树下看见花敬钟在自说自话，马脚说，"我看花敬钟是真的疯了。"

花敬钟疯了，大家都这样认为。开始花婆婆以为老头子是在装疯卖傻，可是有一次，花敬钟半夜偷偷溜回家，对花婆婆说，"老太婆，告诉你一个秘密，我开天目了，能看得见鬼魂，他们都住在那棵觉悟树上，白振甫，米家生，还有我的老爹，他们都没有投胎呢。"花婆婆说，"你这死老头子，你是发烧了么，净说胡话。"拿手去摸花敬钟的头，却一点也不烫。花敬钟说，"我真的看得见他们。"见花婆婆不相信，第二天，他就请了白振甫跟他一起回家做证。白振甫说，"做证有什么用？我说话她听不见，我站在她面前她也看不见的。"花敬钟就待在树上，半天不说话。可是那天晚上，花婆婆悄悄跟在花敬钟身后，她躲在树影里，花敬钟并没有发现，他又和那些鬼魂们聊起天来。白振甫说，"花敬钟，你的老太婆来了，你都不知道呢。"花敬钟说，"我的老太婆来了？她在哪里？"白振甫就指出了花婆婆藏身的地方，花敬钟就冲着黑暗里的花婆婆说，"你躲在那里干什么？我都知道你在那里。"花婆婆走了出来，说，"你怎么看见我的呢？"花敬钟说，"是白振甫告诉我的。"这一次，花婆婆对花敬钟的话将信将疑了。当她的儿媳妇带着两个孙女回家来看她时，她想到了花敬钟，想到花敬钟肯定也很想念两个孙女，于是就和武义兰一起来看花敬钟，当时是白天，花敬钟每天晚上和鬼魂们聊天，白天就在树上呼呼大睡，正睡得香呢，听见树下花婆婆叫他，迷迷糊糊睁开眼，看见树下的老太婆，他不耐烦地说，"你这个死老太婆，我说过多少次了，白天不要来打扰我睡觉。"花婆婆说，"你以为我想来看你呀，是义兰来了，带着一朵和五朵来看你了，你不想看你的宝贝孙女么？"这样一说，花敬钟就醒了。他看见了树下站着的武义兰，还看见了他的两个孙女儿。他想放下梯子下树来抱抱孙女，可是他并没有这样做。武义兰就在树下叫了一声爹，这让花敬钟差点从树上掉下来。花敬钟说，"你刚才叫我什么？"武义兰笑着说，"爹，我是义兰哪，我带着一朵和五朵来看您了，您不认得我们了吗？"花敬钟沉默了一会儿，说，"你们来，还有别的事么？"武义兰说，"没什么事，我就是想爹娘了，来看看你们。我们都不知道爹您成这样子了，您下树来好吗？这样生活在树上，让村里的乡亲怎么看我们呢？"花敬钟的眼圈有些湿了，但他却挥了挥手，说，"好了，我看见一朵和五朵了，你们走吧。"武义兰待了一会儿，说，"过去是我不对，爹，您可以不拿我当您的儿媳妇，可是一朵和五朵是您的亲孙女呀。"花敬钟又沉默了一会儿，问，"那个畜生，他还那样作威作福么？"武义兰没有说出花子范怎么折磨她的事来，只是说，"他现在没有权了。"花敬钟说，"没权了就好，权越大，害人越多，一点权没有了，也许就不害人了。"武义兰的眼泪就下来了，她多想说，他没权了，是不害别人了，却害起了我。花敬钟说，"你们走吧。"

花敬钟和花婆婆并不知道，武义兰这次回来自有她的想法。前一天，她在商店里买回一包老鼠药。她不想活了，她觉得，这样活下去不如死了。她放心不下花一朵和花五朵。回到公婆家，本来是想来求公婆，在她死后，帮她抚养花一朵和花五朵。可是回来看见婆婆这么大年纪了，自己都需要人照顾，哪里还能照顾她的孩子，再看公公，公公住在树上，疯疯癫癫的。回到镇上的家，武义兰痛哭了一场，哭她的命为什么这么苦，想死都不能安心去死。又一想，自己要是真死了，谁来管一双女儿。花子范会管女儿的死活么？武义兰左右为难了。她抱着两个女儿，女儿饿了，要给女儿冲奶粉，这时她突然做出了一个举动，解开衣襟，将孩子从未碰过的奶头塞进了花一朵的嘴里，她说，"一朵，来，吃妈妈的奶。"花一朵把奶头含在嘴里，吸了一下，很快就吐了出来，哇哇哭。武义兰又将花五朵抱过来，把奶头塞进了花五朵的嘴里，花五朵的表现和花一朵一模一样，也是把奶头含在嘴里吸了一下就吐出来，然后哇哇大哭。武义兰又将奶头往花五朵的嘴里送，一边说，"五朵，你吃呀，你吃妈妈的奶。"她从来没有奶过孩子，哪里会有奶水呢。武义兰疯子一样的举动，让饿极了的孩子哭得越发厉害。武义兰绝望了，她也哭，边哭边自责，恨自己不像个当妈的，连奶水都没喂过孩子一口。哭过了，一个疯狂的念头就在她的脑子里升起。她将那包毒鼠药拿出来，打开，全部倒进了碗里。她说，"宝贝，妈妈喂你们喝牛奶，妈妈也喝，然后，咱们就没有痛苦了，我们一起离开这个世界。"就在武义兰端着牛奶准备往奶瓶里倒的时候，在外面喝酒喝得醉醺醺的花子范，斜着身子，一脚踹开了门。武义兰端牛奶的手就僵在了那里。花子范说，"死婆娘，你爷们儿回来了，还不快给老子倒碗水喝。"武义兰愣了一下。花子范说，"死婆娘，磨蹭什么，你手里端的什么？"武义兰冷冷地说，"毒药。"花子范说，"毒药？分明是牛奶。端过来，给老子喝。"武义兰说，"放了老鼠药，你敢喝？"花子范就说，"放老鼠药？你放老鼠药干吗？"武义兰说，"我不想活了。"花子范冷笑一声，说，"老鼠药老子也喝，快点，我渴死了。"武义兰将那碗牛奶放在一边的抽屉上，说，"你要不怕死，你就去喝吧。我端给你喝，怕脏了我的手。"武义兰说着，坐回到床上，一手搂着花一朵，一手搂着花五朵。花子范歪歪倒倒走到抽屉前面，端起了牛奶，看了看，说，"真的有老鼠药？"武义兰咬着牙说，"怎么？你怕了，你不是说有老鼠药你也敢喝么？"花子范二话没说，端起那碗牛奶咕咚咕咚喝了下去，花子范是喝了太多的酒，喝了一碗牛奶，倒在地上就睡了。武义兰看着花子范，脸上现出了不知是高兴还是悲伤的表情。她只说了一句话，"这可是你自己找死的。"武义兰一手抱着花一朵，一手抱着花五朵，出了家门，并顺手将门带上。

　　武义兰失魂落魄，在镇上乱走，不知不觉走到了派出所门口。武义兰在派出所门前坐了足有一个小时，终于，她站了起来，看了看天上苍白的太阳，对花一朵和花五朵说，"我苦命的儿，妈妈对不住你们。"花一朵和花五朵，似乎也感觉到了什么重大的事件即将在她们的生命中发生，从武义兰抱着她们出门时起，姐妹俩就没有哭一声闹一下。武义兰走进派出所。派出所里没有人值勤，派出所的人都到街上革命去了。武义兰在派出所里呆坐了一会儿，又走了出来，经过镇中心的十字路口时听见了枪响，她知道，这是米岛的革命派别之间在武斗。武义兰绕过十字路口，经过她熟悉的革命委员会。革委会里空无一人，武义兰转身走出革委会，像一具行尸走肉，不知不觉又走回了家，远远地，却见花子范弯着腰坐在门口。花子范手里端了一个大碗，不停地喝水。武义兰站在那里，不敢往前走。半天，才确信是花子范。武义兰说，"你，没有死？"花子范说，"你这贱人，真的往牛奶里下毒？"武义兰说，"我说了有毒，不让你喝，你偏要喝。"又说，"你怎么没有死？"花子范嘴唇乌黑，声音低沉，说："老子属猫的，猫有九条命。"武义兰就看见，屋里到处都是呕吐的秽物。花子范将一大碗水喝完，就用手按住胃部，然后又吐，吐出一摊绿幽幽的胆汁。慢慢抬起头，看着武义兰说，"你去哪里了？"武义兰说，"去死。"

武义兰以为花子范定不会轻饶她，没想到，花子范却只是喝水，喝了水就吐，吐了又喝水，他自己将胃洗干净，然后爬到床上，拉上一床被子倒头就睡。这一觉睡了三天三夜，醒来之后他就叫饿，让武义兰给他做吃的。武义兰给他下了一大碗清水面，花子范风卷残云地吃光了，倒在床上又睡。武义兰不知道花子范葫芦里卖的什么药，但是花子范不处理她却比处理她更让她提心吊胆。武义兰说，"你准备怎样报复我？你尽管使出来。"花子范不说话。武义兰说，"我早就不想活了，要杀要剐，随你的便，只是苦了一双女儿，我本想把女儿毒死，然后我再喝药自杀，现在只求你一件事，好好待这两个孩子。要是你不想带，就送回乡下，让她们爷爷奶奶带。"花子范用他那怪鱼一样的眼，翻了一眼武义兰，然后疲惫地闭上，说，"我累了，想睡。"说完他又睡了。花子范就这样断断续续睡了一个月。一个月后，花子范走出了家门。但是他发现，这个世界又变了。太阳神发出了最高指示，要文斗，不要武斗。革命浪潮似乎有一点点松懈，而传言可能要和苏修开战，深挖洞、广积粮、不称霸，备战备荒为人民。人民内部的斗争形势再没那么疯狂，花子范深感英雄无用武之地。相对平静的日子，让花子范感觉得枯燥无味，回到家，就把自己重新打扮成了帝王，只要武义兰表现出一点点不耐烦的情绪，他就要挟要将她送进监狱，不过花子范却再没有对武义兰使用暴力。武义兰就这样提心吊胆地生活了五年，直到有一天，两名公安拿着手铐上门，武义兰以为公安是来抓她的，那一瞬间，她反倒长长松了一口气，她冲着两名公安伸出了双手，说，"你们终于来了，你们是来抓我的吧？"两名公安一脸严肃地问，"花子范在家吗？"武义兰说，"在家，在睡觉。"两名公安走进房间，将正在睡觉的花子范铐了起来。花子范一下子灵醒了过来，说，"你们凭什么抓我？"两名公安说，"凭什么？你干了那么多坏事，凭什么？你说凭什么？"两名公安押着花子范，转眼就不见了，留下武义兰望着花子范走的方向，久久才回过神来。武义兰突然笑了起来，笑过之后又是痛哭。哭过之后，她去厨房和了面，又上街买了一斤白菜，割了半斤肉。她对花一朵和花五朵说，"今天妈妈包饺子给你们吃。"

花子范坐牢后，武义兰依然在供销社上班，但供销社不再让她站柜台，她被发配到供销社下属的废品收购站，每天和那些废铜烂铁鸡毛鸭毛打交道。她不再是过去那个人见人羡的娇艳女子，整天一身粗蓝布工装，一顶蓝布帽子。整理那些破烂是一个体力活，她的一双白嫩的手也磨出了老茧，她的眼里，有了越来越多风霜雨雪。饶是如此，她这样的女子，站在柜台前是一道风景，蹲在破铜烂铁中间，依然是一道风景。于是，那些羡慕她的女子，就在背后指指点点，说她是天生的狐狸精。废品收购站那几个男人的老婆们，一到晚上，就要盘问她们的男人，有没有被那姓武的狐狸精迷惑了去。那些男人们，心里自然都是喜欢看武义兰的，但嘴上却不敢说。她的境遇丝毫没有获得人们的同情。外人不知道她在那些夜晚所受的折磨，更不知道她曾经想一死了之。她被人们在背后指指点点，说她有今天一切皆是因果报应，而且是现世报。她不想去解释什么，也懒得解释。

花子范的刑期只有六年，这大大出乎武义兰的意料，花子范干了那么多的坏事，整了那么多的人，怎么才判六年？她以为花子范此番进监，一辈子都别想出来，结果只是区区六年，而且就在江北农场服刑。武义兰预感到她的灾难并未结束。她决定和花子范离婚，虽然这样做在外人看来是落井下石，显得无情无义，但武义兰知道，如果现在不离，将来会有无穷后患。武义兰在探视花子范时，提出离婚，花子范冷笑了一声，说，"你这个骚货，休想逃出我的手掌心。你要敢提出离婚，我就把你当年下毒害我的事揭发出来。"武义兰说，"那件事，天知地知你知我知，再没有别人知道，你揭发我，有什么证据？再说了，当年那毒药，本来是我自己准备喝的，是你抢了去，且我提醒过你，说牛奶里下了毒。"花子范说，"我可以揭发检举，说当年我整人时，你也有份。"武义兰说，"你尽可去揭发检举，时代不一样了，你那些招不管用了。"花子范的脸就扭曲成一团，五官激烈地抖动着，说，"好，你有种就和我打离婚，六年后，我出狱之日，就是你们母女三人断命之时。"武义兰说，"你还是人吗？你要我的命，我随时奉陪，两个女儿，不也是你的女儿么？"花子范冷笑一声，说，"当年你不也曾打算害死她们的吗？你这做娘的下得了手，我有什么下不了手的？"武义兰打了一个寒战，再不敢提离婚，她并不害怕花子范对她怎样，她担心的是两个孩子。她想好了，等花子范出狱时，两个孩子已经小学毕业，到那时，大不了再给花子范下一包老鼠药，只是如果有下次，一定不能让花子范再活过来。从江北农场回来后，武义兰做出了一个决定，她将花一朵和花五朵送回了米岛乡下的花敬钟家。她想让两个孩子提前适应和爷爷奶奶一起生活，将来有一天，她和花子范同归于尽时，两个孩子不至于不适应这样的生活。她没有想到，在等候花子范出狱的漫长岁月，她将会遇到生命中的另一个男人，而这个男人的出现，使她的命运再一次走向未知。

五

　　米南村多年前关于世道要变的预言，已然有了将要实现的苗头。

　　自花子范被捕后，我和那些栖在我身上的鬼魂们，都意识到这个世界已经发生了巨大的改变。后来的事实证明了我们这意识的准确性。先是那些上街游行打打杀杀的学生不见了，他们回到了教室，开始老老实实上课；接下来，那些从遥远的城市来到米岛的知青们，也陆续回城了。米岛又变成了米岛人的米岛。再接下来，公社革命委员会的那些整过人的头头们，一个个和花子范一样，或坐牢，或撤职。这所有的一切，给我的感觉，有点像许多年前红色部队进入米岛时发生的巨变一样。我和鬼魂们都提心吊胆，不知道这样的变化，将会带来什么。

　　就在我们提心吊胆时，吴青山回到了米岛。自从多年前，听说米爱红怀孕后，他就离开了米岛，再也没有回来过。现在，当他在黄昏中趁着暮色的掩护来到米岛时，我只是觉得这个年轻人似曾相识，于是就问那些鬼魂们，我说，"死鬼们，你们看看，来者何人？看上去似曾相识。"米南村最先跳了出来，说，"我看看，我看看。"但米南村比我记性还差，他也记不起来了。白振甫说，"是有些面熟。"而一眼就认出他来的是米家生。米家生说，"这个臭小子，猪狗不如的东西，他就是化成了灰我也认得。他把我们家爱红害得还不惨么？他来干什么？"米家生这样一说，我就想起来了，众鬼魂们也都想起来了。于是，米南村说，"这下子又有好戏看了。"这些孤寂的鬼魂们，离开了人间，却牵挂着人间，但对于人间的一切，却只是看客。对于吴青山，那个来自省城的孩子。当年，许多的夜晚，他搂着米爱红，靠在我这老觉悟树上，他对米爱红说他爱她，一生一世爱不够，来生来世还要爱。他用他的花言巧语，并以太阳神的名义起誓，终于骗得了米爱红那颗单纯的心。当米爱红怀上他的孩子后，他居然再也没有出现过，这个胆小鬼，他现在来干什么呢？

几年不见，吴青山变了，当年那个嘴上无毛的小年轻，现在高了，黑了。眉宇间，少了天真稚嫩，多了坚定成熟，还有一些阴郁。这让我和众鬼魂们，对他多少有些刮目相看。离开米岛时，他是个少不更事的孩子，重回米岛，他已然有了些男子汉的样子了，我们期待他能像一个男人一样担起责任。他走到我的树冠下，开始止步不前，看得出他心中的犹豫。他将背靠在我的树干上，掏出一盒烟，抽出一支，划火柴点上，将火柴在手中晃一晃，晃灭之后扔在远处，然后开始吞云吐雾。在他吞云吐雾间，天色越来越暗，渐渐地，只见那一星烟火在黑暗中明灭。他吸完了一支烟，又掏出一支，就着前一支的火吸上，将那烟蒂摁在我的躯干上。看得出他内心的犹豫与不安。他的目光一直盯着米爱红家，米爱红的家里亮着一豆灯火，昏黄的灯光中，听得见米爱红和爱红娘说话的声音，还有米立心发出的"咯咯咯"的笑声。吴青山有些控制不住自己了，他将烟蒂摁灭，狠狠地扔在地上，然后大步走向那一豆灯火。看得出，他下定决心了。我听见那些鬼魂们都发出了长长的吁声。吴青山走到米爱红家门前时，却又没有了勇气，他再次徘徊起来。就在他徘徊之间，爱红娘端了一盆洗脚水，自灯光中走了出来，然后奋力泼向黑暗，差点泼了吴青山一身，他本能地朝一边躲，就发出了声响。爱红娘警觉地问，"哪个砍脑壳的，鬼鬼祟祟，想吓死人啊。"吴青山就在黑暗中怯怯地叫了一声，"阿姨。"阿姨是外来的语言，米岛人不这么叫人。爱红娘没有认出吴青山，听出是外地口音，她的脸上露出了和悦的笑，说，"你是什么人，在这里搞么事？"屋里的米爱红说，"妈，你在和谁说话呢？"边说边往外走，屁股后面跟着虎头虎脑的米立心。米立心学着米爱红，说，"外婆，你在和谁说话呢？"米爱红走到门口，就看到了吴青山。不管吴青山变化多大，米爱红还是一眼就认出了他。米爱红迟疑了一下，转身拉着米立心回了屋，又转回去将她娘也拉回了屋，说，"妈，不要理他。"

门"砰"的一声关上了。吴青山迟疑了一下，就去叩门，说，"爱红，我知道你恨我，我也知道这些年你不容易。"屋里并没有人回答他。他继续说，"你开一下门，我有话要对你说。"屋里依然没有声音。他说，"刚才那孩子，是我们的孩子立心吧。我听江一郎医生讲起过他。江一郎还说，立心的名字也是他给取的。"门忽然开了，米爱红一脸愤怒地站在门口，说，"不许你叫他的名字，江一郎这三个字，不许你叫。"又说，"别自作多情了，这孩子不是你的。"吴青山说，"不是我的？不是我的是谁的？你明明告诉过我是我的孩子。"米爱红说，"说了不是你的就不是你的，你不要来烦我。"门"砰"的一声又关上了，屋里传来了米爱红的抽泣声。吴青山说，"爱红，是我不对，可是，我也有我的苦衷。我不能和你结婚，结了婚，这辈子就回不去城里了。我不想当农民，当农民太苦了。可是现在不一样了，我拿到了回城的指标，我会负起责任来的。"门忽地又开了，这次站在门口的是爱红娘。爱红娘说，"你小声一点。"说着就拉吴青山站在了黑暗中，问，"你说你要负责，你会娶我们家米爱红吗？"吴青山说，"阿姨，这些年来，我一直在忏悔，我恨我自己，我的内心也很痛苦。"爱红娘说，"别给我扯这些虚头巴脑没用的话，你直接告诉我，你会娶我们爱红吗？"吴青山说，"是这样的，阿姨，我明天就要回城了，回去安顿好以后，我就会回来接爱红和立心的，我要和她结婚。"爱红娘说，"这是你的真心话？"吴青山说，"我要不是真心，就不会回来找爱红了。立心是我的孩子，我听江医生说过，立心的名字还是他给取的呢。"爱红娘一听，眼睛里立刻放出光芒，说，"你认得江医生，江一郎江医生。"吴青山说，"我在农场里当场医，我那赤脚医生的水平哪里能行，背地里，江医生教了我许多。我把他当成了老师。"爱红娘说，"江医生，他，还好吧？"吴青山说，"好，就是，身体不大好。"爱红娘说，"他怎么啦？"吴青山说，"也没有什么大碍，这些年，挨斗太多，胃又不好，经常痛，痛得用拳头顶着。肺也不太好，天一凉就咳嗽，晚上要咳到半夜才能睡着。"爱红娘说，"他是医生，就不能自己开点药？"吴青山摇了摇头，说，"你知道的。"看爱红娘担心的样子，就安慰说，"不过，他的精神头很好，他是个很坚强的人，不是那么容易倒下的。也许，用不了多久，他就会落实政策的。"

此番对话，让爱红娘对吴青山的好感增加了一成。她说，"你在外面等一会儿，我叫爱红出来和你说会儿话。"爱红娘说着进了屋，过了足有一支烟的工夫，米爱红走了出来，却并没有带着他们的儿子米立心。米爱红冷着脸，说，"你还来干什么？"吴青山说，"是我不对，这些年来，我的心里也很痛苦。我明天要回城了，来看看你，看看孩子。"米爱红说，"有什么好看的？"吴青山说，"你别这样说。"米爱红说，"不这样说怎样说？"吴青山说，"一日夫妻百日恩，我们毕竟曾经那样相爱过。都是时代的错，我们都是受害者，何必互相伤害呢。"米爱红冷笑了一声，说，"自己的错就是自己的错，不要推给时代。凭什么别人不错，就你错？"吴青山说，"这是一个很复杂的问题，我一时跟你讲不清，爱红，你真的对我一点情意都没有了吗？你真的不给我机会了吗？"米爱红说，"机会，你要什么样的机会？我给你。"吴青山说，"给我一个忏悔的机会。"米爱红说，"那好，你说怎么给？你会娶我吗？会把孩子带走吗？"吴青山说，"给我时间。我回到城里，安顿下来就来接你们。"米爱红冷笑道，"我早把你看得透透的了，你要真心想接我们，现在就带我和立心走。"吴青山说，"你总是这样，总是这样激烈。"米爱红冷笑一声，说，"怕了吧，我就知道你怕了。你真要接我和立心走，我还不走呢。"吴青山说，"我们不要吵好吗？像过去一样不行吗？"米爱红说，"你认为泼出去的水还能收回来吗？"吴青山说，"那，总该让我看一眼孩子吧。"米爱红说，"想接走就给你看，不接，看了有什么用，看了我怎么对孩子说，我说立心你看，这是你爸爸，他没有死，我过去对你说他死了是骗你的，现在他来看你了。他看你一眼就回城里去过他的幸福生活去了。"吴青山的脸上，就露出了痛苦的表情，他说，"你不要这样啊，你总是这样，总是这样。"一直在门后面观察着这一切的爱红娘心里急坏了，她多么希望女儿能和吴青山好好地谈呀，现在眼看要谈崩了，她再也憋不住了，站了出来，说，"爱红你说话不要这样，像吃了枪药一样。青山说得对，他也有他的难处。现在他回心转意，能来看你，你要给他一个机会呀。"吴青山说，"是呀是呀，给我一个机会呀。"米爱红说，"怎么给？"爱红娘说，"是这样的，小吴，你说一说，你回去了，要多久就回来接我们爱红和立心。"吴青山说，"回去可能先要找工作，安顿下来，至多不过三个月吧。"爱红娘说，"三个月，那我们等你半年。半年你要不来，可别说我们娘儿俩狠心，你这一辈子，就别想见着你儿子了。"吴青山说，"会来的，一定会来。"爱红娘说，"爱红，你看人家青山都认错了，三个月就来接你了，你就给他一个机会吧。"米爱红说，"你相信他的话？"转身朝屋里走。吴青山说，"我肯定会回来的。你们，让我抱一抱立心吧。"米爱红不再坚持。爱红娘就将米立心带了出来，说，"立心，这位叔叔想抱抱你。"米立心瞪着大眼，看着眼前这个男人，吴青山就将他抱在了怀里，拿长了胡茬的嘴去亲他。吴青山就哭了。米立心却很镇定，任他抱，任他亲。完了问他，"好了吗？好了我要回屋睡觉去了。"吴青山就又将米立心搂在怀里，紧紧抱了一抱，松开手，说，"回屋去睡吧。要好好的，听妈妈和外婆的话。"米立心一言不发，转身进屋了。米爱红也进了屋。爱红娘看着依依不舍的吴青山，说，"去吧，早点来接他们，她现在有气，你也要理解，换作是你，你也是有气的，一个大姑娘生个孩子，独自带着他，这些年来，爱红受大委屈了。"吴青山不停地点头，一步三回头，离开了米岛。回到房间的米爱红，却抱着枕头，号啕大哭了一场。这是自生下儿子米立心以来，她第一次这样放声大哭。她的哭声惊动了米岛的夜晚，在夜空中回荡。爱红娘不知所措，也不知如何劝导女儿，只是陪着女儿哭，说："只说我的命苦，老天怎么不把所有的苦都让我受了，却要让我的儿也受这样的苦。"米立心却像个男子汉一样，一言不发地过来帮米爱红拭去脸上的泪水，说，"妈妈，别哭，谁欺负你，立心长大了给你报仇。"米爱红哭得越发厉害了。

就在米爱红放声痛哭的时候，米家生的鬼魂静静地站在屋外，看着女儿伤心，他这做爹的却爱莫能助。他很伤心，回到树上后，陷入了长时间的沉默。众鬼魂知道他心里不好受，也不知如何安慰他。白振甫就说，"那个吴青山，不是说了过三个月就来接爱红母子的么？我看哪，爱红这叫先苦后甜，她的好日子就要来了。"米南村以他长

者的智慧和对人的洞察，说，"我看未必啊。这么多年看下来，你们
几时见过男人的誓言是可信的？倒是那些个女子，一声不响，再苦再
难都默默担着，做出来的事，让我们这些站着撒尿的大老爷们惭愧得
紧啊。"说着，米南村就开始数着那一桩桩的恩怨情仇，果然，一路
数下来，男人皆是势利动物，背信弃义者多矣。而那些个女子，虽未
做出过惊天动地的事业，却个个忍辱负重，执著忠烈。米南村说，
"我是看透了，这男人最是多变，女人呢，却多逃不过一个痴字。"

就在众鬼魂们高谈阔论之时，米爱红已然停止了哭泣。爱红娘
说，"哭出来就好了。少则三月，最多半年，吴青山就会来接你的，
到时你也别再任性，就跟他去吧。"爱红说，"别说他不来，就算他来
了，我也不跟他走。"爱红娘说，"你这是何苦？"米爱红说，"我对他
早死心了。"爱红娘说，"吴青山还是有情义的，不然他都要回城了，
还来看你干吗？"米爱红说，"不过在给自己的良心找一点安慰罢。再
说，我的心里有了别人。除了那个人，我不会再喜欢别的男人。"爱
红娘心里一惊，打了个寒战，说，"你心里的那个人，是……"米爱
红说，"你晓得的。"爱红娘脸色如土，半晌不再说话。又半晌，转身
回了自己房间，半夜，从房间里传来一声沉重的叹息。爱红娘依然没
有睡着，披衣起床，开始祈祷许愿，她祈求吴青山信守诺言，早日来
到米岛，接米爱红和米立心去城里过好日子。爱红娘的爱女之心，让
一干鬼魂们感动不已，只有米家生愤愤不平，说这个骚娘们，她终是
夹不住了，想男人都想疯了。他英明地指出了爱红娘祈祷的真实用
心，说她是希望吴青山接走米爱红之后，就没人和她争夺江一郎了。
他愤怒地指出这一点后，白振甫拍了拍他的肩，说，"你都成鬼了，
还这么放不下？我都没愤怒，你又愤怒什么？难道你想让她为你守活
寡到死？爱红总是要嫁人的，爱红嫁人后，她怎么办？少年夫妻老来
伴，她总得有一个老伴才好的啊。"白振甫如此一说，米家生多少平
静了一些。

吴青山离开米岛不到一个月，寄来了一封信，他在信中述说了对
米爱红和米立心的思念，还重温了他们曾经相爱的美好时光，甚至提
到，当他离开米岛去到江北农场，是如何思念米爱红，在农场时，也

有同是知青的女子喜欢他，他亦没有动心，完全是因为米爱红和米立心。吴青山的信中说，他以为他一走，米爱红会去做掉孩子的，没想到米爱红如此勇敢，居然将孩子生了下来。吴青山说他许多次都想着来看她和孩子，但他没有这个勇气，他不想一辈子生活在米岛。他说他正在找工作，工作稳定下来就会来接他们母子。他说在城里生活其实比农村难，在城里没有工作，只有饿死的份，在农村，再难也是有一口饭吃。米爱红读完信，跑到我这老觉悟树下，扶着我的躯干哭。看得出，吴青山的信，勾起了她心中对往事的甜美回忆。爱红娘也高兴，她喜滋滋地对米爱红说，"我说了吴青山不是个坏孩子，他有他的难处，你看，现在不是准备要对你负责了么？你看有几个知青在农村谈了恋爱，离开农村回城后，还会和农村姑娘联系的，都是巴不得甩得越干净越好。"爱红娘劝米爱红，赶紧给吴青山回封信。米爱红眼圈红红的，摇了摇头。爱红娘就开始算着吴青山来米岛的日子。到了第二个月，吴青山又来了一封信，信中首先问米爱红有没有收到他的来信，问她为何不回信，多少透出了一点责怪，认为米爱红对他太苛责，吴青山依然倾诉了他对爱红和立心的思念，当然还有对过往幸福的回忆，还有对未来的无限憧憬。还重点说明了分配工作之艰难，本来是分配在毛巾厂当学徒的，他暂时没有接受这份工作，他还在想别的办法，他要给米爱红和米立心一个幸福的未来。收到第二封信，米爱红读完，轻轻将信扔到一边。她再没有哭。她已经预感到未来的结局。第三封信来得比较迟，已经过了三个月的承诺期限又一个月之后。这封信中，问候和思念与之前两封信并没有太大差别，不过是换了一种语言表达。主要是讲他在城里找工作的艰难，说他是有理想的，他已经耽搁了这么多年，不想再在工厂里当一名小工人，他的理想，是当一名和江一郎一样的医生。第三封信，米爱红甚至没有看，是爱红娘转述给米爱红听的，那时米爱红正在看着米立心写作业，她把全部的心思都用在了对米立心的培养上。她说她这辈子吃了没文化的亏，孩子一定要让他好好读书，将来考北大或者清华。对爱红娘的转述，她只是哦了一声。爱红娘说，"你这个人呀，人家一封又一封的信来，你却一封也不回，这样会冷了人家的心。"米爱红冷笑道，

"我的心冷了七年，他冷这么几个月都受不了？"爱红娘就说，"快了，下次就不是收到他的信，而是看到他的人了。"但是第四封信接着第三封信而来，吴青山此次再没提对爱红母子的思念，开头的称谓也不再是"亲爱的红"了，写的是"爱红立心并阿姨好"，然后解释了不来接他们的理由，因为他现在有了新的决定，他不打算找工作了，现在他在复习，要参加高考，他要考医学院，将来要做一名医生。他说为了复习，时间抓得很紧，这封信就长话短说，往后可能会来信少一些，因为他的时间很宝贵，他要把失去的时间补回来。这封信依然是爱红娘拆看的，看完之后，她不说话了。米爱红冷笑一声，说，"怎样，被我说中了吧。"爱红娘说，"他要考大学呢。"米爱红说，"他若是考上大学，还会回来娶你的女儿么？天冷了，我要给立心做件棉衣。"爱红娘呆坐在门槛上，心情沮丧到了极点。米爱红说，"娘，天冷了，也不知道江医生有没有棉衣穿，咱们给他做件棉袄吧。"爱红娘抬头看了一眼女儿，半晌，说，"娘今年五十三了，江医生，怕是快六十了吧。"米爱红说，"年纪大了，到冬天没件棉衣怎么过冬，往年实在是没有能力给他做，今天咱们总算没有超支，说什么也要给他做一件。立心你说是不是呀，要不是江医生，哪里有我们的立心，连我这当娘的命都没有了呢。江医生是咱们家的大恩人，立心你说，咱们是不是要知恩图报啊。"立心小大人一样从书本上抬起头，说，"嗯，要报恩。"米爱红和爱红娘就笑了。米爱红笑得甜蜜，爱红娘笑得苦涩。

　　是冬，做完村里的农活，米爱红就和娘一起为江一郎缝制棉衣。第一场雪下来前，她们将棉衣交到了江一郎手中。彼时江一郎尚未获得自由，但整个形势在变，农场过去的领导，或下狱，或离职，新任领导很同情江一郎这样的犯人。米爱红和爱红娘，这么多年来，首次近距离和江一郎面对面说上了话，中间隔着一道铁栅栏。一边是激动的母女，一边是平静的江一郎。母女俩有万语千言，见到人，却又不知说什么是好。倒是米爱红反应快，拉过身边的米立心，说，"立心，这位就是江伯伯，叫伯伯。"爱红娘说，"哪有这样叫的，江医生和婆婆是同一辈的人呢，立心，叫爷爷。"江一郎伸出手来，摸了摸米立心，笑眯眯地说，"这就是我接生的那个孩子啊。"米爱红的眼里就有了泪，说，"是的，都这么大了，您看，一晃眼的工夫。"米爱红想说江医生您这些年受苦了也老多了，但是她没有说出口。江一郎感慨道，"当年我给你接生，只是尽一个医者的本分，而我被批斗，若非你们，我怕是难逃那一劫的。你们的大恩大德我尚未报，你们倒送这么好的棉衣给我。"爱红娘说，"这棉衣是我和爱红一针一线缝的，没有量你的尺寸，也不知合不合身？"江一郎说，"合身，肯定合身。"江一郎这样说时，封冻的内心开始温暖起来，像春风吹过布满冰凌的河水，"这个冬天不会冷啦，"江一郎感慨地说。米爱红说，"听说您一到冬天就咳嗽得厉害，要买什么药？您开个方，我们去买。"江一郎说，"不碍事，到春天暖和了就好了。"米立心说，"可是，伯伯……爷爷，春天还有好久呢。"江一郎又摸了摸米立心的头，说，"冬天到了，春天还会远吗？"又问米立心知道名字立心是什么意思不。米立心自豪地说，"为天地立心，为生民立命，为往圣继绝学，为万世开太平。"江一郎的眼里就有了闪亮的光，说，"你都知道啊，谁告诉你的？"米立心说，"我妈经常对我说这几句呢。"江一郎就用异样的眼光看着米爱红，米爱红的脸偷偷地红了，说，"当年您给孩子取名时，说了这四句，我就牢记在心了。这是孩子名字的来历，也是您的恩德呀。"

彼次探视之后，回到米岛，爱红娘和米爱红发生了一些小的不愉快。爱红娘责备米爱红道，"你让孩子叫江医生伯伯，哪有这样叫的？江医生比你娘还大呢。"米爱红说，"我知道你心里的想法。"爱红娘说，"我有想法管什么用。"说完竟抽泣起来。听到做母亲的这样说，米爱红的心里亦难受。母女俩，同时喜欢这个江一郎，爱红娘知道女儿喜欢，但是她不能让，不是自私，她是觉得女儿嫁给江一郎，年龄差距太大了，将来江一郎老得走不动时，米爱红正当年，老夫少妻不会幸福。就凭这一条，也断不能让女儿陷在里面。爱红娘就说，"爱红，娘想跟你商量一件事。"米爱红说，"娘，什么事你讲。"爱红娘说，"你得先答应了娘，娘才说。"米爱红说，"你都没有讲，我怎么答应你呢？"爱红娘说，"你得先答应了。"米爱红说，"好，我答应你，只要不是逼着我和吴青山结婚。"爱红娘说，"说出来，娘也不嫌丢人了，娘这一辈子，就没有真心喜欢过哪个男人，当年嫁白振甫做小，我天天和白婆婆争这个男人，其实我并不是喜欢他才去争，只是为了争而争，后来，嫁了你爹米家生，你亦知道，你爹这人，当年是白家的长工，白家对他不薄，可白振甫一死，他就把我抢了去。他是个粗人，不晓得疼人，也不晓得我心里所想。大饥荒时，他把吃的省下来，让我们娘俩活了命，直到他饿死，我才回想起他的好来，但那只是感激。直到那年遇到江一郎，他来给你接生，我的心一下子就活泛了。听说他的老婆见他被打成右派，就和他离了婚，那时候我就想，只要有一天他出牢了，只要他瞧得起我，我愿意做牛做马服侍他一辈子。后来，我跑到批斗台上去护着他的时候，我就想，打吧，打死我，也是为他而死的，我心甘情愿。娘想对你说的，就是这个，娘想等江医生出来了，就去找他。厚着脸皮去对他讲，只要他愿意，我就嫁给他。"米爱红听娘这样说，一时倒没了言语。没想到娘来了一个先下手为强，她不好再说什么。爱红娘说，"爱红，你若不应承娘，娘就没活路了。都这么大年纪了，少年夫妻老来伴，娘也想找个依靠，你总是要嫁人的，你一嫁，抛下娘一个人孤孤单单。"米爱红说，"娘，我不嫁，我陪您一辈子。"爱红娘说，"傻孩子，你还年轻，怎能不嫁？"米爱红就说，"娘，我答应你，只要江医生愿意娶你。只是有一条，你也要答应我。"爱红娘说，"哪一条，你说。"米爱红说，"我要娘答应，等我出嫁了才能嫁人。"爱红娘说，"这是当然的，不然村里人的口水都会把我淹死。"爱红娘没有想到，米爱红说出这句话的时候，就已经下定决心，这辈子谁也不嫁。

　　时光真是漫长，特别是那些痛苦的时光，一天就像一年，一年就像一个世纪。诚如江一郎所言，冬天到了，春天还会远吗？但这冬天却是格外漫长，而且前所未有的冷。以我千年的阅历，预感到了一个寒冬即将来临。先是从遥远的西北吹来寒风，刀子一样割着我的枝干，我的身上像是装了无数个哨子，在风中，日夜发出呜呜的鸣叫。那些栖居在我身上的鬼魂，白天在冰冷的泥土里蛰伏，一到晚上，就像结在我身上的果子，累累挂满枝头，他们不知寒冷与炎热，但他们从那些活着的人哈着腰瑟瑟发抖的行为中感知到了寒冷。他们都把自己挂在树枝上，随着寒风摇摆，随着我的枝梢在风中发出的呜呜声而齐声悲鸣。他们的悲鸣声低沉而阴郁，一开始，他们只是无意识地随着风声而呜呜鸣叫，到后来，却成了一个接一个的独唱，每一个鬼魂都在表达他们对过去所犯罪恶的忏悔，对活着亲人的祝福。最让我难受的，是他们都表达了作为鬼魂的孤独与寂寞，和眼看着亲人在忍受痛苦却无能为力的悲伤。我理解他们心中那无法言状的痛苦，就如同我一样。自从人类来到米岛，我的同伴们一个个离我而去，只有我，孤独地站在这块大地上，俯瞰着这片土地上的生灵，他们的欢乐与痛苦，也渐渐成了我的欢乐与痛苦。可是当那些生灵，将他们不能解决的事情拿来向我倾诉，把我当成神树，以为我能帮助他们时，我是那么无助，我多么希望自己真有他们想象中的那种神力，来帮助他们达成心愿。于是，我的枝梢，和着鬼魂们的鸣唱，成了这个寒冬的主旋律。风刮了半个月后开始下雨，雨刚落下来，就结成了冰。环绕着米岛的米河亦结了冰，我的枝梢上结满了冰挂，寒意丝丝沁入我的身体，我感到了前所未有的冷。我知道，我对寒冷的抵抗力在减弱，我预感到，也许属于我的时间不多了，或许三五十年，或许一二十年。我就止不住悲伤地想，人类死后尚有鬼魂存在，我死后会留下什么？我的同类死后，为何就烟消云散了呢？或者，我们植物死后，也会以植物的灵魂存在，就像人类看不见他们死后的鬼魂，我这活着的植物，也看不见植物们死后的鬼魂？我开始有了对死亡的想象和恐惧，当然，也有那么一丝丝地期待。

是年寒冬，米岛的农人，并未因寒冷就可以围炉安享闲适，壮年劳力们皆去了江北一个遥远的地方修筑水库。女人们，除了几个跟去烧火做饭，大多留在村里，留在村里亦不能闲，每日晨起八时，大队的高音喇叭会准时响起，里面传来雄壮的歌曲。只要这歌曲一响起，她们就要到生产队参加集体劳作，主要的工作就是积肥。米岛有许多的水塘，那些水塘一到春天就长满各种植物，到了冬天，植物们腐烂了，积成了厚厚的黑而肥沃的泥土，于是甫一入冬，将塘水放干，女人们衣着单薄，赤着脚，奋力将那黑泥一锹一锹扔到岸上，等黑泥晒干，再运到农田里。雨天里，不能站在水塘里积肥了，她们就聚在大队部，编草鞋，搓草绳，准备来年的生产工具，手中有一搭没一搭地干着活，以打发这漫长的寒冬。雪终于下来了，下起来没完没了，把许多人家的房门都堵住了，于是，每天早起，妇人们要做的第一件事，就是拿了大木掀，将门口的雪掀开，从门前开出一条道来。天地之间，因为这雪，显得静穆庄严。

彼时花敬钟早已能和众鬼魂们自由对话，他成了米岛唯一活在阴阳两界的人。在寒冬来临前，白振甫就劝花敬钟，说，"花老倌，你还是回到家里去吧，这个冬天会很冷的，你在树上撑不住的。你冻死了不打紧，你一死，可就苦了你的老伴，她一个人，还要照顾一对孙女，你虽说什么活也干不了，但只要你活着，对你老伴来说，就是个支撑。"花敬钟那时已经很少说话，他用沉默回应着白振甫。无人知道他的内心在想些什么。是年冬天，花敬钟开始辟谷，他不再半夜溜下树去吃饭，只在渴了时抓一团冰冷的雪塞进嘴里，更多的时候，他就像是一具被风干的僵尸一样窝在树上。从前，花婆婆还会每天来看一次，看花敬钟有没有被冻死，花敬钟一动也不动，花婆婆就在树下喊，"花老倌，死老倌，你死了没有，你要是没有死，就动一下。"过了好一阵，花敬钟才举起他的胳膊动一下。花婆婆确定了花敬钟没有死，就长舒了一口气，又有些失落地说，"还没有死，你怎么还不死呢？你这样要死不活地在树上待着，又帮不上我一丁点忙，还不如早点死了省心。"有时候，花婆婆会带着两个孙女一起来到树下，花婆婆就说，"一朵五朵，你们喊爷爷，看他死了没有？"于是花一朵就喊，"爷爷，奶奶让我问你死了没有。"花敬钟一动不动。花五朵就学着花婆婆的口吻喊，"花老倌，死老倌，你死了没有，你要是没有死，就动一下。"花敬钟的嘴角牵出了一丝笑，但他依然一动不动。花一朵说，"爷爷死了，他不动了。"花五朵说，"才没有死呢，他是装的。"这样的功课，是每天早晨米岛一景，时间久了，要是早晨没有听见花婆婆和她的孙女们站在树下问花敬钟死了没有，就好像这天的生活缺少了重要的一个环节。到了寒假，花婆婆不再带着孙女们来看花敬钟，她懒得来了。她知道，这死老头子成了精，死不了。但她还是会对孙女们说，"一朵五朵，去看看你们爷爷死了没有。"那时，花一朵和花五朵，就会先去叫上米立心，然后叫上白鸿声，米立心牵着花五朵的手，白鸿声牵着花一朵的手，四个孩子，跳跳蹦蹦来到我这老觉悟树下。有时，花五朵会说，叫上马挖苦吧。大多数时候，白鸿声和米立心都表示反对，他们说马挖苦是个傻瓜，又是个哑巴，叫上他干什么呢？花五朵就睁着她漂亮的大眼睛，看着白鸿声和米立心不说话。四个孩子来到树下，花五朵说，"我数一二三，我们一起喊。"米立心说，"喊什么？"花五朵说，"咱们一起喊，花老倌，死老倌，你到底死了没有，你要是没有死，就动一下你的手。"于是在花五朵的指挥下，四个孩子就一起喊，"花老倌，死老倌，你到底死了没有，你要是没有死，就动一下你的手。"每当这时，花敬钟的脸上就绷紧着笑，一动也不动。树下的孩子们，就把喊变成了唱。依然是花五朵在指挥，她说，"我先唱第一句，花佬倌，死老倌，唱——"于是四个孩子一起唱。这样的游戏，后来渐渐在米岛流行开了，岛东大队所有的孩子都参与了进来。他们像过节一样，只要一来到我这大树下，就会手拉着手，围着我的身体，一边跳一边唱，"花老倌，死老倌，你到底死了没有，你要是没有死，就动一下你的手。"每次花敬钟都在他们唱了几遍之后，才动一下他的脚。孩子们就改歌词，变成了"你要是没有死就动一下你的脚"，花敬钟就动一下他的手。每日晨起，花婆婆把孙女们的衣服在火上烤暖和了，然后边给孙女们穿衣服边轻声哼唱，"花老倌，死老倌，你到底死了没有……"花婆婆这样唱的时候，是她一天中最幸福的时光。而两个孙女，在花婆婆唱到"你要是没有死你就动一下手时"，就故意动自己的脚。后来，这儿歌就演变成了一个游戏，孩子们围在树下，一群人唱，其中一个人做动作。如果唱的是"你要是没有死你就动一下手"，做动作的人若是动了脚就输了，输了的，就要趴在地上给其他孩子当马骑，每个孩子骑一圈。他们总是在唱到"你要是没有死你就动一下……"的时候，会故意拖着很长的音，然后突然说出后面的那个词，有时是手，有时是脚，有时是脑袋，有时是脖子。而被指定做动作的，一定要迅速做出动作，反应慢了也会被认作是输。每当孩子们做这个游戏时，马挖苦总是静静地站在一边，用他那双亮得出奇的小眼睛看着他们，很少一起参与游戏。有一天，花五朵将马挖苦拉到孩子们中间一起玩。大家围成一个圈手拉着手唱，然后突然说出后面那个要动的器官。他们本来以为马挖苦会反应迟钝出现错误，这样他们就可以拿马挖苦来当马骑，但是马挖苦每次几乎是在孩子们脱口而出说出那个器官的同时做出正确反应，这样玩了十几次之后，孩子们再不同马挖苦玩了，因为他一贯的正确让这些孩子们讨不到一丝便宜，而这时，马挖苦就又蹲回远处，看着孩子们玩那个被称为"花老倌"的游戏。

　　冬天终于过去，春天真的来了。是年春天，来得有点与往常不同，首先是米爱红又收到了一封来自省城的信，信自然是吴青山写的，这封信很简单，只是告诉米爱红一个消息，他吴青山终于如愿以偿，考上了一所医科大学，现在，他是一名大学生了，他要以事业为重，把失去的青春追回，因此，他顾不上儿女情长，要先立业后成家了。他对米爱红说，这么多年都等了，要她再等他四年，他大学毕业后，一定来接他们母子俩。当然，如果米爱红有了心仪的对象，想早点嫁人，他也不反对，会成全他们。爱红娘看完，将信扔在地上，吐一口口水，然后坐在门槛上哭了起来，她拿了一块砧板，一把菜刀，边骂着吴青山这个陈世美边用刀剁砧板，每骂一句就剁一下，仿佛那砧板就是吴青山。这让米爱红很生气，她说，"你丢不丢人？"爱红娘说，"我要咒死他，让他做陈世美。"有人给爱红娘出主意，说，"他不仁，咱们也不义，写信去他考上的学校告他，一告一个准。让他做他的大学梦去。"爱红娘如梦初醒，认为这主意不错。米爱红淡然一笑，说，"何必呢，这也是他的梦想。我本就没指望着他来接我，又何苦去毁了他的前程。"米爱红这样一说，爱红娘就不说话了，只是为女儿心痛，又安慰女儿，说，"也许四年后，他大学毕业，就会来接你了呢。"米爱红说，"也许吧。"当然，此事只是米岛发生的最不起眼的小事一件，和这个春天发生的大事相比，这样的事情，倒显得微不足道了。

　　是年春天发生的第一件大事，是米岛小学门口的标语又被混合砂浆糊上了，重新刷上了"团结一致，同心同德，为实现四个现代化而努力奋斗"。什么是四个现代化？据说到了2000年就要实现这四个现代化。到那时，每家每户都是楼上楼下，电灯电话。那是一种什么样的生活呢？这对于刚刚习惯了以贫下中农出身为骄傲的米岛人来说，是一件让他们既兴奋又困惑的事情，现在是鼓励大家发家致富，可是过去很长一段时间，是把一切发财的富人和无产阶级对立起来，是要被阶级专政的对象。而今开始强调团结，不再强调斗争。革命结束了，四个大恶人被打倒了。村里到处是"打倒王张江姚"的大标语。村民中就开始流传一种说法，王洪文原是一只大苍蝇，张春桥是一条狗，姚文元是一只狼，太阳神的夫人江青却被称为白屁股江青，原来是一条蛇成了精来到世上祸害人的。他们在宣传画中，被一只硕大无比的拳头砸在地上。知青们回了城，不再革命，开始发展生产。去年还在说你办事我放心，开了春，情况似乎又有一些变化。

米岛发生的另一件大事，就是经过了一整个寒冬，差不多变成了干尸的花敬钟，在开春后的某个清晨，突然下了树。他并没有直接回家，而是在村子里走了一圈，和遇到的每个人打招呼。说，"吃了？"被他打招呼的人，都在回答完"吃了"之后，吃惊地说了一句，"下来了？！"他笑眯眯地说，"下来了。""还上去么？"他答，"不上去了。"花敬钟就这样把村庄走了一遍，用这种方式突然宣告着他花敬钟重新回到了人间，回到了正常的生活中来。这一点让大家很是不解，就像当初他爬到树上去生活一样。他怎么可以下来呢？这让米岛人多少有些失落。于是就追问他，"花老倌，你不是在树上成了仙么，干吗要下来呢？"花敬钟笑呵呵地说，"世道要变了，我当然要下来。"花敬钟说的世道要变，大家都感觉到了，四大恶人被打倒，但这和你花敬钟又有什么关系呢？花敬钟说当然有关系，他说他下来是要做一件大事的。花敬钟在村子里转了一圈后才回到家，他的老伴正在做午饭，一会儿，花一朵和花五朵就要放学回家。正在灶门口烧火的花婆婆，正低头用吹火筒吹火。春天潮湿，柴草不好烧，屋里到处都是烟，她的眼睛被烟熏得红肿，像一个烂桃子。她感觉到有人站在门口，就从灶门口抬起头，正要打招呼，却看见是花敬钟，手中的吹火筒就差点掉在地上。她直起腰，发了半天愣。花敬钟若无其事地说，"这个死老太婆，发什么愣，是我回来了。"花婆婆说，"你回来就回来了，有什么了不起的，还是什么稀客不成，要不要扯一场电影放放。"花敬钟说，"这个老婆子，真的是刀子嘴。我回来了，再不到树上去了。"

花婆婆说，"你回来干什么?"花敬钟说，"世道变了，我当然回来。"花敬钟对花婆婆说，"你多下一碗米，一会儿我回来吃中饭。"花敬钟说完转身就走了。花婆婆追在身后喊，"你这死老倌，才回来又往哪里跑。"花敬钟说，"我去串串门。"花敬钟就去了他的一些侄子家，他是要办一件大事，他要去劝说他们和他一起搞联产承包，几家人合伙从生产队承包一些土地一起种。他的子侄们，在过去都是很敬畏花敬钟的，当然，那敬畏，是因为花敬钟的儿子花子范是公社革委会主任，但是现在花子范成了劳改犯，谁还会在乎花敬钟这样一个老头子呢，何况是一个在树上生活了这么多年的行尸走肉。花敬钟就感慨不已，说你们哪，年纪轻轻，还不如我这个老脑瓜子管用啊，连世道要变了你们都看不出来。于是他又去游说白家的人，白家人对花家人向来就没有好感，而且听他说出来的计划，完全是疯子才能想得出的，谁会听他的呢。从白家出来，花敬钟有些失落地回到家，花一朵和花五朵已经放学回家了，她们也听奶奶说爷爷下树来了，她们的记忆中还没有爷爷在树下生活时的模样。不过当她们看到花敬钟时，除了好奇，却没有一点害怕。花五朵甚至大胆地说，"花老倌，原来你长成这个样子啊。"又唱起了那儿歌，当唱到"你要是没有死你就动一下手"时，花敬钟就动一下手。唱"你要是没死就动一下鼻子"，花敬钟就耸耸鼻子。花五朵唱"你要是没有死你就动一下耳朵"，往常这样唱时，小朋友就会拉一下耳朵，可是花敬钟却不用手拉，两个耳朵像猪耳朵一样摆动起来，这让花一朵和花五朵很是兴奋，和这个树上下来的爷爷一下子就拉近了关系。就问他在树上不吃饭怎么没有饿死呀。拉屎怎么办呀。花敬钟笑而不语。吃完饭，两个孙女背上书包又去学校了。花敬钟把嘴一抹，又去串门。这次他把米姓人家和外迁来的人家都走了一遍，他的计划依然没能打动任何人。在经过马脚的家门时，花敬钟犹豫了一下，最后决定走进去。那时马脚正坐在堂屋里听收音机，他的儿子马挖苦吃完了饭背着书包去上学了，他的女人李桂枝在厨房收碗。花敬钟抬脚进屋，说，"在听收音机呢。"马脚见是花敬钟，知道他下树了，也没有显出多么惊讶，说，"你来啦。"喊，"桂枝，花老倌来了，倒一碗水给花老倌喝。"花老倌说，"不喝水。"李桂枝还是倒了两碗水，一碗递给花老倌，一碗递给马脚。马脚说，"你老找我有事么？"花敬钟愤愤不平道，"这米岛的人都不开窍，你天天听收音机的，和他们肯定不一样。这事只有找你了。"说完，花敬钟就说出了他的计划。

马脚平时喜欢听收音机。彼时，米岛家家户户都有广播，岛民收听的是大队广播室里播出的节目，但马脚省吃俭用，买了一台收音机。每日收工之后，他会将收音机抱到树下，收听来自不同频道的节目。这些节目，让栖居于我身上的那些鬼魂们惊奇不已，他们和我一样，不明白那样一个匣子里，怎会放出如此好听的声音，一会儿说书，一会儿又唱歌。我们皆不明白，那样小的匣子里，怎会装进去那么多人，那声音又从哪里进去，从哪里出来的。米南村甚至突发奇想地说，"你看现在一个匣子里能出声音，将来会不会像看电影一样，在匣子里也能看到人呢？"其他鬼魂们就笑话米南村是异想天开。米南村说，"这有什么不可能的呢，就说那个电话吧，就那样一根线，老远的地方有人说话，这边都能听得见。这不就是过去书上说的顺风耳么？"米南村说的电话，米岛大队部就有一台，电话只有大队长一个人能用，有时会有电话打进来，于是大队长就一手拿了电话，一手叉了腰，很有派头地大声与对方说话。大队部离我足有五百米，可是大队长每说一句话都像隔了山头在喊人。米南村曾经对电话惊奇不已，现在又看到了收音机，自然就会想到将来有一天收音机能出人影。因为老听收音机，马脚比米岛其他人消息要灵通，再加上当年他曾经走南闯北，见识也比长期居住在米岛的人多，脑瓜子也活泛。他听花敬钟说出计划，就说，"这个我晓得的。我在收音机里听说了，说有些地方不再吃大锅饭，不搞大集体，几个人一起，搞家庭联产承包。我正在寻思这事呢。"花敬钟就把他一半天的经历说了，说没有人愿意和他一起搞联产承包。马脚说，"我也正想这事，只是我们两户联产承包，我家有两个壮劳力，你家只有两个老人，我们怎么一起联产承包呢?"花敬钟冷笑一声,说,"马脚你是聪明一世糊涂一时啊,我问你,你游手好闲了半生,会种田么?知道怎么泡种怎么下秧么?我花敬钟可是米岛最懂土地的人,米岛哪块地种什么好,谁还会比我更清楚?"马脚点头如鸡啄米,连声称花老倌说得是。

是夜,花敬钟和马脚去找生产队长,提出今年不出生产队的工了,要求生产队分一块地给他们自己种。队长说,"你们疯了吗,这是想搞单干呀。"马脚说,"就是单干。"队长说,"你们就不怕挨批斗?"花敬钟一脸悲天悯人的表情,看着队长,说,"世道变了,你不知道么?"队长讷讷地说,"你们去和大队长说,我没有这个权力。"花敬钟和马脚去找大队长,大队长也做不了主,说除非公社领导点头。花敬钟和马脚就当真去了公社,找到了公社的书记。书记认得花敬钟,他当年被花子范整过,但对花敬钟却颇为尊敬,特别是那年花敬钟掌掴花子范救下江一郎,在米岛传为美谈,私底下,都说花敬钟深明大义。公社书记是个开明之人,他敏感地意识到了国家的政策要变,而且这联产承包,据说有的地方已经开始在试行了,他觉得米岛人也可以试试,于是给米岛大队长打了电话,说可以让几个农户先试行联产承包。走出公社,花敬钟一脸孩子似的得意,对马脚说,"你还看不起我这老头子,没有我这老头,你能办成事么?"马脚心服口服。

花敬钟和马脚成了米岛最先搞单干的人。他们和生产队签了承包合同,村里把离水源最远,平时收成最低的四亩水田和四亩旱地承包给了他们,一年上交生产队一定数量的粮食。签下合同那天,马脚回到家,激动地对李桂枝说今年要起早贪黑干一年,这一年和往年不一样了,干的收成是自己的。李桂枝并不看好单干,她甚至不相信马脚能承包到土地,当马脚把合同放在她面前时,她开始对马脚刮目相看了。马脚抱着儿子马挖苦,兴奋地说,"马挖苦呀马挖苦,米岛的人个个鼠目寸光,榆木脑瓜不开窍,听说我们承包搞单干,都挖苦我。让他们去挖苦去吧,不被人挖苦,我怎么能算是马挖苦的爹呢,到了年底,他们就要来羡慕我啦。儿子,你说是不是?"

是年马挖苦已经七岁,身高不足一米,脑瓜子大得出奇,一双眼睛小而且亮。他看着父亲,不说话。他已经七岁,尚不会说话,不会喊爹，亦不会喊娘。起初马脚和李桂枝以为他是天聋，可是后来他们发现儿子并不聋，儿子的耳朵不仅不聋，而且还超出常人地灵敏，他能听见远方传来的细微声音，甚至能在野外听见老鼠在洞里爬动的声音。彼时为了多弄点粮食，冬天收工后，马脚就扛把铁锹，到收割后的田野里挖田鼠洞，这是个一举两得的营生，挖到田鼠不仅能吃上鼠肉，还能从田鼠洞里掏出来一捧粮食。自然，在过了三年大饥荒后，人们似乎忘记了当年的苦难，米岛人又回归了传统的禁忌，他们对马脚很是看不惯，认为他是个怪物，鼠、蛇、野猫，什么都敢吃。可是马脚不理会这些，他在心底里冷笑。这米岛，凡是经过三年饥荒活过来的，哪个还有资格议论他呢？这些人，还有什么不曾吃过呢？但这样的话，却是断然不能说的，关于那三年吃什么活命的事，是大家共同的秘密，米岛人仿佛达成过协议，对三年饥荒闭口不谈，现在却对马脚和马挖苦吃田鼠肉表示了鄙视。马脚不理会这些，他将打来的田鼠剥皮，将肉用盐腌了，晒成鼠肉干，然后用干辣椒炒。傍晚，别人家里飘出来的是清水煮白菜的味道，只有马脚家，能时常飘出腊肉的香味，那香味顺着风在米岛上空飘荡，惹得孩子们直流口水。

田鼠洞难找，有时找到洞，挖半天里面却是空的。马挖苦五岁那年，马脚出去挖田鼠洞，儿子马挖苦也跟在身后，马脚拿着铁锹，猫着腰，在田野里四处搜寻，像一匹猎狗。走了一段路，发现儿子没跟上来，转身一看，儿子在离他百来米的地方站着不动。他喊儿子，儿子不动，他只好走过去，却见马挖苦用手指了一下脚下。马脚惊奇地发现，就在儿子的脚下面，有一个隐蔽的鼠洞。马脚用吃惊的眼神打量着马挖苦，只道儿子是瞎猫撞了只死耗子。然而马挖苦走了几步，又指指脚下，脚下又是一个鼠洞。一个进洞一个出洞都被马挖苦找了出来。马脚问儿子，"挖苦我儿，你怎么晓得这里有洞的？"马挖苦指了指自己的耳朵，又指了指脚下的洞。马脚对儿子的手势，已然熟悉，他知道儿子是用耳朵发现老鼠的。马脚兴奋地在一个洞口布好口袋，然后从另一个洞口开挖，不到五分钟，两只硕大的田鼠就钻进了布袋，而在洞里，还收获了一大捧稻谷。这一发现，让马脚对儿子马挖苦刮目相看。他对马挖苦说，"儿子，你要听得见老鼠的声音，就带我再找一个鼠洞。"马挖苦低了头往前走，往左走，往右走，走了足有二百米，然后在一蓬茅草边停下来。马脚惊奇地发现，在茅草下面，果然有个鼠洞。这一发现，马脚除了对李桂枝讲过，再未对任何人提起。也是从那天开始，当别人挖苦他的儿子是个傻子时，他内心涌起的却是无限骄傲，从此，他对那些挖苦言语不屑一顾。马脚对李桂枝说，"让他们去挖苦吧，咱们的儿子，是米岛最聪明的孩子。"也是从那天开始，马脚和李桂枝开始细心观察着他们儿子的一举一动，他们很快发现了另一个秘密，他们发现马挖苦经常在太阳落山之后跑到老觉悟树下或发呆、或傻笑。他们不知道，马挖苦从小就有一双与众不同的眼睛，他能看见那些吊在我身上的鬼魂，能听见鬼魂们的窃窃私语。马脚和李桂枝以为儿子中了邪，彼时尚不让明目张胆进行任何科学之外的驱邪活动，于是他们偷偷在屋门口钉下许多桃木桩，相信这样能阻止鬼魂进入。事实也的确如此，那些桃木桩让鬼魂们叫苦不迭，鬼魂们只要一靠近桃木桩就会浑身不适，感觉随时要变成一股轻烟散去。除了在房子周围布满桃木桩，他们还用桃木做了一块木牌挂在马挖苦的脖子上。鬼魂们个个视马挖苦为怪物，只要他一来，众鬼魂就吱吱怪叫，躲进我的枝叶深处不敢再说话，亦不敢弄出丁点动静。米南村就预言，说米岛要出大事了，他活了五十多岁，又死了三百年，还从来没见过这样的怪物。

马脚做好了干辣椒炒鼠肉，马挖苦会盛上满满一碗米饭，在米饭上面，再压上小半碗干鼠肉，然后溜到花敬钟的房子外面。彼时花敬钟尚在树上，花一朵和花五朵跟随花婆婆生活。她们的日子在这米岛并不算太差，每隔一段时间，武义兰就会给她们送来吃的用的东西。但武义兰的工资不高，能送来的无非是一些杂面，或一切能果腹的东西，如此而已。花家姐妹，依然是一年难得吃上一顿肉。马挖苦溜到花家屋外，不用他多说话，就像马挖苦生就了一双异常灵敏的耳朵那样，花五朵生就了一只比狗还灵的鼻子，只要马挖苦端着鼠肉出现在屋外，花五朵就像猫一样溜了出来。马挖苦将饭碗递给花五朵，花五朵就会在马挖苦的嘴上亲一下，然后毫不客气地将那些又香又辣的腊鼠肉塞进嘴里。这是两个孩子共同的秘密，连花一朵也不知情。就这样，只要马挖苦能吃到鼠肉，花五朵就同样能吃到。为了得到花五朵的亲吻，马挖苦迷上了跟随父亲去田野里寻找田鼠，他的耳朵越来越灵敏，能准确捕捉地底深处微弱的声音。有一次，马脚甚至在他的指引下，从地底三米多深的洞里挖出过一条八斤多重正在冬眠的蛇，自然，这蛇也被风干，成为了他们父子和花五朵的腹中美食。在马挖苦的指引下，从地底下挖出的动物除了鼠、蛇、还有癞蛤蟆、刺猬、黄鼠狼、獾猪。为此，马脚经常感慨不已，"当真是一代新人胜旧人啊，当年你爹就是以好吃会吃而著称的，并且用吃的东西骗来了你妈。"他这样说时，李桂枝就冷了脸骂，"狗嘴吐不出象牙。"

马挖苦的这一本领，让马脚感到兴奋和窃喜，但是李桂枝却忧心忡忡，她做了一个梦，梦见了死去的女儿小满，小满在梦中喊饿。李桂枝就拿了一块肉给小满吃，小满突然变成了另外的一个孩子，这孩子的身后，还有一群面目不清的孩子，面目不清的孩子却又变成一群田鼠、蛇、癞蛤蟆……他们冲着李桂枝嘿嘿直笑，嘴里喊着，"娘，饿。"李桂枝灵醒过来，浑身是汗，她惊魂未定地对马脚说，"还记得吧，我是在小满死后怀上挖苦的，小满活着的时候，天天喊饿，到处找吃的。小满一死，我就怀上了挖苦，你说，这孩子，是不是小满转世？"马脚说，"真要是小满转世就好了，小满活着时，我们亏了她，现在我们正好补偿。"李桂枝说，"我就怕不是小满转世，而是……"李桂枝后面的话没有说。马脚知道她想说什么，这是她这么多年的心病，这块心病，压得她喘不过气来，要不是生了马挖苦，小满死后，她哪里还会独活。李桂枝对马脚说，"当家的，再不要去打田鼠，不要再去杀生了。"马脚面露难色，说，"我可以不吃肉，可是咱们儿子喜欢吃肉啊，你没看见吗，只要有肉吃，那一天他就会格外高兴，就会笑，他平时哪有笑过？"李桂枝长叹一声，说，"你们吃肉，我从今天起开始念佛给你们消孽。"直到有一天，李桂枝发现，儿子马挖苦在端了装有肉的饭后，又一溜烟地跑了，李桂枝从前并未多想，这次不知为何却心念一动，跟在了马挖苦身后，结果就看见马挖苦将肉端给了花五朵，花五朵还用小嘴亲了马挖苦的嘴，并且对马挖苦说，"挖苦哥哥，你是好人，长大后，我要嫁给你做老婆。"马挖苦抱了空碗，喜滋滋地，风一样跑回了家。这一发现，让李桂枝惊慌不已，她对马脚说没想到咱们这个傻儿子原来是个小流氓，这么小就知道用肉去勾引人家小姑娘，还让小姑娘亲他的嘴。又说花家那个小丫头和她娘一样，是个天生的狐狸精，这么小就晓得勾引男人。马脚哈哈大笑，说，"好，有其父必有其子。"

六

　　他们家的事，自然被那些鬼魂们看在眼里，鬼魂们少不了各自发表一通议论。有的认为这俩孩子就是情种孽胎，将来不定弄出什么丑事来。也有的说他们这叫青梅竹马两小无猜，长大真要结成亲，也是一桩佳话，还有的说可惜马挖苦又丑又哑，和花五朵不般配。这样的细节，不过是米岛生活洪流中的一两朵微小的浪花，不是米岛生活的主流。是年，大家都在等着看花敬钟和马脚怎么搞单干。刚进入清明，生产队的大田里到处皆是人声牛声，大家在一起有说有笑耕田耙地。花敬钟和马脚没有牛，也没有耕田耙地用的农具。去向生产队借，队长笑着说，"你们不是要单干吗？农具都没有，你单干个鸡巴！"花敬钟去找大队长，大队长说，"你向生产队去租啊，借用农具你得交多少粮食，借用耕牛又得交多少粮食，你们谈就行，找我有什么用呢。"花敬钟一气之下，又去找公社书记。公社书记是要把花敬钟和马脚的联产承包当实验的，就亲自来了趟大队，又领着大队长到了生产小队，和生产小队的社员们一起开了会，说明了搞承包实验的意义，希望生产队支持，但是也不能白支持，要大家商量出一个合理的价钱，比如农具、耕牛怎么算租金，用了生产队的抽水机抽的水又怎样算钱，并说到年底的时候会再来考察，要看看是联产承包的收入高，还是搞集体生产的收入高。有了这把尚方宝剑，花敬钟和马脚算是没了后顾之忧，但借用农具和耕牛，租金怎么算却是个问题。因为租金的收入是要充工，年底分配给大家的。因此生产队长召集各家户主，晚上在我这大觉悟树下开会，一起商定价钱。经过讨价还价，一亩田，用农具一年，交粮食百斤；用牛一年，交粮食百斤；用水一年，再交粮食百斤。马脚赤着脸，愤怒地说，"你们这是抢劫，哪有这么贵的，一套农具总共值多少钱？我们一共八亩田，一年光交租金就要二千四百斤粮，你们比当年的恶霸地主还要黑啊。"可是米岛的社员们说，"你要借就是这个价钱，爱借不借。"马脚和他们争吵时，花敬钟在算，四亩水田，一年种两季，收成好可收获六千多斤水稻，一年的土地租金农具租金耕牛租金还有水费就得五千多斤水稻上交。四亩旱地，如果种玉米大豆，一年也收不了几百斤，这样算下来，两家人还混不饱肚皮。花敬钟就站了起来，说，"既然这样，那我们就不借生产队的农具和牛，只用生产队的水。"马脚说，"那咱们到哪里去借牛和农具呢？"花敬钟笑着说，"我认得江北农场的场长，我去江北农场借。农具和牛，一年下来不会超过二百斤粮食。"听花敬钟如此一说，有些社员就说算了算了借给他们吧，农具放在那里闲着也是闲着，牛也是啊。有的说，"租给你们可以，但二百斤粮食太少了，你们总共八亩田，一年八百斤怎么样。"花敬钟说最多五百斤，多一两他都不干。说大家都是种田人，你们算一算，我们总不能一年上头白干。见花敬钟这样坚持，社员们就让步了，最后以五百斤粮食达成交易，但是有一点，牛和农具，要先让生产队用，生产队如果要用，他们就得等。花敬钟站起身，拍拍屁股上的土，说，"就这样说定了。"散会后，马脚问花敬钟，"从江北农场二百斤粮食就能租到，咱们干吗要出这五百斤呢？"花敬钟呵呵一笑，说，"我是认得江北农场的场长，可是他不认得我。"

次日，在花敬钟的指挥下，花敬钟、花婆婆、马脚、李桂枝就开始劳作了。花敬钟说，"庄稼一枝花，全靠肥当家。村里牲口拉下的粪，是不会给我们用的，那咱们就多割绿肥。"其时，米岛的荒山和田塍上，到处长了鲜嫩的艾蒿。花敬钟说把艾蒿割了踩在整好的水田里，肥，还能防病虫。于是这老少四口开始割艾蒿，然后压在平整后的水田里。出几个太阳一晒，腐烂的艾蒿使得泥土松软，散发着一股特有的清香。生产队的农田，因为不是自家的田地，大家栽秧时只求速度，栽得又稀又乱。花敬钟说不能这样，要精耕密植。果然，栽下第一季秧苗，生产队的农田里还是黄蔫蔫一片时，他们的承包田里已经是绿油油的。到了小满，生产队的水田里一眼望去还能见到白晃晃的水，他们的承包地里已经封了田。看着他们庄稼的长势，米岛的社员们开始眼红起来，也有人说风凉话，说你看水稻长得这么好，可到时能收多少斤呢？交完了租金还能余下多少？还不是和我们一样，一年到头等于白干。话是这样说，但让他们眼红的事，却分明摆在了眼前，干大集体的社员们，每天起早贪黑，听着高音喇叭的时间风雨无阻出工，花敬钟和马脚，干完了田里的活后，就可以点着纸烟卷，站在田边冲那些在田里干活的社员们说风凉话。说天这么热，你们怎么不到老觉悟树下去纳凉呀，小心中暑了。到了双抢时节，花敬钟和马脚把粮食收回来，打净分装，一估，亩产八百斤，远超生产队的亩产。这可真是让人眼红啊！于是，在抢收抢插的时候，他们再也借不到农具和耕牛，生产队的所有农具都被社员们扛到了田间。花敬钟和马脚知道大家眼红，可是老话说得好，春插一日，夏插一时。春天早插一天比晚插一天的水稻能看出明显的区别，夏天早插一个小时和晚插一个小时能看出明显的区别。时间不等人，拖到立秋后再插秧，晚稻就别想有好收成。但这依然难不倒花敬钟，他将四个人分成了白天晚上两个班，晚上生产队收工后，他和马脚到田里去平整水田，白天他俩小睡一会儿，继续去田里插秧。花婆婆在家做好饭菜，再送到田里给他们吃，李桂枝则坚守在第一线，起早贪黑去插秧。这年的第一个双抢，终于是在立夏前把中稻插了下去，饶是如此，他们仍然在生产队前结束了双抢。收完秋粮，过去的习惯，是将水田里灌上水，泡上一冬，防止杂草疯长，一是来年不好除草，二是杂草会让土地变贫瘠。但花敬钟却放干了水田里的水，晒干土壤，将水田变成旱地，翻土平整，趁着初冬天尚未冷，两家人起早贪黑往整过的水田里栽油菜，来年收获了油菜正好插早稻，这样一来，变一年两熟为一年三熟。到年底时，两家人交完公粮水费，扣除农药化肥租金，一家分得的水稻，正好够口粮，而旱地种出来的黄豆玉米，还有水田多种的一季油菜，则成为了这一年辛苦的盈余。花敬钟将这盈余又分成两份，一份置办了整套农具，另一份，两家分了。在分的时候，他只占四成，马脚占六成。马脚说，"花老倌，您这是干吗呢，我们两家一起承包，理应五五分成，现在你四我六，说出去让人骂我。"花敬钟说，"我四你六，还是我老倌子沾了你的光哩。"马脚说，"花老倌你这样说，我就找个地缝钻进去了，我哪里还有脸在米岛的老少爷们面前走动。虽说我们两口子出多了一点蛮劳力，但力气是什么，今天干累了，睡一晚明天又回来了，不干活留在身上又不能卖钱，要是没有您，我们连地都承包不到呢。"花敬钟说什么也要按四六分成，马脚和李桂枝一商量，说花老倌老两口这么大年纪，还要照看两个孙女儿，我们不能占了他的便宜，于是给花家姐妹各做了一套新衣，给花老倌和花婆婆婆各做了一双鞋。

因了这联产承包的关系，花家和马家就显得格外亲密了，两家俨然成了一家。马脚若是打到獾子野兔之类的野味，定会分一份给花家。而武义兰每次从镇上来，带来一点饼干糖果，花家也少不了分一点给马家。大人的这种亲密关系，似乎并未影响到孩子。花五朵和马挖苦，在两家合作前就有点青梅竹马的意思，若是其他孩子欺负马挖苦，花五朵定是要站出来为他说话的，于是孩子们就笑话，说花五朵不要脸，想做马挖苦的媳妇。花一朵却极不喜欢马挖苦，觉得马挖苦不仅长得丑，又是哑巴，最让她受不了的，是马挖苦居然连老鼠肉都敢吃，花一朵认为马挖苦是个怪物，不让妹妹和马挖苦玩，花五朵并不把这个仅大她几分钟的姐姐放在眼里，偏要和马挖苦一起玩。花一朵却和白鸿声很合得来，两人的性格也极像，花一朵话少，懂事早，住在米岛乡下，内心总有寄人篱下之悲叹，随着年龄渐大，话越发金贵，不太爱和其他孩子玩，独独喜欢白鸿声。别的小孩一起玩，难免会打打闹闹，花一朵是被动一手指头都要流半天泪的，白鸿声像女孩样文静，从来不打闹，只是站在一边看着别的小伙伴玩。大家一起玩"花老倌"的游戏时，他从来不做"花老倌"。就算赢了，别的小朋友都去骑那输了的"马"，白鸿声也从不去骑。白鸿声不仅长得秀气，性格文静，而且甚会心疼人，只要一朵不高兴了，他就会悄悄过去安慰。这让白振甫看在眼里，急在心头，长吁短叹不已，说原来指望白家出个男丁，将来重振白家门楣，这下倒好，比大姑娘还害羞，将来哪里能干大事。倒是米家生最为得意，这五个孩子中，米立心最是不俗，长得堂堂正正，浓眉大眼，做事风风火火，有男子汉的气概，但亦不是那种愣头青，比起白鸿声，多了一些男儿气，又不似马挖苦那样古怪。不单在这五个孩子中出类拔萃，就是在本村这一茬小孩中，亦是顶呱呱的。于是他就安慰白振甫，说，"鸿声这孩子，虽文弱了一点，却是读书的好苗子，你看他成绩多好。"米家生这话没错，彼时白鸿声上小学二年级，成绩很好，深受老师宠爱。白振甫的脸上就有了笑，不笑尚好，一笑，那枪眼里就汩汩往外冒血。白振甫说，"你家立心读书也不错啊，随他爹。"这话是实情，米立心的父亲吴青山，在恢复高考后就考上了大学，那可是千里挑一的。但这也是米家生的心病，吴青山自从考上大学之后，只来过一封信，信中说他要读四年大学，现在以事业为重，要舍小家成大家，因此劝米爱红不要等他，免得耽搁了青春年华。米家生就愤愤不平，说我们家爱红为他耽搁了这么多年，他现在来说这种话。

花敬钟和马脚在联产承包中取得了成功，让米岛人的心都活泛了起来，这个冬天，米岛开始涌动起一股承包的暗潮，到了次年开春，要求从生产队承包单干的人越来越多，上面的政策也宽松了，不公开提倡，亦不明确反对，由此，米岛大队结成了十几个联产承包小组，只有那些老弱病残的家庭找不到人合作，依旧在生产队里混工分。白振甫之子白鸿声之父白奇谋，不是老弱亦非病残，日子却不大好过。刚开春，奇谋家的就对白奇谋说，"你看人家都在联产承包，咱们也找人一块儿合伙吧。"白奇谋说，"干吗要合伙呢，在生产队里出工，吃大锅饭不是很好么？"奇谋家的说，"好是好，可是一年下来，也就挣个肚儿圆，这辈子也别想过上富足日子。"白奇谋就长叹一声，说，"你怎么这么傻，过上富足的日子有什么好呢？你看我们白家，过去的日子富不富？这米岛，哪个看见我们家的人不是点头哈腰？那时我爹送我上学，就对私塾先生说，我们家的奇谋呀，是含着金钥匙出生的，这辈子不愁吃不愁穿，享不尽的荣华富贵，他来读书，就没有指望将来去考个什么学的，不过是来学校遮风避雨多几个玩伴打发时光。我爹何曾想到，咱们家的荣华富贵，转眼成为罪恶。结果你也是看到了的，我爹吃了枪子，你现在又鼓动我去致富，将来再来一次革命，也跟我爹一样去吃枪子？咱们鸿声、鸿雁和鸿云将来也和我一

样，成为被人嘲弄的对象？"白奇谋说的鸿雁和鸿云，是在鸿声之后
又生下的两个孩子，鸿雁比鸿声小两岁，是个女孩，鸿云比鸿雁又小
两岁，也是个女孩。白奇谋还想再要孩子呢，他说白家现在落势了，
要多生几个儿子才行。但是奇谋家的说她实在不想生了，"再生下
去，怎么养得活这一家子人。"后来再怀上的孩子，她就去刮了胎。
白奇谋说他不想单干，也不想发家致富，这让奇谋家的很生气，她说
咱们也不是要发大财，比上不足，比下有余总可以吧。白奇谋本就不
当家，家里大事小情皆是奇谋家的拿主意。如今奇谋家的这样说，白
奇谋也终是被逼着出去找人合伙。大清早白奇谋就出了门，到天黑尚
未回家。他先去找白家的堂兄弟们，堂兄弟们都不愿同他合伙，认为
他当不得一个劳力，什么农活都干不了，只有一张嘴，在生产队混工
分尚可，如果搞承包，谁愿意与他这样的人合伙呢？白奇谋又去找花
家的人，花家人更看不上他，看不上也罢了，还嘲笑他，说，"合伙
也可以，你和我们一起出工，到年底分成的时候，咱们三七开如何？
你三我七。"白奇谋找不到愿意同他合作的人，又不想回家去看老婆
的脸色，独自走到岛北面的米河故道边上发呆，到太阳落山亦不愿意
回家。白振甫的鬼魂默默跟在他身后，那枪眼里的黑血直往外冒。彼
时的他是有些后悔的，后悔当初送儿子上学时，对先生交代的那一番
话。不过有时他又想，幸亏对先生交代了那一番话，人生识字忧患
始，百无一用是书生。不识字，也就没那么多的痛苦了。事实正是如
此，这么多年来，白家家道中落，白奇谋沦为米岛人讥讽的对象，他
却过得似乎并不痛苦，只要不批斗他，他就没心没肺一样活着。可是
现在，看这情形，似乎再不能这样活下去了。现在只是一些积极分子
在闹着要分田单干，将来若是都单干了，他哪一样能干得过别人呢？
白振甫只能为儿子干着急，并不能改变什么，只是跟着儿子走了一
路，陪着白奇谋回到了家。奇谋家的问可找到了合伙人，白奇谋说，
"没找到，都不愿和我们合伙。"奇谋家的就骂，"都是一些势利眼，
没人与咱合伙，咱们单干。"白奇谋说，"生产队里又不是不能混工
分，何必去逞这个强呢？再说了，就算单干，又能怎么样呢？种这几
亩田就能发财啦？你看去年花敬钟和马脚，干死干活一年，不也就结

余了那么一点点么，搁在过去，那点结余，还不够咱们家一天的开销。"奇谋家的就冷笑一声，说，"过去过去，过去你们白家如何风光，反正我是没有享到一天福，嫁给你这个地主儿子，算是倒了八辈子霉，从前是低三下四抬不起头做人，现在可以抬头做人了，我也不说想要发多大财，就是不想再被人看扁了。没有人同我们合伙，单干也要干出个样子来，不能让人小瞧了咱们。"白奇谋说，"这是何苦？咱与人争这闲气干甚？"夫妻二人正在争执，就听见白奇谋的母亲白婆婆干着嗓子说，"说得好，奇谋屋里的。"白奇谋就低下了腰，说，"娘，你怎么过来了？"平时，白婆婆是和白奇谋分开过的。许多年来，白婆婆像鬼魂一样，长期猫在她那阴暗潮湿的家里，白奇谋都差不多忘记了他娘的存在。此时，白婆婆拐着小脚，用她那尖厉的嗓子说，"奇谋屋里的说得好，咱们白家不能总这样让人看不起。那些狗眼看人低的东西，想当年，他们哪个没有在我面前下过跪，这些穷棒子，翻身做了几年主人，就不晓得自己姓什么了。咱们不蒸馒头争口气。"白奇谋脸上就现出了苦色，说，"娘，儿子也想争气，可这气怎么个争法呀，儿子手无缚鸡之力，不会耕田又不会耙地的。"奇谋家的就说，"你不会我会，我来耕田，我来耙地。"白奇谋看着他的老婆，摇了摇头，说，"你这是何苦来哉，何苦来哉。"奇谋家的说，"苦是我自找的。"白婆婆说，"要是单干，恐怕一年下来，吃力不讨好的。我指一家，你们去找她，肯定能合作的。"白奇谋和奇谋家的就看着白婆婆，说，"谁家？"白婆婆目光里露出两粒精光，说，"去找爱红她娘。"白奇谋对爱红娘没有好感，这个过去他曾经叫过二娘的女人，他父亲的小老婆，现在让他低三下四去求她，他拉不下那张脸。再说了，爱红娘家也就两个女劳力，和她们合作，还不如单干。白奇谋这样一说，奇谋家的连声附和，"说得是呢，和她们合作，还不如咱们自己干。"白婆婆冷笑一声，说，"这些年，爱红娘儿俩不容易，你们也不容易，都是受人白眼之人，不互相帮衬，谁还会帮你们呢。再说了，你娘我都不记恨她了，你们还恨个甚。"白婆婆这样一说，白奇谋就不说话了。这许多年来，他没有同爱红娘说过一句话。生产队出工，有时在一块田里干活，他本来是在说笑的，见了爱红娘，就不说话了。爱红娘也是，见了他来，本来有说有笑的也不说笑了。说来也是，两人年纪差不多，白奇谋曾经叫过爱红娘做二娘的。女人们爱开玩笑，见白奇谋来了，就打趣道，"爱红娘，你儿子来啦。"现在，白婆婆突然让白奇谋和爱红娘一家合作，很让他有些别扭，将来被人笑话打趣的时候会更多了。白婆婆说，"你们要是不好去说，我去说。"白婆婆就拐着小脚来到了米爱红家。

米爱红和爱红娘也正坐在家里叹气。是年春天，好多人家都在联合搞承包，可是谁会联合她们这孤儿寡母的呢。母女二人，也根本就没有去和别人家商量，没有动过单干的心思。见白婆婆过来，爱红娘慌忙站起来，米爱红就喊米立心，说婆婆来了，去给婆婆端把椅子。米立心和村里其他的孩子一样，看见白婆婆就怕，退缩着不敢去端椅子。白婆婆就说，"小兔崽子，是不是怕婆婆吃了你呀，没良心的东西。"米爱红赔着笑说，"立心不懂事，婆婆不要见怪。"白婆婆说，"我一把年纪了，连你娘的怪都不见啦，会和一个孩子见怪么?"白婆婆坐下后，就把来意讲了，爱红娘感动得不停地擦眼睛，说，"你看我们，年轻的时候你斗我斗你，后来呢，咱们一起被人家斗。现在世道不一样了，不再被人斗了，咱们也不斗了，我还要沾你们这么大的光。"又说，"当初要不是你去请来江医生，咱们爱红和立心，只怕早就没命了。"白婆婆叹一口气，说，"都是看在那死鬼的分上。那死鬼，早就晓得自己难逃一死的，被抓起来前的那一夜，他在我那里，你当时还很气，在屋外面指桑骂槐，你哪里晓得，死鬼是来找我交代后事的。他说了十桩事，有六桩都是关于你的，他说你不懂事，要我让着你。说世道变了，他是难逃一死，说我的年纪大了，革命队伍也不至于会把我怎么样，但是你还年轻，不知要受什么样的罪。他让我记着，能帮你一把，就帮你一把，就当是他白振甫求我了。"爱红娘听到这里，不停地揩着眼泪，说，"年轻的时候，是真不懂事。"白婆婆说，"我的话说完了，往后，你和奇谋一家，就相互多扶持吧。"又说，"奇谋家里的，不是个省油的灯，奇谋又当不了家，她要是狗嘴里没吐出什么好话，你就大人大量，多担待一些。"说完就走了。白奇谋家和爱红娘家联合一起承包，果然被米岛人又是称奇又是感叹。

称奇的是，这个组合里，三个女人，插秧斫谷个个胜过男子，而唯一的男人，差不多就是个吃闲饭的。自己承包了土地，大家干起活来，劲头十足，也用心了许多，土地的产量提高了，农人的时间反倒多了出来，不似往常那样天天起早贪黑，每年最忙的时候也就是那么半年时间，余下的半年，倒有一些闲得慌了。一切皆如米南村预言的那样，世道变了。而且是变好了。

孩子，那些年，我的心情，前所未有的好。

自大洪水开创米岛，米南村开创米岛的人居史以来，我终于看到了一个前所未有的时代。彼时的岛民，人人皆有一股向上的精气神，人人所想者，皆是把自己的能量尽可能发挥出来，但这发挥，却又是健康的，自然的，从心底里喷发出来的。这一切皆不似那遥远的过去，土地归一两家所有，朱门酒肉臭，路有冻死骨。亦不似后来，头次革命，二次革命，你打我，我打你。日本人又打进来，百年间，米岛惨如炼狱。自从白家先祖将米南村杀死之后，米岛就陷入了你杀我我杀你的怪圈，这样杀戮了三百年。革命成功了，依然是打打杀杀，百姓皆成了没有思想的活物，大家都稀里糊涂地过日子，什么都不用想，因为一切有太阳神替大家想。但是太阳神，却无法阻止米岛人挨饿，无法阻止人与人之间的批斗。太阳神想着把人改造成只求奉献不知索取的圣人，事实上，却将人改造成了残忍的动物。那些年，我每天和众鬼魂们思索着人的问题，思索着人究竟是什么样的动物。我们为人这种动物担忧，为米岛担忧。然而，阴霾终于散去，天变蓝了，地变绿了，人的脸上，开始阳光灿烂。用现在人的话说，是一个充满正能量的年代。可惜的是，那样的时光太短暂了。孩子，在许多年后的今天，当我给你们讲述米岛故事时，我格外怀念那段时光。记得当时有首歌中这样唱的，"年轻的朋友们，今天来相会，荡起小船儿，暖风轻轻吹，花儿香，鸟儿鸣，春光惹人醉，欢歌笑语绕着彩云飞。"

又是一个春天来临，米岛的变化天翻地覆。有几件大事，值得重点说说。第一件，米岛通电了。电线杆是在前一年的冬天就架起来了，米岛的男男女女，只要能出工的劳力，都加入了架电线杆的行列。电线杆架好后，在米岛的村口，一块宽阔的地方，盖起一间红砖小房，房子顶上，放了一个奇怪的铁疙瘩，有人说那叫变压器。通了电，灌溉农田，不再用过去的柴油机。大队出钱，将电线牵到了各家各户。最先用上电的是马脚家。我至今还清楚地记得，通上电的第一个晚上，其他人家都是一豆昏黄的灯火，只有马脚家灯火辉煌，电灯把半边夜空都照亮了。村里的大人孩子，都挤到马脚家看热闹。马脚和李桂枝站在人群中，接受着众人的赞叹和羡慕。人们参观了足足有一个小时，如果不是马脚把电灯关了，参观的人还不想走。马脚说，"不能开啦，用电要交钱的。"人们就开始议论纷纷，说你得意什么呢，明天我家也要装电。有的说马脚当真是小人得志，不就牵个电么，用得着这样嘚瑟？人群散尽，那个夜晚，马脚爬到李桂枝的身上，感觉又回到了多年以前。马脚说，"咱们开着灯做吧，我要看着你做，这么多年，从来都是黑灯瞎火，我都没有好好看过你。"李桂枝骂，老不正经。还是依了马脚。是夜，夫妻二人回忆起了过去那苦难的时光，回忆起马脚初次爬到李桂枝身上那些不得其门而入的日子。马脚就感慨不已，说他原本以为这辈子就这样完了，连女人也娶不上，一辈子都要自己日自己了，没想到娶了李桂枝之后，就转运了，生了儿子马挖苦，现在，又成为了村里第一户用上电的人家。马脚就开始谋划着，要用两到三年时间，盖起新房来，要让李桂枝跟着自己享福。

有了电，乡村的夜晚开始变得热闹起来。彼时岛民们尚未意识到，更大的改变马上就要来到。次年春天，上面又有了新政策，不再吃大锅饭了，家家户户都搞单干，但不叫单干，叫联产承包责任制。公家的农具、牛分给各家各户。这当真是个特大的好消息，而讨论怎么分这些农具和耕牛的大会，自然就在我这老觉悟树下召开。一个新的问题接踵而至，生产队的每块田地品质不同，有的土地肥沃，种什么长什么，收成高，有的土地贫瘠，种什么都不会有好收成。有的水源方便，一年到头不用抽水，有的却三天两头要抽水。这样一来，每块土地的投入和产出就不一样了，谁都想要好的土地，不想要差的土地。还有生产队的牛，总共就那么几头，每户分一头牛是不可能的，只能是按一定田亩比例配一头牛来分。但依然有问题，有的牛干活肯出力，不用鞭子，喊一声就在田里吭哧吭哧干半天；有的牛懒，干一会儿就不肯走了，你拿鞭子打死它也不走。牛还分公母，公牛能干活，母牛不但能干活还能下牛犊。怎么样才能做到平均，大家开了十天会。白天开会就吵架，吃晚饭时，家家户户的女人把饭端到会场，男人们边吃着饭边继续开会，最后终于商量出一个大家都能接受的规则来。先是把生产队的土地亩数除以人头，得出每个人分得的数字，然后将土地分成上中下三等，做成阄，大家抓阄决定。上中下三等中各抓一份土地。原本一大块地，亦不可能面积恰好分给谁家，于是又被分割成许多小块。农具不够一家一份，就几家组合在一起，抓阄分配一整套农具。耕牛亦是抓阄。当无法真正做到一碗水端平之后，抓阄凭运气，所谓生死有命，富贵在天。岛民们为了自家的利益，当真是锱铢必较。待上述问题皆达成共识之后，尚有两个问题要解决。一是花敬钟，在计算他应得土地时，生产队里大多数人主张他们按两口人分配，花一朵和花五朵不能算是生产队的人，因为她们的母亲在公社的废品收购站拿工资。马脚坚决反对这样的提法，他认为花一朵和花五朵作为花敬钟的孙女，跟着他们生活了这么多年，应该算是生产队的人，理应分到她们应有的土地。马脚的提议，除了得到米爱红一家的同意外，连花家的同宗都表示了强烈反对，最后只能是少数服从多数，花一朵和花五朵没有土地。花敬钟知道，他们家多两个人的土地，别人家就要少分一点，但他还是对马脚的提议表示了感谢，同时也服从了大家的决议，他不想因此得罪全队的人。接下来，还有一个问题，按照政策，每亩地每年都要上交一定数量的公粮，而且上交的公粮不是个小数目，大家都是种地之人，心中自然有杆秤，三下五除二地一划拉，一年劳作下来，比生产队大集体也强不了多少。时任生产队队长的花子发，是花敬钟的侄儿，亦是个脑袋活泛之人，他想到了一个主意，彼时生产队到底有多少亩土地，有两个说法，一说是实在的田亩数。还有一说，就是当年"大跃进"期间浮夸风盛行时，为了夸大亩产量，将标准的六百六十平方一亩，变成一千四百平方一亩，并造了册的。花子发提议，就按照一千四百平方一亩来分土地，这样大家就可以少交一半公粮。此一提议，自然得到了大家的拥护。农民的智慧与狡黠，在分地上表现得淋漓尽致。

规则既定，各家各户派出代表来抓阄。许多年之后，人们在谈论到这次抓阄时，还会对马挖苦的表现印象深刻，而人们试图巴结马挖苦时，也会说到他在这次抓阄时的神勇表现。轮到马脚家抓阄时，马脚带着儿子马挖苦走到装有上等水田纸团的坛子前。马脚说，"儿子，看准了，给老子抓一块最好的水田。"马挖苦用他精光四射的小眼盯着马脚，不说话。马脚知道儿子的意思，每个纸团上都写着一块水亩的名字，月亮丘，七斗丘，三角地，一线天……马挖苦并不知道哪块水田是最好的。马脚就说，"儿子，抓七斗丘。"七斗丘是岛东生产队最好的一块地，靠近水源，土地肥沃，离村庄近，粮食运回来方便，最为重要的，是这块地四四方方，适合耕种，不像一线天、三角地，虽然肥沃，离水源亦近，但不规整，耕地时误工，因此只能算上等水田中的下等地，而七斗丘，是全队公认的最好一块地。在马脚家抓阄前，已经有九家抓过了，而每家在抓阄时，家人的嘴里都叫着，"七斗丘，七斗丘，七斗丘……"然而当他们用颤抖的手，怀着兴奋的心情将那个代表了土地的纸团交给生产队队长时，脸上就会显出沮丧和失望。家里人就骂他是个臭手。其他人则兴高采烈地起哄，说，"昨晚摸你老婆的屁啦，你这臭手哪里摸得到七斗丘。"然而那嘲笑别人者，转眼亦被人嘲笑。现在轮到马脚家了，马脚派上了马挖苦。马挖苦闭着眼，在努力听着什么，他那古怪的样子引起了大家的紧张。马脚的拳头攥得紧紧地，手心里全是汗水。在众人紧张的神色之中，马挖苦果断地从坛中摸出一个纸团，然后交给马脚。马脚将纸团交给生产队长，生产队长打开，脸色就变了，过了好一会儿，才勉强唱了出来，"马脚，七斗丘"。然后在众人的怪叫和叹息声中，财经队长在登记簿上记下了"马脚，七斗丘。"如果说只是摸到七斗丘，人们或许会以为这是一次巧合，在接下来的中等、下等地的抓阄中，马挖苦都准确地抓到了余下来的土地中最理想的那一块。这样一来，村里人第一次对马挖苦刮目相看了，都想请他帮忙抓，但这一请求被马脚断然拒绝，只有一家例外。在马脚的授意下，马挖苦帮花敬钟抓到了他梦想中的水田。分完水田分旱田，有人就说，马挖苦是一个妖精，不能让他抓阄。这样的提议，显然只能是说说而已，虽然也有不少人附和，但未能被生产队采纳，因此在分旱地时，马脚又如愿以偿地摸到了满意的土地。分耕牛时，马脚、花敬钟和花子发三家，正好可以分到一头耕牛，于是这三家就结成了伙。三家人都把希望寄托在了马挖苦身上，他们的共同目标，是一头名叫"青毛"的四岁小母牛，这头牛性情温驯，而且正怀着小牛，到了秋天，就一头牛变两头了。但是这一次，马挖苦却让他们失望了。他一伸手，抓了个纸团交给马脚，马脚没敢打开，就交给了花敬钟，花敬钟还没来得及打开看，就被队长花子发一把抢了过去，说我来看。打开一看，脸上的肌肉就开始跳动扭曲。村里人都憋着一口气，以为青毛肯定被他们抓走了，没想到马挖苦抓到的，却是最差的一头病牛"老黑"，那是生产队里最老的一头牛，老到根本不能干活，又有病，却又不知是什么病，能吃能喝，就是不长膘，瘦得像一把梳子，走路一摇三晃。去年冬天，大家都等着这头牛冻死，冻死了，就可以分得一些牛肉过年了，但这老而病的牛却撑过了冬天。花子发将手中的纸团扔在桌子上，财经队长接过来，大声念道，"花子发花敬钟马脚三家，分得耕牛老黑"。众人愣了一下之后，就发出了齐声的喝彩，这样一来，心头的不平，也就消解得差不多了。要知道，抓到再好的土地，没有牛也是枉然。而老黑，谁知还能活几天？就算是能活三两年，也是不能下地干活，不仅不能干活，还得有人喂它。于是，这三家人心情皆沉重了起来。花子发差不多要恼羞成怒了，他一把揪过马挖苦的耳朵，在手里左摇右晃，咬牙切齿地骂，"你呀，你呀，你这个浑小子，你害死我们了。"花敬钟却说，"子发你这是干什么，挖苦是个孩子。再说了，让挖苦抓，也是你提议的，抓阄凭的是手气，你当真以为他是神仙了？"马脚也赔了笑脸，说，"花队长，花老倌说得对呢，你就别和孩子一般见识了。"众人就笑，说花队长输不起，拿孩子撒气了。花子发的脸红一阵黑一阵，虽说松开了揪马挖苦耳朵的手，却在他的头上拍了一巴掌，差点将马挖苦拍了个狗吃屎，骂，"死一边去，气死我了。"又说，"马脚你要负责。"马脚一脸无辜，说，"我怎么能负这个责呢？"花子发说，"要不这样，你把七斗丘换给我。"花子发摸的那一块上等水田地势较高，水源不太方便。和七斗丘不可同日而语，马脚自然不乐意换。可是不换，又得罪花子发。其他人，事不关己，都在乐得看热闹。也有对花子发不满的，但马脚和自己非亲非故，犯不着为他出头。花敬钟出来打圆场，说，"子发你要马脚的七斗丘，不是等于要人家的命么。要不，你们把那中等田交换了如何？"马脚那块中等地比花子发的中等地也要好，花敬钟这样一说，花子发马上附和，"那我给叔面子，换那块中等地。"马脚敢怒不敢言，只好同意在册子上将两人的地交换了一块。分土地分牛，从清早分到天黑，大家都分到了自己的土地，满意的自然是满心欢喜，不满意的，却是长吁短叹，夫妻间少不了相互埋怨。次日，天刚亮，家家的户主，皆背了一把铁锹，去自己分得的土地转了一圈。将田埂修修补补，将田埂上的草铲一铲，路上看见一堆牛粪，自然用铁锹铲了扔进自家的地里。不管分到好的田还是差的田，都是过去的事了，现在，分给他们的这块田，就是他们的命根子，是他们这个家庭的希望和未来了。这情景，让我这老树感叹不已，仿佛又看到了许多年前，米南村初来米岛时的样子。

生机勃勃！孩子，那真的是一个生机勃勃的年代，万物生长，六畜兴旺。人也充满了精力，每个人的脸上都荡漾着喜悦的色彩，人与人之间，也没了工夫去争斗。大家的心思全都在分得的几亩地上，谁也没有心情去管别人的思想上是否有资本主义尾巴要割，是长满了鲜花还是毒草。米岛人人心里皆暗暗较着一股劲，在分田单干前，大家都是差不多的家境，日子过得好的，多是那人口多的人家，劳力多，拿工分多，到年底分得的粮食就多一些，就算如此，家境好的，年底的结余也不过是给一家人做身衣服，年三十能割上一二斤肉，如此而已。彼时的米岛，人与人之间没有贫与富的差别，人与人之间的差别是出身，最高贵的是贫农，其次是中农。富农和地主，自然在人前抬不起头来。现在情况变了，大家都是一样的人，都站在同一起跑线上，分田到户一声号令枪响，大家就铆足了劲儿往前奔，前方，就是他们想象中的幸福生活。

家家分到了属于自己的水田和旱地，门前屋后还分了自留地，自留地不用上交公粮。自留地的分配原则，是各家各户，以宅基为起点，前三后四，左右两弓。有了自留地，各家就开始种菜，开始养小鸡。靠水的人家还喂了鸭子、鹅。有的家还捉回了猪崽。家里有了这些财产，大家不再似过去那样，晚上出去串门，门就大开着，出去干活时，门亦大开着。那时各家各户都没什么东西怕人偷。现在不一样了，有了农具，有了六畜，于是家家户户都养了狗。整个米岛就开始喧闹了起来，鸡狗之声相闻。男人、妇人，走在村子里时，肩上都挑着一个狗屎筐，手中拿着钉齿耙。说是狗屎筐，并非只收集狗屎，猪屎牛屎鸡屎，只要看见了，顺手就用钉齿耙耙进筐子，然后倒在自家的责任田里。清明一过，家家都早早把水田耕平整了，男女老少齐上阵，到处割绿肥。过去走在米岛，一家与一家之间，田埂上，山坡上，到处都是杂草丛生，如果是露水天，露水未干时，在外面转一圈，身上像落了水一样全是湿的。现在不一样了，所有可沤肥料的植物，都被大家抢割一空。米岛的空气中弥漫着一股艾蒿和青草的香味。各家各户，把田埂铲得光滑平整，又糊上了泥，连一棵杂草都看不见。大家见了面打招呼时，声音皆格外洪亮，从心底里荡漾出一股子喜悦。上年那些联合承包过土地的人家，情感自然又与别家不同，仿佛亲戚样，有了困难相互帮助。哪家的秧苗先到了可插的时候，隔壁左右和那相好的人家，就会来帮忙一齐抢插。自然也不是白帮忙，受帮的会记下这工时，到时再去还这份工。一股前所未有的风气在米岛蔓延，连老鬼魂米南村都感慨不已，说看到米岛有了现在这样一股子精气神，他就可以放心喝孟婆汤去托生了。白振甫就笑他，说，"你现在不是不放心去投胎，你是舍不得去投胎，怕投胎后，看不到后人过上好日子了。"米南村说，"我要是投胎到米岛再世为人呢？"白振甫说，"万一要是投胎成了一头猪呢？"看得出来，连这些孤独的鬼魂们，亦被这向上的精神感染了。

是年冬天，各家各户粮食归仓，该交的公粮水费皆上交后，家家都打起了算盘，估算了这一年的收成。但辛苦一年，粮食的亩产量是上去了，结余下来却不太乐观，自然是比生产队大集体时要好多了，但与米岛人心目中的期许，似乎有了不小的差距。一些固执的米岛人，把问题归结在粮食的亩产量上，听说岛外有些地方都种上了杂交水稻，亩产可以提高三分之一。也有如马脚这样脑子灵活的人，很快意识到，就算亩产提高三分之一甚至一倍，一年下来，亦不能发财。马脚在这个冬天，开始了他对来年生活的规划。临近春节时，结余较多的人家也学着马脚家，买了电灯电线，将电牵进了家里。于是，在那个春节，还没有牵电进家的，自然就被米岛人认为是家境较差的。比如花敬钟家，两个老人，都做不动活了，一年下来，比起那些家有壮劳力者，自然输了一筹，加上又有两个孙女要上学，又正是能吃的年龄，还要给她们扯布做花衣裳，还要留下点钱做来年的春耕开支，自然就没有钱牵电。和花敬钟家一样，米爱红娘儿俩，这一年下来也是紧巴巴的，只能是勒紧裤带过日子。就在他们叹息着要过紧巴年的时候，两个重要的人回到了米岛，对这两家人的生活，不可避免地产生了巨大影响。

首先回到米岛的，是江一郎。

那是个冬至。是年的冬至，米岛格外热闹，好多户人家，把米岛人断绝了多年的传统接上了，在冬至这天，将喂养了一年的肥猪杀了，于是，这一天，米岛传来了此起彼伏的猪的尖叫。鸡鸭都缩着身子，在树林子里打盹儿。家家的狗，都嗅到了肉味和血腥，也再顾不上看家，都聚集到了那些杀猪的人家，试图能偷到一点腥。米爱红家也是养了一头猪的，米爱红和爱红娘做农活虽不如有壮劳力的人家，可是说到养鸡喂猪，却比一般人家要强，一是两个女人都精心，二是她们知道养好一头猪，比种好一亩田要强得多。她们家的猪膘肥体壮，但是她们舍不得杀，舍不得像岛上有些人家那样，留下一半或者四分之一，晒干做成腊肉，每天在门前的竹篙子上，晒上一篙子的腊肉，引来左邻右舍羡慕的眼光，也彰显着这一家是年的收成。爱红娘早就算好了，要在冬至这天，把猪牵到公社的食品收购站去卖了。米爱红和爱红娘，将那头肥猪牵到食品站卖掉后，拿到了这许多年来她们娘儿俩都没有见过的钱。厚厚一摞，娘儿俩各数了一遍，一共一百一十三块。爱红将钱数了一遍之后，交给了娘，说，"娘，这钱你拿着。"爱红娘说，"还是你拿着吧，娘的年纪大了，怕弄丢。"米爱红说，"哪里就会弄丢了。咱们这个家，还得靠娘来当呢。"爱红娘就将那钱，用一个小手帕包好了，放进贴身的口袋里。爱红娘说，"这一年忙到头，苦了我儿。人家养了一年的猪，是杀了自己留一半吃，咱们好坏也割点肉，晚上做顿萝卜烧肉，给咱立心也开开荤。"米爱红说，"听娘的。"于是她们割了一斤肥多瘦少的肉。拿草绳系了，爱红娘就拎在手上，感觉腰杆子都硬了许多。又说，"看你，还这么年轻，也没有一身像样的衣服，去扯点花布，请裁缝师傅到家里来开剪，给你做身新衣服，给立心做身新衣服。"米爱红说，"娘也要做一身新衣。"爱红娘说，"我老了，衣服穿在身上，干净，周整，就行。"想了想，说，"也不知道江医生现在怎么样了，都说落实政策了，他什么时候能出来呢。要不，咱们给他做一身新衣服，改天去江北农场看看他？"米爱红看了娘一眼，没有说话。爱红娘不悦地说，"你要有意见，就当我没说。"米爱红说，"我哪会有意见呢？"

　　米爱红和娘一起逛起了街。这是米爱红的记忆中，第一次和母亲这样逛街。口袋里有钱，心中有希望，当然，也有一些不可言说的失落。从食品收购站去往供销社的路上，要经过废品收购站，米爱红和娘，在收购站门口看见了武义兰。娘儿俩和武义兰也都是熟识的，但是却没有说上过话。从前，武义兰是高高在上的革委会主任的娇妻，眼里哪会有米爱红她们母女？后来，她落魄了，把一双女儿送回乡下，她在这里用无尽的劳动折磨自己，化解着心灵的痛苦和对未来的恐慌，每次回村里看女儿，皆是趁着夜色来去。因此这三个女人，都知道对方，却是从未说上过话。爱红娘和米爱红，在经过收购站时，武义兰抬头看了她们一眼，三个女人的目光就相互交织了一次。武义兰穿着一身洗得都有些泛白的蓝布衣，蓝布衣的袖子上，还戴着两个杂花布的袖套。她当时正蹲在地上拆着一团废旧的农机零件，抬头看了一眼爱红娘和米爱红后，又低下头继续做事。要是在往常，爱红娘就不会同她打招呼了，但是这天她却上前和武义兰打了一声招呼。武义兰没有想到爱红娘会和她打招呼，于是就直起了腰，拿手在后腰眼上砸了砸，脸上露出一丝苦涩的笑。爱红娘说，"不常见你回去看一朵和五朵呢。"武义兰说，"有爷爷奶奶带着，我放心。"爱红娘说，"说起来，你家的两朵花和我们家的米立心还是同一天同一个时辰生的呢。"武义兰说，"我听说了。"爱红娘说，"你的两个姑娘真聪明，长得又好看，平时和我们家立心也玩得来，经常一放学，就拿了作业本，和我们家立心一起趴在门口写作业的，我们家要是做点好吃的，也会叫上你家两朵花一起吃的。"武义兰说，"让您费心了。"爱红娘见武义兰的脸上，并没有太热心要和她继续攀谈下去的意思，就说，"往后回乡下看闺女时，得空到家里坐坐啊。"说完这搭腔话，母女二人就走了。若是按米岛人的规矩，武义兰会说，"这么快就走啊，坐一会儿，喝碗水再走啊。"然后爱红娘说，"不啦，时间不早了，还赶着日头呢。"但武义兰显然没有心情说这些客气话，爱红娘也就觉得自己热脸贴了人家冷屁股，拉了米爱红就走。走远了，爱红娘就长叹一声，说，"多高傲的一个人，现在落到这步田地了，落架的凤凰不如鸡啊。"不知是为武义兰叹息，还是为自己的这一生而叹息。米爱红则说，"娘，你看她落魄了，可我看她心气高着呢，您说落架的凤凰不如鸡，我看她是瘦死的骆驼比马大。"爱红娘呆了一呆，说，"你说得是。"二人就去给米立心扯了衣料，又给米爱红扯了衣料，爱红娘说什么也不肯给自己扯，倒是一起给江一郎扯了一块缭卡，打算做一件中山装。两人又在街上请好了裁缝，约好了开剪的日子。看看时间不早了，米爱红说，"娘，咱们快点回吧，一会儿到家立心都放学了。"母女二人快步回家。刚进村，就听见邻居对她们讲，"你们这是上哪里去了？家里来客了，都等了好半天呢。"母女二人问，"来客了？会有什么客人来呢？"两人就快步往回一路小跑，离家门远远的，就见家门口立着一个高瘦的身影。爱红娘喊了一声，"天神。"浑身抖了起来，脚下没有一丝力气了。说，"爱红，娘走不动了。"米爱红也认出了，站在门口的是江一郎。回头看了一眼气喘吁吁的娘，站在那里等待了一会儿，有点不耐烦地上去一把拉起娘。说，"快点，客人都等好久啦吧。"爱红娘就又加快脚步，远远地就喊了一声，"是江医生啊，我说今早起来，门框上吊一只蜘蛛，我就说有贵客要来呢，爱红还说我迷信，说咱们家哪里有贵客呀，果然是有贵客来了。"江一郎就迎了上来。江一郎是伸出手来，要同爱红娘握手的。爱红娘明白了江一郎的意思，把右手伸出来，可右手那系在草绳上的一斤肉正在晃荡呢，又缩了回去，伸出左手，可她发现了手上都是干农活留下的老茧，过去那嫩葱一样的手指，现在如同枯黄的竹节一样难看，加上手摸过猪肉，油腻腻的，难看死了。爱红娘就将那伸出了一半的手缩了回去，脸上露出了不自然的笑。米爱红就去开了门，说，"江医生，快进屋来坐，外面冷。"又说，"你们先说会儿话，我去烧点开水。"江医生说，"爱红，不用忙的。"米爱红还是放下手中的衣料，接过母亲手中的猪肉，去厨房里忙了，把母亲和江医生二人让在堂屋。江医生就问，"你们这是上街去了么?"爱红娘说，"今年包产到户，日子过得好了，这不，今天刚把家里的肥猪卖了，割了一斤肉准备做萝卜烧肉呢。"又说，"给孩子扯了一点布料，开剪做几身新衣服，要过年了嘛。"边说边将布一件件展开给江一郎看。说这是米立心的，这是米爱红的，到了那块深蓝色的绦卡时，爱红娘的脸就腾地红了，说，"爱红说，要给你也扯一块，打算给你做件中山装呢。"坐着的江一郎慌忙站了起来，说，"这怎么要得呢，这怎么要得呢，这些年来，我受你们母女的恩惠太深了，这让我怎么还得清。"正说着呢，米爱红就已经将一碗热腾腾的开水端了过来，说，"江医生您喝碗开水暖暖身子吧，家里也没有白糖。"江一郎慌忙接过了开水，说他坐了这么多年牢，哪个冬天喝过开水呀，就是洗脚洗脸也没有用过热水的呢。说着就吹了吹热腾腾的碗，轻轻喝了一口，将碗放在了桌子上。米爱红说，"你们聊，我去做饭，晚上咱们吃萝卜烧肉。"说着出门去菜园里拔萝卜去了。爱红娘就说，"你看，都光顾了说我，你怎么来了呢? 你是……落实政策了么?"江一郎就又坐了下来，端过了开水碗，捧在手心里，喝一口，长叹一声，说，"落实啦。"一句落实了，说得是无限感慨。爱红娘就不停地揩眼角，说，"落实了就好，落实了就好。我和爱红都要急死了，常去打听呢，听说那么多打倒的人都落实了，我说怎么江医生还没有落实呢。"江一郎说，"坐牢坐久了，倒习惯了，知道出去是早晚的事，倒也不急了。"爱红娘就问，"出来后，打算怎么过呢? 还是回县城的人民医院么?"江一郎苦笑着摇了摇头，黯然地说，"过了退休年龄，没班上啦。"爱红娘安慰道，"退休了好啊，退休了，就好好养养身子。"又问江一郎是什么时候出来的,江一郎就讲了他出来之后,是如何回到县人民医院,如何办了退休,也说到了他的前妻,前妻已经嫁人了。他说前妻原本也是个知识分子呀,结果嫁了个麻纺厂的机修工。机修工对她倒也还不错,就是两个人终究有文化差异,说不上话。爱红娘心里咯噔一响,说,"那,你们再重新过回一起不好么?"江一郎摇了摇头,说,"不可能啦。"又说他儿子现在也大了,也在麻纺厂当工人,也做机修,儿子对他并不怎么亲热,他现在是孤家寡人一个了。

说他办完了那边的事,就想着,怎么样也得来一趟米岛,他得来报恩呀。说着,就从口袋里掏出一沓钱来,说这个是政府补发了他坐牢这么多年的工资,他老了,也用不着那么多钱了,拿出一点来,算是他资助立心读书的。爱红娘的脸上就有些失落了,说,"你这是干什么呢?我们可是把你当成了亲人的,你这样,不是见外了么?"江一郎说,"正是当着亲人,你才不要见外,请收下。"正拉扯着呢,米爱红拔萝卜回来了,问明白是怎么回事,也说断然不能要这钱。江一郎就不和她们拉扯了,说,"古人云,受人滴水之恩,当涌泉相报,你们救过我的命,没有你们,我早被斗死了。"米爱红说,"要不是你来给我接生,我和立心都没有命了呢。您还给立心取了这么好的一个名字。"正说话间,老远就听见米立心在叫,"妈,饭好了吗,我饿死了。"小鹿一样就到了家门口,突然见到家里来了陌生人,立在那里,羞涩地低下了头。江一郎眼睛一亮,说,"是立心吧。"过去就拉了米立心的手,说,"来,让爷爷看看,还认得爷爷吗?"米立心有些拘束地说,"认得,您是江爷爷。"江一郎说,"读几年级了?"米立心说,"读三年级了。"江一郎说,"成绩好吧?"米立心又羞涩地低下了头。江一郎就松开了米立心的手,米立心兔子一样钻进了房间,放下书包就去厨房找吃的了,然后就传来了他的惊呼,"哇,有肉吃啊。"然后又一阵风样跑了。米爱红说,"你跑哪里去啊?"米立心说,"我出去玩一会儿。"声音还在门口,人早没影子了。江一郎就感慨不已,说,"时间过得真是快呀,转眼孩子都长这么大了。"又问爱红娘,说:"米爱红还一直这样单着呀?那个吴青山就没有给爱红一个说法么?"爱红娘说,"刚回城的时候,还有一些信来,说是让爱红等着他，他会给他们母子好日子的，后来说是考上医学院，要当大医生了，再后来，来了一封信，说是不想耽误了爱红，让爱红不要等他了。"江一郎的脸上就起了寒冰，说，"医者父母心，没有一颗仁心，哪里能当得了大医？这样的孩子，咱爱红不跟他也好。"两人说着话，厨房里就飘来了肉香。江一郎起身要走，说天不早了。爱红娘说，"这么晚，都到饭口了，你走什么走？你再说走，我就要和你生气了。你要是不嫌弃呢，晚上就在我们这里窝一晚，你和立心睡，我和爱红睡。"江一郎脸上露出了难色，说，"这样不太好，会有人说三道四的。"爱红娘说，"谁爱说谁说去，我一个女的都不怕，你怕什么呢？"江一郎说，"不是我怕什么，是怕传出去对你们不好。"爱红娘说，"有什么不好，米岛有点岁数的人，哪个不知道你江医生，没有见过你，听过你的大名？你能到我家吃饭，在我家休息，那是我家的荣耀呢。"江一郎说，"那，我就在这里吃饭吧，好多年没闻过肉香了，闻到肉香，腿还真是迈不开了啊。"

爱红娘这边说着话，那边米爱红已将饭菜做好。爱红娘收桌子摆饭菜，米爱红就站到了屋角上，大声喊着米立心回家吃饭。一会儿，米立心回来了，手里牵着花五朵。米立心说，妈，我请五朵来咱们家吃肉。米爱红的脸上笑开了花，连声说好。牵过花五朵的手，说，"我的儿，手这么凉。"把孩子牵进了屋。江一郎看着花五朵，说，"这是谁家的孩子？"米爱红说，"这孩子也是你接生的呢。"江一郎说，"我接生的？"爱红娘说，"花子范，你还记得么？"这一说，江一郎说就是那对双胞胎呀，又认真看着花五朵，说难怪长这么漂亮，记得她妈就是个大美人哩。又问她们不是在镇上么，怎么在这里了。爱红娘就快嘴将来龙去脉都讲了。江一郎脸上有了隐隐的忧郁。米爱红说，"不知道你要来，要不打点酒来，陪江医生喝一杯。"江一郎说他长年胃痛，滴酒不能沾的。边吃饭边聊些往事，江一郎几乎没怎么吃，爱红娘和米爱红倒是轮流了给他的碗里夹肉，他又夹给了花五朵和米立心。爱红娘和米爱红也只是挑了萝卜来吃，看两个孩子吃得欢实，大人的眼里漾满了笑。米立心和花五朵吃完饭，爱红娘说立心你送妹妹回家，早点回来写作业。

米立心和花五朵走后，江一郎就问花子范的妻子现在在干什么。爱红娘的脸上露出了一丝不快，说今天还在街上见到她呢，和她打招呼，爱理不理的。从前是供销社站柜台的，现在发配到废品站，一天到晚和废铜烂铁打交道了。米爱红含酸带醋地问江一郎，是不是也觉得武义兰长得很好看。江一郎说他在江北农场劳改时，和花子范一个队，花子范经常扬言，说他老婆当年曾经想下毒害死他，是他命不该绝没死成。说他坐牢这么久，武义兰从没来看过他，怕是他一进来，武义兰就偷人了。他经常对人说，他一出去，定让武义兰生不如死的。这样一说，爱红娘又开始为武义兰担忧起来。

　　饭罢，又说了一会儿话，江一郎执意要走。爱红娘留他说这么晚了走到哪里去呢。江一郎说他到镇上找间旅社住下来。见江一郎决意如此，爱红娘也不好说什么了。米爱红这边早收拾了碗筷，说，"江医生，我送送您吧。"爱红娘说，"我们一起送送你。"米爱红说，"妈，立心去送五朵了，路上黑咕隆咚的，我不放心，您去把立心找回来吧。"爱红娘见米爱红这样说，不好多说什么。米爱红就陪着江一郎往村口走，走到村口时，天早已黑严实了。江一郎说就送到这里吧。米爱红突然说，"江医生，你等等，差点忘了一件事。"江一郎问何事？米爱红说，"扯了一块布，是要给你做中山装的，我来给您量量尺寸吧。"江一郎说，"这怎么使得呢？"米爱红说布都扯了，以为你还在农场，本打算做好了给你送去的，你出来了，正好给你量量尺寸，这三五天内就能做好，你得空来拿。江一郎说，"怎么量呢，又没有尺子。"米爱红说这个你不用担心。让江一郎站直了，就拿手指在江一郎的身上拃，先拃了背宽，又拃了衣长，转身到了江一郎的前面，一手拉了江一郎的衣袖，拃了江一郎胳膊的长度，再去拃江一郎的胸宽时，米爱红的手上，突然就放缓了，呼吸也紧促了起来。黑暗中，江一郎也有些呼吸紧促了。米爱红突然说，"那一年，你给我接生，我以为我快死了，可真是奇怪，一见了你，就觉得安心了，就有了信心。"

　　江一郎说："……"

　　米爱红说，"你一定以为我是个坏女人，没嫁人，就生了孩子。"

江一郎说，"千万别这样想，我是很佩服你的，你很勇敢。"米爱红说，"你真的这样看我？"江一郎说，"真这样看。"米爱红说，"那我再说句不要脸的话，你不许恼。"江一郎说，"哪里会。"米爱红就说，"那年，你给我接生，我就那样光着身子，可是，我在你面前，没有一丝不好意思。"江一郎说，"我是医生……"又说，"我要走了，天很晚了。"米爱红说，"你恼我了。我是胡说，我本不该胡说。"江一郎说，"你别多想，我没恼。"米爱红说，"你若恼了，你尽管走，再也不用回来听我说些疯话。你若没恼，过几天，来拿衣服。"江一郎没有说来拿，也没有说不来拿，慌乱消逝在黑夜中。

江一郎走后，米爱红在黑暗中瓷了许久。这情景，让鬼魂米家生甚是愤怒，他气得上蹿下跳，说完了完了这孩子疯了，犯花痴了，这个江一郎比她大了足足三十岁。可是白振甫说年纪算什么问题呢，在过去，老夫少妻不是常有的事？我不是也比爱红娘大了差不多三十岁么？米家生正在气头上，白振甫不接话尚好，一接话，他就想起，自己的女人，原是白振甫的二姨太，醋坛子又打翻了，以为白振甫是有意在羞他，恼羞成怒，扑上去就掐住了白振甫的脖子，将白振甫的头往我的树干上直撞。白振甫自然奋起反抗，两个鬼魂打斗成一团。一时间，阴风阵阵。米爱红感觉到不知何处刮来一股无名阴风，抱紧身子打了个寒战，听见远远地娘在叫她，应了一声，匆匆转身回了家。这边白振甫和米家生的鬼魂，你掐我我掐你斗得不可开交。众鬼乐得看热闹，唯有米南村长叹了一声，说，"你们这些放不下的死鬼，在争什么斗什么呢？江一郎可是万里挑一的人中龙凤，依我看，不管是爱红，还是爱红娘，真要嫁了江一郎，都是她们的福气，只怕这母女俩都是一厢情愿，痴心妄想了。"米南村的话音一落，白振甫和米家生都松开了手。众鬼魂们，有的栖回树上，有的则在村子里四处游走，有的，则站在亲人床前，努力想进入亲人的梦中。乡村静得出奇，偶尔传来一声狗叫，家家的狗都跟着叫一阵子，然后，又陷入了更深的静。

那莫名的阴风，吹得米爱红发冷，心中却情欲勃发。黑暗中听见母亲问她江医生可走了。米爱红说走了。爱红娘问米爱红送他到哪儿，米爱红说送到觉悟树下。爱红娘又问米爱红和江医生都说什么了，送个人送这么久。米爱红说什么都没说。爱红娘还要问，米爱红不耐烦地说你这是在审犯人么？母女二人便不再说话，牵着米立心的手，一家三口回家。这一晚，爱红娘翻来覆去睡不着，米爱红亦是一夜无眠。

裁缝上门裁衣时，米爱红报上了给江医生要做的中山装尺寸。爱红娘用古怪的眼神盯着米爱红，说你怎么清楚他的尺寸？米爱红红着脸，说，"我问江医生的。"爱红娘哦了一声，不再说什么。这一天，爱红娘的心情很坏，先是在喂猪时，将那新捉来的小猪崽拿扫帚打了八次，又将两只在一起咬尾巴疯闹的公狗和母狗奋力打跑，并追出了老远，还骂了许多难听的话。米爱红做饭时不小心多加了一把火，将饭烧糊了，爱红娘在吃饭时，骂米爱红，说这么大了，烧个饭都不会，弄得那裁缝师傅以为自己哪里做得不好，得罪了爱红娘。师傅也是个直性子，就说爱红娘，你要是看我哪里做得不对就直说，我来给你做衣服，可不是来看脸子的。爱红娘这才觉察到自己做得过了头，慌忙给师傅赔罪。吃过晚饭，师傅家去后，爱红娘又开始骂。先是骂米立心，这么大了还不懂事，吃了饭就知道疯玩，也不知道趁天还没黑把作业写了，晚上点煤油灯不花钱么？白奇谋家的猪跑到她家菜园，把菜园里的白菜给啃了两株，爱红娘的愤怒就到了极点，她抓了一把铁锹，从家门口奋力冲了下去，冲着那猪就是一铁锹，没砍着猪，她又抓起铁锹跟着猪一通猛追，那猪吓得哇哇叫着跑回了家，她就追到了白奇谋的家门口，终于是一锹戳在了猪屁股上。白奇谋此时刚吃完饭，跑到小学里去寻那些老师们扯闲话了，只有奇谋家的和三个孩子鸿声、鸿雁、鸿云在家门口。白鸿声话少，并没有说什么。他的妹妹白鸿雁却是人小鬼大，有名的钉耙嘴，当时就尖叫了起来，骂，"你这个死老太婆，凭什么打我家的猪？"爱红娘心头的无名怒火尚未消，没承想被这么个小不点辱骂，恶狠狠地盯着白鸿雁，骂，"你这个小丫头片子，白眼狼，想吃婆婆东西时，小嘴甜得灌了蜜，婆婆长婆婆短地叫，这会儿，居然敢骂婆婆。"爱红娘脸上做出凶恶的样子，伸了手欲去揪白鸿雁的耳朵。也没有真用力，只是装腔作势吓唬她而已，没想到她的手刚碰到白鸿雁的耳朵，白鸿雁就尖叫着大哭起来。她这一哭，小鸿云也哭了起来，在屋里忙活着的奇谋家的，听见孩子们哭，从屋里奔出来，见是爱红娘，不明就里。鸿雁就先告了状，说，"这个老妖婆，用铁锹砍我们家的猪，我说她，她就打我。"奇谋家的盯着爱红娘手上的铁锹，又盯着爱红娘。爱红娘理亏嘴硬，说，"哪里就砍了，你家的猪跑到我的菜园子里，把白菜拱了，我把它赶走，鸿雁骂我，我作势揪她的耳朵，不过是吓唬吓唬她，哪里会真的打她。"奇谋家的一把扯过哭着的鸿雁，一边吼跟着在哭的鸿云，说哭什么哭有什么好哭的。两家因去年在一起合伙承包，感情本是比较好的。邻里关系，一向也算处得不错。这一次，两个女人虽说没吵架，却在心里积下了不快。爱红娘回到家，坐在门口就哭了起来，边哭边诉说着自己的命苦，十六岁嫁到白家，只说是嫁进了蜜罐子，谁承想嫁了个大地主，没享到福，男人倒吃了枪子，心说大地主不能嫁，那嫁个穷鬼吧，没几年，又饿死了。自己是又当娘又当爹，拉扯大的孩子，却是个不孝的女儿。总之就是那些陈芝麻烂谷子的事。米爱红知道她娘为什么今天发这样大的火，心里自然也难受，却并不想去劝慰，自己关在房间，等儿子睡了，却怎么也睡不着，穿了衣服，在村子里游走。

夜漆黑，伸手不见五指，唯路被风吹得坚硬，在夜色中泛着白光。米爱红顺着这隐约的白光走了许久，走出村子，在寒冷的旷野中独自流泪。泪干了，才折回村来，走到我的树冠下，跪在当年她和吴青山欢娱的地方，给我磕了头，说，"树神菩萨啊，我该怎么办？"她的父亲米家生，站在她身边，急得抓耳挠腮，却是爱莫能助。米爱红说，"树神菩萨啊，如果不是为了立心，我倒愿意去死了，可我死了，我的儿怎么办？让我随便找个人嫁了，我不甘心啊。菩萨啊，当年我喜欢吴青山，不是贪图嫁个城里人，吴青山读过书，我喜欢有文化的人。如今我喜欢上了江医生，江医生也是一个读书人，我这辈子，情愿一个人老死，也断不会嫁大字不识几个的泥腿杆子。树神菩萨，你就帮帮我吧。"

次日，江医生来了，骑着自行车。自行车的龙头上，挂着一包牛皮纸包的东西，大约是红糖点心什么的。远远地见了正在门口剁树枝的米爱红，和米爱红打招呼。米爱红的脸一红，想到那天晚上在黑暗中给江一郎量尺寸的事，想到她说过，如果你不恼，就来拿衣服。现在江一郎来了，那他就是没有恼，他心里是有我的。想到这里，她倒羞涩起来，没有站起身，只对着江一郎笑笑，然后喊，"娘，江医生来了。"江一郎刚架好自行车，爱红娘就迎了出来，把江一郎让进了屋里。喊，"爱红，去烧点开水给江医生喝。"米爱红却站了起来，说，"哎呀，我得出去办点事。"站起身，拍拍身上的灰匆匆走了。留下江一郎和爱红娘。江一郎将那牛皮纸包的东西放在桌子上，说，"来的时候，看见街上有卖柿饼的，上面一层霜，想来立心会喜欢吃，就买了一点。"爱红娘说，"你看你，来就来了，还带什么东西，下次可不能这样了。"喜滋滋地将那做好的中山装拿出来，说，"你试试，看合不合身。"江一郎接过叠得整整齐齐的衣服，打开看了看，并没有试，说，"定是合身的。"爱红娘说，"你试一试，不试怎知合不合身？"江一郎又说，"定是合身的。"爱红娘说，"这个死爱红，不知跑哪里去了，我去烧碗开水你喝。"江一郎说，"不用了，我坐一会儿就要走的。"爱红娘说，"吃了中饭再走吧，我这就去做饭。"江一郎说，"不用忙了，我真是坐一会儿就走的。"爱红娘就说，"好不容易来一趟，下次不知何时再来呢，你是大人物，米岛的庙太小。"这样说时，脸上现出了悲伤。江一郎说，"我哪是什么大人物，一个劳改释放犯而已。回县城也没事可做，我又是个闲不住的人，这些天，我在街上找了一处房子，打算就在米岛住下来了，在街上坐诊，我虽然主攻妇科，但一般小病，也还是会瞧的。将来你们上街，一定去我那里喝杯茶。"爱红娘喜道，"你在街上坐诊，那太好了。"江一郎看了看手表，说时间不早了，得回去了。说完就起身出了屋，去推他的自行车。爱红娘说，"你看你，来了嘴都没有打湿一下就走了。"江一郎说，"走啦。"又说，"你把那柿饼打开看看好不好吃啊。"说话间，一偏腿就跨上自行车，往村口去了。

　　爱红娘是想送一程的，可是江一郎的自行车快，拐过门前弯道就看不见了。爱红娘脸上的笑，就渐渐凝固了。作为一株千年老树，我对人类的情感明察秋毫，我特别能理解爱红娘那一瞬间的巨大心理落差。在过去，江一郎是个劳改犯、大右派，是弱者，而爱红娘呢，觉得自己是有资格嫁江一郎的，她若是肯嫁江一郎，那是对江一郎的恩赐。可现如今，江一郎的这一身行头，突然让她觉出，江一郎不再是过去的那个劳改犯，他是医生，他骑这么好的自行车，还戴手表。整个米岛，有手表的人，能有几个？自行车更是少之又少。爱红娘发现，她和江一郎不再是站在平等的位置了，两人之间，原来是有着如此巨大的差距。这样的心理落差，让爱红娘明白了，她对江一郎的喜欢，只能是一厢情愿。虽然说当年她在江一郎挨斗时，曾冒死护过他，曾当着众人说出过她喜欢他。爱红娘站在门口走了一会儿神，进屋拿了镜子，看着镜中的自己，她看到了岁月的风霜和白发，那一瞬间，爱红娘哭了。她哭得很伤心，她想起了半世为人的苦难，想起当年做白振甫的二姨太时，那时的她多么水嫩妩媚，白家的长工短工，那些壮实的汉子，哪个看她的眼神不是胆怯而又炽热？后来嫁了米家生，那些个夜晚，米家生是如何宝贝她，在她的身上不要命地疯狂，一次又一次。转眼之间，已经是人老珠黄。想到自己居然和女儿米爱红争抢江一郎，真的是可笑又愚蠢。爱红娘突然明白了，江一郎不可能看得上她，就算没有米爱红，也不可能看上她。"可就算是这样，也不能让米爱红嫁江一郎。"爱红娘突然听见有人这样在说，她吃了一惊，左右无人，才知道，刚才是在自说自话。她想到了那包柿饼，想到江一郎的交代，就去打开了那牛皮纸包，里面果然是白扑扑的柿饼，另外还有一个信封，打开信封，居然是一沓钞票，爱红娘数了一数，整整五百块。这可是自白振甫死后，她见到过，摸到过最多的钱。五百块，一笔巨款。爱红娘看着那堆钱，腿软得提不起一丝力气。

而此时，江一郎出了村口，正要加速往街上骑，听见有人喊他。路边的树下，站着米爱红。江一郎慌忙刹了车，一脚撑地，说，"你怎么在这里？"米爱红说，"等你。"江一郎说，"哦。"米爱红说，"衣服试过了吗？合身不？"江一郎说，"不用试，肯定合身，你不是量过尺寸的么？"米爱红低着头，脸红了，笑，却不说话。江一郎说，"你还有什么事么？没什么事我就先走了。"米爱红说，"没什么事，不，也有事。"江一郎说，"什么事？"米爱红说，"你推着自行车，咱们边走边说吧。"又说，"江医生，你说，我这么大年纪了，想再学文化，还来得及么？"江一郎眼里就闪出了光亮，说，"来得及呀，吾生也有涯，而知也无涯，以有涯随无涯，殆矣！"米爱红就拿眼直勾勾地望着江一郎，说，"江医生，虽然我听不懂你刚才说的这些话是什么意思，但我很喜欢听你说话，你说起话来，就是有学问，和我们米岛人不一样。"又说，"你今天骑着自行车的样子，一看就像个文化人。"江一郎笑了笑，说，"骑自行车可不是为了显出自己是个文化人，是为了提高办事效率，现在不是流行一句话么，时间就是金钱，效率就是生命。我的时间被白白浪费了几十年，现在，不能再这样浪费了。"米爱红的眼睁得圆圆的，说，"时间就是金钱，效率就是生命。你，说得真好。"江一郎说，"这话可不是我说的，是袁庚提出来的。"米爱红说，"那，这个袁庚又是谁？他比你还有学问吗？"江一郎哈哈大笑，说，"他比我可有学问多了，这样打个比方吧，我这个医生，只能治人身体上的病。而袁庚呢，他现在做的事，是给一个国家治病，给我们这个社会动手术。大医医国。他是医国的大医，我这个小医生，比起他来，差了何止十万八千里。"两人说着话，走出了足有二里地，江一郎说，"我打算在街上坐诊，往后上街，到我那里坐坐，我再给你讲讲这些大国医，还有深圳，今天我还有事，先走了。"米爱红说，"我知道了，时间就是生命，我拉着你说了这半天话，就是浪费了你这么长时间的生命呢。"江一郎笑着说，"也不能说是浪费啊，你跟米岛的农人不一样，和你谈这些事，也是很有意义的。"说着上了自行车，一会儿就消逝在了路的尽头。

米爱红慢慢往回走，心里想着江一郎所言的大国医。回到家，见母亲坐在门口，眼睛红红的，神情委顿。米爱红有些心虚地喊了一声妈。爱红娘说，"你这死丫头，跑哪里去了？"米爱红说，"我去田里看了一圈，怕哪家的牛吃了油菜。"又说，"娘，你怎么啦，身子不舒服么？"爱红娘就将那信封拿给了米爱红，说，"这是江医生留下来的。"米爱红惊道，"这么多钱！都是江医生给的？"爱红娘说，"他给咱们钱，那是要用钱来报恩。"米爱红说，"他用钱来报恩？那我和立心的命还是他救的呢，我们用什么报他？这钱咱们不能收。"爱红娘说，"娘也想过了，他这份情，咱们就领了，把这钱收下吧。收下这钱，他的心里，才不会有那么重的负担啊。"又说，"爱红，娘想清楚了，咱们和江医生，往后，不要走得那么近了，他是大医生，咱们高攀不起。"米爱红见母亲如此伤感，就将那钱收好，塞进娘的手中。说，"我听你的，把这钱收好吧。"爱红娘说，"爱红，要是有合适的，你就找个人嫁了吧。"米爱红说，"怎么突然又扯到这事了？"爱红娘说，"你是娘身上掉下来的肉，你的心思，娘会不懂？江医生，你不要去想了。娘是断不会让你嫁他的，除非娘死了。"米爱红说，"我谁都不嫁，我出家去当尼姑。"爱红娘剜一眼米爱红，将那钱收了，说，"这钱留着，将来给你办嫁妆。"米爱红说，"我说了不嫁人，就是不嫁人的。"说完不再理会她娘。

七

　　爱红娘放弃了她那不切实际的梦想，她知道了自己和江一郎的差距，而且知道了这差距终其一身都无法缩短，于是，爱红娘不再梦想男人。是年冬，她再一次走进了白婆婆那阴冷潮湿的房子，向白婆婆诉说了她的无限心事。这样的诉说持续了差不多一个星期，她每日早早起床，进入白婆婆的房间，然后关上房门，直到天黑才回家。她不再是过去那个能干而强悍的女人，亦不再过问家里的大事小情，甚至于连米爱红在地里干活、米立心回到家没有人做饭她亦不在心上，对世间的一切事物，都不再抱以热情。她最热衷做的，就是走进白婆婆的小屋，两个女人在一起，在回忆中，度过那漫长而孤寂的时光。她的冷漠，一开始让米爱红感到内疚，知道母亲是因江一郎才变成这样。江一郎对爱红娘无意，却对她米爱红深情有加，这让米爱红对母亲的内疚随着母亲变得日益怪异而日渐加重。每次上街，在江一郎的诊所，听江一郎讲述那些她所不知的事情，听他讲述他年轻时候留学国外的见闻，她的内心荡漾着少女的情怀，可是当她独自走回岛东村，心情却随着离家越近而变得越加沉重，她觉得自己罪孽深重。她几次想和母亲谈谈江一郎，但均未敢开口。而母亲对她，再没有了过去的热情，见到她，如同见到陌生人。

　　米爱红在这天晚饭时，对母亲说，"妈，您往后少和白婆婆往来，往来多了，你也变成白婆婆那样的怪人了。"爱红娘白了一眼米爱红，不理会她。米爱红小心翼翼地提到了江医生。她想，也许母亲在听到江医生后，会有兴趣和她多说几句话，但是爱红娘只是用一种陌生的眼光看着米爱红，仿佛米爱红提到的，是她从不曾认识的人。于是米爱红又对娘提起儿子米立心，她说立心在学校成绩多么的好，

可是爱红娘站起身，打了个长长的哈欠，进了自己的房间。自此，爱
红娘不再去白婆婆那里，她变成了另外的一个白婆婆，村里人很少再
看见她的身影。她拒绝和米爱红说话，将自己反锁在房里，她让米爱
红把她要吃的饭，放在门脚边供猫进出的一个洞边，她吃完饭，再将
碗筷从猫洞丢出来。至于她何时上厕所，怎么解决这个问题，米爱红
不得而知。总之是，从这以后，米爱红就再也没有看见过她的母亲，
米立心也再没有见过他的外婆。有一天晚上，米爱红睡不着觉，听到
母亲的房里好像有人声，她悄悄走到母亲的房门外，听见母亲仿佛在
和谁说话。她听见母亲一会儿在笑，一会儿又像在哭，嘴里还喊着你
这死老鬼。米爱红还以为母亲房里有人，就悄悄站在门边，侧耳倾
听，从头到尾，却只听到母亲在自言自语。她因此断定母亲得了失心
疯。她相信，母亲得失心疯，是因为江一郎。她不知道，是否应该把
这件事告诉江一郎。再见到江一郎，她就显得心事重重。

　　一日，米爱红去街上看江一郎，下午，江一郎用自行车送米爱红
回岛东村。这是米爱红第一次坐在江一郎的自行车后面，她几次想从
后面搂住江一郎的腰，但终是没敢。走了近一半路程，看看离岛东村
不远了，米爱红问江一郎累不累，江一郎说不累，但是米爱红提出，
希望两人一起走走。于是两人就下了车，一路慢慢往岛东村走。彼时
的乡村，公路上行人甚少，还刮着寒冷的北风。江一郎对米爱红说了
一件事，他说诊所业务忙，想请一个人做帮手，问米爱红愿不愿意
来。米爱红的脸上就露出兴奋的神色，但又有些担心，问江一郎，她
一不会看病二不会抓药，她来了能干什么。江一郎说他可以教米爱红
打针，他说打针是很容易的事情，以米爱红的聪明，很快就能学会。
她还可以帮他消毒那些医疗器械，他说他年纪大了，需要有一个助
手，一来可以帮他照看诊所里的事，二来可以照顾他的饮食起居。米
爱红知道，江一郎这样说，等于是在向她求婚了，这可是她梦想了许
多年的事。可米爱红希望江一郎能有更加明确的表达，于是她对江一
郎说她也想来帮江一郎做这些事情，同时也想趁着年轻，学个一技之
长在身。可是她有个担心，害怕别人说闲话。当然啦，米爱红说她倒
是无所谓的，从那年江医生给她接生始，她就认定了，这辈子，为江

米　岛

医生做什么都心甘情愿，但她害怕因此坏了江医生的名声。江一郎停下了脚步，有些激动，说，"如果，"他说的是如果，他说，"如果，我，江一郎，想要和你结婚，你不会……"米爱红说，"不会什么？"江一郎就说他其实早就喜欢上了米爱红，他说爱红是一个了不起的女子，在那样的年月，一个大姑娘，能将怀着的孩子生下来，需要多么大的勇气。他还说，他是反对引产堕胎的，在西方国家，怀上的孩子就是一条生命，就有了人权，谁也没有权力剥夺他的生命，引产堕胎，是要下地狱的。他还说米爱红的身上有一股子很特别的东西，说她尊重知识，也尊重有知识的人。说她可惜了，生不逢时，要是生在城里，或是生在太平盛世，多读一些书，一定是个了不起的人物。还说米爱红虽说是个做农活的农村女子，但是却有一股知识分子的气质。这是米爱红第一次被人这样全面肯定，当年的吴青山，将她搂在怀里，并进入她的身体时，也夸她，但吴青山夸奖的是她的肉体、她的美貌，而江一郎夸奖的，却是她的内在，是她的气质。米爱红第一次听人用这些词来形容她。当江一郎说，他其实早就想对米爱红说出他的爱，但是又害怕这样的话一说出来，亵渎了米爱红对他的感情，毕竟，他的年龄，比米爱红大了三十岁。现在，江一郎终于把他心里的话说出来了，米爱红终于听到她等候了多年的这句话，激动之余，她又想起了母亲，想起母亲因为江一郎而疯，她若嫁给江一郎，母亲怎么办？她若是到了镇上，做了江一郎的妻子，谁来给母亲做饭洗衣？若是将母亲带上一起生活，她知道母亲心里有江一郎，让母亲看着她和江一郎双宿双飞，那对母亲太过残忍。想到此处，米爱红是且喜且忧，哭了起来。米爱红一哭，江一郎就慌了，他给米爱红赔罪，说他就知道这样的话一说出口，会是这样的结果，他这么大年纪，本不该痴心妄想的，现在他知道错了，他只是希望米爱红不要因此而记恨他。米爱红看着江一郎手足无措的样子，哭得更加伤心了。她说，"我不是恨你，我是高兴，等你这句话，我等了好多年。只是……"江一郎说，"只是什么？"米爱红说，"只是，我有顾虑。"她把母亲的病情，对江一郎讲了，把母亲对江一郎的心思也讲了。江一郎的脸色就沉重了起来。江一郎说，"我是很感激你母亲的，当年，她能在批斗台上那样护着我，还说出那样的话来。只是，我喜欢的是你。"米爱红说，"离村很近了，你回去吧。"说着，帮江一郎扣上了大衣的扣子，又将围巾帮江一郎围好了，说，"我很高兴，很幸福。可是现在，我的心很乱，我现在还不能嫁给你。"

米爱红回到家时天已经黑了，儿子米立心在写作业，见了娘就喊饿。见母亲的眼睛红红的，就问母亲是哭了吗？米爱红说没有哭，是灰进了眼睛。米爱红去做饭，做好饭，先给母亲盛了饭菜，放在母亲门外的猫洞口，喊了一声，"妈，吃饭了。"然后就看见一只黑瘦的爪子，迅速将饭碗拖走。吃完饭，又打热水给儿子洗脚，自己也洗了。米立心说，"妈，你骗我，根本不是眼睛里进灰了，你是哭了。谁欺负你了吗？"米爱红搂着儿子，眼泪哗哗地下来了。儿子也反搂着母亲，半晌，米爱红擦干了眼泪，小心地试探儿子，说，"假如妈有了喜欢的人，想要嫁人，你说怎么办？"米立心很懂事，说，"只要妈好。"米爱红就又亲吻了儿子，说，"如果让你给自己选个爸爸，你想找个什么样的人？"米立心说，"不知道。"米爱红就说，"你看，是像江伯伯那样有学问的人好呢，还是咱们米岛的那些能干农活的人好？"米立心说，"我喜欢江伯伯，可是，江伯伯有点不好。"米爱红说，"哪里不好？"米立心说，"江伯伯太老了，要是他和外婆结婚还差不多。"米爱红说，"可是儿子，年龄不是问题的。"米立心就说，"你是要嫁给江伯伯吗？"米爱红说，"娘只是随便打个比方。"正说着，就听见西边屋里，传来了爱红娘含混不清的咒骂，"骚货，夹不住了，休想。"米立心就蜷在了米爱红的怀里，吓得发抖，说，"外婆又说疯话了。"米爱红将儿子搂紧，说，"别怕，没事的。"爱红娘的咒骂声时高时低，米爱红长长地一声叹息。过去，她不知道江一郎是否喜欢她，她为此而忧心，现在，江一郎向她求婚了，她更加忧心。

米爱红睡不着，看看儿子睡得香，她悄悄起床，走到母亲的房门口，她想母亲还是过去的样子，想和母亲好好谈谈。忽然，她听见母亲在屋里说，"死在屋外面干吗？"米爱红一惊，说，"你是和我说话吗？"爱红娘骂，"小骚货，不是和你说还和哪个说？"米爱红说，"娘。"爱红娘就在里面骂，"那个江一郎，是不是向你求婚了，想让你嫁给他，然后跟着他去学医。"米爱红说，"你怎么晓得的?"爱红娘骂，"别以为我不出门，外面发生什么事我就不晓得。我知道得清清楚楚。这下好了，终于遂了你的心意，你就赶紧嫁吧，我是死是活，不用你操心。从来都是养儿防老，哪里能指望女儿，我也是老糊涂了，还指望你来养我的老。你不用管我，高高兴兴嫁你的人，我不拖你的后腿，我都准备好老鼠药了，你一嫁人，我就把老鼠药吃了，两腿一伸，就去陪那两个死鬼去。"米爱红说，"娘你又说胡话了，我哪能不管你呢，你这样说，我哪里还能安心嫁人。"爱红娘又骂了起来，"你这个死鬼，我和闺女说话，关你屁事?"爱红说，"娘，你在和谁说话?"爱红娘说，"我就是吃醋了，又怎样? 你管得着吗? 你都死了几十年，不去投胎，还跑来烦我，还对我指手画脚的。米家生，给我揍他，往死里揍。米家生，你还是不是男人，你要是男人，你就给我揍他……"米爱红知道母亲又在说胡话了，长叹一声，回到房间，睡意全无。

　　一连三天，米爱红再没去见江一郎。第四日晚，江一郎来到米爱红家，彼时米爱红刚刚睡下，听见有人敲窗，小声问，"谁?"听见门外人压低声音说了一句，"我。"听出是江一郎，慌忙穿衣起床，正要出门，就听见隔壁房间里，母亲在砸东西，骂骂咧咧。她不再理会母亲，闪身出门，黑暗中站着江一郎。江一郎也听见屋里爱红娘的骂声，问，"她在骂什么呀，好像在骂我。"米爱红说，"糊涂了，每天晚上都这样，一个人说胡话。这么晚，你怎么来了?"江一郎说，"不放心，那天说了那番话，几天没有见着你，害怕你出什么事。"米爱红听着屋里母亲又在骂，"骚货，色鬼。"眉头皱起，拉着江一郎说，"咱们去外面吧。"江一郎右手推着自行车，米爱红挽了江一郎的左胳膊，两人慢慢往村外走。一路无语，走出甚远。米爱红突然说，"我要你骑自行车带着我。"江一郎说，"带你去哪里?"米爱红说，"去街上。去你家。"江一郎就骑上了自行车，带着米爱红，黑暗中，将自行车踩得飞快，一点不像六十岁的人。到了街上江一郎的诊所，打开房门，两人就抱在了一起。米爱红替江一郎脱下衣服，把自己也脱光了，两人疯狂地拥吻在了一起。米爱红叫着江一郎的名字，随着江一郎进入她的身体，她像蛇一样扭动，哭泣。事后，她躺在江一郎的怀里，看着江一郎沉沉睡去。米爱红悄悄起床穿衣。江一郎醒了，说，"爱红，你这是要去哪里?"米爱红说，"我要回家，放心不下家里。"江一郎说，"这么晚，外面又冷，明天一早我骑自行车送你。"米爱红就又钻进了江一郎的怀里，抚摸着江一郎消瘦的胸膛。江一郎说，"爱红，我老了，你还那么年轻。我是不是太自私了?"米爱红说，"我愿意。但是原谅我不能嫁给你，不能做你的妻子。只要你喜欢，我愿意天天晚上来陪你。"江一郎就抚摸着米爱红的头发，怜爱地说，"这样对你太不公平。"米爱红说，"能和你在一起，我就心满意足了。"江一郎说，"睡吧，天快亮了我叫你。"

　　从此，每晚江一郎都会骑了自行车来接米爱红，天未亮又送米爱红回家。米爱红觉得这样下去，江一郎太辛苦，毕竟是上了年纪，又天寒地冻的，于是米爱红说她也想学骑自行车，这样，就不用江一郎接她送她了。没承想，过了两天，江一郎就买了辆崭新的自行车送给米爱红。米爱红嘴里责怪江一郎破费，但心里却像吃了蜜一样的甜。米爱红很快学会了骑车，米立心也学会了。作为岛东村第一个拥有自行车的人，而且是一辆凤凰牌自行车，这件事成了村里的头号新闻。但是除了我这棵老树，除了那些鬼魂，没有人知道米爱红怎么会有钱买自行车。

　　有了这一层关系，江一郎就开始帮米爱红规划未来了。江一郎建议米爱红在岛东村开一家小卖部，卖点日用杂货，这样比种田要强，人也没那么辛苦。江一郎说他看好了，在米岛，最适合做生意的地方，就是我这大觉悟树周围，一来这是进村的必经之路，二来平时大家闲时都在那里集中，离小学、中学又近。江一郎分析说，看现在这样的经济形势，用不了多久，大家的消费能力就会大幅提高，只要有需求，就会有市场，现在是谁先发现其中的商机，谁就能过上富裕的日子，不是有一些农户都开始把自家吃不完的菜摆在路边卖了么。江一郎劝米爱红在年前就把商店开起来，这样过年时可以赚一笔。米爱红对江一郎所说的商机和对未来的分析不太明了，但她愿意相信江一郎。说干就干，回家就买了红砖青瓦，在我这大觉悟树对面的空地上盖起了两间房。房子面对大路，一间开了一扇门，另一间，则开了个大窗，里面做了货架，香烟、糖果、食盐、瓜子、肥皂、灯泡、火柴、鞭炮一应俱全，散装白酒、酱油、醋也一样不少。米爱红在盖房子时，村里人都笑话她，说咱们米岛有什么生意好做呢？上街去也就是几里路的事，谁会到你这里买东西。米爱红就笑笑，她相信江一郎的话，所进的货，是江一郎帮她参谋的。去县城进货，亦是江一郎带着她去的。米爱红许多年没有去过县城了，县城在她眼里，就是个花花世界，如果没有江一郎，她根本不知道从哪里可以进什么货。江一郎带她进了货，还陪她去看了电影。米爱红的小商店开张后，一开始没什么生意，一是学校放了年假，二来是米岛人都极节俭，平时能将就尽量将就，实在需要自会上街去买。但慢慢地，村里人发现，米爱红小店里的东西和街上的东西一样的价钱，与其那么远从街上背回来，不如从米爱红这里买了。或是要做饭才发现没有盐了、没有火柴了，过去都是去邻居家借，等上街买回来再还，现在可以直接去米爱红的店里买了。米爱红又在店门口支起了两张桌子，放了几把椅子，彼时的村庄已不同往日，到了冬天就没什么活干，闲人们就聚在米爱红的商店门口。江一郎又让米爱红买了一副象棋、两副扑克，这样一来，每天都有一些人来下棋打扑克。米爱红又烧了开水，还放了粗茶叶免费供大家喝。商店门口就渐渐热闹了起来，也有了些生意。转眼就是春节，往年米岛人除了走亲戚，也没个活动的地方，现在都聚集在了米爱红的店里玩。春节过完，米爱红一算账，从开业到现在，居然赚了一百多块。自从有了商店，米爱红就睡在店里，对母亲的照顾自然是越来越少，每次做好饭，就让立心端一碗过去，放在门洞里，时间一久，加之商店生意忙，差不多就把母亲给忘记了。

自从开了商店，米爱红就没时间去看江一郎了，商店里一刻都离不开人，二来所有的货都在店里，晚上没有人看着，她不放心。过完春节，闲人都去忙农事，生意也清淡了下来，米爱红这天就早早关了店门，又安顿米立心睡下，这才精心打扮了一番，骑自行车到街上看望江一郎。两人见面，激情一番之后，米爱红偎在江一郎的怀里，告诉江一郎她赚了钱。她想着还要进更多的货，让货更全一些。江一郎见米爱红有点雄心勃勃的意思，也很高兴。米爱红开玩笑说将来还要还江一郎的钱，江一郎就不高兴了，说他早把米爱红当成了自己的妻子，只是现在爱红娘的缘故才没有结婚，但他迟早是要娶米爱红的。米爱红就幸福地抱着江一郎，两人都憧憬着名正言顺在一起的那一天。

清明泡种，谷雨下秧。

转眼到了插早秧时，米爱红请村里人帮忙，餐餐大鱼大肉招待着，这样一来，村里人，皆对她刮目相看了。也再没人拿她未婚生子的过去说事。忙完春插，马脚却在米爱红的商店对面动工盖起了房子。米爱红问马脚，"这是要干什么呢?"马脚笑眯眯地说，"我要向你学习。"马脚是个精明人，他看出了米爱红做生意开商店比种田强，进钱活泛，又没那么累，于是也想开一间商店。米爱红就有些急了，本来是她独家生意，现在多了个人精样的马脚，生意只怕要大打折扣了。晚上去找江一郎问计，江一郎笑着说这是好事，生意要聚的就是人气，多几家人做生意，才能形成规模，现在只你一家开商店，做的是你们一两个生产队的生意，将来开商店的人多了，做的就是整个大队的生意了。再说了，每家经营的重点不一样，你卖杂货，人家马脚未必也做和你一样的生意。米爱红将信将疑。一个月后，马脚的生意也开张了，果然，他和米爱红的经营重点不同，他不仅卖些日用杂货，还在门口支了个肉案子，每天天不亮，就去镇上批发回半扇猪肉，外带一板豆腐来零售。米爱红的生意，就没有往常那么好了，又去找江一郎问计。江一郎给她出了个主意，说现在学生上学了，孩子们手里也是有些零花钱的，特别是中学的住校生。江一郎让米爱红多进一些零食，重点做学生的生意。又劝米爱红买一台电视机，每天晚上在商店门口放，不愁没生意。米爱红有点犹豫，认为买台电视机太贵，还费电。江一郎就笑着说，"你听我的，不会有错。"米爱红说，"我什么都听你的，人都是你的了，还有什么不听你的呢。"就去买了台电视机。彼时电视里正放一部叫《霍元甲》的功夫片，把人们的魂都勾去了。米爱红的商店，就成了米岛乡下最热闹的地方，不仅是本队的人，连隔壁几个队的人，一到晚上也早早来到米爱红的商店门口抢位置。免费看米爱红家的电视，要消费自然就不好意思去马脚的店里，电视吸引的人越来越多，米爱红的商店生意也越来越好，她去和江一郎幽会的时间，也就越来越少了。江一郎想她，晚上很晚了，看电视的人都走了之后，才来到米爱红家。米爱红兴奋地和江一郎谈她的规划。她夸奖江一郎，说你要是不做医生，去做生意，肯定会发大财。江一郎说，"我有朋友在深圳，几次来电话催我去深圳发展呢。"米爱红问，"去深圳一个月能挣多少钱？"江一郎说，"一个月的工资，我那小诊所一年也赚不来。"江一郎说，"可是我不想去，因为这里有我爱的人。"米爱红偎在江一郎的怀里，说，"我也舍不得你走。"江一郎说，"爱红，我们结婚吧，我不想再这样偷偷摸摸下去了。"米爱红说，"我也想和你结婚，可是，我娘说过，要是我嫁给你，她就吃老鼠药。"江一郎说，"她是糊涂了，说胡话你也当真。"米爱红说，"改天，我再和娘谈谈吧。"

改天，米爱红去到老屋，远远听见她娘在自说自话。米爱红就站在门外，喊了一声娘。爱红娘已经有很久没有听到米爱红的声音了。米爱红说，"娘，我来看你了，你开开门吧。"爱红娘说，"有什么好看的，我还没死。无事不登三宝殿，你来找我，是不是想嫁人了，别以为你和那个江一郎偷偷摸摸干的那些见不得人的事我就不晓得。你不是晚上总骑自行车去街上和江一郎鬼混吗？"米爱红说，"娘，你不要说得这样难听，我喜欢江一郎，江一郎也喜欢我。我未婚，他未娶，我们怎么就是鬼混了？"爱红娘说，"你这小骚货，没结婚就睡在一起，还不是鬼混？当年你也和那个知青鬼混，你就是个骚货。"米爱红委屈地说，"娘，您老糊涂了，哪有做娘的这样骂女儿的。"爱红娘说，"娘是老了，但没有糊涂，你做的什么事，我一清二楚，是不是江一郎逼着你结婚来着？"米爱红说，"娘英明，什么事都瞒不过您。"爱红娘突然小声说，"告诉你一个秘密，每天晚上，你白大伯，还有你爹，都到我屋里来陪我说话呢，你干的那些苟且之事，都是他们告诉我的。"米爱红打了一个寒战，说，"娘，您别胡说，白大伯都死了三十多年，我爹也死了二十多年了，怎么会和你说话？"爱红娘说，"他们死了，没有投胎，白天睡在坟里，一到晚上就在村子里到处晃，那棵大觉悟树上，挂满了鬼，你们做的事，先人们都看着哩。"米爱红说，"娘，您又说胡话了。我要和江一郎结婚了，来给您说一声，您同意我要结，不同意我也要结。"爱红娘说，"你结吧，你结婚了我就放心了。"米爱红说，"您同意了？"爱红娘说，"我从来也没反对过呀。"米爱红当晚就把这一消息告诉了江一郎。江一郎亦很高兴，说是打一张结婚证，再请两桌酒，就把喜事办了。米爱红却说这是她第一次结婚，要办得风风光光。江一郎说，"都听你的。"

米爱红和江一郎要结婚了，日子选定在了这年的五月一号。两人去照了结婚登记照，结婚时穿的衣服也准备好了，结婚用的家具也定好了，五斗柜，四开门衣柜，两转一响。两人要结婚的消息公开了，江一郎也就大大方方地往来于米爱红的小商店，晚上就留宿在店里。虽说江一郎在米岛有着很好的口碑，但在他娶米爱红这件事上，却受到了大多数人的非议，甚至有人将多年前在批斗会现场花子范对江一郎指控的旧事重提，并认为事实证明，当年花子范不是在胡说，江一郎确实是个流氓。也有人认为江一郎并没有错，错在米爱红。在过去，大家同情米爱红，认为她被知青始乱终弃，独自抚养儿子，孤儿寡母过得凄苦，因此都把指责对着吴青山，现在，米岛人发现他们被蒙蔽了，米爱红原来真是一个骚货。从前勾搭了一个知青，现在又勾搭一个五六十岁可以当她爹的老头子。"什么呀，还不是看中老头有钱。"村里的女人这样说。还有那做母亲做妻子的，禁止自己的孩子和男人到米爱红的商店里玩，不许他们来看电视。她们说，"那个骚狐狸，小心把你们的魂给勾了去。"但是她们的禁止却没有效果，谁也无法抵挡《霍元甲》的诱惑。

米爱红和江一郎选定了一个黄道吉日，约好次日去领结婚证。是晚，米爱红失眠了，翻来覆去睡不着，披衣起床，她想把明天打结婚证的事，和母亲说说。来到母亲的屋外，又听到娘在屋里一个人自言自语。米爱红说，"娘，我明天要去打结婚证了。"爱红娘突然不说话了。米爱红知道，娘这一会儿定是清醒的，于是她开始对母亲说起了她的心事，说她知道这样做伤了母亲的心，但是人的感情是个奇妙的东西，她只能做个不孝的女儿。米爱红还说起了小的时候，她和母亲之间的那些亲密的回忆，回忆那漫长而苦难的岁月里，她们母女是如何的相依为命。她说她不明白，为什么那么苦的日子，母女俩甘苦与共，一起撑了过来，如今世道变好了，日子过好了，母女俩的感情却再也回不到从前。米爱红说这些时，爱红娘一言未发。米爱红把心里的话都说完了，感觉轻松了许多，明天和江一郎打结婚证时，内心的愧疚就会少许多了。爱红娘待米爱红说完了，沉默许久。米爱红说，"娘，您说句话吧，您有什么想法？"爱红娘就说了一句，"你去吧，娘不拖累你们。"米爱红回到店里，倒头就睡下了。夜里，她做了一个梦，梦见了她从未见过面的白大伯。可是她却一眼就认出了白振甫。白振甫对她说，"孩子，你真是傻，你这么年轻，嫁谁不好，要嫁一个老头，现在你觉得江一郎有本事，能照顾你，可是十年之后，你四十多岁，江一郎都七十了，到那时，你们怎么过日子呢？到时他的身体再有个病有个灾的，你能照顾他一辈子么？过二十年，你五十岁，江一郎八十岁了，他要是活到八十多岁，你就得全心照顾他了，他要是活不到八十岁，你五十上下就要守寡。其实，和江一郎最合适的人是你的娘啊。你娘吃了多少苦，受了多少罪，到老了，想找个依靠，你怎么能把你娘想嫁的人给抢走呢？"米爱红正想说什么，她又看见了米家生。米家生说，"你这个死丫头，不孝女，你娘白疼你这么些年了。"米爱红想要分辩一下，可是她根本说不出话来。这时她又看见了母亲。爱红娘说，"你们不用数落她了，谁叫她是我的女儿呢，只要她过得好，我也就安心了。只是，我活着，终究是个累赘，江一郎的心里，也终归有个包袱，现在，娘帮你们把这包袱扔掉吧。"爱红娘说完就走了。米爱红惊醒过来，觉得这梦甚是古怪，一看外面，天色微明，放心不下，脸没洗牙没刷就去了旧屋。屋里很安静。米爱红在屋外叫了两声娘，没有人回答。她以为娘睡着了，就开了房门，那时旧屋已然破败，屋子里结满了蛛网，一只巨大的老鼠，呆头呆脑地望着米爱红，一点儿也没有要跑的意思。米爱红就站到了母亲的房门口，喊，"娘，您还在睡觉吗？"喊了几声，屋里一点声响皆无，就慌了，用力去拍门，依旧是没有动静。米爱红急了，就哭喊着跑出家门，一路想着找谁帮忙把门打开，直跑到商店门口。这时马脚正在门口摆肉案子，米爱红差不多是扑过去，抓住马脚的胳膊，上气不接下气。马脚说，"你这是干什么呢，慌里慌张的。"米爱红好不容易把事情说清楚了。马脚回屋，找了把斧子，跟着米爱红就跑到了旧屋，喊门，屋里依然没有动静。马脚抡起斧子，连劈带踹，几下就弄开了从里面闩上的门。推开门，屋里一股霉腐的味道扑鼻而来，空气中尘灰飞扬。米爱红就扑向母亲睡的床，见母亲直挺挺地躺在床上，手脚已是冰凉。马脚过去探了一下爱红娘的鼻息，说，"早死了。"

爱红娘死了，果真是吃了老鼠药。爱红娘死在了米爱红和江一郎选定的打结婚证的黄道吉日，婚自然是结不成了。米爱红和江一郎，也因此备受米岛人的非议与指责。都说是米爱红和江一郎逼死了爱红娘。于是，在人们的讲述与传说中，爱红娘被说成圣母一样高大的母亲形象，而米爱红这个骚女人、不孝女的名声，在一日之间，传遍整个米岛。人们指责米爱红，说哪有这样的女儿，自己吃香的喝辣的，做母亲的却被关在那见不了天日的黑屋子里，整日与蟑螂、老鼠、臭虫相伴。巨大压力之下，米爱红开始反思自己的行为，深感对不起母亲，觉得米岛人并没有冤枉她，的确是她害死了母亲，她也的确是个坏女人。米爱红陷入了无限的自责中，她再也无心经营商店，没有货了也不去进，也不出门。江一郎偶尔来看她，却被米岛的妇人们偷偷在背后吐口水，被米岛的孩子们跟在身后叫老流氓。江一郎皆默默承受着。米爱红对江一郎说，"你不要再来了，你这么有自尊，这么高贵的人，现在却因为我受屈辱，太不值得了。"江一郎说，"只要我们彼此真心，别人怎么说，我从来不放在眼里，这点屈辱算什么，我坐那么多年牢，被批斗过无数次都没有倒下。"话是这样说，但此事对江一郎的打击，却比过去被批斗更加巨大。过去虽然被斗，但是在百姓心中，他还是个正直的神医，而现在，在米岛人心中，他成了一个老色鬼、一个罪人。江一郎每次来找米爱红，米爱红都坚持不见，两人渐渐就少了往来。

爱红娘死后依旧不得安生，她那间旧屋子里，每天晚上依然会传来高声说话的声音，用恶毒言语骂人的声音。这让爱红家的那间旧屋变成了米岛人谈之色变的鬼屋，胆小的人白天都要绕道走，晚上再大胆的人也不敢从米爱红的旧屋门前过。米爱红决定请人把那旧屋拆掉，就在她请来的邻居搭着梯子爬到屋顶，准备把屋顶的瓦片往下揭时，那个叫花建国的邻居突然发出一声惨叫，从屋顶滚落下来，把一条腿摔断了。米爱红只好请医生给他接了骨，还赔了一百块钱的营养费外加两只母鸡。据花建国说，他当时刚揭开一片瓦，就看见屋里爱红娘披头散发，正冲着他招手呢，顿时脊背一阵发凉，就从屋顶掉了下来。经过了这件事，米爱红家的旧屋，再也没有人敢帮她去拆。米爱红就将旧屋上了锁，再也不去管它。旧屋的屋顶长了草，门口的杂草很快蔓延到台阶上。杂草丛中，生活了一窝黄鼠狼，经常将村里的鸡偷了去吃。弄得住在米爱红旧居隔壁的白奇谋一家苦不堪言，春天时孵了两窝小鸡，一共六十五只，到了秋天，被黄鼠狼偷得只余下五只。更让白奇谋家的不能忍受的，是家养的两头猪，本来长得膘肥体壮，好好的却突然得了病，百来斤就死了。马脚将那死猪低价收购了，剥皮卖肉，两毛钱一斤，于是，那一天，村子上空弥漫着浓烈的肉香。两头猪刚死，白奇谋的儿子白鸿声又生了病，而他的病来得十分奇怪，那天一家人坐在门口吃饭，白鸿声突然望着门外，不扒饭了，也不说话，痴呆呆的。奇谋家的就拿筷子在白鸿声的头上敲了一下，白鸿声应声倒地，嘴里吐出许多白沫来。白奇谋慌忙请了村里的赤脚医生来看，医生给打了针，孩子不见醒，送到街上的卫生院，卫生院也救不醒。后来还是米爱红建议，何不去请江医生来看看。江一郎给拿了脉，做了一番检查，挂上了吊针，一瓶药吊完，白鸿声醒过来了。大人问他怎么了，看见什么了，白鸿声却不说话。白鸿声虽说醒过来了，病却没有好利索。江一郎说这病他也看不了，要白奇谋送白鸿声去县城人民医院检查。白奇谋听从了江一郎的意见，将儿子送去县城的人民医院，医院却也检查不出什么病来，说或许在家养养就会好了，若不放心就再送到地区的人民医院看看。但得花一大笔钱，白奇谋和老婆一商量，说孩子看上去像没什么大碍，回到家里慢慢调养着再说。

白鸿声这病也是奇怪，说是大病吧，却不发烧不头痛，待在屋里尚好，就是不能见风，一见风头就晕，发展到后来，只要站起来头就晕，躺着却没有事。白鸿声就这样整日睡在床上，一睡就是两个月，

本来就清瘦的身子越来越弱。奇谋家的认定了，是米爱红那旧房子里
有厉鬼，认定是爱红娘在作怪，坚持要米爱红把那房子拆了。米爱红
说，"要拆可以，你请人来拆，我出工钱。"于是奇谋家的就去请人，
但没有人敢拆。奇谋家的就火了，说，"老娘就不信这个邪，没人敢
拆，我一把火把这恶鬼给烧死。"一直深居暗室的白婆婆，却在这时
突然走出了房间。彼时的白婆婆越发苍老，背已驼了，鸡皮鹤发，但
双目却炯炯有神。她制止了儿媳的行为，说，"你们逼死爱红娘还不
够吗？还要让她做鬼也没有地方去，和那些死鬼一样吊在树上吗？你
要是敢放火烧爱红娘的屋，我就和爱红娘一样喝老鼠药死在屋里。"
奇谋家的这才不敢造次。心情不好，她就天天和白奇谋吵架，骂白奇
谋没用，说你看看，连马脚都有钱在觉悟树下盖新房子，现在大家都
把房子往大路边上盖，你什么时候能有钱也去路边盖房子啊！这鬼地
方真不能住了，阴气太重，孩子不得病才怪呢。白奇谋说他也想盖新
房，可是哪里有钱呢？奇谋家的说，"你不会去借？借了慢慢还。"白
奇谋说，"借，问谁去借，谁愿意借这么大一笔钱给你。"奇谋家的恨
恨地说，"去问米爱红借，她那么有钱，再说了，是她的房子阴气
重，害得我们一家都倒霉了，她不借我们，谁借我们？"白奇谋认为
他老婆这是无理取闹，自家倒霉，却偏要胡搅蛮缠赖上别人，可又架
不住他老婆一哭二闹三上吊，只好苦着脸去问米爱红借钱。米爱红也
觉得对不起白家，但她一时又拿不出那么多钱来，就答应如果白奇谋
真要盖新房，她愿意借三百。白奇谋回到家对他老婆说了，夫妻二人
一算，盖三间新房，少说也要六七百块，家里是一分钱存款没有，还
有好几百的缺口，再也找不到可以借钱给他的人，只好作罢。但奇谋
家的却让白奇谋问米爱红借那三百块钱。白奇谋说，"又盖不起房
子，借这么多钱干吗呢？借了钱不还的吗？"奇谋家的说，"借了咱们
做本钱，再捉两头小猪，也许明年就够钱起新房子呢。"白奇谋说，
"如果猪又死了呢，那不是连本钱都没得还。"奇谋家的就骂白奇谋乌
鸦嘴，又说，"借钱都不敢借，你还能有什么出息哟！"又哭自己怎么
这么倒霉，嫁了这样一个无用的男人。奇谋家的在屋里哭闹时，白婆
婆终于忍无可忍，从屋里发出了一声咒骂，奇谋家的再不敢吱声。白

奇谋无奈又来向爱红借钱，米爱红将钱借给了白奇谋，心里却实在难受，觉得这一切都是因为自己发了疯要嫁给江一郎引起的，如果不是她要嫁江一郎，母亲就不会疯，也不会自杀，母亲不自杀，就不会惹下这么多的烦心事。这样的心境，让她死了嫁人的心，又怕这样一直拖下去，实在对不起江一郎，于是，她对江一郎说，"一郎，我是不能嫁你了，想到娘的死，我的心里这辈子都过不去，我们分手吧。"米爱红提出分手，江一郎知道无法挽回，伤心至极的江一郎，在是年离开了米岛，去了深圳。江一郎一走就是近三十年。许多年后，耄耋之年，生命垂危的江一郎再重返米岛，当他让司机停下车，在米立心和花五朵的搀扶下，走出车外，打量着眼前这陌生的一切时，他禁不住老泪纵横。那时的他，做梦也不会想到，他死之后，米岛也将迎来巨大的灾难。

八

米岛经历长时间的荒芜与混乱，终于进入一个全新的时代。这一年的数天，天空出现五彩祥云，艳丽至极。岛西村一处干涸的枯井，又冒出汩汩甘泉。端阳时节，有农户家所植嘉禾皆生双穗，岛南村母猪生象，岛北村有白牛降生，又有五颜六色未见之鸟整日盘旋于我那树冠之上，发出悦耳的清鸣。天气不冷不热，雨水不少不多，一时间，万物生长，绿意葱茏。所有动物皆情欲高涨，过去是鸡犬之声不闻，如今，每家每户最少养数十只鸡鸭，还有猪狗牛羊。人口亦是疯狂地增长，以至于米岛亦响应了国家的计划生育政策，开始对人口严格控制，一个家庭的出生人口被严格限制在两名之内。前两胎生了女儿的，为了能生个儿子，开始了各式各样与政府之间的游戏。关于这样的故事，在米岛之外的大地上也在同时上演，有的地方使用手法，比米岛有过之而无不及，米岛上的此类故事，想来并无新意，我就不一一讲述了。那些栖居在我身上的鬼魂们，对此并不关心，现在他们有了新的苦恼，他们对一切亮光有着本能的恐惧。在过去，他们白天藏在坟墓里，晚上出来，在我的枝柯上聊天、争吵，日子过得平静而安宁。随着米爱红盖起商店，商店里一到晚上就亮起电灯，若只她一家亮灯还好，马脚又在对面盖起了新房。渐渐地，岛东村的人，但凡有钱盖新房的，都从村里搬到了路边，一条村路，两边齐整整盖起来的房子越来越多，这些人家的灯，在夜晚将我的枝枝叶叶照得通透，鬼魂们活动的空间越来越少。最要命的是马脚的儿子马挖苦，他简直就是鬼魂们的克星，鬼魂们在树上说话，他就趴在窗台上，盯着鬼魂们看，看得那些鬼魂们心里发毛。有些鬼魂到了晚上，就不再到树上来活动，他们开始在米岛的乡村到处游荡，一个个形单影只，可怜兮兮。等大家看完电视，所有人全部散去，米爱红打烊灭灯，米岛恢复以往的平静后，那些四处游荡的鬼魂们才敢聚拢到我的身上。此时，远远传来了第一遍鸡叫。鸡叫三遍，这些鬼魂们又要回到各自的墓穴，在冰冷的墓穴里度过人世间的白天。后来，新死的爱红娘，在白振甫和米家生的劝说下，没有喝孟婆汤投胎，她也不喜欢待在树上，一天到晚待在自己生前住的那间屋子，继续着生前的生活。喋喋不休地咒骂，弄出许多古怪的声响。

爱红娘死后，白振甫和米家生这两个死鬼之间的关系再一次紧张起来。作为鬼魂而存在的爱红娘，现在已无暇顾及生前曾疯狂喜欢的江一郎，她要面对的是两个曾经爱她的死鬼。而这两个死鬼平静的生活，自从爱红娘成为鬼魂后就被打破。爱红娘走到哪里，白振甫和米家生就跟到哪里。白振甫指责米家生当年霸占了他的老婆，现在该还给他了，而米家生却说白振甫过去一人霸占两个老婆，本来就不合理，而他和爱红娘，领取了人民政府颁发的结婚证，最为重要的是他和爱红娘还生下了米爱红，因此，爱红娘还是他的妻子，他应该和爱红娘同睡一间墓穴成双成对。晚上，爱红娘躲在她的旧屋里，白振甫和米家生，也尾随到了旧屋，两人进行着漫长无边的争执，而每次，口头上白振甫总是占上风，败下阵来的米家生则会用拳头解决问题。后来，二鬼迷恋上了这样的争执，仿佛这样的争执，并不再是为了争取到爱红娘，而是一种鬼魂生活中少有的乐趣。爱红娘在经过了漫长的单相思后，突然发现被两个死鬼男人爱着，原是件如此美妙的事情，于是，当两个鬼魂争执不下，让爱红娘来表态、选择时，她故意迟迟不下结论。爱红娘生前没有享受到的尊荣，终于在死后得到了补偿。她甚至会趁着米家生不在，偷偷给白振甫一个吻，还和白振甫重温当年她初入白家时的温情。又趁着白振甫不在时，和米家生眉来眼去，调动起米家生的激情。爱红娘很享受这样的过程，她甚至趁着白振甫和米家生打得不可开交时，对别的男性鬼魂抛媚眼。于是，作为一个风流女鬼，爱红娘将生时受制于人的行为规则抛到了脑后，将生前敢想而不敢干的事情，大胆地做了出来。米南村看到这些，就长叹不已，说，"古人都说女人是祸水，这话真的是不假，原来只以为人世间的女人是祸水，没想到，死了也是这样。"白振甫和米家生每天这样吵吵闹闹打来打去，孤寂的鬼魂生活亦因此生动起来，这样的日子没过多久，却发生了一件古怪的事情，爱红娘突然怀孕了，这大大超出了众鬼魂们的生活经验。这也是米岛三百多年里第一个女鬼怀孩子。白振甫认为孩子是他的，米家生却说孩子是他的。人世间的孩子怀胎十月，但爱红娘怀了胎才一月，就生下一个女孩，长得眉清目秀，唇红齿白。小女孩生下来就会走会跑，笑起来像风铃样好听，很是招鬼魂们喜欢。但这小女孩却并不喜欢这些鬼魂，就连她的母亲爱红娘，她也不喜欢。她和那些鬼魂不一样，那些鬼魂怕见阳光，而她不怕，青天白日下，她在米岛到处玩，到处跑，后来她喜欢上了学校，别的孩子坐在教室里上课时，她也背了小手，和其他孩子挤在一张凳子上，一会儿冲老师挤眉弄眼，一会儿去翻同学的书。小女孩尤其喜欢白鸿声，天天跟在白鸿声身后。一日，白鸿声正在吃饭，她就站在门口冲白鸿声做鬼脸，口里叫着："哥哥，你陪我玩好吗？"白鸿声在那一瞬间灵魂出窍，他跑到门外，问，"小妹妹你是哪里来的，我怎么没见过你？"小女孩就拉着白鸿声的手说，"我天天都在你身边呀。"白鸿声的母亲不知道儿子灵魂出窍，拿筷子在他头上一敲，白鸿声的肉身就倒在了地上。

从此，白鸿声就病倒在床。而他的灵魂经常溜出身体，和那小女孩一起玩耍。

经过了一段时间的沉沦，米爱红发现，再这样下去，生意都要被别人抢走了。就在她失意而消沉的那段时间，生产队长花子发，在米爱红家隔壁盖起了新房。花子发的新房比米爱红的商店要气派，前后两排，一排两间，后面两间住人，前面两间卖东西。米爱红商店里有的东西他都有，米爱红商店里没有的东西，比如猪饲料、农药、种子、化肥，那些国营商店里才有的东西他也有。加之米爱红长时间没有心思打理商店，等她缓过神来，花子发的生意已经做得比她大，比她好。若在过去，遇到这样的问题，她只要去问江一郎，江一郎总能给她出主意。现在不行了，江一郎自离开米岛后，连封信也没有来过，不知是死是活。米爱红的心里有了苦，生活中有了难，却再也找不到人倾诉与帮助。她的生意一天比一天差，加之她一介女流，在进货之类的事情上本就力不从心，家里又离不开她，出去进货，商店就得关门，生活因此而变得艰难起来。她想要奋起直追，却已是远远地落下了。况且彼时，米岛每个生产队都有人家买了电视机，花子发家也买了电视机，也是免费让人看。就在此时，一个男人走进了米爱红的生活。男人是米岛中学的老师。老师不是米岛人，来自江北，本在江北小学教书，因通过了民转公的考试，变成了公办教师，分配到了米岛二中。他家种了许多地，也有妻儿。每到周六下午，学校放了假，他就骑上自行车回江北，到了周日晚再回到学校。孤身一人，长夜漫漫，他就常到米爱红的商店来看电视，一来二去，两人就熟了。

老师姓赵，名建国，比米爱红大三岁。赵老师其貌不扬，但有才华，会多种乐器。他用笛子吹的《百鸟朝凤》真好听。还会吹口琴，会弹手风琴，学校里有一架脚风琴，买回来没有人会用，他也从来没有弹过，摸索了半天就能弹出完整的曲子。他最拿手的是二胡，到了晚上，他喜欢坐在学校分给他的那间宿舍门口拉二胡，他拉得最多的是《天涯歌女》，他拉二胡时很陶醉，微微闭着眼，脑袋一晃一摇的，他还会写毛笔字。他本来只教语文，但后来米岛二中的音乐课也是他上。他上音乐课和从前的老师上音乐课不一样，他一边演奏乐器一边教。他教的不是音乐课本上规定的歌曲，他甚至教学生们唱邓丽君的歌。他一来，就赢得了学生的喜欢，女老师们也喜欢他。男老师们却烦他。听说他是个色鬼，在江北考上了公办教师却不在江北教书，而是跑到米岛来，就是因为他好色，江北的中学都不要他。当然，这些都是传言。有人说传言不可当真，也有人说无风不起浪。他来米岛，并没显露出一点好色的本质来。他上课很认真，下课了，除了备课改作业，在宿舍门口拉二胡，就是拿一柄口琴，走出校门，独坐在村里那条清澈的小溪边吹口琴。他一开始并不来米爱红的商店里看电视。有一次，他坐在小溪边吹口琴，把放学回家的米立心给迷住了，挪不开脚步，都忘了回家，站在那里呆呆地听赵建国吹口琴。赵建国发现了米立心，就问米立心好不好听。米立心说好听。赵建国就问米立心想不想学，米立心说当然想学。赵建国就教米立心吹口琴。

赵建国问米立心是谁家的孩子，叫什么。米立心说他是老觉悟树下爱红商店米爱红的儿子，叫米立心。他还告诉赵建国，立心的意思，是为天地立心，为生民立命，为往圣继绝学，为万世开太平。这让赵建国很吃惊。赵建国读书时成绩好，谁都以为他会上大学的，但是遇上了"文革"，读完高中，同学们在对方的留言簿上写下"翠竹根连根，学友心连心，我们齐携手，共建新农村"，就扎根社会主义新农村了。等到恢复高考，他已是两个孩子的父亲，不可能再去读大学。好在他努力，考取了公办教师。他的心很大，总是感叹怀才不遇，生不逢时。因此当他听米立心说这名字的意思，大吃一惊，说，"想不到米岛这么偏僻的地方，居然还有人取这么有学问的名字。"他把口琴塞到米立心的手中，说，"你喜欢，就送给你。"米立心说他不能收这么贵重的礼物。赵建国说，"那我借给你，你学会了再还我。你要是想学，往后放学回家，写完了作业就到这里来，我教你。"米立心很有天分，没有几天，就学会了吹《莫斯科郊外的晚上》，虽然稚嫩，但已有些像模像样了。那天晚上回到家，米立心在母亲米爱红的面前露了一手。彼时米爱红正在做饭，他就躲在门外面，悄悄吹起了《莫斯科郊外的晚上》，米爱红就瓷在了那里。想当年，她就是因为听到吴青山吹了一曲《莫斯科郊外的晚上》，从此疯狂地迷上了那个来自大城市的青年，并将少女的身体毫无保留地交给了他。许多年来，她都不愿意去回想这段往事，现在，当她突然听到这熟悉的旋律，一下子就呆住了，她还以为是吴青山来了。过了好一阵，她才走出厨房，看到躲在门后一脸得意的儿子。儿子手里居然拿着一把口琴。她的脸气得通红，问，"刚才是你在吹口琴？"米立心得意地说，"当然是我，还会有谁。"米爱红突然失态，一把抢过米立心手中的口琴扔在地上，扬手给了米立心一耳光。这是她第一次打米立心。她骂，"谁让你吹的？谁教你吹的！"米立心没想到母亲如此反感他吹口琴，委屈地哭了起来。米爱红打了儿子，马上又后悔了，一把将米立心搂在怀里，眼泪就下来了。米立心反倒不哭了，安慰起米爱红，说，"妈妈不喜欢我吹口琴，我以后再也不吹了。"米爱红哭着说，"妈错了，妈喜欢听口琴，喜欢我的儿吹口琴。"后来，米爱红知道了，口琴是中学老师赵建国借给米立心的，也是他教米立心吹的。米爱红对米立心说下次请赵老师来我们家做客。就这样，米爱红认识了赵建国。

米爱红认识赵建国后，赵建国晚上有时间就会到米爱红家看电视。来了，米爱红也未对赵建国有什么特别之处，只是给他留把椅子。来看电视的人依然很多，有的人来了会自己带椅子，有的人没带，就站着看。赵建国一来，米立心就会将那把藏起来的椅子搬出来给赵建国坐。米岛人对老师，都心怀尊敬，觉得老师要比他们这些农民高一等。小学老师基本都是米岛子弟，大家对他们尚有尊敬，这些吃国家粮的中学老师，大多是外地来的，文化程度高，都是知识分子。他们能到谁的家里坐一坐，都是一件值得骄傲的事情，能和赵老师一起看电视，更加荣耀。于是赵老师一来，他们就会把离电视机最近最正的位置让出来。在电视剧开始前，他们会问赵老师许多问题，从国家大事到鸡毛蒜皮。甚至于国家收购了农民上缴的公粮，却打了白条不兑现，农民们该如何办才好这样的事都问计于赵老师，仿佛赵老师是天上地下无所不知无所不晓的。赵老师是能出主意的就出主意，实实在在回答，不知道的就说不知道。但对于打白条，他也无能为力，只是说，如果不想收到白条，那就抗粮不交。不想他这句话，却被农民们听到了心里，这年夏收后，村里来催缴余粮，村民们就都不肯交。带头抗粮的，是马脚。村干部们，和村民都是沾亲带故的，也并不真心想去催交余粮，于是镇里就派来了干部，而村民们并不把镇里的干部放在眼里。镇干部没有办法，后来又请来了派出所的米立武所长，米立武带了手下，一绳子将带头闹事的马脚给捆了。村民们一下子没了主意。米爱红就跑去求赵老师拿主意。赵老师说，这抗粮不交的主意是他出的，现在出事了，他也不能脱了干系，于是他给米爱红出主意，说现在这事，得多叫一些妇人和孩子去闹，男人去闹，他们肯定会抓，但总不至于抓妇人孩子。米爱红、李桂枝，奇谋家的，一干妇人，带了马挖苦、米立心、花家姐妹，并村里的十数个孩子，就去将被捆在村部的马脚给围了起来。镇里的干部急了，说你们再在这里闹事，就将你们一起抓了法办，马脚就跪在了地上，给妇人孩子们磕头作揖，求她们散去。他这一跪，妇人孩子们都跪下了。哭声一片，镇干部和派出所的人没办法，只好将马脚放了。但公粮依然是要缴的，却答应，今年上缴的粮食不再打白条，但之前打的白条，暂时不能兑现。这件事，本没有赵老师什么事，但村民们拿到了现钱，都感念赵老师，赵老师在村民们心中的地位，就更高了。因赵老师时常来米爱红家看电视，米爱红家看电视的人就渐渐比花子发那儿多，生意也因此有了小小起色。米爱红知道，这是赵老师给她带来了财运，夜深人静的时候，她发现，过去一直盘桓在脑子里的江一郎的形象渐渐淡去，而赵老师，却不时跳出来，让她浑身燥热难耐。但她知道赵老师有家室，而她是个单身母亲，又被人骂做骚货的，因此开始小心保持和赵老师的距离，从来不在单独的时候和赵老师多说话，怕因此让人对赵老师有非议，从而影响了赵老师的清誉。

日子就这样过着，如流水一样。这些小小的故事，不过是水中偶尔泛起的一朵小浪花。

许多年以后的今天，在这大雪纷飞的夜晚，寒冷封锁着米岛，当我讲述起这段时间发生在米岛的故事时，心里却是温暖如春。我特别怀念那段时光，也特别迷恋这段时光中米岛人生活的细节，像丝绸一样光滑温润，没有杀戮，没有争斗。一切是那样的自然，和谐。那五个孩子，五个同年同月同日出生的孩子，我们已经有太长时间没有关注他们了，但这并不是说他们在这些年中，没有发生值得我讲述的故事。花子范回到米岛的前一年，这五个孩子已经满十周岁，按照米岛人前后各虚的算法，这一年，他们已经是十二岁了。最早开始上学的孩子米立心，已经读小学五年级，花一朵、花五朵和白鸿声读小学四年级，而最晚发蒙的马挖苦，也在读小学三年级。那时米岛的孩子真是多，单单一个岛东村小学，就有近四百名学生，米岛二中的学生更多。在这么多孩子中，这五个孩子依然是特别的，白鸿声和米立心的学习成绩最好，他们差不多就是米岛所有老师们眼中的模范学生，花一朵和花五朵，虽然说在岛东村小学读书，但她们是唯一两个有城镇户口吃商品粮的孩子。虽然她们的父亲在坐牢，但在当年却是翻手为云，覆手为雨。她们的母亲，虽说只是废品收购站的工作人员，但她母亲当年的美丽，全米岛人有目共睹，这一对双胞胎姐妹，也充分继承了母亲的优点，水灵聪慧。两个小女孩虽然穿得并不好，但却干干净净，不像其他同龄的孩子，到了冬天，脸皴得像树皮，胸前袖口脏兮兮的坚硬发亮，鼻子下面永远拖着长长的鼻涕，头发鸡窝一样乱蓬蓬的。花家的两个女儿，衣服总是干干净净，胸前还用扣针别着一条叠好的手绢，以便擦鼻涕的时候用。一对马尾辫梳得溜光顺滑，扎着粉红的蝴蝶结。到了冬天，大多数孩子连蛤蜊油都擦不上，花家姐妹用的却是她们母亲从街上给她们买的雪花膏，不仅润肤，还很好闻，很香。仅凭这一点，姐妹俩在米岛的小学里，就是万千宠爱集于一身。同学们对她俩，也多少有些巴结的意思，以和姐妹俩是好朋友为荣。姐妹俩长得一模一样，单看长相分不出谁是花一朵谁是花五朵，但两人性格却大为不同，姐姐花一朵性格内向，平时没什么话，眼里总是水汪汪的，眉头总是微微锁起，小小年纪，显得心事重重。她最要好的朋友是米立心和白鸿声，因此平时放学上学，都是他们三个一起。而花五朵性格外向，什么时候见着她，脸上总是笑，眼睛也是弯的，嘴巴也是弯的。除了爱笑，花五朵还好吃，嘴里总是少不了吃的，但她并未因此而比花一朵胖。岛东村的人总是感叹："这俩孩子简直生得像仙女一样的好看。"还会说，"都是一个爹妈生的，前后就差那么一小会儿，怎么性格差别这么大。"人们大多喜欢花五朵。五朵嘴甜，见到人，叔叔伯伯阿姨婶婶爷爷奶奶叫得欢，一朵从来不叫人。花婆婆有时让她叫人，她就咬着嘴唇，眼里水汪汪的，半天叫不出来，仿佛让她叫人是一件要杀了她的事情。因此花敬钟的一碗水就没有端平，他更喜欢花五朵，认为将来花五朵会好命，花一朵的命会苦。花五朵和谁的关系都不错，但最好的却是马挖苦，马挖苦像她的小跟班，做坏事也是她出主意，马挖苦去冲锋陷阵。

后来出了一件事，让这五个孩子的关系有了一些疏远。

回头再说一说白鸿声的病情，虽然经过医治，渐渐有了一些起色，但却一直没有好彻底，白鸿声在床上躺了差不多三个月。本来就瘦的他，入冬后，几乎就瘦成了一根麻秆，这让白奇谋一家很是忧心，能想的办法都想了，白鸿声的病却一直未痊愈。奇谋家的本来是让白奇谋问米爱红借了三百块钱，打算捉几头小猪回来养，小猪捉回来不到两个月，又得了猪瘟，身上青一块紫一块的斑，整天钻在草堆里瑟瑟发抖。白奇谋就埋怨老婆，说我都说过了，再养猪还会死的，你就是不相信，现在可好，猪又要死了，借人家的钱将来拿什么还？半个月，三头小猪都死了，奇谋家的将那小猪剥了皮，一家人吃了好多天。端了肉给白鸿声吃，白鸿声夹起一筷子，看一眼，又放下。有人就对奇谋家的说，"你的孩子怕是中了邪了，听说岛西村有一位道长叫李一，会茅山法术，要不请他来家做一做法事。"奇谋家的病急乱投医，只要听说有什么法子能治孩子的病，都会想方设法去试试。奇谋家的就去请李一，一路走一路打听李一道长的家，终于在岛西村一组，打听到那位李一道长。同村人说，"也真是奇怪，你们这些外村人，大老远的都跑来找李一干吗呢？"奇谋家的就说，"听人说，李一道长能捉鬼，能治大医院都治不了的病，他治病都不用看病人，只要拿一件病人用过的东西给他，看一眼，就知道病人是怎么回事了。"那人就大笑起来，说，"你们这都是从哪儿听来的，我们同一个村，隔壁左右住了这么多年，还不晓得他的根底，他哪里会什么茅山法术，全是骗人的，你们回去吧，被他骗钱事小，耽搁孩子病情事大。"奇谋家的说，"都传说他很神哩。"那人说，"你是岛东村来的么，岛东村有个女神医叫米秀姑，我们这里人都说她是活神仙呢，你不去找她，来找什么李一哟。"奇谋家的说，"米秀姑，那不是我们村的一个老姑娘么，五十多了也没嫁人，脾气古怪得紧，听说她跟一位叫花子头在外面跑过一段时间，没听说过她是什么神医呀。"那人说，"那就是了，跟叫花子头出去跑过，说不定就学了什么法术的。我们村的李一，就是个游手好闲的家伙，大集体那会儿，一个大男人，一天挣五分工，好吃懒做的。分田单干，人家都没日没夜地拼命干活，他倒好，田都荒了，饭都没得吃，偷鸡摸狗的，逢年过节，也不知从哪里弄了一块木头雕的财神菩萨，印在巴掌大的小红纸片上，一家一户去送财神菩萨，口中念念有词：财神菩萨进门来，恭喜老板发大财，老板给我一升谷，世世代代住瓦屋；老板给我一斗粮，明年就住大楼房；老板给我十块钱，生个儿子考状元；老板关门不理我，猪死牛死屋失火……"奇谋家的就有些打退堂鼓，但想着既然来了，还是去见一见那李一道士再说。刚到李一门口，正向一个精瘦的中年男人打听李一神仙是不是住这里，那男人就惊叫了一声，说，"你给我站住，不要动。"吓得奇谋家的不敢动了。那男人转身进屋，拿了一把木剑，绕着奇谋家的左三圈右三圈地疾走，口中念念有词，"太上老君如来佛祖急急如律令，"手中木剑一指，叫了一声，"着。"然后收了剑，说，"险，刚才在你身上，附了一个厉鬼。我把他给打走了。"奇谋家的说，"是不是一个女鬼?"那男人说，"正是一个女鬼，头发老长，脸色惨白，一看就是暴死鬼。"奇谋家的说，"我就知道是爱红娘那臭婆娘，那个女人是吃老鼠药死的，死后，我们家就没有安生过。"那男人说，"我刚才只是把她给打走了，但要降伏她，恐怕没这么容易，我的法力不够，要请张天师来帮助。"奇谋家的说，"你就是李一神仙么?"男人一笑，说，"神仙不敢当，只是跟随师父张天师，学了一点皮毛的道法，捉点小鬼什么的没问题，遇到难缠的恶鬼，就要作法请我的师父出山了。你别说话，让我来说一说，是不是你家近一段时间来，做什么事都倒霉，家里还有人生病，而且久病不起。"奇谋家的惊道，"你当真是神仙，我什么都没有说，你就都知道了。我家真的是倒霉透了，养猪猪死，儿子又得了怪病，几个月不见好。"李一说，"这事就包在我身上了。你准备好了三生，就是一块猪肉、一只鸡、一块豆腐，然后准备黄表纸一扎，香十把。二百块钱，这钱不是我要，是我要去打点张天师的左右。"然后留下了奇谋家的地址，掐指一算，说，"三天后，正是捉鬼的日子。到时我来，保证手到鬼除，你孩子的病也自然会好。"

奇谋家的回到家，晚上在米爱红家看电视时，就把她怎么去请李一道长，李一道长如何认定了是爱红娘的鬼魂在害白鸿声，道长答应两天后来捉鬼的事都对大家讲了。一时间众说纷纭，有人说白鸿声就是撞邪了。也有人说他是风寒入侵，身子虚，要慢慢调养，天气转暖自然就会好了。还有人在背后说，白鸿声没得救，怕是过不了这个冬天。总之是说什么的都有，但在米岛，却已经有三十多年没有见过道士捉鬼了，大家都抱着看热闹的心态在等候着。那些鬼魂们，听说请来了捉鬼的道长，都有些害怕起来。米南村就冷笑，说，"从来阴阳两隔，各是各的世界，我做鬼也有三百年了，见过多少捉鬼的道士和尚，不过是蒙骗活人罢了，这个李一必是骗子无疑。"爱红娘却有些担心，她认为白鸿声的病，多少与她生下的这个小女孩有关，认为白鸿声是因为灵魂出窍和她的女儿玩耍才得的病。因此爱红娘就将小女孩看得紧紧的，不许她再去和白鸿声玩。她不去找白鸿声，白鸿声的魂魄，却不时溜出来找她。爱红娘对白振甫说，"这下子你就怪不得我了。"鬼魂们就都期待着那个叫李一的道长早点到来，看他究竟能搞出什么花样。这天夜里，米岛的人都睡下了，小街上的几家店铺也打了烊，乡村沉沉睡去时，一个陌生的人影来到了米岛，东转转西转转，最后转到米爱红的旧宅，从怀里摸出一个烧得焦糊只有巴掌大的人形物，塞进窗下面的一处墙缝里，然后离开了米岛。连米岛的那些管夜的狗，都没来得及发出叫声，除了我这千年老树和一干鬼魂外，再没谁知道这陌生人的到来。陌生人离开后，众鬼魂们就议论了起来，大家都弄不清楚这个陌生人来这儿干吗，大家议论了一宿，直到第三声鸡叫，也没议出个子丑寅卯来，各自回到墓穴，连那小女鬼，也被爱红娘强行抓回墓穴，不让她到外面四处游荡。

次日下午，李一道长骑了辆除了铃铛不响全身哐哐乱响的破自行车，车后面驮着一个装化肥的蛇皮袋进了米岛村，到了米爱红的商店，打听白奇谋家在哪里。米爱红看了那人一眼，心里不痛快，知道是来捉拿母亲鬼魂的道士，便没有理会。李一就去对面问马脚。马脚说你是白家请来的道长吧，我带你去他家。又问李一是从哪座仙山学的法术。李一说他学的是茅山法术，两人聊着就到了白奇谋家。奇谋家的在门口剁树枝，听见马脚叫她，抬头看见了马脚后面的李一道长，慌忙站起身，端把椅子请道长坐。村里人听说李一道长来了，一会儿工夫，白家门前就围了一堆人，大家都对着李一指指点点。李一端坐在那里，接过了奇谋家的端过的茶水，喝一口，将水中的茶叶含在嘴里嚼了咽下，眼皮也不抬，问奇谋家的，三生准备好了没有。奇谋家的说准备好了。李一道长就让他们准备了一张桌子，桌子摆到堂屋中间，李一从自行车后座取下了那装化肥的蛇皮袋，掏出一堆东西来，原来是一大块布，布上画了个峨冠长须的老道，老道背后画了八卦，下面写有张天师之神像几个字。两边画了一些谁也看不懂的符号。李一又取出一把木剑，将那木剑放在桌子上，排上三生，点燃香烛，又让奇谋家的将那准备好的黄表纸都拿出来，他自摸出一支毛笔，又一瓶有些发臭的墨汁，在那黄表纸上，写上一个"敕"字，在字上画个圈，下面又画上许多龙飞凤舞的符号，将那一沓黄表纸都画毕，交代奇谋家的，屋里屋外所有门窗猫狗洞都贴上。余下一些，放在桌子，说是晚上捉鬼时要用。忙毕，李一道长才随了奇谋家的去房里看白鸿声，只看了一眼就出来了，说，"无量天尊，幸亏贫道来得早，这孩子还有一丝阳气，要是他身上的阳气被那女鬼都吸干净了，就是纯阳祖师大罗金仙也救不了他。"说得奇谋家的且喜且忧。李一道长手拿了木剑，一手端一碗水，手指在碗里划动着，嘴里念念有词，"如来佛祖太上老君急急如律令，"然后端了那碗水，在白奇谋家转了一圈，转到白婆婆住的房子，李一似乎发现了什么，说，"这里妖气甚浓，那恶鬼平时常来这里，待我作法，把那恶鬼留下的阴气驱散了。"正在作法，冷不防窗户门一开，从屋里扔出一块土疙瘩，正中李一额头，接着传来一声阴沉的怒骂，"哪里来的东西，到这里装神弄鬼。"李一嘴含一口符水正闭目通灵，不料被土块打个正着，"扑"地将一口水全部喷了出去，吓得"妈呀"一声，转头就跑，跑出十步之外，听得围观的人们在哄堂大笑，这才止住，心惊肉跳地说，"好厉害的恶鬼，大白天都敢出来和本法师作对。"马脚笑道，"道长看清楚了，这里住的是孩子的奶奶，哪里是什么恶鬼？"李一道长这时冷静了下来，说，"刚才一股阴风过来，甚是强烈，那恶鬼附在孩子奶奶的身体里，刚才被我一口符水喷走了。这鬼非同小可，晚上我要请来师父张天师上身，才能将这恶鬼镇住。刚才这一下伤了元气，现在我要休息。"到了晚饭时，奇谋家的好酒好菜招待了李一，马脚被留下来陪道长喝酒。酒过三杯，马脚对李一说，"我年轻的时候，走南闯北，也结交过一些茅山术士。"马脚说他认得一个道士，会赶尸之术。李一就对马脚格外热情，说自己法力尚浅，赶不了尸，只能拿一些小鬼，还请马大哥多多帮衬。马脚哈哈一笑，酒足饭饱，也没有多说什么。天黑下来，爱红家门口没有人看电视，花子发门口

也没人来看电视，马脚干脆将门锁了，一家人都来看李一捉鬼。全村老少，比谁家过喜事放电影还要热闹。

李一穿上青布道袍，头上戴了道冠，一手拿木剑，一手从桌上拿了张黄表纸，围着堂屋转圈子。大门口早挤得水泄不通。李一越转越快，突然一下跌坐在地上，浑身就颤抖了起来。有知道的，说这是张天师上身了。果然听见两个人说话的声音，一个是李一，说，"师父在上，这里有个厉鬼，弟子法力有限，请师父相助。"然后听见一个苍老的声音，却是操着本地口声的，说，"我是茅山张天师是也，哪来的恶鬼，不过是小小毛神，看为师给你一些法力，速速将那小小毛神捉拿归案。"有人就小声地说，"这说话的老头是张天师。"又有人疑惑，"怎么张天师说话的口音和我们一样呢？"屋里突然就起了一团火，也不知怎么回事，原来李一手中的那张黄表纸突然着了火，李一用木剑扎了那纸，一手又端了一碗符水，就站了起来，喊一声让开，门口的人就往两边让。李一站到门外，喝一口符水，朝那剑尖一喷，剑尖上立刻又起了一团火，那火仿佛是从李一的嘴里喷出一样，人群中就有人大声叫好。李一大喊一声，"小小毛神，哪里逃，看本天师将你烧成灰烬。"一路碎步，就奔米爱红的旧宅而去，边跑边喝符水边吐火，每吐一次火，就引来一阵叫好。转眼到了米爱红的旧宅，李一大叫一声，"恶鬼，哪里逃，看剑。"一剑就朝窗下扎过去，一口把碗里的水都含进嘴里，然后喷向了剑尖所指的地方，大火将李一的脸映得通红。李一那拿剑的手就抖了起来，仿佛扎中了什么东西，而那东西却在拼命挣扎。跟随李一的人，并那一干鬼魂，都不明就里。米南村对众鬼说，"我就说了，他不过是装神弄鬼，我们明明在这里，他根本看不见。"爱红娘也放下心来，说，"我还以为真有能捉鬼的道士呢。"众鬼魂们正说着，李一大叫一声，"厉鬼已被收服，为师去了。"就恢复了原来说话的声音，一屁股坐在地上，不停地擦着额头上的汗，手中那把剑，却深深扎进窗户下面。李一仿佛精疲力竭地说，"你们去看看，恶鬼已经被收服了。"马脚胆子大，从来不信这些的，第一个冲上去，将那剑拔出来，却见剑上扎了一团黑乎乎的东西。有人就打亮了手电筒，围上去观看，原来是个烧焦的人形物，就发出一阵惊呼。李一说，"好了，这恶鬼已经被我烧死，但她还有可能起死回生。"就命人拿了个陶罐，将那黑乎乎的东西装了进去，又用黄泥封了口，再在封口上画了一道符，说是这下子好了，恶鬼永世不得翻身了，他要将这恶鬼带回去，放在他的法座下严加看管。又说，"恶鬼虽然走了，但是你儿子的魂魄离开身体太久，你每天晚上，要站在村口为他喊魂，喊上三十天，儿子的魂魄归了肉身，再好生调养。另外，将那乌龟用水草缠了，放进灶膛里烧，只将那乌龟的心与肝与他吃，三天吃一次。明年开春，你儿子的病就会好。"李一说完，将他的工具收回了蛇皮袋中，又将那供给天师的三生中的两生——一块肉并一只鸡收进了蛇皮袋，说这是要回去供天师的，而那块豆腐，则让白奇谋家的煎了给白鸿声吃。

李一说完，收下奇谋家的包给他的二百块钱，就着黑骑自行车去了。众人议论着这李一道长果然是法术高明，怎么就能吐火，又当真是一剑扎出一个被烧焦的小人来。李一骑着自行车，刚走到村口，听见有人在背后叫他，刹了车，后面一束手电光就照了过来。手电光亮了一下又灭了。马脚三步并着两步就到了李一身后，黑暗中说了一句，"李道长好手段啊。"李一说，"贫道跟随师父修道多年……"马脚说，"去你的，在老子面前还装？那小人，昨天晚上偷偷放的吧？"李一说："……你这是什么意思，你可是亲眼见着了的。"马脚冷笑一声，说，"你这小把戏，骗得了别人，骗不了我。你说，是跟我去派出所，还是……"李一就连声说，"大哥，小弟今天遇到高人了，有眼不识泰山，求你放小弟一马。"马脚冷笑一声，"放你？你说，今天骗了多少钱？"李一说，"不多，二百块。"马脚说，"够黑的，在田里死做活做，一年还做不来二百块呢。"李一说，"既然兄弟看穿了我的把戏，那么这钱就是知者有份了，我给你五十块。"马脚说，"打发叫花子？"李一说，"这块肉也归你。"马脚说，"老子卖肉的，还缺肉吃？"李一说，"我来往那么远，又是跳又是弄的搞了半天，大哥你总要给我留点。这只鸡归你，再给你十块如何？"马脚就笑纳了。李一骑上自行车，一溜烟跑得飞快。

白鸿声的病依然没有起色。李一道长走后，奇谋家的就听从了道长的指引，每天晚上天黑严实了，就站在村口的寒风中，手中拿把瓜瓢，开始一声声呼唤白鸿声的名字。奇谋家的喊一声"鸿声我的儿回来哟"，手中的瓜瓢就向空中舀一下，屋里一豆灯火，白鸿声有时已然睡着，但大多数时候只是闭着眼，静静地听着母亲站在寒风中呼喊着他的名字。而他的父亲白奇谋，则坐在床沿上，在他妻子每喊一声"鸿声我的儿回来哟"后，就答一声"回来了"。每天晚上，奇谋家的站在风中，面朝东面喊十声，面朝东南喊十声，面朝南面喊十声，面朝西南喊十声，面朝西方喊十声，面朝西北喊十声，面朝北方喊十声，面朝东北喊十声，一边喊一边慢慢朝家里走，喊完八十声，就走到家门口，然后站在门前的台阶上，将那瓜瓢朝着天，再喊一声"鸿声我的儿回来哟"，然后将那瓜瓢抱了进屋，小心走到白鸿声的床前，再将那瓜瓢倒过来。一天的喊魂，才算结束。每天九九八十一声呼喊，就这样持续了一个月。喊魂的问题还好解决，但李一道长吩咐的要烧乌龟给白鸿声吃内脏，却是一桩难事。那时在米岛，乌龟是常见的，天晴时，常能看见乌龟趴在水塘里的浮木上晒太阳，农人在收割水稻时，也能捉到乌龟。米岛人认为乌龟是通灵的，不能吃。这也不是问题，问题是时值寒冬，到哪里去找乌龟。喊魂持续到年关时，奇谋家的又去找李一道长。她对道长说，"这鬼都被捉掉了，为什么我儿的病还不见好呢？"李一道长就说，"你喊魂了没有？"奇谋家的说，"喊了，都是按你说的，每天晚上喊九九八十一声，喊了整整一个月。"李一道长说，"有没有烧乌龟给孩子吃？"奇谋家的说，"没有，现在找不到乌龟。"李一道长叹道，"问题就在这里了，鬼虽然捉走了，但孩子伤了元阳，要吃乌龟将元阳守住，你没有按我说的办，那就怨不得我了。"李一道长说，"看在孩子的分上，我再帮你一下。"就拿出了几张画了符的纸，吩咐奇谋家的回家烧了化在水里给白鸿声喝，说是如果这一招再没有用，就是大罗金仙也救不了这孩子了。奇谋家的回到家，心事重重。白奇谋就数落她，说那李一根本就是个骗子，你还去相信他。

小年那天，米岛来了个叫花子婆婆。大冬天，叫花婆单衣赤脚着草鞋，斜着背了几个布袋，手里挂着一根拐，拐上还有个小竹篓，竹篓子里面盘着一条蛇，蛇身上盖了一堆烂棉絮。叫花婆要饭要到白奇谋家。白奇谋是心善之人，说，"老人家，这么冷的天，穿这么单薄也不怕冷么？"叫花子婆婆说，"冷啊，可我老婆子一个，讨米要饭为生，走到哪里就到哪里落脚，能把肚子喂饱就不错了，哪里还有钱做衣服呢。"白奇谋就将母亲的旧棉衣找了一件出来，给叫花婆穿上。叫花婆千恩万谢，说这位大哥，您做好事做到底，寒从脚底起，我有了棉衣，要有双棉鞋就好了。奇谋家的见白奇谋拿衣服给叫花婆，心里不快，现在见她不知足，又讨要棉鞋，就说哪里有棉鞋呢，没有多余的棉鞋。叫花婆冷笑了一声，说，"家里不是有个快死的人么，要死的人还穿什么棉鞋，老婆子的脚小，他的棉鞋我穿了正好合脚。"奇谋家的脸色大变，骂道，"你这死叫花子，作死啊。"叫花婆说，"不给就不给，用得着这样凶么。"白奇谋就骂他老婆，又对叫花婆说，"您老不要和我屋里的一般见识，她这个人，心不坏，就是刀子嘴，不过家里实在是没有多的棉鞋了。"叫花婆说，"没有棉鞋，那舍一顿饭给我吃也行。"奇谋家的刚做好早饭，白奇谋就说，"你等着。"回屋去盛了一大碗饭，又将酱菜白菜都夹了一些放在饭上。叫花婆端了饭碗，蹲在门口吃了起来。白奇谋说，"老人家，屋外面冷，进屋来坐着吃吧。"叫花婆抬头看了一眼白奇谋，说，"花子帮有花子帮的规矩，叫花子不能上桌。"蹲在门外，将一碗米饭风卷残云地吃完了，又问白奇谋村里可有窑场，叫花婆说快过年了，她不想到处走，想找个落脚点过年。白奇谋说有个窑场。叫花婆说，"烦请老哥给我引一下路，老婆子老了，转来转去，都转晕头了。"白奇谋就在前面带路，将叫花婆子一路带到岛东村后面的窑场。叫花婆就在窑洞口的过道里打了一个铺。窑场冬天也在烧窑，暖和。叫花婆说，"这下好了，冬天能过了。"白奇谋说，"您晚上就这样睡，也没有棉被的？"叫花婆说，"这里暖合，用不着棉被。"白奇谋说，"您老就在这里安身吧，米岛人都很好，不会有人赶你走的。"叫花婆说，"这位老哥，看你一脸愁色，是有什么烦心事么？"白奇谋就将家里这一年来发生的事都对叫花婆讲了，也说请来道长李一捉鬼的事。叫花婆说，"病急乱投医，人鬼是不相干的，各走各的路，井水不犯河水，你们定是上当受骗了。"白奇谋说，"我看得真切，他用剑扎了个小人儿，被火烧得焦糊。"叫花婆笑了起来，一笑时眼角皱成了一堆菊花。叫花婆说定是那道士提前放在那里的。又问白奇谋，说这米岛过去有个大户人家，最是乐善好施的，不知现在怎么样了。白奇谋说，"不知婆婆问的是哪家？"叫花婆说，"我说的是白家，主人叫作白振甫的。"白奇谋长叹一声，"那是我爹。"叫花婆惊道，"你爹？他现在可好？"白奇谋说，"好什么，土改时被政府当恶霸地主给枪毙了，他要在，我家也不至于落到如今这步田地。"叫花婆不停地擦眼泪，说，"这么好的善人，怎么就给枪毙了，造孽啊。"白奇谋说，"婆婆认得我爹？"叫花婆说，"我认得他，还认得你，只是你不认得我。"叫花婆于是说起，她的师父，是丐帮一位金字辈的长老，当年逃荒，她如何快要饿死，和师父逃荒到了米岛，正逢上白家施粥，她天天到白家吃粥，再打一碗回家给师父吃，她和师父才活了下来。叫花婆说，"当年舍粥时，白恩公的身边，有一位小公子，也跟了一起舍粥，想来就是你了。"白奇谋听得倒是下泪了，说，"唉，做梦一样，一晃，大半辈子过去了。"叫花婆安顿妥当，问白奇谋，"不知令尊安葬在哪里，我要去他的坟前拜一拜。"白奇谋就在前面带路，去了白振甫的坟前。叫花婆在白振甫那一抔黄土前跪下，磕了三个响头，站起来时，已是老泪纵横。拜毕，说，"信得过我，就带我去看看你儿子，我的老叫花子师父，是懂些医术的，专能偏方治一些疑难杂症。我们叫花子得了病，哪里上得起医院，就靠这些偏方活命了。"

白奇谋给叫花婆带路去了这么久，奇谋家的正在生气恼火，要出门来寻白奇谋，刚出门，就见白奇谋一脸兴奋，带着那叫花婆又回来了。奇谋家的张口就骂，"你这死砍脑壳的。"白奇谋喜道，"儿子有救了。"也不同老婆解释，将叫花婆带进房间。白鸿声睡在床上，已然瘦成了皮包骨，脸色白得像一张纸。叫花婆坐在床沿，从被窝里摸出白鸿声的手，给白鸿声号脉。奇谋家的也跟着跑了进来，正想说什么，却见叫花婆在给白鸿声号脉，惊得大气不敢出。叫花婆闭着眼，像一尊雕像，静静坐着，手指扣在白鸿声右手的脉门上，足有一刻钟，又号他左手的脉，还看了白鸿声的舌苔，将白鸿声的手放回被窝，一言不发地走出房屋。奇谋家的慌忙搬了把椅子让叫花婆坐。叫花婆坐下，白奇谋小心地问，"婆婆，怎么样？"奇谋家的说，"是不是被鬼缠住了？"叫花婆白了奇谋家的一眼，说，"人是人，鬼是鬼，你既捉不了鬼，鬼哪里又缠得住人？孩子的病，是打娘胎里就有的，孩子在娘胎里少营养，先天本就不足，后天又没有得到好的调理，加之风邪入侵，魂不守舍，冬天阴寒，病就越发重了。我一会儿给他针灸一下，再配点药，只要好生调理，过了冬天，到万物发阳时，天地阳气上升，孩子就会慢慢好转了。"说着从身上那些口袋里，摸出一堆瓶瓶罐罐，又摸出一个白布包，打开一层又一层，里面露出一排长长短短的银针，又让白奇谋烧了开水，将那银针都烫煮了。让白奇谋将白鸿声搬到堂屋里亮堂些的地方来，叫花婆说要先放血，将体内的寒毒排出来。拿出一根扁口针，在白鸿声的手指上划了一道口子，流出了许多的血。奇谋家的心疼不已，说，"孩子都这么虚了，还放血，不会越放越虚么。"叫花婆没有理会奇谋家的。继续在白鸿声的手指上放血，待伤口自然止血，又拿出长长短短的银针，在白鸿声的身上扎了十几根。还不时将那扎进去的针用手指转动。奇谋家的就问，"儿啊，痛不痛？"白鸿声轻声说，"不痛，就是有点酸胀。"扎完针，叫花婆从那一堆瓶子中挑出两个来，一个倒出一些黑色药丸，另一个倒出一些白色药丸，交代了服用方法，就要回她刚安身的窑洞去了。白奇谋说，"您住窑洞太冷，要不就住我家吧。"叫花婆说她一个叫花子，习惯了。说完就走。说来也是神奇，这天下午，白鸿声居然说，"妈，我饿了，想吃东西。"奇谋家的欣喜若狂，说，"我的儿，你想吃什么，娘给你弄。"白鸿声说，"就想吃糖水煮鸡蛋。"奇谋家的就慌着去煮鸡蛋，又叫白奇谋去米爱红那里买点糖来，又问白鸿声，想吃白糖还是红糖。白鸿声说想吃红糖。奇谋家的就说，"买红糖，儿子要吃红糖。"见白奇谋还站在那里，就说，"你这死人，还不快去。"白奇谋说，"你倒是给我钱啊，我手上一分钱没有。"奇谋家的就从腰里摸出一个手帕，打开了，拿出一块钱，交给白奇谋，说，"称一块钱的糖回来。"白奇谋拿了钱去称糖。米爱红见白奇谋一脸喜色，与平时大不一样，就问道，"家里有什么喜事么？"白奇谋说，

"鸿声想吃糖鸡蛋。"米爱红说,"听说上午有一个叫花婆给鸿声看病了?"白奇谋说,"可不,给鸿声放了血,扎了针,又吃了药,这才半天,鸿声就想吃东西了。"米爱红脸上也现出喜色,说,"那就好,这孩子,我就说他福大命大。"就拿草纸,包了一大包红糖。白奇谋说,"我就要一块钱的,当家的就给了我一块钱。"米爱红笑道,"不要你的钱,孩子病了,我也忙得没时间去看他,算是我的一点心意。"白奇谋说,"这怎么行呢?"米爱红说,"有什么不行的,我去看他总不能空着手吧,我这里忙,离不开,得空了再去看孩子。"说完,又从货架上拿了一包饼干,一并塞到白奇谋手中。白奇谋回家对老婆说了米爱红没要钱,还送了饼干。奇谋家的面露愧色。白奇谋说,"你看人家米爱红,咱们还错怪人家,说是爱红娘的鬼魂缠住了鸿声呢,白白给那道士骗走那么多钱,好在爱红没有记恨我们,不然逼着我们要还钱了。"奇谋家的却伸出手说,"拿来。"白奇谋说,"什么拿来?"奇谋家的说,"刚给你的一块钱,爱红不是没要么?"白奇谋就极不情愿地将那一块钱掏出来交还给老婆。奇谋家的说,"你不抽烟又不喝酒,手上拿钱干吗?"

奇谋家的煮了四个糖鸡蛋,白鸿雁和白鸿云看得直流口水。白鸿声说他吃不了那么多,只吃了一个,喝了半碗糖水。另外三个,就让鸿雁吃了一个,鸿云吃了两个。晚上,白奇谋将家里的旧棉被抱了一床,还有母亲穿过的布鞋一双,送到窑场给叫花婆,却不见叫花婆踪影。问窑场里的窑工,窑工说哪里有个叫花子婆婆?他今天一直在这里,根本没见过什么叫花婆。白奇谋说,"我早上带来的,还和你说话来着。"窑工说,"你瞎扯,我一直在这里相火,也没见着你,真的是活见鬼了。"白奇谋吓得连滚带爬回家,将这经过对老婆说了,老婆也吓得面如土色,提心吊胆,害怕儿子有什么事。但白鸿声的病,居然一日日地好了起来,脸上也有了血色,十天后,就能下床走路了。

叫花婆的突然来到,又突然离去,就成了传说。上了年纪的米岛人就说,他们是记得,有这样一个婆婆,多年前受过白家的恩,但当年那受恩的,分明就是一个婆婆,几十年过去了,怎么还是这样一个婆婆。这故事后来传出了米岛,文化馆的一个收集故事的创作员,听到这个传说，来到米岛，走访了许多老人，也采访了白奇谋和奇谋家的，后来创作了一个民间故事。其时的楚州县城，升格了楚州市，那故事就刊载在《楚州报》上。立春后，白鸿声的病一天好过一天，过了惊蛰，已经能回学校上课了。只是经过这一场病，他的身体更加瘦弱，说话有气无力，上课还老是走神。不过他的学习成绩却出奇地好，因病有一学期没上学，成绩一点也没落下。每次考试，白鸿声和米立心轮流第一名。这两个孩子，被公认为米岛将来最有可能上大学的人。花一朵和花五朵，则被公认为是米岛最漂亮的女孩子。他们又是同年同月同日生，于是有人说，要是这四个孩子结了娃娃亲，那当真是件美好的事。彼时米岛人时兴结娃娃亲，有的父母，孩子还在肚里，就指腹为婚，十来岁就把孩子的亲事定下来，也是一种时尚。奇谋家的总是说，"现在是新社会了，村里的年轻人都时兴自由恋爱，咱们做老人的，不干涉孩子们的事。"背地里却说，她的儿子是要上大学，跳出农门的，哪里能定娃娃亲呢。米爱红听人这样说，也只是笑笑。偶尔也跟儿子开玩笑，说将花一朵说给他做媳妇可好，米立心红着脸不理母亲。米爱红说，你喜欢花一朵还是花五朵？米立心闹了个大红脸，从此再看见花家姐妹，就有点不好意思了。

花敬钟夫妇，见人家喜欢自己的一双孙女，自然高兴。只是这样的话，在马脚和李桂枝听来，却极不是滋味。李桂枝不止一次对马脚说，"真是狗眼看人低，白鸿声聪明是聪明，可是个病秧子，性格又像个女孩，有什么好？米立心长得倒好也聪明，可他说破天也是一个大姑娘的私生子，有什么好炫耀的。"李桂枝的意思很明显，她是在为儿子马挖苦鸣不平。认为她的儿子马挖苦才是真正的天才，是米岛最聪明的孩子。马挖苦的学习成绩不好，不是不好，甚至可以说很差，因此被人小瞧了也就很正常。但在这年刚开春，又发生了一件奇事，让村里人再次把关注的目光投注到马挖苦身上。

这年春耕时，当年马挖苦为他们几家抓阄抓到的那头老牛不行了。那牛实在老得干不动活了，早在两年前，花子发就提出，将那老牛杀了。但是马挖苦一听说要杀牛，抱着那头牛就啪啪流泪。因那牛天天都是他在放，放出感情来了。马脚见儿子如此，也无可奈何。花子发说，"杀又不让杀，养着又干不了活，你马家人不让杀，那这牛，就作价卖给你们家。"于是三家一商量，定了一个较为公道的价钱，马脚就将那牛买过来了。马脚的意思，是精心饲养一段时间，起了膘，再杀了卖肉。但几次起了杀心，都被儿子马挖苦阻挡。有一次，马脚请了杀牛的屠户来家，这牛似乎知道自己要被杀了，这天一早，就一直在流泪。马挖苦见父亲要杀这牛，再一次护着，不让屠夫动手。马脚就去劝儿子，可是怎么劝儿子都不听，抱着牛头，哭得死去活来，马脚只好作罢。但此次，牛的大限到了。前一晚，马挖苦似乎预感到什么，将那牛牵出来遛了，又用水将牛全身上下洗得干干净净。马挖苦在洗牛时，那牛不停用舌头舔着马挖苦。后来，马挖苦抱着那牛头流泪，牛也流泪。次日早起，马脚喊儿子去放牛，马挖苦呆坐在门口不动。马脚只好自己去，走到牛棚一看，牛已经咽气。想到昨天傍晚儿子抱着那牛流泪的情形，知道儿子这次又是未卜先知了。

牛死了，马脚就请了人来，将那牛剥皮。牛肚子里，却剖出一个毛毛糙糙篮球大小的东西来。剖开毛球，里面是一些黄色的石头，没人认得是什么，一时间，引来了许多人看热闹。赵建国老师其时也在场。马脚就说，"赵老师，您有学问，您看看这是个什么东西？"赵建国说，"我也没有见过，不过我听说过，病蚌成珠，病牛育黄。牛黄狗宝，无价之宝，这个，说不定就是牛黄。要真是牛黄，那可是比黄金还要贵呢。"这样一说，马脚就慌忙将那东西收进了家里。米岛有人从牛肚子里剖出牛黄的事，一下子就传开了。没过几天，就有人在晚上偷偷来到米岛，找到马脚，看了那牛黄，愿意出一千块钱收购。马脚是个精明人，要价两千。后来那人当真肯出两千元时，马脚又反悔了。后来，他拿了一点那牛黄的样品，自己到城里去找买家，再后来，他将那牛黄卖了，马脚因此而发了一笔横财，但他卖了多少钱，却是一个秘密，无人知晓。他老婆李桂枝问他卖了多少钱，他说就卖了两千。但他对外面却放出话来，说那根本不是牛黄，放在家里发臭，扔了。这样的说法自然没人相信，于是人们就传言，说他的这块牛黄，卖了一个大价钱，开始传言卖了五千，后来又说成了一万，再后来传得更邪乎，说他那块牛黄卖了两万。不管卖了多少钱，总之是，马脚成了米岛公认的第一个万元户。这让花子发甚是不平，这牛本来是他们几家共有的，低价卖给马脚，却让他凭空发了一笔横财，于是他提出，这牛黄他也有份。但如今世道不同了，马脚也今非昔比，早不将花子发这样一个生产队长放在眼里，一口咬定没有牛黄，那东西，他早就扔了。花子发问扔到哪里了，他说扔到垃圾堆里，早让猫狗吃了。花子发拿他没办法，就说这天然牛黄是国家财产，他马脚无权私吞，他要去报案。马脚冷笑一声说，"你要报就去报，反正没有牛黄。"花子发见马脚软硬不吃，只好作罢，但是两家的关系从此交恶。马脚凭空发了大财，人们经过了一段时间的羡慕嫉妒恨，突然回过神来，想起当年分田时，马挖苦每次都能准确抓到最好的一个阄，唯独在分牛时，抓了最差的一头牛，当时大家还笑话他，没想到，这小子早就知道，这头牛长了牛黄，是个宝贝。于是，随着马脚卖牛黄成为万元户的神话传遍米岛，传到米岛之外。而当年那采风的文化馆馆员，再次来到米岛，经过采访，又写了一篇《牛黄的故事》，发表在《楚州报》上，马挖苦一时间成为了楚州的名人。而一个小小的米岛，连续有两个孩子的故事上了报纸，这让人们连连称奇。村里人再评说岛上的孩子时，马挖苦终于排到了最前列。孩子们却在按自己的方式成长，他们后来的命运轨迹，亦将大大出乎每个人的意料。

九

　　武义兰自从将两个女儿送回米岛之后，就在静心等待命中注定来到的狂风暴雨。因知道这狂风暴雨的不可避免，她反倒淡然了。那时的武义兰很少和人交流，每天在收购站埋头工作，对于那些打她主意的男人，她亦无动于衷。时间就这样缓慢流逝，波澜不惊。后来，花庆余在收购站对面开了一家小饭馆。花庆余是花子范的本家侄儿，比花子范小十多岁，和武义兰年纪却相仿。花庆余先前在公社食堂里做饭，和花子范家常有走动。花子范得势时，花庆余跟了他，做了一名革命小将。花子范坐牢后，花庆余回到乡下吃老米饭。花庆余是个不甘老老实实种田的人，米岛人以大米为主食，不怎么吃馒头面条，会做馒头面条的人是凤毛麟角，花庆余在部队时，学了一手做馒头面条的手艺，所以他就一直谋划着想在米岛街上开一间面食店。后来就租了收购站对面的一间小房，在房前支了一口大锅，每天早起蒸一锅馒头。后院又架起一台轧面机，平常也出售干面条。也有那上街来的，误了饭点，就到他这里下一碗阳春面，因此他的面馆，倒也有一些生意，除了填饱肚子，还小有结余。

　　花庆余到米岛街上开面馆那年，已经二十有八，尚未婚配，父母在大饥荒时都饿死了，如今他是一人吃饱全家不饿。当年的花庆余，父母双亡后，居然也活了下来，小小年纪，就在生产队里放牛挣工分。再大一点去当了兵，在部队里做炊事员，学会了做面条馒头的手艺，还识得了几个字。复员回家后，也是有人给介绍过对象，看得上他的，他嫌人家长得丑，他看得上眼的，人家又嫌他太穷，一来二去，就混成了大龄青年。彼时的米岛农村，女孩过了二十，男人过了二十三四，就是大龄青年，找对象一天比一天难。花庆余的面馆开起来后，武义兰每次回米岛乡下，都会在他这里买上两斤面条带回家。除此之外，两人再没有别的交往。花庆余每次都不肯要钱，见了武义兰，嘴里"婶子婶子"叫得亲热，但武义兰每次都要给钱。也是合该两人要有事，一次，武义兰买了面条，又几个馒头，回乡下看孩子，走到半路，听得身后有自行车铃铛响，回头一看，是花庆余。花庆余将车刹住，说，"婶子这是要去看侄女们么？"武义兰说，"嗯。"花庆余说，"等你走到天都黑了，正好顺路，你坐我的自行车吧。"武义兰说，"我走路快，不麻烦你了。"花庆余说，"顺路，有什么麻烦不麻烦的，上来吧。"武义兰就上了花庆余的车。花庆余将武义兰带到岛东村村口，武义兰说什么也要下车。到家看了一朵和五朵，又将是月的工资都交到花敬钟手上，看着女儿们吃馒头吃得香，又检查了孩子们的作业，交代女儿好好听爷爷奶奶的话，然后起身要回去了。花婆婆就和一朵五朵送武义兰，武义兰一手牵了一朵，一手牵了五朵，走到村口，将一朵搂在怀里，亲亲，又将五朵搂在怀里，又亲。这一幕，看得众鬼魂们唏嘘不已。

武义兰走出村口没多远，身后又传来自行车的铃铛声，一束手电光，在自行车的龙头架上晃来晃去，然后就落到了武义兰的脸上。"是你啊，婶子，这么晚了不在米岛住下，还回街上去呀。"是花庆余。武义兰说，"是你。"花庆余说，"上车吧，我带婶子回街上。"武义兰犹豫了一下。花庆余说，"前面好长一段路都是杨树林子，现在土流子那么多，大白天都敢拦路抢劫呢，你一个单身女人，还是坐我的车后面安全些。"听花庆余这样一说，武义兰就坐在了花庆余的自行车后面。武义兰就问花庆余，"这么晚了，回米岛来干吗呢，你在米岛又没有亲戚。"花庆余便谎称说自己是在岛东村出生，吃百家米长大的，村子里每一家都是他的亲人哩。后来，武义兰回米岛，和花庆余又有过几次巧遇。武义兰心里就明白了，一次两次是巧遇，可每次她一回乡下就能遇见花庆余，那就不正常了。后来再次遇到花庆余，武义兰说什么也不肯再坐他的自行车了。她不肯坐，花庆余也不勉强，却远远地跟在她身后，看着她进村。晚上回家时，他又推着自行车跟在武义兰后面。武义兰就问他这是想干吗。花庆余说不干吗，就是担心武义兰的安全，跟在她身后，看着她安全了，他就放心了。有一次，武义兰经过那片杨树林时，还真遇上了两个土流子。他们挡住了武义兰的去路，让她把身上的钱交出来。武义兰哪里肯依，两个土流子就动手抢，不仅要抢钱，还把武义兰的嘴捂了，往树林里拖，说是要武义兰陪他们玩玩。幸亏跟在后面不远的花庆余及时赶到。花庆余大喝一声，两个土流子吓得松开了武义兰。一个扑上来，拿扫堂腿来扫花庆余。花庆余冷笑一声，说这点花拳绣腿，也敢在老子面前显摆。上去一拳，就将那人打翻在地，另一个见势不妙，转身就逃，前面那个看同伙逃了，也捂着脸跑了。花庆余将惊魂未定的武义兰扶起。自此，武义兰不再拒绝花庆余的保护。而武义兰不知，这两个土流子，和花庆余原本就认识，不过是应花庆余之邀，合伙演戏给武义兰看。倒真把武义兰给蒙蔽了。一次，武义兰问花庆余，说，"你这样做图个什么呢？我是有男人的，你还喊他做叔，他就快出狱了。"花庆余说这些他知道。花庆余说，"其实我从来没有把你当婶子看，我只把你当姐。"武义兰明白了花庆余的心思，因此就和花庆余保持了必要的距离。她从来没有给过花庆余希望。花庆余知道武义兰的脾气，亦未有过不恰当的言谈。他知道，假以时日，这个冷美人，迟早要被他俘获。没承想，还未等花庆余得逞，花子范就刑满出狱了。而武义兰的苦难生活，再一次开始。

花子范并未像他扬言的那样，回来后要修理武义兰。恰恰相反，出狱之后，他像变了一个人。他先是到武义兰上班的废品收购站找到武义兰，并对武义兰说了许多忏悔和思念的话，然后和武义兰一起，来到乡下看望了父母，还有他们的一双女儿。两个女儿对父亲花子范已没有什么印象，看着他，既紧张又害怕。花子范感慨不已，说当年他是犯了错误，让父母跟着吃苦，让老婆孩子跟着受罪，现在要洗心革面，重新做人。看到花子范这样的表现，武义兰宽慰了不少。于是对花子范说，既然你出来了，我们就把孩子接回街上读书去，父母年纪也大了，不能总是让他们带。花子范说这个不急，他刚出来，没有工作，不能一家人都指着武义兰这点工资生活，他要先找事做。当天晚上，花子范将武义兰搂在怀里，倒是没有像过去那样虐待她，只是，任他花子范如何在武义兰身上又是亲又是舔，武义兰一点反应都没有，直挺挺地睡在那里，任由花子范折腾。花子范不管那么多，折腾一番后，滚到一边，从口袋里摸出一支烟，点上了，盯着武义兰，冷冷地说，"你老实说，我在里面这些年，你是不是偷人了？"武义兰刚刚对花子范升起的一丝希望，转瞬就破灭了。她转过身去，给花子范一个背。花子范将武义兰的身子扳过来，说，"你真的偷人了？"武义兰冷笑一声，说，"你管不着。"花子范就再也装不下去了，翻身坐起，恶狠狠地道，"果然是给老子戴绿帽子了，你这个骚货，臭婊子。说，是哪个狗娘养的，吃了熊心豹子胆。"武义兰理都不理花子范，起身穿衣服。花子范说，"你这个骚货，翻天了，你别以为我现在什么官都不是，你就可以翻出我的手掌心，告诉你，别做梦。"说完将武义兰刚穿上的内裤又给扒了，骑在了武义兰身上。武义兰也不挣扎，只是冷冷地看着花子范。花子范说，"你别用这种眼神看着我。"武义兰一声冷笑。花子范愤怒道，"你冷笑什么，老子最讨厌你这种眼神。"又对武义兰进行新一轮的折腾。

　　第二天，武义兰去上班，同事就开玩笑，说看看眼泡都肿了，一晚上都没睡吧，久别胜新婚，昨晚被你们家老范折腾得够呛吧。武义兰拿冷眼剜了同事一下。同事讨了个没趣，再不敢说什么。白天，花子范出去托人找工作，可找工作却不像想象中的那样容易。花子范当革委会主任的时候，整的人太多，这米岛，实在没有谁愿意帮他。在外面受了气，回到家，看武义兰那张冷脸，气更盛。晚上，一样的折腾着武义兰。第三晚，花子范再也折腾不动了。武义兰却冷笑着看花子范，说，"还来不来？你要不来我就睡觉了。"这样的话，在花子范看来，是对他的挑衅与讽刺，顺手就给了武义兰一个耳光。武义兰捂着火辣辣的脸，冷笑着，说了一句话：我们离婚吧。花子范说，"你休想。"武义兰说，"不离，迟早一包老鼠药毒死你，然后我自己死。"花子范打了个寒战，知道这女人说得出做得到。说，"离婚可以，你告诉我，给老子戴绿帽子的人是谁？"武义兰笑着说，"街上所有的男人我都睡遍了。你走了这么多年，我怎么养活女儿？只有去卖，所有的男人都想睡我，都睡过我。怎么样，这下你满意了吧？"

武义兰显然是在说气话，花子范也明白武义兰在说气话，可是他受不了武义兰这种口气。花子范说，"你想毒死我，那老子先弄死你。"花子范像多年前一样，再次将武义兰绑了起来，拿来一根蜡烛，将蜡烛点着，然后将蜡油滴在武义兰的身上。武义兰尖叫了一声，咬紧了牙关。花子范说，"你说，这些年，都跟哪些野男人睡过。"武义兰冷笑道，"米岛所有的男人，老娘都睡过，怎么啦，不单是男人，只要是长了鸡巴的，公狗，公牛，公驴，公马，老娘都给它们日过。"花子范铁青着脸，说，"老子让你嘴硬。"将蜡油又滴了一串在武义兰的身上。武义兰说，"有种你今天就弄死我，你不弄死我，我非弄死你不可。"花子范说，"这是你自找的，我就遂了你的愿。"正说着，听见有人拍门。花子范不说话了，武义兰也不说话。花子范小声说，"不许作声，是不是你的相好来了？"就听见屋外又传来拍门声。然后有人在叫，"子范叔，子范叔在家吗？"花子范没听出是谁。武义兰却听出是花庆余的声音。门外花庆余又在叫，"子范叔，我是庆余啊，听说您回来了，我来看看您。"花子范说，"哦，庆余啊，叔已经睡下啦，有什么事明天再说吧。"屋外花庆余说，"早该来看你的，也没有什么事，就是想来和叔唠唠。"花子范见花庆余似乎不叫开门就不想走的意思，就说庆余你等一下啊。然后对武义兰说，"先放你一马，一会儿再收拾你。"给武义兰松了绑，让她把衣服穿上。武义兰穿好衣服，花子范去开了门，见花庆余手里拎着一包东西，和花子范打了招呼，眼却直勾勾看武义兰。花庆余说，"不知叔睡下了。"说着将那拎的包打开，拿出几个馒头、两筒面条，又拿出一包卤猪头肉、一包兰花豆、两瓶白酒。花庆余说，"我还说陪叔来喝两杯的呢，那你们休息，改天我再来吧。"花子范看到酒，眼里就有了光，说，"反正已经起来了，咱叔侄俩就一起喝两杯。"花庆余说，"婶也一起来吧。"武义兰说，"你们喝，我很困，先睡了。"武义兰说着回了房间，花庆余就和花子范喝酒。几杯酒下肚，花子范说，"兄弟，不，侄儿，这世上的人，都他妈是王八蛋，势利眼，当年老子得势时，个个跟狗一样跟着我，现在老子什么都不是了，回来求他们找份工作，一个个给老子拿腔拿调的。还是侄儿有心，还想着来看看我，来，咱们干一杯。"花庆余没怎么喝，不停劝花子范喝，说，"叔，您可别这样说，别人都对不起你，可我婶对你，那是没得说，这么多年来，一个人在那废品收购站，受了不少的苦。"花子范红了眼，拿筷子指了指里屋，说，"她？我呸！骚货一个，老子一去坐牢，就拿了一纸离婚书逼老子签字，这些年，不知给老子戴了多少绿帽子，你叔心里苦哇，你叔这儿，这儿，都发绿光了。"花子范拿筷子指着自己的头说。花庆余说，"叔，您这是冤枉婶了，这些年，婶子可是清清白白，咱米岛街上，谁人不知，哪个不晓。"花子范说，"你小孩子，懂个狗屁。"

是晚，花子范大醉。两瓶白酒，他一人喝了差不多一斤半，一开始边喝边骂武义兰，到后来舌头打转，直接就溜到了桌子底下，瞬间鼾声如雷。花庆余过去敲武义兰的房门，告诉武义兰花子范喝醉了，让她把花子范扶上床去。武义兰说她知道了，让花庆余先回去。花庆余说你一个人怎么弄得动他呢？武义兰突然生气了，说让你走你就走，怎么那么多废话。花庆余走后，武义兰像猫一样蹿到门口，看着渐行渐远还不停回头的花庆余，花庆余也看见了站在门口看着他的武义兰，花庆余突然转身朝武义兰走来。武义兰就关上了房门。花庆余站在门外，轻声说，"婶儿，我知道你心里苦，我也知道他在折磨你。有什么需要我的地方，你说句话。"武义兰说，"你走吧，让人看见不好。"花庆余走后，武义兰并没有将桌子底下的花子范拖到床上去，进里屋将门反锁了。半夜三更，听见花子范起来找水喝，听见花子范过来砸门，听见花子范在骂了几声之后又发出呼噜声。第二天，武义兰去上班时，花子范还在睡觉。中午时，武义兰没有回家做饭，晚上回到家，花子范见面就骂，责问她死到哪里去了。武义兰说还能到哪里，当然是去会相好的了。气得花子范脸色发青，骂骂咧咧命令武义兰做饭。武义兰正在做饭，又听见花庆余在门外说话的声音。花庆余手里提着两瓶白酒、一包卤肉、一包花生米。花庆余大声问花子范什么时候醒的酒，说他昨晚和叔还没喝好，但和叔聊得很开心，今天再来陪叔喝两杯。心里正在烦恼的花子范，一见到花庆余，脸上就绽开了笑，说，"总是让你破费怎么好意思。"花庆余说，"这些东西都是我餐馆里做的，没有卖完，搁到明天也坏了。"花子范假装客气一番，花庆余一样样往桌子上放菜，花子范已经拿了酒杯，又骂着让武义兰拿筷子来。武义兰过来，头也不抬，不看花庆余。花庆余也不看武义兰，只是陪花子范喝酒，陪他一起回顾当年的风光与气魄，一起感叹那混乱的美好岁月一去不复返了。花庆余安慰他，说这大好时光也未必就是一去不复返，这玩意儿谁能说得准呢，邓小平还三起三落呢。花子范就开怀大笑，恨恨地将那些开罪了他的人的名字列出一大堆，说老子要有一天重新掌权，首先就将这些人往死里整。又后悔当初整人时心太软，没能斩草除根，以至于有今日之辱。花子范说他现在才发现，这个世界上最理解他的人是花庆余，说和花庆余说话喝酒，心里所有的烦闷都一扫而光了。花庆余假意道，"只要叔喜欢，我愿意天天晚上来陪叔喝酒，只怕婶子不高兴。"花子范大着舌头说，"她敢，你只管来。"又大声呵斥武义兰，命她过来倒酒。又说，"你信不信，在这个家里，你叔是绝对的权威，别看你叔倒了，坐了几年牢，说话依然好使。"花庆余说他相信，但花子范却要当场演示给他看，他命令武义兰，说过来给老子揉揉肩。武义兰果然就过去给他揉肩。他又说揉腿，跪下揉。武义兰就跪下揉。花庆余说，"叔，我相信你，你是绝对的权威。我们叔侄喝酒，婶子在这里怪不方便的。"花子范就命武义兰滚回屋里去。花子范得意地对花庆余说，"怎么样，你叔够权威吧。"他又告诉花庆余，他晚上还有更多的方法折磨她，你看她那么漂亮那么清高的样子，到了晚上，在你叔面前就像一条狗。他说不过这狗也有咬人的时候，并将当年武义兰曾经给他下毒的事说了。他又说不对，其实武义兰是给自己准备的老鼠药，是他误喝了，但是没有死。花庆余说，"叔，你大难不死，必有后福。"花子范听得高兴，白酒一杯一杯往肚子里倒，不到一小时，又倒在了桌子底下。花庆余将花子范拖到了外间的小床上，又将桌子打扫干净。武义兰出来，看花庆余忙前忙后，说，"庆余。"花庆余停下了手，看着武义兰，眼里就有了泪花，说，"只知道他对你不好，没想到他这样待你。"武义兰苦笑一下，说，"年轻时贪图荣华，自己种下的苦果，自己活该受。"花庆余盯着床上的花子范，说，"你要是实在过不了这坎，我帮你。"武义兰摇摇头，说，"自己的事，自己解决。你还年轻，还有好长的路要走，别犯糊涂。"花庆余说，"可是，这样的日子，你怎么过?"武义兰说，"总是能过的，实在不能过了再说。我只是放心不下两个孩子。"花庆余不说话，默默将桌子收拾干净。说，"他今晚醒不来，你可以睡个安稳觉了。"武义兰说，"多谢你，你回去吧，明天还要起大早呢。"花庆余每天天不亮就要起来做馒头，但现在他舍不得走，武义兰叫了一声庆余，花庆余转过身来，一把抱住武义兰，喊了一声义兰，说，"打那年第一眼见到你，我就喜欢上了你。"武义兰的呼吸就急促起来，浑身燥热。顺手将电灯关了，两人在黑暗中紧紧抱在一起。花庆余低声诉说着，说他第一次见到武义兰，心就痛了，想这么年轻漂亮的一个女子，怎么就嫁给了大她那么多的花子范。说着就去亲武义兰的嘴，亲武义兰的脖子，一双大手，就按在了武义兰坚挺的乳房上。武义兰发出一声轻微的叫。花庆余说，"怎么啦?"武义兰说被花子范用蜡烛烫的。说着解开衣襟，让花庆余看她乳房上的伤。借着窗口射进的月光，花庆余就看到了武义兰白花花的奶子，还有乳房上一片片的烫痕。花庆余温柔地抚摸着武义兰的乳房，又轻轻将那乳头含进嘴里，顺着武义兰的乳房，平坦的小腹一路亲吻下去，吻到腹部时，拿手去解武义兰的裤子，武义兰本能地阻挡了一下，花庆余的手停住了，武义兰知道花庆余有些失落，又将花庆余的手放回到自己的腹部，花庆余就将那裤扣解开了，嘴就吻到了武义兰那丰茂湿润的地带。武义兰轻轻叫了一声"我们进屋去吧"。两人轻手轻脚，绕过鼾声雷动的花子范，进到里面的房间。花庆余进入武义兰身体时，武义兰呻吟了一下，咬紧了嘴唇。花庆余很快就浑身颤抖，软在了武义兰的身上。武义兰将花庆余的头搂在怀里，说，"庆余，有了今晚，我死而无憾。"花庆余说，"我也是，做梦一样，没想到就和婶子在一起了。"武义兰说，"你还叫婶子?"花庆余说，"不叫婶子，叫什么?"武义兰说，"我要你叫我义兰。"花庆余说，"义兰，我的义兰，我可怜的义兰。"说着又动了情，两人再恩爱了一回。汗津津的武义兰说，"你还是早点回吧，免得他醒过来发现。"花庆余不舍地说，"我明天再来。"

到了第二晚，花庆余又早早来了，这次带的菜更加丰盛，昨天的故事又再一次上演。一连数晚，花庆余和武义兰都在花子范醉倒之后抱在一起，花子范就在身边，两人终究有些胆战心惊。这样做的次数多了，有一次花子范突然就醒了过来，迷迷糊糊，似乎看见武义兰和一个男人抱在一起，他想站起来，腿却软得没一丝力。他努力想让自己清醒，但又实在是醒不过来，转头又沉沉睡去。第二天，醒来的花子范就睡在床上努力回想昨晚的事情，一开始他还感觉是个梦，可是越想越觉得不对劲，那好像不是梦，而是他眼见的事实，又想到花庆余这段时间天天不计成本来陪他喝酒，每次都把他灌醉，很是可疑，这样一想，就清楚了，原来给他戴绿帽子的居然是花庆余这个王八羔子。他决定给这对狗男女一点颜色看看。这天他没有出门，在家里将菜刀磨快了。晚上花庆余再来，他不动声色，却将那喝下去的酒，偷偷吐在了茶杯里，然后假装醉倒。果然，花庆余过来叫他，他不动，将他搬到小床上，他故意打起了呼噜。花庆余和武义兰就迅速脱光衣服抱在了一起。气得血脉贲张的花子范，悄悄从厨房摸出菜刀，大喊了一声，扑过去就是一刀，正砍在花庆余努力向前拱动的屁股上，花庆余一声惨叫，顿时鲜血四溅。花子范举刀还要砍，武义兰已回过神来，扑过去拽住花子范的胳膊，喊着让花庆余快跑。花庆余夺路而逃，花子范也没有去追，拿着刀，指着武义兰骂，"你她妈果然给老子戴绿帽子了。你让谁给老子戴绿帽子不好，偏要找我本家的，你这是乱伦。"武义兰冷静地穿好衣服，说，"你既知道，我也没什么好说的，要么你杀了我，要么我们离婚。"花子范冷笑一声，"杀了你？杀你脏了老子的手。离婚？你就别做梦了，老子是不会成全你的。"武义兰冷笑道，"绿帽子都戴上了，明天全米岛的人都晓得了，你还不离，你好意思整天戴顶绿帽子在外面晃啊。"花子范说，"你也别激将老子，老子就是要让你生不如死。"又说，"你这骚女人，蠢得要死，你以为花庆余是真的喜欢你吗？他要真喜欢你，刚才就不会跑。就算跑了，这会儿也应该来救你。"武义兰的脸上，就现出了绝望而痛苦的神情。就在刚才，当她叫花庆余快跑的时候，她是真心希望花庆余快点逃脱，如果他不跑，花子范会杀了他。她爱他，不希望他死。可是当他真的跑得无影无踪，留下她独自面对手握菜刀的花子范时，她又突然感到无边的孤独与悲凉，她多么希望花庆余不跑，站在她面前，用生命来保护她。可现在花庆余跑了。花子范坐下来，将菜刀放在桌上，自己倒了一杯酒，边吃菜边喝，说，"花庆余那小子跟了我那么久，肚子里几根花花肠子我还不清楚？你且看吧，我把这半瓶酒喝完，他要是叫人来救你，我就答应你离婚，成全你们。"果然，花子范将那余下的酒和菜都扫光时，花庆余也没有回来。武义兰感觉心在那一刻死去了。她扑过去抢了刀就往自己的脖子上抹。花子范手快，一把夺过刀，只在脖子上划了一道口子，没有伤到要害。

花子范居然没有再追究武义兰的不是，也不再在晚上折磨武义兰了，甚至连碰都不碰她一下。花子范不去看女儿，也不找工作了，就这样好吃懒做地混日子。花庆余挨了一刀，并未伤筋动骨，在医院里缝了十多针，没有多久，他的饭馆又开张了。只是他再去找武义兰，武义兰却再不理他。他问武义兰为什么。武义兰说不为什么。花庆余说，"你是怕花子范吗？"武义兰反问，"你不怕吗？"花庆余有些心虚地说，"我怕什么，我不怕。"武义兰冷笑一声，"不怕？不怕你那天跑得比兔子还快。"武义兰的心死了。她从此关上心门，不容任何男人进来。这天花庆余正在饭馆里忙，一抬头，见花子范朝他走来，本能地抓了一把菜刀在手上，手却在微微发抖。花子范皮笑肉不笑地说，"庆余贤侄，给叔下碗面，切一斤猪头肉，一斤卤猪肝。"花庆余不知花子范葫芦里卖的什么药。花子范说，"怎么啦？有生意不做？"花庆余胆战心惊地切了一盘猪头肉、一盘卤猪肝，又下了碗面端给花子范。花子范说再打半斤酒。花庆余就又拿来了酒。花子范不再理会花庆余，埋头吃了起来。酒足饭饱，打着嗝，在扫把上折了一根竹扦，剔着牙走出了饭馆。一连几天，到饭点花子范就来，每次都点一碗面条、两个卤菜、半斤酒，吃完后打着饱嗝扬长而去。终于这一天，花子范说，"子范叔，你，把账结了吧，我这小本生意。"花子范回头盯着花庆余，像看一个怪物，半晌才说，"对了，这里不是人民公社的饭堂，是要给钱的。"花庆余点着头，紧张地说，"是的是的，这里不是人民公社的饭堂。"花子范脸色一沉，说，"我老婆也不是公共汽车，你怎么说上就上了？"不理花庆余，明天又来，依然是要酒要肉。花庆余拖拉着不想上菜。花子范说，"看你这个小鳖样，给我记账上，有钱了一起结。"那天花子范经过米岛美发廊，发廊门口坐着两个打扮妖艳的姑娘，还有三个流里流气的小青年，录音机里大声放着花子范从未听过的流行歌曲。这是米岛镇上开起来的第一间发廊，在这之前，米岛没有发廊，只有理发店。而理发店给人理发的师傅也都是男人，从来没有女人给人理过发。坐了几年牢，花子范感觉这世界变了，变成了花花世界。花子范经过发廊，心里也有点发虚，感觉这时代现在是年轻人的，他这样的老家伙，差不多要被时代浪潮淘汰了。他想进去试试，看那妖艳的美女给人理发是什么感觉，可又觉得那些年轻人看上去不好惹，正在犹豫，其中一个戴蛤蟆镜的居然认出他来了，喊了一声花主任。好多年没人这样喊了，花子范就站住了。那戴蛤蟆镜的摘掉眼镜，说，"花主任，你认出我来了没有？"花子范说，"眼熟。"蛤蟆镜说，"你肯定认不出我来了，我却认得你。"又问，"什么时候出来的？"花子范说，"这不才出来没多久。"蛤蟆镜说，"想当年花主任是多么风光的人物，现在的这一身打扮，落伍了，你看我们，这派头。"得意地掸着自己的格子衬衣和喇叭裤。花子范笑笑，说，"世界是你们的，也是我们的，但是归根结底是你们的。"蛤蟆镜说，"这可不像是我记忆中的花主任啊。想当年，我还读小学呢，花主任那革命劲头，当真是意气风发。"花子范苦笑道，"你别笑话我，现在不革命啦。"蛤蟆镜说，"现在时兴的是这个。"打了一个响指，说，"钞票，谁有钞票，谁是老大。"两人闲扯了几句，花子范突然心机一动，说，"咱们今天相会，也是有缘，我请哥儿几个去下馆子。"一听花子范要请下馆子，男男女女都哇哇怪叫着，旋风样关了店门。三个男人，骑了三辆自行车，驮了两个女的，还提上那录音机。和花子范打招呼的蛤蟆镜用自行车带了花子范，一路上把录音机开得声响震天，自行车在街上横冲直撞，吓得行人惊慌乱躲。男男女女们一路嬉笑，打着响亮的口哨。蛤蟆镜说，"花主任你也叫啊。"花子范说，"我老了。"一行人到了花庆余的小面馆。花子范走进去，占了一张桌子，大声喊花庆余，"庆余贤侄，过来。"花庆余吓得大气不敢出。花子范说，"肉菜每样上一个。"蛤蟆镜就冲花子范竖起了大拇指，说，"有气魄，不愧是做过主任的。"花子范说，"你们放开肚皮吃，酒管够，肉管饱。这面馆是我儿开的，你们想吃了就来，记我账上就是。"又大声叫着花庆余，说，"庆余贤侄，你过来，听见没有，这几个人，你认清了，往后他们来吃什么，都记我账上。"花庆余一脸难色。花子范脸色一沉，说，"行还是不行啊，给句痛快话，行，咱们就按行的办，不行，从今天起，给老子滚出米岛，不要让我再看见你，不然老子见你一次砍你一次。"果然，后来那些蛤蟆镜们隔三岔五就来花庆余的饭馆，先是拿俩馒头不付钱，说记花子范账上，一看果然好使，后来就越发地大胆，吃饭也不付钱了。不付钱也罢了，还在他的店里弄出很大动静来，吓得再没有正经人敢到他店里吃面，没一个月，花庆余的面馆就支撑不下去了。他去求花子范，说，"叔，是侄儿错了，要打要罚随你，只求给侄儿留条活路。"花子范冷笑道，"搞我老婆时，怎么没想到要给自己留条活路？"花庆余脸上堆着笑，说，"没得商量了？"花子范说，"看老子的心情。老子心情好了，一高兴，也许就放过你了。"

花庆余本不是软柿子，任花子范来捏，只是他有错在先，故一直隐忍。如今花子范苦苦相逼，花庆余决定反抗。他去找武义兰，对武义兰说，他再不想忍下去了，他要杀了花子范，然后带着武义兰远走高飞。他说现在时代变了，他又有这做面条馒头的手艺，跑到哪里都能活命，实在不行，跑到深圳去。江一郎不就去了深圳吗？武义兰的眼里，依然如死灰，没有一丝亮光。她说，"你要杀他是你的事，不要来找我。"花庆余找不到同谋，就想着怎么把花子范弄死，想来想去，也没有什么好招，想到在花子范酒菜里下毒，可这样一来，花子范死在自己的面馆里，就算不死在面馆，也很容易被查出来。想跟踪花子范，找个时机下闷棍。他自忖对付花子范没有问题，可自从上次被砍了一刀，见了花子范就心里发毛。还没有等花庆余想出弄死花子范的办法，花子范倒先下手了。自从花子范带了一拨小混混找到了这个免费吃喝的去处，他在混混界的威信一下子就起来了，加之他当年也是米岛的风云人物，小混混们或见识过他的威风，或耳闻过他的大名，又听说他是坐过牢的。彼时，米岛人对坐过牢的，都有几分畏惧，但在那混混心中，坐过牢，绝对是当老大的资本，没多久，花子范居然就做了混混的头目。他脑子好使，对小混混们说，这样瞎混哪有出头之日，这年头，不是说钞票才是硬道理吗，那咱们就想办法弄钞票。怎么弄呢？一是偷，二是抢，三是敲诈勒索。抢有风险，敲诈勒索也容易被人告发，最好的办法就是偷。花子范说他在坐牢时，有个狱友是个惯偷，人称三只手，和他一道出的狱。花子范去请了那三只手来，给小混混们当教练，传授扒手技艺。三只手出狱后，本打算改邪归正，金盆洗手的。花子范说，"不用你自己动手，只要教出两个徒弟，这两个弟子再带出徒孙。往后徒子徒孙扒到的钱都有你一份。"出狱后生活无着的三只手就动了心，随花子范来到米岛，他在米岛的街上转了一圈，直叫好地方，说，"这么干净的地方，没有扒手，没有骗子，最容易下手，人也最容易上当。"三只手问花子范会钓鱼不？花子范说会。三只手说那你就知道，经常有人钓的地方，鱼都变精了，不容易上钩，从来没有人钓过的鱼塘，鱼没有一点防范之心，好钓。花子范兴奋地说，"你的意思，米岛，就是那从未被钓过的鱼塘？"三只手说，"正是。"

　　就这样，在花子范的牵头下，他们就效仿录像里那香港的黑社会，成立了一个组织。三只手混过江湖，说咱们要立一个规矩，定下辈分。于是定下个"金银铜铁锡"的辈分。花子范、三只手，还有发廊里遇见的混混头，本名叫白富贵的，三个人是金字辈。又都取了诨名，花子范名金花，三只手名金手，白富贵名金贵。银字辈的，也是三个，一个负责扒窃，叫银手；一个负责偷鸡摸狗牵耕牛，叫银牛；还有一个，负责在人多的地方玩一种叫"猜花姑娘"的骗人游戏，叫银姑，是个女的。所谓"猜花姑娘"，就是玩游戏的人，手持三张纸牌，两张字牌，一张花牌。先将三张牌给众人看了，然后调换位置，让大家押花牌，押中的赢庄家的钱，输了钱归庄家。自然会有人配合在一边做笼子骗人上钩，银手趁机下手扒钱。银字辈每个人手下，都有三五个人不等，是铜字辈。他们在金手的培训下，练得一手绝技，将那肥皂放在开水里，要用最快的速度抓起来。"猜花姑娘"，不过是传统手彩戏法"三仙归洞"的变种，银姑手巧，没一个星期，就练得烂熟。还有那专门走村串户，假装收破烂、卖耗子药的，专门到各家各户踩点。又有专人负责下手，负责望风，负责销赃。正如金三手所说，米岛本是一片净土，人们对这些邪门勾当没有一丝防范，三队人马选了个黄道吉日开张，路路旗开得胜。将一个刚刚将息修养，开始生机勃勃的米岛，弄得是乌烟瘴气。

这天银手手下一个铜字辈的混混，在花庆余的面馆下手，被花庆余撞见，那来买馒头的，是花庆余的老顾客，花庆余就用咳嗽声提醒那老主顾，但那顾客没有会意。铜字辈混混得手走了，顾客付钱时才发现钱不见了。花庆余告诉他，是刚才坐他身边的小子扒去了。那顾客就赶忙去追，将那铜字辈混混揪住，自然是死不承认，扒的钱早交给接应人了。扒手让失主搜身，自然是没有搜到。很快就围来一大群人看热闹。失主没搜到钱，那扒手就嚣张了，不肯放过失主，说这是对他的羞辱，要讨个说法。失主急了，说是面馆老板告诉他的，并让花庆余替他做证。花庆余说，是他亲眼所见的。围观的银手就挤了过去，说他当时也在现场，正好看见了，根本不是这个人偷的，是另外一个小子得手后就跑了。这下可热闹了，失主咬定铜字辈混混是扒手，花庆余可以做证。而扒手咬定失主冤枉他，银手可以做证。围观的人群就起了哄，派出所的所长叫米立武的，当过几年侦察兵，据说有一身功夫，他当时正好经过，看见一堆人聚在一起乱哄哄的，就过去了，人群中就有人叫，"米所长来了，看他怎么断。"米立武问明缘由，盯着那铜字辈混混看，见那小子眼神游离，断定是扒手，又见有银手为他做证，知道大约是同伙，因此就将铜字辈混混一铐子铐了，叫了失主、花庆余、银手一起去派出所。银手见势不妙溜了。到了派出所，米立武也没有审问，只将扒手两只手铐在派出所院子里的一根单杠上，扒手踮着脚尖，脚只要一放平，手铐就嵌进肉里。米立武端了一把椅子，手里托着个硕大的军绿色搪瓷缸，坐在一边，慢慢喝茶。花庆余和失主站在一边，静候米立武怎么审问。一缸茶喝完，铜字辈混混的手腕已勒得红肿，痛得直咧嘴。米立武得意地对花庆余和失主说，"这一招叫'仙人指路'。我还有'苏秦背剑'、'美人照镜'、'一团和气'三招。这一招他要是不招，下一招，我叫他求生不得求死不能。"米立武问铜字辈混混，"招还是不招?"铜字辈混混说，"招，我招。"问，"钱是不是转移了? 可还有同伙?"答，"没有，当时被失主发现，我顺手就将钱丢了。"案子破了。铜字辈混混没有供出同伙来。事后，花子范说，"此仇必报。"没出三天，花庆余的店门前就被人泼了大粪。又过三天，花子范带了几个混混到花庆余的店里，当着许多人的面，将花庆余一顿暴打，花庆余鼻青脸肿，浑身是伤。有人报了派出所，不一会儿，米立武带了两个公安来了。见是花子范带人闹事，就要拘花子范。花子范冷笑一声，说，"米立武，别人怕你，我花子范不怕你。这是我和花庆余的私事，你少管闲事。"米立武说，"在我的地头上打架闹事，就是我的事，我管定了。"花子范说，"民不告，官不究。你问他，他告不告?"鼻青脸肿的花庆余艰难站了起来，捂着眼，不停摇着手，说，"米所长，我不告。"米立武说，"你不要怕他，有我给你撑腰。"花庆余说，"还是算了吧。"武义兰在人群中，目睹了这一切。这两个男人，都是她曾经爱过的，现在，她为自己曾经爱过这样的男人，为自己的身子曾经和这样的人交合在一起感到难受。花子范当着米立武的面，朝着花庆余的肚子又是一脚。然后指着花庆余的脸说，"马上给我滚出米岛，不要再让我看到你，否则见一次打一次。听见没有?"花庆余不说话。花子范说，"问你呢，听见没有?"花庆余小声说，"听见了。"花子范朝米立武笑笑，扬长而去。米立武黑着脸，待人都散去，再去问花庆余，到底为什么事惹了花子范，这么怕他。花庆余说，"都是我的错，您不要问了。"这天晚上，花庆余就从米岛消失了。

夜深人静时，众鬼魂们又聚在了一起，我对他们说起白天发生的这一幕，他们就感叹，花庆余不是什么好东西，被打是活该，这样的人，给花家祖宗丢脸。米南村冷笑道，"花家的祖宗也不是什么好东西。"这样一来，花家的鬼魂就不干了，围上来要群殴米南村。众鬼吵吵闹闹好一阵子才平息。后来又说到花子范，连花家鬼魂们也感叹此人是个祸害，好好的米岛，好不容易不再你争我斗，大家一门心思发家致富，突然把这祸害放出来，一粒老鼠屎坏了一锅粥。米家生说，好在他们只是在街上做坏事，米岛乡下还是安静的。白振甫就冷

笑，说只怕乡下也没有宁日了。米家生说不会的，兔子还不吃窝边草
呢，花子范怎么说也是岛东村人，他爹娘和他女儿还在村里住着呢。
白振甫说，"夏虫不可语冰。"米家生不懂这话的意思。他讨厌白振甫
一贯的自以为是，因此不管白振甫说什么，他都要唱反调。米家生和
白振甫就问爱红娘，对此有何看法。爱红娘冷笑道，"他吃不吃窝边
草，与我有屁关系。"米家生和白振甫异口同声，"怎么没有关系？"
爱红娘说，"咱们都是死人啦，操活人的心干吗呢？我只问你们，那
些活着的人，什么时候操过我们的心？"白振甫说，"每年清明不都给
咱们烧香磕头么。"爱红娘说，"那是做给活人看的，他们以为人死了
就都变成了恶鬼，他们烧纸给我们，也是对我们有所求，求我们不要
害人，求我们保佑他们平安。哪像我们这些死鬼，还在为他们操心，
他们可曾想过我们在这边怎么过，冷不冷，饿不饿，孤不孤单，想不
想亲人？所以我说，你们这是咸吃萝卜淡操心。"突然，爱红娘说，
"你们看，那是什么？"

　　众鬼魂顺着爱红娘手指的方向，看见了三个陌生人。但我却见过
他们。我对众鬼魂说，"这带头的小子我认得，这几天，他总是骑着
自行车在村子里转悠，说是收洋钱的，问谁家有袁大头。他说一个袁
大头可以换五块钱。又说袁大头分为民国三年造、民国九年造、民国
十年造。民国三年造的，可以换八块钱，还有一种大清龙币，可以卖
到十块。他先是在米爱红的小店门口坐下，要了一瓶汽水，边喝边和
那些农户们闲聊，说他收了袁大头去广州卖，可以赚点小钱。喝完汽
水，他就挨家挨户串，旧明钱也收，但要分种类，大多不值钱，只能
当废铜卖。"那时米岛有袁大头的人家不多，"文革"中，都被当四旧
给抄了。但旧明钱许多人家都有，孩子们踢键子，就是用旧明钱做底
托，包上布，扎上公鸡毛。收袁大头的人，每到一家，必房前屋后翻
看。人们问他翻什么？他说看是否有烂壶破罐子之类，你们当了尿
壶，说不定也是值钱的。又去人家的猪栏里看猪，牛栏里看牛，又问
狗凶不凶，平时卧在哪里。我看这小子不对劲，獐头鼠目，两眼滴溜
乱转，说是收袁大头，却一个也没收到，真有人拿出袁大头了，他又
说品相不好或是仿照之类。只是背了个袋子在村子里转悠。米南村听

我这样一说，就断言道，"肯定是贼，收袁大头是假，来踩窝子是真啊。"这样一说，众鬼魂就一窝蜂跟着那三个贼。只见为首的一个，熟门熟路去了花子发家。三个人，分工明确，一个望风，一个从怀里掏出肉包子，朝花子发的厨房门口一丢，花子发家的狗呜呜叫了两声，扑过去叼起包子，一口吞下，不一会儿工夫，那狗就趴在地上不动了。另外一人，大大方方去了花家的牛栏，花子发家有一头母牛，正怀着小牛呢。那人摸索着解开牛绳，给牛的四只蹄子戴上棉套，又从背包里掏出一块盐巴，让牛舔了一下，那牛就乖乖跟着他，摇头摆尾地走了，一路走，一路够着去舔那人手里拿着的盐巴。三人离开村子，前面一个探路，后面一百多米，才是那牵牛之人，再离一百多米，一个人断后。前面的人若遇到情况，就将手中的电筒左右晃动，后面牵牛的人马上将牛牵到别处躲藏起来。很快，众鬼魂们就跟着那三人一路离开了岛东村，一直到米河边上，早有一条船等着接应，将牛赶上船，船就开走了，三人又返回米岛街上。众鬼魂们还想再跟下去，看这三人是何来头，这时鸡已经叫过三遍，无奈众鬼只好回到墓穴，没有再跟踪。次日晚，众鬼问我，那三人后来到哪里去了。我说，"到哪里去，你们心中应该有数，还用我说？"众鬼异口同声，"当真是花子范?!"花家的鬼魂咬牙切齿，说，"这个六亲不认的东西，连本家兄弟都不放过啊。"

这天，花子发起床去放牛，发现牛不见了，还以为是晚上没有系好跑了，就发动一家老小起来找牛，绕着岛东村找了一天，没有找着。又发动本家兄弟，分成东西南北四路，骑着自行车把米岛的几个村庄都找遍了，到晚上回来碰头时，皆是两手空空。而让花子发更加沮丧的是，没有找到牛，却听说了附近好几个村都有牛被偷的事。第二天一大早，花子发去米岛派出所报案，说牛被人偷了。派出所最近接到好几起丢牛的报案，经调查，应该是团伙作案，说他们已经有了线索，一定会破案的，让花子发在家等消息。花子发在米岛美发廊门口碰见了花子范。花子范说，"子发你这么早来街上做么事?"花子发指天骂地，"他娘的，全家不得好死的偷牛贼，把我家牛给偷了。"花子范脸上的肌肉扭动了几下，皮笑肉不笑地说，"子发你是生产队

长，大小也是一级干部，又种地又拿工资，还在乎一头牛么？"花子
发说，"怎么不在乎，牛是农民的命根子，没有牛，今年的农活怎么
搞？"花子范说，"牛丢了，你上街能找得到么，你得到河湾边上，芦
苇丛里到处找找啊，看那牛是不是跑出去，被树缠在哪里了。"花子
发说，"找遍了，没有，我是来派出所报案的。派出所说近期丢了好
多牛，他们已经掌握了线索，很快就会破案的。"花子范扯着嘴角得
意地笑着，又故作同情地说，"你别指望派出所的那群饭桶给你破
案。他们要能破了案，我这花字倒着写。"

果然，一晃两个月过去，米岛耕牛被盗的案件依然没破，期间又
有人家丢了牛。派出所也没办法了，只好在米岛最显眼的地方刷了
"偷牛一头，判刑十年"的标语。花子发家的商店墙上，就刷了这样
一条标语。这标语让花子发很是闹心，每天看着这标语，想着自己被
偷的牛，心里像塞了团乱麻样难受。对面的马脚，自从开案子卖肉
后，家境越来越好，过去那张皱巴巴的核桃脸，现在亦是满面油光。
人逢喜事精神爽，特别是看见花子发倒霉，难免有些幸灾乐祸，没事
就踱到对面，站到花子发家门口，高声念着那条标语。花子发骂，
"马脚，我日你姐子的，不许念！"马脚笑着说，"政府刷的标语，我
想念就念，碍你么事了。"花子发咬牙切齿地说，"你别得意，今天笑
我，明天被偷的可能就是你家。"马脚说，"吓死他！敢偷我家？一刀
剁了他的爪子。"

花子范的手下再没到岛东村来偷窃。是年五月，花子范在花子发
家隔壁，也盖起了三间房，一间住人，一间做饭，还有一间，开了个
理发店。不叫理发店，却挂了个牌子，叫"金花发廊"。发廊里平时
坐着一男一女两个小青年，男的烫爆炸头，戴蛤蟆镜，着格子衬衣，
下面两粒扣子偏不扣上，将两只衣角系在一起，裤子是那种屁股紧
绷，裤脚像大扫把样扫来扫去的喇叭裤。女的嘴唇涂得血红，脸擦得
雪白，一笑，脸上的粉直往下掉。金花发廊里有一台双卡录音机，从
早到晚，很大声地放着流行歌曲。岛东村这条新生的小街，就变得热
闹起来。花子范偶尔来发廊坐坐，有时也去看看他的两个女儿。那天
在学校门口，正好看见花五朵和一个男孩子骂架。男孩骂花五朵，

"你妈是破鞋，你爹是劳改犯。"花五朵就回骂，"你们一家都是叫花子。"男孩骂，"我日你们全家。"花五朵也骂，"我日你们祖宗十八代。"男孩就做出很下流的动作，将屁股朝前一拱一拱，说，"你用什么日？你是女的。"花一朵这时过来了，拉过妹妹，说，"你和他骂什么。"走上去，冷不丁就是一爪子，正抓在那男孩脸上，顿时出现几道血印子，就有小孩上来帮忙，这边米立心和马挖苦也加入了战团。这样的打斗，在小孩子间本是常有的事，老师知道了，会把骂架的双方批评一顿了事。也有那护短的家长，见自己孩子吃了亏，会找到对方家里骂上一通。但这次情况不一样，花子范看到了这一幕，他上去就将那男孩的耳朵揪着拎起，男孩痛得用手去护，龇牙咧嘴，花子范又是一巴掌，男孩的嘴巴被扇出血来。花子范恶狠狠地说，"狗娘养的，敢欺负我花子范的女儿，你是找死。"小孩打架，大人护短去助阵，这在米岛是少有。很快，学校里出来了几个男老师，本想着为学生伸张正义，可一看被打的学生是李铁子，而打人的却是花子范，就都不说话了。有人飞快去告诉了男孩的家长。男孩的爹可不是省油的灯，解放前，是丐帮的小头目。解放后，落户米岛当了农民，是个日得死母牛的角色，人称米岛第一恶人。姓李，名西北。"文革"结束后，丐帮又开始有了活动，米岛的窑场里就聚集着十来个叫花子，他们平日里打着莲花落讨米要饭，谁家有喜事，就组了队去，放上一挂鞭炮，说几句吉利的话。主人家要管他们一顿饭，还要每人打发几块钱一盒烟。哪家不给，很快他们会召集上百个叫花子来闹事，让人家喜事办不成。当时那些叫花子并不知道在米岛还有一个曾经的叫花子头李西北，有要饭的叫花子要到了他家，李西北就让那叫花子在他家门口下一天跪，然后帮他讨一个月的米。没过多久，李西北就将那一干叫花子都收罗在门下，自己当起了花子头。从此不再耕田种地，也不出去讨米要饭，自然有人养活他。只是在有人欺负他的徒弟时，他会出面来摆平，当然凭的全是武力。他的儿子李铁子，比花家姐妹大三岁，却和花家姐妹同一个班。李铁子是个烂柑子，又早熟，已经懂得男女之事，很是看不惯花家姐妹，觉得花家姐妹只和成绩好的白鸿声、米立心玩，从来不理他。不理他也还罢了，特别是花五朵，情愿跟又哑又丑的马挖苦玩也不和他玩，心里严重不平衡，就故意找碴儿，说花五朵是丑八怪马挖苦的媳妇。花五朵是个直性子，马上就回骂，这才打了起来。

那天，李西北在家门口晒太阳，听说有人打了他的儿子，拿了一根赶牛的鞭子，赤着脚，哇哇叫着冲到学校门口，看见花子范站在那里，心里一惊。花子范过去当过官，李西北虽说横，天不怕地不怕，却最怕当官的，气势先是低了一分。却强作恶声道，"是你打我儿子？"花子范也没有想到，他打的居然是米岛第一恶人李西北的儿子，见到李西北气势汹汹，心里也有点打鼓，但两人都以恶著称，面上当然不会先露怯。李西北又问，"是你打我儿子？"这次声音比第一次高了许多。花子范说，"老子帮你教育教育这有人生没人养的小畜生，怎么样，不服气？"李西北叫了一声，"你找死。"扬起手中的鞭子，朝花子范劈头抽来。花子范躲过了头，身上却挨了一鞭。花子范虽是造反派出身，打架却不在行。他的手下，一个铜字辈的小混混，见老大被打，冲上来就和李西北扛上了。李西北虽说四十开外，那铜字辈的小子才二十出头，却不是李西北的对手，才扑上去，就被李西北一个顺手牵羊拽倒在地。李西北一脚踩在铜字辈的背上，那小子疼得哇哇直叫。李西北指着花子范，说，"还打不打？"花子范铁青着脸，说，"你有种，咱们走着瞧。"骂那铜子辈的没屁用，起身走了。身后传来李西北和围观者的哄笑。显然，李西北笑得太早。如果说在米岛，李西北是第一号地痞，那么花子范就是第一号流氓，流氓遇见地痞，会有什么样的结果，大家都期待着这场比拼。在那时，花子范作为流氓团伙总头头的身份尚未公开，大家都认为他这次吃了哑巴亏，单打独斗，他不是李西北的对手，纠结同伙群殴，李西北手下有几十号叫花子，这几十号叫花子随时又能纠集米岛以外的叫花子。大家没有想到的是，离开岛东村时候是中午，天还未黑花子范就带着二十几号人杀了个回马枪。二十几个小混混骑着十几辆自行车，每人怀里都揣着硬邦邦的家伙。他们来到米岛小学门前，其时米岛小学正响起最后一堂下课铃声。中午因为有大人撑腰而出尽风头的李铁子，虽然耳朵依然红肿，脸上还有一小块青紫，但却显得甚是得意，身后还跟了一群小喽啰。花一朵和花五朵，则在米立心、白鸿声和马挖苦等小孩子的保护下，分成另外一个团伙，他们知道李铁子不会善罢甘休，因此在课间，每个孩子的书包里，就装了不少鸡蛋大小的石子。平时放学回家，两个阵营的人，会分别走在一条丈余宽的小溪两边，先是叫骂，然后就用石子互相攻击。这样的战斗经常发生，结束战斗一般有几种情况，一是天黑了双方未决出胜负；二是一方有人被砸中见了血；还有一种情况，是家里的大人或者老师突然出现。但是这天，李铁子才走出校门，就被花子范带的人给捉了。花子范让人带信给李西北，说晚上八点在村后河滩上见，要是八点钟李西北不到，就将他的儿子扔进河里喂鱼。

李西北听到消息，马上纠集了他的徒弟，人手一根棍子，直奔河滩。彼时天已经黑了，一干鬼魂们兴奋不已，跟去了河滩，要看看这米岛的两大恶人到底谁更厉害。米岛河滩有人械斗的消息，随着放学回家的学生，风一样传遍了米岛。这样的事，比哪家办喜事放电影还要让人兴奋，农人们虽说好奇，却知道这样的事情还是躲得越远越好，刀枪不长眼，被伤了只有自认倒霉的份儿。赶去围观的，都是一些十七八岁、青春躁动，被少林寺、霍元甲搅动得恨不生逢乱世能够当大侠的小青年们，他们满脸兴奋，打着口哨，如同过节一样。也有那十七八岁的姑娘，正是怀春的年纪，坐在少男的自行车后座上，穿得花枝招展，身上喷了香水，欢天喜地地去看热闹。他们赶到时，李西北的人已经到了。两边各有二十来人，花子范的人手拿砍刀，李西北的人手上却拿着棍子。砍刀杀伤力大，但棍子却长。一寸长，一寸强，一寸短，一寸险，双方势均力敌。李西北立在阵前道，"花子范，老子来了，你说要怎么个打法，是一对一单挑，还是一起上？"花子范的军师，小偷们的师爷金手说，"你儿子在我们手上，我划出道来。咱们单挑，三打两胜，输的一方，从此认赢的一方做大哥。"李西北说，"三打两胜就三打两胜，第一局老子来。"然后指着花子范，说，"你上，咱们兵对兵将对将。"金手冷笑了一声，说，"对付你就用不着我们老大了，我陪你过两招。"李西北看了一眼金手，冷笑道，"就你，干鸡子似的，老子一拳能把你砸扁，换个力气大的。"

金手说，"打架不是靠力气的。"边说边走上前去，先是一拱手，假装
抱拳行礼，李西北也抱拳还礼。金手却掷出一包石灰粉，正打在李西
北脸上，李西北捂着眼哇哇直叫。金手猴一样冲上去，扬起手中的
刀，正砍在李西北的肩上，空气中弥漫着淡淡的血腥。李西北还没反
应过来，金手的刀就顶在了李西北的脖子上，说，"认不认输？"李西
北揉着火辣辣的眼睛，大叫着说你们使诈。还没等他认输，就听见有
人在喊，"都不许动，派出所的。"米立武带了一队公安连夜来抓人
了。听说有公安，两边械斗的人一窝蜂跑得无影无踪，最后只抓到一
个受伤的李西北，还有一群来看热闹的青年男女，连夜带回米岛村部
突审，审来审去，才发现抓的都是看热闹的，教育一通，最后放人。
审李西北时，李西北什么也不肯说。问他是否和花子范约了械斗，他
说没有的事。问他是怎么受的伤，他说自己不小心弄的。从晚上审到
天亮，也没有审出什么东西，米立武只好将李西北放了。没想到，这
件事后，花子范居然带了金手金贵二位左右手，买了云南白药，还有
营养品，登门来看李西北，给李西北道歉。花子范说没想到李西北这
样够意思，没把他们供出来，是条汉子，咱们一家人不说两家话。就
将他们团伙的事和盘托出，还说米岛的许多案子都是他们做的。他很
看好李西北的为人，也看好李西北手下的这群叫花子，希望双方握手
言和。花子范说，"如果看得起我们，咱们两家合一家，这大当家的
位置由你来坐。"金手就给李西北算了一笔账，说，"现在是撑死胆
大，饿死胆小的，有财一起发，有钱大家一齐赚。你看那东北的二王
兄弟，纵横全国十几个省，到现在也没有抓到，那是何等的风光人
物。"李西北就问花子范，他要是加入进来能做什么事？花子范说，
"什么事都能做。往后，在米岛，白道的事政府说了算，黑道上的
事，就是咱们说了算。"李西北听得两眼放光，只是他不肯做大哥，
却坚持坐了第三把交椅，改称金西北。从此，米岛的流氓与地痞勾结
在了一起，本就被花子范团伙搞得乌烟瘴气的米岛，更是不得安宁。
他们的胆子越来越大，居然打出了"金花帮"的旗号，作下案子，学
那电影里的场景，故意在现场留下"金花帮"的记号。米岛人都知道
了"金花帮"，"金花帮"里有"四大杀手"，还有"九鬼十三妖"，坏

事做绝。有岳阳来的猪贩子，楚州来的粮贩子，都会被"金花帮"拦住收保护费，如果不交，就往死里打。有个外地的贩子不信邪，结果被打成了植物人。还有那收棉花、收蛇、收鳝鱼的，只要是在米岛交易，他们都要抽取保护费。连米岛通往外面的渡船，也被他们控制，每月要上缴一定的人头费。这还不说，那一干小流氓，居然就敢在街上公然调戏妇女，女人上街，再不敢单独一人，一定得三五成群，经过那偏僻地界，更是要快速通过。饶是这样，米岛还是发生了多起强奸案。打架斗殴、入室偷盗、牵牛摸鸡的案子隔三岔五就发生一起。有些是那"金花帮"干的。也有一些坏人，调戏妇女，都打了"金花帮"的旗号，一时间，米岛人是谈"金花帮"色变，只是那时，谁是"金花帮"的帮主，却没有多少人知道。

　　花敬钟老人的眼里开始弥漫起无边的忧郁，他清楚儿子花子范出狱后没干什么好事，却不知道花子范就是臭名昭著的"金花帮"帮主。不过老人以他的智慧和对儿子的了解，隐约感觉到"金花帮"的兴起和自己的儿子有关。花敬钟对花婆婆说，"子范出来后只怕没干好事。"花婆婆还不大相信。一段时间来，花子范似变了个人，不再像从前那样，对一双女儿不闻不问，对父母也是。现在，花子范三天两头骑着自行车，从米岛的街上回到村里，每次来，自行车的龙头上都挂着肉、面条，还有香烟和白酒。花子范对父母说他过去太浑，没有好好孝敬父母，现在他要做一个孝子。他对花敬钟和花婆婆说，"你们现在想吃就吃，想喝就喝。天天吃肉我都供得起。"又拿出了一沓钱，数了十张，说，"这是一百块，你们拿去花。"对两个女儿，也是前所未有地好，每次来，都会带新衣服、新鞋子还有吃的。他甚至还拿出了两张五元的钞票，给花一朵和花五朵一人一张，说，"你们拿去花，我花子范的女儿，手里怎么能没有钱呢？"但是两个女儿对这位父亲却并不热情。花一朵不肯接，还说不要他的臭钱。花子范拉下脸，说，"老子的钱怎么是臭钱了？一定是你妈教唆的。"将钱塞到花一朵的口袋里，花一朵就将钱掏出来，扔在地上。花五朵却大大方方接过了花子范递过来的钱，又将花一朵扔在地上的钱捡了起来，说，"你不要我要。"花子范就哈哈大笑。花五朵拿着钱就跑，说要出去买吃的。花一朵追了上去，骂花五朵，说，"死不要脸，一点骨气都没有。"就追着花五朵不准要那钱。姐妹俩为此打了一架，花五朵将花一朵按在了地上，花一朵却将花五朵手中的钱给撕烂了。为此，姐妹俩三天都没有说话。每次花子范回到乡下，花婆婆的眼里就闪动着幸福的光辉。她说，"子范不当官了，却能挣钱，以前担心两个孙女会过苦日子，这下好了。"花敬钟却忧心忡忡地说，"这样一来，我倒更不放心了。"一次花子范来，自行车后座上，还坐了个烫着卷发的小妖精，自行车龙头上依然是挂了肉和酒。花子范将酒肉塞到花敬钟手中，转身就要走。花敬钟把花子范拉到了一边，赤红着脸，小声问，"你老实告诉我，你哪来的这么多钱？"花子范说，"你怎么啦？"花敬钟就说，"你要不说实话，这肉我吃不下，这酒我喝得也不安心，我怕吃了来路不干净的东西会烂肠子。"花子范面色一下子就难看了，愤然道，"你只管吃只管喝，啰嗦那么多干什么？"花敬钟说，"你说实话，是不是没走正道？花子发家的牛是不是你偷的？"花子范做了一副不屑一顾的样子说，"笑话，我做生意赚大钱，偷他的牛干什么？一头牛能值几个钱？"花敬钟说，"为人要走正道……"还要继续教育，花子范吼道，"你该吃吃，该喝喝，管那么多闲事干什么？现在什么世道？撑死胆大的，饿死胆小的。"花敬钟说，"什么世道，什么世道我都相信善有善报，恶有恶报，不是不报，时候未到。"下次花子范再拿东西来，花敬钟坚决不要。他对花婆婆说，"往后你也不许收他拿来的东西。"花婆婆说，"儿子孝敬我们的，怎么不能要？你看现在，我走在村里多有面子，哪个看见不说我是苦尽甜来。儿子能干，挣了大钱，我老太婆老了老了，福气倒来了。"花敬钟听罢一时默然。这个星期六，上完半天课学校放了假，花敬钟告诉两个孙女说要一起上街去看看她们的妈妈。花一朵和花五朵听说去看妈妈，自然很乐意。一路上，花敬钟对花一朵和花五朵说了许多话，交代她们要好好学习，要做一个正直的人，不要学她们的父亲走歪路，还要她们听妈妈的话。花一朵懂事地答应着，花五朵却有一搭没一搭地应承着。到了镇上，花敬钟带着两个孩子去了废品收购站，正在做事的武义兰，突然看见一双女儿和公公花敬钟，惊问道，"你们怎么来了，出什么事了么?"花敬钟说,"没什么事,就是来看看你。"花一朵过去拉了武义兰的手,喊了一声妈。花五朵也喊了妈妈。武义兰连声应着。花敬钟看着母女在一起的亲热劲儿,长叹一声。武义兰说,"爹,您来定是有事。"花敬钟就说,"你过来,我有几句话对你说。"花敬钟将武义兰叫到一边,说出了他心中疑惑,问武义兰知不知道花子范在干什么。武义兰说花子范出来后就把家当成了旅馆,一开始还回来吃饭睡觉,现在十天半月也见不到人。她也不知道花子范在干些什么。花敬钟说现在花子范变得大手大脚,花钱如流水,他担心,这样下去,迟早要出事。一朵和五朵还小,他和花婆婆年纪也大了,问武义兰怎么办?武义兰沉默了一会儿,用她那忧郁却透着坚定的眼神,看着两个女儿,说,"总会有活路的。"

　　花敬钟从镇上回家后,居然在这天晚上,又悄悄爬到了我的身上,再次成为了米岛人传说的鸟人。但这次的情形却和上次不一样。之前人们都在忙生产队的事,没工夫管这些,只有一群小屁孩天天在树下起哄。现在,我身边出现了一条小街,人来人往的,比以前热闹多了。当有人发现花敬钟又爬到树上后,就围来一大圈人看热闹。首先发现花敬钟又上树的人是马脚。马脚当时正忙着照看他的肉摊子呢,彼时天气炎热,正是农忙时节,清晨是生意最好的时候,到了下午,肉要是再卖不掉,就要坏掉了。他就喊儿子马挖苦过来帮他的忙,喊了几声,却见马挖苦两眼直勾勾盯着树上。马脚就骂马挖苦,说你是不是又看见鬼了。然后他也抬头往树上看,就看见了窝在树上的花敬钟。他就喊,"花老倌,你在那上面搞么事?在掏鸟蛋么?"花敬钟不理他。马脚又喊,"花老倌,你是不是和从前一样,又到树上去住啦。"花敬钟依然没有理会。马脚就扯开喉咙喊,"快来看哪,花老倌又爬到树上去啦。"这一喊,一条街的人都朝树上看,立刻就围过来一群人。大家七嘴八舌,问花敬钟是怎么爬到树上去的?上去干吗?上去了还下不下来?在树上的感觉如何?花婆婆和一朵五朵也到了树下。花婆婆就哭道,"我这是造了什么孽,刚过几天安生日子,不愁吃不愁穿的,你这死鬼又来这一出,真是倒了血霉了。"花一朵望着树上的花敬钟不说话。花五朵在树下喊,"爷爷,爷爷。"花敬钟也不回应。米爱红看了一会儿，摇了摇头，回到了商店。米立心却站在花一朵的身边，轻声安慰道，"没事的。还记得吗，小时候花爷爷就是住在树上的。"花婆婆在树下哭了一回，知道这死老头子是不会下来了，就转身回了家。看热闹的人，这个上午，将花敬钟又爬到树上去的事风一样地传遍了米岛。到了中午，就有外村人骑了自行车专门来看热闹。小混混们在树下打着口哨，又捡了土坷垃用力去掷花敬钟，但花敬钟爬得太高，怎么掷也掷不着。又有顽童拿了弹弓去打，花敬钟就往更高处爬，躲进了我那密密匝匝的枝叶间。听到消息的花子范，骑着自行车，驮着一个姑娘，带着两个跟班旋风一样来到了树下。见到有人用土块弹弓打他爹。花子范将自行车停下，走过去，冲那使弹弓的孩子就是一耳光。花子范和两个跟班，冲上去将那扔土块的混混撂倒在地，拳打脚踢。花子范拍拍身上的灰，骂，"给老子滚。"然后冲着树上的花敬钟喊，"你这是要干吗？快下来呀。"花敬钟不作回应。花子范说，"你成心给我丢脸是吧，你儿子怎么说也是米岛有头有脸的人物，你这样，不是让人看我的笑话吗？你还是下来吧。有什么事咱们好商量。"花敬钟一声不吭，闭着眼，似乎睡着了。花子范就恼了，对他的手下说，"你们，爬到树上去，把他弄下来。"两个跟班就开始摩拳擦掌，但他们不长于爬树，爬到两米高就掉下去了。花子范骂，"没用的东西，他一个老头子都爬上去了，你们年纪轻轻没屁用。"他就自己去爬，也是爬了两米就掉下去了。花子范气得直骂娘，说，"老子就不信这邪了，你，去弄把梯子。"指着一个手下说。对面马脚家门口就靠着一把梯子，梯子上挂着小半片猪肉。小跟班借了梯子，将梯子搭上树干，就往我身上爬，爬上一个树杈，两个小混混两腿直打晃，一抬头，却见花敬钟脸色阴森地冲着他们冷笑，顿时后背一阵发凉，腿抖得更厉害了。一个说，"花伯父，您下去吧。"另一个说，"下去吧，难道还要我们动手把您抬下去么？"花敬钟冷笑一声，说，"你们给我下去吧。"那说要抬他下去的小混混，就像中了邪一样，直挺挺从树上掉了下去。树上的那个腿更软了，抱着树杈动也不敢动，好半天才回过神来，战战兢兢地滑下树去。

花子范未能将花敬钟劝下树，亦未能将花敬钟从树下强行弄下来，恼羞成怒的花子范，指着树上的花敬钟骂，"你成心丢我的人，那就别怪我做儿子的忤逆了。"回镇上，背了一支气枪，扬言要将他的父亲花敬钟从树上打下来。听说花子范要拿枪打他的父亲，看热闹的人更多了。他的这一行为，自然遭到了花婆婆一顿臭骂。花婆婆抓着枪口，对着自己的脑门，说，"你打，你打，有种就先打死我这老太婆。"看热闹的人群就起哄。花子范脸上红一阵白一阵。他收起了枪，用手指着树上的花敬钟，说，"你不下来，那我今天就当着大家的面，和你断绝父子关系，从今往后，你的生死与我无关。你活着，我不会给你一毛钱，你死了，我也不会买棺材给你下葬。"说完，花子范愤然离去。话虽这样说，但这父子关系，不是说断就能断的。花子范走到哪里，人们对他的问候，不再是过去那句"吃了吗"，而是变成"你爹下来了吗"。从此，花子范再也不回岛东村。人们在冷静之后，却又心生困惑，说那觉悟树如此高大，年轻小混混都上不去，花敬钟一个七八十岁的老头，怎么上去的？因此人们开始传言，说花敬钟是猴子精变的。夜深人静的晚上，花敬钟又开始和鬼魂们对话交流。他从鬼魂们口中，知道了花子范就是"金花帮"帮主，心里越发地愧疚，说，"真是家门不幸，我花敬钟教子无方，竟生出这样一个畜生。"米南村却说，"他猖狂不了几天的，政府能让他们这样猖狂下去？"花敬钟说，"派出所所长米立武都拿他没有办法啊。"米南村说，"你就等着看吧。"

果然，事情又被米南村言中。是年八月底，米岛大街小巷的土墙上，都刷上了新的标语："严厉打击刑事犯罪，可抓可不抓的，坚决抓；可判可不判的，坚决判；可杀可不杀的，坚决杀。"当"杀"字再次出现在标语中时，整个米岛人都感觉到了寒气袭人。米岛各村都成立了治安纠察队，每个纠察队派一名公安担任纠察队长。纠察队员皆由各村年轻力壮血气方刚的青年小伙组成。岛东村纠察队成立那天，所长米立武亲自主持纠察队成立誓师大会。会场就设在米岛二中。会上，米立武给每位纠察队员戴上了印有"纠察"字样的红袖章。岛东村纠察队办公室也设在米岛二中。二中空出两间房子做禁闭室。每位纠察队员配一根木棒。从那天开始，米岛村各个路口要道，白天黑夜都有纠察队员巡逻。群众遇到可疑情况，也可向纠察队反映。对于此次严打，"金花帮"上上下下对形势估计严重不足，他们以为政府不过是走走过场。特别是花子范，很是看不惯米立武嚣张的样子。于是发下命令，要给米立武一个下马威，就在岛东村纠察队成立的次日，光天化日之下，发生了一起调戏女学生的流氓案件。米岛二中一名女学生，就在学校门口，被两名陌生男子强行拖到了学校旁边的树林，女学生大喊救命。纠察队赶到时，两男子已逃之夭夭，而那女学生的上衣已被撕破，裤子也被扒了下来。米立武接到报案，当即赶到岛东村，亲自询问了那名差点被强奸的女孩子。但是女孩只是哭，一句话也说不出来。在米立武的细心安慰与开导之下，女学生才慢慢描述起两个作案人的体貌特征，好像都很年轻，留着长发，穿着打扮不像是正经人。米立武很愤怒，说，"这次全国上下开始严打，米岛刚打响严打的第一枪，就有人敢顶风作案，这分明是在和政府对着干。"当即指示纠察队员，将岛东村所有留长发、打扮怪异、流里流气的年轻男子，只要可疑都统统抓起来，然后让那女学生辨认。米立武布置完任务，来到了米爱红的商店门口，一家一户进行走访，希望从中找到线索。很快他就走访到了花子范的发廊。见发廊里有个二十来岁，穿着喇叭裤，留着爆炸头的男青年，正随着音乐，屁股一扭一扭。见米立武过来，男青年用挑衅的目光看着米立武，并没有停止扭动。米立武黑着脸，关掉了吵闹的录音机。男青年一副吊儿郎当的样子，说，"哟嗬，你是谁呀，凭什么关我录音机?"米立武说，"我是派出所所长。"男青年嬉笑道，"所长? 所长也不能管我听音乐啊。"米立武从屁股后面掏出手铐，将那男青年两只手铐了。男青年这才蒙了，叫道，"你凭什么铐我? 我又没有犯法。"米立武说，"我现在怀疑你是强奸犯。"

　　强奸犯这么快就被抓到的消息，一下子就在米岛传开。米立武先是将男青年带到米岛二中，依然是先不审问，只是将小青年的胳膊铐学校操场的单杠上。米立武笑道，"这一招叫'仙人指路'，你先在这儿待上两个小时吧。"就在米立武将男青年铐在单杠上不到两个小时的时间，纠察队员们陆陆续续抓来了二十几个有嫌疑的男青年。男青年们都被关在临时禁闭室里。两小时后，米立武命人将那被铐的男青年带到审讯室，说，"刚才这招'仙人指路'，感觉怎么样？要是觉得不过瘾，我一会儿再给你来一招'苏秦背剑'。如何？"男青年没等米立武用第二招，立刻就招了。男青年说，他们并不是真要强奸女学生，不过是看不惯纠察队作威作福的样子，故意闹出点事来灭灭纠察队的威风。米立武就命令他说出幕后指使，男青年一口咬定没有幕后指使。只招出了另一个同伙的住址，当天晚上，同伙就落网了。米立武旗开得胜，也算是大快人心。这让花子范很是恼火，直骂那两个家伙没脑子，做了事不快点跑，还在发廊里招摇。吸取了这一教训，花子范决定，下次行动要谨慎周密，不能再让米立武得手。这天上午，花子范策划了一起抢劫案，并派了最得力的两个手下一起行动。他们拦住了一个渔贩子，劫走了渔贩身上所有的现金，然后里外接应迅速逃脱，由于二贼都经过乔装打扮，又蒙着面，没有留下任何线索。这次米立武就没那么幸运破案了。但是东方不亮西方亮，抢劫案虽然没破，另一个村的纠察队，却在一个晚上抓住了两个偷牛贼。偷牛贼依然没有将花子范供出来，只说这是第一次偷牛。两次栽了跟头，花子范感觉到了事态严重，于是下达命令，让手下暂时停止行动避过风头。但花子范的约束并不十分有效，接下来的两个月，又陆续有几个"金花帮"成员落网。

　　十月底，米岛召开了一次公判大会。那是一个星期天，镇政府下了通知，除了群众，学生也可以来观看公审。花家姐妹、米立心和白鸿声几个人就相约结伴到镇上去看公审。出门时，花婆婆不放心，叮嘱街上人多要小心。米立心和白鸿声就让花婆婆放心，说有他们两个呢。花五朵却说，"你们俩保护我们？尤其是你白鸿声，我保护你还差不多。"白鸿声的脸就红了。花一朵让白鸿声别理她。出发时，白鸿声的妹妹白鸿雁、白鸿云，也跟在他们后面说要一起去。花一朵说，"这可不行，人那么多，挤丢了怎么办？"于是吓唬两个女孩，说上街去看枪毙人，小孩子千万不能看，看了晚上要做噩梦的。四个孩子经过马挖苦门口时，花五朵去叫马挖苦。马挖苦的眼神很古怪，连连摇头不去。到了公审大会现场，早已是人山人海，公审已经开始，台上站了两排被剃了光头的犯人，高音喇叭里正宣读着他们的罪状，每念到一个人的名字，就有一名公安押着一名犯人走到台前，犯人们都低着头，反绑着双手，看不清他们的脸。四个孩子努力往前挤，却怎么也挤不进去。花五朵说，"算了，审犯人有什么好看的呢，咱们不如去米河边玩吧。"花五朵的提议得到了其他孩子的响应，于是一行人就离开了喧嚣的人群，往米河故道方向走去。彼时已是秋风萧瑟，江边上风很大，防护堤边的柳树已然枯黄，风一吹，黄叶在空中翻飞。花五朵一直跑在最前面，米立心喊她别跑得太远，大家一起走才安全。花五朵大声说，"现在是最安全的时候，镇上在开审判大会，那些土流子们，早就吓破胆了。"米立心有些不放心，努力追了上去。花一朵却走得不紧不慢，一边走一边欣赏着江边的风景，白鸿声也不紧不慢地陪着花一朵一起走。四个孩子就分成了两拨儿，渐渐拉开了距离。经过一个防汛哨所时，房屋的外墙上贴着一张告示，下面还盖着红色印章。花一朵凑上去看看，原来是法院的公告，就是今天公判大会的内容，写着谁谁谁，多大年纪，犯什么罪，判多少年。有偷盗的，抢劫的，也有调戏妇女的，都是十年八年。白鸿声突然指着一个名字，说，"你看，白鸿景。"就轻声念了起来，开始还念得出声，到后来，就没有了声音。原来，这白鸿景，和一个叫米家地的，就是两个月前，在米岛二中企图强奸女学生的流氓。他们犯的是"强奸罪"，最后的判决结果，赫然写着："判处死刑"。花一朵突然对白鸿声说，"我好冷。"白鸿声说，"那咱们回去吧。"白鸿声握了一下花一朵的手，果然冰一样的凉。两个人加快了脚步，白鸿声尖着嗓子叫米立心的名字，远远地听见前面的树林里，传来了米立心的回答"我们在这里"。白鸿声说，"我们跑吧，跑起来就不冷了。"花一朵就加快了脚步。他们总是听见米立心在前面的树林里回话，却一直看不到人。白鸿声就叫，"你们别走了，停下来等等我们。"终于，他们看见了脸蛋跑得红扑扑的米立心和花五朵。花一朵责怪花五朵，说，"你跑这么快干吗，这江边上一个人影都看不到，还真有点让人害怕，不要跑散了，一起慢慢走吧。"于是四个孩子就沿着江边的防洪堤一路往回走。远远地，可以看见岛东村了。堤上的另一条路也通向米河。

花五朵说，"那条路是去什么地方的?"米立心说，"也许是通往渡口的吧。"花五朵说，"我们去看看。"花一朵说，"还是快点回去吧，我好冷。"花五朵说，"姐，你也学我一样，跑一跑就不冷了。要不你先回去，我去那里看看。"花五朵像小鹿一样往那条路上跑，米立心马上也跟了过去。白鸿声望着花一朵，花一朵说，"我们也去吧，我不放心五朵。"路的两边都是发黄的芦苇和野草，不时有一只野鸡，被他们惊得咕咕乱飞。四周越来越静，有些荒凉，前面出现一块几米高的石碑。碑上有几个斑驳的字，花五朵凑近了看，原来是"八十场"三个大字。米立心就说，"我们走吧，不要在这里待了。"花五朵说，"为什么?"米立心说，"快点走就是了。"花五朵有点生气，说，"你不说清为什么，我就不走。"米立心才说，八十场过去就是米岛的刑场，是杀犯人的地方。当年在这里，白军杀过红军，红军杀过土豪。他还说，"听说白鸿声的爷爷就是在这里被枪毙的。"这样一说，花五朵也害怕起来，四个孩子正要往回走，却听见从堤上传来了汽车开动的声音，远远地就看见三辆军用汽车朝这边开来，车上有背着枪的武警和光头的犯人。四个孩子吓得腿都软了，连滚带爬地躲进了一片芦苇丛。车一停稳，武警从车上押下几个背上插着牌子的犯人，那些人被押到那块叫"八十场"的石碑前。有一个当官模样的人，拿出一张纸，念着那些被押犯人的名字，一共八个人，站成了一排，面朝着米河，在他们身后不到五米远的地方，立着一排拿枪的武警。每念一个名字，就是一声枪响。八声枪响之后，几个穿白大褂的人将尸体抬上了另一辆车随即消逝。四个孩子瘫软在芦苇丛中。花一朵的脸早已白得像一张纸。还没等他们缓过神来，就听见乱哄哄的嬉笑声和叫喊声，一群骑着自行车的人风一样地朝石碑那里拥去，嘴里兴奋地叫着，"就是这里，就是在这里枪毙的。""妈的，自行车还是跑不过汽车。"原来是一些想看稀奇的闲汉，他们看到了地上的血迹，非常兴奋。在地上来来回回地查看，猜测着枪毙了几个人，闹腾许久方才散去。他们走后，四个孩子才失魂落魄相互搀扶着回了家。

四个孩子回家后，皆一言不发。花一朵和花五朵当晚就病倒了，发高烧，说胡话，急得花婆婆直哭。想去请医生，两个孙女同时叫，

"奶奶，不要走，怕。"花婆婆只好站在门口高声喊人，终于是喊来了马脚。马脚见两个孩子烧得滚烫，就骑自行车去请医生。到半夜医生才来，给孩子挂上了吊针，天亮时，才退了烧。而白鸿声回到家后，饭也不吃，话也不说，晚上睡觉，要开着灯，蒙在被子里却睡不着，天快亮时，浑身发冷打起了摆子。米立心倒是没生病，却做了一晚上的噩梦，一夜到亮又哭又喊的。从此，四个孩子都变得心事重重。忧伤开始爬上他们青春年少的脸庞。过去阳光开朗的米立心变得沉默寡言惜字如金。花喜鹊一样整天叽叽喳喳的花五朵，再难听见她说一句话，一周难见她笑一次。而本来话就很少的花一朵，却变得话多起来。她学会了关心妹妹，对奶奶也比以前更体贴了。每到周末，姐妹俩就上街去看母亲武义兰。武义兰见两个孩子变得这样懂事，脸上舒展开了难得的笑。白鸿声在这个冬天开始写诗。这些诗，都是关于死亡的。时间一长，他那本来就缺少血色的脸庞更加苍白。没有人知道他们为什么突然变成这样，也没有人知道那个秋天，在这四个少年的生命中发生了什么。他们并没有彼此约定保守这个秘密，却都对此避而不谈。

米岛自严打并举行公审大会后，治安形势迅速好转。到了是年冬天，纠察队员想再抓到犯罪分子建功立业，就有一些难度了。米立武显然并不打算就此收兵。他知道，那个所谓的"金花帮"还潜伏在幕后。他发誓要挖出"金花帮"的魁首。彼时"金花帮"已听从了花子范的指挥，停止一切有关活动，待风头过去之后再说。那些游手好闲惯了的土流子们，突然间无事可做，失去了经济来源，再也不能大碗喝酒大块吃肉，不能去泡女孩跳迪斯科，日子很是难挨。转眼到了年底，严打势头却丝毫没有减弱，他们再也忍受不下去，纷纷产生了捞一笔钱过个肥年的想法。有胆大的，直接找到花子范，提出想在年前干一笔就收手，说要不然兄弟们年都过不去。花子范知道这些人的心事，可是他有顾虑，他不想死，也知道坐牢的滋味。那些手下见花子范瞻前顾后如此没有魄力，背地里就开始发牢骚，认为花子范退缩无非因为两点，一是害怕米立武，他是被米立武的威风吓破了胆；二是花子范老了，想法太落后，已经跟不上这个时代。加之李西北的两个叫花子徒弟也都被抓，一个吃了枪子，一个坐了牢。李西北也严加约束他的手下，并放出话来，"谁要是在这个节骨眼上出事，政府能放过他，我李西北也决不饶他。"由于金手看出形势不对，怕惹麻烦的他早躲起来避风头了，花子范现在身边没有得力助手，土流子们一起哄，本来就是乌合之众的所谓"金花帮"，马上四分五裂，他们决定不再受花子范的约束，自己拉人出去单干。花子范冷笑道，"我吃盐比你们吃的米多，你们就闹吧。自己干可以，出了事，敢把老子扯进来，老子灭你们全家。"花子范还告诫他们，万一被抓，问到"金花帮"的事，就说"金花帮"根本不存在，是大家弄出来虚张声势的。花子范说，"都是有父母兄妹的，你们知道我这话的意思。""金花帮"一定会在年前犯事，这一点早被米立武算得准准的。最近一段时间，他采取了新的策略，外松内紧，表面上看，纠察队员天天在一起吹牛烤火打扑克，吊儿郎当心不在焉，事实上却在暗中加强了巡查。很快，就有一伙偷鸡贼落了网。但无论怎样审问，严刑逼供的招数都用上了，也没能审出"金花帮"的幕后主使。却从他们口中得知，所谓的"金花帮"，不过是这些土流子故作声势弄出来的，根本就没有这样一个组织。花子范一开始很紧张，害怕手下供出他来，但过了一段时间，依然风平浪静。有一次，花子范在街上碰见米立武，故意和米立武寒暄，打探米立武的口风，观察以后他深信，米立武丝毫没有怀疑到他，也就渐渐放宽了心。

转眼到了腊月二十四。这里的习俗，二十四这天老鼠嫁姑娘，送灶王爷上天言好事。"金花帮"人员解散之后，花子范身边再没有马仔，日子过得实在无聊，就想到了武义兰，想起不管怎么说，过年了，一家人总还要在一起团圆的，于是就去废品收购站看武义兰。武义兰在寒风呼啸的院子里，正弯腰整理那些废品。花子范在那一瞬间，心里大约升起了一丝怜悯。那个如花似玉的女人，曾经骄傲的公主，现在也不过三十多岁，看上去却是那样苍老了。花子范点了一支烟，靠在院子的门框上，看武义兰在那里忙。武义兰似乎没有意识到他的存在，一直在低头干活，手上一刻也没有停。一支烟抽完，花子范故意咳嗽了一声。武义兰抬头看见是花子范，又低下头干活。花子范说，"你就不会歇一会儿么，你看这个收购站里，个个躲在里面烤火，就你一个人在忙。"武义兰还是一言不发，用冰冷的眼神看了一眼花子范，又继续干活。花子范觉得索然寡味，转身走了。走到大街上，看着街上来往的人流，那一瞬间，花子范感觉到了一种前所未有的孤独。花子范又点上一支烟，转身回到收购站，到了收购站门口，烟屁股丢在地上，用鞋底狠狠踩碎了。武义兰见花子范又回来了，刚直起来的腰，又弯了下去。花子范说，"你就这么恨我，一句话都不想和我说？"武义兰说，"……"花子范说，"说到底，是你对不起我。"武义兰依然不理睬他。花子范说，"我来，只是想告诉你一声，你想离婚，过了年，我们去办手续吧，但是这个年，咱们一起热热闹闹地过。"武义兰直起了腰，狐疑地看着花子范，不知花子范葫芦里卖的是什么药。花子范说，"别用这样的眼光看我，这下你高兴了，满意了吧。"武义兰的脸上，居然没有一丝丝的激动，只是淡淡地说了一句，"你想离就离，不想离就这样过，我无所谓。"花子范本以为武义兰会因此对他的宽宏大量心存感激，没想到武义兰并不领他的情，感觉就像一拳打进棉花堆里，一点劲都使不上。他转身再次离开收购站，又回到街上，经过一家饭馆时，花子范走了进去，让老板切了一盘卤菜，要了一瓶白酒，自斟自饮起来。一斤白酒下肚，花子范踉跄着站起来，也没说付钱。老板娘问他要钱，他指着老板娘骂，"你他妈的花庆余，你搞了我老婆，还敢问我要钱？"老板娘说，"您认错人了，我不是花庆余。"花子范说，"你小子就是烧成灰了我也认得，你不是花庆余是谁？"老板娘说，"我真不是花庆余。"花子范说，"你不是花庆余，也不是什么好东西，你搞我老婆，敢搞老子老婆。"老板娘就哭笑不得，说我一个女的，怎么搞你老婆呢？花子范斜着眼，说，"你是个女的？那你让我摸摸，看看到底是男的还是女的。"花子范说着就朝老板娘身上扑。老板娘一扭身，花子范扑了个空，却抓住了老板娘的衣服，顺势摁在桌子上，手就去摸老板娘的胸。小饭馆里另外几名食客，开始以为花子范和老板娘闹着玩，就在一边看热闹。眼见花子范越闹越离谱，将老板娘摁倒在桌上，一双手在老板娘的身上乱摸，边摸边说，"我倒要看看你是长了鸡巴还是长

了个屁。"老板娘吓得大喊大叫，"流氓啊，救命啊。"

花子范被派出所的人铐走时，围了好多人看热闹。看热闹的人群中，花子范看见了花庆余。他看见花庆余在冲着他笑。花庆余是腊月二十四这天回到米岛的。这一年来，他流浪在外过得很苦，靠打零工维持生计，勉强可以混个肚儿圆。这次回米岛，他本来提心吊胆，怕被花子范发现，花子范说过，不准他在米岛出现，不然见他一次打一次，他相信花子范说得出做得到。没想到老天有眼，回米岛的第一天，居然就看见花子范因为耍流氓被派出所抓了。花庆余顿时感觉压在头上的那片阴云烟消云散。他兴冲冲地跑到收购站去找武义兰。他要告诉武义兰这个好消息，当他看到武义兰时，眼前的武义兰，跟一年前相比仿佛老了十岁。花庆余将这个好消息告诉了武义兰。花庆余说，"现在咱不用怕他了，这一次，花子范十有八九要被枪毙。就算不枪毙，也会判无期，他这辈子，别想再出来作威作福害人了。"武义兰低头做事，没有理会花庆余。花庆余讨了个没趣，站了一会儿，悻悻地走了。

次年春天，米岛又开了一次公判大会。这次，武义兰带着两个女儿站在台下。当她听到花子范被判刑十六年时，她哭了。两个女儿也哭。母女三人哭成一团。花子范在江北农场服刑，武义兰带着花一朵和花五朵去探监，花子范这次是真的被打垮了，他脸面浮肿，眼睑下垂，头发乱七八糟像个鸡窝。花子范对武义兰说，"我对不起你，现在后悔了，也晚了。你去写个离婚申请，我同意离婚。"又和花一朵、花五朵交代了许多事情。武义兰回到米岛，却并未写离婚申请书。她觉得离不离婚，不过是一个形式。这个春天，花婆婆站在树下告诉她的老伴花敬钟，他们的儿子花子范又去坐牢了。花敬钟在这天晚上，从我这棵老树上高高地坠了下去，第二天，人们发现他时，尸体已经冻得僵硬。花敬钟死后，也在米南村的劝说下留了下来，但他却和其他鬼魂不一样，白天黑夜都窝在他生前睡过的那个树杈子里呼呼大睡。弄得我时常犯糊涂，不清楚他到底是死了还是活着。花敬钟死后，花婆婆就彻底地垮了，再也不能为花家姐妹做饭洗衣，反倒是姐妹俩来服侍她了。花一朵就和母亲武义兰商量，说现在一家人要吃饭，她和妹妹要上学，奶奶还有病，就靠妈妈一个人拿那一点工资根本不够。花一朵说她想退学，让妹妹花五朵继续上。花五朵说她的成绩不如姐姐好，还是她退学，让姐姐上。武义兰看着一双懂事的女儿，眼泪叭叭直往下掉。武义兰说，"你们姐妹俩，都是妈的心头肉。这些年来，妈和你爸闹成这样，也没照顾到你们，不管怎么说，妈都要把你们姐妹俩供到初中毕业。你们要能考上高中，妈就供你们上高中，能考上大学，妈就是砸锅卖铁也供你们读。"花一朵说，"我们要是都上学，钱从哪里来？"武义兰说，"钱的事不用你们操心，妈自己去想办法。"花一朵说，"那谁来照顾奶奶？"武义兰就沉默了。她们的谈话被花婆婆听到了，花婆婆长叹一声，没有说什么。是晚，她看见老伴花敬钟站在床前，就问老伴，在那边过得怎么样，好不好？花敬钟说，"我来就是要告诉你，我在那边很好，老熟人们都在，不用为吃穿发愁，还能看见儿孙们。"花敬钟说，"老伴啊，你跟我走吧，你活着，是个累赘，你死了，她们娘儿仨才有活路啊。"花婆婆却犹豫了。花婆婆说，"我知道，我是早该死的人了，只是，我还有心愿未了。"花敬钟就长叹了一声，说，"米如月，你还在想着他？这一辈子，我对你这样的好，还是顶不过那个祸害你的人。"花婆婆凄然苦笑，"米如月，米如月早就死啦。我不是心里没你，只是放不下那个人，按说，他害了我，我该恨他才对，可我就是恨他不起来。毕竟，子范是白家的人，说不定哪一天，他就回来了，我得把这事亲口告诉他，才能安心去死。"花敬钟冷笑一声，说，"那你就继续活受罪吧。"花婆婆活了下来，虽说再不能照顾孙女，但基本生活还能自理。她对武义兰说，"孩子啊，去做你想做的事，我不会拖你后腿的。要是有好人家，就往前走一步，娘不怪你。"

　　武义兰说什么也不同意花一朵退学，她说你们什么都不要去想，初中读毕业了再说。花一朵和花五朵就不再争执。姐妹俩平时吃住在学校，放了假，就回到妈妈那里。岛东村的花家老屋，只留下花婆婆一人。经历过这些事后，武义兰不再像过去那样沉沦，她变了，重新将自己打扮得漂漂亮亮，头发梳得一丝不乱，脸上搽了淡淡的香粉，脖子上还系了一条淡蓝色纱巾。虽说没有过去的青春娇艳，但却难掩成熟女人独有的风韵。那些曾经垂涎于她的美丽，后来又渐渐淡忘她的男人们，突然之间发现，武义兰依然是那样与众不同，风韵不减当年。加之她现在孤儿寡母，老公又坐了牢，在她面前献殷勤的男人又渐渐多起来。也有人劝武义兰，何不与花子范离婚，重新找个人嫁了，以她的条件，自然可以嫁个好人家。武义兰笑笑，说这么大岁数了还嫁什么哟。话是这样说，还真有男人看中了武义兰，托媒人来家里提亲。这人是个老革命，"文革"期间被打倒，现在平了反，老伴早逝，儿女都已成家立业，偶然来卖家中的旧报纸，看见了武义兰，印象不错，又拐弯抹角听说了武义兰的身世，老革命就动了春心。他托媒人来说，只要武义兰愿意，他自然有办法让花子范和她离婚。武义兰听到这话，婉言谢绝。但那老革命不死心，亲自来找武义兰，说怕武义兰听说了他的年纪，以为是个老得走不动的老头，说别看自己六十多岁，这辈子经过了枪林弹雨，身子骨硬朗得很，活个八九十岁不在话下。他还告诉武义兰，国家一次性补发了他十年的工资，他现在很有钱，可以供她的两个女儿读书，供到读大学毕业都没问题。武义兰看着满面红光滔滔不绝的老革命，说真的很对不起，她并不是嫌他老或是别的什么原因。她说自己有丈夫，他叫花子范，虽然现在在坐牢，但那也是她的男人。老革命激动地说，"不就是一个劳改犯吗？我听说过他过去怎么对你，你不要怕他，你要是害怕他将来再出来纠缠你，那我可以让他永远也出不来。"武义兰看着老革命，说，"这是什么意思？"老革命以为武义兰动心了，说，"你想是什么意思都行，让他变无期也行，让他死在牢里也行。这样的人渣，就不配活在这世界上。"武义兰后背一阵发冷，说，"我看这句话送给你比较合适。"老革命没想到武义兰如此不知好歹，气得拂袖而去，再也没有来纠缠她。后来再有人来说媒，武义兰连门都不让进，并对外声称她是不会离婚的，她要等着花子范出来。米岛人都说她脑子有问题，花子范对她有情有义倒还罢了，如此无情无义之人，你还等他干什么？他们却不知道，武义兰是真的死了心，她之所以不离婚，是为了避免有人给她说媒。她重新打扮自己，不过是想换一种活法，活出精气神来。但她的言行却招来一些流言，有人说她不守妇道，表面上装得是在等花子范，弄得像贞节烈妇，背地里其实干着卖屄的营生。大家传得有鼻子有眼，弄得一些光棍混混，晚上常来敲她的窗户。

这天晚上，武义兰刚要睡下，又听见有人敲窗。武义兰问，"谁?"窗外传来供销社主任花子春的声音。见是自己领导，武义兰不敢怠慢，穿好衣服，开门将花子春让进来，说，"主任这么晚找我，有事么?"花子春咳嗽一声，说，"没事就不能来看看，关心关心下属，也是我应该做的。"武义兰给花子春倒了一杯水，两人隔着饭桌坐下。花子春直勾勾地盯着武义兰看。武义兰明白花子春的心思，但又不敢得罪他，就和他敷衍。花子春说，"义兰啊，俗话说，男怕入错行，女怕嫁错郎，这话一点都不假呀。你嫁给了花子范，一朵鲜花插在牛粪上不说，这些年来，你受过的委屈，吃过的苦，我是看在眼里，痛在心里呀。你有什么难处，只管对我说，我能帮到的，一定帮你。"武义兰说，"谢谢领导关心啊。"花子春说，"你看你这么见外，还叫什么领导，我和子范怎么说也还是出了五服的兄弟，都是子字辈，我比子范小两岁，但比你还是大多了，叫我子春哥就是。"武义兰笑着说，"还是叫主任顺口。"花子春就盯着武义兰看，伸手要来捉武义兰的手，武义兰将手收了回去。花子春说，"你把手伸出来，放到桌子上。"武义兰迟疑了一下，照办了。花子春心痛地说，"你看你看，这样一个大美人，一双小手却长满老茧，"捉住了武义兰的手，摩挲着，说，"你的手变成这样，我有责任啊。"武义兰将手收了回来。花子春的眼睛就直勾勾地盯着武义兰的胸。武义兰低下了头。花子春说，"义兰啊，现在咱们供销系统要改革，改股份制，要变国有为集体所有了，你们那个收购站，将来怕是连饭都没得吃了。百货这边，打算划分成一个个柜台，然后承包给供销系统的职工，你想不想承包，你要是承包一个柜台卖衣服，生意一定会好，你往那儿一站，本身就是一个衣服架子嘛。"武义兰的心里动了一下。花子春说，"你一个女人，带两个孩子，收购站一倒，一家人喝西北风啊。"武义兰说，"就是不知道承包一个柜台得多少钱?"花子春关切地说，"钱是小事，怎么样都好说。只是狼多肉少，所有人都盯着供销社那几个柜台呢。"花子春说着，又将手伸了过来，去抓武义兰的手。武义兰这一次没将手收回来。花子春见武义兰没有拒绝，就要大胆地进一步行动，武义兰却说，"子春哥，时间不早了，这么晚不回，小心嫂子罚你跪搓衣板。"花子春听武义兰叫他哥，骨头都酥了，说，"她？敢！"声音虽高，但明显底气不足。武义兰就笑了，说，"都说嫂子厉害，看来没错。"花子春还要辩解，武义兰将他推出了门，说，"好事不从忙中起。"花子春见武义兰如此，虽然心有不甘，但知道武义兰迟早是他盘里的菜，喜滋滋地走了。走了几步，又回头说，"这改制的事，你可千万别在外面透了风声。"武义兰说，"我知道。"花子春走后，武义兰琢磨起这事来，如果供销社真的改制，收购站肯定是死路一条，要是真能在百货商店包个柜台卖衣服，孩子的学费，以后的生活就不用发愁了。百货商店的位置好，在米岛镇街中心十字街的一角，虽说街上也有几间门面卖衣服，但都是以百货商店为中心辐射开来，最重要的一点，米岛人对国营商店卖的东西，还是信得过些。国营商店的服务员都是铁饭碗，一个二个像大爷，服务态度不好，要是也和那些私营店主一样笑脸迎客，生意不愁做不起来。武义兰也明白，要想拿到柜台，花子春这一关是绕不过去的。武义兰犯了难，她想拿到柜台，又不想让花子春占便宜。然而这世界上，哪有这么便宜的事呢。果然没出一个月，供销社改制工作就启动了。百货商店的柜台就开始在内部招租。这天晚上，花子春又来到了武义兰家，还带了一瓶酒，两包熟菜。他的意思，是要借着酒劲将事办成。武义兰让他抱了，摸了，也亲了，就是不让他脱裤子上床。弄得花子春浑身冒火。武义兰说，"你要是真心对我，你就先帮我把事办成了。"花子春说，"你放心，我早给你留了一个柜台，位置是最好的，就是现在卖布的那个。"武义兰说，"光有柜台有什么用，我现在两手空空，总要有钱来进货，听说还要先交三个月的租金。"花子春说，"你要是依了我，我什么都帮你办好，你到时只要人过来往那里一站就能开张。"说着又来抱武义兰，见武义兰半推半就，一把扯了武义兰的上衣，将那一双奶子捧在手里拼命地揉搓，又去含在嘴里吸，边吸边说，"你要想死我了，你真要想死我了。"武义兰也就势抱住了花子春，两人交合在了一起。花子春进入武义兰后，激动得叫了起来，说，"这不是做梦么？我这不是做梦吧？"武义兰的泪就下来了。

完事后，花子春起身坐了一会儿，说，"我走了。"武义兰说，"我的事，别忘了。"花子春没有忘记武义兰的事，他信守承诺办妥了一切。果然如花子春所说，武义兰是一个衣服架子，什么样的服装，穿在她身上都那么漂亮，她的生意很快走上了轨道。只是这样一来，她就忙了，要做生意，还要进货，而花子春自从给她办成这事后，居功自大，晚上只要有空，就溜到她的床上销魂一番。连周末女儿们在家，他也要来，来了还赖着不走。两个女儿都是大姑娘了，武义兰害怕花子春这样经常来，被女儿们看出来不好，就对花子春说你要来可以，周一到周五哪天都行，星期六星期天，两个女儿在家，你千万别来。花子春应承了。但世上没有不透风的墙，武义兰突然能租到柜台，自然引起供销社内部人员的猜疑，就有那没能竞争到柜台的，自然怀恨在心，就在花子春的老婆面前煽风点火，花子春老婆就开始暗中跟踪花子春，果然就将花子春和武义兰捉奸在床。花子春的老婆是有名的母老虎，上来先攻击武义兰，几爪子下来，武义兰的脸上就是好几道血印子。花子春老婆扬言，要让整个米岛人都知道武义兰是个骚货，偷汉子的臭婊子，还要去派出所告武义兰。其时全国范围内的严打正进行到第三个年头，只要是有人去告，就算是通奸偷情，也会被整得下不来台。花子春给他老婆下跪，求老婆高抬贵手。他老婆却不依不饶。武义兰却说，"你去告啊，去米立武那里，一告一个准。正好我和他一起去坐牢。"这样一说，花子春的老婆就犹豫了，她只是想给男人一个教训，可不想让男人去坐牢。事情就这样不了了之。自此，花子春再也不敢来找武义兰，花子春的老婆却隔三岔五跑到武义兰的柜台前，或指桑骂槐，或故意找碴儿，弄得武义兰做不成生意，武义兰被逼急了，下次花子春老婆再来闹事，她就揪了花子春老婆的头发，两个女人扭成一团，打在一起，武义兰扯着花子春老婆去派出所找米立武评理。去的路上，武义兰对花子春老婆说，"只要你敢说我和花子春有事，我就一口咬定花子春强奸我，你不让我过顺心日子，我也给你来个鱼死网破。"这几年的严打，米岛枪毙了好几个强奸犯，只要女方告，一告一个准。花子春老婆心里清楚，也知道遇上厉害角色了。果然到了米立武那里，武义兰告花子春老婆破坏她做生意，花子春老婆狡辩了几句却不敢多说什么，反被米立武教训一通，说，"你要是再闹事，就拘留你几天。"走出派出所，武义兰说，"你若不惹我，我自和花子春不再往来，你若再惹我，我就真逼花子春跟你离婚了娶我。"花子春老婆自此收敛不少，不敢再来闹事，却在背地里，编派了武义兰无数的风流韵事，加之武义兰生意做得好，人们又都笑人穷恨人富。人们的指指点点，倒激起了武义兰的个性，你们越是这样说，她越是打扮自己，什么流行她就穿什么。说来也怪，她穿什么衣服，米岛就会流行什么，她俨然成为了米岛流行和时尚的风向标。命运将她打造成了一个女强人，但女强人再强，也只是表面做给人看的，晚上回到家，不知偷偷哭过多少回。这年暑假，花一朵和花五朵初中毕了业，姐妹俩都不肯再上学，说要帮武义兰做生意。武义兰看着一双懂事的女儿，说，"妈是指望你们姐妹俩都读书，都能上大学的。"可是两个女儿坚持不读书了，武义兰就说，"那这样，你们姐妹俩，一个人回家帮妈打点生意，一个人继续读书。"两个女儿都抢着要站柜台。武义兰就从扫帚上折了一根竹扞，折成一长一短两根。武义兰说，"你们俩也别争，认老天来决定吧。一人抽一根，抽到长的那根继续上学，抽到短的那根在家帮妈打点生意。"结果花五朵抽到了那根长的。武义兰就抱着花一朵流泪。花一朵说，"妈，你别哭，咱们家条件这么差，你能供我读到初中已经很不容易了，咱米岛这么多年也没见谁考上过大学。我帮妈站柜台，既能减轻妈的负担，还能学到做生意的本事，多好啊。"听花一朵这样说，武义兰更加伤心了。说，"妈知道你想读书，知道你会读书。你能这样说，妈心里还是很高兴。从今天起，咱们一起供你妹妹读书。"又对花五朵说，"从今天起，你的任务就是好好读书，你要知道，你不光在为自己读，也是在为姐姐读。"

十

有了女儿花一朵站柜台，武义兰就把更多的精力用在了进货上。她打听到县城做服装批发的，都是从汉正街进的货，于是她去了一趟汉正街，也没打算进多少货，主要是想先摸摸底。柜台上的事，就完全交给了花一朵。那时的花一朵，当真出落成了一朵鲜花，她往那柜台边一站，虽然还是那样含苞待放，却已经很是惊艳了。来来往往的人，都会忍不住回头多看她一眼。就有人打听这是谁家闺女，怎么长得这样标致。一开始，花一朵很不习惯被人评头论足，总是勾着头。武义兰告诉她，咱们做生意堂堂正正，要大大方方的。渐渐地，花一朵就习惯了，别人看她时，她就挺起还未发育成熟的小胸脯，脸上带着微微的笑。武义兰看到花一朵的样子，居然也看得呆了，她突然从花一朵的身上，看到了自己十六岁的样子。武义兰并未因此高兴，反而有些担心。

这天，花一朵正在柜台前照看生意，白鸿声和米立心一起来到了柜台前。白鸿声低着头，红着脸，米立心的脸上，却很沉着淡定。花一朵惊喜地说，"呀，你们俩怎么来了？"米立心说，"专门来看你的呀。"花一朵说，"我早就想去看你们了，可是我要站柜台，我妈去武汉进货了，这里离不开人。你们进来坐吧，这会儿反正没生意。"米立心说，"不用，咱们就这样站着说吧。"又说，"其实我是陪鸿声来的。鸿声想来看你，又不好意思。"花一朵微微一笑，说，"有什么不好意思的？我们可是一块长大的朋友，怎么几天不见倒生分了。"白鸿声低着头，说，"一朵，对不起，我让你失望了。"花一朵说，"怎么啦？"米立心说，"鸿声不是承诺过一定要考上县一中，然后读大学的么？"花一朵说，"怎么啦，没考好？"米立心说，"鸿声考上了县二中。"花一朵安慰他说，"县二中也不错啊，一样可以考上大学。"白鸿声苦笑道，"你不用安慰我，县二中去年只考上了三个大学生。"花一朵说，"你将来就做那三个中的一个呀。"白鸿声说，"我不行，太偏科了，这次语文考了全校第一，数学却考得很差，我看见数学就头痛。"花一朵说，"那，你打算怎么办呢?"白鸿声说，"我不读书了，打算回家种田。立心考上一中都不读，我一个二中还读个什么劲，不过是浪费钱罢了。"花一朵就吃惊地看着米立心，说，"立心你疯了，考上了一中，就是半个大学生了，为什么不读?"米立心说他不想读书了，他是家里唯一的男人，要回来担起这个家。花一朵说，"你妈会同意吗? 你不读书，你妈会有多伤心你知道吗?"米立心说，"还没和我妈讲，但我主意已定，谁也改变不了。"米立心说，"你看现在，多好的时代，广播里每天都讲万元户的故事，我要成为咱们米岛第一个万元户。"花一朵说，"我们家五朵也考上了县一中，她是要去县城读书的。"米立心刚才还高昂的情绪，就有一点低落了。花一朵说，"五朵知道你的打算吗?"白鸿声说，"立心正在发愁该如何跟五朵讲这事呢。"花一朵就劝米立心再好好想想。

米爱红听说儿子不想去读高中，没有哭也没闹，只是愣愣地看着米立心，许久没有说话。米立心已经做好了准备，母亲要是哭闹，他该怎么样劝说母亲。他希望母亲成全他的一片孝心，他还想好了许多自学成才的典范，想用来劝说母亲。可是母亲不表态，他心里反倒没有底了。他知道，母亲心里对他有着多高的期许，也知道，母亲是多么崇敬有知识有文化的人，母亲这辈子最大的遗憾，就是没有读多少书。他甚至知道，母亲正是因为高看读书人，才会在见到吴青山后不顾一切地喜欢上他。关于父亲，那个叫吴青山的男人，米立心的记忆中，没有一丝半点的印象，母亲也从未提起，但是在米立心小的时候，却听外婆多次提起。还是因为对知识人的崇敬，母亲才会那样疯狂地喜欢上江一郎。米立心对江一郎颇有好感，但却并不希望江一郎成为父亲，他觉得江一郎的年纪应该做他的爷爷。那时的米立心，尚不能理解母亲作为女人对爱的需求，他的心里，认为母亲有外婆和他这个儿子就足够了。当他的心中开始萌动对花五朵的爱慕之情，他开始懂得了，爱情就是一日不见如隔三秋，他体会到了什么叫魂牵梦萦。米立心不清楚母亲最后为什么没有和江一郎走在一起，但他知道，如果他有一个可以做爷爷的人当他的父亲，他将会抬不起头。母亲在村里的名声不大好，这种不好，不是来自于她的为人，而是因为母亲在情感上那种义无反顾的选择。作为一个没有父亲的孩子，米立心从小就在异样的目光与指指点点中长大。曾多少次，村里人向陌生人介绍完他的姓名之后，一定会顺便介绍一下他母亲和他父亲的光荣历史，陌生人听完，就会发出惊叹，说，"哦，我知道。都长这么大了，真不容易。"米立心打小就讨厌别人用这样的口气说他，更讨厌那种装模作样的同情。他甚至会为这事发飙，他说我讨厌你们这样的语气和嘴脸，我不需要你们这份廉价的同情。弄得别人很是难堪，连母亲都不太理解米立心的言行，说别人这样说也是出于一份好心与礼节，虽然母亲也不喜欢，但母亲认为，儿子应该懂得忍让，心里不满也不该当面让人下不来台，这样做容易得罪人，容易树敌。花一朵和白鸿声虽然也不能理解，但却表示支持。花五朵说她很理解米立心，因为她也时常遭受这样的目光。她认为，这样的同情带有一种施舍与怜悯，她不需要这怜悯，她要的是平等。这也是为什么花五朵在小时候喜欢马挖苦，而懂事之后，却渐渐喜欢米立心的原因。其实白鸿声也好不到哪儿去，作为大地主白振甫的后代，少不了被人挖苦、调侃。而白鸿声却对此并不作回应，这本来就是无法回避的事实，他爷爷是地主不假，但也是个大善人，这事人人皆知，用不着他作过多解释。花一朵很欣赏白鸿声这种态度，认为米立心和花五朵太在乎别人的话，这恰恰证明他们自卑，说明他们内心不够强大。花五朵却说白鸿声这是懦弱。

现在，米立心面对的是怎么说服母亲米爱红的问题。他没有料到母亲会以沉默来回应他。母亲照样洗衣做饭，照样卖东西，照样侍弄农田，闲暇时光，照样坐在商店门前看消暑的邻居打扑克下象棋。这反倒让米立心心虚，时间眼看到了八月中旬，再过半个月就要报名了。米立心终于忍不住了，这天晚饭时，他对母亲说，"妈，我真不想上高中了。"米爱红看着儿子的眼睛，说，"你拿定主意了？"米立心说，"拿定了。"米爱红说，"拿定了还跟我说什么？你要是通知我，那就不用了，十天前你就通知过了。"米立心说，"妈，不要这样说，我也想听听您的意见。"米爱红说，"我的意见你会听吗？你已经长大了，自己的事情自己决定吧。"米立心见母亲这样的态度，心里有些失落也有一点委屈。米爱红说，"你还记得江一郎江医生吗？"米立心说，"记得。"米爱红说，"江医生给你取名立心，是什么意思，你还记得吗？"米立心说，"记得。"米爱红说，"你背出来。"米立心就将那从小背得滚瓜烂熟的"为天地立心，为生民立命，为往圣继绝学，为万世开太平"背了出来。米爱红说，"你不读书，怎么做到这些？"米立心说，"妈，我现在不想做这些，我只想做一个孝顺的儿子，只想让您过上好日子。你把我养这么大，我只想回到家里担起这个家的重任。"米爱红却让儿子不要这样轻易做决断。让米立心为难的还有花五朵。花一朵肯定已经将他不上高中的消息告诉给了五朵，可这么长时间了，花五朵却没有来找他。花五朵是什么意思？同意还是反对？他实在沉不住气了，决定去见花五朵。到了百货大楼，却见花五朵和姐姐花一朵站在一起卖衣服。这一对双胞胎姐妹，自然也是一对好衣服架子，两姐妹都穿上了武义兰从武汉进回来的衣服，其他柜台的衣服都显得暗淡无光了。见到米立心，花一朵用胳膊拐了一下花五朵，说你看谁来了。花五朵见了米立心，脸上冷冷地。花一朵说，"我盯在这儿就行了，他来找你，肯定有事。"米立心就和花一朵打了招呼，说他有事想找五朵，让五朵先出来一下。花五朵说，"有什么话就在这里说，没看见我正忙吗？"米立心说他不想上学了。花五朵问还有什么事，米立心说没有了，就是这个事。花五朵说那我知道了。米立心说，"你同意吗？"花五朵说，"你这人真奇怪，你上不上学，跟我有什么关系？我同意不同意有那么重要吗？"米立心说，"可是……"可是什么呢，米立心也说不出理由。花五朵就不再理会米立心。米立心站了一会儿，灰溜溜地走了。

米立心大概没有想到，母亲米爱红像是和花五朵约好了似的，以冷漠来对应他不上学的请求。他原本以为，他提出辍学，将会是一件惊天动地的事情，母亲和五朵会哭得泪人似的来劝他，甚至以死相逼。而现在，他的心被母亲和花五朵的轻慢刺痛。他找到白鸿声，对白鸿声说了他的这种感受，白鸿声说，"咱们太高看自己了。你看咱们村，有几个上得起高中？读完初中已经很不错了。"被人忽视的痛苦，让米立心很难受，这种难受，也不是白鸿声几句话就能安慰得了的。苦闷无比的米立心，从家里拿出一瓶白酒、一包花生米，独坐在村北的河边喝闷酒。这是米立心第一次喝酒，一瓶酒，才喝了不到三分之一，就醉倒了。晚饭时，不见米立心回家，米爱红并未放在心上，但是，当电视热播剧《武则天》都已经放完了，米立心还没有回来，米爱红就有些着急了，先去白鸿声家，问米立心在不在那里，结果不在，又去村里其他人家找，也没有，最后就打了手电筒满村子地找，依然是没有找着。米爱红急得都快哭了，她像没头苍蝇一样到处乱转，手电筒的光在树丛和水面上乱晃。米立心睡到半夜，酒醒过来，听见了母亲嘶哑着嗓子叫着他的名字，他感觉到母亲在奔跑，声音一会儿在村头，一会儿又转到村尾。村子里的狗，也随着母亲的声音乱叫。他还听见了白鸿声的叫声，听见了白鸿声妹妹白鸿雁的叫声，还听见了马脚的叫声，听见了李桂枝的叫声……村里许多人都出动了，在寻找他，手电筒的光，在夜空中来回交错晃动。脚步声已经到了他的附近，他就睡在河滩边的草丛里，他不想回应。在那一刻他知道，母亲并没有忽视他，母亲依然很在意他。米立心趴在草丛中哭了。人声渐渐远去，村里人的呼喊声也渐渐平息，只余下母亲孤独的呼喊，声音越来越小，最后只剩下隐约的抽泣。米立心在迷迷糊糊中睡了过去。第二天，太阳升得老高，米立心还睡在河边。他想回家，可又不知道该如何回去。他渴望有人来，发现他，这样，他就有台阶可下，就可以顺理成章地回家。回家之后，他会对母亲说，"妈，我听你的，我去上高中，将来考大学，我要成为一个知识分子，为你争气。"但是却没有人发现他，下午的时候，米立心很饿，但他没有回家，他就这样在草丛里躺着，不吃也不喝。晚上，米立心已经有些迷糊了，这时他却看见了他的外婆，外婆手里还牵着一个小女孩。外婆身后站着一群他不认识的人。外婆指着他说，"你这个没出息的孩子，太让我失望了。犯了错误要敢于面对才叫男人，快回家去，给你

妈认个错。你妈都病倒了，现在在医院里。"那一晚，米立心见到了许多的人，熟悉的，不熟悉的，都围在他身边，指责他、劝告他，直到天快亮时，那些人才散去。米立心又睡了过去，隐约中听见花五朵在叫他的名字。米立心的心里涌起一阵温暖。他努力从草丛中爬了出来，爬到了裸露的河滩上，他叫了一声"五朵"，就晕了过去。

米立心醒来时，看到床前站着母亲米爱红，站着花五朵，站着他最喜欢的老师赵建国，还有他的好朋友白鸿声和沉默的朋友马挖苦。看见他醒来，他们的脸上都露出了兴奋的笑。米立心感到无比惭愧，他想对母亲说他错了，他决定去读高中。这几天，他想通了，要想将来有所作为，必先将自己武装强大，而知识，是最好的武器。他还想感谢母亲，感谢所有关心他的人。他说要是不上大学，他将来一定会后悔。他还想对花五朵说，为了她，他也要去上高中，将来和五朵考同一所大学。但是母亲却说话了，母亲米爱红说，"你这是要把我急死啊。妈听你的，什么都听你的，你不想上学，咱就不上了。"花五朵的眼圈也红红的，她说，"上高中也不一定就能考上大学，高中和初中又有什么区别呢？立心，我相信你不读大学，也可以成才。"这样一来，米立心准备好的话，就再也说不出口了。在后来的漫长人生中，米立心一直记得这一天，记得这一天的阳光那样透明地照在每个人的脸上。后来，当他一次又一次被收容，陷入那无穷无尽的怪圈时，他总是会想起这一天，这一天是他人生的一个重要岔道。他经常假设，如果当时他先将自己的想法说出口，他的人生，将会是完全不同的一条路。但是人生没有假设，所有的偶然都是必然，所有的岔道只能有一个选择，人不可能同时踏上两条不同的道路。米立心不上学了，现在，他要实现他的梦想，他要像广播里天天播出的致富能手那样，立志做米岛的第一个万元户。

孩子，你在听我说吗？你能听懂我在说些什么吗？

我不止一次说过，在我千年的生命历程中，我最喜欢的，就是八十年代。那是一个理想主义盛行的年代。连米岛这样闭塞的乡村，也荡漾着一股正能量，每个人的心中都有一个理想，有远大的目标，并且在为了实现那样的理想而努力。但有理想和能否实现理想却又是两回事。米立心很快就遇到了这样的现实，他辍学后做的第一件事，就是和母亲米爱红争夺当家权。他对母亲说，现在他是这个家唯一的男子汉，他要来当这个家。米立心信誓旦旦，说只要让他当家，不出两年，就能成为万元户，甚至成为米岛首富。米爱红就笑，说，"你有这么大的决心当然好，你知道咱们村谁最有钱吗？"米立心说，"不知道。"米爱红说，"你知道花子发家一年能赚多少钱吗？"米立心又摇了摇头。

当时米岛村，第一富户，应该是花子发家。花子发一开始只是和米爱红一样卖些日用杂货，几年下来，他早就将经营范围扩展到了更宽的领域。到米立心想要当家的这一年，花子发家已不经营杂货，他甚至经常用一种轻蔑的口气说，"卖那些鸡零狗碎能赚几个钱？"他现在主要做农资生意，农药、种子、化肥、猪饲料，甚至柴油。他有门路，能从化肥厂赊出化肥来，然后先赊给农户，等农户卖了粮食时再收钱。彼时米岛人在自家责任田里死做活做，但一年下来，也结余不到几个钱，还要交沉重的公粮水费和大队提留，因此到了播种生产时，许多人家里就无钱购买种子、化肥、农药，花子发的农资商店，几乎垄断了周边几个村的农资生意。一开始，他的老婆还兼顾做点杂货生意，到后来觉得日用杂货赚钱太少，就不做了。但他们夫妻二人说得却很动听，他们说，生意不能一个人做了，钱不能一个人赚了，我们做了农资这一块，就不和爱红抢杂货生意啦。彼时的岛东村已经形成一条小街，除了日用百货，也有修自行车、修手表、修收音机电视机的。裁缝铺，兽医站，小诊所，铁匠铺，蜂窝煤也是一样不少。每天早晨，还形成了一个小小的肉菜集市。事实上，米爱红的商店，一年到头也赚不了几个钱，赚的钱都变成赊账了。因此每到年关，米爱红就会拿了账本，一户一户去收账，有的账能收回来，有的账，却是永远也收不回来了。米爱红将商店的经营情况对雄心勃勃想赚钱的儿子米立心说了，米立心也觉得靠杂货店一辈子也发不了财。米爱红就问："你能像花子发那样，从化肥厂里一车一车赊出化肥吗？"米立心就摇头。米爱红说别说花子发了，你能做到马挖苦那样就不错了。

在当时的米岛，也有人觉得马脚家应该比花子发家更富。据说当年他们家的那块牛黄卖了不少钱，有人传说卖了一万块。但不管怎么说，马脚是发了一笔横财，又有一个肉案子，后来发展到自己杀猪来卖。马脚的老婆李桂枝，又学了做豆腐，每天早晨，他们是岛东村最先起床的。李桂枝挑了豆腐挑子，走乡串户卖豆腐，马脚则带了两个徒弟，天没亮，就烧水杀猪。而他的儿子马挖苦，却早就不上学了，这个沉默无言的孩子只勉强读完了小学。辍学之后，他的父亲马脚给他买了一大群鸭，于是不管晴天下雨，马挖苦都要赶着这群鸭子去放，成了一个名副其实的"鸭司令"。马挖苦是个天才的放鸭人，他和他的鸭子间建立起了超越物种的关系，别的放鸭人为了鸭子经常跑到别人的稻田里而伤神，经常因此和邻居吵架，导致农户纷纷在稻田里下拌过老鼠药的谷子，许多放鸭人因此而损失惨重时，马挖苦的鸭子却在马挖苦的指挥下，老老实实，在靠近稻田的小水沟里觅食田螺和小鱼小虾，从来不越雷池半步。马挖苦的胸前挂着一个铁哨子，他用哨子向鸭子们发出指令。哨声有长有短，代表着不同的含意。鸭子们会根据哨声判断什么时候该四散出去觅食，什么时候聚合在他的身边。他手中一根长长的竹篙，上面绑着一块红布条，他给鸭子们划出活动的范围，没有一只鸭子敢违反他的规定。晚上回家时，要清点一遍鸭子的数量。他的鸭子就自动排成两排，在他的面前一一经过，并发出嘎嘎的叫声，就像被将军检阅的士兵。米立心见识过马挖苦放鸭的本领，惊异于他能和鸭子进行沟通，这一点，他简直对马挖苦佩服得五体投地。别的养鸭人一个人最多能照看二百只鸭子，马挖苦却能轻轻松松照看五百只。他那五百只鸭子所消耗的饲料，却和别人二百只差不多。马挖苦小学毕业后就以放鸭为生。他在米河故道边搭起了一个鸭棚，晚上就在鸭棚里住。他的母亲一日三餐给他送饭，他的父亲马脚，每天忙完早市，都会挑着一对竹筐，到他的鸭围里捡鸭蛋。而这时，马挖苦坐在他小小的鸭划船头，吃着香喷喷的饭菜。他的父亲母亲，看着这个神奇又有些古怪的儿子，总会发出一声沉重的叹息。他们情愿儿子平平凡凡，跟其他同龄的孩子一样，和父母撒娇要横，有说有笑。也希望儿子的个子能再长高一些。马挖苦却长得不急不慌，比和他同年的白鸿声、米立心矮了一个头。个子小一些也无所

谓，要是他能开口说句话也好，可他总是一言不发。就在马脚和李桂
枝为儿子的现状痛苦的时候，他们的儿子马挖苦，却活得悠闲自在，
许多的时候，他都躺在鸭划船上，望着头上的蓝天白云，还有那自由
自在的飞鸟。偶尔也会看见一两架飞机。飞机飞过去，有时会在天空
留下一道白色的痕迹，他就一直看着那痕迹，直到慢慢变淡，散去。
谁也不知道，这个沉默的孩子，心里有着多大的世界。许多年后，当
他成为米岛最有影响力的人物，并在米岛呼风唤雨时，人们才回过头
来打量他的过去，并从中发现出这孩子的诸多异禀。

　　米爱红笑眯眯地看着刚长出几根嫩黄胡须的儿子米立心，用她的
微笑，轻描淡写地否定了他的雄心壮志。米爱红问米立心，"你打算
怎样当这个家？花子发家做农资生意，马挖苦家又是杀猪又是磨豆腐
还养了那么多鸭，你也跟我说说你的规划。"米立心的脸涨得通红，
显然，他并没有一个完整的计划。但是到了第二天，他对母亲米爱红
说他还是想当家，他有规划了。米爱红说，"你说说看，有什么规
划。"米立心说，"我想好了，做农资我做不过花子发，放鸭我也赶不
上马挖苦，但是我打算养哈白兔。"当时，收音机里天天宣传，说养
哈白兔能致富。而设在县城的江南种兔公司，以二百块钱一对的价格
出售种兔，然后以五十元一只，回收三个月大的子兔。米立心说他了
解过了，一对种兔一年可以产五到七胎，一胎可以产五到六只小兔
子，按平均每对种兔产六胎，每胎六只算，一对种兔一年就可以生三
十六只小兔，一只小兔五十块，三十六只小兔就是一千八百块。"如
果咱们家一次养十对种兔，一年下来，就可以赚一万八千块。"米立
心为他的养兔计划兴奋不已，他对米爱红说，"你只要给我两千块
钱，到年底，我就可以给你上交至少一万五千块钱。"米爱红说，"要
是种兔得病死掉了呢？要是小兔子没有养活呢？兔子要不要吃？生病
了要不要打针？"米立心说，"这些我都想了，就算打一个折扣，十对
种兔，一年下来，赚一万块钱也没问题。"米爱红说，"有这么好的
事，为什么大家都不去养呢？"米立心说，"收音机里天天宣传，你怎
么知道大家都没有去养呢？而且人家是大公司，签订合同，保证回收
小兔子的。"米爱红说，"我总觉得没这么好的事。有这么好的事，那

政府还不号召大家都养兔子。"为这事米爱红还专门问过来店里看电视的赵建国，说，"赵老师，您见多识广，您觉得这事可信不可信？"赵建国老师说他家以前养过兔子，兔子爱到处打洞，主要是吃草，繁殖力也的确惊人。只是他不清楚，五十块钱一只的兔子，他们收回去干吗。卖兔子肉？也值不了那么多钱。卖兔子皮？也没有听说兔子皮很值钱。赵建国老师说，"立心现在信心满满，你可以让他试一试，但不要一次养这么多，先养一两对试试，万一不成功，损失也没那么大。一下子养十对，风险太大了。还有一点，你要问清楚，他们这个公司回收小兔子干什么用。"听了赵建国老师一席话，米爱红的心里就有了主意。她说，"还是读过书的人，想问题就是周到。"就又为米立心不肯上学而叹气。赵建国劝米爱红说孩子不上学也是看你太辛苦太累，想帮你减轻负担哩！这孩子孝顺，只是，他那么聪明，浪费一块读书的材料了。

　　第二天，米爱红拿出了四百块钱，交给米立心，让他先去县城看看，问清楚，特别是赵老师说的，小兔子收回去到底干什么用。最好是先买一对回来。米立心拿到了钱，心就飞到了县城。到了县城，他想先去县一中找花五朵。到了一中，连学校都进不了。看门的门卫问米立心是花五朵的什么人，米立心想了想，说他是花五朵的哥哥。门卫看米立心不像社会上混的坏孩子，就说，"你妹妹读哪个班？"米立心说，"读高一。"门卫说，"高一有六个班，你妹妹是高一几班？"米立心说不清楚。门卫就盯着米立心看，说你小子不是花五朵的哥哥吧。米立心说是她哥哥。门卫说，"你还撒谎，哪有哥哥不知道妹妹读哪个班的？"米立心的脸就红了。门卫说，"被我说中了吧。老实交代，你找花五朵想干什么？"说着就将米立心拉进了校门，命令他站在那里，开始审问。米立心实话实说，说他叫米立心，和花五朵是初中同学，来自米岛，今天到县城办事，顺道来看看同学。门卫说，"看看同学，还是看女同学，你小子没安好心，是早恋吧。你给我站好，我打个电话去派出所，一会儿就把你送派出所去。"米立心见门卫去打电话，撒开脚丫子就跑，身后传来门卫的笑声和叫骂声。回到米岛，米立心将他在县城找花五朵的经过说给白鸿声听，白鸿声笑了，说幸亏你反应快，要是被抓进派出所就惨了。

江南种兔公司的门面之小，实在让米立心心里犯嘀咕，就在县城汽车站隔壁，一间不过十平方米的小屋，门口挂着"江南种兔公司"的牌子，屋里的墙壁上挂满了锦旗。两个头发梳得溜光的男人，看样子是负责人。还有几个和他一样来购买种兔，正在些犹豫不决的人。那两个负责人口若悬河地鼓吹着公司的规模，说这只是公司的一个办事处，在县郊还有一个大型的养殖场，并表示可以带他们去现场参观。看那几个人还是不放心，他们又说，要是骗人的，我们敢在收音机里打广告么？正说着，有个养殖户来交兔子了。他说他是县郊的农民，四个月前进了五对种兔，上个月就来交了十只兔子，这一次又带来十只。他说一开始也不太相信，没想到才四个月，就回了本钱。他说照这样下去，今年还能再交一批。那几个犹豫不决的人，当时就签了合同，交了钱。米立心也签了合同交了钱。他想起赵老师的问题，就问那两个负责人，子兔回收后怎么处理了？一个负责人翻了白眼对他说，这是公司的商业秘密。后来他听一个也来买兔子的人说，这位小哥怎么这么苕，他们五十块一只收回小兔，然后再二百块一对卖给我们呀。米立心于是恍然大悟。晚上，米立心带着他的兔子回到米岛，一时间，看电视的人都围过来看他的兔子，听他讲述在江南种兔公司的见闻。还说他亲眼见到养殖户来交兔子。赵老师就问米立心，他让问的事问了没有，米立心如实回答了。赵老师没有说什么。米爱红见赵老师没说话，有些放心不下，就悄悄问他有什么看法。赵老师说，"立心现在正在劲头上，不便打击他。但这个养殖哈白兔致富的信息，十有八九是个骗局。"米爱红问为什么，赵老师就给米爱红分析，说一开始，他们卖出的种兔还没有大量繁殖，按合同回收一些小兔子，这样形成口碑，但随着他们卖出的种兔越来越多，回收的小兔也越来越多，而那么多小兔子，不可能都当种兔卖出去，江南公司的这笔生意，就是个亏本的买卖，时间长了他们是撑不下去的。米爱红说，"那他们还开公司？"赵建国说，"只有一个可能，就是卖出一大批种兔，然后卷款走人。"米爱红说，"你为什么不早说呢？"赵建国说，"也许，立心这一批种兔还能回本，能赚钱也说不定。不管怎么样，就算是赔了，也是让立心长个见识啊。"果然，米立心的种兔在年关时候产了崽，两窝一共十三只，冻死了一只。余下的，米立心像对自己的孩子一样呵护着，到了次年三月，兔子长到了合同规定的体重，米立心将小兔带到了江南种兔公司。那时的江南种兔公司在原来的门面房不远处，租了更大的门面，来购种兔交小兔的人络绎不绝。米立心的十二只兔子卖了六百块钱。江南种兔公司的负责人就劝米立心，何不再购三对种兔回去？米立心就用卖兔子的钱，又购回两对种兔。米立心养兔子赚了钱的消息，一下子在村子里传开，接下来的一段时间，经常有本村，甚至邻村的人来他家看兔子，核实情况。没多久，村里就掀起了一股养兔风潮。米立心因为有了一些经验，因此成了米岛养殖户们心中的专家。一时间，来向米立心取经者络绎不绝，米立心俨然成了江南种兔公司的形象代言人。米岛那些和他年纪相当的怀春少女，甚至纷纷借观摩养兔之机和米立心认识，寻找共同语言，拉近关系。而当她们看到传说中的米立心长得竟是如此的精神帅气后，无不在心里涌起了浓浓的爱慕。米立心在他生命中的第十七个春天，品尝到了成功带给他的前所未有的优越感。这个从小在非议声中长大的私生子，在他十七年的人生阅历中，第一次明白了一个道理，这是一个强者的世界，只有成功者才能享有万人膜拜。在米岛，那些家有女儿的母亲们，就纷纷来到白奇谋家，希望白奇谋能够帮他们的女儿促成这一桩姻缘。

彼时，白奇谋已成为米岛最著名的媒人，并且立志在有生之年要说成一百桩姻缘。立下这宏愿之后，白奇谋就把余生的精力投入到了做媒上。自然，白奇谋说媒伊始，并没有这样的打算，只是觉得本村一男青年与邻村一女子很是般配，而那女子的父亲，又是白奇谋的远房亲戚，于是白奇谋就在女方家，将那男子的优点与家境——适当夸张，并预言了这对男女要是结合将会得到的幸福，然后来到男方家，又将女孩的贤良品德、做家务的能力等等条件——推介，结果很顺利，没怎么费事，就促成了他媒人生涯中的第一桩姻缘。在白奇谋之前，米岛尚未出现过男媒人，保媒拉纤，都是媒婆。保媒成功给白奇谋带来了意料之外的好处，男方给他买了一双皮鞋表示感谢，女方给他做一件的确良衬衣。结婚前一天，男方家摆谢媒酒，他被请在了上席就座，受到了前所未有的尊敬。当然，如果只是带来这点好处，白奇谋也不会立志将后半生献给保媒事业，真正的好处到次年春天才显山露水。次年春耕，因白奇谋保媒结婚，如今恩爱幸福的小两口一合计，吃水不忘挖井人，幸福不忘白奇谋，如果没有白奇谋从中介绍，他们俩此生可能连见面的机会都没有。为了表达对白奇谋的感激之情，小两口双双来到白奇谋家，一个帮他耕田，一个帮他插秧。家里平添了两个劳力，这让一开始还埋怨白奇谋不务正业的奇谋家的喜出望外，于是鼓励白奇谋再接再厉。果然，他很快又促成了两对。很难说白奇谋就是为了家里的农活有人干，能吃上谢媒酒，能不愁新衣与皮鞋穿而说媒，他是从保媒的过程中找到了人生的乐趣和他为人的价值。他这个地主崽子，黑五类，过去一直被人鄙视、嘲讽，活到四十多岁，突然发现了自身的价值，得到了前所未有的尊重。看着那些围着他、讨好他，希望引起他关注的年轻男子，还有跟他们一样表现的父母们，白奇谋的心里涌动起一股前所未有成就感。白奇谋对他的老婆说了一句很有深度的话，他说，"我活了四十多年才活明白，一个人，离不开你的人越多，你就越有地位。"白奇谋很享受这种被人尊敬的感觉，特别是当他为那些年龄偏大又家境贫寒的男子，找到了一个合适的老婆之后，就会有一种很深的成就感。当然，他也因此有了苦恼，当经他之手而结合的夫妻婚后因感情不和，吵架打骂时，他深感自己责任重大，吃不香睡不好，一定要去把那小夫妻劝和了才安心。后来，在一次谢媒宴上，喝了二两烧酒，晕晕乎乎的白奇谋端着酒杯站了起来，对新人表达了祝福之后，立下了他的宏愿，要在有生之年，保成一百桩红媒。这件事一传十十传百，很快就广为人知。春天，他家的水田里，清一色的青年男女，他的农活，根本用不着他和老婆动手。彼时的米岛，若有那大龄青年娶不到老婆，他们的父母就会说，"你这个死脑筋，你不会去给奇谋多多做几天事。"而义务给他家干活的，肯定都是一个心思，希望白奇谋给自己说一门亲。因为经常在米岛各村跑，白奇谋的脑子里，渐渐就装下了众多未婚男女青年的资料，他的保媒生涯，也因此走向了良性循环。在米岛有一句老话，一家养女百家求，什么样的女子都不愁嫁，而男子却不同，如果家境不好，或是兄弟姐妹太多，或是长相差了一点，过了二十二岁就成了大龄青年，再想找一门合适的亲事已是难上加难。因此来求白奇谋的都是男子。而像米立心这样受到如此众多女孩爱慕的事情还是第一次出现。于是白奇谋在心中对那些女孩进行了第一次的筛选，然后兴冲冲地来到米爱红家，他以为这次保媒十拿九稳。米爱红听白奇谋说明来意自然高兴。她也在想，既然米立心不想上学，那就早点结婚，她也好早点抱上孙子。白奇谋就一一介绍，哪家女孩长得好看，但是家境略差了一点，哪家女孩长相一般，但是家教好，又说你们家立心长得这么好，又是养兔专业户，只要你们同意，我保证给他说到米岛最好的女孩。米立心得知母亲和白奇谋在商量他的婚姻大事，表现出了极大的愤慨，扬言他的事不用大人操心。白奇谋热脸贴了冷屁股，但他并没有生气。他说，"我这么大年纪了，怎么会和一个乳臭未干的孩子生气。"他很自信地断言，"总有一天，你米立心会来求我，到那时，你不给我做一年的农活，休想我给你说亲。"

接下来，发生了一桩奇事，一个走乡串户的算命先生来到岛东村，坐在米爱红的商店门前。他说马脚的命是先贫后富，老树新枝之相。马脚连连称是。他还说米爱红是红颜薄命，婚姻坎坷之相。米爱红就筛了茶请先生喝，先生喝了，就开始讲他走南闯北的奇闻。其时刚刚插完早秧，米岛迎来了这年的第一个农闲，米爱红的小店门口，围了一大群人，算命先生侃侃而谈，讲他的麻衣相法。说麻衣神相是将人分成六种类型，所谓颜面六相，有人是富相，比如说你。他指了一指花子发。有人是寿相，他四周寻了一下，指着白奇谋，说你看他这眉毛，典型的长寿之相。又说有人是夭相，短命之相，眼神四处寻找了一圈，说这里没有。又说有人是贫相，还有人是贱相。被他说到命好的，自然就很欢喜，说自己确实怎么怎么顺利。被他说到命定贫贱的，果然也是长吁短叹。算命先生突然又指着马脚之妻李桂枝，说，"这位大姐，最近几年要小心。凡事不要往心里去，不要动肝火，更不要太过劳累，否则会有大灾。"一番话，说得李桂枝心里七上八下。当算命先生看到从外面割草回来喂兔子的米立心，就惊叫了一声，说，"这位小哥，你慢点。"米立心瞪着他，说，"什么事?"米爱红说，"这位先生算命很准，让他给你算算。"米立心年轻气盛，相信科学，反对迷信，冷笑了一声，说，"命运掌握在我自己手中。"转身进了屋。米爱红就不好意思地对算命先生笑笑，说，"我儿子，不懂事，你别放在心上。"算命先生说，"你把他的生辰八字报一下。"米爱红就说了某年某月某日某时，算命先生微闭着眼，手指开始掐算起来，说，"好命。不过年轻的时候会吃一些苦头，三十岁之前，是乌云遮月，墨里藏金之相，三十岁左右转运，乌云渐散，到了三十六岁，贵不可言哪。"说着口中念了一首诗，"此名算来最清高，立雪程门姓氏标。待到年将三十六，蓝衫脱去换紫袍。"米爱红就说，"先生，这几句话是什么意思?"算命先生微微一笑，说，"你这儿子，说来还是个文化人的命相，三十六岁之后，书生转运，要做官。"米爱红就说，"他读了个初中就退学了，哪里算是有文化，更别说当官了。"算命先生说，"人生漫长，什么机缘都有，哪是你能看得清的。"又说，不知你儿子叫什么名字。米爱红就说了叫米立心。那算命先生两眼精光四射，说，"好名字。"又说，"我家有个闺女，长得那是没话说，和你儿子同年，比他小三个月，我刚算了一下，命里八字很合。想要高攀你这门亲事，不知有没有缘分。"米爱红说，"我这儿子是头犟驴，说他不结婚，要当和尚的。"那算命先生就叹了口气，没再说什么。马脚这时就把马挖苦的八字也报了，让算命先生算。白奇谋也报了白鸿声的八字。算命先生一惊，说，"这三个娃，是同年同月同日同时出生的呀。"米爱红就说，"不单他们三个，还有一对双胞胎姐妹呢。"这样一说，那算命先生就说，"这是遇到奇事了，我走南闯北这么多年，这样的事，还是头一次遇到。"就算了白鸿声的八字，说这孩子，是不是身子骨很弱。奇谋家的说，"正是正是，从小就病多。先生你给算算。"算命先生脸上没有笑，只是说，"命还可以。"便不再多说，又去算马挖苦，脸色却凝重起来，半天没有说话，弄得马脚和李桂枝紧张得要命。算命先生说，"怪了怪了，这个命，大富大贵，大凶大吉，大起大落，大悲大喜，不好说，真不好说。"算命先生走后没几天，居然带了他的女儿来到米爱红家，让米爱红看了。果然生得唇红齿白，比花家姐妹一点不差。嘴巴又甜，见了米爱红，一口一个婶娘地叫。当时米立心在外面割草不在家，正好白鸿声经过，米爱红就说，"鸿声，你帮我把立心找回来，就说家里来客了。"白鸿声就盯着那女孩看。然后找到米立心，说，"你妈叫你回去。你们家来了一个很漂亮的女孩，在米岛，我看除了花一朵和花五朵，再找不到这么好看的女孩子了。"米立心一听，说，"不好，肯定又是我妈给我张罗说的媳妇子，你回去就对我妈说没找到我。"白鸿声说，"真是长得很漂亮，你不去看一眼？"米立心说，"你不是不晓得，我心里只有花五朵。"白鸿声说，"可五朵现在在读书，她将来要上大学的，你们俩，是不现实的。"米立心说，"不管怎么样，我心里只有五朵，我不会再喜欢别的女人，就算比五朵漂亮一百倍我也不喜欢。"白鸿声说，"你会后悔的。你以为我不知道吗，五朵自去读高中，一晃快两学期了，你见过她几次？"米立心说，"就见过一次，还是去年过年的时候。"白鸿声说，"你对五朵说了你喜欢她，你在等她吗？"米立心说，"我没说。她现在在读书，我不能让她分心。但我相信，她知道我在等她。你呢，你和一朵？"米立心问白鸿声。白鸿声叹了口气，说，"一朵一天到晚忙着做生意……你不回去，那我去回你妈，说没找到你。"白鸿声去回了米爱红，说没找到米立心。米爱红说，"没有找到？你们俩好得穿一条裤子，你会找不到他？"就知道了儿子的心思，知道儿子心里装着花五朵，再也不会找别人了。算命先生走后，米爱红就坐在门口发呆，她想到了自己，想到自己之所以婚姻坎坷，不正是因为自己不切实际，总是喜欢上和自己不在同一世界的人吗？又想到了一句土话：鱼找鱼，虾找虾，乌龟找个大王八。就为儿子感情的事操心起来，害怕他将来走自己的老路。

米立心回到家，米爱红就将他教训了一通。米立心昂着脖子，说他的婚姻大事不用别人操心。米爱红很生气，说，"我是别人吗？我是你妈。"米立心说，"男子汉大丈夫，先立业，后成家。"米爱红说，"立业，你立了什么业？不就是养了几只兔子，有几个人来你这里参观取经，小尾巴就翘上天了。"晚上，赵建国老师来家里闲坐，米爱红就对他说起了白天的事，赵建国说，"要说结婚，立心还是小了一点，不用着急。年轻人嘛，多少会有一些骄傲之气，等他在生活的苦水里泡三年，盐水里煮三年，就会成熟了。"果然，还没有等米立心的小尾巴翘上天，到了这年六月初，米立心将他的梦想——三十只兔子——用四个大竹笼子装了，请了白鸿声帮忙，两人用自行车驮了，天没亮就兴冲冲去到县城。一路上，米立心都在规划着他那无比光明的未来，三十只兔子，那可是一千五百块。这一千五百块钱，可是他米立心赚到的第一桶金，他要扩大规模，不仅养兔子，还要养鸡，养猪，明年，他就可以实现当万元户的梦想了。然而梦想很美好，现实却很残酷。当他们来到江南种兔公司，却发现那里已是人去楼空。

米立心不仅自己被骗，还害得周边的农户一起被骗，头上的光环在一夜之间消逝。母亲并没有责骂他，还请来了赵老师安慰他。但米立心一下子被击垮了，他开始借酒消愁。这年暑假，米立心去找花五朵，第一次，花五朵陪她母亲武义兰去了武汉进货；第二次，花五朵陪他一起在米河故道边走了一回。一路上都是花五朵在说，说她在县一中的生活，理想而充满激情。花五朵说她的梦想是考上北京大学中文系，她要当一名作家。花五朵还讲她现在是学校文学社的骨干，她还在学校的社刊上发表过诗歌。她还朗诵了她写的诗，并问米立心写得好不好。米立心说，"写得好。"她还说了她喜欢的诗人汪国真，并诵读了汪国真的诗。米立心觉得，花五朵简直太有才了，花五朵懂得的东西比他多得多。米立心说他从来没有听说过汪国真。花五朵就说，"你怎么能不知道他呢，我们同学个个都知道他。男同学给女同学写情诗，都抄他诗中的句子。"米立心的心里，就有了一些自卑。花五朵说，"原来在米岛，赵建国老师是我的心中偶像，那时觉得他讲课风趣幽默。到了县一中，才知道什么叫好老师，一中的老师，个个都是大学毕业的。"米立心本来想对她讲自己心中的烦恼，讲自己的梦想怎样破灭，讲这个社会的复杂，怎么会有这么多的骗子，讲他现在体会到的人性。但花五朵根本不给他说话的机会，自己一个人在那儿滔滔不绝。看着眼前意气风发，曾经和自己两小无猜的花五朵，米立心突然觉出了他和花五朵之间的差距。不是说一年的高中生活花五朵就学到了什么，而是因为，花五朵和他，从此生活在了两个不同的世界。自那之后，米立心再没去找花五朵。他对白鸿声说，他一定要做出成绩来，给花五朵看。白鸿声一句话，却把米立心打回了地狱。白鸿声说，"怎么做给她看？成为一个万元户？花五朵会看重这个吗？你会写诗吗？你会读那个谁？汪国真的诗吗？"

　　白鸿声告诉米立心，村小学要新招几名代课老师，问米立心想不想去试试。白鸿声说他想先考上民办教师，然后好好复习，争取考上公办。米立心说他不想教书，可是白鸿声劝他考，母亲米爱红也希望他去。他就去考了，结果却是白鸿声考上，而米立心却落榜了。接二连三的打击，让这个骄傲自负而又敏感的少年不堪重负，而另一次的意外发现，却让他从此性情大变。米立心在一次半夜醒来时，听见有人在轻轻敲打母亲房间的窗户，他以为有小偷光顾，于是悄悄起床，支棱起耳朵仔细倾听，却听见了一个男人压低的声音，听见母亲轻手轻脚开了门，那个男人就进了母亲的房间。他还听见那男人轻声问："立心睡了吧？"母亲说："睡着了。"这个男声居然是他最尊敬的老师赵建国的声音。少年米立心在那一瞬间什么都明白了。他很愤怒，他无法理解母亲，更无法原谅赵建国。第二天，米立心离家出走了，他沿着米河故道，试图一直朝上游走，他想走到米河的尽头，那个叫着巴颜喀啦的雪山，他想像武侠小说中的那个被世人遗弃的大侠一样，死在那雪山之巅。他走了一天，脚底磨出了水泡，又累又饿的他再没有信心往前走，天黑时，搭了一辆拖拉机回到家。从此，这个心怀大志的少年，开始走向了人生的另一个极端。那年冬天，少年米立心开始尽情放纵自己，经常夜不归宿，并且和他童年时代的好友，现在的村小学老师白鸿声渐行渐远。彼时的岛东村，当年花子范开的那间发廊几易其主，但它的功能一如既往，这间更名为"深圳发廊"的理发店，成了米岛那些不求上进被岛民称为"烂柑子"的不良少年们厮混的场所。脚底磨出血泡的米立心，回到岛东村，却不想回家，经过深圳发廊时，被里面传来的震耳音乐声吸引，他挪不开脚步，站在发廊门口足有半个小时，直到出来撒尿的白鸿武发现他。自从花子范坐牢后，"金花帮"四分五裂，群龙无首，于是各自为政，结成了许多小团体，他们有的安全度过了严打。严打结束后没多久，这些残存的小团体之间开始相互拼杀，白鸿声的堂兄白鸿武，这位打小就不好好读书，喜欢小偷小摸的小混混，终于从这拼杀中脱颖而出，成了岛东村烂柑子的头头，他接手了花子范留下的发廊，也继承了花子范未竟的事业。白鸿武每天带着几个小混混，就混迹在这深圳发廊，也做正经生意，但更多的时候是偷鸡摸狗。李铁子，曾经的"金花帮"四大长老之一李西北的儿子，那个当年因为骂花家姐妹而被花子范掌掴的小子，如今正值青春年少，长得黑矮结实，满脸皆是痘痘。李铁子继承了他父亲凶狠好斗的秉性，只是因为相对年少，屈居白鸿武之下做了白鸿武的得力干将。他们扬言，花子范和李西北的时代已经过去，现在的米岛，是他白鸿武和李铁子的时代。当然，这是他们自封的，他们的势力范围仅限于岛东村。那时米岛镇上，最有名的混混是卷土重来的金手。但是在白鸿武和李铁子的世界里，金手只是一个遥远的传说，是他们心目中的偶像。白鸿武和李铁子曾经想过去找金手，拜金手为老大，但却苦于引见无门。李铁子的父亲李西北和金手本来交情不浅，但如今年岁已大变得老实起来，已然不过问江湖的事情。投靠金手不成，白鸿武和李铁子才在岛东村自立门户，成为这新生的小街一霸。在过去，米立心最是瞧不起白鸿武和李铁子，在他的世界里，这样的人就是人渣。可是现在，他却站在了白鸿武的发廊门外。出来撒尿的白鸿武吓了一跳，骂，"哪个狗日的，吓死老子了。"米立心怯怯地说，"是我。"白鸿武一听，大笑了起来，说，"哟嗬，养兔专业户，上进好青年米立心呀！你半夜三更不睡觉，跑到我这里干什么？"米立心说，"听见你们在里面玩得很开心，我，能进来一起玩吗？"白鸿武就怪叫起来，喊，"铁子，铁子。"李铁子在屋里回，"叫什么？老大。"白鸿武说，"你出来看看，太阳从西边出了。"屋里的李铁子，还有本村的两个小青年，并两个女孩子鱼贯而出。李铁子说，"老大，什么情况？"白鸿武指着米立心，说，"你看这是谁？"李铁子说，"嘁，我以为是哪个，不就是养兔子的米立心吗？"白鸿武说，"我他妈还不知道他是米立心。我是说，你晓得他刚才说什么吗？他说要加入我们，和我们一起玩，哈哈，太阳是不是打西边出来了?"李铁子就围着米立心转圈,说,"你小子耍我们的吧?"米立心说,"我真的想和你们一起玩。"李铁子说,"我们这里可不欢迎好孩子啊,你说是不是?"就拿手去推米立心。米立心往后退了一步,转身想走。白鸿武却说,"别走啊,来了就是兄弟。"李铁子说,"加入我们可以呀,但要做坏事,你敢做吗?"米立心不说话。李铁子说,"要不,你先去你家商店里,给我们弄点烟和酒,再弄点花生米来。"米立心说,"好。"米立心回到家,拿了一条烟、两瓶五加皮酒,那是店里最贵的酒了,另外又装了半袋子花生米。白鸿武说,"行啊。好孩子米立心也和我们同流合污了。这充分说明了咱们的组织是有吸引力的。"这天晚上,米立心第一次和他平时不喜欢的不良少年们一起喝酒,第一次抽烟,还学会了说脏话,骂娘。第二天,米立心就和那些少年们一起,坐在了白鸿武的发廊门口,冲着往来的女孩子吹口哨,发出怪叫。一开始米立心还有些胆怯,但他很快就完成了角色转换,他发现生命为他打开了另外的一扇门,他感受到了前所未有的快乐。

米立心的堕落让米爱红忧心忡忡。她找到深圳发廊,拉起米立心的手,让他回家。米立心红着脸说不回。米爱红想再教训他,他却对母亲米爱红说,"你没有资格劝我回家。我不想回那个家。"后来米爱红又请了赵建国老师来劝米立心。在过去,米立心最听赵建国的话。赵建国不知道,米立心已经发现了他和米爱红的事,当他出现在深圳发廊时,米立心的内心涌起的只有仇恨与屈辱。赵建国想来劝他,他却张嘴就骂,"你妈的个屄,我日你妈。"看着米立心长大,并教会了他吹口琴,教会了他许多人生道理的赵建国,在心里早就将米立心当成了自己的儿子。他和米爱红两人真心相爱,却又舍不下自己的家,舍不下糟糠之妻。米爱红说她不需要名分,只要他对自己真心她就心满意足了。因此赵建国总觉得亏欠米爱红的,于是对米立心就格外上心,比对自己的亲儿子还要好。赵建国没有想到,米立心居然用如此下流的话来骂他。赵建国没有因为米立心的辱骂而放弃,他拉了米立心的手,说,"立心,跟我回家,有什么话,咱们回家了再说。"米立心一把甩开赵建国的手,说,"松开你的脏手,你给老子滚,老子看见你就恶心。"赵建国的脸就扭曲了起来。这时米爱红也来了，听见儿子骂赵建国，气不打一处来，因骂道，"立心你疯了，赵叔叔对你这么好，你还有良心没有？"米立心的脸涨得通红，他转身跑了。跑到了米河边，冲着米河发出狂叫。米爱红劝不回儿子，就去找白鸿声，此时已经在小学当老师的白鸿声，已经深爱上了教师这份职业。当他听米爱红说了米立心的种种现状之后，深表忧虑，说他肯定也劝不了米立心。米爱红说，"不管劝得了劝不了，你帮我去劝劝。"于是白鸿声就去了，米立心却说他现在这样很开心，过去活得太压抑，总想把自己装成一个好孩子，其实他根本就不是什么好人。他还劝白鸿声也不要教书了，教书有什么意思呢？跟着他们一起混，天天喝酒抽烟。想唱就唱，想叫就叫，多么快活。看谁不顺眼了，就揍谁一顿。他说这才是人生，饮马江湖，快意恩仇。白鸿声就说，"你不为自己想，也要为你妈想想，你妈一个人拉扯你，吃了多少苦，你怎么能伤她的心呢？"米立心说，"她不会伤心的，她好得很。"白鸿声又说，"听说你还骂赵老师了，赵老师对我们多好呀。"米立心脸又涨得通红，说，"不要在我面前提这个名字，听见这名字我就恶心，想吐，你不提他，我还当你是朋友，你要提他，我们朋友都没得做。"白鸿声劝不了米立心，就把怎么劝说米立心的经过对米爱红都说了。米爱红又对赵建国说了，两人相对无语，许久，赵建国说，"是我害了你，立心肯定是知道我们的事了。"米爱红说，"这事不怪你，都是因我而起，是我先勾引你的。"赵建国说，"不要这样说。"米爱红说，"……也许，五朵能劝得了立心。"

米爱红去找武义兰，其时的武义兰，已成为米岛镇上最成功的服装经营户，她和女儿花一朵一个进货，一个销售，生意蒸蒸日上。见到米爱红，武义兰热情地招呼。武义兰从心底里对米爱红保持着尊敬，她们之间话虽说得不多，但武义兰经常对女儿花一朵说，在米岛，她最尊敬的人就是米爱红。现在，米爱红来找她，并说出了她的请求。武义兰说，"也许五朵也劝不了他，这孩子，现在是破罐子破摔了，又正在青春叛逆期，也许过上一年半载就会好了。"米爱红说，"就怕跟了那一帮烂柑子学坏，到时回头就难了。我知道，立心喜欢你们家五朵，当然了，"米爱红说，"我知道，立心是癞蛤蟆想吃天鹅肉，这是不可能的事情。"武义兰说，"快别这样说。你们立心是个有出息的孩子，只是五朵学习紧，不知有没有时间呢。不过我会对五朵说，至于五朵来不来劝，劝不劝得好，我就不敢打包票了。"米爱红千恩万谢地走了。花五朵却一直没有来。米爱红去问过几次，得到的答复都是学习紧，根本没时间回米岛。转眼到了寒假，花五朵终于来到了米岛。那时的米立心，已经成了一个资深烂柑子，他学会了吐烟圈，并且能将第二个吐出的烟圈从第一个烟圈中穿过，第三个烟圈又从第二个烟圈中穿过。还学会了打响指，三个手指一搓，就能打出响亮的声音。他还学会将食指弯曲放进嘴里，打出尖厉的口哨。他还留长了头发，学会了跳霹雳舞。他的天资，很快在众多烂柑子中脱颖而出。他的身后，也渐渐聚集了几个马仔。现在，他和白鸿武、李铁子一起，学着武打片里，给自己取了诨号，叫作米岛三侠。白大侠、李二侠，他是米三侠。花五朵来找米立心，那群小混混们就发出了怪叫，"哇，花姑娘好久没回米岛了，是来找咱们米三侠的吧。"又大声叫，"米三侠，你看谁来了。"正在吞云吐雾的米立心，突然看见花五朵，慌得将烟扔了，窘得不行，说，"你怎么来了？"花五朵说，"放寒假了，回米岛来看看奶奶，顺便看看你这个老同学。"那些小喽啰就叫，"米三侠，别在这里说话，你们去二人世界吧。"米立心就在前面走，花五朵在后面跟，两人走到米河边。寒风吹动着花五朵和米立心的长发。米立心说，"学习还好吧？"花五朵没有回答。米立心说，"还写诗吗？"花五朵没有回答他。米立心就不知说什么好了。花五朵沿着那条河堤走得很快。米立心跟在后面说，"你走这么快干吗，你这是要去哪里？"花五朵仍旧一言不发，在前面走得飞快。走了足有半个小时，前面出现了一条小路。花五朵快步上了小路。米立心喊，"五朵，别走了。"花五朵并没有停下脚步。米立心知道，再往下走，就是八十场了。几年前的那一幕，一下子浮现在眼前，米立心有些发怵。花五朵走得飞快，很快就到了那块石碑前。米立心说，"五朵，你什么都别说了。"花五朵冷笑道，"米立心，米三侠。"米立心说，"五朵，你别这样，我知道错了，我们走吧，这里阴森森的。"

花五朵说,"米三侠,听说你的霹雳舞跳得很好,我想看,你能跳给我看吗?"米立心的额头上,汗就冒出来了。米立心说,"我真的错了,我什么都明白了,我们走吧。"花五朵就冲那石碑深深一鞠躬,转身走了。米立心跟在后面。花五朵依然是一句话也没有说。米立心说,"你走这么快干吗?"花五朵回头看了一眼米立心,说,"你要想和我一起往前走,就得赶上我的脚步。"花五朵说,"过完年,我就要高考了。也许我能考上大学,开始完全不同的人生,也许,我会落榜,回到米岛,但是不管我走到哪里,我都不会忘记,在米岛度过的美好时光,那时光如此美好,是因为有你,米立心。我希望,米立心这三个字,能成为让我回想起来就觉得骄傲的名字。而不是现在的米三侠。"花五朵扔下这一番话后就回了镇上,米立心自此再没有回过深圳发廊,没有去找他的哥们儿白鸿武和李铁子,也没有去找白鸿声。他去了米河边找马挖苦。马挖苦仰天躺在一块坡地上,看着天上的流云,他的身边,高高竖立着那根放鸭篙。他的鸭子们在收割后的稻田里觅食。米立心突然觉得,他们这群少年中,马挖苦其实最苦、最难,却也最坚强。他站在马挖苦的身边,和马挖苦打招呼,马挖苦看他一眼,继续望天。米立心也不发一言,紧挨着马挖苦,学着他的样子,仰面躺下,看天上的云。他第一次发现,天上的云是如此美丽。那一刻,他感觉,能这样看着家乡云彩的日子不多了。过完春节,十九岁的少年米立心将要第一次出门远行,从此开始他不一样的人生。而少年时期的青春与伤痛,就在花五朵带着他回到刑场的那一瞬间终结。许多年以后,他才告诉花五朵,当时,他又看见了当年令他战栗的那一幕,看见子弹穿过那些人的后脑勺。少年米立心,在那一瞬间,褪去了青涩,走向成熟。

十一

马挖苦在他的童年时期，就一直被那些奇异的感觉所纠缠。当他能准确听出在地底下活动的小动物发出的微弱声音，并成功帮助父亲捕获那些动物时，他内心升起来的，是一种自豪与满足。在那之前，他也曾经享受过父母的宠爱，但是很快，这种宠爱被一种夹杂着失落与忧郁的感觉所替代，直到他在父亲面前显露出他的特殊本领，才让父母对他刮目相看。在分田分牛时，他又露了一手，当他将那头病牛抓到手时，并不知道有什么牛黄，只是冥冥之中有一股力量，让他的手伸向了那个纸团。他因此而被村人嘲笑，直到后来那头牛的胃里剥出牛黄，他们家因此而脱离贫困。但自那以后，他的那项特殊本领似乎不见了，父亲曾经带着他看遍了米岛所有的牛，甚至县城的牛市，他希望儿子再一次发现牛黄，但是他一直摇头，不能决定。后来马挖苦实在不堪父亲的烦扰，胡乱指了一头牛，当他的父亲满心欢喜将那头牛买回家杀了之后却一无所获。一头膘肥体壮正值壮年的耕牛，结果只能杀了卖肉，这次失败，让马脚对儿子的奇异功能产生了怀疑，他不再冒险让儿子为他寻找牛黄，从此，马挖苦在父亲心中，又变成了一个再普通不过的孩子。如果不是李桂枝坚持，他甚至都不想让儿子读完小学，他认为一个哑巴，读书识字实在是没有必要，认了字也说不出来。小学毕业后，马脚买了一群鸭子让马挖苦放，马挖苦用心和那些鸭子交流，居然能听懂鸭子的语言，并且知道怎样让鸭子们也听懂他的哨声和手势。这样的过程并不漫长，很快，他就能轻松放牧二百只鸭子，后来马脚发现，他们家的鸭子喂食少，下蛋勤，而且从来不会跑到别人家的田里去惹是生非，这让马脚又想起了儿子童年时期拥有的那些奇异功能，于是他开始偷偷观察。他发现儿子对鸭群中的一只鸭子特别好，他喂别的鸭子吃糠吃谷，却给那只鸭子喂田螺喂小鱼，他还会将自己的脸，贴在那只鸭子的脸上，嘴里呜呜啦啦，似乎在和那鸭子说着什么，然后亲亲那只鸭子的嘴，再将鸭子放掉。马脚惊奇地发现，那只鸭子，俨然就是鸭群的头领，原来是它在代替马挖苦管理着那群鸭子。马挖苦只是将指令发给那只头鸭，头鸭听到指令，昂首挺胸，扇动着翅膀，发出嘎嘎嘎的叫声，而所有的鸭子都在它的指挥下服服帖帖。这一发现，让马脚坚信，儿子的确是有着奇异功能，马脚就开始扩大鸭群的数量，一直到后来的五百只鸭子。马脚并不满足，还想加入更多的鸭子，但他发现儿子马挖苦开始变得烦躁不安，那只头鸭也开始力不从心。马脚知道，五百只鸭子是一个鸭群的极限，如果还要增加数量，就得再选出一只头鸭，而当一个鸭群中出现两只头鸭时，鸭群将会限入无休止的战争，这样的结果可想而知。后来的日子，马挖苦就和他的鸭子相依为命，渐渐远离了人群，远离了花五朵和花一朵，远离了米立心和白鸿声，远离了那些和他一起长大的伙伴。没有人知道他的内心在想些什么，也没有人知道他为什么会长时间看着一片云发呆，会突然间泪流满面，会盯着某处而突然发出会心或者开心的笑。马挖苦就这样在孤独与寂寞中长大，他成了一个流浪的放鸭人，他在他的鸭划船上放了三个大筐，随着鸭子的脚步，在米河故道游走，当三个筐子都装满鸭蛋后他才回家一次，带上一些干粮，又开始了新一轮的流浪。没有人会去关心他在想些什么，在旁人眼里，马挖苦是一个没有七情六欲的木头人。甚至于他的父亲，也从来没有想到过要去求白奇谋为他的儿子说一门亲。马挖苦就这样在人们的忽视和偶尔的惊奇中长大，他的身高也永远停留在了一米五，于是，他有了一个绰号——马矮子。

就在米立心迷途知返，重新振作起来的那一天，他来到了米河边，找到马挖苦，他看见马挖苦眼里蓄满了泪水。米立心不知道，马挖苦将经历他生命中一次无可言说的痛。米立心走后不久，马挖苦突然听到了鸭子们慌乱的叫声，他看见他的鸭子惊慌四散。接着，他听见了头鸭发出的悲鸣。马挖苦浑身过电一样一跃而起，顺着头鸭的叫声，他看见了白鸿武和李铁子，还有两个把脸蛋化得像鬼一样的女孩。白鸿武右手举着一杆气枪，左手抓着头鸭的脖子，他看见头鸭在白鸿武的手中挣扎了一下，用悲伤的眼神看着他，仿佛在对他说，主人，我再也不能为你管理鸭群了。他听见李铁子发出了狂笑，并大声称赞白鸿武的枪法精准。马挖苦像一头疯了的公牛一样冲向白鸿武，将白鸿武顶翻在地，扑上去，像一匹狼，一口咬住了白鸿武的脖子，然后鲜血四溅。他听见白鸿武发出凄厉的惨叫，还听见那两个女孩的哭声，他死命地咬着白鸿武的脖子不松口。李铁子冲过来，用脚踹他他也不松口，李铁子就捡起落在一边的气枪，朝着马挖苦的脑袋就是一枪托。马挖苦听到了鸭子们的哭泣声……

　　马挖苦醒来的时候，看见身边站着两个公安。接下来，他就被带到了审讯室。这时他才知道，他这一口，咬掉了白鸿武脖子上一块肉，幸好没有咬穿他的颈动脉，否则后果不堪设想。没有人知道这一只头鸭对于马挖苦来说意味着什么，更没有人知道在他的心里，从来就没有把鸭子当成鸭子，他把鸭子当成了他的亲人、朋友，他生命中最重要的伙伴。可是在派出所长米立武眼里，在米岛村人的眼里，烂柑子白鸿武固然可恨，但马挖苦的做法也着实令人害怕。为了一只鸭子而将人往死里咬，哪是人做得出来的，完全是野兽的行为。好在严打行动已然过去，岛东村的人又证明马挖苦是个弱智，他才得以逃脱牢狱之灾，被拘留几天后就出来了。出来之后的马挖苦，再也管理不好那庞大的鸭群。马脚也不得不减少鸭子的数量，先是卖掉了一百只鸭子，马挖苦依然焦头烂额，后来又卖掉一些，只余下一百只鸭子，马挖苦依然管不好那一百只鸭子，不是今天张三投诉说他们家的鸭子进了稻田，就是李四明天骂上门来。愤怒的马脚，在被别人辱骂之后，就将怒火全部发泄到马挖苦身上，他先是扇他的耳光，后来变成用烧火棍打。面对父亲的暴力，马挖苦从来不哭也不跑，只是用他那深不可测的双眼盯着父亲。每当这时，马脚和李桂枝之间就会爆发口舌之争。这样的日子，渐渐成为了马家生活的常态。李桂枝无心做豆腐，打出来的豆腐，不是老就是嫩了。而马脚却在打完儿子骂完老婆之后开始借酒浇愁。马挖苦依然放着他的一百只鸭子，他变成了一个平庸的放鸭人。

白鸿武自从伤好痊愈之后，好似变了一个人，发廊里再也没有那群孤魂野鬼。所谓的米岛三侠，由于米立心选择退出，大侠白鸿武也改邪归了正，只有二侠李铁子还继续干着溜门撬锁偷鸡摸狗的勾当。

而悲剧的影子，依然在马家门口飘荡。这天，马挖苦眼睁睁看着他的鸭子进入了别人家的稻田，却像中了邪一样无动于衷，他的心里充满了无边无际的悲伤，却不知道这悲伤因何而起。他看到了悲剧在他的生命中再一次上演，却并不知道鸭子们在别人的田里胡作非为，其实就是这悲剧的导火索。很快，鸭子们安静了下来。鸭子们因吃了拌有剧毒农药的谷粒全部死去。等马挖苦意识到灾难来临时，一切都已经晚了，他将那些死去的鸭子寻了出来，堆成一堆，然后呆呆地坐在那里。马挖苦的鸭子全部中毒而死的消息，很快就传到马脚和李桂枝的耳朵里，马脚顺手从家里拿了一把火钳，像一头疯牛，冲到正在发呆的马挖苦面前，举手就是一火钳打在马挖苦的背上。马挖苦感觉到嗓子一阵发咸。若不是随后追来的李桂枝，愤怒至极的马脚，肯定会将马挖苦就地打死。父与子的战争，很快变成了李桂枝和马脚之间的战斗。李桂枝骂，说哪有这么黑心的爹，你要打，就连我一起打死好了。你儿子给你挣的钱，买一千只鸭子都不止了，你现在为了一百只鸭子，就要打死他，你这个黑心烂肺的。马脚并不甘休，或者要做出不甘休的样子，又拿脚去踢马挖苦，就听见李桂枝一声尖叫，突然倒在了地上。李桂枝在这天晚上突发脑溢血。在李桂枝快要断气时，她的一只手还紧紧抓着马挖苦的手，她给儿子留下了最后一句话，"不要恨你爹。"李桂枝说完，头一歪，发出一声沉重的叹息。而就在此刻，她的儿子，长这么大从来没有说过一句话的马挖苦，却发出了一声撕心裂肺的喊叫，"妈，你不要死，我听你的，什么都听你的。"

李桂枝当时感觉身子一轻，就飘浮了起来，她看见自己仰面躺在床上，她的儿子马挖苦，却扑在她的身上哭喊着。她的泪就下来了，她说，"儿子，我的儿子，你会说话，你喊妈了，我听见了。"她就去摸儿子的头，手上却是空空如也。这时她看见站在一边哭得极其难看的马脚，想去劝他，但马脚却听不见她说话。她还看见，在她床边，还站着吃老鼠药死去的爱红娘，爱红娘的手里牵着一个小女孩。她还

看见了米家生和许多死去的人。她这才明白，自己已经死了。阴阳两
隔，从此陌路人。她想寻找她的女儿小满，寻找她以前的男人。米家
生告诉她，说他们喝了孟婆汤转世为人了。李桂枝就问你们怎么都在
这里。他们说他们不想转世投胎。他们还挽留李桂枝，也不要去喝孟
婆汤，这样可以看到亲人们在那边的生活。

　　悲伤至极的马脚，突然发现儿子马挖苦会说话了，悲极又喜，转
而又悲。父子俩抱头痛哭。哭过之后，马脚发誓，要给李桂枝做米岛
最隆重的法事超度她的亡灵。马脚请了一干端公，为李桂枝做了七天
七夜的斋，马挖苦七天七夜没有合眼，一直守在李桂枝的灵前。李桂
枝感动得不得了，对那一干鬼魂说，她要去喝孟婆汤，她不想看着亲
人们悲伤却只能眼睁睁地看着。做完七天七夜的斋，她就投胎去了。
马脚从悲伤中回过神来，他谢过了一干斋公，付钱的时候，却发现了
一张熟悉的脸，一时却想不起在哪里见过。那斋公就说，"你是忘记
了，当年我在你们村捉过鬼的。小姓李，名一。"这样一说，马脚就
回过神来。想到当年自己还敲过他的竹杠。斋公李一说，做这一行，
就为了混口饭吃。马脚说，"人死如灯灭，其实做这么多天斋，不过
是做给活人看，给自己看，求一个心安罢了。"

　　求了一个心安，马脚很快就从失去妻子的悲痛中走了出来，现
在，他的世界里就只有马挖苦了。儿子突然会说话了，这让马脚深感
欣慰，只是马挖苦却和他没有话说，经常是，吃饭时，父子二人，相
对无语。渐渐地，马脚就喜欢上了喝酒，父子俩有时也会沉默对饮。
本来这个家庭，有三大经济支柱，现在马挖苦不再放鸭，李桂枝又去
世了，家里的经济来源，就全靠马脚杀猪卖肉。李桂枝死后，马脚感
觉一下子老了十岁，他杀不动猪了。每天晚上辗转难眠，清晨，徒弟
来叫他杀猪，他已经起不来了。他想让马挖苦学杀猪，但是马挖苦对
杀猪没有兴趣，最重要的是，马挖苦个子小，没力气，也不是杀猪的
料。家里的经济来源断了，一家人坐吃山空。村里人每每说到此处，
就会摇头叹息，说谁能想得到呢，咱们村日子过得最富裕的人家，说
败就败了。

　　这天马脚坐在门前的肉案子上唉声叹气，他的儿子马挖苦坐在门

口发呆，一个挑了小鸡小鸭走村串户的人经过，将那一担子毛茸茸的
小东西放在街边，直腰擦了一把汗，哑着嗓子叫，"卖小鸡小鸭啦。"
叫了半天，没有人去买他的小鸡小鸭。而马脚，只要听到有人提鸭子
心里就冒火，要不是因为鸭子，他的老婆李桂枝就不会死，老婆不
死，他们一家人现在就过着幸福的生活。因此他就很不耐烦地吼那
人，说，"你不要在这里叫，叫得人心烦。"那人听他这样吼，怕不好
惹，挑起担子就走。一路传来小鸡小鸭叽叽叽的叫声。马挖苦忽然跳
了起来，叫住那挑担子的人，他差不多是扑到了那人面前，说你等
等，然后就从那一大竹匾的小鸭子里面，捧出一只，然后付了钱。
自从有了这只小鸭，马挖苦像换了一个人，每天和这只小鸭形影不
离。这让马脚很是苦恼，他想和儿子谈谈，没想到马挖苦却对他说，
这小鸭子是他母亲转世投胎的。他说，"你听她的声音，是不是像我
妈？"马脚就认真听，可怎么听也是一只小鸭子的叫声。他又说，"你
看她的眼睛，是不是我妈的眼睛？"马脚就去看那小鸭的眼睛，小鸭
子的眼睛水汪汪的，那是马脚熟悉的眼神。马脚的泪就下来了，他捧
起那只鸭子哭道，"桂枝，你真的是桂枝转世来的么？"从此，父子二
人对什么事都不上心，一天到晚就围着小鸭子转。马脚告诉村里人，
他们老婆李桂枝转世了，成了一只鸭子，现在他们一家三口又团圆
了。马脚给鸭子取名李桂枝。平时叫鸭子就叫李桂枝，没事就和鸭子
李桂枝说话。见他们这样，村里的人的眼睛里就浮现起同情与悲悯，
说这父子俩真可怜，一个傻子，一个疯子。而全村人口中的傻子与疯
子，却在笑话村里人的无知。父子二人更加精心喂养着这只小鸭，小
鸭子慢慢长大，渐渐地，村里人就觉出了这只鸭子的与众不同，它爱
清洁，从来不随地拉屎，每次都要跑到固定的地方，将屎拉到粪堆
上。吃饭时，马脚占了桌子的一方，马挖苦占了另外一方，而第三
方，却为那鸭子留了一个座位，他们还给鸭子李桂枝摆上一只碗，碗
里盛上饭。如果马脚和马挖苦不上桌子，鸭子李桂枝绝不先吃。只有
马脚坐好了，马挖苦也来了，马脚说，"李桂枝，我们吃饭吧。"李桂
枝就伸出脖子，将碗里的饭吃得干干净净，一点也不会弄到地上。吃
完了饭，李桂枝就蹲在椅子上，等着父子二人吃完，才会跳下椅子。

马脚真的把这只鸭子当成了李桂枝，他出门就说，"李桂枝，我去干活啦，你怎么办，是跟着我去还是在家里看家。你在家看家吧。"李桂枝就摇摇摆摆把他送出屋门，然后蹲在门口看家，有熟人来了不声不响，有陌生人来，就抻长了脖子叫。要是马脚说，"李桂枝，你跟我上街吧，家里反正上了锁，也没什么可偷的。"李桂枝就跟在马脚的身后，摇摇摆摆上街去。这样神奇的事，是米岛人亲眼所见，他们也渐渐相信这鸭子就是李桂枝转世。

这天中午，马挖苦一家人正趴在桌上吃饭，饭菜很简单，就是酱菜白米饭。没有了女主人，马脚也再没有心思去做那丰盛的一日三餐，马挖苦干脆就不会做饭。一家人正埋头吃饭，就听见有人在门口叫马挖苦的名字。马脚说，"是鸿声在叫你。"马挖苦唉了一声，就看见白鸿声站在门口，他的身后，跟着一个漂亮得让人眼睛发晕的女孩。女孩脆生生地叫，"马挖苦，没想到吧，我来看你了。"说着将手里拎着的一袋苹果放在桌上，又叫了一声伯伯好。马挖苦一下子又说不出话来了。女孩说，"马挖苦，听说你会说话了，真的假的？"马挖苦就羞涩地挠挠头皮，脸上现出古怪的表情来。马脚说，"你是一朵还是五朵？你们姐妹俩长得一个样子，我老眼昏花，实在认不出来。"女孩说，"伯伯，我是五朵啊。"马脚就说，"吃饭了么，一起吃一点。"花五朵说吃过了。又说，"这就是你们家那只著名的鸭子李桂……枝吧。"马脚的眼睛就发亮了，说，"它就叫李桂枝，它是挖苦他娘转世的。"花五朵说，"我能抱一抱它吗？"马脚说你想抱就抱。花五朵就去抱起了李桂枝，李桂枝兴奋地嘎嘎嘎直叫。马挖苦拉了白鸿声的手往外走，又喊了一声，"五朵。"花五朵兴奋地说，"马挖苦，你真的会说话耶，刚才是你在叫我么？"马挖苦说，"五朵，我们去对面坐坐吧。"对面就是米爱红的商店，米爱红的家就在我这棵老觉悟树的树荫里，炎炎夏日，十分清凉。三人坐下，马挖苦说，"爱红姨，给我们拿两瓶啤酒，一瓶汽水。"又要了麻花和花生米。米爱红见花五朵来了，放下酒和饮料，也端了一把椅子，坐在他们不远处，听他们说话。这时白鸿声才告诉马挖苦，说，"你猜，今天五朵来，是有什么好事？"马挖苦说，"考上大学了。"白鸿声说，"你这个马挖苦，一点都不好玩，什么事你都能未卜先知。"花五朵说，"那我再考考你，你猜一猜，我考上哪个大学了？"马挖苦想了一想，说，"我猜不到。"花五朵让他继续猜，他就随便说了两个大学的名字，花五朵却说她考上了南方医科大学。马挖苦说，"你不是想当诗人么？怎么考了医大呢？"花五朵说，"你也知道我想当诗人啊。不是有一句话么，不为良相，便为良医。我报考北大没有考上，第二志愿就是当医生。"三个年轻人在一起，无拘无束，谈起了许多童年旧事，还说到当时他们在树下玩"花老倌"游戏时的情形，说到这里，花五朵就有些悲伤起来，说，"一晃爷爷都走了这么多年。"又说她这一走，不知什么时候才能再回到米岛呢。又说到了米立心，就问米爱红立心现在在外面怎么样了。米爱红长叹一声，说，"当时他要是去上高中，说不定现在也考上大学了，就不会在外面受苦。"花五朵问，"立心现在在哪里？"米爱红说，"立心好几个月都没有来信了，上次来信还寄回三百块钱，说是换了一份新工作，在一家玩具厂打工。"说着就从屋里拿出米立心从深圳寄回的信和照片。花五朵接过照片，是米立心在一家名叫深圳德宝玩具厂的门口照的。照片中的米立心穿着一件浅蓝色上衣，胸口戴着一张厂牌，照片中的工厂门口，有着热带特有的植物。花五朵说，"立心哥比在家里更黑，更瘦了。"米爱红的眼圈就红了，说，"这孩子，我都说，咱们米岛多好，他非要出去打工，离家这么远，朋友都没有一个。"花五朵说，"我也要去广东读书，说不定能在那里见着立心哥呢。"

　　三个朋友边吃东西边聊天，不时有村人走过来，看见花五朵，都夸她越长越漂亮了，听说她考上了大学，又再多夸奖几句。看看太阳偏西，花五朵说要回去了。白鸿声和马挖苦就送她到了村口，看着她骑上自行车，背影消逝不见了，两个人才失魂落魄往回走。马挖苦说，"鸿声，我们去河边走走吧，心里好闷。"于是两人就往河边走。马挖苦问白鸿声和花一朵现在怎么样了。白鸿声说，"不是一个世界的人了。"马挖苦就盯着远处的河面看，一言不发。到了河边，马挖苦脱了上衣，只余一条裤衩，像鱼一样跃入水中。白鸿声也学着马挖苦的样子，跳入了河中，两人游到了河中间一个航标船时，马挖苦爬了上去，白鸿声也爬了上去，太阳就落到了河的西边，天空变得瓦蓝瓦蓝。两人仰面朝天躺在航标船上，两个少年的心中，装满了无限的心思。马挖苦突然说，"要是永远长不大多好，长大了，人与人就不一样了。"白鸿声说，"你有什么打算，总不能一直这样消沉下去。"马挖苦盯着天上的白云，说，"我想好了，我也要出门打工。我不想在这米岛待了，这里的天空太小，太沉闷。你呢？"白鸿声说，"我不知道，就这样教书吧，我喜欢教书，和小孩子们在一起。也许有一天，能考上公办教师，那样，我就能一辈子教书了。"

马挖苦想出门打工的想法，遭到了他父亲的强烈反对，马脚说，"你出去能干什么呢，你一没文化，二没口才，个子又这么小，做苦力都没有你的份儿。你看米立心，读了初中，人长得又精神，可是出门打工一年多，就给米爱红寄回过一次钱，你出门打工还能强过米立心？"马挖苦说，"米立心是米立心，我是我。"马脚说，"就算实在想去，你也不能就这么跑出去，看过年的时候米立心会不会回家，他要是回家了，让他带你一起出去。"马挖苦冷笑一声，说他就算不出门打工，也不要米立心带他出去。而马脚却坚持，如果马挖苦要出门打工，一定得找一个伴，于是马挖苦就想游说白鸿声和他一道出门。

自从花一朵退学去帮武义兰打理生意，就很少再回岛东村。每次白鸿声去找她，两人都只能隔着柜台说一会儿话。可是白鸿声能感觉到，两个人之间，再也没有了过去的那种心灵相契。花一朵的全部精力都投入到了生意上。那会儿，花一朵已经出落成大姑娘了，因为她们家的生意盖过了其他柜台，再加上镇上又新修了一条商业街，原来租柜台的商户，合同到期后就退租了，武义兰就将整个百货商店租了下来，全都经营服装生意，商店的招牌也换了，改叫米岛时装城。武义兰又招来几个年轻漂亮的女孩卖衣服，有时她也带着花一朵一起去进货，让她熟悉一系列的操作流程，并让她选择款式。花一朵待在商场的时间就越来越少，白鸿声能见到她的机会也就更少，每次见面，花一朵讲起外面世界的精彩，讲起她和母亲的梦想，就滔滔不绝。她不再是过去那个金口难开的花一朵了。当白鸿声对花一朵说，他现在的梦想，就是当一名好老师，到时争取考上公办时，花一朵笑了笑，说，"你还是那样的理想主义。"白鸿声说，"理想主义有什么不好？"花一朵说，"好是好。只是，有那么一点不合时宜了。"两人之间的差距，让白鸿声无法把他心中埋藏已久的话说出口，越是这样，白鸿声就越发爱慕花一朵。少年的内心，开始被这种无望的爱情折磨得波涛汹涌，他想象着与花一朵在一起的样子，想象花一朵那白嫩娇艳的肌肤和他紧紧贴在一起。在想象中，将花一朵的衣服剥光了一次又一次。他对花一朵的身体，产生了强烈想要探究的渴望与冲动。白鸿声青春萌动的身体开始产生强烈的反应。渴望与未知纠合在一起，让他痛苦不堪，他开始自慰并从此不能自拔。每天晚上，他都抑制不住地想念花一朵，然后在想象中，将自己送上高潮。而当每次排出了那黏稠之物，从晕晕乎乎的状态中渐渐清醒过来，他又陷入深深的自责，感觉自己是个流氓，觉得自己犯下了不可饶恕的罪恶。后来他从一本杂志上，读到了一个男人因为长期自慰，后来找到女人却失去了勃起能力，最后将那女人囚禁在地窖的故事，这个故事像一个魔咒，从此笼罩在他的心头。他开始陷入一个怪圈，思恋，自慰，恐惧，自责，并且立下誓言要改过自新。第二天的晚上，他会给学生改作业到深夜，他想用忙碌让自己脱离那罪恶深渊。改完作业后，他又开始看书，那一段时间，他看了许多书。那时在米岛街上有一个摆书摊的老头，白鸿声经常去他那里借书，看完了金庸、梁羽生和古龙的武侠小说之后，又开始看其他的书。《今古传奇》和一些文学刊物，只要能够找到的，他都借来看。他并不是喜欢读这些闲书，他只是将读闲书当作抵挡对花一朵思念的诱惑，抵挡心中那个每晚蠢蠢欲动的魔鬼。纵使这样，结果依然是失败，即使看书到很晚，他还是失眠，然后又开始陷入那个怪圈，思恋，自慰，恐惧，自责，然后再一次立下誓言。而每次去镇上借书还书，他都会见到花一朵，因为老头的书摊就摆在百货商场的门外。白鸿声隔三岔五就去还书借书，然后自然而然就能顺理成章见到花一朵，然后再自然而然和花一朵说上几句话，或是看着她忙碌的样子。他读书，本是想戒除自慰，他自慰，是因为思念花一朵，而借书还书，能让他有更多的机会见到花一朵，而每次见了花一朵之后，他的思念就会加深一层。他知道，自己这是陷入了单相思的泥淖。他现在明白了，为什么那些书中会写人因为相思而得病，而死去。他觉得自己也得了相思病，而且快要死了。他的脸色因为没有节制的自慰而变得苍白，身体也因此变得更加瘦弱。每次坐在老头的书摊边，有时他会忘了看书，只呆呆地盯着花一朵忙碌的身影，晚上在心里无数遍出现的那个女人，现在就站在眼前，他就想象着自己如何脱光她的衣服，想象着她那未知而隐秘地带究竟是个什么样子。时间久了，连摆书摊的老头都看出了白鸿声的心思，老头因此充满担忧，他将书摊往旁边挪动了十几米，这样一来，坐在他的书摊前，就无法看到店里的花一朵了。摆书摊的老头有一次问白鸿声，是不是喜欢里面的那个女孩。白鸿声的脸"腾"的一下红了。老头笑了笑，又摇摇头。说，"她可是米岛的一枝花，喜欢她的男人不知道有多少呢。小哥我劝你一句，自古红颜多薄命，你看她妈武义兰，当年也是米岛一枝花。"白鸿声说他认识花一朵，他们从小一起长大的。他只差告诉老头，从小学到初中，他们曾经是那样要好，那样的心有灵犀，虽然那个爱字未曾从两人的嘴里说出，但两人都明白对方的心思，也都喜欢对方，欣赏对方。老头说，"小哥，你这样可不行，要不要老倌子我去帮你说一说？"白鸿声吓得落荒而逃。就像一个隐匿的罪犯被人揭穿了一样，白鸿声再不敢去老头的书摊借书，但还总是找机会去到镇上，在花五朵所在的商场周边流连。直到有一天，他看见花一朵在和一个男青年有说有笑，然后还坐上了那男青年的自行车，白鸿声内心的失望与痛苦一下子到了极点。这天晚上，他生平第一次抽起了烟，一支接一支地抽，抽完了一包，醉倒在了宿舍里。烟醉之后的白鸿声，到次日快中午才醒过来，他感觉头还是很晕，胃里难受，嗓子干得冒烟。他喝了一大杯水，他从镜子里看到了自己，脸色惨白发青，头发乱成鸡窝，脸瘦成了一把刀子。他苦笑一声，心里说，"白鸿声啊白鸿声，你也不看看自己的模样，你当真是癞蛤蟆想吃天鹅肉啊。"他想，他应该告别过去，振作起来开始一种新的生活了。然而事情却并没有往他设想的方向进行，他的妹妹白鸿雁初中毕业了。初中毕业，如果成绩不是特别好，基本上就要回家种田了。但是白鸿雁回家之后，并不想在家里帮父母种那几亩薄田，母亲就劝她去学裁缝，可她不想学裁缝。白奇谋和老婆就问她，你这也不想做那也不想学，你想干什么？白鸿雁说她想去武义兰的商场里当营业员。白奇谋说，"也不知道人家要不要人。"白鸿雁就说，"这事只要让我哥去求花一朵，准能成。"白鸿声的心里，有点不情愿，又有那么一丝丝的高兴。不情愿，是因为他不想去求花一朵；高兴，是他可以因此去和花一朵见面，如果白鸿雁真的成了她们家的营业员，往后就有借口名正言顺去看花一朵了。因此白鸿声将自己仔细收拾了一番，然后去到镇上，将白鸿雁的想法对花一朵说了。花一朵说店里正好要请人，不过请谁不请谁，要她的母亲武义兰做主，她可以跟母亲说，然后让白鸿雁来试试。花一朵还很关切地问起白鸿声，现在过得怎么样，怎么脸色看起来这么差，人也瘦了好多。白鸿声就说可能是晚上改作业太晚，有点累。花一朵就劝他，说凡事尽心了就是，不要那么拼命，要注意身体。

　　这一次交流虽然短暂，但是花一朵的关怀，又让白鸿声的内心升起无限的温暖与希望。当他努力装出一副无所谓的样子问花一朵是否有男朋友时，花一朵予以了否定，他的内心升起一股狂喜。于是他就说，那天看见花一朵坐在一个男青年的自行车后面。花一朵想了好久，才说那是她同父异母的哥哥花文革，在县城的一家化学试剂厂工作。白鸿声说，"你们还有往来呀。"花一朵说，"你是不知道我妈这人，她现在的心胸开阔得很。她总对我说，一个人心有多宽，天地就有多大。"白鸿声说，"那天我看到你坐在他的自行车后面，还以为是你男朋友呢。"花一朵说，"你看见了，怎么不和我打招呼呢？"白鸿声就不知如何说是好了。花一朵说，"你变了。"又问，"你有女朋友了吗？"白鸿声说，"谁能看得上我呀。"花一朵笑着说，"你爹是咱们米岛的头号大媒人，还不把最好的姑娘留给他儿子呀。"白鸿声脱口而出，"米岛最好的姑娘就是你呀。"花一朵脸红了一下，却笑了，说，"我？"没有再说什么。这一晚，白鸿声死去的心又活了过来，他将花一朵的每一句话都在心里细细品味，希望能解读出爱情的意味。但是这样的解读，到了后来，又变成了对花一朵肉体的渴望，他再一次陷入那个让他自责而又恐惧的怪圈。

　　隔了两天，白鸿声借口去问花一朵白鸿雁的事情。花一朵说她妈说了不用试，叫鸿雁来吧，岛东村的人就是她们的亲人。"不过工资不高，一个月五十块钱。"白鸿声说，"五十块已经很高了。比我当老师的工资都高。"花一朵说，"这怎么能比呢，你当老师，是无价的。"两人又说了一会儿话，白鸿声回家将这好消息说给了白鸿雁听。白鸿雁兴奋地跳了起来，说，"哥，这次你帮了我，我一定会还你一个大大的人情。"白鸿声说，"你怎么还？"白鸿雁说，"你还装。我进了花一朵家的店，不就相当于你在她身边安插的一个奸细吗？"白鸿声就笑了，说，"哪有这样说话的，不是奸细，是情报员。"然而情报员带回来的情报，却让白鸿声陷入了深深的绝望。白鸿雁说，"哥，我看还是算了吧，米岛不知有多少人想攀上武义兰这门亲，媒人把她们家的门槛都快踏破了。"接下来，白鸿雁就将她所知道的事情一一道来：米岛开酒厂的张老板的儿子，镇派出所米立武老婆的亲侄子，还有县一中的一位老师，刚刚大学毕业，还有……白鸿雁一路数下来，白鸿声的心就凉了，每个人的家世，在这米岛非富即贵。白鸿声陷入了痛苦之中。他的现状，自然又被白鸿雁传到了花一朵耳中。于是花一朵知道了，白鸿声为她抽了一包烟将自己抽醉的事。花一朵和白鸿雁成了无话不说的好姐妹。她对白鸿雁说，"你哥呀，什么都好，就是有点呆头呆脑，小时候话少，还知道关心体贴人，现在长大了，嘴又笨，又不会哄女孩子开心。还从来不主动，等着人家女孩去找他，并且还要对他说，喂，白鸿声，我喜欢你，我要嫁给你。"这样的话，经过白鸿雁又传递给了白鸿声，白鸿声开窍了。他给花一朵写了一封信，将他的相思，将他对花一朵炽热的爱恋，都在信中向花一朵一一表达了。有了白鸿雁从中穿针引线，两人之间那层薄薄的窗户纸，终于被捅破。这天白鸿声写了信让妹妹交给花一朵，信中约了和花一朵见面的时间和地点。而这封信最后却被武义兰看到了。武义兰坚决反对花一朵和白鸿声好，她说白鸿声这孩子太柔弱，做事情没有魄力，将来不是个成大事的人。而现在是个干大事的时代，她的女儿，要嫁就嫁人中龙凤，要嫁米岛最优秀的男子。但她很快又否定，她甚至认为，在米岛，根本就没有配得上她女儿的男子。她劝花一朵，说你和白鸿声从小一起长大，你们是友谊不是爱情。她还说，她这辈子就是没有睁大眼睛，没有嫁对人。她说女怕嫁错郎，男怕入错行。白鸿声一个小学民办教师，能有什么出息呢，将来最好的前途，也不过成为一名公办教师到顶了。她劝女儿，不要被白鸿声的花言巧语给蒙蔽。她说，"我答应留下白鸿雁，是看在白家当年对你们姐妹俩不错的分上，如果你一定要和白鸿声好，我马上就让白鸿雁卷铺盖走人。"

爱情这事就是这样，本来花一朵也未必就那么爱白鸿声，少年时期的朝夕相处，加上那份朦朦胧胧的好感，在她心底里留下了美好回忆，一直觉得白鸿声人不错，但并没有想过要嫁给他。可是当母亲武义兰坚决反对之时，反而激起了花一朵心中的那份倔强。于是她主动来到学校找白鸿声，并且在夜色中，主动投入了白鸿声的怀抱。白鸿声终于抱住了朝思暮想的花一朵，他被这突如其来的幸福弄得晕头转向。当他们拥抱亲吻之后，白鸿声准备进一步行动时，却感觉到，自己身体的关键部位出现了问题，他开始变得心烦意乱。花一朵并没有意识到这一点，反而很佩服白鸿声的理智与冷静，越发觉得这是个值得托付的人。白鸿声开始怀疑自己的男根出现了问题，这样的恐惧，让他不敢再见花一朵。夜深人静时，他一次又一次去抚弄那男根，每次都异常地威武，可是当他再次和花一朵情意绵绵时，这平常威武雄壮的东西却死了一样无动于衷。这样的痛苦是花一朵所不知的。但花一朵却感觉到了白鸿声的忧郁。她不清楚，白鸿声的心底有着怎样的忧伤。她还以为白鸿声是因为她母亲的反对才忧心忡忡。她安慰白鸿声说，"我早晚是你的人，谁反对也没用。"她甚至暗示了白鸿声，如果白鸿声愿意，他们甚至可以先将生米做成熟饭。白鸿声却信誓旦旦地说他不能这样，他要将最珍贵的第一次留在他们的新婚之夜。

白鸿声的痛苦，自然被父母看在眼里，他们知道，儿子是在惦记着花一朵，也知道武义兰看不上他们的儿子白鸿声。奇谋家的就三天两头唠叨，说，"给人家说媒，一说一个准，怎么不把那好姑娘给自己儿子留一个。咱们鸿声一定要找一个比花一朵还好的，气死武义兰。武义兰算什么呀，一个烂货，不就是会勾搭男人，卖衣服赚了几个钱吗？有什么了不起的？"白奇谋说，"你以为我不想啊，可是你知道现在找对象，女方最看重的是什么吗？过去是三转一响，现在三转一响都不行了，人家首先要看你家里有没有起红砖瓦房。"那时的米岛，大多数人家还都是过去的泥坯房，后来日子渐渐好转，先富起来的，盖起了红砖瓦房，外墙还做一层混合砂浆，刷上白石灰。还用水泥打了地板。白奇谋说，"只要是家里盖了红砖房的，孩子就算长得差一点，都能找到一个好姑娘。像咱们这样的人家，哪个女孩愿意嫁呀！更别提花一朵了。"奇谋家的就说，"那咱们家也盖新房。"白奇谋说，"你以为我不想盖，可是哪里来的钱？当年欠米爱红的钱，到现在都还没有还上。"奇谋家的就说，"没有还上就没有还上，米爱红又没有逼着我们还。"白奇谋说，"人家不逼我们还那是给我们留面子，我们不但欠人家的钱还欠了人家的情。我现在看见米爱红都不好意思。"奇谋家的说，"现在起一栋新房子得多少钱？"白奇谋说，"我问过了，盖三间新房，外加厨房猪屋，不会少于两千块。"奇谋家的就叹了一口气。他们家的钱，都掌在她手上，她自然知道，以他们家现在的条件，就算借钱也盖不起新房子。她就开始埋怨，说，"你们家也真是，原来那么有钱，就没有想到过偷偷埋点金银首饰什么的。"奇谋家的又小声问白奇谋，"你爹死之前，会不会留下一些值钱东西，听说你爹很精明，能不想着给你们留一条后路？"白奇谋说，"你不是不知道，'文革'那会儿，我们家不是差点被人刨地三尺么。他们还逼我妈交出我爹留下的金银财宝，我妈被人打成那样，要是有，不早交出来了。"奇谋家的说，"我看不一定，你妈精明着呢。你看她的眼睛，我从来不敢正眼看她，简直就是个老妖精呀。"奇谋家的这样一分析，就认定了白振甫当年肯定留下了财宝，而这财宝，一定是被白婆婆给藏起来了。奇谋家的说，"你得让你妈赶快把宝贝挖出来，她那么大年纪，哪天两腿一蹬走了，那可亏大发了。"白奇谋说，"你这是想发财想疯了，没有影子的事也能想得出来。"奇谋家的说，"哪里是没有影子的事？"就举了例子，说也是米岛某村的一个财主，埋了好多值钱的东西，"文革"中差点被打死也不肯说出来。他有四个儿子一个女儿，四个儿子都不孝顺，就在去年，老头子病了，要动手术，儿子们不肯出一分钱，也不管老头子，是女儿女婿送老头子上的手术台，上手术台前，老头交给女儿一包东西，说，要是他死了，这包东西就留给女儿，要是没有死，女儿再将东西还给他。并交代女儿，要等他做完手术才能打开这个包。结果老头做手术时，女儿还是将包打开了，当时就呆住了，里面全是金首饰，黄灿灿的。后来老头子手术成功，活过来后，就将那包东西要了回去。并从中拿出一个金耳环一个金戒指给了女儿。后来，儿子们都知道老头手里有黄金，对他孝顺得要命。听说去年过年的时候，老头给了每个儿媳妇一个金戒指。老头精明着呢，他知道，要是一下子分了，儿子们就不孝顺了。白奇谋说这事他也听说过，可是人和人不一样啊。奇谋家的就说，"听说那老头只是一个小地主，跟你爹完全不能比。你想想，一个小地主家都有这么多金子，你爹这个大地主怎么可能一点东西都不留下呢？"接下来，奇谋家的又分析说，"我看你爹不但给你妈留了金子，肯定也给爱红娘留了东西，要不然，米爱红哪来的钱开商店做生意？"这样一说，连白奇谋也有点心动了。奇谋家的就说，"肯定有，只是怎样才能让老太太把金子拿出来。"白奇谋说，"我和妈说一说，让她拿出来，别到时老糊涂了把这么大的事给忘了。"奇谋家的说，"这样怕是不行，过去老太太不肯拿出来，那是不敢，现在不肯拿出来，肯定是嫌我们对她不好，不够孝顺。"这样一说，白奇谋也觉得他这做儿子的太不孝顺，老娘自从把自己关在屋里之后，他十天半月也难去老太太房间看看，也许老娘死了他都不知道呢。这样一想他就急了，问奇谋家的多久没有见到妈了，奇谋家的说记不清了，反正每天都是孩子们给她送饭过去。白奇谋就去了白婆婆住的耳房，推开门，屋里一股霉腐的味道扑鼻而来。白奇谋就喊娘，喊了一声，没有人应，又喊。眼睛半天才适应房间里的光线。就见白婆婆端坐在床上，满头白发，双目如电。白婆婆说，"叫魂呢！"白奇谋长出一口气，对跟在身后的老婆说，"还好，妈没有死。"白婆婆说，"太阳西边出来了，你们两个，今天怎么想起来看我这个老不死的了？"白奇谋就语塞了。奇谋家的说，"看您说的，我们平时太忙了，田里的事总也忙不完，你大孙子又到了娶媳妇的年龄，家里穷得叮当响，连个媳妇都说不上。"白婆婆不说话，坐在黑暗中。奇谋家的就说他们这些年亏欠白婆婆太多，不孝顺。她今天来，是想把婆婆的被子拿出去洗一洗晒一晒，把家里的灰尘扫一扫。说着就指挥白奇谋，一点眼力见儿都没，还不去拿扫把。然后就要过去抱白婆婆床上的被子。白婆婆冷冷地说，"不要动我的东西，连灰都不要动。"奇谋家的手刚摸到被子，就像摸到了一团冰。她这次是真心觉得自己这儿媳妇没有做好，就有一些哽咽，说，"妈，是媳妇做得不对，我这就去给您换一床新被窝。"白婆婆说，"新的旧的都一样，我都死了三年没埋的人，还盖什么被子。"这样一说，奇谋家的就发出了一声尖叫，连滚带爬往外跑，和拿了扫把进来的白奇谋撞了个满怀。白奇谋说，"你这是怎么了？"奇谋家的跑到了阳光下，大口喘气，半晌才说，"你妈，你妈吓死我了。"白奇谋说什么事你慢慢说，奇谋家的说，"我要给你妈换新被窝，你妈说，她都死了三年了，还盖什么被窝。"白奇谋说，"我妈死了？不可能，那屋里不是我妈么。"奇谋家的说，"谁知道是人是鬼，到现在我腿都在发抖，我是不敢进去了。"白奇谋说，"大白天的，哪里有鬼，我妈这是生气，说气话呢。"白奇谋就拿了扫把进屋，又喊，"妈，妈。"白婆婆坐在床上，说，"喊什么喊。"白奇谋说，"我就说您是说气话，吓到你媳妇了，她还以为你死了变成鬼了呢。"白婆婆说，"是人是鬼，还不都一样。是死是活，又有什么分别。"白奇谋说，"我给您把窗户打开，透点光进来，再把屋里打扫一下。"白婆婆，"不要开窗，也不用你打扫。都说了，我是死人，死人屋里还打扫什么呢？"这样说时，屋外面的白奇谋老婆，想到可能真是婆婆在说气话，就又壮了胆子走进屋来。白婆婆说，"说吧，你们两口子，突然这么好心来看我，妈呀妈呀叫得亲热，在打什么鬼主意？"白奇谋就让奇谋家的说。奇谋家的就将家里的境况说了，又说现在没有新房子，鸿声连对象都找不到，想盖新房子，可是又没钱，就想到了，当年爹在被政府枪毙之前，有没有留下什么东西。白婆婆说，"什么东西？"奇谋家的说，"比如，留下什么值钱的宝贝没有？"白婆婆说，"宝贝倒是留了一个，就是不晓得值不值钱。"奇谋家的就很激动，问，"什么宝贝，在哪里？"白婆婆指了指白奇谋，说，"就是这个活宝。"白奇谋的脸上一阵阵发烧。奇谋家的恼了，说，"你这是要我呢。"当即就翻了脸。白婆婆说，"你看你看，刚才还那样温良恭俭让，这下狐狸尾巴露出来了吧。就这个样子，还想问我要老头子留下的东西，老头子就是留下一座金山，我情愿让它们一辈子埋在地下也不给你们。"白婆婆将白奇谋两口子赶了出来。房门呼地关上了。白奇谋再去推，怎么也推不开了。奇谋家的就后悔了，打自己的嘴巴，说，"我怎么这么沉不住气呢。"又分析白婆婆的话，听她的口气，老头子还真留下了宝物。想到这些，两口子心情畅快了不少。奇谋家的又纳闷，这老太婆究竟是人还是鬼？就问小女儿鸿云，每天给奶奶送饭，奶奶是不是都吃了。鸿云说她还是读小学的时候给奶奶送过饭。又去问白鸿声，白鸿声说他自从初中毕业后就没有给奶奶送过饭了。白鸿雁也说她还是三年前给奶奶送过饭的。白奇谋两口子就呆住了。他们断定白婆婆是早就饿死了，死了三年，屋里现在坐着的那个白婆婆，是她的鬼魂。白婆婆死了三年才被家人发现，这样的事情若是传出去，必定会成为米岛的超级新闻，而这新闻的当事人白奇谋一家，再也无法在米岛抬起头来。这也将直接影响到白鸿声的婚事，想一想，谁还愿意将女儿嫁到这样一户没有人性的家庭？白奇谋和奇谋家的意识到这一严峻的现实之后，决定隐瞒这一事实，并且每到饭点，奇谋家的就会大声喊着，"白奇谋，给他奶奶把饭端过去。"他们的戏演得很成功，连白鸿声兄妹三人都没有意识到他们的奶奶早已去世，现在那屋子里住的不过是奶奶的鬼魂。白奇谋像从前的米爱红一样，将饭菜放在白婆婆门口的猫洞里，奇怪的是，白奇谋每次送过去的饭菜，都会被吃得一干二净。

　　就在白鸿声和花一朵爱得死去活来时，一个人的回归，将这对相爱的人拆散，也从此改写了这两个孩子的人生。回来的这个人，就是在许多年前带着家人跑到台湾的白振国。此时的白振国已经到了人生的暮年，看到其他人纷纷回到故乡寻亲，白振国就动了心。其时他的父亲已经过世，父亲临终前，手指大陆留下遗言，要将他葬在高山上，好让他的魂魄日日望着故乡。父亲说将来有一天，一定要将他的骨灰带回故乡米岛。父亲那时最思念的，是在米岛的另一个儿子白振中以及孙儿们。父亲说那里有你的兄长，你一定要回家。两岸开放探亲之后，白振国却一直没有申请回大陆探亲，他有个深深思念却又不敢面对的过往。那个名叫米如月的女子，还有他离开大陆之前那没敢相认的儿子。徘徊复徘徊，他终是踏上了故土。

白振国离开米岛时不到四十岁，正值人生壮年，风度翩翩，如今归来，却已是白发稀疏。当他坐在轮渡上，看着越来越近的米岛，就开始变得焦躁不安。迎在码头的白家后人，他的子侄们放响了鞭炮，飘浮在码头上空的鞭炮味道，驱散了他心中些许的不安。他的脸上露出了笑，当他看见站在码头上的那一张张陌生的脸，那些年轻的，年长的，年幼的，他知道，前来迎接他的这些人，身体里都流淌着白氏一脉的血液，但是他却一个也不认识。他和最先冲过来的人握了手，然后小心翼翼地询问他的父亲是谁。然而此人却不是白氏后人，自我介绍，是岛东村的书记，姓花。白振国就用不那么纯正的家乡口音，说花先生好。然后在花书记的介绍下，得以认识了他大哥白振中的儿子白奇福、白奇禄，还有一干孙子孙女，并白奇谋等堂侄堂孙。从码头到岛东村还有十余里，花书记请白振国坐上了一辆拖拉机的驾驶室，花书记自己当起了驾驶员，白家后人纷纷爬上拖拉机的拖厢。一路上，拖拉机开得东扭西歪，白振国的眼睛却没有离开车窗两边。花书记说，"还认得出来不？"白振国说，"一点也认不出来了。"直到远远地看到我这棵大树，白振国就激动了，说，"看到了，那棵大觉悟树还在。"拖拉机将进村口时，白振国让花书记停了车，他抬起头，望着我的树冠，嘴里喊了一声"娘"，眼泪就下来了。一行人在白振中的大儿子白奇福家门口停了下来。门口早摆好了桌椅板凳，差不多全村的人都围来看热闹。白振国就从随身带着的包里，拿出了糖果，分给那些围着看热闹的孩子。又拿出了一大盒打火机，给每个大人分了一个，说，"小小礼物，不成敬意。"那时米岛人还没有见过那种透明的一次性打火机，拿到打火机的皆兴奋不已，说，"这么好的东西，一定很贵了。"白振国说，"不贵，就像你们用的火柴一样。"大伙儿还吃他派发的糖果，是那种高粱怡的软糖。看着所有人都张着大嘴乐呵呵地望着他笑，他的脸上也露出了欢喜。他的一双眼，就在人群中寻找，显然是失望了。他这时才问起白奇福和白奇禄兄弟，他大哥白振中什么时候走的，还有他大嫂。白奇禄说，"早走了，三年饥荒那会儿，没得吃，饿死的。"白振国的眼泪就又下来了。他抱拳和众人打过招呼，让白奇福兄弟带他去坟山。在知道他要回来的前几天，白家人给白氏祖坟重新培了土，垒得高高的。白奇福带着白振国并一众子孙，先给白家先祖磕头烧香，又给白振中烧香，也在白振甫的坟前上了香。听说白振甫当年是被枪毙的，白振国就仰面望天，一言不发，许久，朝着白振甫的坟墓深深鞠了一躬。白奇福兄弟就对他讲，那些年，他们因为有了这海外亲戚，如何受尽屈辱的往事。白振国的脸色渐渐冷了下来。后来又让侄子们带他去看白家宗祠，看到宗祠已经改成学校，沉默了一会儿，说，"也好，也好。"晚上吃饭，白奇福一家自然是用尽心思，摆上了八大碗，家里沾亲带故的都请了来。天黑严实，看热闹的乡亲们都散了，只余下白家的亲人。白振国就拿出一个信封，给亲戚们发见面礼，白家的直系亲戚，也就是白奇福、白奇禄，一家给了一张绿幽幽的美金，上面的阿拉伯数字写着1000。白振国说，"这是一千美金，可以兑两万块钱人民币吧。"听白振国这样一说，兄弟俩就笑得看不见眼睛鼻子，只有一张嘴巴了。白振国又拿出一沓一百美金，那些沾亲带故的三姑六婆，一人分得了一张。当白奇福介绍说，白奇谋是白振甫的儿子时，白振国的脸上，就露出了不一样的神情，也给了白奇谋一千美金。白奇福轻声说，"他是您的堂侄，不是直系。"那意思，给白奇谋一百美金意思意思就行了。白振国回头看了侄儿一眼，说，"大哥振甫是我最尊敬的人。我欠他的情，不是用钱还得清的。叔叔在台湾没做生意，也没发大财，只有这点能力，请不要嫌少。"白振国这样一说，白奇谋满心欢喜地接过了那张美金，握在手里，激动得不知说什么是好。白振国说，"我还记得，你小时候读书，能背诵整篇《大学》、《中庸》，却一个字也不认识。现在识得字吗？"白奇谋的脸上就现出难为情的样子，说，"还是一个字都不认得呢。"众人皆大笑起来。

　　白振国回到米岛，给亲戚们见面就发美金的消息不胫而走，弄得米岛人人羡慕不已，恨自己不能和白家攀上亲沾上故。也有人不齿，说你们看白家那些人，特别是白奇福、白奇禄兄弟，当年为了和他们的台湾亲戚划清界限，哪一个没有骂过白振国。但世道如此，三十年河东，三十年河西。当年个个对台湾亲戚避之不及，现在又个个恨自己没有台湾亲戚。接下来的几天，白家后人轮流摆酒席请白振国吃饭。白振国吃了请，会另外给孩子们一些美金做见面礼。有人就感叹，说这样花钱如流水，得有多大的家产才敢这样花呀。这天终于轮到白奇谋家请客。奇谋家的平白得了一千美金，乐得快要疯掉，她早就算计好了，将这美金换成人民币，盖三间新房子，盖了新房子，就会有姑娘排着队想要嫁给白鸿声的。白奇谋说，"你也别净想美事。"奇谋家的说，"你说的，到时就由咱们家来挑了，咱们家有台湾亲戚，他要是每年回来一次，那咱们家就发大财了，到那时，花家的姑娘想嫁咱们鸿声，我还嫌她太娇气呢。"奇谋家的又说，"我最见不得白奇福白奇禄兄弟俩，我们和他拿了一样多的钱，你看他们那样，跟拿了他们自己的钱一样，眼珠子都绿了。"白奇谋感慨道，"也不知道当年我们家老爷子怎么对他了，看样子，他对我们家老爷子，比对他亲哥哥还有感情呢。"奇谋家的说，"这辈子嫁你这个地主儿子，受尽了白眼，这会儿，终究是沾上光了。还是地主家好，来个富亲戚，拔根毛比别人腰都粗。"又计划了明天请白振国吃饭都做些什么菜。鸡是要杀的，猪肉是要割的，鱼和豆腐也要弄，其他就再整不出什么好菜来了。白奇谋就说他见振国叔不喜欢吃大鱼大肉，倒喜欢吃家乡的酱菜呢。奇谋家的说酱菜还不好说，坛子里大把的。又商量到时请哪些人作陪。"白奇福、白奇禄兄弟俩，虽然咱们不喜欢，还是要请的。花书记也要一并请了，这是个好机会，正好和干部搞好关系，咱们家鸿声，将来要是能考上公办最好，考不上，弄个校长当当也是好的。"这样一想，就初步拟定了要请的人，白奇谋也早早去请了。没想到白振国却说，他想到奇谋家吃碗清净饭，这些作陪的最好是一个都不请。弄得白奇福、白奇禄兄恨恨不已，他们的老婆更是在背后嚼舌头，认为白振国老爷子一碗水没有端平，分不清远近亲疏。"我们可是他血亲的侄子，看他的样子，对那个隔了代的侄子比对我们还要好。"奇谋家的自然喜不自胜，就和白奇谋分析其中缘由，却分析不出个子丑寅卯来。第二天，饭是定在中午，大清早白奇谋就忙了起来，也带信到米岛街上，让白鸿雁回家吃饭。这是个星期天，是奇谋家的精心挑选的日子，白鸿声、白鸿云都在家。奇谋家的说，"说不定老爷子看见孩子们一高兴，又赏个一百美金，三个孩子，就是三百美金。"白奇谋道，"你这个人，真是人心不足蛇吞象。"没承想次日早饭刚过白振国就来了。他的身后，依然跟了些看热闹的孩子，他就掏出糖果发给孩子们吃。有的大人就骂孩子好吃死了。白振国不明白他们何以这样，就笑笑。到了白奇谋家，三个孩子一一向他问好，问白鸿声在干什么，说是在学校教书，就连声说，"好。好。好。十年树木，百年树人。"听说白鸿雁在给花家看商铺，就问是哪个花家。白鸿雁嘴快，就说了花一朵和花五朵，说她们的爹叫花子范，她们的妈叫武义兰，她们的爷爷叫花敬钟，她们的奶奶叫……白鸿雁说不上花婆婆的名字，就说，我们都叫她花婆婆。白奇谋说，"花婆婆的名字你们小辈哪里晓得，花婆婆姓米，叫米如月。听说当年是叔家的使唤丫头呢。"白振国的手就有些颤抖，问，"花敬钟，米如月，都还好吧？"白奇谋说，"花敬钟几年前死了，花婆婆还硬朗，一个人生活。"白振国就问，"她的儿子呢？"白奇谋说，"花子范呀，那是个不成器的，在坐牢。"就把花子范当年如何造反斗人，坐牢出来后又如何为害乡里，后来又如何坐牢的事一一道来。听得白振国脸色越来越沉重。忽然头上就直冒冷汗，颤抖着从口袋里掏出药来，想往嘴里送，手一抖，药没放进去，人就倒在了地上。把白奇谋一家吓得不知所措。白振国嘴唇发乌，口齿不清地说着，"药，药。"白鸿声马上反应过来，将白振国手中的药拿了过来，快速看了服用说明，拿出一粒放入白振国口中。又吩咐他父亲白奇谋马上去请医生，并叫人去通知白奇福、白奇禄兄弟。好在服药及时，白振国没什么大事。村里的医生也来了，给白振国挂上吊针，说是心脏不好，不让移动，就让他躺在白奇谋家打针。白奇福、白奇禄的老婆们，就借机责难奇谋家的，说她没有照顾好振国叔，要把白振国弄到他们那里去。白振国摆摆手，说他没事，老毛病了。见白奇福、白奇禄的妻子还在那里吵吵闹闹，就皱起了眉头，让白奇福兄弟带着他们的妻子回家去，说他累了，想休息。白奇福兄弟悻悻地带着老婆回家了。这边倒把奇谋家的吓得不轻。白振国许是太累，睡着了，一觉醒来时，已经到了下午。奇谋家的煮了一点稀饭，夹了点酱菜，白振国吃了几口，精神好了一些，就和白奇谋一家聊天，问白奇谋，"你娘呢，没见到她。"又说，"想来，是不在人世了。"白奇谋就和奇谋家的对望一眼。见白振国没有再问，他们也没有回答。白振国又问，"你小娘呢？"白奇谋一时没有回过神来，好一阵，醒悟过来是在问爱红娘。就说，"几年前死了。"白振国说，"她还年轻呀，也是饿死的么？"白奇谋说，"是吃鼠药自杀的。"大概讲了爱红娘后来的遭遇。听得白振国唏嘘不已。直叹米爱红有个性，说怎么这几天没见着她，改天一定要见见的。奇谋家的就说，"呸，那个烂货女人，您老还夸她好呀，我们这里的人，背底里都骂她呢，一个大姑娘，就跟人生了孩子。后来又看上了一个老头，听说现在还和学校的一个男老师不清不白。"白振国冷着脸没有说话。见白振国不高兴，奇谋家的意识到自己多嘴了，闭了嘴不再说话。白振国却突然看见，门前的阴影里站了个白发老女人。白振国觉得眼熟，又见那女人在朝他招手。白振国说，"老姐姐，你好啊，过来坐吧。"这样一说，白奇谋和奇谋家的，还有白家的三个孩子，都朝白振国望的方向看去，却什么也没看到。就说，"你在和哪个说话？"白振国说，"刚才门口站着个白发老婆婆，在冲我招手呢。这会儿，怎么又没了？"奇谋家的看了一眼白奇谋，知道是婆婆的鬼魂又出现了，慌得说，"您老怕是看花眼了，哪有什么白发老婆婆呀。"白振国说，"刚才又不像眼花，看得真真的。"还说看见那白发婆婆朝耳房走去，一晃就不见了。白振国说，"那耳房里住的可有人？"白鸿雁嘴快，说，"那里住的是我奶奶。"白振国说，"哦。"奇谋家的就拿眼去瞪白鸿雁，又对白振国说，"她奶奶，原来是住那里的。"白振国沉默了半晌，说，"我想一个人四处走走，你们忙吧，打扰了一天，真是过意不去。"白奇谋说，"可是，您这身体……"白振国说，"没事的，我这是老毛病，好在鸿声给我吃药及时，不然今天就死在这里了。死了也好啊，算是落叶归根了。"白振国背着双手，慢慢在村子里转悠，向一个小孩打听了花婆婆的住处，天黑时踱到了花婆婆的屋门前，屋里没有亮灯，门却开着。白振国正在犹豫，不知是敲门进去，还是转身离开，却听见屋里传来一个低沉的声音，"你来了，进来喝口水吧。"白振国身子一颤，说，"是你吗？米如月。"屋里人长叹一声，说，"米如月！米如月早死了，屋里只有一个花婆婆。"白振国快步跨进花婆婆家门。花婆婆说，"把门关上吧。"白振国就将门关上了。白奇谋终是不放心白振国一个人回白奇福家，就和白鸿声一起，偷偷跟在白振国身后以防万一，没想到白振国却走进了花婆婆的家。

白振国关好门，好久才适应屋里的光线，就看见花婆婆端坐在堂屋的椅子上。白振国在花婆婆的面前跪了下来，说，"我是个罪人，我回来了，是来向你赎罪的。"花婆婆说，"说什么罪不罪的，罪又岂是能赎的。"白振国说，"四年前就可以回乡探亲，可是我不敢回米岛，不敢回来见你。"花婆婆说，"现在敢回来了？"白振国说，"我老了，说不定什么时候就死了，我不想把这罪过带到上帝那里去。"花婆婆说，"这么大一把年纪，跪在那里像什么呢，起来说话吧。"白振国还跪在那里，花婆婆说，"还要我拉你起来么？"白振国就站了起来。花婆婆说，"坐吧。我晓得你会来的。那年敬钟走的时候，我就该跟他一起走的。我对敬钟说，我还有心愿未了。敬钟知道，我在等你回来。"白振国说，"我知道，这些年来，你受苦了。"花婆婆说，"说这些干吗，当年的事，我不怪你。"又说，"我等你回来，就想听你一句话，当年，你心里到底喜欢过我没有？"白振国沉默了。花婆婆说，"我知道了。"白振国说，"你不知道，我是喜欢你的，可是你也晓得，我的太太，她们家有权有势，我们的事要是曝了光，你万难活命。"花婆婆说，"嫂子果然没有骗我，你心里真是有我的。等到了这句话，我这一辈子，也算没有白活。只是我对不起你，没把咱们的儿子教育好。"白振国说，"要怪只能怪我，怪我当时没有勇气抛弃权势富贵和你远走高飞。"花婆婆说，"其实，我是喜欢你，自愿跟你好的。我更感谢振甫哥和嫂子，他们挑中的人没有错，花敬钟知道子范不是自己亲生，却对他没有一点外心，真把他当亲生儿子养的，就是太惯着他，才养出这样一个孽障来。这一切，都是命啊。"白振国说，"你不恨我？"花婆婆说，"恨，怎么能不恨？只是这么多年，我

早都不会恨了。"又说，"有时间，去江北农场看看子范吧，他还不晓得，他不姓花，而是姓白。"白振国说，"好。"花婆婆长叹了一声，说，"不过还算老天有眼，子范虽然不争气，一对孙女儿却很成器，长得漂亮，又很聪明。"

屋里两位老人的谈话，被屋外面的白奇谋和白鸿声听得真真切切。白奇谋听到心里，不过是暗暗吃惊，没想到还有这等奇事，更没想到自己和花子范居然是堂兄弟。而白鸿声听到此事，无异于晴天霹雳，如果花子范和自己的父亲是堂兄弟，那他和花一朵就是堂兄妹，两人的血脉里都流淌着白家的血液。

米岛变了，几十年间，天地改色，白振国已然寻不到回忆中的景象。这次回来，心愿已了。他决定，去江北农场看看儿子，然后再去米岛镇上，看看他的两个孙女就回台湾。他的心里有了一些轻松，也有些沉重。他知道，他老了，这次离开大陆，只怕再没机会回来了。第二天，他来到镇上看他的孙女，但花一朵和她母亲武义兰去进货了。他又去了江北农场，看望了正在服刑的花子范，还给花子范买了两条烟，留了一些钱，但是没有对花子范说明他们的关系，只说是花子范的远房亲戚，顺道来看看他的。离开江北农场，白振国的心情很沉重，腿像灌了铅一样。他知道自己的身体，不知道哪一会儿就走了，他想留下来等候孙女们回米岛，但又牵挂着台湾那边的家人。这两难，让他不知该如何取舍。心事重重回到岛东村时，却见花书记远远地在村口等他。花书记身后，还站着白奇福、白奇禄兄弟。花书记说，"听说白老先生要回台湾了，我代表村委，办了一桌酒席，略表一下心意。"白振国本想说他太累了，不想参加这样的应酬，但见花书记如此热情，到嘴边的话又咽了回去，就答应了下来。吃饭时，作陪的除了花书记，还有村长、会计等一干村干部。依然是挨个过来敬酒，白振国只是端起酒杯，沾一下嘴唇表示感谢。酒过三巡，花书记就开始抱怨，说他这个书记如何难当，原来村里没有公用开支，经费来源主要靠大队收的提留款，但提留款又极难收上来。又说村委的工作难做，计划生育不好抓，上面是死命令，下面又是乡里乡亲，他们这些村干部，把村民都得罪干净了。又要抓生产，修水利，还要挨家挨户求爷爷告奶奶收提留款。又说村小学老师的工资,也全靠提留款来发,因此一到年关,就是他最头疼的时候,老师和村干部,又都逼着他这个书记要工资。白振国的眉头就皱了起来,说,"有什么办法可以解决这个问题?"花书记说,"我们村,要是有自己的村办企业就好了。既有了稳定的集体经济收放,还可以为村民造福。"白振国说,"那你们打算办什么企业?"花书记见白振国对这事上心,就来劲了,说他早就谋划好了,现在大家的日子富起来了,一到冬天,各村各队都有人家盖新房子,米岛镇上新修的楼房商铺也越来越多,但是米岛却没一间大型的砖厂,红砖都是从江北运来,因为江上没桥,运东西进来全部靠船,成本就很高。如果有钱,在米岛建一间十六门或者二十四门的大轮窑,红砖是只愁生产不愁销路的。村里人建房子,也因此会降低成本。又说窑场要生产,就得招工人,把咱们村的困难户,一户招一个工人,就有几十户人家可以脱贫。花书记说位置他都选好了。白振国说,"那现在的困难在哪里?是技术还是资金?"花书记的脸上,就显出一些不好意思,说,"其实这样的想法,也不只我这个书记有,好多村的书记都有这想法,这可是一本万利的生意。我们遇到的困难都是一样的,就是没钱。再有想法,也只是一个想法。"听花书记这样一说,白振国说,"建二十四门的轮窑要多少钱?"花书记从口袋里掏出一个小本本,上面密密麻麻地写着建轮窑的预算。白振国翻了一下,知道花书记是用心在做这件事,就说,"我也不细看了,看了也不懂,你就说说,需要多少钱吧?"花书记说,"建二十四门的轮窑,买机器,招人工,请师父,一共得十六万。"白振国就沉吟了起来,花书记见白振国在沉思,忙说,"我们也可以建十六门的轮窑,这样十二万就够了。"白振国说,"要建就建大些,米岛这么大,红砖的需求量也就大。"花书记说,"我们也是这样的想法。"后面的话,花书记就没有说,他要等白振国主动提出来给村里捐款。白振国说,"这建轮窑的钱,我出了。我这次回来,就想着要为家乡做点什么事。回来前,我想的是,如果白氏宗祠需要维修扩建,我就花点钱来修宗祠,宗祠现在变成了学校,这样也好。我就在想,是否花钱重修一所学校,然后把白氏宗祠复原。回来的路上,我看从镇上到村里的路还是沙石路，就想着修一条水泥路到村里来。这两天，正在这两件事上犹豫不决，现在你们提出建轮窑的项目很好，比我前面想的两个都好。你这个书记，心里真的是装着村里的村民，是为大家在办事的。"花书记乐得眉开眼笑，连声说白家世代积德，这修建轮窑，更是天大的善举。

白振国哪里知道，建轮窑的事，是花书记前天晚上才想出来的。他见白振国回到米岛大把花钱，就寻思着怎么让他捐点钱，自己也弄点好处，就想了这个主意，然后找到白奇福和白奇禄兄弟，许了白奇福，如果轮窑建成，白奇福就是场长。又许白奇禄，如果这事办成，就把现在村里的会计换了，让白奇禄做会计，这样钱和账都在自己人手中，将来不愁发财。白家兄弟满口应承，花书记就去江北打听了建轮窑的费用，二十四门的轮窑，十二三万足够，于是他狮子大开口，报了十六万，没想到白振国一口答应，就有些后悔，心想当时该说要二十万的。白振国接下来又说，"如果实际建设时资金不够，你们可以给我写信，我再另想办法。"有了这句话，花书记就彻底吃了定心丸。饭后，白振国就将八千美金交给花书记，并交代他们，一定要把窑场建好。又说他累了，想要休息。没想到，这一睡下，他就一病不起。

白振国住院的消息，在米岛村引起了不小震动。白家子侄个个心情沉重。白奇福的老婆甚至号啕大哭。其他外姓人就冷嘲热讽，说她亲爹死时，也未见这样哭过，哪里是哭白振国，分明是在哭白家的财神爷要没了。白家人的心里，也的确有这样的想法。只有花婆婆，在听说白振国病重后，拄着拐杖走了十里路，到街上找到武义兰。武义兰见婆婆突然来了，慌忙将她迎进家中。花婆婆让武义兰将花一朵叫到身边，将她父亲的身世一一说了，又说现在她的爷爷白振国就躺在县人民医院，怕是不行了。花婆婆说，"给五朵拍电报，让她赶快回家见爷爷最后一面。"这突如其来的消息，把武义兰和花一朵搞蒙了。如果不是花婆婆亲口所说，她们决不会相信。交代完这些，花婆婆回到家，从床底下拖出一口尘封的木箱，木箱子里，有一套她少女时代穿过的衣服，那是当时的白振国少爷偷偷送给她的，她也只是在和白振国相会时穿过。后来嫁给花敬钟，这衣服，就永远压在了箱底。花婆婆关上房门，换上那身衣服，平静地躺在床上，不吃不喝，等候着白振国到来。三天后，花婆婆进入弥留之际，白振国没有来，她却等来了白婆婆。白婆婆站在床前，说，"你的心愿了啦。"花婆婆说，"再没什么可牵挂的了。"白婆婆说，"这身衣服，是振国给你的吧？"花婆婆说，"几十年了，一晃，就像昨天。"白婆婆说，"你穿了这身去那边，敬钟会不高兴的。"花婆婆说，"跟他做了一辈子人世的夫妻，做鬼了，我想活回我自己。"白婆婆说，"敬钟是好人，对你不薄，当年我把家里所有的人都想了一遍，只有把你托给他才放心，你不恨我吧？"花婆婆说，"怎么不恨？"白婆婆说，"恨吧恨吧，他来了，我走了。"花婆婆就在恍惚间看到了白振国，她说，"你来了。"白振国说，"来了。"她说，"不走了？"白振国说，"不走了。"花婆婆说，"台湾那边，你放心得下？"白振国说，"活到死了才明白，放得下的，放不下的，到死了，就都放下了。"花婆婆说，"看到一朵和五朵了？"白振国说，"看到了，她们长得真像你年轻的时候。"花婆婆说，"我有那么好看么，她们是像她们的妈。"白振国说，"只有我晓得，她们像你。我当时就快死了，还撑着一口气，我想看看我的孙女们，可是我突然就看见了你，不是一个，而是两个你。我还叫了你的名字，如月。但是她们却叫我爷爷。我就将她们都搂到我的胸前，就像许多年前，搂着你一样。两个孩子都哭了。你说她们和我，面都没有见过，也没有感情，可是她们是真的哭，眼泪吧嗒吧嗒直掉，把我的衣服都弄湿了。"花婆婆说，"等着我，我也要到那边去了，到了那边，你再也不许走了。"白振国说，"不走了。落叶归根了。"花婆婆就伸出手，去握白振国的手，她的身体，和白振国一起，轻轻飘浮了起来。她知道，她为人的一生，终于结束了。花婆婆和白振国的鬼魂紧紧拥抱在一起，而这时，花敬钟的鬼魂，却在远远看着他们。花敬钟在这一刻决定，他要喝下孟婆汤，重新投胎去了。白振国很快就看到了白振甫，还有很多他过去认识的人。白振国说，"敬钟大哥呢，我要给他磕头。"米家生说，"刚才还见到花敬钟，他不是一直趴在树杈上么？"米南村说，"他走啦。他喝了孟婆汤，投胎去了，过去的一切，他再也记不得了。"

十二

雪依旧在下，米岛银装素裹，我相信，一个洁净的世界，终将重新诞生。但是孩子，我看不到那一天了，但我要把米岛的故事讲给你听，让你知道这米岛曾经的过往。人类有一句话，叫"前事不忘，后事之师"。人类还有一句话，"以铜为鉴可正衣冠，以古为鉴可知兴衰，以人为鉴可以明得失，以史为鉴可以知兴替。"我讲这米岛的故事，米岛的人与米岛的历史，其实这小小的米岛史，又何止只是米岛的历史。孩子，我老了，说话不免啰嗦，继续讲故事吧——

白振国的葬礼结束后，米岛就开始筹建轮窑。轮窑建了整整一年才完工。于是，在米岛，我这棵大树不再是制高点，那六十米高的轮窑大烟囱成为了米岛的新标志。和那高大的烟囱相比，我显得是那样渺小。白奇福如愿以偿当上了米岛振国窑场场长，而他的弟弟白奇禄，成为了村里的会计。建设轮窑的工程，包给了花书记的小舅子。于是花书记的小舅子，那个老实巴交的泥瓦匠成功挖到了他人生的第一桶金。花书记并没有兑现他对白振国的承诺，将进窑场工作的名额让给那些贫困户，出坯、晒砖、成品管理，以及各部门的负责人，都被花书记和白奇福、白奇禄的亲戚们占据。连晒砖这样的轻松活，也让和他们几家沾亲带故的女孩们占了。只有出砖、进窑、出窑那些最重最苦的体力活，才轮到村里那些贫困又有劳力的人家。振国窑场成为了岛东村利益的瓜分场。村民们虽然有些不平与失落，但终究是无话可说，毕竟这钱是白家人出的，白家人不做场长谁做呢。至于有人怀疑花书记在建窑过程中贪污挪用那也只是猜测，白奇禄做出来的账目清清白白，毫无破绽，大家也就渐渐接受了这样一个现实。而希望进厂打工的人，在花书记和白家兄弟面前，自然是点头哈腰讨好巴结。这窑场，名义上是集体所有，实际上，变成了花书记和白家兄弟的私产了。

窑场建成后的第一个夏天，高大的烟囱冒出了滚滚青烟。那是米岛人的希望所在。窑场生意好，烧出的砖供不应求，要想在窑场买到砖，就得给白奇福提上烟酒，后来提烟酒不管用了，白奇福要的是提成。从振国窑场买砖，比从江北的窑场买砖，在运费上有着不小的差价，白奇福要的，就是这差价的提成。不到二年，白奇福家就盖起了岛东村的第一幢两层楼房。砖是现成的，从窑场直接拉回家就是，账上他自然有办法做平。白奇禄也不甘落后，盖不起楼房，但是拉回了足够盖楼房的砖放在门口。花书记却相对低调，还是住原来的房子，也没有从振国窑场往回拉砖，但有人说他在镇上悄悄盖起了一栋楼房，是真是假，村民们也不得而知。到后来，白奇福胆子越来越大，干脆就将那生产出来砖的数量做了假账，将那从账面上多出的砖，以低于市场的价格直接卖给别人。就这样，振国窑场生产不到四年，结果年年亏损。村民们终于忍无可忍，要求对窑场这四年来的收支进行核查。而带头查账的，居然是一向默默无闻的白鸿声。后来我想，这也许就是白鸿声命运的一个转折点。

事情还得从四年前说起。白鸿声在得知他和花一朵是堂兄妹后，经历了很长一段时间的消沉。但这样一个铁的事实，比其他任何阻力都大，是无法逾越的人伦。他和花一朵，也很长时间没有见面，过去的恋人突然变成了兄妹，一切都像电视剧里的桥段那样狗血，但事实如此，上一代人的悲剧结出的果，让他们这一代人来品尝了。事实上，这一意外，对于白鸿声和花一朵，都算是一种解脱。他们甚至在痛苦之后，都有了一丝庆幸。对白鸿声来说，他明知他和花一朵不会有好的结果，只是他不甘心认输。他要去努力，去争取，哪怕因此而输得遍体鳞伤。他是明知不可为而为之。而花一朵也曾扪心自问，真的那么爱白鸿声吗？她不确定，说不上多么爱，也说不上不爱，总之没有那种一日不见如隔三秋的感觉。她的反抗，更大的意义上在于，她是为了反抗而反抗，她明知这一点，但她还要坚持。这样的坚持，也曾经让她困惑，她不清楚嫁给白鸿声会有怎样的人生。但她的感情生活，不容母亲来安排插手，因此当她得知自己原来是白家后人的时候，长长舒了一口气。不是因为这份失去的爱情，而是因为这挣扎与解脱，都是那样不以自己的意志为转移。因此花一朵的内心，并未因此而有多么大变化，她依然坚持着自己的梦想。她相信，会有那样一个让她一见钟情、怦然心动的人出现。她却不知道，这个人的出现，足足晚了二十年。她更没有想到，她会爱上那个从来没拿正眼瞧过的人。

白鸿声并没有陷在悲伤中不能自拔，他给自己出了一道无解的人生难题，但是命运却轻而易举地帮他解了这道题。他开始抽烟，喝酒，放纵自己。他突然觉得，失去了花一朵，他的人生因此变得轻松许多。但是没有人知道他真实的内心，父母也以为他是因痛苦才自暴自弃。他的父亲，作为一名职业媒人，将那些长相漂亮性格温和家庭优越的女孩子一一介绍给他的儿子。而在过去，这些出色的女孩，是不会看上白鸿声的。他不过是个家境一般品性尚可长相还算清秀的孩子，在农村，这样瘦弱文静的男孩，虽然能赢得女孩的喜欢，却很难获得丈母娘的认可。好在他有一份在当时还算体面的工作——小学老师。但综合各种条件，白鸿声在米岛只能算个中等。但自从白振国回到米岛，情况就不一样了。白振国给了白奇谋家一千美金，这样的消息不胫而走，他们家一跃而进入万元户行列。在将美钞成功兑换成人民币后，白奇谋家盖起了三间宽敞的瓦房，并且将房子建在了村口的大路边，而不再是寒酸地坐落在安静偏僻的角落。在盖新房之前，白奇谋夫妇有一个棘手的问题，那就是白婆婆。白奇谋和奇谋家的在半夜时分再次进入了白婆婆的房间，让人奇怪的是，屋子里什么也没有，白婆婆就这样消逝了，生不见人，死不见尸。这倒给了白奇谋和奇谋家的一个台阶，于是他们在第二天一大早就宣称，白婆婆昨天夜里突然失踪，并言之凿凿，说昨天晚上白婆婆还吃下了一大碗饭。白奇谋和奇谋家的还装模作样在村子里找了一整天，逢人就问有没有看见白婆婆，昨晚还吃饭来着，早上送饭时人就不见了。于是，人们这才想起来，白婆婆原来并没有死，人们早已忘记了她的存在。母亲失踪，白奇谋心里多少有些愧疚，他甚至不知道母亲是什么时候没有的。这让他在一段时间陷入了悲伤之中，并回想了自己从记事起和母亲在一起的温暖往事。白奇谋突然意识到，自己和妻子的忤逆不孝，是无边的罪恶。而这罪恶的种子，将来会生根，发芽，开花，结果。他就在夜晚来到我这株神树面前忏悔，希望将来的惩罚都落到他的头上，而不是让儿女们代他受过。许多年以后，当他咽下人生最后一口气时，好好的家庭四分五裂，那时他已无力回天，忏悔无门。奇谋家的长舒一口气，那个一直压在心头的阴影没有了。拆掉旧房之前，奇谋家的特别将婆婆住的那间屋仔细搜索，包括旧棉衣烂被絮，都一一用手仔细捏过，并堆在一起烧成灰烬。她听说有那老人死后，亲人将他们的衣物乱扔，被收破烂的捡走，却从中发现了黄金的传说。奇谋家的希望这样的奇迹在她身上出现，但她在灰烬里扒拉了半天，终是一无所获，这让她对婆婆失踪仅存的一点愧疚感也荡然无存。白奇谋家盖起了新房，告别了低人一等的过去，开始了全新的生活。在新房落成的典礼上，身为媒人的白奇谋接到了他儿子行情看涨的信息。后来的一段时间，白鸿声开始了他幸福的相亲经历。白鸿声听从了父母和妹妹们的建议，挑选了一位读过初中，现在岛南村担任妇女干部的女孩。女孩名叫李文艳，长了一张苹果脸，皮肤很白，爱说爱笑，一看就是个能干之人。奇谋家的对这未来儿媳相当满意，盘算着嫁过来后，只要和书记拉拉关系，说不定将来能干上妇女主任。这样一来，白家在村里的地位将直线上升。虽然白鸿声更喜欢另外一个长得有点像花一朵的女孩，但母亲却说那女孩子太过娇气，而且屁股小，不好生养。白鸿声和父母的意见达成了一致，说办就办，一个月后定了亲，拿了八字，定好的结婚日期，就在这年的国庆节。然后是过衣礼，过菜礼，过门等一系列繁琐的结婚流程。过衣礼时，白鸿声和李文艳一同去镇上买结婚穿的吉服。白鸿声的意思，是去新建起来的服装街买，但李文艳坚决反对。她说结婚是她的人生大事，置办新婚吉服岂能马虎，服装街的衣服不上档次，她对百货商场的服装情有独钟，何况她未来的小姑子白鸿雁还在那里上班，可以在价钱上有些优惠。白鸿声没有任何理由反驳，于是就跟在李文艳身后去了花一朵的百货商场。花一朵知道了李文艳就是白鸿声要娶的人，心里多少有些失落。在她的意识里，白鸿声虽和她不能结婚，但至少也要等到她出嫁了，再结婚才说得过去。现在倒好，这才几个月，他就火急火燎地准备结婚了。结婚也罢了，还要带上新人到她的面前来显摆一下。她脸上堆着笑，暗自将李文艳上下打量一通，还悄声问白鸿雁，她和李文艳谁漂亮。白鸿雁实话实说，根本没有可比性，一个天上一个地下。她嫂子虽说长得五官周正，皮肤也白，但浑身上下透着一股子土气。而花一朵，除了漂亮，还散发出与众不同的气质。这样一说，花一朵就高兴了起来。李文艳试衣服时，花一朵多多少少会挑剔一番，说好看是好看，穿在你身上好像差了点什么。李文艳就不高兴了，质问花一朵道，"哪有你这样说话的，人家卖衣服的都夸顾客穿在身上怎么好看。你倒好，专门挑毛病。"花一朵说，"我这是对顾客负责。诚信为本是我们的经营宗旨。我不能说瞎话骗你。"她甚至将李文艳刚试过的一件衣服穿在自己身上。这一穿，对比马上就出来了。果然，连白鸿声都觉出了他未来老婆的土气。花一朵说，"我们店里的衣服，基本不适合你穿，你去服装街看看，那里的衣服适合你。"这样的话让李文艳很是受伤，她以一个女性的敏感，捕捉到了花一朵刻薄背后的不合常理。她用挑衅的目光盯着花一朵，说，"是不是看我找了这么帅的男朋友，心里不服气呀！"于是又一件件地试衣服，问白鸿声好不好看。白鸿声说好看。她才心满意足。李文艳和白鸿声走后，花一朵发出了一句感慨，"鸿雁，我看你哥好可怜，他这辈子，怕是要被这个女人捏在手心里了。"李文艳拎着大包小包满载而归，路上，突然问白鸿声，"你和那个狐狸精是不是有一腿？"白鸿声说没有。李文艳满腹狐疑，说，"没有？她不就是你们村的吗？你不要骗我，我听她说话那酸劲儿，就像打翻了醋坛子。"白鸿声说，"真没有，我和她是堂兄妹，那个捐钱修窑场的白振国，是我堂爷爷，也是花一朵的亲爷爷。"李文艳并没有揪住这事不放，她大度地说，"不管你过去怎么样，结婚后给我老老实实就行。"

结婚后的白鸿声果然老老实实。只是在新婚之夜，他假装喝醉躲过了一劫。第二个晚上，当李文艳脱光衣服心情激动地钻进他怀里时，他知道自己再也躲不过去了。然而做过妇女主任的李文艳，却并没有对这件事情大惊小怪，她问白鸿声是怎么一回事，白鸿声说自己平时也是行的，到了这关键时刻却不争气。李文艳安慰白鸿声放松心情，偎在他的怀里睡着了。睡到半夜，白鸿声做了个梦，梦见他在和一个面目模糊的女人行房，他梦见自己一柱擎天，醒来发现自己下体坚硬，而他的妻子李文艳，却正在轻轻抚摸他的下体。李文艳见他醒来，并未显得惊慌和羞涩，只是将他搂在怀里，嘴里说着，"你行的。"在李文艳的耐心引导与鼓励之下，白鸿声终于从一个男孩变成了男人。虽然过程短暂，但却是那样美妙。很快，在李文艳的温柔抚慰下，白鸿声又找回了男人的自信。这样的经历，让白鸿声在感激李文艳的同时，却在心里埋下了猜疑的种子。李文艳在性事方面的成熟，让他有了深深的怀疑。他曾经试着打探李文艳的情史，但李文艳有言在先，不追究对方的过去，而是要面对未来。

　　李文艳确实是位贤惠的好媳妇。但她并不甘心下田干农活，她的目标是当上岛东村妇女主任。这意味着，她要挤掉原来的妇女主任而代之。这一点并不难，只要做好花书记的工作就行。可是怎么做花书记的工作，白奇谋和奇谋家的，包括白鸿声都没有办法，他们能想到的，无非是送花书记一条烟两瓶酒，请他吃一顿饭。李文艳却对他们的提议报以冷笑，说，"一条烟两瓶酒就能换一个妇女主任！那还轮得到我当？"奇谋家的甚是欣赏这个儿媳，虽然她否决了自己的提议，让她这做婆婆的很没面子，但她觉得这孩子做事果断，有脑子，像她。李文艳说，"也没有别的办法，只有送礼。但这样小打小闹不行，咱们要一棒子将花书记打晕。"奇谋家的说，"么样才能一棒子打晕他？"李文艳咬牙道，"给他送份重礼。""什么样的重礼？"白奇谋和奇谋家的，还有白鸿声异口同声地问。当李文艳说出要送的礼物后，一家人都沉默了。李文艳说，"咱们给花书记送一台彩电。"彼时，村里有黑白电视机的人家并不多，饶是像白鸿声这样的新婚家庭，也只舍得买一台二十四时的黑白电视。整个岛东村，还没有一台彩电。也就是说，那时的彩电尚未走进乡村，城里的普通人家，彩电也还是个稀罕物件。李文艳见一家人都不表态，她也不再说话。过了好一阵子，白鸿声说，"要不，咱们不当这个妇女主任了，妇女主任有什么好呢，天天抓计划生育，弄得村里人个个在背后骂娘。"奇谋家的附和道，"是啊是啊，我和你爸死做活做，几年也买不了一台彩电。再说了，咱家也拿不出这么多钱来。"李文艳说，"振国爷爷不是给了你们一千美金吗？"白奇谋说，"一千美金不假，可咱们盖了这新房，加上你们结婚，给你娘家的彩礼，还有买家具，摆酒席。之前还欠人家的债，哪里还有结余的？"李文艳冷笑道，"你们以为我是傻瓜，不会算账么，这新房子能花多少钱，你们是给了我娘家彩礼，可是摆酒不是收了礼金么。再说了，不就一台彩电吗？三年妇女主任就赚回来了。当妇女主任又不影响干农活，不仅不影响，还有好多人抢着帮咱们家干呢，我在娘家时就是这样的。三年以后，我的工资就是净赚的。再说了，我当了妇女主任，就是村干部，当了村干部，我就能想办法让鸿声再往前走走，弄个教导主任干干，再努把力，弄个校长当也不是不可能。"白鸿声说，"我可不是当校长的材料。"李文艳说，"我最不喜欢你说这话了，谁天生就是当什么的材料？咱们看事情要长远。你看现在这形势，大家都在想办法发财，八仙过海，各显神通，撑死胆大的，饿死胆小的。你看那些村干部，屁事不做，个个家里富得流油，做个枯老百姓，八辈子都发不了财。"李文艳的一番话，说得白奇谋一家老小大眼瞪小眼，半天没回过神来。最后，奇谋家的弱弱地问了一句，"要是咱们送了礼又当不上这个官呢？"李文艳知道婆婆松口了，笑道，"你们操的不是心，他要是敢收礼，就能给咱办成事。办不成事，他就不敢收。现在的妇女主任年纪也大了，在村里也没有什么背景，拿掉她不是分分钟的事？"奇谋家的说，"咱们再想想，想周全了再说。"

　　李文艳在家庭会议上的一番话，说得白鸿声心里且喜且怕，喜的是，娶了个精明能干有魄力的老婆，怕的是，这老婆太能干了，从今往后，他怕是要甘当小男人了。但白鸿声想错了，在家里，李文艳充分显示出她的强势和主导一切的气势，在外人面前，她却是一个标准的贤妻，处处维护着白鸿声的地位与面子。李文艳嫁过来不到一个月，就与隔壁左右打成了一片，村里的人，个个都说白家找了个好儿媳。但是奇谋家的却不甘心花那么多钱给书记送礼。很快，李文艳就找到了说服婆婆的理由，窑场进入建设阶段后，花书记的小舅子，泥瓦工万红卫居然承包到了窑场的工程。李文艳对婆婆说，"这是为什么，这是因为花书记有权，有权就有钱，咱们要是手中有了权，还愁弄不来钱吗？"果然，是个明眼人就能看出，白奇福和白奇禄家的日子发生了天翻地覆的变化。当然，他们对外声称，之所以现在日子过得好，花钱大手大脚了，是因为他们的叔叔从台湾回来给了他们许多美金。可白奇谋和奇谋家的清楚，白振国给他们两家，也都是一千美金，各家的孩子，又多给了一百。同样是发了这样一笔横财，他白奇谋家精打细算也就勉强过得去，白奇福、白奇禄凭什么就能大手大脚大把花钱呢？李文艳道出了其中缘由，白奇福当上了窑场场长，白奇禄当上了村里的会计，手中有权了。李文艳还说，"村里每年上缴的提留款是笔不小的数目，要不就凭当村干部一年五百块钱工资，还有那么多人打破头了想去当，傻子都想得明白。"在铁的事实面前，奇谋家的动心了。李文艳不愿意再这样拖下去，她嫁到这个家已经好几个月，她可不想整天喂猪种菜。她在一次吃饭的时候，提出了家里的收入与开支问题。她说家里的收入，就是白鸿声一年的那点工资。白鸿雁的工资并未交给家里，说要留着将来置办嫁妆的。种田的收入，开支提留水费种子农药化肥刚好打平。虽说有两头猪卖钱，但一家人的吃穿用度，加上鸿云读书还有人情苛派，不是一笔小数，一大家子就等着坐吃山空。因此李文艳认为婆婆这个家当得不好，她要接手，来掌管这个家的经济大权。这样明目张胆的夺权行动，对奇谋家的无异于当头一棒。她当了几十年的家，虽然穷得叮当响，但毕竟什么都由她说了算，这下可好，自己精挑细选的儿媳妇，嫁过来不到半年，就赤裸裸地要夺权了，她怎么甘心。在这件事情上，白鸿雁表示弃权，谁也不支持谁也不反对。白鸿云支持李文艳，认为李文艳当家，这个家也许还有希望。白奇谋意外地支持了儿媳，而白鸿声，左右摇摆，最后在李文艳的逼视下，站在了李文艳一边。奇谋家的见大势已去，伤心地哭了一场。白奇谋安慰她说，"你这人也真是，天生操心的命，有个能干的儿媳来替你操心，你做梦都笑醒吧，还有什么好哭的呢。"奇谋家的只好交出了家政大权。掌权后的李文艳，做的第一件事就是买回一台彩电，并且在晚上和白鸿声一起送到了花书记家。花书记在米岛做书记多年，给他送礼求他办事的人也不少，但像李文

艳这样豪气，出手就是一台彩电的，他还真没有见过。而李文艳也是
个直截了当的人，送了彩电，就说她想当妇女主任，她说在娘家时就
是干这个的，做不了别的农活。花书记心里有了底，现任的妇女主任
年岁已大，又没什么背景，换掉不是什么大事。再说了，妇女主任是
个不好干的工作，计划生育谁沾上谁头痛，还真需要这样一个风风火
火的人物来做。如此一想，两全其美的事，何乐而不为，就笑纳了。
果然，过完年，李文艳就如愿当上了妇女主任。但是当了妇女主任，
却并未立竿见影地得到经济上的回报。时间一久，奇谋家的就有些不
满，认为这钱花得不值，打了水漂，不过是给儿媳妇找了个轻松活
干，让她有了借口不用下厨房下农田，自己还是过去一样当苦力干
活。但李文艳当上了村干部，隔三岔五到镇上开会，平时出门就骑自
行车，自行车的龙头上还挂着一个包，还真有些干部的模样。白奇谋
和奇谋家的走出门，也比从前受人尊敬。这样一想，也就由着她去
了。李文艳给书记家送了台彩电，自然就成为了花书记的亲信，时间
渐长，花书记也发现了李文艳办事有魄力，脑子好使，对李文艳言听
计从。到了年底，李文艳对花书记说了她的男人在学校不得志，白鸿
声的教学能力和教学热情大家有目共睹，但却只是三年级的语文老
师。花书记表示，可以让白鸿声到更重要的岗位上去锻炼。下学期开
学，白鸿声就成为了米岛小学的教导主任，而老校长年龄已大，谁都
看得出来，这时候提白鸿声当教导主任，是让他接校长的班了。以白
鸿声那种不长与人交际的性格，由着他去干，干到老也就是一个普通
教师，于是人们都感叹白鸿声娶了个好老婆。奇谋家的娘家侄女初中
毕业没事可干，李文艳又给她安排到振国窑场当了一名记账工，奇谋
家的虽然心疼那台彩电，但眼见着实惠渐渐显现，知道还有更大的甜
头在后头，这样下去，不愁捞不回那台彩电，对儿媳渐渐也心服口服
了。只是有一点让奇谋家的心里不快，儿子结婚一晃就是一年多，李
文艳的肚皮还是平的，后来她拐弯抹角问了，知道是李文艳暂时不想
要孩子。但在这件事情上，李文艳就是说出一千条一万条理由，奇谋
家的都不同意了。她说要趁着她和白奇谋干得动，帮着他们带带孙
子。李文艳根本不和她争论，她认定的事情，九头牛也拉不回来，奇

谋家的也只好长吁短叹作罢。这样又过了两年，老校长退了，白鸿声果然就当上了米岛小学的校长。当上校长的白鸿声，励精图治，一心想着把学校的教育质量搞上去，于是想了许多办法，请中学的老师到小学来上示范课，又额外增设了书法课。他提倡一种健康的办学风气，他还喜欢去听老师讲课，还让学校的老师，每周开设一堂公开课。米岛小学的老师，文化程度普遍较低，大多只读了初中，甚至有的只小学毕业就在教小学生了。白鸿声自己虽然也只读了初中，但他好学，又爱看书，知识面比学校的许多老师都要广。在一次听公开课时，四年级的语文老师，居然将《孙悟空大闹天宫》中的"巨灵神"读成了"臣灵神"，结果有学生居然认得这个字，就轻声对旁边的同学说老师读错了，是"巨灵神"，不是"臣灵神"。白鸿声就打断了老师的课，让这个同学把那句话当着全班同学和听课的老师说了，那老师当场羞得无地自容。白鸿声坚决要将那老师撤掉，他给村里提议，说现在有那么多的初中生和高中生，毕业后没事可做都出门打工了，应该把他们中比较优秀的人留在米岛，他说现在学校的老师有的才读了小学五年级就在这里教四年级，这样咱们村怎么能出人才？白鸿声坚决要撤掉的老师，却是花书记的侄儿。白鸿声回家把学校的一幕对老婆李文艳讲了，说他想重新招几个老师，把那些教学经验丰富的老师留下，将那些在学校混日子的老师换掉。李文艳说她支持白鸿声的想法，但是那位语文老师不能换，若把他换掉，就得罪了花书记。李文艳说，"新官上任三把火是没错，但这三把火你要烧对方向，不能乱烧，你怎么能一上来就把火烧到花书记的侄儿子身上？打狗还看主人面，你撤花书记的侄儿，不是打花书记的脸吗？你以为你这校长是镇教委任命的就是铁饭碗了？让你上让你下，还不是花书记一句话的事！"白鸿声说，"花书记的侄儿是全校最无能的老师，如果不把他换掉，其他人就一个也不好动了。"李文艳说，"这事你先别急，我来想办法。"本来李文艳是想，看能否说动花书记，给他侄儿换个位置，或者到振国窑场干个轻松活，可当她把窑场有油水又轻松的位置算了一遍后，她就知道这条路行不通。窑场里的好位置，都被村干部和白场长的亲戚们占着。而且窑场经营这几年，外表看上去红火，实际上年年亏损，村里都要拿提留和统筹款来支付窑场工人的工资了。李文艳曾在村干部会议上说，"大家想捞一点无可厚非，但是这样的疯狂，窑场迟早会垮掉，皮之不存，毛将焉附。"村干部们不是不懂这道理，白奇福尤其懂，只是他也无能为力，他这个场长，现在成了一个空架子，除了指挥那些苦工，各部门的负责人，他没有一个得罪得起，于是就骂娘，说他妈的你们捞老子也捞。他都这样，其他人当然不甘落后，反正窑场是一本烂账，到时罪不责众，真办垮了，大不了散伙。于是都各显神通往外开砖票，这窑场就显出要散伙的迹象来。这关头，再让花书记将侄儿弄到窑场去，花书记是断然不会同意的。可白鸿声却是主意已定。李文艳就说，"你让我再想想办法。"果然，李文艳就想出办法来了。花书记的侄儿，头胎生了个女儿还不满五岁，没有拿到二胎准生证，他老婆却又怀上了，又不想做流产。花书记打了招呼，他侄儿还给李文艳送了礼，李文艳就帮花书记的侄儿蒙混过关，让他老婆躲到江北娘家，现在已有六七个月身孕了。李文艳伪造了一封揭发信，并拿着这封信去找花书记的侄儿花老师，说这信幸好落到她手中了，可以帮他缓一缓，要是人家再告，她也没办法了。"到时候不仅孩子保不住，老师恐怕你也当不成了，还要牵连花书记。"她还给花老师支了一招，让他出门打一段时间工，等孩子出生了再回来，就说是在外面生的孩子，大不了村里落个监管不力的罪名。花老师一听，觉得也只有这办法了。李文艳又拿上这封信，晚上和花老师一起去找了花书记，说有人在镇计生办告了花老师，还把花书记也一并告了。幸亏信落到了镇计生办她一个好姐妹手中，好姐妹冒了天大的风险，将这信截下交给了她。李文艳说，"这事要是上面知道了，不仅七个月的孩子保不住，你这书记怕也不好过关，我这妇女主任就更别提了。"花书记说，"那怎么办？"花老师说，"我想好了，准备先带着媳妇出去躲一躲。"花书记看着李文艳，说，"计划生育比天大，这事能行吗？"李文艳说，"在外先躲一躲，把孩子生下来再说，上面知道了来查，我们也好有个借口，说现在出门打工的人多，流动人口的管理难免不到位，他们在外面偷偷生了，我们根本不知道。孩子生都生了能怎么办，大不了罚款就是，我们大不了算工作失误。而现在，人家告你花书记包庇亲戚带头违反计划生育。"花书记一听，觉得有道理。回到家，李文艳对白鸿声说，你抓紧物色人选来代替花老师吧，就这几天，花老师要出门打工了。白鸿声说，"你怎么知道？"李文艳说，"我能掐会算。"白鸿声说，"是你想的办法吧？"李文艳说，"那你怎么谢我呀？"白鸿声说，"你怎么做到的？"李文艳说，"你先好好谢了我，我再告诉你。"说着就去扒白鸿声的衣服，白鸿声就很卖力地将李文艳弄到了高潮。事后，白鸿声又追问李文艳是怎么回事，李文艳把她的妙计讲了，白鸿声半天没有说话。李文艳得意地说，"知道你老婆的手段了吧，花书记都被我要得团团转，白校长你就给我老老实实，要是敢跟哪个女老师眉来眼去，小心我割了你的鸡巴。"白鸿声说，"一点儿也不斯文。"李文艳说，"两口子还斯文什么。难道让我说，你要是对哪个女老师眉来眼去，小心我割了你的生殖器？"白鸿声就苦笑。李文艳说，"做计划生育工作，要是斯斯文文，那趁早别做。怎么啦，苦着个脸，后悔娶了我吧，是不是还想着花一朵？"白鸿声说，"说什么呢，人家是我妹妹。"李文艳说，"什么妹妹，出了五服不是亲。"

　　白鸿声的心思还真被李文艳说中。不过白鸿声的相思对象却另有其人。他和花一朵早就能淡然相对了。有时去镇教委办事，还会拐去看看花一朵。花一朵还没有结婚，倒是经人介绍谈了好几个对象，但最长的也没能超过两个月。白鸿声心里想着的，是岛北村的女教师赵小兰。两个月前，镇委组织各校校长在岛北村小学听课，上示范课的是赵小兰老师。赵老师的课给白鸿声留下了很好的印象。后来他得知，赵小兰毕业于县二中，高中毕业后，在县城一家花炮厂打工，做了半年，花炮厂发生爆炸，她的同事们不是被炸死就是被炸残。她那天正好不在，躲过了一劫。事后她回到米岛，在村小学教书。白鸿声听完课，对赵小兰老师表达了他的敬佩，说咱们岛东小学要是有这样的老师就好了。赵小兰听说白鸿声是岛东小学校长，就说，"早听说岛东小学新上任的校长年轻有为，却没想到这么年轻。"这是两人的第一次相遇。后来去镇教委开会，又遇到过两次。白鸿声有时去镇里办事，回来时会骑车绕到岛北村小学，说是去取经，其实是想看看赵小兰。现在李文艳这样一说，白鸿声的脑子里就浮现出赵小兰的影子。这段时间以来，每次和李文艳做爱时，白鸿声就在心里想着赵小兰的样子，他就会威武雄壮许多。而对李文艳，白鸿声却怎么也爱不起来。李文艳太强势，也太有手段。他不喜欢这样的女人，和她生活在一起，他有一种透不过气的感觉。听李文艳得意地叙述她怎么耍手腕对付花书记，白鸿声就倒抽一口凉气，心想将来有一天，她也许会这样来对付自己。白鸿声对赵小兰的喜欢，只能算是暗恋，最大限度也不过找个借口见上她一面。一来他有家室而赵小兰却是未婚，二来他家里这位，绝对是只母老虎，惹她发了怒，只有死路一条。白鸿声也知道，他这个老婆，不会甘心只当一名妇女主任，从她当年敢豁出去给花书记送一台彩电的事情来看，这个女人有着更大的野心。现在他看得越来越清楚了，她只是在等待时机。

就在李文艳等待机会时，白鸿声的校长当得渐渐有了声色。有了妻子李文艳，帮他解决问题树立权威。还有知己赵小兰，与他情谊相投帮他出谋划策。一些文化素质低下的老师被他一一淘汰，新招了一批高中毕业生。岛东小学就有了一些朝气蓬勃的样子。走在村里，他被人尊称为白校长。孩子们见了他也并不害怕，齐声喊校长好。白鸿声觉得他的选择是对的。去年年底，出门打工的米立心回家了。米立心在外面混得不错，据说在一家玩具厂做，开始是普通工人，后来学会了调色成了一名技术工。听米立心说，广东的工厂里等级严明，不同的级别享受的待遇也不一样，当普工时穿的工装是浅绿色，现在的工装却是白色。普工十个人一间宿舍，当了技术工，就变成六个人一间。过去吃饭时要排队打饭，技术工人却不用排队，八个人一张桌子吃。米立心说要是当上主管，就算工厂的中层，四个人一间宿舍，吃饭虽说也是八人一桌，但菜却比技术工多一荤一素，喝的汤也不一样。普工喝的是青菜汤，技术工人喝的汤里有豆腐肉丁，而主管们喝的汤里有什么他不知道，但一定比技术工人要好。若是做到部门经理，就和老板一起吃小食堂，住单身宿舍。米立心对白鸿声讲他初出门时的艰难，还曾经睡过坟地，三天吃两包方便面充饥，现在总算是稳定下来。他一个月工资四百块，而白鸿声一年的工资才一千块钱。不过米立心说，在外面虽然一个月有四百块钱工资，却也余不下什么钱，而且不能换工作，你一换工作，三个月的工资就没了，厂里都是要押三个月工资的。跳了厂再找厂很难，也许一找就是一两个月，一年下来折腾这么一次，就一分钱也余不下了。他说他这么多年没有回家，就是因为没有钱。这样一说，白鸿声的心里就平衡了，虽然米立心所讲的打工生活很让他向往。但他觉得，还是自己这样安定点好，他喜欢这种平淡。

过完年，米立心带走了白鸿雁。白鸿雁现在已经不满足于在镇上打工了。她对米立心说，"立心哥，你带我出去打工吧。"米立心说，"外面很苦。"白鸿雁说，"苦我不怕。我要像赵小云一样。"赵小云是电视剧《外来妹》里的女主角，是白鸿雁的偶像。米立心说，"在外面机会是多一些，但不是每个人都能成为赵小云的。"米立心说，"我怕把你带走了，花一朵会生我的气。"白鸿雁说，"她才不会生气呢，我走了，争着抢着给她打工的女孩多的是。"米立心说，"她对你不好？"白鸿雁说，"好。"米立心说，"女孩子，还是在家里待着吧，在外面比在家里苦多了。"白鸿雁就说了她的心里话，她说虽然现在她的工资涨到了一个月一百，但她清楚花一朵家每个月能赚多少，她觉得她的付出和收入不成正比。米立心笑道，"那我们老板赚得更多，我们的收入和付出更不成正比了。"白鸿雁说，"我情愿被别人剥削，也不愿被花一朵剥削，凭什么一起长大的姐妹，她当老板，风风光光，我却要给她打工看她脸色。"这样一说，米立心就理解了白鸿雁的心思，过完年，带着白鸿雁走了。白鸿雁走后没多久，给家里来了一封信，说她到深圳了，进了立心哥打工的厂，立心哥很照顾她，让家人勿念。后来就一直没有再来信，米立心也一直没有给家里写信。白鸿声有时会想起米立心，想到当年他和米立心，读书时都是尖子。现在米立心漂泊在外，音信时无，他却当上了小学校长，而花一朵和花五朵，当年寄人篱下，现在却风光无限，一个成了老板，一个是大学生。又想到马挖苦，马挖苦的父亲马脚不同意他出门打工，后来村里建了窑场，他就在窑场里干活，负责给窑加煤。这活在窑场不算最累，但却很脏，一天到晚脸上弄得像包公，而且工资又低。这些年来，马挖苦一直在窑场里上煤，也不知现在怎么样了。白鸿声想到这里，时常感慨，觉得命运对他是多么青睐。他觉得，他和马挖苦，现在是不可能坐在一起谈心了。童年和少年的时光，就这样悄悄过去，人长大了，心也渐渐结了一层茧，变硬了许多。对马挖苦，他虽然也会从心底里生出一丝怜悯，但终究只是怜悯。他会想，这就是命。虽然他的命里也有遗憾，比如娶了一个能干的妻子但又太过强悍，但老天却赐给他一个红颜知己，他很知足。

校长当得有起色，心态就不一样了。白鸿声渐渐不像过去那样沉默少言了。他觉得他有责任，也有能力在米岛扮演更重要一点的角色，为村里人做出一些贡献。因此当他的妻子李文艳一次次对他说起振国窑场的黑幕与现状后，白鸿声的心里就有了一些冲动，觉得不能这样下去了。振国窑场可是他的本家爷爷出钱捐建的，现在却成了少数人捞钱的工具。李文艳说，"再这样下去，窑场要么倒闭，要么把村集体越拖越穷。"本来窑场经营不好，并没有关切到白鸿声的切身利益，他也还不会拍案而起，但是这年年底，问题来了。村小学老师的工资，都是到年底村里收上提留统筹款后一次性发放，可是这一年，村里的提留款一收上来就被窑场挪用了，老师们的工资没了着落，连他这个校长的工资也没了着落。眼看要过年了，老师们天天找他，他天天找花书记，花书记让他去找会计白奇禄，白奇禄苦着脸说，"不是我不给你们钱，又不是从我自己口袋里掏钱，我欠着你们干什么呢？可是我两手空空，哪来的钱发？我又不能印钱。"老师们的怨言越来越多，白鸿声就头疼得要命，想着老师们辛苦教了一年书，就那么千儿八百的工资，指着这钱过年呢，拿不到工资，他觉得对不起老师们。这天，几个老师聚在白鸿声家骂娘，李文艳就告诉他们，这一切都是窑场惹的祸，本来好好的窑场，生意又好，没有不盈利的道理。窑场赚的钱，别说发工资，一年就能把村里多年欠下的债还清，两年就能大幅提升老师的工资。现在倒好，窑场成了私人捞钱的工具不说，还把村里的提留款挪用了。这样一来，有老师就提议告他们，联合村民查窑场和村里的账。老师们想让白鸿声带头。白鸿声看着老婆李文艳。李文艳说，"为民请命，是得民心的好事，我支持你。"有老师说，"去镇里告状。"白鸿声也说，"对，要告就去镇里。"李文艳却说，"为什么一定要去镇里告呢？你们可以先去找花书记主持公道。"于是在这个寒假，白鸿声就组织老师们和一些愤怒的村民去了花书记家。李文艳也告诉花书记，说，"花书记，本来老师们是想去镇里告状的，我骂了白鸿声，说他猪脑子，被老师们几句话就弄昏了头。哪能去镇里告呢，去镇里告那不是把花书记也告了吗？我说花书记会为大家主持公道的。"李文艳这话厉害，花书记要是不出面来查账，那么老师们很有可能闹到镇上，到那时，就是镇里来人主持查账了，他花书记也要被牵扯进去。因此花书记说，"文艳啊，还是你有政治觉悟啊。"最后村委决定来查窑场的账。各村民小组都派出了能人做代表，由白鸿声牵头，又请了村里的一位老会计来协助。老会计多么精明，加之窑场就是一本烂账，一查就查出了大问题。但查出问题，农民的思维，也并不是想把谁送进牢房，毕竟大家都沾亲带故，后来的结果，只是免掉了白奇福的场长职务。村委也得有人担责，李文艳就给花书记出策，免掉了白奇禄的会计职务。他们心里虽说恨死了白鸿声，但也无话可说。几年下来，已捞得盆满钵满，虽然还有不甘心，但没将他们送进牢房，也没让他们把吃进去的吐出来，心里也暗自庆幸了。老会计还要继续往下查，再往下查，就要查到花书记头上。李文艳让白鸿声见好就收，可老师们的工资还是发不下来，各小组组长的工资也都欠着。李文艳又给花书记出了一计，说老师们要是拿不到工资还得闹，这事不好收场，不如将欠他们的工资折成红砖，然后把红砖打折优惠，用红砖抵工资。这样一来皆大欢喜。花书记感谢李文艳在关键时刻帮了他，老师们和小组长也感激李文艳，不然他们根本拿不到工资，用打折的红砖来抵工资，实际上是他们多拿了。村民也高兴，他们早就看不惯白奇福他们这样乱来了。白鸿声心里且喜且忧，喜的是有这样一个能干的老婆，忧的也是有这样一个能干的老婆。有这样一个能干的老婆，他的事业平步青云。可是有这样一个能干的老婆，那个令他魂牵梦绕的赵小兰，就只能是镜花水月，一帘幽梦。白鸿声感叹不已的时候，李文艳却在想着，现在村里的会计和窑场场长两个位置空缺，两者必得其一。是做村里的会计，还是做窑场的场长，对她来说，是个问题。可是这个问题，她却没有人可以商量。白鸿声在这方面，给不了她任何主意。

十三

孩子，我们已经太久没有讲到马挖苦了。

马挖苦这时生活在米岛的最底层，他只是个默默无闻的窑工，一个在师傅带领下往轮窑的进煤孔里装煤的工人。但谁也没有想到，就是这样一份谁也看不上眼的工作，却改变了马挖苦的命运，从而改变米岛。马挖苦进窑场后不久发现，这窑场里，最不可或缺不可替代的是掌窑师傅。窑场的场长谁都可以当，在这个只要能生产出产品就不愁卖的窑场，当场长是再简单不过的事情。而其他部门所谓的技术，都是看上半天就会干的，比如开出坯机、装窑、出窑，新工人培训半天就能上手，但是掌窑师傅却不一样。马挖苦发现，窑场的核心技术握在掌窑师傅手中。二十四门的大轮窑，一门门窑洞轮着装进砖坯，轮着将烧好的砖取出来。煤加得太快，装坯的跟不上，烧得慢了，又影响产量。火候猛了，砖会变黑变形，情况严重时，坚硬扭结得像石头，砸都砸不开；火候差了，烧出的砖颜色淡，硬度又不够，一碰就破。而控制这一切的，是加煤量的多少和相隔时间的长短。什么时候加煤，加多少，什么时候减少煤的投放量，什么时候停止送煤。每天进多少砖，出多少砖，这流水一样的节奏，都在掌窑师傅的掌控之中。而这一切，又都是那样的神秘，没有标准的时间规律，全凭师傅揭开煤眼望火的本领。所谓望火，就是掌窑师傅从泥封的窑洞口打出一个小孔，从孔里观望窑火的颜色，判断出里面的砖烧制到什么程度，还需要多少时间，需要加多少煤。因此，在这窑场里，工资最高的就是掌窑师傅。而掌窑师傅只有一个，是花高薪从江北请来的。当时的场长白奇福月薪二百，而掌窑师傅包吃包住一个月一千。

窑场里，上煤工多为妇女。马挖苦个子小，做不了别的重活，轻松活又轮不到他，只好跟了一帮妇女一起上煤。掌窑师傅看了窑火，会指挥他们上煤，这几个孔上多少，那几个孔上多少，多长时间再上一次。师傅安排完了，就坐在窑顶的凉棚里，夏天打着扇子睡大觉，冬天窝在火孔旁边睡大觉。有一次，马挖苦问掌窑师傅，"向师傅，你怎么看一眼就晓得放多少煤？"掌窑师傅姓向，是个瘦高的老头，一辈子烧窑，浑身被窑火炼成了古铜色，没有一点多余的肉。干瘦而精明的向师傅冷冷地剜了马挖苦一眼，说，"看火！"马挖苦说，"看火？我看这火都是一样的，你是有火眼金睛么？怎么就能看出不一样呢？"若是别人问这话，向师傅一定很生气，但马挖苦看上去傻傻的，而且这句话，将他与孙悟空作比，向师傅听了很受用，就笑着说，"你要能看出不同来，我还拿什么混饭吃。"窑场里的小伙子，经常巴结向师傅，希望向师傅大发慈悲，教会他们看火。只要得空就拎了酒，或是买了烟，请向师傅喝酒抽烟。向师傅是酒照吃，烟照抽，但对看火的诀窍却闭口不提。有时他也说，"你们这些小鸡巴根子，安什么心我不晓得？当年老子跟着师傅学手艺，在师傅家干了八年苦力，师傅才传了我真本领。"又说，"你们一看就不是当掌窑师傅的料。"小伙子们说，"凭什么就说我们不是这块料，你又没教我们，怎么知道。"向师傅冷笑道，"你们一个个浮浮躁躁，哪里学得会掌窑。掌窑一定要心静，心如止水才能从这看似一样的火色中看出差别来。"马挖苦从来不给向师傅买酒，也不给向师傅买烟。向师傅问他，"你小子天天跟着我上煤，怎么不给老子买点好酒好烟伺候着，老子一高兴，说不定就收你做徒弟了。"马挖苦知道向师傅只是嘴上说说，就说，"我笨得要死，哪里学得会。"向师傅就用悲悯的眼光看着马挖苦，有时还摸摸他的头，说，"你小子，傻是傻一点，心眼好，我喜欢。"因此向师傅看火的时候，避着别人，却从不避马挖苦。向师傅用长长的火钎将那塞在火孔上的砖抽出来，眯着眼看一下，然后对马挖苦说，"上半锹煤，封一半火眼。"马挖苦就从煤堆上铲半锹煤丢进火孔，然后将封火盖盖住一半。有时候向师傅看了火之后会说，"一锹煤，留四成火。"马挖苦就盖住六成盖子。马挖苦话少。上完煤，向师傅倒在他的躺椅上闭目养神，马挖苦就坐在一边，望着远山近树和清澈的米河发呆。马挖苦从来不和其他工人一起玩，也不和那些翻砖坯的女孩子说话。男工们在中午休息时就聚在一起打扑克，赌点小钱，马挖苦从来不参加。不仅不参加，还离得远远的。有人喊他，"马挖苦，来一把，存那么多干吗呢，娶媳妇用么？"马挖苦也不回他们，只用那带着怜悯的眼神看着他们。向师傅从其他人嘴里，知道了马挖苦长到十几岁才会说话，之前是个哑巴。知道他是个可怜人，脑子差根筋，因此对马挖苦，就比别人和善了许多。有时他看火，马挖苦也呆兮兮地说，"我也要看火。"向师傅说，"看你娘的个脚，你能看出什么名堂？"但还是会让他看一眼。他看了，就笑呵呵地。时间就这样慢慢流逝，一晃就是三年。谁也不曾想到，就是这三年，向师傅并没有传授给马挖苦一丁点看火的诀窍，马挖苦却自己领悟到了看火的真谛。向师傅每次看完火指挥他上煤时，他总会在心里默默念出上煤的分量，间隔的时间和封火的大小，他做出的判断几乎和向师傅说出的一模一样。直到有一天，马挖苦回到家，对父亲马脚说他学会了掌窑看火，他要当掌窑师傅，他的父亲马脚看了看马挖苦，并没有表现出格外的惊讶。从小到大，马挖苦身上发生了太多不可思议的事情，他已经习惯了。马脚说，"你会掌窑了也没有窑给你掌。"马挖苦不再理会父亲，将那只叫李桂枝的鸭子抱在怀中，对鸭子说，"我会掌窑了。"李桂枝就"嘎嘎嘎"地发出欢乐的叫声。马挖苦对马脚说，"我想在家里摆一桌酒，正式拜向师傅为师。你去请爱红姨帮我们准备一下。"其时，因有了窑场，加上村里的干部们经常爱下馆子，米爱红看到了其中的商机，商店生意做不过别人，但她烧得一手好菜，于是就在家里开起了饭馆。有人要吃饭了，提前告诉她，鸡鸭是自家养的，随吃随杀。客人要吃鱼了，就去江边的扳罾人那里去买，买到什么鱼算什么鱼，肉就在马脚的肉案子上称。马脚现在不杀猪了，他当年带的徒弟杀了猪，会分上一扇给他卖。马脚问马挖苦，"什么时候请师傅？"马挖苦说，"明天中午。"马脚说，"你肯定明天中午向师傅会来？"马挖苦没有回答他父亲。他总是这样，虽然会说话，但话很少，惜字如金。

　　马挖苦安排好这一切，就去了窑场。向师傅说，"你小子跑哪去了，该上煤了。"马挖苦跟在向师傅身边，看向师傅揭开一个火孔，马挖苦看一眼，轻声说，"三分之一锹煤，五成火。"向师傅以为马挖苦闹着玩，用古怪的眼神看马挖苦一眼，说，"哟，你小子长能耐了！"揭开下一个封火盖，问，"你说这个上多少煤，封几成火？"马挖苦依然准确应答。向师傅还是不敢相信，他做了八年苦力，然后在师傅手把手言传身教下又花了三年时间才学会的看火技术，这个傻乎乎的孩子能瞟学就会。向师傅说，"又让你小子蒙对了，你再蒙两个我看看。"马挖苦说，"我要是再蒙对，你就收我做徒弟。"向师傅看着马挖苦，说，"你再蒙一个我看看。"向师傅这次没有揭开挨着的火孔让马挖苦看，因为同一个窑门里的火是差不多的。他带着马挖苦，到了一个即将封火的窑门口，让马挖苦说。马挖苦揭开火眼一看，说，"不用上煤了，封火盖全部封死。"向师傅就傻了眼。他还是不甘心，也不愿相信这一事实，于是又揭了另外一门窑火让马挖苦说，马挖苦依然给出了正确的答案。向师傅的额头就冒汗了。说，"你，你是怎么学会的？"马挖苦没有回答，却"扑"地跪在向师傅面前，连磕了三个响头，说，"师傅，您收下我这个徒弟吧。"向师傅转过身去，生气地说，"你都学会了，还拜我这师傅干吗？"马挖苦说，"学会了是一回事，认师傅是另一回事。师傅，我不会抢您的饭碗，您也不用担心教会了徒弟饿死师傅。我晓得，这些年来，师傅您长期在外掌窑，虽然赚了不少钱，但心里却苦。"马挖苦说向师傅心里苦，是指向师傅因长期在外烧窑，老婆跟别人好了。向师傅知道以后，平静地跟老婆离了婚，还把家里的钱全给了她，说是老婆跟他一场也不容易。他有两个女儿，没有儿子，大女儿早已出嫁，二女儿今年十九岁，在外面打工，向师傅一个人，也怪可怜。马挖苦说，"我的手艺是师傅这里学到的，没有师傅发话，我也不敢出去掌窑。"向师傅见马挖苦如此说，就说，"你起来吧，这事我再考虑考虑。"马挖苦说，"我认了您做师傅，一日为师，终生为父，我会把您当亲爹一样，将来给您养老送终。"又说，"明天请师傅到我家吃午饭，我们行正式的拜师礼。"见马挖苦这样说，向师傅只好勉强答应。

次日，马挖苦请向师傅到家里吃饭，又请了米爱红、花子发、白奇谋等人做见证。他请向师傅端端正正坐在堂屋，行了三跪九叩大礼，还放了鞭炮，然后给师傅敬酒，封了红包，还请师傅坐了上席，这师徒的名分算是定下来了。向师傅居然把掌窑技术教给了马挖苦，这消息顿时传遍了米岛，窑场里的其他小伙子眼红得不行，说马挖苦这小子太有心计。他们的父母就恨自家儿子没有出息。向师傅很快知道，他收的这个徒弟是个天才，看一眼火孔，就能分析出几门窑的情况。收了马挖苦这个徒弟后，向师傅清闲了许多，白天他还看窑，到了晚上，不用再像过去那样，睡一会儿就要起来看一次，晚上的事就都交给了马挖苦。发工资时，马挖苦却将他的工资如数交给了向师傅，说这是规矩，他必须遵守。马挖苦渐渐赢得了向师傅的欢心。后来向师傅就带了马挖苦，认识了江北江南各大窑场掌窑的师兄弟们，并且将马挖苦的看火功夫夸得神乎其神，于是，马挖苦在这一行里渐渐小有名气。许多年以后，他的父亲马脚才明白，儿子为什么学会了看火技术，还要拜向师傅为师，还要将自己三年所得的工资如数交给向师傅。他是在用这样的方式，获得进入掌窑圈子的资格。没有那些老掌窑师傅的引荐，任何一家窑场也不敢冒险将如此重要的位置交给一个瞎学成才而没有师承的年轻人。

李文艳经过一番思想斗争，最后选择了掌握村里的财政大权，而不去蹚振国窑场这蹚浑水，窑场在接下来的两年里换了三任场长，但是一任不如一任，新官上任，首先想到的是换自己的亲戚占据要害部门，然后开始新一轮的侵占公产，然后被村民给拱下台。白家、花家、米家轮流上阵，也没有人能将窑场盘活。窑场负债累累，加之村民盯得紧，在任场长一时也没有多少油水可捞，于是，振国窑场在红砖供不应求的时候却熄灭了窑火。场长这个位置，由过去抢手的香饽饽变成了烫手的山芋。窑场停产后，向师傅也失业了，他知道窑场的问题所在，于是就劝马挖苦当这个场长。马挖苦那时已经是个老练的掌窑师傅，但同时，也是一个对机遇把握精准的猎人。他对师傅说他不会去接这个场长，他的目标是承包窑场自己干。向师傅看着眼前这个小个子徒弟，知道了这小子的野心。他说，"那可是要投好多钱进去的。"马挖苦就说出了他的想法，说他想拉师傅入股。他知道向师

傅有办法筹到一部分资金。向师傅当然知道现在承包窑场自主经营是
只赚不赔的买卖，但是他一个外来人承包振国窑场，会有许多困难，
由他的徒弟马挖苦来承包，他入股，将是一个千载难逢发大财的机
会。于是他答应了马挖苦，并劝马挖苦快点行动。马挖苦却说不急，
现在窑场刚熄火就抢着承包，村干部会趁火打劫敲竹杠，村民们也会
眼红，要冷一冷，冷得谁看那窑场都没得救了，不值钱了，才能以最
便宜的价格承包下来。向师傅说，"你想得是好，可你不包，别人会
包了去。"马挖苦说，"师傅您就放宽心，我们不包，没有人能把这窑
场盘活。"果然一切都在他的算计之中，窑场熄火之后，知道门道的
白奇福、白奇禄兄弟就找到花书记，提出想承包窑场。听说有人愿意
承包，果然不出马挖苦所料，村干部们坐地起价，白奇福兄弟二人又
是借钱又是贷款，将那窑场以一年上缴村里五万元的租金承包下来，
经营不到半年，就撑不下去了，兄弟二人赔了个血本无归还欠了一屁
股债。原来，烧窑是要取土的，过去窑场属于村集体，取土不用交
钱，现在窑场包给了白家兄弟，再想取土，村民就不干了。他们在组
长花子发的带领下，提出土地是公有财产，窑场要想取土，必须花钱
来买，如果不出钱，就不让窑场开工。三天两头为取土的事和村民
闹，窑场的生产就不顺了，机器开开停停，点了火的窑，烧了不到两
轮，因为砖坯供应不上又熄了火，好不容易再点了火，烧了不到一个
月又熄了火。而烧窑每点一次火，成本就会提高，而且冷窑烧出来的
砖，质量也会差。这样烧烧停停，不到半年，白家兄弟知道再撑下
去，只会亏得更多，就关闭了窑场。振国窑场从此再无人染指。到了
秋天，空荡荡的窑场长满了荒草，那高大的烟囱孤独地耸立在米岛上
空。白振国的鬼魂没有想到，他本想为家乡谋福利捐资修建的窑场，
竟落得这样结局，深深为子侄们的不争气而叹息不已。

　　马挖苦看到时机成熟，他首先找到了白鸿声，和白鸿声谈起窑场
的事。说窑场不关，他学校的老师们才能拿到工资，最不济也可以用
砖票抵工资。可现在窑场一关，老师们的工资只怕又是个头痛的问
题。马挖苦向白鸿声透露了他想承包窑场，但是有所顾虑，不敢轻易
出手。白鸿声自然将这消息传给了李文艳。李文艳又把这消息传给了

花书记。花书记正在为窑场停火而伤神，村民们对他意见很大，镇里的领导也对他颇有微词。花书记就找马挖苦谈，马挖苦成竹在胸，故意拿了一把，淡然一笑，说，"花书记啊，我只是和白校长这么一说，没想到他认真了，还把这事汇报给了您。承包窑场风险太大，再说我也拿不出那么多的钱，虽说能说动一些师叔师伯入股，但我没有信心，不敢冒险哪。"花书记说，"挖苦贤侄，你好好想一想，虽然有风险，但也是一个机会呀。再说了，你自己是掌窑师傅，包下窑场，肯定能盘活的。"马挖苦说，"这事您容我想想。"他放出了风又拿了一把，突然离开米岛，跟着他的师傅去江北掌窑去了。一开始花书记和李文艳以为马挖苦在故意拿他们，想过不了多久，就会主动找他们的，谁知马挖苦根本不着急。他不急，李文艳却急了，她管着村里的财务，手上长期是一本空账，村干部们平时在米爱红那里吃吃喝喝，拿烟拿酒的，欠下了不少钱，到年底，老师和村干部的工资都发不出来了。收来的提留款早已被用光，村里的财政赤字越来越大。于是她去找花书记，把这些情况都说了。花书记说，"这些情况你不说我也知道，可是有什么办法呢？咱们村除了提留款，又没有别的收入。"李文艳说，"要不，咱们说动马挖苦，把窑场包给他，只要窑场开火，有砖就有钱。拿到马挖苦的承包款，他赚钱了，村里跟着吃香喝辣，他亏本了，村里还赚一笔承包款，也能解解燃眉之急。"花书记开了村干部会，大家都觉得只有这一招了，都在想着坑马挖苦一把，这小子看窑掌火这么多年，应该存了不少钱，正好让他放点血。怀着这样的心思，自然是他们迫切想要马挖苦签合同。马挖苦知道时机已经成熟，做出万般无奈的样子，签了合同，首先是将每年的承包款压到三万，将取土范围划定，在划定范围内无偿取土也写进了合同，而且一次性签了十年。马挖苦只答应先付一年承包款，后面的承包款每年年底付清，否则他拒绝承包。合同签订后，双方皆大欢喜。马挖苦选了吉日开工，又选了吉日点火，窑火一点着，财源滚滚来。很快他就成为米岛人人口中的大老板。村里人再羡慕也没办法，对他巴结还来不及。马挖苦当真是好事不断，当他的事业蒸蒸日上时，向师傅在外打工的女儿也回来了，多年漂泊在外打工，吃过许多的苦，受过不少的白眼，在马挖苦强大的情感攻势和财富诱惑下，加上向师傅极力配合，说男人重要的是有能力，长得好坏有什么重要呢。于是，长相清秀的向春花，成为了马挖苦的老婆。

这样的结果不是鬼魂白振国乐意看到的，但相比之前的乱象，窑场总算走上了正轨，为米岛人建新家带来了便利与实惠。只是那一年三万元的承包款，并未能解决学校教师的工资问题，最大的受益者反而是米爱红。自从村领导隔三岔五在她的餐馆里吃吃喝喝打下一大堆白条后，米爱红不惜得罪村干部，表示不还清欠款就再不招待村干部。而这时的村干部，已养成了吃喝的习惯，每天一大队人马出来办事，查计划生育，收公粮水费，过去都是到饭点骑上自行车回家吃饭，现在却开始吃工作餐。而这吃工作餐的风气，据说来自岛外。如今在米岛，不仅岛东村如此，所有村的村干部都学会了吃工作餐，习惯了吃工作餐。岛东村的村干部，更是习惯了吃米爱红家做的工作餐。当村里结清了两年之久的欠款，米爱红的饭馆又开始迎接村干部们就餐了。吃完喝完，走的时候每个干部一包烟，成了惯例。一开始也只是中午吃，后来发展到晚上也来，吃过工作餐，还要聚在一起玩两把麻将。彼时米岛已经流行打麻将。打麻将自然又要抽烟喝茶，打到晚上十一二点，还要吃宵夜。当然，这一切都是工作需要。马挖苦一年上缴的窑场承包款，有一半用在工作餐消费上。这时，奇谋家的才开始佩服儿媳李文艳的深谋远虑，自从流行起吃工作餐，白家的伙食也有了极大改观，李文艳每次吃完，都会打包一些菜，带回家给公公婆婆解馋。一家人在村里的地位也直线上升。村干部们很快发现，随着物价的飞涨，偌大的窑场，一年三万块的承包费简直是送钱给马挖苦。于是他们吵着要去找马挖苦重新签合同，说是要在合同里写上十年之间承包费递增。没想到花书记和李文艳却坚决反对，他们说，"咱们签订了合同，就要信守合约，按合同办事。"他们的另一条理由更加让人不容反驳，花书记说如果把马挖苦挤走，没有人来承包窑场，一年就少了三万块的集体收入，这个责任你们谁能担得起？村干部就都无言了。他们哪里知道，马挖苦早就打通了关节，他知道现在的岛东村，一把手是花书记，而李文艳是花书记的高参，于是，是年春节，花书记就骑上了南方牌摩托车，李文艳家也看上了彩电，吃完年夜饭，一家人围坐在电视机前，第一次看到彩色的春节联欢晚会，奇谋家的对这个儿媳简直佩服得五体投地了。只是有一点让她忧心如焚，李文艳的肚子一直不见动静。白奇谋却很忧虑，他不止一次给白鸿声讲刘青山和张子善的故事。他对白鸿声说，"你劝劝李文艳，做事不能太过火，吃一点喝一点没关系，收这么重的礼，迟早要出事。"白鸿声说他劝不了，他能做到的就是洁身自爱，自己不吃不收不占。

白鸿声的心思，全在赵小兰身上。

交往时间长了，赵小兰也明白了白鸿声的心思，双方均心照不宣。白鸿声一直告诉自己要控制、要理性，可是在李文艳那儿根本找不到爱的感觉，和赵小兰在一起，他发现自己又有了初恋的感觉。一日不见，如隔三秋，他开始觉得和李文艳结婚是个错误。赵小兰的温柔与善解人意，让他深陷其中不能自拔。终于，理智未能战胜情感，他们迈出了关键性的一步。和赵小兰的第一次，给了白鸿声完全不一样的感觉，她的羞涩，她的不知所措与慌乱，还有那慌乱之后的幸福。当两个人汗津津地抱在一起时，白鸿声想起了他和李文艳的第一次，李文艳那样的老练从容。后来他知道了，李文艳在嫁给他之前谈过几次恋爱，这让白鸿声的心里一直不那么舒服。白鸿声还发现了赵小兰的处女血，那一刻他既激动又害怕，他知道，赵小兰是爱他的。有了第一次就有第二次、第三次。李文艳每天都在外面忙，吃饭在米爱红的餐馆，经常打麻将到深夜才回家，并没有发现白鸿声的变化。很快，赵小兰怀孕了。她问白鸿声怎么办，她说她不想再这样下去，她要做白鸿声堂堂正正的妻子。白鸿声不知所措，他不是没想过和李文艳离婚然后娶赵小兰，但他没有胆量和李文艳摊牌，就这样一直拖着。事情还是被李文艳察觉了。李文艳那天去赵小兰所在的岛北村办事，村里管计生的，和李文艳很熟，平时以姐妹儿相称，见到李文艳，就透了一句，说你们家大校长，和咱们村小学关系很好，经常来交流工作。李文艳见姐妹儿眼神有些不对，就问，"是不是有事瞒着我?"姐妹儿说，"没有，我就那么一说，你可别多想，到时两口子闹矛盾。"李文艳知道说者有意，她听者也有心，人家不点破，自己不能犯傻。很快，她就将事情侦察得一清二楚，知道赵小兰不仅和她老公白鸿声偷情，而且还在白鸿声的陪同下，去江北医院做过检查。背着自己偷情，还让女方怀上孩子，这让李文艳忍无可忍。她知道，一旦那个孩子在赵小兰的肚子里落地生根，白鸿声也许会选择赵小兰和孩子。但是李文艳爱面子，她知道家丑不可外扬，她也知道离婚的女人不好嫁。一向脾气火爆的李文艳冷静了下来，她没有和白鸿声吵闹，接下来的一段时间，她每天将白鸿声盯得死死的，白鸿声根本没有机会见赵小兰。看着白鸿声在家里烦躁不安的样子，她在心里面冷笑，面上却装作若无其事。一个月后，米岛出现了一桩新闻，新闻的主角是赵小兰。赵小兰在一天夜里，被村计生工作组破门捆走，当晚送到镇人民医院强行做了人流手术。事后，计生办的人说他们抓错了，本来是抓赵小兰的嫂子，因为有人举报说赵小兰嫂子计划外怀孕。但计生办的人又为他们的错误找到了借口，说他们哪里会想到抓错了人，并反问赵小兰，说你没有结婚怎么会怀孕？你要是没怀孕，我们还能及时发现错误。赵小兰吃了个哑巴亏，多年以后她才明白，当年她被人流，根本不是错抓，一切都是白鸿声的老婆李文艳精心导演的，只是那时，她已经开始了别样的人生，过去的一切，都已然远去，虽然想起时心里会隐隐作痛。而白鸿声，是在事情发生之后，才从李文艳嘴里听到这新闻的。那天晚上，李文艳对烦躁不安的白鸿声极尽温柔，夫妻二人行了房事，事后，李文艳将头枕在白鸿声的胳膊上，轻声说，"鸿声，我给你说一桩新闻。"白鸿声说，"什么新闻？"李文艳说，"前天岛北村发生了一件怪事。"白鸿声一听岛北村，心里一凛，没有接话。李文艳说，"有人举报，说有人计划外怀孕，计生办晚上就去抓人，结果抓错了，把那家未出嫁的姑娘给抓了，连夜拖到手术台上做了人流。"白鸿声说，"未出嫁的姑娘，怎么做人流？"李文艳说，"所以说是新闻啊。你说大姑娘家的，怎么就怀孕了？"白鸿声听到这里，冒冷汗了，说，"那女的叫什么名字？"李文艳说，"说了你又不认得。我也不知道叫什么名字，只是听别人说，好像在村小学教书，好像是叫什么兰。"白鸿声的心，就像被刀子狠狠戳了一下。李文艳说，"你怎么啦，不舒服么？"白鸿声一言不发，躲进厕所默默流泪。他明白了，李文艳为何这段时间紧紧盯着他，为何把这件事告诉他。李文艳其实什么都知道了，而且这事，十有八九是李文艳在背后操控的。他太了解她了。回到床上，一言不发。李文艳说，"你怎么啦，在为那被人流的大姑娘伤心么？"白鸿声什么也没说，转过身去，背对李文艳。李文艳的脸上，浮起了得意的笑。她知道，白鸿声明白了。她要的就是白鸿声心里的明白。白鸿声心里明白了，却什么也没有说，也没敢爆发出来，这说明，就算白鸿声是孙悟空，也翻不出她如来佛的手掌心，何况白鸿声也不是孙悟空。她甚至觉得自己很大度，她并没有纠缠不休，只是对那第三者略施惩罚，就这样原谅了他们。她相信，白鸿声这会儿伤心痛苦，过去了，就好了。她没有想到的是，这件事，在白鸿声的心里，埋下了恐惧与仇恨的种子。

　　白鸿声找到机会去看赵小兰时，才得知赵小兰子已离开米岛。和许多受伤的人一样，她选择了逃离。又或者，逃离，是另外的一种进取。白鸿声得知赵小兰不辞而别，从此杳无音信后，开始了漫长的思念和深深的忏悔。他和李文艳表面上维持着夫妻关系，但再也没有了夫妻的实质。晚上无论李文艳如何脱光衣服极尽挑逗，白鸿声皆无动于衷。他的身体和他的思想达到了空前的统一。他用这样的方式，向李文艳进行着无声的抗拒。后来的无尽岁月，白鸿声开始重复做一个相同的梦，他总是梦见初中时期和米立心、花一朵、花五朵在"八十场"看枪毙人的那个下午，他和赵小兰就是那将被执行死刑的人，而李文艳却是那手执步枪的行刑者。他听见了枪响，子弹从他的后脑勺进入，又从他嘴巴里喷出，但是他并没有死去，他转过身看李文艳，李文艳就开始朝着他的身子疯狂射击，直到将他和赵小兰打倒。这样的噩梦夜复一夜，每次从梦中醒来，浑身都是冰冷的汗水。他的身体日渐消瘦，人也变得沉默、阴郁。他的人生，从那难得的明亮，从此走向无尽的灰暗。李文艳不知道白鸿声得的是心病，不知道心病还需心药医，她开始四处打听各种稀奇古怪的偏方，四脚蛇和癞蛤蟆煮粥，乌龟用草绳缠了放灶膛里烧，然后掏出内脏用酱油拌了吃，白鸿声是来者不拒。除此之外，还有各种中药，巴戟，杜仲，淫羊霍，锁阳、菟丝子……李文艳以她村会计兼妇女主任的便利，向各个年龄段的人探讨如何能让男人重振雄风，但这一切似乎都不见成效。白鸿声以服药期间禁止房事为借口，搬到了学校宿舍，只在周六周日才回家。那个在白鸿声少年时期出现的女鬼又出现了，不过已经长大成人，眉宇目间居然隐约有着赵小兰的影子。一到晚上，那女鬼就钻进白鸿声的被窝，和白鸿声同床共枕，极尽恩爱。那时的白鸿声威猛异常，总是将自己折腾得筋疲力尽。有时女鬼不来，白鸿声就心烦意乱，甚至失眠。只有和那女鬼极尽恩爱之后，他才能安然入睡，逃离那纠缠他的梦魇。因了这过度的纵欲，周末回到家中，白鸿声除了吃饭就是睡觉。李文艳在夜晚抱着白鸿声流泪，并安慰他说，"不要紧的，你就是一辈子这样也没事，我爱你，只要你在我身边就够了。"白鸿声任她抱着，无动于衷。终于有一天，李文艳对白鸿声说，"你是不是还在恨我？"白鸿声冷冷地看她一眼，没有说话。李文艳哭着说，"我是太爱你了。现在，我没有别的遗憾，就是没能给你生下一个孩子。"白鸿声说，"你杀死了太多的孩子，这辈子你都不会有孩子的。"这样的对话，是他们夫妻间的秘密。白天，李文艳依然风风火火，在人前满面春风。而白鸿声，却整天像在梦游，无心教学，也不再有什么理想。他每天渴望的就是夜晚快点到来，那个长得像赵小兰的女鬼早点来到他的身边，然后和她极尽恩爱。白鸿声想，他是活不久了。他并不留恋这个世界。除了对赵小兰无尽的忏悔与思念。就在白鸿声一蹶不振的时候，另外一个年轻人，回到了米岛，而他现在的处境比白鸿声还要悲惨。

十四

　　孩子，多年以后，当我在这朔雪纷飞之夜讲述米岛的往事时，我还能清晰地回忆起那个夜晚。夜已很深，大多数人家都熄了灯。米岛的夜晚是那样安宁，只有我高大的影子在月光下缓缓东移，还有窑场高大的烟囱，在夜空中无声地冒烟。那些烟雾遮住了月亮的光华，米岛的夜显得朦胧而悲凉。米爱红家，村干部们已吃过宵夜，有人说要回家，李文艳却提议再打几圈麻将。一村干部说，"你这么晚回，不担心你家校长独守空房，校长要吃奶了怎么办？"李文艳就去揪那村干部的嘴，说，"老夫老妻的，吃什么奶？"村干部说，"这么好的奶，校长不吃可惜了。"李文艳笑道，"你叫我一声娘，我就让你吃。"那村干部说，"你说话算数，大家做证，不许反悔。"李文艳说，"去你的，打牌。"村干部们重新洗了麻将继续战斗。这时，米岛村口的路上，远远走来一个身影。那身影走一走，停一停，一瘸一拐，走得很是艰难。于是，一干鬼魂们开始猜测这个人是谁，而我早就认出来人是米立心。认出来了，却又不敢肯定。米立心出门打工多年，只回过一次米岛，上次回来时意气风发，走的时候还带走了白鸿雁。村里人都说他可能会和白鸿雁成为一对。自从那次出门后，一直音信皆无。他的母亲米爱红，也因此在夜深人静时将那眼睛哭得红肿。幸好有赵建国老师的安慰，她才能度过那些艰难的时光。儿子米立心知道了她和赵建国的事，并且在一气之下出门打工，曾经一度，米爱红断绝了和赵建国的往来。赵建国半夜三更来找她，她也不再开门。白天来找她，她就摆出冷脸。终于有一天，赵建国忍受不了思念的痛苦，将她堵在房门口，问她是什么原因，为什么突然对他这么冷淡，并说自己是如何爱她。米爱红说，"你要真爱我，就给我名分。

我再也不要这偷偷摸摸的爱。"赵建国拉着她的手松开了。米爱红说，"刚开始时，我是说过，只要你心里有我，我不在乎名分。但现在我在乎，我一直在乎。要么给我名分，要么，我们分手。我不想让儿子用那样的眼光看我。"赵建国走了。米爱红那天晚上大哭了一场。她想起了她生命中的第一个男人，那个给了她儿子的吴青山，还想起了那个在艰难岁月中给了她温暖的男人江一郎，也不知他现在过得怎样，他已经七十多岁，身体还好不好。她想一阵哭一阵。看到她如此悲痛，已经成为鬼魂，并且在白振甫和米家生两个鬼魂的宠爱下如鱼得水的爱红娘，开始了深深的忏悔。她对米家生说，一切都是她的错，她不该和女儿去抢男人，并且用自己的死，阻止了女儿和心爱的男人结合。

事情似乎又出现了转机，赵建国消失十多天后，他的妻子突然来到了米岛，并且找到了米爱红。她来到米爱红家，怯怯地问，"您是不是叫米爱红?"米爱红说，"我是，您是?"那女人愣了一下，扑通一声给米爱红跪下了，然后就开始流泪，求米爱红可怜可怜她，给她一条活路。她说她不能离婚，要是没有赵建国她就活不成。米爱红这才知道，眼前这个看上去已经五十出头的女人是赵建国的妻子。米爱红一下子慌乱了，她无数次设想过和赵建国妻子面对面的情形，她想过赵建国的妻子会抓她头发，挠她的脸，骂她是不要脸的臭婊子。她想那好，我让你抓我，让你骂我，抓过骂过之后，咱们好好谈。你的男人不爱你了，爱的是我，现在，我们让他自己选择。米爱红没有想到，就在她放弃了赵建国半个月后，赵建国的老婆突然找上门来了，而且如此声泪俱下地求她高抬贵手。她慌乱了好一阵才回过神来，说，"你起来，有什么话起来说。"赵建国的妻子抹干泪，说，"赵建国十天前回家，对我说要和我离婚，一定要离，坚决要离。我就问，是我哪里做得不好? 我说你在外面当老师什么事不管，我在家种田，养猪，供你的儿子女儿读书，还要伺候公公婆婆，我有哪点做得不好? 可是赵建国说，他和我没有共同语言。我说没有共同语言我们不是过了大半辈子吗，赵建国说他不喜欢我了。我说不喜欢不要紧，过日子要什么喜欢不喜欢，喜欢能当饭吃吗，只要你不和我离。赵建国就说他在外面有人了，而且不是一天两天。他说了你的情况，又说你是如何的好，如何的不容易。他说他想来照顾你。我从他口中得知，你是个好人。我来就是求求你，赵建国要是和我离婚，我就没办法活了。"米爱红听完这番话，心里是五味杂陈。没想到赵建国回去真和他老婆摊牌了，这让她的心里涌起了一阵温暖。这说明赵建国是真心爱自己的。可是看到赵建国的妻子，她又很不忍心，她已经是那样的苍老，想当年，她也应该年轻过。米爱红的心里，就涌起深深的自责。她告诉赵建国的老婆，"是我对不起你。我和赵老师已经分开了，半个月前就分了。我是不会嫁给他的。"赵建国的老婆走了。后来赵建国半夜再来找米爱红，米爱红就开了门，让赵建国进去了。赵建国抱住米爱红，亲她。米爱红也是哭着迎接赵建国。两个人疯狂之后，米爱红说，"你老婆来找我了。我答应她了，跟你分手。"赵建国却说他离婚的主意已定，无论如何都要离。米爱红说，"这是我们最后一次了。"赵建国却说他一定会给她名分，米爱红就不再说什么了。过了一个星期，赵建国的老婆又来了，这一次来，不再像上次那样哭着求她，她质问米爱红为何说话不算数。米爱红说，"我说话算数。"赵建国的妻子于是放下了一句狠话，说你要是再不和他断，我下次来，就没这么客气了。赵建国妻子的态度让米爱红很不舒服。后来的一天晚上，赵建国再来找她，她不让赵建国进门，她对赵建国说，"婚离了再来找我。"她告诉赵建国，他老婆又来找她了，并且态度很恶劣，这让她很不舒服。本来她是不想给赵建国机会的，但现在，只要赵建国离婚，她就会接受他。赵建国走后，没隔几天，他老婆又来了，这次她的眼睛上有一块乌青。她指着这乌青对米爱红说，"这是赵建国打的。"她说这次她豁出去了。她站在米爱红的家门口，大声喊着，"父老乡亲们，你们都来看，都来看哪。"她这一喊，很快就围来一群闲人。赵建国妻子指着脸上的乌青，说，"你们看，这是我男人赵建国打的，他变心了，成了陈世美，为了这个臭婊子，要和我离婚。"她开始控诉赵建国，将自己过去几十年为赵建国家付出的一切——罗列出来。她说，"如果没有我在家里死做活做，赵建国怎么可能考上公办教师，可是他一转成公办就变成了陈世美。"她又指着米爱红骂，"我本不想和这臭婊子翻脸，本想着家丑不外扬，我来求她，求她两次了，可是她给脸不要脸啊，好，你不要脸，今天老娘就撕破你的脸。"米爱红完全没有想到，那个曾经跪在她面前求她高抬贵手的女人，现在完全变成另外一副模样。她更没有想到，赵建国的妻子说撕脸就撕脸，扑上来就薅她的头发。一个外村女人，居然跑到米岛来欺侮人，这是米岛人不能容忍的。邻居们一拥而上拉起了偏架，并暗示米爱红趁机还手，米爱红却并未还手，只是捂着被薅疼的头皮一言不发。后来的漫长时光，赵建国开始了艰难的离婚之路。他的妻子放出狠话，说除非她死，否则赵建国别想离婚。她说她才不会那么傻，离婚了成全你们这对狗男女。这样的行为，却激起了米爱红的倔强，面对村里人的风言风语，她骄傲地昂着头。并且在人前，再也不回避与赵建国的亲密关系。赵建国的妻子也不是省油的灯，隔一段时间就来和米爱红打上一架。时间久了，米岛人也习惯了，如果一个月没有见她们打架，反倒觉得少了什么。米爱红和赵建国都低估了赵建国老婆打持久战的恒心，赵建国的妻子也低估了米爱红的倔犟，两年时间下来，三个人都已筋疲力尽。赵建国终于不再坚持和老婆离婚，并且申请调离了米岛二中。米爱红再次陷入了孤独之中。因了情感上的这些风波，尤其是和赵建国妻子之间长时间的闹剧，让村里那些男人们蠢蠢欲动，他们认为米爱红就是一只破鞋，并以为自己也会有机会穿上这只破鞋。当受到冷遇后便开始老羞成怒，骂米爱红，"装什么装，不就是一个千人上万人骑的烂货吗？"就连那些来她的店里吃饭的村干部们，也想趁机摸她一把，占她便宜。

　　米爱红赚钱存钱，都在为儿子米立心的未来着想。米立心年纪不小了，和他同一天出生的白鸿声早已结婚，马挖苦的儿子都会打酱油了，而米立心现在，一点音信也没有，也不知混得怎么样。儿行千里母担忧，米爱红唯一能做的，就是为儿子存钱，她打算给儿子盖一座新房，还要为儿子备下结婚用的钱。儿子上次出门带走了白鸿雁。鸿雁那丫头能干，米爱红也喜欢，觉得白鸿雁的身上有她的影子。要是白鸿雁能成为她的儿媳该有多好。米爱红一直在等儿子归来，儿子结了婚，有了孙子，她就在家带孙子，就好打发这孤寂的时光了。米爱红无数次设想过儿子回来的情形，每到腊月，她就开始了焦急的等待，她一天要无数次望着村口，看到那些离家打工的姑娘小伙大包小包地回家，她的心里就充满了无限期待，然后又一次次在失望中独自过完新年。其间，白鸿雁回来过一次。米爱红就问白鸿雁，"你立心哥怎么没回来？"白鸿雁告诉米爱红，她早就和米立心失去了联系。米爱红说，"那你没有去找他？"白鸿雁说，"广东那么大，哪里去找？"白鸿雁出嫁了，嫁到了遥远的外省，再没有回来过。白鸿云高中毕业没有考上大学，也出门打工了。这几年，米岛的年轻人都走得差不多了。米爱红打听不到儿子的任何消息，儿子就这样消失了，像一盆水倒进了河里。米爱红不怕等待，她的这一生差不多都是在等待中过来的。她坚信儿子会回来。儿子会在某个春节前的清晨，和那些出门打工的人一样，背着大包小包出现在村口。那时的米岛，已经有了穿梭在各村到镇街之间的巴士。每到腊月，镇上开来的巴士一到村口，她就会从心里涌起一阵激动。可是慢慢地，她的心被磨出了老茧，儿子依然没有回来。

这许多年的等待啊……

米爱红没有想到，这不过年不过节的，她朝思暮想的儿子，会在这个秋天的夜晚，突然回到了米岛。米立心回到家时，听到家里传来的麻将声，他没有敲门，一直等到那些打麻将的人都走了才去敲门。米爱红以为是刚走的村干部又折了回来，不死心想回头占她便宜的，就开门准备骂，却见门口站了个瘦弱的身影，那身影叫了一声妈。米爱红就木在了那里。那人又叫一声，"妈，我是立心。"米爱红就将米立心拉进了屋，上下打量着眼前这个又黑又瘦，胡子拉碴的男子，用凄凉的声音喊道："立心，我的儿，你可回来了，你是要急死妈呀。"母子俩于是抱头痛哭。米立心说，"妈，儿子不孝，让你担心了。"米爱红说，"回来就好，回来就好。"又推开米立心，上下打量，说，"我的儿，你这是怎么了？"米立心却说，"妈，白鸿雁，白鸿雁可好？"米爱红说，"怎么一回来就问鸿雁？"又说，"她嫁人了，嫁到外省去了，好几年都没有回来过。"米立心长长舒了口气，脸上现出说不清是难受还是欣慰的表情。好一阵，才说，"妈，我饿。"米爱红说，"妈去给你做吃的。"米爱红做了米立心小时最爱吃的糖水煮鸡蛋，端来给儿子吃时，米立心已经倒在床上睡着了。米爱红将糖水煮鸡蛋放在一边，拿被子给米立心轻轻盖上，又帮他将鞋脱掉，将脚放进被子里。米爱红坐在床边，看着儿子。儿子头发蓬乱，皮肤黝黑，瘦得不成人形。米爱红知道，儿子在外面遭罪了。儿子的性格，不是遇到了过不去的坎，是不会这样回家的。米爱红心痛不已，坐在床边看着儿子米立心，一会儿哭，一会儿笑。

其时，我尚不知道米立心在外面经历了一些什么。我的心里，悬起了一连串大大的问号，他这是怎么啦？怎么会弄成这样？不是说他在外面混得风生水起么？这一切的答案，都有待米立心来为我们解开。

米立心一觉睡到次日中午，起床吃了一大碗糖水煮鸡蛋后倒头又睡。这样吃了睡睡了吃，三天后，米立心苍白的脸上有了一丝血色。米爱红一直不敢问儿子这些年去了哪里，经历了一些什么，为什么几年没有音信。她不问，米立心也不说。米立心每天就坐在家里，哪儿都不去。邻居见他回来了，就说，"立心回来了，这么多年不见，在外面发大财了吧？"米立心不说发财了，也不说没发财。邻居们就会讲起本村的谁谁谁，出去打工，现在当了老板，在外面开了厂，谁又在外面当经理、厂长。米立心只是笑笑。这笑里，却满是苦涩。邻居们看出来了，米立心在外面混得并不好，看他那样子，又黑又瘦，不可能混得好。出去混得好的，都是又白又胖，满面红光，见人都提高嗓门主动打招呼，并掏出好烟来招待乡亲。而米立心回家却是悄无声息，见人也不主动打招呼，也不给烟抽。有人就问米立心，"什么时候走？"米立心说，"不走了。"这样的回答，又让人大吃一惊。彼时打工潮正风起云涌，村里的孩子们，初中毕业就出门打工，只有那家境殷实的人家，或在米岛经营着生意的孩子，才会待在米岛。但凡有点办法的，都出门打工了。就连那三四十岁，有家有室的人，也在想办法出门打工。米立心，这个米岛最早出去打工的人居然回来了。而且看他的样子，在外面也没发财，不仅没有发财，可能还受了不少罪，灰溜溜地回来，确实让人叹惜。都说米立心会有出息，长得好，人又聪明，谁承想，如今却混得如此狼狈。也有人问米立心谈女朋友了没有。米立心还是笑笑，笑里却不仅仅是苦涩了。一段时间下来，村里人对他的好奇，就烟消云散了。米立心回来，也并不是一件值得传说的新闻。若是他衣锦还乡，风光无限，倒是会成为传说，在茶余饭后供人谈论与羡慕。米岛人皆喜谈论成功者，无视失败者，仿佛在谈论成功者时，自己也跟着沾了光，谁会谈论一个失败者呢？他们根本不值得一提。

回家半个月，米立心仍未对母亲谈起过他在外的经历。米爱红只问过一次，"还出去打工不？"米立心说，"不出去了，就在家里陪着妈。"米爱红的泪就下来了，说，"好，不出去也好。"米立心倒是问起母亲，怎么没见赵老师？米爱红低下头不说话。米立心想到当年自己年少无知，因为反感赵老师和母亲在一起而出门打工，如今经过了一些事，成熟了许多，看问题不再那样偏激，想到母亲的不易，因此说，"赵老师是个好人，我挺想他的。他还教过我吹口琴呢。"米爱红听儿子这样说，知道米立心是在转着弯表示，他不介意母亲和赵老师交往。然一切皆已成往事。米爱红说，"赵老师，几年前就调走了。"米立心说，"哦。"米立心的脸上，就写满了失望。说，"赵老师调到哪里去了？"米爱红说，"谁知道呢？许是江北农场那边吧。"米立心听罢无语。几天后，他对米爱红说想出去走走。他去了江北农场中学找赵老师，得到的消息却是赵老师已经辞职，去广东打工了。米立心的心像被针扎了一下，痛。他无法想象，酷爱教书的赵老师会离开学校。他那么大年纪，出去又能干什么呢？他打听到了事情的来龙去脉，知道原来赵老师想离婚，但没离成，和他妻子经历了漫长的拉锯战后，以失败而告终。后来他调到江北农场中学，离家是近了，但和老婆的关系不仅没有好转，反而三天两头打架，有时赵老师在上课，他老婆都敢冲进教室将赵老师扯出去打一架。赵老师其实不是主动离职的，是学校不想要他了。而他的事，在教育系统人尽皆知，没有哪个学校愿意要他，他是不得已而离职的。离开学校后，他在家更是待不下去，他的儿女皆已成婚，都恨他，见了他就骂，在家里实在待不下去……米立心就打听，希望打听到赵老师打工的地址，但没人说得准。只听说在佛山南庄一家陶瓷厂打工。米立心的心就揪起来了。他在陶瓷厂打过工，知道赵老师这样没有一技之长，在陶瓷厂只能做搬运。他知道那是怎样沉重的体力活，他这样正当年轻的小伙子都吃不消，一天下来，累得骨头散了架样，五十开外的赵老师如何受得了？回到米岛，吃饭时，米立心对母亲米爱红说他去江北找赵老师了。米爱红说，"哦。"装着事不关己的样子，心却揪了起来。米立心就将他找赵老师的经过说了，米爱红又哦了一声，就不再说话，低头吃饭。米立心看见，母亲的眼圈红了，一滴泪"噗"地掉进了饭碗里，也掉进了儿子米立心的心坎。米爱红开始还强忍着，但是越忍内心越是悲伤，终于放下碗筷，走回房间，将头蒙在被子里痛哭了一场。

听说米立心回来了，白鸿声本不想来看他。白鸿声彼时正陷在痛苦中，他不想看到米立心那意气风发的样子。但是很快，村里人就传说米立心在外面混得很差，这让白鸿声的内心里，升腾起了同病相怜的感觉。于是，白鸿声就来看米立心。两个昔日好友的内心此时都已是伤痕累累，没有了往日相逢时的兴奋，更没有了年少时的豪情，只是相视一笑，那笑里，却有着各自的沧桑与况味。米爱红炒了几个菜，两个年轻人坐在一起喝起了酒，仿佛只有酒能解开心中的万千愁绪。三杯白酒下肚，话就多了起来，他们说起了幸福的童年，说起当年一起在我这觉悟树下玩花老倌游戏的往事，说起当年看到枪毙犯人的场景。米立心说，"那时你和花一朵好。"白鸿声说，"那时你和花五朵好。"米立心问白鸿声，"花一朵和花五朵现在怎么样了？"白鸿声说，"花一朵，成了女老板，开服装厂，开服装城，生意越做越大了。"米立心问，"嫁人了吗？"白鸿声说，"嫁什么！女强人不好嫁。"米立心又问，"五朵呢？"白鸿声说，"不清楚，听说还在读书，读了本科读硕士，读了硕士读博士，听说也还是单身。"米立心说，"听说你娶了个很能干的老婆，你现在又当着校长。只有我，混成这个样子。"白鸿声苦笑道，"人前风光而已。"白鸿声就将当年他和赵小兰的事说了，说到李文艳处理赵小兰的那一段，米立心听得脊背直发凉。白鸿声说，"最让人想不到的是马挖苦，他现在可风光了。发了财，还娶了个漂亮老婆。他现在不光开窑场，还要在米岛开化工厂，听说现在都动工建厂了。"白鸿声说，"你呢，这么多年一点音信

都没有。"米立心将一杯酒倒进嘴里,说,"在家千般好,出门处处难。"又倒满了一杯,喝一口,皱着眉头咽下。然后才说起了他在外面这些年来的经历。

米立心和白鸿声那天喝光了两瓶白酒,他们不停地喝,不停地说。白鸿声说了米立心说,米立心说了白鸿声又说,到后来,分不清哪些是他们酒后的胡话,哪些是他们经历的真实了。而作为米岛故事的讲述者,我对发生在米岛的大小事物明察秋毫,甚至能清晰感知每个人内心的活动,但对于千里之外的事物,却不得而知。米立心醉酒后的讲述,我无法分辨其中有多少真话,又有多少是杜撰。他们俩一直喝到半夜,后来都趴到桌子上,打起了呼噜。现在,我就将米立心在外面打工的经历,那些让我这见惯这人世沧桑,见证千年间风云变幻的老树也觉得不可思议的经历,摘其简要,复述如下。我得声明,对于米立心所讲述的故事,我并不知道是真是假,我只忠实于他的述说——

据米立心讲,那年过完春节,他带着白鸿雁去了广东。米立心讲述了那听来让人不可思议的挤车过程,他说自从在楚州上了火车,他的双脚就没有落过地,他被挤得悬了空,二十多个小时就那样扭着身子,在椅子的靠背和行李架之间悬浮到了广东。第一次出远门的白鸿雁更惨,她上车后就想上厕所,而她所站的位置,离厕所不到五米,一天一夜的行程,她一直想朝厕所挤,好不容易挤动半步,又被挤了回来,上厕所的愿望,一直未能实现。米立心说,到了广州,白鸿雁就虚脱了,衣服汗湿了又焐干,浑身汗臭味,又渴又饿。下车后被冷风一吹,白鸿雁就瘫软在了地上。米立心说他没有办法,只有将两人的行李打个结挂在胸前,然后背着白鸿雁出了车站。本来以为坐上前往深圳宝安的汽车就好了,可汽车才出广州,司机就说车坏了,让他们上另外一辆车,说那辆车跟他们是一个公司的,上车后不用付钱。于是他们大包小包转到另外一辆车上,刚上车,车上就站起来几个烂仔。白鸿声问米立心"烂仔"是什么,米立心说烂仔就相当于米岛人说的烂柑子、土流子,那些烂仔让他们买票,说前面的车主他们根本不认识。有人只是表达了一下抗议,几个烂仔就一拥而上对他拳打脚踢，并将他赶下车去。其他人就敢怒而不敢言，只好忍气吞声再买一次车票。米立心告诉白鸿声，这叫"卖猪崽"，他们这些坐车的，就是"猪崽"。从广州火车站到宝安的松岗镇，米立心被卖了八次猪崽。更要命的是白鸿雁晕车很严重，从第二次被卖猪崽开始，她就一直在吐，把胆汁都吐出来了。当他们好不容易到达松岗时，白鸿雁已是面色如土，严重虚脱了。米立心可以直接回厂，可白鸿雁却进不了米立心打工的玩具厂，没地方住，他只好将白鸿雁安顿在厂门口的一家士多店外坐下，又给白鸿雁买了一瓶水，一包方便面，交代她哪里都不要去，他先将行李拿回厂里，然后再出来找她。安排好这一切，米立心回到厂里，找到熟悉的女工，说晚上有个老乡要偷偷进厂来睡一晚。又去找主管，说有老乡想进厂，希望主管开恩收留。主管问有身份证没有，米立心说有。主管说规矩你是懂的。米立心说知道知道，先给了主管一百块钱好处费，并承诺白鸿雁第一个月的工资归主管所有。白鸿声听到这里，大骂，都是打工的，怎么可以这样。米立心说，都是这样的，想进厂的人太多。白鸿声说老板就不管么。米立心说老板又没有损失，主管们捞点外快增加收入，他们睁一只眼闭一只眼当没看见。主管答应了米立心的请求，米立心自是千恩万谢。但主管说，要办进厂手续，得到次日。米立心又去和保安沟通，给了保安十块钱，说晚上要带个老乡进厂住一晚。办好这一切，他才去士多店接白鸿雁。白鸿雁吃了两口方便面，又想吐，感觉脚下的地在打转。米立心兴奋地告诉白鸿雁，都安排好了，只等天黑就可以溜进厂里休息，现在先在外面待着，明天就可以办进厂手续。白鸿雁听白鸿声说进厂的事安排好了，这才放心，说她想睡，就趴在米立心的腿上睡着了。白鸿声听到这里，说你小子是不是占我妹妹便宜了？米立心说天地良心，他那时只把白鸿雁当成妹妹。他甚至从来没有对白鸿雁说过，介绍进厂给了主管钱，她拿的第一个月工资，也是米立心垫付的。白鸿声说算你还有良心。米立心就继续讲，说白鸿雁趴在他腿上睡了一觉，天黑时，米立心带她进厂，保安又不干了，说他以为是带男工进厂，早知是女的，就不收这十块钱了。米立心又给保安买了一包烟，说是安排在女工宿舍睡的，保安这才放心。总算是进了厂，白鸿雁洗了个澡，要去洗衣服，米立心说你不舒服，我帮你洗吧。白鸿雁就将脏衣服交给了米立心。米立心说他是第一次洗女孩子的衣服，那种感觉很奇妙。白鸿雁如愿进了厂，在手工组工作，没有什么技术含量，工资也低。米立心那时是调色师，属于技术工，各方面的待遇要好许多。慢慢地，白鸿雁习惯了打工生活。厂里每天晚上都加班，最早都要加到十一点钟，有时要到十二点过，下班后要排队洗澡、洗衣服，做完这一切，夜就很深了。每天早上六点，会响起床铃，然后是洗漱，做早操，吃早餐，八点钟准时打卡上班。中午十二点下班，一点半上班。生活工作，满满当当，人像上了发条的机器，一旦进厂，就别想闲下来，除非你离开这间工厂。因此，米立心和白鸿雁虽然在同一间厂打工，却没有时间说上几句话。两人唯一能说话的时间，是在吃饭时。白鸿雁后来对米立心说她不想在手工组做了。米立心问为什么，她说手工组的主管约她去看电影，她没有同意，主管每次分给她的货都是最难做的，经常是别人下班了她还要返工。在这间工厂里，每个部门的主管都是色狼，他们自己是打工者，被老板和经理们欺压，当他们面对那些打工妹时，又变成了欺压者。如果打工妹们不听从他们的意愿，他们就会将那些最难做、工价最低的货安排给她们做，这样一个月下来，别人扣除伙食费能结二百三百的工资，她们可能刚好够扣伙食费。米立心告诉白鸿雁，这家厂所有的部门都是这样。可白鸿雁说她还是想换个部门，她说她想换到手绘部。米立心帮她达成了心愿，当然，这背后，又损失了一个月的工资。后来白鸿雁才告诉米立心，她知道米立心的工作和手绘部有直接联系，他们调出来的颜色直接供手绘部使用。白鸿雁说这样她就可以看到立心哥。她说只有看到立心哥，她的心里才踏实。那时，为了防止手绘部主管对自己进行性骚扰，白鸿雁一进手绘部就公开宣称米立心是她的男朋友，他们俩从小一起长大，青梅竹马。米立心作为厂里的一名技术员，又和手绘部工作联系紧密，有了这一层关系，手绘部的主管就不敢再那样放肆，不仅没有勒索她，还对她多了几分照顾，分配给她的货也都比较好。白鸿雁对米立心说，对不起了立心哥，没有经过你的同意，就说是你女朋友。米立心很大度地表示没有关系。厂里在出粮的那一天会放假，白鸿雁想让米立心陪她出去走走。她一来广东就进了厂，进厂后就再没有迈出过厂门。米立心陪白鸿雁逛了一天，逛完了街又逛了公园。米立心告诉白鸿雁，一个人时千万别出厂，万一被查暂住证的抓住就麻烦了。就是在那一天逛街时，白鸿雁挽起了米立心的胳膊。她说，立心哥，我要做你的真女朋友。她说，其实她很小的时候就喜欢米立心了，一直喜欢。她说她从小就羡慕花五朵，因为她知道立心哥喜欢的人是花五朵，那时她就想快点长大，因为在米立心的眼里，她就是个什么都不懂，没有长大的小妹妹。她还说，那天在火车站，立心哥背着她时，她真的幸福死了，虽然身体虚脱很难受，可心里却很幸福，她希望火车站到汽车站的路有一千里一万里，这样她就可以一直趴在立心哥的背上。她说那天她趴在米立心腿上睡觉的时候就想好了，这一辈子非立心哥不嫁……米立心告诉白鸿声，他和白鸿雁恋爱了。他说他是慢慢喜欢上白鸿雁的，花五朵已经是一个遥远的梦，而热情大方的白鸿雁，才是他触手可及的幸福。他们都感觉很幸福，平时很少有时间说话，白鸿雁坐在流水线上画手绘，米立心送调好的颜色到手绘部时，会故意从白鸿雁的面前经过，两个人相视一笑，都会觉得无比幸福。在厂外不远处，是无边的香蕉林和桑基鱼塘，那里留下了他们幸福的身影。可是一切却在突然之间改变，白鸿雁怀孕了。米立心说到这里，白鸿声站了起来，指着米立心，说你他妈的是个畜生。米立心说，我和鸿雁是真心相爱的。白鸿声说，真心相爱，狗屁！若是真心相爱，我妹妹后来怎么会嫁了个外省人，到现在都不回家。米立心痛苦地灌了一大杯酒，说你听我跟你说——

　　白鸿雁怀孕了，米立心说，他和白鸿雁商量着，拿了这个月的工资就回米岛结婚。白鸿雁胃口很好，总想吃东西，晚上下班后，米立心会冒着被治安队抓的风险，出厂给白鸿雁买吃的，一碗面条，一个炒粉，或者一盘炒田螺，东西虽然廉价，但白鸿雁说她很幸福，幸福得快要死了。眼看就到了发工资的那一天，眼看就到了他和白鸿雁约好回家结婚的日子，可就在这节骨眼上出事了。他出门给白鸿雁买宵夜，遇上了治安队，他没有暂住证，那时很少有打工者办暂住证，一是太贵，办一次证，一个月的工资就没有了。二是深圳的暂住证到了东莞就不管用了，而打工的人经常在流动，换一个地方又要再办一次证，这样一年下来，赚的钱就都交给治安队了。米立心被抓进了治安队，可他没办法通知白鸿雁来治安队交罚款赎他出去。第三天，他被转移到了木头镇收容站。在收容站里，他经历了一周的非人生活，几十个人挤在不足十平米的小屋，吃喝拉撒都在里面，还有号霸动不动对他们拳脚相加，搜走了他们身上的每一分钱。一周后，他和许多被收容的人一道，被转移到几百公里外的山区劳改场，开始了六个月的劳教生涯。那是一处石灰窑，他成了一个窑工。当地人称他们为窑狗子，是指他们的生活和狗差不多。沉重的体力活，每天起早摸黑地干。每餐能吃到的，除了难以下咽的陈米饭，就是清水煮青菜。好容易熬过六个月，管事的人告诉他可以重获自由了，用车将他们拉到了广州火车站，给他们每人五十块钱，让他们各自坐车回家。米立心自然不愿意坐车回去，他要去找白鸿雁。在石灰窑干活时，他没有一天忘记过白鸿雁，在那一百多个日日夜夜，他将所有能回忆起来与白鸿雁在一起的点点滴滴回忆了无数遍。悲剧再一次发生了，当他来到他曾经打过工的小镇，却再一次遇上了治安仔，他又被收容了。接下来的是上一次经历的轮回，他又被送到了木头镇，不过这次他没有被送去石灰窑，而是去修公路。他修了六个月的公路，再次拿到五十块钱，被送到了广州火车站。这一次，他找回了从前打工的工厂，但是白鸿雁已经离开，没有人知道她去了哪里。而那间工厂已经没有了米立心的岗位。他只能重新找工作，准备先安定下来，再写信回家，也许家里会有白鸿雁的消息。但他还没有找到工作就又被收容了。后来的这些年，他陷入了一个无穷无尽的怪圈，一次次被收容，一次次被拉去做苦力，熬满六个月出来，很快就又被收容。一晃几年过去，米立心说他都忘记被收容了多少次。一切都像是噩梦，有时他自己都不敢相信这一切，他经常安慰自己，这是在做梦，做一个漫长的噩梦。梦醒之后，白鸿雁还在，他们会结婚，从此过上幸福的生活，直到白发千古。但生活的痛却时时提醒他，这不是梦，是残酷的现实。他只有一个愿望，那就是活下来。因为他给过白鸿雁承诺，要娶她，要和她恩恩爱爱过一辈子。白鸿声听米立心说完，将杯中的酒泼在米立心的脸上。然后歪歪斜斜站起来，朝米立心的鼻子就是一拳。白鸿声说，你他妈的玩弄了我妹妹，毁了她一生，还编这么低级的故事来骗老子，你小子不是人。米立心捂着鼻子说，我也不相信这是真的，我也希望这只是一场噩梦。要是梦多好，梦醒了，鸿雁还在那里等我。可这不是梦。米立心说，有一次，他们几个被收容的人想到了逃跑。他们侦察好了地形，穿过劳改场有一条河，河水并不深，只要游过河，他们就可以获得自由。他们决定晚上行动，男男女女，一共十几个人，可是那天晚上却下了暴雨，山洪突发，冲走了好几个人。他活了下来，并逃了出来。他是一路上要饭，从广东走回米岛的。他走了整整两个月，头发蓬乱，衣衫褴褛，被人当成了疯子。快到米岛时，才找了个没人的地方，将头发和脸洗干净，又换上一身干净衣服。白天他不敢进村，等到晚上才偷偷溜回了家。

　　像白鸿声一样，我也觉得米立心所讲的故事太过离奇。但我相信米立心，他是个诚实的孩子，他若是想开脱自己抛弃白鸿雁的罪行，也用不着编出如此拙劣的故事来。而他们在喝酒讲述这些的时候，米爱红就坐在门外，听着儿子的讲述，泪水就没有停过，她感到一阵剧烈的心痛，差点晕了过去。从此，米爱红落下了心痛的毛病，这毛病，伴随着她余下来的所有时光。她不知该如何安抚儿子这深重的伤痛。她想，给儿子介绍一个对象，爱情是最好的灵丹妙药，也许能抚平他心灵的创伤。第二天，米爱红就提上两瓶酒，去了白奇谋家。因为有出色能干的儿媳当家主政，此时的白奇谋已经洗脚上田，当起了甩手掌柜，家里的大事小情皆用不着他去操心。白奇谋更加痴迷于做媒，为了促成一百桩姻缘的梦想而努力。他给人说媒，不再似过去那样，有着明显的功利，过去是想通过说媒，赚取红媒先生的好处，还有那无偿的劳动力。现在，他做媒完全出于爱好，是一种单纯而美好的追求。他甚至说，"你看我，一不会打麻将，二不会下象棋，现在又不用下田干活，我不做媒做什么呢？"因为有了这样的心态，他在保媒时比以往慎重了许多，他会以他的经验和价值观，将男女双方的条件在心里进行配对，也会对男女双方开门见山地挑明对方的优点和缺点，而不再像过去那样两边说好话而将双方的缺点隐瞒。他似乎并不急于完成他的梦想。他说，"我还要活好多年哩，急什么呀。老天爷知道我要说成一百桩红媒，那是积功德的事，哪里就会让我这么早死掉？"白奇谋现在一年差不多能说成二三桩姻缘，究其原因，除了以上所述，另一个原因是米岛的年轻人越来越少。过去一到冬天，到处都是三五成群的年轻人，只要哪里放电影，看完电影总会打架。那些无所事事的青春无处宣泄，只有靠打架斗殴来打发时光。现在，初中毕业的孩子，在家里待上两年就出门打工了。高中毕业的，也是一毕业就出门打工。年轻人走得差不多了。就连李铁子那样偷鸡摸狗的混混，也觉得在这小小的米岛没有出息，于是转战到了广东。李铁子去广东两年，回来时花钱如流水，村里人就知道他发财了，说你小子终于走上正道了。李铁子就哈哈大笑，说从前年轻，不知天高地厚，走出米岛才知道世界有多大，机会有多多。人傻，钱多。这是李铁子对广东的评价。连李铁子这样的烂柑子到广东都能发财，人们对于米立心却混得如此狼狈表示了极大的不解，甚至鄙视。这鄙视，让米爱红为儿子深感不平，她坚信儿子会有远大的前程。多年前，那个算命先生一眼就看到了米立心贵不可言的未来，甚至于想将自己女儿许配给他就是佐证。

米爱红找到白奇谋，说明她的来意。白奇谋也发出了同样的感慨，"立心这孩子，人品好，又聪明，长得也好，命运怎么就这样不济呢，那些不三不四的东西到广东都能发财，他倒好，弄成这样。唉……"这一声"唉"，让米爱红的心里五味杂陈。她说，"这几年，立心走背字。"白奇谋甚至感慨，说当年他还以为米立心会成为他女婿的。说立心和鸿雁是多么般配的一对，谁承想，两人出门打工，倒没有走到一起。要是立心争气一点，鸿雁也不至于嫁那么远，嫁人后也不至于几年不回家。奇谋家的彼时也成了大闲人，她闲了，却不像白奇谋一样热心于做媒，她学会了打麻将，而且成了麻将桌上的常客。哪里的牌局三缺一，只要叫奇谋家的，准能凑齐一桌，赌大赌小她都能来。米岛那些无所事事的女人们，没事喜欢凑在一起打点小牌，输几把就开始欠债，然后在牌局结束的时候来一句"赌博钱万万

米 岛

年再赌博再还钱"，从此赖账不还，无论赢家怎么嘲讽，断不会将口袋里的钱掏出来。奇谋家的却不这样，说来奇怪，她这样一个抠门的人，打牌从来不要赖，输了也不急不躁，不会像有些人那样输几把就急，不停上厕所尿尿，说要把霉运尿走，或是将那麻将砸得山响，嘴里骂骂咧咧。奇谋家的打牌颇有大将风度，输钱时平静，赢钱时也不得意，因此不仅女人们愿意和她打牌，就是那些大男人也愿意和她坐在一桌。越是这样，她的手气似乎越好，因此，她打牌总是赢多输少，遂将打牌当成正当职业，每天上班一样准点上牌桌。儿媳妇一天到晚在外面吃饭，儿子在学校吃饭，白奇谋自己做一口吃的将就将就。用她的话说，打牌大于天，什么事都得为打牌让路。米爱红提了酒来请白奇谋为米立心保媒时，奇谋家的正要出去打牌，听白奇谋感慨米立心的遭遇，心不在焉地说，"你好好给立心介绍一个，我走啦。"

　　白奇谋不愧为米岛著名的媒人，很快，他就物色了几个女孩子和米立心见面。米立心一开始坚决不同意相亲。他对母亲米爱红说他很累，回到米岛是想休整一段时间，也在母亲面前尽些孝道，他现在没有心思谈恋爱。可是米爱红却说，"我的儿，你要是真想尽孝，就听妈的，去相亲。妈也不强迫你娶哪个女孩，要有看得上眼的，两人谈得来就谈。要是谈不来，也不要勉强。"米立心顺从了母亲的意思。一段时间下来，米立心就感觉到了疲惫不堪。他对母亲说他坚决不再相亲了。两个月的时间，他见了不下十个女孩儿，高矮胖瘦美的丑的都有，倒不是他眼光高看不上别人，而是没有一个人看上他。几乎是每一个女孩都会问，这么早就去广东打工，挣了多少钱？米立心实话实说，说他去广东打工去得早不假，但是一分钱也没有存到，不仅没有存到钱，还受了非人的罪。这样的谈话其结果可想而知。一次又一次的失败，将米立心内心仅存的一点自尊打磨得无影无踪。随着相亲的进行，越往后来，白奇谋给他介绍的女孩儿越差劲。白奇谋也实话实说，那些条件好的女孩儿都介绍完了，再往下，只会越来越差。米爱红亦为儿子深感不平，知道这样下去，非但不能安慰儿子，反倒会加深他内心的痛苦，也就不再逼着他相亲了。

　　米立心回到米岛时已是秋天，接下来就是农闲。米爱红见儿子在家闷得慌，就说，"要不，你也跟他们打打麻将吧?"米立心说他不想打，他不喜欢打麻将。那时米爱红开着小店，也做着饭馆的生意，家里也有麻将桌，有时三缺一，米爱红就劝儿子米立心坐上去打一会儿。她并不是想让儿子学会这不成器的玩意儿，只是想让儿子开心一些。米立心就坐在麻将桌上当一会儿替补，等来了人他就下来。让人没有想到的是，米立心打麻将很有天分，他的记忆力好，出过什么牌，还有什么牌，他心里都有数。他还能记清自己所码的牌，因此总是赢的时候多。转眼就是腊月，一些出门打工的人陆续回来，彼时的米立心，已经成为了米岛的麻将高手，也渐渐迷上了打麻将。麻将成为了疗他心灵之伤的鸦片，只要不打麻将，他就会胡思乱想，那无休无止被收容的一幕一幕，和那人间地狱般的日日夜夜，一次次在他的脑子里回放。只有打麻将时，他才会暂时忘却这痛苦。于是，他开始夜以继日地战斗在麻将桌上，很快他就能凭手感识别出所有的麻将牌，从起牌到和牌，整个过程他不看一眼手中的牌，眼睛盯着牌桌，他甚至能从别人的动作和眼神中分析出别人手中有什么牌，他把这当成了对自己的挑战，并以此来麻醉自己。整个腊月和正月，米立心都在麻将桌上度过。那些返乡的打工者，被家里人当成了宝，什么活都不让他们沾手，做父母的，为了显摆孩子在外面混得多么风光，就会将他们带到人多的地方，而那时，人最多的地方就是牌场。岛东村已经有了专门的麻将馆，人多时，同时开八桌麻将。打牌的和看牌的，将屋子挤得水泄不通。那些在外打工的人，不知道米立心的牌技，于是这个腊月与正月，米立心将他们打工赚下的辛苦钱尽收囊中。看着他们输了钱时黑紫的脸色，米立心也明白，这些都是他们在外辛苦所得，但偏偏却要装出不在乎的样子，吹牛说这点钱不过是小菜一碟，以此来显示他们在外混得多么风光。米立心内心的那一点同情与不忍，就会一闪而过，从而变得心安理得起来。出色的牌技，不仅为米立心带来了财运，还带来了桃花运。花子发老婆的娘家侄女来米岛走亲戚，被米立心娴熟的牌技和边打牌边抽烟的潇洒动作所吸引，居然天天站在米立心身后看牌，并且主动追到米立心的家里要和米立心谈朋友。那女孩长得漂亮，很有点野性与娇艳。俗话说，男追女，一堵墙；女追男，一层纸。两人很快就谈起了恋爱。米爱红不喜欢这女孩儿，对米立心说，一看就是好吃懒做的主，不能要。米爱红还提醒米立心，说这女孩不是正经人，听说在县城的发廊里做事。那时的发廊，已成为色情场所的代名词。米立心却说他讨厌一本正经的女孩儿，明明心里在乎的是男人的钱，却要忸忸怩怩装清纯，还不如风尘女子来得干脆，心里装的是钱，眼里装的是钱，嘴里说的也是钱，这样的人反而真实可爱。两人交往三天后，就住在了一起。这也让米爱红很是看不顺眼，但是儿子喜欢，她也没有办法。她甚至做好了接纳这样一个儿媳妇的准备。后来的那些天里，米立心坐在麻将桌上，肩上趴着花子发的内侄女，她负责收钱。米立心每赢一把，她就会当着众人，在米立心的脸上亲一口。米爱红知道，儿子这是要破罐子破摔了，她因此而变得忧心忡忡，但却无可奈何。她知道，再这样下去，她寄予厚望的儿子就要毁了。她想到了遥远的过去，江一郎亲手将儿子从她的身体里接到这个世界上来，并为他取下立心这样一个志向远大的名字。她希望上天保佑，不要让立心辜负了这个名字。她甚至在夜里为儿子祈祷，祈求上苍让儿子改邪归正。后来，她想，也许真是上天可怜她，于是派了马挖苦来点化她的儿子。

马挖苦彼时已经是米岛著名的企业家，在楚州也颇有一些名气。彼时，他将砖厂的事全部交给岳父打理，自己则进军化工行业。马挖苦与化工行业结缘，是一次偶然的机会，接触了外省的一家化工厂，化工厂专门生产选矿剂，但那间厂子在当地开不下去，因为化工厂原本是在郊区，随着城市扩张，郊区变成了市区，化工厂因为对环境影响较大，不适合再在市区办下去，一时又找不到合适的地方搬迁。马挖苦就想到了米岛，米岛远离市区，而且离大河近，生产的污水可以直接排进河里，是建化工厂最理想的地方。他从中看到了商机，决定将化工厂引进米岛。他找到县里负责招商引资的领导，也得到了米岛镇政府的大力支持。对于米岛这个严重缺少工业基础的纯农业镇来说，单纯种水稻，其潜能已经到了可能的极限，要想发展经济，工业化是镇领导能想到的唯一选择。但米岛四面环水，交通不便，又远离大城市，发展工业谈何容易。现在马挖苦为米岛找到了一条适合发展的工业化道路，米岛镇政府的领导自然认为是喜从天降，他们给了马挖苦政策许可内的一切优惠条件。因此这个冬天，马挖苦一直在忙着化工厂的事，米立心回来这么久了，两个昔日一起长大的伙伴也没能见上一面。

是年正月十五，马挖苦回到岛东村，陪父亲马脚过节。马脚彼时亦无事可做，他不喜欢去儿子的砖厂，因为砖厂现在是儿子老岳父的天下，他去儿子的砖厂，总有一种做客的感觉。他不喜欢这个亲家，觉得儿子自结婚后，就成了岳父的儿子，平时回家，就像做客一样，在家里坐一坐，给李桂枝喂一点食，然后饭也不会在家里吃，就说要回家了。马脚想种点地，这样不至于太无聊，马挖苦却坚决反对，说父亲这是在打他的脸，谁都可以种地，他马挖苦的爹就是不能种，这不是在告诉人们他马挖苦不孝么。后来，马挖苦在米岛镇上盖了一栋楼房，他和老婆、儿子住在镇上，接了马脚去住，马脚住了不到一个星期就回来了。倒不是因为不习惯，而是儿媳妇不能容忍他带着李桂枝在家里生活，她说李桂枝脏死了。她更不能容忍李桂枝上桌吃饭。马脚就在儿子马挖苦的面前告状，说，"儿啊，你得管一管了，你老婆，居然不让李桂枝上桌吃饭。你告诉她李桂枝是谁。李桂枝可是你妈，是你妈转世投胎过来的。"马挖苦就对老婆说了，说这只鸭不是一只普通的鸭子，这鸭子的眼神很像他妈，他和他爹都相信，这只鸭子是他妈妈转世，这只鸭子的名字，就是他妈妈的名字。"你要像对我妈一样，对这只鸭子。"向春花却不相信，她嘲讽道，"都什么年代了，你们还这样迷信。哪里有什么投胎转世？你说这只鸭子是你妈妈转世，那你叫它一声妈，看它会不会答应。"马挖苦并不在乎向春花的嘲讽，他真的叫了鸭子一声妈，那只名叫李桂枝的鸭子，居然"嘎"地应了一声。向春花说，"这是碰巧了，你再叫一声，看它应不应？"马挖苦就又叫了一声妈，李桂枝又应了一声"嘎"。向春花的背上就有些发毛了，说，"你叫一声张三，看她应不应。"马挖苦就叫了一声张三。李桂枝伸长脖子，用悲悯的眼神看着马挖苦，并不出声。马挖苦说，"你叫它一声妈，它也会应你的。"向春花就毛着胆子，叫了一声妈。李桂枝"嘎嘎嘎"地拍着翅膀连应了三声，那叫声欢快而幸福。马挖苦说，"这下你相信了吧。"向春花这次是相信了，却有些害怕李桂枝。马挖苦和向春花生的儿子马破天，却是个活阎王，也许是那名字预兆了他的性格，他是个连天都敢去捅的主儿，一点点大就显露出了野孩子的秉性，你不让他干什么他偏要去干。你对他说这里有电不能摸，他就偏要去摸一下，被电了，下次还是不长记性。他将家里所有能拆的不能拆的东西，都拆了个遍。家里的沙发，买回来不到俩月，就被他拆得只剩下架子。一开始，马破天对李桂枝并没有上心，他的注意力没有在这只鸭子身上，对于它上桌子吃饭，也没有给予足够的关注。那时他的注意力都投注在父亲给他买回的一堆变形金刚身上，吃完饭就去拆那些玩具，家里的地板上到处都是拆下的零件。自从向春花知道了李桂枝是她婆婆转世后，特地交代儿子马破天，说在家里玩什么都可以，千万不要去碰这只叫李桂枝的鸭子。马破天歪着脑袋问妈妈，"为什么不能碰？"向春花说，"这只鸭子是你的奶奶。"马破天问，"这明明是只鸭子，怎么会是我奶奶？"向春花说，"是你奶奶转世的。"马破天就问，"什么叫转世？"向春花说，"你奶奶叫李桂枝，她死后就变成了鬼，鬼又托生成了这只鸭。因此这不是一只普通的鸭子，这只鸭子是你的奶奶。你没看见你爷爷走到哪里都要抱着它吗？"向春花不交代还好，这样一交代，竟让马破天对李桂枝产生了浓厚的兴趣，他趁马脚不注意，将李桂枝一把抱了过来，然后开始研究起李桂枝来，他将李桂枝的脖子转了一圈又一圈，想看看到底能拧多少圈。又将李桂枝翅膀上的毛拔了一根又一根。等到马脚发现时，李桂枝已经被他折磨得奄奄一息。马脚心疼地抱着李桂枝离开了儿子家，回到乡下。马挖苦总是很忙，一个月都难得回乡下一次。元宵节这天，马脚给马挖苦打电话，说他在家做了元宵，他想儿子，也想孙子，让马挖苦无论如何要回家一起过节。

马挖苦回到家里，才听说米立心回来了，并听说米立心成了米岛最著名的赌徒。马挖苦闲来无事，就到麻将馆里转转。他的到来，在麻将馆引起了不小的骚动，所有打牌的人，几乎同时站了起来，喊，"马老板回来了。""稀客啊。""好久不见了。"有人慌忙就递烟，马挖苦却掏出烟来，说，"吸我的，吸我的。"那递烟的人就说，"马老板的烟好，我们沾光了。""这一盒烟只怕要十几块吧？"马挖苦笑笑，散了一圈烟。麻将馆老板又慌得脚不沾地去倒茶。马挖苦从胳肢窝下掏出一个银光闪闪的保温杯，让老板续上水。那些站起来的人就都说，"马老板，来这里打。""来我们这一桌。"马挖苦说他不打，就是看看。那些站起来的人就说，"马老板是大老板，瞧不起我们打这小牌吧。"马挖苦说，"大小都不打。"就有人感慨说，"马老板是干大事业的，不沾赌啊，我们这些胸无大志的人，才拿赌博当饭吃的。"马挖苦说，"你们打牌，打牌，别管我。"众人这才陆续落座，继续打牌，但打得并不安心，一边打牌，一边有一搭没一搭地问马挖苦，说，"化工厂盖得差不多了吧？"盖化工厂时，请的泥水、小工，都是本村人。给他做工的，在这个冬天，就额外赚得了一笔钱，因此都巴结着马挖苦，希望到时工厂开工了，能到他的厂里做事。有人就问，"马老板，厂里什么时候招人啊？"马挖苦说，"五月份吧，到时还得大家多多帮衬啊。"又说他的工厂，一年只生产六个月，工人做六个月，工资拿全年的，肯定不比在广东打工差。大伙都抢着说要算自己一个。马挖苦笑着说，"还早呢，你们专心打牌吧。"

　　米立心看到了马挖苦，但他没有站起来和马挖苦打招呼。马挖苦和大家说话间，就走到了米立心对面，说，"立心几时回来的？"米立心说，"马老板好风光啊，我想和你打声招呼都轮不上的。"马挖苦说，"立心你说这话就见外了。找时间咱们兄弟俩一起喝一杯。"米立心笑着说，"上来玩两圈吧。"其他三人就同时站了起来，抢着把位置让给马挖苦。马挖苦说，"我一回村，就听说你现在成了赌王，麻将打得出神入化，我从来没有打过麻将，哪敢和你打。"米立心说，"你不会打正好啊，咱们正好劫富济贫。"马挖苦说，"立心你变了。"米立心说，"能不变么？"马挖苦就笑笑，说，"那我就陪你玩几圈吧。"马挖苦要上场，对面又是米立心这样的高手，大家的兴趣都被调动了起来。原先和米立心一起打牌的两人，说你们肯定要打大牌，主动让给了有钱打大牌的凑成了一桌。马挖苦问，"打多大？"米立心笑眯眯地对另外两个说，"马老板有钱，又慷慨，那咱们今天就杀马老板如何？"其他二人摩拳擦掌，说，"那就打五块十块一翻。"米岛的麻将，是所谓的四十翻，五块十块的底，如果和了清一色之类的满贯，若平家和，就是每家输五块的四十倍，也就是二百，若庄家和，每家输四百。这在当时的米岛，算得上超级豪赌。米立心的女朋友站在他身后，又兴奋又激动，兴奋于今天的赌局如此之大，激动的是终于见到了传说中米岛最有钱的马挖苦，原来是一个长相丑陋的矮矬子。其他几桌打牌的，听说这边有大赌局，也都不打了，转过来看他们打。这一桌就被围了个水泄不通里三层外三层。马挖苦说，"咱们定个时间，就打一个小时，一个小时后，不论谁输谁赢，咱们都散。"三人皆无异议，开始洗牌码牌。米立心自然是很用心，恨不得将每张麻将的位置都刻在心里。马挖苦却好像没当一回事，码好牌，马挖苦坐庄，起手就是条一色的天和，而且是逢条就能和牌。马挖苦将牌亮明，围观的人就都惊叫起来。转手马挖苦摸牌，众人齐声高喊，"条，条，条。"马挖苦笑着将那摸到的牌亮在桌上，果然是一张条。马挖苦笑着说，"牌和生手，鱼碰歪格郎，越是不会打的，越是手气好啊，第一牌就和了，还是清一色。"每人输四百块，现场给了钱。第二局，马挖苦继续坐庄，米岛的麻将打法，连续坐庄之后，如果再和牌，输赢都要翻番。马挖苦起手又是万一色听牌。身后看牌的人，再次发出了尖叫，马挖苦又将牌亮开，三家都知道马挖苦和三万，而他手中就占了三张三万，底下只有一张三万了。他将牌亮了底，就再不能换听。米立心说，"马老板，你太自信了，底下只有一张三万，我就不信我们三个人摸不过你一个人。"马挖苦笑道，"反正是打着玩，这样大家看牌也热闹。"米立心说，"最后一张三万在最尾，我看你怎么摸到？"马挖苦说，"三万真的是最尾么，翻出来大家看看如何？"三家都没意见，就翻开，最后一张果然是三万。也就是说，马挖苦如果想要和牌，除非三家都不和，将牌摸穿，而且他马挖苦还必须摸到最后一张。而按规矩，牌摸穿了，像马挖苦这样亮牌的要包赔三家。围观的人，就分成了两派，一派在叫喊着马挖苦，还有一派在叫喊着摸穿。马挖苦每摸到一张牌就顺手丢在桌上。而另外三家，也都早早听了牌，看牌的，就都跟着急，大声叫着"和，和，和""上牌，上牌"。但几圈摸下来，三家就是和不了，马挖苦终是如愿摸到了最后一张。本来每家要输四百，但马挖苦亮了牌，输赢就翻番，再加上海底捞翻番，马挖苦连庄翻番，每家就输三千二。三个输家的额头就都冒出了冷汗。尤其是米立心，他还从来没有见过如此邪门的牌，心里早就发了毛，嘴上却硬着说，"好汉不和头三把，咱们再来。""再来，"马挖苦说，"免得你们说我出老千，我从头到尾都不摸一下牌。"就对站在米立心身后，兴奋得脸色发红的女孩说，"你，过来帮我摸牌出牌。"各家把牌取好，马挖苦说，"亮牌吧。"牌亮出来，这次是筒一色，和的是三筒。马挖苦让女孩将最后一张牌再翻了过来，余下的一张三筒又在最尾，和上一局一模一样。马挖苦不动手，一局牌下来，依然是马挖苦和。这次输家每家得输六千四，没有一个人手上有这么多的钱。因此看着这牌局就都傻了。米立心只是说，"见鬼了，见鬼了。"马挖苦笑着说，"还要不要赌？不是说好赌一个小时么，这才半个小时呢。没有钱我借给你们。"那两家说什么也不赌了，心有余悸，心服口服，说，"马老板是个神人，这牌没法打了。"有年长的就说，"你们怎敢跟马老板赌博？"就将马挖苦小时的奇事一一说了。只有米立心输红了眼，偏又不服输，凑不齐一桌牌，在那里急得团团转。马挖苦说，"要不咱们两个人来摸虾。"所谓摸虾，是当凑不齐一桌牌时，两个人打，一人打两手牌，随便哪手牌先和都算赢。米立心说，"摸虾就摸虾。"话是这样说，脸已发白，手发抖。摸虾的结果，还是米立心输。而且马挖苦每次都和满贯。一个小时时间到了，米立心输了五万。五万块钱对于马挖苦来说不算大钱，但对于米岛其他任何人，都是天文数字。米立心从头到脚都是汗水，心里凉冰冰的，想到这一辈子怕是都还不上这五万块的赌债了。马挖苦拍了拍米立心的肩，说，"立心，我们是打小一起玩大的兄弟，今天是陪你们打着玩，也不是真要赢你们的钱。"就将刚才赢来的钱都还给了输家。众人都叫，"马老板仗义。"米立心却僵在那里，不肯接马挖苦还给他的钱，说，"愿赌服输，欠你的钱，我会还你的。"马挖苦说，"怎么还？还靠打牌赢吗？"米立心说，"怎么还不用你管，总之会还你的。"马挖苦说，"好，你既然说愿赌服输，那么你给我写一张五万块的欠条，另外，你要用来路干净的钱还我，来路不干不净的钱，你别还我，还我我也不要。"米立心就问人要了纸笔立下字据，次日，米立心辞别母亲，别了新交的女友，说他要出门打工，让女朋友不要等他，他这一去，不知何时才能回来。女朋友笑着说，"我等你干什么？我只是和你谈朋友，一起玩玩，又没有说要嫁给你。"米立心说，"你这样想最好。"米立心离开了米岛，这一走又是多年，多年以后，当他再一次回到米岛，米岛已然是另外一番景象。而在米立心走的当天，马挖苦将米立心立下的借据还给了米爱红，那一刻，米爱红相信，是她彻夜的祈祷感动了上天，于是上天派了马挖苦来拯救她的儿子。

十五

　　风停了，雪却越下越大。下雪好啊，丰年好大雪，来年定是一个好年景。孩子，这白茫茫一片大雪，干干净净，你破土而出的时候，将看到一个全新的米岛，一个新的世界。而我已然感到寒冷。雪落在中国的土地上，寒冷封锁着中国。我记得这首诗曾经广为流传，那是遥远过去的往事。我的生命已为时不多，这入骨的寒，让我不堪承受，我还是继续我的讲述吧——

　　就在米立心尚未被马挖苦点醒时，两个离开米岛的人，在这个春节回到了米岛。他们中的一个，将改变许多米岛人的命运，而另一个，将改变米立心。那改变许多米岛人命运的，是多年前离开米岛的花庆余。花庆余回到米岛，逢人就发名片，名片上印着他的头衔——深圳万通人才交流中心总经理。花总经理回到米岛，志得意满，无限风光，让人一眼就能看出他在外混得不赖，这也让他收获了许多人的巴结。他在米岛镇的街道上拉起了红色横幅，横幅上印着"大量招聘男女工人"的字样，上面还有广告词，"东西南北中，发财到广东。上广东，找万通""万通万通，伴你成功"。花庆余发财了，当老板了。这是他自己的说法。他不仅风光无限地回到了米岛，而且还用上了手机，身边还跟着个风情万种的女秘书，女秘书的腰间，挂着一个有时会嘀嘀作响的BP机。花庆余还在当年开面馆的隔壁租了一间门面，摆起两张大桌子，开始大量招收工人。春节过后，他包了几辆大客车，将他从米岛招到的青年男女陆续送到了广东。往日热闹的米岛，从此冷清了下来。而那些经他之手送到广东的青年男女，到了之后才发现上当受骗，等待他们的根本不是承诺中所说的条件优越的工厂，他们不得不另交一笔中介费，被中介公司介绍到那些暗无天日的黑工厂，从此在流水线上度过漫长而苦难的时光，直到渐渐熟悉了周围环境，才敢重新出去找厂。他们的人生，于是有了无限的可能性。这些人中间，有少数的成功者，后来成了老板，成了职业经理人，成了各类技术人员。但大多数，成为了普通得不能再普通的打工仔、打工妹。他们将生命中最美好的年华，献给了广东那片土地，为中国成为世界工厂流汗流泪，直到许多年后，他们年岁已大，在广东再也找不到工作，只好两手空空回到米岛。而花庆余，却从此再没了踪影。有人说他发了大财，也有人说他被人砍死，但这一切，都只是传说。另外一个改变米立心的人，则是赵小兰。前面说过，赵小兰逃离了米岛，走向了外面的世界。这年的春节，她回到了米岛，她并没有去找白鸿声，一切都已经过去。她只是在外漂泊累了，想家了，想回家来看看。再回广东时，在离开米岛过河的轮渡上邂逅了米立心，他们又一同坐汽车到楚州，再从楚州坐火车到了广东。

　　春节过后，米岛越发冷清。马挖苦的砖厂那高大的烟囱没日没夜朝外吐着青烟。在离砖厂不远的地方，米岛化工有限责任公司的牌子已经挂起，化工厂的烟囱虽然没有砖厂的高大，但却密密麻麻树了一片。希望进入化工厂打工的人早就坐不住了。据说化工厂给工人开出的工资远远胜于砖厂。年轻人离开了米岛，去到遥远的地方寻找自己的梦想，老人们整天打麻将度日，那些上有老下有小，被老婆孩子和几亩水田牵绊，没办法走出家门的中年人，就把希望寄托在了马挖苦身上。能进窑场做份工，已是很幸运的事了，现在又有了化工厂，于是进化工厂打工，就成为了这些人的希望所在。平时难得见到马挖苦，于是纷纷跑来找到马脚，有人提了酒，有人拿了烟，希望马脚能在儿子面前美言。但是这个春雨绵长的春天，马脚却陷入了无边的痛苦之中，那只名叫李桂枝的鸭子，自从被马破天折磨了一番之后，身体每况愈下，看着马脚的眼神里也充满了悲伤与不舍。这让马脚内心很是不安，他读懂了李桂芝眼中的不舍，他的心也被悲伤填满。这年春天的一个晚上，马脚如往日一样，洗完脚之后另打了一大盆水，让李桂枝在水里游上一阵，把它浑身上下洗得干干净净，然后将它抱进了纸盒，那是李桂枝的窝。然后，将那纸盒放在自己的枕边。是夜，马脚做了一个梦，他梦见了老伴李桂枝。李桂枝站在他的床前，对他说，"老伴，我不行了，我再不能陪你们了。儿子有出息，孙子也健壮，我没有什么可操心的了，就是放心不下你，你年纪也大了，我这一走，连个陪你说话的活物都没有了。"李桂芝哭了。哭了一会儿又说，"我活了两辈子，没离开过米岛一步，从生到死都在这米岛，我都不晓得米岛之外是什么样子，听说村后的河水是一直往东流的，要流过好多地方，还要流进大海，我死后，你把我放进棺材，让我随着河水往下流，这样，我就可以走出米岛看看外面的世界。将来有一天，你要是想我，就顺着河去找我。"马脚说，"桂枝你不要走，你走了，我活着还有什么意思。"马脚这样一叫，就醒了。慌忙去看李桂枝，李桂枝的头歪在一边，眼睛里最后的一丝余光不舍地看着他，然后缓缓地闭上了。马脚痛哭了一场，哭完后打电话给马挖苦，接电话的却是儿媳向春花。向春花问他有什么事，他哭着说，"你让挖苦接电话。"向春花说，"挖苦昨晚喝多了，闹了半夜，这会儿刚安静下来。有什么事？"马脚说，"……没事。"挂了电话，抱着李桂枝，默默流泪。次日清晨，马脚做了一个木盒，将李桂枝放在木盒里，又将那盒子放进大河，看着河水将装有李桂枝的盒子漂走，马脚的心，也在那一刻跟着木盒走了。

马挖苦是在三天后才打电话给马脚的，他说，"爸，向春花说你前天晚上给我打电话了，有什么事吗？"马脚沉默了半晌，说，"你妈没了。"马挖苦一时没有回过神来。马脚就带着哭腔说，"李桂枝死了。"马挖苦在电话那端沉默了。马脚说，"它死之前，还给我托了梦。"马挖苦说，"爹，你要是在乡下闷得慌，就到镇上来吧，我和春花一起孝敬你。"马脚说，"我不去了，我哪里都不去，你要是想我，就来家看看我，你要是有事忙，就忙你的事吧。听春花说，你总是喝酒，总是喝醉。那些应酬，能推就推吧。钱是赚不完的，你都有一个窑场了，赚的钱你这辈子都花不完，又弄什么化工厂。"马挖苦说，"这点钱就一辈子花不完了么？"又说，"儿子拼命赚钱，也不光是为了赚钱，是为了活得有尊严，我要让米岛人离不开我，越来越多的人离不开我，他们要靠我活着。你和我妈这辈子，在米岛，活得哪有什

么尊严，我不能像你们这样活。"马脚说，"你说的这些，我也懂。这
不，村里天天有人给我送烟送酒，个个见了我都是笑脸相迎，我知道
这都是因为你。可是我儿，你能让米岛所有人都离不开你么？就算有
一天米岛人都离不开你了，那还有全楚州的人呢？就算楚州人也离不
开你，那还有全中国、全世界的人呢。好多年前，我们都以为离不开
毛主席，毛主席他老人家死的时候，觉得天都塌下来了，没有毛主
席，我们可怎么活啊，可是现在，全国人民不是都活得好好的么？你
能比得过毛主席？"马挖苦便不说话了。

我们或可仔细打量一下马挖苦，这个没上过几天学的农家孩子，
他有着过人的异禀和天赋，在他的成长过程中，长期被人忽视和贬
损，而当他成为米岛的成功人士后，强烈地体会到了人们对他态度的
转变，那种前倨后恭，那些极尽能事地讨好与溢美让他明白，这个世
界，只有你比别人强大时，别人才会给你足够的尊重。马挖苦成功
了，成功有时也是一剂迷药，它能让人迷失自我，并开始飘飘然。不
仅马挖苦迷失了，米岛人也集体迷失，大家都奔着发财这一伟大的目
标而去。就连我这棵千年老树，也没有意识到灾难已经降临，就连米
南村这样的资深老鬼，也为米岛出了马挖苦这样的商业奇才而大受鼓
舞，连白振甫这样的贤达，也开始称赞马挖苦的能力与人品。特别是
当他用出神入化的牌技折服了米立心，从而让米立心迷途知返。白振
国虽然对马挖苦在米岛的投资建设多少有些担忧，但不可否认，正是
马挖苦让他捐建的窑场起死回生，为米岛人带来了实惠。在彼时，米
岛上上下下，从人到鬼，都在神化马挖苦，膜拜马挖苦，渴望他的化
工厂早日开业。然而现实却没有设想中的顺利，是年春天的雨水格外
绵长，梅雨一连下了两个月，马挖苦的砖厂因砖坯储量不足，不得不
停工。从他接手就没有熄灭过的窑火，第一次熄灭了。这让马挖苦焦
虑不安，他似乎看到了不好的兆头，命运之神已不再像过去那样眷顾
他。梅雨带来了洪汛，大河水位据说是五十年一遇。他预感到了大堤
将会出事，若大河决堤，将直接威胁到他的砖厂。马挖苦心急如焚，
却不知该如何处置。他先是找到花书记，希望花书记组织劳力帮他加
固砖厂的防洪堤，花书记苦笑着对他摊开手，说，"挖苦贤侄，不是

我不帮，而是实在帮不了你。现在劳力都上到米河干堤上了，干堤保住了，你的砖厂自然能保住。"马挖苦说，"干堤是保不住的。"花书记说，"凭你这句话，就可以将你绑起来法办。防汛大于天，你这是散布谣言动摇民心。"

花书记说得没有错，自从大河水位猛涨，汛情告急，本地的劳动力就日夜守护在大堤上，大家都已疲劳至极，但劳动力依然严重不足。后来，有武警部队的官兵调到楚州，米岛也派来了部队，但是米岛人都明白，如果楚州市区汛情吃紧，必要时很可能会让从米岛破口泄洪，以减轻楚州甚至于下游大城市的压力。马挖苦并不关心米岛是否泄洪，如果米岛真的泄洪，将迎来新一轮的建设高潮，对于马挖苦和他的砖厂来说，这将是千载难逢的商机。问题是，一旦米岛大堤不保，砖厂那一道小小的防洪堤是断难阻止洪水泛滥的。他的心血将毁于一旦。经济损失还是次要，要等到洪水退却，然后将被洪水毁坏的厂子重建，将是耗时耗力的事。马挖苦的眼前不止一次出现过洪水漫过米岛大堤的情形。他知道一切将不可避免，但是他不甘心，他要用他的意志与自然决斗。砖厂停工后，他调集厂里所有的推土机，开始加固砖厂的防洪堤。那段时间，马脚整日心事重重，他知道儿子在作无用的斗争，他经历过 1954 年的大洪水，知道在那样的大洪水面前，儿子费尽心力加固的堤坝将是多么不堪一击。这样的努力只会徒然增加损失，堤上的浮土堆得越高，对砖厂的毁灭性就越大。但是一贯正确的马挖苦，此时已听不进任何人的劝告。

水位越涨越高，新一轮的洪峰即将到来。连国家的总理都亲临现场鼓舞士气。然而，相较于上游的楚州和下游的武汉而言，米岛实在是太小了，如果牺牲米岛能缓解楚州与武汉的压力，从大局而言，那是不得已的选择，但也是将损失降到最低的方案之一。因此政府一方面要求坚守米岛，一方面也作好了泄洪的准备。每家每户的男劳力都在大堤上顶风冒雨与洪水搏斗，女人和孩子就将家当、粮食都往高地上转移。我又一次感受到了许多年前那次造就米岛的大洪水来临前的气势。举目四望处皆是洪水，米岛就像摁在水中的一个脸盆，水已经将米岛包围，而且随时有可能将米岛淹没。年轻的男女都已外出务工，老人们也都被迫上了前线。好在国家派了部队来，那些年轻的军人像不知疲倦的钢铁猛兽，不停地在米岛大堤上来来回回奔跑堵漏，多年未经大洪水的米岛大堤，到处都在管涌渗漏，哪里出现渗漏，哪里就有年轻战士的身影。终于，一个十九岁的战士倒下了，再也没有起来。留守在米岛的人都得知了这一消息，他们自发集中到部队驻扎的地方，用他们的恸哭为那士兵送行。然而，人未能胜天。官兵们接到了放弃坚守马上撤退的命令，他们接了另一项任务，帮助米岛群众转移到安全地带。

米岛大堤在士兵们放弃坚守六小时后决堤，洪水如同数万匹奔腾的怒马，朝着砖厂的二级防洪堤飞奔而来，防洪堤如同纸糊的一样，转眼间荡然无存。不一会儿工夫，马挖苦的砖厂就没在了洪水之中，只余下高大的烟囱和轮窑的屋顶浮在水中。马挖苦站在轮窑顶上，亲眼看着大水冲垮米岛大堤，然后撕毁二级防洪堤，转眼间就将他的砖厂吞没。那一瞬间，马挖苦感到了无助与绝望，他明白了，人在自然面前是多么渺小。转眼间，轮窑的屋顶就成了孤岛，四面都是水。他不想呼救，也没有人能救他。他站在窑顶，看着浩浩汤汤的大洪水恣意肆虐，脑子里，却浮现出洪水消退却后的情形。米岛完全变成了另外的模样，那些老旧的建筑在这次大水中全部毁掉，这对米岛却未必是灾难。置之死地而后生。马挖苦看到了一个全新的米岛在他眼前浮现——岛上人都开始向米岛街区中心聚居，那里将盖起成片的移民新村，米岛成为了一个繁华的都市。而他的化工厂，将重新拔地而起。他将在米岛建立起自己的化工王国。

开着冲锋舟，穿着橘红色救生衣的士兵在米岛的水面上四处搜寻，他们看见了马挖苦，将冲锋舟开了过来。马挖苦却不想上去，他沉醉在美梦之中。他在谋划着，如何在大洪水退却之后第一时间将砖厂恢复，因为未来的新城建设需要大量的红砖，他在谋划着如何才能拿到新城建设的工程。冲锋舟打断了他的思索。他拒绝上船。士兵们误以为他被吓傻了，强行把他带到了安全地带。那是一座小山岗，岛东村的人都在那里，乱哄哄地聚集在一起，混乱并没有持续多久，很快，山岗上搭起了蓝色的帐篷，部队还送来了方便食品。次日雨停，灾民的生活也渐渐有了规律，甚至有人摆开了麻将桌，开始苦中作乐。用李文艳的话说，"反正什么事也做不成，愁眉苦脸有什么用？还不如打打麻将，发扬革命乐观主义精神。"她的号召，还当真起到了安抚人心的作用。反正该毁的都毁了，反正政府不会眼睁睁看着灾民无家可归。还有那见多识广的村民预测，说水退之后，政府会给咱们修新房子，到时可能比现在还要好。孩子们更加无忧，兴奋得像过节一样。经过了初时的慌张，现在洪水平稳下来，大人孩子的情绪也都安稳下来。孩子们整天在水里泡着打闹嬉戏，大水带来了芦柴、树木、死去的猪狗尸体。太阳一晒，岛上弥漫着一股难闻的气味。很快就有穿了白大褂的人背了药箱来喷药消毒。现在，大家能做的，就是平静地等待大水退去。

马脚近来却感到了无边的忧郁。他沿着水边，漫无目的地走，突然，他隐约听到一声鸭子的叫声，他看见一只麻鸭浮在水中，顺着水流打着转。那叫声，是他熟悉的。"李桂枝！"他猛然叫出了声。然而叫出声后，他灵醒过来，李桂枝早就死了。而那水中浮现的鸭子也不见了踪影。他就呆呆地坐在水边，望着那一望无际的水面发呆。他想起了李桂枝给他托的那个梦，李桂枝说她一辈子没有离开过米岛，她要去岛外看看了。马脚就想到了许多年前，他的亲人都死于战乱，他一个人四处漂泊。他已记不清自己的家乡是什么地方，总之是遥远的北方，他一路往南，逃到米岛，才停下了脚步。他知道外面的世界，因此很珍惜米岛的安宁。他又想，这会儿，李桂枝到哪里去了呢？到了武汉，抑或到了上海？马脚又想到那些挨饿的岁月，他为李桂枝母女到处寻吃的，想到他第一次爬进李桂枝的被窝，摸着李桂枝温软枯瘦的身体，想到李桂枝为他生下了儿子马挖苦，李桂枝为了马挖苦而和他吵架，然后撒手离去。想到李桂枝死了还放心不下，转世为一只鸭子，陪伴了他那么多年，想到李桂枝在他梦中的眼神和对他说的那一番话，马脚幡然醒悟，李桂枝当时肯定想让他陪着去，可是他贪恋着人世的浮华，贪恋着儿子为他创造的优越生活，贪恋着村里人对他的艳羡，居然没有想到舍弃这一切随了李桂枝而去，他现在明白了，当时李桂枝的眼里原是深深的失望。马脚在水边呆呆地从早晨坐到中午，从中午坐到黄昏。太阳落在水的西边，将水面染成了红色。月亮从东边升起来了。马脚还是那样，呆呆地坐着，一动也不动。月亮升到中天时，马脚的眼前突然现出了一幅绝美的图画——污浊的河水消逝了，眼前是一片空明的净地，河水像空气一样透明，河里的鱼和虾也是透明的，都静静地浮在空气中。河面上到处开满了花，白花真白，像猪油，红花真红，红得像血，紫的黄的，总之是马脚说不出来的五彩缤纷。马脚张大了嘴，他忘记了呼吸，直到感觉呼吸困难，再去深吸一口气时，那美妙的图景就在一瞬间消逝。马脚突然很悲伤，从心里涌动起来的难受，<u>丝丝缕缕、牵肠挂肚</u>，一种无来由的悲伤。马脚被这种悲伤笼罩，他的鼻腔里酸酸的，胸口像有什么东西堵着一样。他不明白，怎么会突然有了这样的感受。他也不清楚，这悲伤到底因何而来，他是在为谁悲伤。他想哭，于是就哇哇地大哭起来。哭声惊动了帐篷里的人，他们纷纷跑到水边，见是马脚在哭，以为他在为马挖苦遭受的巨大损失而痛哭，就纷纷劝他想开点，说谁家没有损失呢，马挖苦的厂虽然有损失，可他是大老板，这点损失对他来说不过是九牛一毛。又说你都要哭那我们就不用活了。马脚却说，他并不是为了马挖苦的损失而痛哭，他说他刚才开了天眼，还将他看到的画面描述了一番，大家都认为他是花了眼。米爱红说，"马爹，您老别伤心了。年纪大，眼睛本来就不好，再一哭，会哭坏眼睛的。"又说，"你看你，过着太爷样的日子，多好啊。哪像我？孤儿寡母的，我们也都还在活呢。"说到自己孤儿寡母，米爱红也止不住哭了。米爱红这一哭，奇谋家的过来劝她，劝着劝着，想到儿子结婚这么多年，还未抱上孙子，想抱孙子想得心都滴血了。她说，"要是真被水淹死了倒也没什么，就是死前连孙子都没抱上，死了也不甘心啊。"她也哭了起来。又有人来劝奇谋家的，想起了自家的伤心事，也忍不住跟着哭起来。于是一个接着一个，灾民们很快都哭成一团，弄得马脚倒反过来一个一个劝他们。

第二天，马脚依然坐在河边，依然是月亮升到中天的时候，又看到了那美妙的图景，他不敢呼吸，生怕一呼吸那美景就跑掉了。这时他突然看见两个人从水面轻轻飞来，近了他才看清，是李桂枝和女儿小满。李桂枝漂浮在水面上，轻声喊他的名字。他就说，"是你们呀，小满，这些年你到哪里去了？李桂枝，你看到外面的世界没有？"李桂枝对他说根本不用去外面看，你只要跟着我们，就能来到另外一个世界，那个世界里也有一个米岛，纯净而透明，没有忧愁也没有烦恼。李桂枝说，"你住的这个米岛很快就会被毁掉，你跟着我们走吧。"马脚说，"我么样才能到你说的那个米岛上去呢？"李桂枝说，"你往前看，顺着河面的那些花，就能找到通往另一个米岛的路了。到了那里，我们就能在一起了。"马脚说，"好，你们等我，我去找船。"马脚激动地站了起来，就在他站起来的一瞬间，眼前的一切又消逝了，只有那汤汤黄水，在打着漩，发出吱吱的响声朝下游奔去。

接下来的几天，马脚都坐在河边，坐到月亮升上头顶，再到月亮落入河中，他再也没有看到过那美丽的图景，再也没有看到李桂枝和小满。又半个月，河水退得差不多了，马脚再也坐不住了，儿子马挖苦一直在忙，忙着筹备灾后重建的事。马脚想告诉儿子，他要走了，去寻找那开满鲜花的米岛。他还想跟儿子说，不要再忙那些无用的事了，咱们爷儿俩一起去寻找那个世外桃源。但马挖苦一直没有出现。一个月后，洪水终于退尽，回归本来的河道。砖厂被污泥埋了一半，机器虽然早就搬到了高处，但清理污泥也是一项大工程。灾民们都忙着清理家园，给再多的钱，也没人愿去砖厂做事。从米岛大堤到砖厂之间，被洪水冲出了一个梭子形的湖泊，湖泊连着米河，改变了村庄的地形。马挖苦忙得脚不沾地，马脚却无事可做。他将当年马挖苦放鸭时用过的鸭划船修补好，给米爱红留了个口信，说，"爱红，有句话，你见到马挖苦，就对他说一声。"米爱红正在用水冲洗她家的地板，将那些被水泡得脱了皮的家具搬到太阳下晒，也没在意马脚的话，只是说，"什么话，您老说。"马脚说，"我儿挖苦回来，你就对他说，我走了，去找另外的一个米岛。你让他别找我。"马脚的这些疯话，米爱红也没有放在心上。自从洪灾发生后，马脚就变得有些疯疯傻傻，总说一些不着边际的疯话，村里人的耳朵都听起了茧，没有谁会放在心上。马脚交代完这一切，就划着当年马挖苦用过的鸭划船，从那洪水冲成的梭形湖泊出发，划进了大河，然后，开始绕着米岛寻找通往另一个米岛的路。但是，他沿着米岛划了一圈，也未能找到那条路，他不甘心，于是又绕着米岛划，依然是没有找到。后来的日子，米岛的人们总能看见马脚划着鸭划船绕着米岛划圈，再也没有上岸。马脚失踪后，米爱红才想起马脚对她说过的话，并如实转告了马挖苦。马挖苦就去找马脚，劝他回到岸上来。但是马脚不肯，他说他相信，一定能找到通往另一个米岛的路，他要先去那边看看，如果真的那样好，他就回来给米岛人带路，把大家都带到那个地方去。马挖苦没有办法，只好安排人，隔一段时间就给父亲的船上送些吃的。但马脚却让人把那送去的食物原封不动地带回。

马挖苦的窑场损失惨重，大水退却之后，清理污泥，修补损坏的设施，将机器复原，当真是千头万绪，做完这一切，重新开始生产，已是十月，重新点火烧砖，却到了这年的冬天。化工厂也因此放慢了脚步，未能如期开工。一切皆如马挖苦所预感，窑场看似损失惨重，却在大水过后获得了发展机遇。大水过后，镇里开始搞移民建镇，"重建一个新米岛"的标语随处可见。住在相对低洼处的农户在大水中损失惨重，政府主导投资，在米岛镇上建起了移民新村，政府统一规划，统一修建，农户只需要交一小部分费用，就可以住上全新的楼房，变成城镇人。那些受灾严重的村庄，因祸得福。马挖苦未雨绸缪，在洪水刚刚退去时就开始了公关，等到其他老板发现其中的商机时，他已然抢先一步，打通了各个关节，移民建镇的建设工程，他拿到了最大的一块。最重要的，是马挖苦意识到了土地的金贵，意识到靠近镇区的土地将会越来越值钱。彼时，米岛人皆安居乡下，过着悠闲的日子。移民建镇后，许多农民搬到了镇上，农田却还在乡下，平时就骑了自行车往返，到后来骑摩托车，越来越多的乡下人把房子盖在了镇上。马挖苦看到了其中的商机，他还向镇政府申请，要在离镇中心两公里的地方买一片土地，说是要建工业区。书记和镇长听说他要将那一片长满荆棘的山岗用来搞工业，自然大力支持。马挖苦在拿到那片土地后，并没有马上建工厂，只进行了一些简单的修整，把那块荒地四周砌了围墙，闲置在了那里。谁也没有想到，几年之后，那片土地将会为他带来滚滚财富。马挖苦并未因此而满足，移民建镇工

程，他本来可以接手得更多，但半路里杀出个程咬金，将他到嘴的肥肉生生咬去一大块。这个人是武义兰。其实说是武义兰并不准确，那时的武义兰已经开始退居二线，经过多年的培养与历练，花一朵已经变成了一个精明能干的女强人，青出于蓝而胜于蓝，冰水为之而寒于水。成功从马挖苦手中夺走一部分工程的，其实是花一朵。

集漂亮、能干、富贵于一身的花一朵，曾经让米岛无数年轻男子迷恋，他们在花一朵的商场门外徘徊，甚至托媒人去说媒，也曾有幸获得请她吃饭的机会，但无一例外，没有人能赢得她的芳心，也没有人能牵一下她的手。除了少女时代，那个叫白鸿声的玩伴曾经走进过她的内心，就再也没爱上过任何男人。时光无情，转眼之间，当年米岛的一枝花，已经成为大龄剩女。她依然是那么美丽，但美丽中少了往日的清纯，却多出几分美艳与孤傲。让人感觉高不可攀，也因此错过不少优秀的大龄未婚男青年。几乎就在转眼之间，她从万人瞩目的一朵花，变成了寂寞开放在清秋的冷菊。随着她的事业越来越成功，在米岛，已经没有男子敢对她展开追求，感觉在她面前自惭形秽，于是纷纷知难而退。花一朵似乎并不为此劳神，但是她的母亲武义兰却为此忧心如焚。两个女儿，大女儿至今未嫁，二女儿读到本科读硕士，读了硕士又去读博士，读成了独身主义者。武义兰经常会在不同的场合推销她的女儿花一朵，希望有人能将这朵花采摘，这却让花一朵反感，花一朵觉得自己还很年轻。在米岛，女孩子过了二十未嫁，就已经开始贬值，若是以城里人的眼光，她也算不上多么大龄。花一朵从母亲失败的婚姻中得出结论：婚姻不能将就，宁缺毋滥。她坚信自己能找到那个心甘情愿付出一生的男人。情感上的空白，正好为事业留下大量的空间。洪水退去后，花一朵得知了移民建镇的规划。农村城市化是一股新浪潮，将涌现出无数的机遇。花一朵对母亲武义兰讲这股新浪潮，她说随着农村城镇化的推行，会让许多农民失去土地，农民事实上也已经失去了对土地的热情，他们更热衷于过上城里人的生活。做了多年服装生意的花一朵，一直在为米岛有限的市场限制了她的事业发展而头痛，现在，她和马挖苦一样，发现了其中的商机。当她开始运用手中的资源打通关节时，却发现马挖苦早就意识到这一点，并早早走在了她前面。那时的米岛，一切都是凭借人情与关系，只要马挖苦还没有与政府签定合同，她就还有机会。凭借她们母女多年来和市府镇府人的密切接触，花一朵入资挂靠了一家有建筑资质的公司，轻松从马挖苦的嘴里夺走了一大块肥肉，也让马挖苦对她开始另眼相看。这次交手，也为后来发生的一切埋下了伏笔，只是在当时，他们谁也没有意识到这一点。花一朵分走了一部分移民建镇的工程，却并未像马挖苦那样深谋远虑，看到数年后米岛的形势。大水过后，米岛变成了一个热气腾腾的大工地。政府主导的移民建镇只是其中一部分，那些多年前走出米岛的人，在外面打工、经商，赚了钱的，都在镇上买了土地，将房屋修在镇上。看着镇区一日日扩大，马挖苦盘算着，不出五年，他圈起来的那一片荒地，将会变成香饽饽。过去的老镇中心，因为下水道等各种设施的陈旧，将无可避免地被边缘化。马挖苦是先知先觉，等到其他有钱人明白这一点时，米岛的土地价格已是直线上升，三间宅基地的售价，从三千元开始，以每年五千元的速度递增，等到马挖苦决定将他那一片工业用地变成住宅用地出售时，三间宅基地的价格已经飙升到了五万。马挖苦果断将那块地出手，从中获利千万之巨。他也因此而和童年时期的好友白鸿声结下了仇恨，并为后来白鸿声的命运悲剧埋下了伏笔。当马挖苦为他的大手笔而自鸣得意时，他的智慧终止于此。他得到了上天赐给他的财富，却未看到这财富背后隐藏的罪恶。当然，这是许多年以后的事情。

灾难并未将米岛人打倒，米岛迎来了一个全新的时代。岛东村却在这次大水中元气大伤，开始呈现了凋敝的势态。房子毁于大水的人家十有七八，大水退去半年之后，有经济能力的人家纷纷搬到了镇上的新村，村里留守的人家所剩无几。岛东村一度繁华的小街眼见着冷清起来。政府还出资将过去那连接各村的沙石土路修成了光滑的水泥路，彼时家家户户购置了摩托车作为代步工具，从乡下到镇上的距离被缩短。原来在岛东村经营商店尚能有不错的收入，现在已是门可罗雀。花子发经营的农资商店，再不是过去一统天下的时代。由于米岛的青壮年大多外出打工，米岛人不再将土地作为家庭的主要经济来源，过去一年种两季水稻，冬天再种一季油菜的情形已不再有。彼时的米岛人，一年只种一季中稻，冬天将农田里灌上水，再不种红花草之类的绿肥，更不会费力栽种油菜，对农资的需求也就大大减少，加之这些年，化肥厂生意不好做，因此厂家直接将化肥送到农户家中，花子发家的生意已是江河日下。花子发就经常感叹，当真是三十年河东，三十年河西。当初还有人把他这个小组长当回事，现在，小组长没人愿意做，他几次都不想干了，是花书记命令他必须做下去，说只当是对他这个同宗的支持。米爱红的小商店，生意已经约等于无，饭馆生意也是三天打鱼两天晒网，自从村里修了公路，又有了摩托车，那些村干部就很少再光顾她这小饭馆了，村里有公务，村干部们先提前打电话到镇上的餐馆订好餐，到时骑上摩托车，十分钟就到了。岛东村的小街冷清得没有了街的样子。唯一热闹的地方是麻将馆。现在，打麻将已不再只限于某个群体某个年龄段，连那些上了年纪的老头老太太也是吃完饭就往麻将馆跑。在白天走进岛东村，路上根本见不到人，也难得听到人声，你还以为进了一个废弃的荒村。那些在大洪水中倒塌的房屋，许多就任由它们倒在那里，屋顶长满荒草，门口也被苦艾封住。一家通往另外一家的小路，在过去，皆被打理得光溜整洁，杂草除得干干净净，横伸出来的树枝也被修剪得齐齐整整，现在的米岛，每一个村都现出了荒芜的迹象，岛东村这样偏僻的村子，就越发地荒凉，到处都是疯长的野草。只有接近麻将馆，才能听到一些人声。

最先感慨米岛凋敝的，是那些常年盘踞在我树枝上的鬼魂。曾经有一段时间，他们活动的空间越来越小，这让他们很不适应，但也让他们深感欣慰。他们活动的空间越小，说明他们子孙人丁越兴旺。可自从大水之后，人们纷纷搬离了乡村，鬼魂们的活动空间一下子大了起来，大白天甚至不用像过去那样躲回墓穴，那些废弃倒塌的房屋，到处都是阴暗的角落。到了晚上，也不用像过去那样，被明亮的灯光晃得心烦意乱。米南村最先开始忧心。他说，"你们发现没，米岛很难听到鸡叫了。"鸡叫是鬼魂的钟点。在往日，鸡叫三声，他们就要回到阴暗的角落，傍晚，鸡一叫，他们就纷纷出动。可是现在，米岛很少有鸡叫声了，米岛人变懒了，连那些辛勤了一辈子，从来闲不住的老人们也变了，他们不再种菜，不再养鸡，也不再养牛。现在种地不用牛了，耕田都有机械，一到春耕就有人开了机械到村里来，一亩地二十块三十块，帮你整地播种。插秧也改革了，再不用弯腰下田一株一株栽，直腰站在田埂上，从育秧盘里抓了秧苗往水田里一扔就是，收割时自有人开了收割机来，在田里就能打出金黄的稻子，收稻谷的贩子在田埂上就将新打的稻子收走。彼时，一年四季都是农闲，农民们的主业是打麻将，就像城里人上班一样，到了点就走，但到了下班时间却不一定回去。没有了六畜的乡村，在米南村看来，简直就不是乡村了。不下田种地的农民，在米南村看来，也根本不是农民。但白振国却这不这样看，白振国说他去过一些发达国家，这些国家的乡村，所有的土地，一户人家就能种了。白振国说这是世界趋势。米南村却说他不喜欢这样的趋势，他还是喜欢那种鸡飞狗叫，人勤春早的农村。但时代的变化，却不以米南村是否喜欢而停滞不前，也不会以任何人的不喜欢就停滞不前。一场百年不遇的大洪水，加速了这一变化的进程。不要说米南村这样的老鬼魂不适应，连米爱红也不适应这样的生活了。

米爱红不喜欢这种太过平静的生活。这样的平静，让她有大量的闲余时光，而她又不喜欢打麻将，在那些无聊的时光里，她就独坐在家门口，守候着一连几天都难得有人光顾的小店。这样的时候，她就爱胡思乱想，而她的思绪，总会从许多年前的那个夏夜开始。她想起了那遥远的过去，少女的她将滚烫的身子交给那个叫吴青山的知青。现在，她努力回忆着吴青山的样子，但吴青山的形象已然模糊。她只记得那悠扬的口琴声，还会轻轻哼唱《莫斯科郊外的晚上》，努力想象着那个遥远的莫斯科郊外。吴青山，那个让她心碎如斯的男人，曾经一度让她不愿意去想，现在，她居然一点也不恨他。她会想，他上了大学，后来去做什么了呢？他如愿当上医生了吗？他会娶一个什么样的人为妻呢？他们恩爱吗？他是否会偶然想起在这遥远的米岛，有叫米爱红的女子，还有他的儿子米立心？就这样，有时一想就是一整天。第二天，她又想江一郎。想江一郎用坚定的眼神和温和的语气安慰她，说不要怕，你能行，你一定能生下孩子的。他的眼神是那样明亮，像秋天清空的夜月，没有一丝杂质。想她第一次在一个男人面前一丝不挂。她和吴青山缠绵时，都是黑夜，吴青山也从来没有如此清晰地看过她的胴体。她还想起和母亲争风吃醋的日子。还想，江一郎，现在已经七八十岁，他的身体怎么样？他走后，为什么连一封信都不来呢？虽然在心里骂他无情无义，但依然是恨他不起来。能想到的皆是他的好。对江一郎的回忆，又让她度过了一天的时光。再下一次，她又会想到赵建国。想到和赵建国在一起的日子，自然也会想起他凶悍的老婆。不知道赵建国现在哪里？过得怎么样？米爱红想，她其实是幸运的，她这一生，爱上了三个男人，这三个男人，又都是那样的优秀，那样的与众不同。他们有知识，有文化，有才气。这样的优秀男人，米岛多少女子，一辈子又岂能遇上一个？

当然，她还会想起她生命中的另一个重要男人，那就是儿子米立心。儿子这次出门，隔段时间就会打电话回来报平安。说他在外面很好，老板也很赏识他，现在做主管了。隔一段时间，又打来电话，说当上经理了。米爱红说，"好，你当上主管当上经理，妈都高兴，妈更高兴听到你交女朋友的消息。"米立心说，"过年时，一定给您带个儿媳妇回家。"米爱红就盼着过年。但到了年关，米立心却没有回来，他说工作忙，而且假期时间有限，等明年，明年过年一定回来。儿子人没回家，却打了电话，还寄了钱回来。米立心让米爱红办了一张银行卡，他每月往米爱红的卡里存钱，还让米爱红想吃什么就买，不要为他省钱。让米爱红不要烧柴火了，烧煤气。米爱红几乎不花什么钱，她是现在村里唯一一户还种菜的人家，也是唯一一户养鸡的人家。如果不是因为她家还养了鸡，米岛的那些鬼魂们就没有报时鸡了。米爱红不知道，她养的公鸡对那些鬼魂们有多重要。她只是不想花钱。她将米立心寄回来的钱都存着，等将来米立心娶了媳妇，也帮他在镇上起一栋楼房，让他们在镇上生活。她呢，当然还是待在这乡下。她喜欢乡村，不喜欢镇上。没事回忆一下过去，种点菜，养几只鸡，就是她生活的全部。货架上的食品都过期了，米爱红也懒得把货下架。反正也没人来买，货架上放一点货，她看着，心里踏实。村里人偶尔来关照一下她的生意，可每次不是缺这就是少那，也就不再来光顾了。人们发现，米爱红变了，变得安静了。她的脸上总带着笑，显得平静温和，也从不和人大声说话。回忆那些幸福的往事，让她的内心获得了安宁。她为自己过去活得太过较真而觉得可笑。过去的，都已经过去，想那些痛苦的往事，并不能改变已成的事实，那为什么还要去想？不如想一些快乐的事情。有一次李文艳见到她，问，"爱红姨，您在想什么呢，笑眯眯的。"又说，"爱红姨，你心态真好，难怪不显老，越来越漂亮了。"米爱红就笑着说，"怎么可能漂亮，人老珠黄啦。"

　　就在米爱红沉浸在这宁静的幸福中时，一个人的到来，打破了这份宁静，让她的内心泛起一股微微的涟漪。这个人是吴青山。吴青山再回米岛，距他当年离开，已经过去了二十四年。和他一起回到米岛的还有一大群人，他们都是当年在米岛插过队的知青。知青们怀着对无悔青春的美好追忆来到米岛，他们把这次回访当成了一次亲近自然之旅。他们回到了少年时曾经战斗过的地方，寻找着他们记忆中的蛛丝马迹，米岛的改变，让他们多少有些失望。儿童相见不相识，笑问客从何处来。那林立的烟囱，让他们产生了强烈的陌生感。而当看到我那依然浓密的树冠时，他们才兴奋了起来。在我的树冠下，有着他们美好的回忆，现在，这一切，都变成让人追忆的过往。他们坐在我的树冠下，唱起当年的歌谣。沧桑已然写在脸上，写着对青春岁月的无限缅怀。他们中许多人事业有成，成了董事长、总经理，成了科长、处长与厅长，他们和那些认识的老乡们诉说着过往，感谢那苦难的岁月磨砺了他们的意志，使他们有了今日的成功与辉煌。可是，他们的变化太大，我这棵老树已然认不出他们来了。就连吴青山，如果不是有人叫他的名字，我也不会将这个谢了顶的中年胖子与记忆中那个小青年联系在一起。在这群怀旧回乡的知青中，吴青山的心情最复杂。自从踏上米岛，吴青山的脸上就没露出过笑容。现在，当知青们在我的树冠下一起唱歌时，他却悄然脱离了队伍，去寻找米爱红。当年人丁兴旺的老村，经过大水的破坏，如今已经是一片断壁残垣。搜寻无果后，他向路人打听米爱红的住处。然后，慢慢向米爱红家走来。米爱红彼时正坐在屋里发呆。自从她发现回忆往事不仅可以打发

枯寂的时光，还可以让内心获得宁静，她就把回忆当成了每天的工作。当时她正轻轻哼唱：

> 夜色多么好
> 心儿多爽朗
> 在这迷人的晚上——

　　她的少女时光，就在那旋律中徐徐展开。许多年前，知青们的到来，让她看到了一群不一样的人，他们知道许多她所不知道的事情。他们的穿衣打扮，他们唱的那些歌吹的那些曲子，都让她着迷。许多年以后，她才明白，其实，她爱的不是吴青山这个人，她爱的是知青。当时对她展开追求的如果不是吴青山，而是张青山、李青山，也一样会让她芳心大乱。她喜欢他们的与众不同，喜欢他们身上散发的文化气息。她爱的，其实是她自己的梦，一个无法实现的梦想。这样一想，她更加能原谅吴青山了。当吴青山站在她面前时，他一眼就认出了米爱红，米爱红却没有认出吴青山。吴青山看到米爱红，那个他一路上想了无数遍的女人，想象中她还是少女时的样子，也想象过她如今因为生活的重压已经苍老不堪，他的心里甚至无数次将她的形象和鲁迅笔下祥林嫂重叠在了一起。他想象过她会是一个怨妇，看见他，会用最恶毒的语言咒骂他，或者不理睬他，甚至是痛哭流涕。现在，他的面前是一个温和宁静的村妇，她的身上，闪耀着圣洁的光辉。这让他为原来的想法而脸红，他竟然在米爱红的面前手足无措了。他激动地叫了一声，"米爱红。"眼圈就红了。无数个夜晚，米爱红是他心头的一根刺，是他深深的忏悔。米爱红慢慢抬起头，看见了吴青山，说，"你要买东西么？"说完站起身，站得那样直。吴青山说，"米爱红，没认出我来吗？我是吴青山。"吴青山这样说时，先将自己感动了，他的眼泪就出来了。他说，"我一眼就认出你了，你还是老样子，一点都没变。"
　　米爱红哦了一声，那一瞬间，她以为出现了幻觉。她扶了一下椅背，让自己站稳，看了看眼前的这个男人，谢了顶，发了福，但脸上依稀还有她熟悉的影子，那是她儿子米立心的影子。于是她相信了，眼前真的是吴青山。她稳定了一下略有些慌乱的心，说，"是你，坐吧。"平静如水。她说，"喝水吗？我给你倒杯水喝。"吴青山慌忙站起来，说，"不用了。"米爱红说，"来了就是客。"起身去拿开水瓶，给吴青山泡了一杯新茶，说，"外面闹哄哄的，又是唱又是笑的，原来是你们呀。"吴青山脸红了，接过茶，说，"我们一批在米岛插队的知青组了个团，回米岛来看看。"米爱红的脸上，泛着微微的笑，她盯着吴青山看，说，"你老了，变化真大，你不叫我，我都认不出你了。"吴青山没想到米爱红如此平静，反倒有不适应，有些慌乱了。他说，"是老了，二十多年过去了，能不老么。"米爱红说，"过得还好吧？"吴青山说，"还好。"米爱红说，"当医生？"吴青山说，"当医生。"米爱红说，"当医生好。咱们米岛血吸虫多，很多人得肝病，缺好医生，好医生都去大医院了。"吴青山说，"我们有罪呀。"米爱红说，"有什么罪，别这样说。"这样的对话，持续了半个小时，都是米爱红在问，吴青山答。米爱红问完了，见吴青山在四处张望，说，"你找立心吧。立心出门打工了，咱米岛，现在的年轻人都出去打工了。"吴青山说，"立心，在外面，还好吧？"米爱红说，"好。"吴青山说，"有什么难处，来找我。我现在，好歹是三甲医院的主任医师了。"说着拿出一张名片。米爱红接过来，看一看，放在桌子上，说，"好。"米爱红又问吴青山有几个孩子。吴青山说，"一个，女儿。"米爱红问，"你爱人，做什么工作的？"吴青山说，"也是医生，医学院的同学。"米爱红说，"大学时恋爱的吧？"吴青山低下了头，说，"对不起。"吴青山这才问，"你呢？没看到，你的，爱人。"米爱红笑了笑，说，"我这样的女人，大姑娘带个孩子，谁敢要啊！"吴青山更加惭愧了，说，"都是我的错。这些年来，我一直在忏悔，我也想来看你和孩子，但是我不敢来。"吴青山说他不知道该怎么做，才能补偿。米爱红说，"想补偿，就把立心认回去吧。你有本事，给他介绍一份工作，找个对象，免得他三十郎当还单身汉一个。"米爱红这样说，只是故意吓一吓吴青山，吴青山真要把儿子认走，她才舍不得呢。吴青山沉默了一会儿，说，"你让我考虑考虑。"

米爱红微微一笑，嘴角露出一丝嘲讽，说，"你还是老样子。立心，我怎么舍得给你呢。"吴青山说，我不是这个意思。两人就都沉默了。吴青山说，"我该归队了。"又沉默一会儿，拿出了一张卡，说，"这卡里，有五万块钱，你拿着，算我给立心的。"米爱红拿过卡，说，"五万，好大一笔钱。这么大一笔钱，我可不敢收。"放回吴青山的口袋，说，"看你，一身都是汗。我是老虎么？你走吧。"吴青山走出米爱红的家时，还在擦汗。米爱红送他到门口，还朝他挥了挥手。那一瞬间，吴青山知道，在米爱红面前，他永远也别想直起腰来。

吴青山走后，米爱红的回忆里再也没有出现过吴青山，再也没有响起那段旋律。那段青春已然死去，包括那个叫吴青山的男人，包括他的忏悔。米爱红突然有点恨吴青山，他的到来，打碎了她关于青春的梦想，当那个谢了顶的中年胖子站在她的面前说他是吴青山时，再回忆起当年那个抱着她说很爱她的少年，米爱红的心里就像吃了苍蝇一样的难受。那些美好或痛苦的往事，是属于青春的，与那个谢了顶的中年男子无关，而他的强行闯入打碎了她的梦。从此，她的心，陷入了深沉的死寂之中。而米岛，也渐渐变成一个两极的世界，镇上越来越繁华，有了高档的商场，有了酒店，还有整齐漂亮的街道。每到年关，归家后的打工者，都会竭尽所能在街上消费，给父母，给子女，慷慨地挥霍着他们微薄的积蓄。也有成功者，回来时开上了私家车。米岛的城镇日渐繁华之时，乡村却一日日凋零冷清。混得好的，将父母接到镇上，接到楚州，甚至接到广东，他们的下一代就在岛外出生，岛外成长。他们回到米岛，更像是来乡村旅游。米岛最后的留守者，也在用各种方式对抗着越来越深的寂寞与无聊，他们夜以继日地打着麻将，打发着死寂难挨的日子。他们之间的话题也都大同小异，比如马挖苦的砖厂开工了，马挖苦的化工厂开业了，听说工资开得比广东还高。听说吴青山回来找米爱红了。谁家的儿子在外面发财了，谁家的女儿在外面做了小姐。他们谈论这些时，不再像过去那样，带有强烈的羡慕与爱憎。若在十年前，谈到外出打工的女孩，若是工资挣得多，回来又抹了口红，定会被口水淹死，会被认为没有干正经事。现在不同了，现在他们觉得这很正常，谁都有权选择过幸福的生活，只要能挣到钱，管她干什么呢。比如那个曾经的叫花头子李西北，他的老伴已经去世，女儿嫁到了楚州，也很少回来。他现在成了麻将馆的常客。他的儿子李铁子，在外面没干正经事，伙同几个混混，带着各自的老婆在外面搞色诱，他们的老婆负责从火车站将嫖客带到出租屋，他们躲在床底下，趁嫖客脱光衣服和自己老婆进行性交易时偷走嫖客的钱，另有人敲门假装派出所要查房，嫖客吓得跳窗而逃，丢了钱物也没有敢报案的。他们因此而发了财，在镇上盖起了二层小楼，只有春节回来住几天，过完年夫妻俩又一道出门捞钱了。米岛镇上现如今也有了按摩房，里面招了一些三十多岁的女子，她们或生活艰难不好度日，或是好吃懒做走捷径赚钱，就在按摩房里做起了皮肉生意。当年曾经盘踞在发廊的烂柑子白鸿武，自从被马挖苦咬了一口，差点咬断颈动脉，再也不敢在发廊里混，后来改邪归了正道，还结了婚，娶了岛外的女子。白鸿武结婚后，虽不再做那偷鸡摸狗之事，但两口子一样的好吃懒做。也曾出门打过工，先到广东，吃不了苦，后又到温州，干了半年，还是受不了约束，双双回到米岛，回来后，天天打牌度日。米岛的麻将馆里，都是些老头老太太们打点小牌打发时光，对输赢并不计较，他们的子女，大多会按时寄回生活费用，赢了就将生活过好些，输了大不了顿顿白米饭。对于他们这一代曾经经历过大饥荒的人来说，有白米饭吃，就是好日子。白鸿武夫妇和那些老人家打牌，自然是十次有九次赢，老人家反应慢，眼神又不好，他们明目张胆偷牌也没有人发现。但老人们也不傻，输得多了，就再没人愿同他们打牌。夫妻二人断了财路，又不想去马挖苦的窑场里打工。马挖苦倒是大人大量，不计前嫌，说只要他们两口子想来，别说是窑场，就是化工厂，也是可以安排的。的确如此，马挖苦的窑场、化工厂招工，对岛东村人是优先考虑。马挖苦甚至说他在镇上有那么多工地，白鸿武只要想去，他也随时欢迎。但白鸿武却表示，自己根本不需要马挖苦的同情。其实不过是借口，说白了就是不想做事，不想出力气。可一家人总要吃饭，后来，白鸿武的老婆就在村里公开做起了皮肉生意。有人打电话来，讲好价钱说好地址，白鸿武就将脸上搽了厚厚的胭脂、浑身香气扑鼻的老婆用摩托车拉到了那人家里，第二天清早又骑了摩托车将老婆接到镇上，夫妻俩下馆子吃一顿好的，然后在镇上的麻将馆里打半天麻将，下午再回到村里。生意居然就这样渐渐做开了，大家都心知肚明。晚上遇到他们夫妻俩出门，会打上一声招呼，说，"有生意了？"白鸿武说一声，"嗯。"早上遇到白鸿武去接老婆，人们会说，"去接老婆了。"他也回一声，"嗯。"也有人曾经和白鸿武探讨，说，"你就不嫌你老婆脏么？"白鸿武呵呵一笑，说，"那有什么，给别人日一下，又没少一坨肉。再说了，她给我挣了钱，我拿了钱又去日别的女人，我还赚呢。"的确如此，他老婆去陪那些老光棍，一晚能挣一百块，而他到米岛的按摩房找个女人只要五十。他觉得他是赚了。这事要在过去，米岛人会用口水将他们淹死，但现在，米岛人似乎见怪不怪，并不会在背后非议他。各人有各人的活法，时代不同了。

　　和那些老人们一起陷入孤独与失落的还有白鸿声。自从他心爱的女人被李文艳不动声色处理之后，白鸿声就陷入绝望之中。他对李文艳再也没有一丁点肉体上的欲望。无论李文艳如何努力，他都无动于衷。李文艳在用遍了打听到的所有偏方而又无效之后，就对医好白鸿声彻底地绝望了。白鸿声说，"我都这个样子了，咱们离婚吧。"李文艳却不同意离婚。李文艳说，"不管你成什么样子，我都不会和你离婚。我喜欢你，我要和你过一辈子。"李文艳说到做到，情欲无法排遣的她，就将大量的精力用在了处理人际关系和追求权力上。但时过境迁，村干部再没有了往日的权威。她知道，就算做到村长也不过如此，没有谁再将村长当一盘菜。就算当上了村长，能捞到的好处也是有限的。而她永远不可能成为镇上的干部。于是她就将大量的时间用在了打麻将和吃上，她的身体迅速发胖，和白鸿声走在一起时，一胖一瘦，形成了鲜明的对比。在外人眼中，他们在米岛还算有身份的人。一个是村干部，一个是小学校长。只是白鸿声的失落比李文艳更甚，他这个校长在村里的地位也是一天不如一天了。从前，他还有考上公办教师的梦想，但这梦想随着他和赵小兰被拆散，他的心也死了。他想，那就当个小学校长而终老吧，平心而论，他喜欢校长这个职业，也的确是个不错的校长。至少在米岛，还没有他这样敬业的校长，也没有他这样干了这么多年的小学老师了。现在的老师都留不住，刚刚毕业的学生，还有一些理想主义，觉得教书育人是一份神圣的职业，可是半年干下来，他们明白了，理想很美好，但生活远比理想重要。乡村教师的工作枯燥乏味不说，工资也低得让他们看不到任何未来，最后都毫不犹豫地选择了离开，走向外面更广阔的天地。小学老师走马灯一样地换，他这个校长也在老师面前失去了权威。现在不是刚毕业的学生争着抢着来当老师，而是他要苦口婆心去劝，将那些人忽悠到小学来，因此他整天都要对老师们陪笑脸，因为那些老师们，随时可以用辞职去打工来吓唬他。随着米岛出生的孩子越来越少，大量的打工人又把孩子带到了打工地生活，岛东村小学已经没有几个学生，过去每个年级两三个班，现在一到五年级，每个年级一个班，每个班也就十来个孩子，孩子太少，老师也用不了那么多，他这校长，管辖的就只有几十个学生、四五个老师，加上一大片空荡荡的教室。教室空了出来，也没有别的用处，就锁上了。闲置的教室门口渐渐长出了杂草。一开始，白鸿声还会组织学生去铲铲杂草，时间一长，他也懒得去管了。很快上面又来了消息，米岛村一级的小学都要撤销，统一集中到镇小上学。而原来各村小学的老师，一小部分转到镇小，成为公办教师，大部分将要下岗。国家按教龄给出一定的补偿。风声已经放出来了，估计一两年内就会落实。白鸿声自然抱着一丝希望，希望将来转到镇小的名额能落到他的头上。他和镇里的领导没有过硬的关系，值此关头，能帮他的，也许只有老婆李文艳。白鸿声又不太想去求李文艳，就整天在家里唉声叹气。李文艳自然知道白鸿声为何而叹息，她不想管，或者说她想等白鸿声开口求她，但是白鸿声却死也不开这个口，夫妻二人就这样僵持着。

儿子的精神与身体状态如此之差，白奇谋和奇谋家的自然忧心。一开始，奇谋家的对儿媳李文艳尚有不满，认为是李文艳不能生育，才让她失去了抱孙子的机会，当她看到儿媳见天从外面找回各种偏方，家里常年飘荡着中药的味道，当她看着儿媳逼儿子喝下各种苦药汤时，才明白了不是儿媳的问题，问题出在儿子身上。这让他们更加忧虑，从此在李文艳面前变得小心翼翼，生怕一不小心得罪了儿媳。

当李文艳在外打麻将时，奇谋家的断然不敢再出去，她一定要掐好时间将饭菜做好，到点就去麻将馆将李文艳叫回家吃饭。有时李文艳打得正在兴头上，就对婆婆说你给我端来吃吧，奇谋家的就屁颠屁颠将饭菜端来给李文艳吃。李文艳打麻将时，奇谋家的就站在李文艳身后，关心着李文艳手中的牌。当李文艳听牌后，她就四周转圈，看看李文艳听的那张牌外面还有没有，看李文艳和牌的希望大不大。然后，她会将她观察到的结果及时暗示给李文艳，李文艳也会随时作出合理的调整。而当李文艳抽出某张要点炮的牌时，她会用轻声的咳嗽或者跟别人大声说话等手段，提醒李文艳这张牌打不得。有了婆婆在身后把风，李文艳赢的时候就很多。别人会说，"文艳你真好福气，婆婆就像你的奴才一样。"奇谋家的却接过话茬，"婆婆可不就是媳妇的奴才么。"这并不是说，李文艳和奇谋家的真就好得像一个人。李文艳知道婆婆为什么对她好，奇谋家的也知道她小心翼翼地讨好终究不是办法。于是在有一天，奇谋家的趁一家人都在的时候，提出让儿子媳妇收养一个孩子。她说，"你们结婚这么多年，也没有个孩子。人总得有个后。"母亲这样一说，白鸿声就想起他和赵小兰的孩子，那个孩子被李文艳杀死了。白鸿声没有说同意也没有说不同意。李文艳却坚决不同意，李文艳说她能生孩子，她要生自己的孩子。李文艳这样的说法，让奇谋家的认为，李文艳是想和儿子离婚，就更加地紧张起来。白奇谋倒想得开，他认为这一切皆是因为他那一百桩媒的愿望没有达成。他相信，只要他做成一百桩媒，就能抱上孙子了。但米岛的年轻人都出去了，需要他做媒的人越来越少了，他说成一百对姻缘的梦想就变得遥不可及。

同样有心事的还有武义兰。事业有成的武义兰，自从当年以身体为代价，从供销社主任花子春那里换取商场柜台的租赁权后，事业开始蒸蒸日上。她以为在花子春老婆的强大压力下，花子春再也不敢来纠缠她，她和花子春从此两清了。但花子春在供销社改制之后，居然一路官运亨通，先是调到县工商局，还升任了副局长、局长。随着他的升迁，武义兰的生意也越做越大。后来楚州县升格为市，花子春又荣升了主管经济的副市长，武义兰也成了市里著名的民营企业家。他在业务上给她方便，她在经济上给他支持。两人一直保持着关系，直到武义兰的身体再也勾不起花副市长的欲望，俩人的关系，从最初的相互利用，到后来的相互支持，再后来，成为了最要好的朋友。美人迟暮的武义兰，偶尔还是会让花子春动心，但更多的时候，他们是无话不说的朋友。武义兰也从一株孱弱的小苗长成一棵大树。多年的经商经历也让她明白一个道理，人在屋檐下，不得不低头，但每个人只要有机会，又都很享受成为别人的屋檐，想让别人在自己面前低头。自从多年前花庆余的作为让她伤透了心，她再也不相信爱情。她用自己的身体换来了让她起家的柜台，她又明白了一个道理，男人在迷恋她肉体的同时，她也在享受着男人。名誉什么的都是浮云，有钱就有一切。因此内心也渐渐变得强大，随着年龄的增长，可让男人迷恋的资本也越来越少，她也不可避免地陷入到孤独之中。红颜易老，美人迟暮。最让她忧心的是两个女儿的婚姻大事，大女儿花一朵性格像极了她，聪明能干，敢作敢为。但她又怕女儿太像她，红颜薄命。她对爱情已死了心，只是追寻肉体上的欢娱，她不希望女儿像她那样，美人迟暮时，情感空虚，生活孤独。她希望女儿遇到心爱的男人，轰轰烈烈爱一场。转眼就过了三十，女儿尚是孤身一人。女儿也曾对她说过，她要一直保持着纯洁之身，直到老死。她不知该如何劝导女儿，她不希望如花的女儿空负了这倾城的美貌，希望女儿在青春如花的年纪享受到男人的爱抚与性爱的滋润。她又一直很矛盾，看到有追求花一朵的男人，她又不放心，总觉得他们不是真心喜欢女儿，只是迷恋她的外貌，或是冲着她的钱而来。她就会像个侦探一样，将那男人的前世今生打探得一清二楚，并在他们打动女儿的芳心之前，将那些男人一一"枪毙"。当那些男人知难而退后她又会后悔，痛恨自己的行为，痛恨自己过多干涉了女儿的情感。女儿花五朵更是让她着急。读完博士学医出身的花五朵，对人的身体构造和男女之间的事情了如指掌。她在大学时代就开始恋爱，并且走马灯一样地换男朋友。据她自己讲，追她的男人没有一百也有八十，而被她抛弃的男人也不在少数。她似乎很享受让男人为她伤心欲绝的过程，她说还有男人为她割过腕，也有男人为她变得神经兮兮。她说她只遵循自己的内心生活。

博士毕业后，花五朵没有像她的同学那样，走进各大医院或者研究所，她选择当了一名无国界医生，经常是数月音信皆无，当她出现时，又会拿出一大堆资料，讲述着贫困地区的人们缺医少药的残酷现状，并劝说母亲武义兰慷慨解囊。当武义兰发现女儿要求捐助的数目一次比一次大时，她开始拒绝女儿的请求。花五朵指责母亲武义兰为富不仁，并且举出了一大堆爱心企业家裸捐的案例，并向母亲大谈生命的意义。武义兰冷笑道，"有本事你自己挣钱往外捐，想捐多少没人拦你。可你现在是拿别人的钱做好事，你当然不心疼。这钱是我和你姐的心血，我们的事业正处在上升期，需要资金周转，还没有到散尽家财做善事的时候。"花五朵说，所有的为富不仁者都会有冠冕堂皇的借口。花五朵问武义兰，"你挣那么多钱干什么？"武义兰说，"还不是为了你们姐妹俩。"母女二人观点往往很难达成一致。争吵的结果是花五朵越来越少和母亲联系，回家的次数也越来越少。每次武义兰给花五朵打电话，要么不在服务区，要么说在西藏，在青海，在贵州山区……

　　武义兰常想，两个女儿的性格要能综合一下多好。为什么相隔几分钟生下的孩子，性格却有如此大的差异，不是说双胞胎的性格大多相近么？自花一朵发现米岛建镇的商机，花子春副市长给米岛镇的一把手打过电话后，花一朵轻而易举地就从马挖苦的碗里分走了一杯羹。武义兰对花一朵的投资眼光越来越肯定。花一朵却在这次竞争中，发现了马挖苦这个商业奇才，正因如此，他才能在小小的米岛做出这样大的事业。花一朵开始留心马挖苦的一举一动，马挖苦做什么投资，她就会分析马挖苦这样做的原因，找到令她信服的理由，然后也会跟风投资。马挖苦圈下的那片荒地，曾一度让花一朵百思不得其解，但几年之后，当米岛乡下人开始往城镇迁移，中心镇区也在向着马挖苦圈下的那片地扩张时，她才明白了马挖苦的商业眼光，转而变为佩服，并开始对马挖苦深深着迷。她发现了马挖苦的过人之处，发现了他那平庸外表下掩饰不住的个人魅力。她开始默默关注马挖苦，关注马挖苦的言行和他的投资动向。在一些企业家聚会的场所，或是镇政府招待的饭局上，花一朵和马挖苦时常能见面。花一朵一如年少时那样，在马挖苦面前表现得冷淡而清高，做出对他不屑一顾的样子，而马挖苦，也并不刻意奉迎花一朵，他属于极少数见了花一朵不夸赞的男人。马挖苦也是在被花一朵分走移民建镇的工程后，开始关注花一朵，这个昔日的玩伴展现出来的商业眼光与魄力也让他刮目相看，同时还有着超强的公关能力。在米岛，能从他马挖苦手中将生意抢走，这还是第一次。而据镇里的领导讲，上面的意思，是想把所有的工程都交给花一朵，是花一朵提出，不要让镇领导失信于人，有饭大家吃，有钱大家赚，这才留下一半工程给马挖苦的。马挖苦有了想要和花一朵修好的想法。他知道，在这米岛，有些生意他们是竞争对手，但有些事业，却可以强强联手。马挖苦深知，比起那些从外面回来的大老板，无论是他马挖苦还是花一朵，都显得有些弱势。他知道花一朵高傲，他在寻找着征服这位冷美人的机会。他并不知道，花一朵早把他当成心中偶像。两人都在观望，都在等待着机缘的到来。谁也不会想到，当花一朵和马挖苦这两个能人强强联手时，将会给米岛带来什么。

米岛陷入了两极分化，一边是日渐热闹的城镇，一边是日益冷清的乡村。

米爱红仍陷在对往事的无尽回忆中，直到儿子米立心打给她的电话响起，儿子在电话里问候她时，她居然没有了往日的那种兴奋与喜悦，只是漫不经心地回答着，说在家里一切都好，身体也好。是年五月，天气开始燠热，门前的一树槐花开得欢乐，开得寂寞。米爱红起身去做午饭，从门上方掉下一只蜘蛛，落在她的头上。米爱红将蜘蛛摘下，轻轻放上门框，心里动了一下。想，今天会有客人来吗？淘米的时候，她又听到两只喜鹊在树枝上"喳喳喳"叫得欢。听着喜鹊的叫声，舀米的时候就走了神，平时只舀一小盅米，却在舀了三盅米后才回过神来。看着盆里的米，她笑了，想，那就多煮一些吧，吃不完可以喂鸡。煮上米饭，她又去菜园里摘菜。彼时的米岛，家家菜园长满荒草，只有米爱红家的菜园，辣椒结满枝头，黄瓜缀满瓜架。茄子、扁豆、西红柿开了花，结了果，散发着浓浓的花果香。菜园里，蝴蝶在花丛中飞舞，几只蜜蜂嗡嗡嗡地绕着她的头发叫。米爱红一个人，根本吃不了那么多菜，平时若有人经过她的门口，和她聊上几句天，她总会跑到菜园，摘两条黄瓜，或一把豆角几根茄子给人家。有时，也会摘上一篮菜，给白奇谋家送去。她觉得白奇谋两口子可怜，两个女儿，一个出门打工很少回家；另一个嫁到遥远的外省，出嫁后就再没有回过家；唯一的儿子白鸿声，那个和米立心同年同月同日生的孩子，现在在村小学，半死不活地教着几个学生，结婚多年也没有生下一男半女。这会儿，米爱红站在菜园里，五月的阳光照在她脸上，南风轻轻地吹着。她贪婪地呼吸着南来的清风。自马挖苦的化工厂开工以后，她就喜欢刮南风的日子。化工厂建在村北面，没有风或是吹北风的日子，村子里就会弥漫着一股难闻的气味，那气味闻久了让人想睡觉，像喝醉酒一样，脑子晕晕乎乎。化工厂里生产的东西，听说卖得很贵。也许是工厂的气味给周边的居民带来了不便，马挖苦见谁都是一脸的笑。老话说，伸手不打笑脸人，再加上村里好多人都在他的化工厂上班，大家都只好忍着。不过马挖苦说，这气味虽然难闻，但对人体没有什么害。管它有害没害呢，米爱红不在乎这些。现在，吹着南来的风，吸着清新的空气，感受着泥土和青草的芳香，她有点醉了，从心底里漫出的陶醉。脑中隐约浮现出几句歌词——

> 深夜花园里四处静悄悄
> 只有风儿在轻轻唱
> 夜色多么好
> 心儿多爽朗
> 在这迷人的晚上

她想，这辈子，是没有机会看到那样的美景了。米岛好些年轻人都把父母接到了城里，还有接到国外去玩的。米爱红有时就想，要是立心有一天也发了财，想带她出国看看，她哪儿也不去，就去莫斯科看看，她就轻轻哼唱了起来，她也不知道今天怎么回事，心情突然这样好。就在她一边唱歌一边摘菜的时候，好像听见米立心叫了一声妈。她抬头四望，却没有看到人。她想，今天这是怎么啦，明明听见立心叫我的，难道是耳朵出问题啦？没有寻到人，就低下头继续摘菜，又听见米立心喊了一声妈。她抬起头，这次，她看见了儿子米立心。米立心就站在菜园子外面，一脸的笑，阳光里，那笑容比满园的菜花还要灿烂。米爱红没敢答应，她怕她是看花了眼。米立心的身边还站着一个花一样好看的女孩。米爱红愣在了那里。米立心几步跨进菜园，叫，"妈。"米爱红这才回过神来，笑着说，"你怎么回来了，昨天打电话也没说你要回来。"米立心说，"想给妈一个意外惊喜嘛。"米爱红说，"我说今天又是掉蜘蛛，又是喜鹊叫的，淘米的时候又多放了米，原来是你要回来了。"又盯着那漂亮的女孩看。那女孩竟脆生生地叫了一声妈。接过了米爱红手中的菜筐。米立心说，"妈，这是您的儿媳妇，赵小兰。"

赵小兰？米爱红似乎听过这个名字。她欢喜得不知说什么是好，摘了黄瓜摘茄子，摘完茄子又摘豆角，恨不得把菜园里有的菜都摘了。又说，"家里没有肉，立心你赶快抓只鸡杀了。"米立心说，"妈，我们不吃鸡，我们就想吃你种出来的菜。"远远地，奇谋家的经过菜园，见米爱红菜园里有人说话，就问，"爱红，家里来客了？"米立心说，"婶，不是客，我是立心，这是我媳妇。"奇谋家的就拐着脚快步跑过来，说，"立心啊，好多年没回来了，让婶看看，嗯，这次回来，像发了财的样子，长胖了，也白了。"又说，"这是你的媳妇子啊，长得真好看，跟朵花一样，好看。"米立心就说，"这是白鸿声的娘。"赵小兰犹豫了一下，想叫她，却没有叫。米爱红说，"嫂子，中午到我家吃饭。"奇谋家的说，"不啦。"幸福来得太突然，让米爱红有点不知所措，她都不知该做什么了，摘完菜回到家，在屋里不停打着转，一会儿找椅子，一会儿倒水。米立心说，"妈，您什么都不用做，我们来做饭。"电饭锅里的米饭已经煮熟。米爱红说，"你们看看，我是不是煮了三个人的饭？"米立心说，"妈，这是我们母子有心灵感应呢。"三个人，一边择菜，一边说话。米立心就介绍了赵小兰的大致情况，说，"您儿媳妇也是米岛人，岛北村的。之前在教书。"就讲了他们如何认识，后来又是如何恋爱的。米爱红说，"你小子，都谈了那么久，却一直不告诉我，让我瞎操心。"米立心说，"不是想给您一个惊喜么。"又说，"这次回家，就是领结婚证的。"米爱红说，"呀，你早点打电话回来呀，我也好准备一下，你看这房子也破旧了，这些年你寄回来的钱我都存着呢，还有发大水政府给的补贴，我自己也存了一点。"米爱红说着就去拿存折，说，"钱都在这里，你们去街上买房子，还是买了地基自己盖都行。"又说，"你们想把日期定么时候？好提前通知亲戚朋友摆酒什么的。"米立心将存折放回母亲手中，说他们这次回来就领一张结婚证，两家父母见个面，坐在一起吃顿饭，不请客。结完婚，他们又要回广东了。米爱红说，"妈是个开通人，你们说么办就么办，只是，这样委屈了小兰。"赵小兰说，"妈，我不委屈。能嫁立心，我感觉很幸福。"米立心就在米爱红的耳边说了一句悄悄话，说这次是奉子成婚。米爱红的脸上就露出了迷醉的笑，说，"你这小子，几年不给娘一点好消息，这一下子，倒给娘来了个双喜临门。"又说，"好，好，什么时候生，到时我给你们带孩子。"赵小兰的脸就羞红了，低下了头，说，"还早呢，刚怀上，要到明年春天了。"

　　吃饭时，米立心告诉了米爱红一个她意想不到的消息。米立心说他找到了赵建国。米爱红脸上的笑就慢慢凝固了。好一阵子，才问，"他，过得好吗？"米立心摇了摇头，说不好。米爱红的心就揪了起来，说，"怎么个不好法？"米立心说，"他年纪大了，在外面不好找工作，在一家陶瓷厂当搬运，做苦力呢。"米爱红呆了半天，一颗泪，就掉落到碗里。赵小兰掏出纸巾，给米爱红擦泪。米爱红接过纸巾擦了擦眼睛，长叹一声，又低头吃饭。半响，说，"立心，你不能帮他找份轻松点的活么？"米立心说，"我给他找了，到我们公司打杂，不累，可他不干。说他就想干那最苦最累的活。"米立心说，"妈，我看得出，赵叔叔累的不是身体，是心。"米爱红没有说话，起身进屋，拿出一张名片来，交给米立心，说，"去年这个时候，这个人来过米岛，要给我五万块钱，说是给你的，我没有要，他就留下了这张名片，他说，你要有困难，可以去找他。我知道，你有困难也断不会去找他的，我的儿子我了解。我把名片交给你，你想见他，就去见，妈不拦你；你不想见，就不见，妈也不劝你。"米立心看到吴青山三个字时，脸色有点难看。他将名片一点点撕碎，说，"妈，当年儿子不懂事，现在我长大了。我知道你心里有赵叔叔，赵叔叔的心里也有你。"米爱红说，"都是过去的事了，你妈我这么多年一个人过也习惯了，眼看就要抱孙子了，我还要好好带孙子呢。"听米爱红这样说，米立心就不再说什么。米爱红说，"你看你，小兰第一次来咱们家，净说些不开心的事。"三人转移了话题。米立心又问白鸿声现在怎么样了，米爱红就说，"鸿声这孩子，可惜了。"把白鸿声和他家里的事，一一说了。

饭毕，米立心带赵小兰到村子四处转转。几年不见，米立心看到的米岛，已然不是他记忆中的样子。两人转到村小学时，赵小兰说，"立心，我累了，回去吧。"米立心知道赵小兰心里想什么，赵小兰并没有隐瞒她的过去。米立心倒是大度，说，"去见见鸿声吧。"赵小兰说，"算了，有什么好见的呢。"米立心便不再坚持，两人走过小学的校门，又转到了米岛二中。彼时的米岛，由于学生生源减少，全米岛只在镇上设了两所中学，高中则全部要到市里去读。校园已经荒废，长满蓬勃的荒草。米立心牵着赵小兰的手，带着她走进校园，对她讲述自己当年坐的是哪间教室，讲他和白鸿声、花一朵、花五朵的趣事。两人在荒废的校园里转完之后就回了家。经过麻将馆时，米立心带着赵小兰走了进去，和那些打牌的邻居们打打招呼。大家见到米立心的精神状态，和多年前已截然不同，身边还有位漂亮的姑娘，都说，"立心，在外面发财了吧，赚了几千万了？"米立心说，"婶子你真敢说呀，张口就是几千万，我抢银行啊。"那妇人就说，"几千万算什么？人家马挖苦在米岛折腾，现在都有几千万家产了呢。听说咱米岛出去的人，好多都成亿万富翁啦。"米立心说，"我就是打一份工而已。"有人就说，"立心，要不要来摸两圈？"米立心说，"不打了。"那人说，"当年你可是咱们米岛的赌神啊。"米立心就说，"早戒了。"米立心和大家打过招呼，又把邻居们一一介绍给赵小兰。李文艳当时也在打麻将，当时的李文艳尚未将米立心的媳妇赵小兰和当年被她暗中操控强行流产的赵小兰联系在一起。李文艳的脸上堆着笑，说，"立心你这个抠门鬼，连喜糖都不给大家发的。"米立心说，"还没领

证呢，领了证，一定给大家发喜糖。"米立心就用胳膊拐了一下赵小兰，说，"这是白鸿声的老婆，还是咱们村里的干部。"赵小兰没有接腔，转身走出了麻将馆。米立心知道赵小兰的心病，他想让赵小兰早日从不好的记忆中走出来。她现在是米立心的妻子，过去的事都过去了。

米立心和赵小兰领了结婚证，两家老人一起吃了顿饭，就算是结婚了。米立心不想大操大办，赵小兰家也同意婚事从简。米立心和赵小兰结了婚，也解了米爱红一桩心事。儿子现在南方打工，虽没发财，但有份不错的工作，儿媳也在厂里当文员，比上不足，比下有余。最重要的是，几天相处，米爱红对赵小兰十分满意。两家人在镇上的饭店里聚完餐，米爱红和米立心、赵小兰一起回家。米岛的习俗，新人要给邻居和本家送喜烟喜糖，还要给长辈奉上一碗糖水煮鸡蛋。虽然没办酒宴，但这些礼数，米爱红还是希望儿子媳妇能遵循。她早早准备好了糖果、烟、糖和鸡蛋。次日清晨，一对新人，就一家一户去送给邻居和长辈。赵小兰的出现，让米爱红一颗悬着的心终于安顿下来，但赵小兰的出现，却打破了白鸿声和李文艳之间维持了许多年的平静。当李文艳得知，米立心的老婆居然就是当年勾引她男人的小学老师赵小兰时，她的第一反应，是米立心被那个女人骗了，赵小兰嫁到白鸿声隔壁，显然怀有不可告人的目的。她把这看成是赵小兰对她的复仇和挑衅，甚至，她嫁给米立心是假，接近她的男人白鸿声却是真。而白鸿声，这么多年来一直无法忘记赵小兰，当他得知赵小兰嫁给了米立心，看到米立心和赵小兰手牵着手，一家一户给邻居们派发喜糖时，他的内心在滴血。一天早，赵小兰大大方方和米立心来到他家，分发他们的喜糖喜烟时，他躲在厕所不敢出来。不明就里的白奇谋和奇谋家的，一面赞美着这对新人如何般配，一面大声叫着儿子出来见客，此时的白鸿声却躲在厕所偷偷流泪。李文艳知道赵小兰嫁到了自己隔壁，一向天不怕地不怕的她，感觉到了莫名的心虚，她害怕当年的行径败露，知道这对新人清晨就得来送喜烟喜糖，于是早早躲出了门。次日，米立心和赵小兰离开米岛回了广东，他们刚走，白鸿声和李文艳就爆发了一场大战。除了他们夫妻，没有人知道他们因何而战，这一架的结果，直接把夫妻二人维持了多年的表面平静彻底打破，压抑多年的李文艳终于爆发，将家里的电器尽数砸烂，并且在叫骂声中将白鸿声性无能的隐情大白于天下。恼羞成怒的白鸿声对李文艳施以拳脚，不幸的是，他打出去的拳和踢出去的脚都被李文艳轻而易举地挡住，李文艳立刻还以颜色，在白鸿声的脸上挠出了十几道血痕，并且在事后收拾衣服回了娘家。走的时候，指着白鸿声的鼻子骂，"这么多年，老娘给你们白家当牛做马，老娘受够了，老娘不伺候了。"奇谋家的拉着儿媳，说，"文艳，不看僧面看佛面，看在我的面子上，你这打也打了，骂也骂了，你就别走了。"李文艳却走得义无反顾，并且在走之前，将白鸿声和赵小兰的事抖了出来。当米爱红听李文艳说出赵小兰曾经为白鸿声打过胎的事后，内心的平静再一次被打破。后来几次给米立心打电话，她都犹豫着要不要告诉儿子这件事。最终，她选择了沉默。

李文艳回娘家后，奇谋家的成天以泪洗面。白鸿声，却道出了李文艳的狠毒之处。当奇谋家的听说本来自己有了孙子，但却被李文艳用狠毒的手段处理掉之后，她对李文艳的歉疚感荡然无存。白鸿声家的隐私村子里已是人人皆知，从此，奇谋家的再也不去麻将馆，不去有人的地方，看见有人小声说话，她就认为那些人在议论她的儿子，渐渐开始离群索居，每天坐在家门前默默流泪，半个月不到眼睛就看不见了。奇谋家的自从瞎眼之后，性情大变，每天手里拿一根竹篙，坐在门前的椅子上，听见有人走近，就拿起竹篙敲打地面，并且大声咒骂，谁也不知道她在骂谁。白奇谋却劝儿子和李文艳和好，说，"不管怎么样，有老婆总比没有强，李文艳虽是强悍，但这些年，没有她，咱家也没有今天这个样子。"白鸿声却说他死也不会去接李文艳，他坚决要和李文艳离婚。没承想，李文艳回到娘家二十多天，没人接，没人送的，她却自己回来了，居然像什么事情也没有发生。这让白奇谋喜出望外，奇谋家的却骂，"别看我瞎，我心里明镜一样，这个女人回来，肯定没安好心。"李文艳回来后似换了个人，不再像过去那样强悍，对公婆也是前所未有的孝顺，还亲口给白鸿声道歉赔了不是，说她当年之所以对赵小兰那样做，是因为她爱白鸿声。她开始为白鸿声规划未来，米岛小学明年可能要撤，白鸿声就很可能要下岗，她希望白鸿声未雨绸缪，该求人时就要去求人，比如找找花一朵，她们家和市里的领导关系好，希望能为白鸿声保住教师的职业，将来小学撤了，白鸿声还可以到镇小学当老师。白鸿声却对李文艳的改变报以冷漠，他说他谁都不求，小学撤了他就回家种田，他说，"我有手有脚，不信能饿死。大不了给马挖苦去打工，我去求他，在他的化工厂里谋份工还是没问题的。"对于白鸿声的不领情，李文艳并未放在心上，她开始在村里为白鸿声恢复名义，说她当时和白鸿声吵架，生气时才口不择言，说她之所以没有怀孕，根本不是白鸿声的问题，是她自身的原因，这些年来她一直在吃药，医生说她现在已经接近于正常，她说，"不相信你们就等着，很快我就能怀上一个大胖小子。"李文艳积极为白鸿声恢复名誉，村里人也就相信了，白鸿声若真是性无能，李文艳断不会跟他过这么多年。李文艳的所作所为，让白鸿声多少有了一些软化，白奇谋也多次训斥儿子。白鸿声依然住在学校，不肯回家。李文艳并不在意，她去找花一朵，对花一朵说是白鸿声让她来的，他自己不好意思来。李文艳说，"我晓得你们俩当年好过，但你们是堂兄妹，不能结婚，这也怪不了我。不管怎么样，看在你们过去的情分，也看在你们堂兄妹的分上，望你能帮鸿声一把。"花一朵问她为了何事，她就将米岛小学要撤并，老师可能都要回家种田的事对花一朵说了，她说白鸿声教了这么多年书，他喜欢教书，又做不来别的事。李文艳说，"你在市里镇里都有关系，只要你肯帮他，一句话，他就能留在镇小学教书了。"花一朵说，"真是白鸿声让你来的？"李文艳说，"当然是真的。"花一朵说，"也不一定能帮得上，我试试看，你回家等消息吧。"不出十天，就有了消息，花一朵说她和教育局的领导打了招呼，也将白鸿声的情况说了，领导说没问题，这次各地撤并村级小学也是有政策的，获得过优秀教师称号，或者连续教龄达到十五年的，都可以转聘到公办学校，白鸿声的教龄达标，应该没有问题。李文艳将这好消息告诉了白鸿声和公公婆婆。白奇谋对奇谋家的说，"咱们家还是离不开李文艳啊，这次她回来变了个人。"奇谋家的狠狠地说，"你就是个睁眼瞎。"然后什么也不再说。白鸿声得知他能留下来继续任教，而这一切又都是李文艳为他办的，对李文艳的态度就有了好转，终于搬回家来住了。一个月后，李文艳在早晨起床时开始夸张地呕吐，并且大声宣布自己怀孕了。白奇谋对白鸿声说，"我儿，你这是要当爹的人了，不能再和过去一样，当甩手掌柜。你要有个男人的样子。"李文艳的肚子很快就大了起来，她像一只骄傲的母鸡，咯咯咯地向所有人宣告她怀孕的消息，并开始向村里的妇人讨教如何养育孩子的方法，她甚至去向米爱红讨教怎么做小孩的衣服。米爱红用悲悯的眼神看了看她，李文艳就低下了头。米爱红叹了口气，并没有拒绝李文艳的请求，不仅手把手教她，还在给米立心的孩子准备衣服时，给李文艳的孩子也做了几件。

　　一直忧心如焚的白奇谋脸上终于有了笑容。他对坐在门口晒太阳的奇谋家的说，"咱们白家终于有后了。"奇谋家的拿竹篱在地上拼命地敲，嘴里含混不清地骂，"你们这些睁眼瞎，我老太婆眼睛瞎了，可是我心没瞎，我心里明镜似的。"从此对李文艳再没有了往日的迁就，也再没给过李文艳脸色。一日，只有李文艳和奇谋家的两人在家，李文艳一改人前对婆婆的谦卑，狠声道，"你这个死老太婆，再敢在老娘面前骂骂咧咧，别怪老娘对你不客气，我李文艳的手段，你也是知道的。"奇谋家的冷笑道，"你有本事就把我老太婆弄死，你以为你做的那些丑事我老太婆不知道？白奇谋是个猪，我那儿子傻，我老太婆却不糊涂。老实给我交代，你肚子里怀的是谁的种？"李文艳说，"果然是个老妖精，眼都瞎了，还什么事都瞒不过你。你儿子对我不仁，就别怪我对他不义。我也不怕你知道，你拿一个大喇叭去喊我都不怕，你自己儿子不中用，我做媳妇的为了给他撑面子，不偷人怎么办？"奇谋家的就骂，"你这臭女人，敢这样对婆婆，会遭报应的。"李文艳冷笑一声，"报应，你把自己的婆婆活活饿死，还好意思来说我。要遭报应，也是先报应你。"奇谋家的就不吱声了。这次对话后，奇谋家的再也不敢拿着竹篱坐在门口骂人，不但不骂人了，话也不再说一句。她每天早起就坐在门口，天冷的时候追着太阳移动她的椅子，天热的时候追着树荫。她不仅瞎了，而且哑了，人也开始苍老，头发迅速变白，身子也弓成了一只虾米。这天她坐在门口追太阳，突然发觉阳光被人挡住了，她就将椅子往一边移，那阴影也随着她移动。奇谋家的感到一股阴冷的气息扑面而来，顿时灵醒过来，挡住她阳光的正是多年前莫名其妙失踪的婆婆。她浑身发软，身子深深地弯了下去，快弯成一个圆了。白婆婆说，"银桂。"银桂是奇谋家的的名字，从嫁给白奇谋后，就没人叫过她这个名字，奇谋家的一时竟没意识到婆婆是在叫她。白婆婆说，"银桂，你不是一直想知道，老头子有没有留下值钱的东西吗？我告诉你，留了，留了好多金子，现在我告诉你，这些金子，就埋在大觉悟树的树根底下。"白婆婆说出了埋藏黄金的具体位置，说，"振甫走的时候交代了，这些财宝是留给我和爱红娘的，这次我是真要走了，这些财宝怎么分，你来决定，你说了算。"奇谋家的忽然感觉挡住她的阴影消失了，太阳又重新照到她的身上。她将身子坐直，脸上露出了前所未有的自信。她突然明白，那么多年以来，婆婆为何在她的面前如此从容淡定，那是因为她守着一批财宝。奇谋家的突然感觉，自己现在比任何时候都有了底气。

春天到来的时候，米爱红接到儿子打来的电话，儿子在电话里告诉她，她当奶奶了，赵小兰生了一个儿子，米立心为他取名米岛。米爱红问儿子，何时把孙子抱回来让她看看，她很想看看孙子。米立心说，"小兰妈妈准备过来给小兰伺候月子。我现在工作很忙请不了假，只能等孩子满月，让小兰带孩子回家住一段时间。"米爱红却说她一天也等不了啦，她要到广东来看孙子。米立心欢快地答应了，但又担心，说，"妈，您从来没有出过远门，连米岛都没有离开过，你一个人来，我不放心。"米爱红说，"有什么不放心的，你给我地址，我一路打听，能找不到你们？"米立心说，"要不这样，我让赵叔叔来接你。"米爱红沉默了一会儿，说，"用不着，我自己会来，给我地址。"米立心就将地址告诉了米爱红，并详细交代了乘车路线。米爱红，这个一辈子向往着外面世界的女人，五十多岁的时候，生平第一次走出了米岛。米爱红这次离开，只是想去看看孙子，最多侍候儿媳坐完月子就回来，没想到，这一走，会走得比想象中更远，她这一走，我这棵千年老树，就再也没能见到她一面。

十六

　　李文艳的女儿是在六月初六的早晨六点出生的。李文艳为女儿取名白笑笑。自有了孙女，白奇谋就渐渐将奇谋家的淡忘了，就像当年淡忘他母亲的存在一样。李文艳在坐完月子后，又开始将打麻将作为日常的主要工作，她打麻将时，白奇谋就抱着孙女候在麻将馆里，白笑笑要吃奶时，他就将孩子抱过去，李文艳当着众人的面，掏出雪白的双乳，将那黑葡萄一样的奶头塞进白笑笑嘴里。白笑笑吃完奶，白奇谋就将孙女接过去。有时白笑笑大声哭闹，含着李文艳的奶头却并不吃，白奇谋就说，"吃啊吃啊，我的乖孙孙，这么好吃的奶你都不吃，真是个小傻瓜。"村里人就开玩笑，说，"再不吃你爷爷吃啦。"白笑笑吃完奶，白奇谋就抱着她四处转，有时转回家中，看到奇谋家的坐在门口树荫里，白奇谋就说，"叫奶奶，叫奶奶。"又说，"让奶奶抱一抱。"但奇谋家的从来不伸手抱一下孙女。白奇谋就长叹一声，说，"老婆子你是没福气哟，以前一天到晚想孙子，现在有了孙子，你却是又聋又瞎又傻了。"

　　白鸿声也不喜欢这个孩子，他一个星期回一趟家，其他时间就住在镇小学。彼时的白鸿声，已经成为镇小学的一名普通语文老师，他们这些从村小学转聘来的老师，并没有国家正式编制，只能算是聘用，工资虽然和在编老师一样，但那在编的老师，除工资之外，还有医保社保节日补贴等其他收入，而聘用的教师，只有一个月一千二的死工资。从过去的一校之长，转眼变成了合同工，白鸿声有些失落。学校里这样的合同工有七八个，和他的情况差不多，都是削尖脑袋进了镇小学后才知道只属于末等公民，同工不同酬，而且他们又都没什么高学历，只有多年教书的经历，和那些在编的老师，就形成了两个不同的阵营。当过校长的白鸿声，一天到晚怪话连篇牢骚满腹，渐渐就成了聘用制老师中的领袖，大家有什么意见，都由他牵头与学校和镇教委谈判，加之他调到镇小学，是副市长的秘书给市教育局长打了电话，局长又给镇教委主任打了电话，镇教委主任又给镇小学校长专门打了电话的，校长不知道他有什么背景，有事都让着他三分，渐渐地，他就成了教师中有名的刺头，那些和他一样处境的老师都尊称他为意见领袖。一辈子老实窝囊的白鸿声，在被人称为意见领袖后，突然找到了人生的奋斗目标，找到了自己的价值所在。而真正让他一战成名，并让他坚定了自己人生定位的，却是他和马挖苦之间的斗争。

前面说过，许多年前，马挖苦以建工业区的名义，在离镇中心二公里远的地方圈下了一块荒地，当时的马挖苦将那片土地砌了个围墙后就闲置在了那里。几年后，城镇向着那片荒地扩张，镇上的宅基地越来越紧俏，马挖苦就将那片荒山包子用推土机推平，规划成了住宅小区，按三间一栋的标准尺寸打好地基，却并不在上面盖房子，而是直接出售宅基地。当年花几十万元购得的荒地，转手就能卖上千万。那块地方本不是农田，也不是住宅区，就是一片荒山岗，在当时很不起眼，更不值钱。因此当马挖苦提出购买那块地时，村民们并没有意见。现在，土地升值了，他却改变了土地的使用性质，将工业用地变成宅基地出售。这样的事，在米岛也是见惯不惊的，只要领导同意，没有人有异议，大家都睁一只眼闭一只眼。米岛那么多良田都荒芜了，谁还会在意这一块荒地。但是现在情况不同了，这块地不再是不值钱的荒地，谁都知道这里现在寸土寸金。但土地早就卖给了马挖苦，村民们也无话可说，只能是羡慕忌妒。那片土地本是属于岛南村，岛南村有个小学老师，叫李文明的，他家就在那块地附近。现在村小学撤了，他成了镇小学的老师，工资待遇比过去好了，按理说，应该高兴。他不像白鸿声，从校长变成普通老师，心理上有落差。可是有句老话，叫民不患寡而患不均，过去在村小学，大家工资都低，没什么可比性。可现在到了镇小，同工不同酬，就让人心里很不舒服了。李文明和白鸿声的妻子李文艳又是本家，白鸿声曾经作为聘用制教师代表和校长谈判，并闹到了镇教委，为老师们争取到社保之后，李文明就对白鸿声言听计从了。现在，他也看出村里那块地卖给马挖苦吃了大亏，在白鸿声面前说起了这件事。白鸿声一听，听出了问题所在，马挖苦改变土地用途，本来就属于非法，如果岛南村的村民联合起来闹一点事，不说将那片土地收回来，但让村民因此得到一些实惠也是不难的。问题是，岛南村和其他村庄一样，留在家里的，都是些老头老太太，大家都想多一事不如少一事，明知吃了亏，也没人愿意找麻烦。白鸿声说，"蛇无头不行，你们没个领头的，这事就办不成。"李文明说，"要不你来牵头？"白鸿声说，"我又不是你们村的，我出什么头？名不正言不顺的。再说了，马挖苦又是我邻居，打小一起长大。你们要真想讨回公道，我在后面帮你们出出主意倒是可以。"又说，"现在的人都是无利不起早，地讨回来了，谁能得到好处，你就说动谁去就是。"李文明说，"要不我带你去我们村，一起去劝劝村里的领导。"白鸿声说，"找村领导有什么用，村领导哪里敢出头，他们一出头就得罪镇领导了，得罪了镇领导，这村官就没得做了。你们村不像我们村，我们村离镇远，和镇上搭不上关系。你们村不一样，紧邻镇中心，现在镇里大干工业，土地值钱了，村官权力就大，油水也足。"李文明说，"么样的人才会起来闹事呢？"白鸿声就对李文明说，"你要鼓动村里那些想在那块地上盖房子的村民。"李文明听从了白鸿声的建议，回去串联走访，果然就说动了十来户人家。大家本来闲着无事，听说闹事能少花钱买到宅基地，眼见的利益，谁不想要。个个摩拳擦掌来了精神。还做了横幅，横幅上写着"还我土地"的字样，选了个日子，到马挖苦圈起来的地里阻止施工。村民们这一闹，马挖苦坐不住了，他改动土地用途，和镇里的领导自然是达成过共识的，但毕竟是私下里的非法交易，本想没有人会揪住这事做文章的，一听有人阻止施工，他不敢怠慢，来到工地，远远地看了，闹事的人虽然不多，看热闹的却不少，而且他们拉了板车杂物挡住了进工地的道路，里面的工程就无法施工了。那些花钱买了宅基地的人家，自然是将他的电话都快打爆。他安抚那些人说没问题，很快就能处理好的，然后又和镇里的领导通电话，镇领导的意思，这样的事情，政府不方便出面，他马挖苦能摆平自然是最好。马挖苦于是出面和那些闹事者谈，他想听听闹事者有什么诉求。闹事者提出要收回土地，而且态度很强硬，这就让他很头痛了，这也是他最害怕听到的。因为村民代表李文明指出了他非法改变土地使用性质的问题。马挖苦心里虽有些发毛，嘴上却强硬地表示，这片土地当初是作为工业用地批给他没错，但因为城市化发展，镇里改变了规划，这里成了住宅区，不能再做工业用地，他是取得了合法手续的。李文明就给白鸿声打电话，白鸿声遥控指挥，说他这是在蒙人，你问他要改变土地使用性质的批文，他拿得出批文，你们别闹了。李文明就提出要看批文，马挖苦看出李文明是这伙闹事者的头，而又不停在和人通电话，很明显，李文明的身后一定有高人指点。马挖苦不动声色，说要看批文没问题，他马上就可以拿出批文来，但这样阻碍正常施工，他可以立刻叫派出所来抓人。马挖苦这样一硬，那些从未闹过事的村民就有些乱了阵脚。白鸿声告诉他们，罪不责众，只要大家文明请愿，不会有什么问题的。李文明他们就又硬气起来，第一天，村民成功阻止了施工，施工人员也不愿意与村民发生冲突，就把压力都加到了马挖苦头上。到晚上，马挖苦就派人找到白天闹事的村民一家一户来谈判，胡萝卜加大棒，很快，马挖苦知道了这些村民的真实用意，他们并不想为村里收回土地，不过是自己想少花钱买宅基地，马挖苦知道事情好办了。村干部也接到了镇里打来的电话，配合马挖苦，当晚就解决了问题。事情并没有闹大，马挖苦的损失也不大，那些闹事的村民一家收到两万元的买地退款。拿到好处后，都信守承诺，没有一个透露风声。马挖苦也撂下狠话，要是敢再闹事，或者将私下里达成协议的事捅出去，别怪他不客气。和村民谈判是马挖苦的手下和村干部一起去办的，只有和李文明的谈判，是马挖苦亲自出马。

谈判地点定在了米岛最好的酒店——米岛大酒店，马挖苦设宴，让司机开车接了李文明来。李文明本想叫上白鸿声，但白鸿声说他不便来，让李文明强硬一点就是，马挖苦有短处被他握住，最后低头的只能是马挖苦。李文明生平第一次走进米岛大酒店的贵宾包房，包房门口站着两个戴墨镜，穿西装的男人。李文明想，这大约是马老板的保镖了，心里寒了半截。一个保镖打开包房门，让进了李文明。李文明从未见过如此阵势，心里暗自后悔，不该听了白鸿声的鼓动出头闹事。保镖请李文明在沙发上坐下，说，"马总稍后就到。"不料等了足有半个小时。李文明不停给白鸿声发短信报告情况，白鸿声则安慰李文明放宽心，说他了解马挖苦，一贯会装神弄鬼吓唬人，光天化日之下，谅他不敢把你怎么样。李文明的手心里全是汗，如热锅上的蚂蚁，坐立不安。半小时后，马挖苦来了，一脸的笑，远远伸出手来，握了李文明的手，说，"对不起对不起，李老师，让你久等了。"又给李文明敬烟，李文明说不抽烟。马挖苦说，"我听说李老师教了二十多年书，我这人没文化，对文化人，特别是对当老师的，心怀敬意。我和教育界的关系也好，和分管文教卫的苏副市长，还有你们教育局的李局长，都是很好的朋友。"李文明说，"你是米岛最有名的老板，我……"马挖苦说，"我也听说了，李老师是从岛南村小转到镇小的。这次你为了岛南村村民的利益出头，我很钦佩，但，李老师，你是被人蒙蔽了，不了解真实情况。那块地，当年是鸟不拉屎的荒地，我花了几十万，当时是想在那里投资建化工厂的，可后来镇里的规划变了，说化工厂不宜建得离镇中心太近，我只好重新选址，这一折腾，化工厂迟了一年才上马，光这一项，损失就达几十万。当时我就提出，要将这块地交还给政府，让政府还我钱，可政府为了村民的利益，没答应我，承诺我这块地可以另作它用，并劝我在这里建住宅小区，重新办了土地批文。这事现在看起来是一件占便宜的事，可在当年，那绝对是吃大亏的呀。谁会在鸟不拉屎的地方建小区？镇政府资金周转困难，拿我们做企业的打秋风，我只能打碎牙齿往肚子里吞。你们村民不明白，还以为这里面有什么见不得人的交易。"马挖苦说着，从公文包里拿出一沓文件，从中抽出一份，在李文明的面前晃了一下，说，"你看这批文。"李文明伸手想接批文，马挖苦却将批文放回到包里，说，"今天请你来，是想向你解释一下，当然，我完全可以不向你解释，你们阻止我施工，我报警直接抓人就是，可我不想这样做，这样做伤和气，和气生财嘛。再说了，带头闹事的是你李老师，读书人。我的手下要去用武力解决，我对他们说，对读书人，要以理服人。对那些蛮不讲理的人，我们才动武，你说是不是？"李文明额上的汗直往外冒。马挖苦就喊服务员上菜，两个人，摆了一大桌子菜。马挖苦给李文明倒上酒，说，"咱们是不打不相识，我这人最讲义气，从今往后咱们就是朋友了，你有什么难处，只管来找我。"两人碰杯干了一杯。马挖苦才摸出一张名片递给李文明，说，"李老师若想划三间宅基地，我可以给你打八折。市价十万，卖给你，八万。你们建成了房子，我还要建公共绿地，还要栽树，还要建一个休闲广场，弄一些健身设备，这些都是要花钱的，你们不做生意，以为我花几千块钱买的地，转手十万卖给你们，觉得这是暴利，其实我打八折给你，就一分钱也没有赚。"李文明见马挖苦说话软中带硬，但一张嘴就给他省了两万，目的已经达到，自然满心欢喜，见马挖苦一脸的笑，不似传说中的那样霸道，就没那么紧张了。三杯酒下肚，马挖苦盯着李文明，说，"我知道你是老实人，你的背后，肯定有人指使。"李文明不说话。马挖苦说，"告诉我，是谁？我不亏待你，卖你的地基，我可以再降一个点，七折给你。当然，你不说，我也查得出来的。只是这样一来，你不把我当朋友，那我们这个朋友也算交到头了。你要愿意交我这朋友，就把这杯酒喝了，要瞧不起我，就不喝，咱们今天到此为止。"一万块钱的好处，加上交马挖苦这个大老板做朋友，李文明几乎没怎么犹豫就将白鸿声的名字说了出来。马挖苦哈哈一笑，说，"很好，白鸿声，我们光屁股玩大的朋友，他是误会我了。来，喝酒。"这事就这样轻而易举地了结了。马挖苦损失了二十多万，于他不过是九牛一毛。但在马挖苦和白鸿声之间，却生生打了个死结。马挖苦也没有料到，为了维护自己的利益，动用手中资源对昔日伙伴进行报复，会将白鸿声逼上绝路，从此，孱弱的白鸿声，将成为他一生最重要也最致命的对手。

第二天再没人闹事。马挖苦付出了相应的代价，但也排除了一个定时炸弹，私下里得到好处的村民变成了马挖苦的宣传员，他们向没闹事的村民解释，说他们误会了政府和马老板。事情出现了双赢的结局，白鸿声却成为了最大的输家。当然，说白鸿声是最大输家，是站在当时看问题，许多年之后，一切都已尘埃落定，再回头看这事，就会发现，这是米岛后来一系列事件的导火索，而在米岛，没有赢家。

一贯料事如神的马挖苦，也未能料到后来发生的一切，白鸿声更是如此。白鸿声见事情这么快就平息下来，知道他们一定是达成了协定。他问李文明是否拿到了好处，一开始李文明死不承认。白鸿声说，"你骗得了别人，骗不了我，我太了解马挖苦了。"李文明就默认了。白鸿声苦笑道，"你想要的都要到了，很好。"李文明没敢说他把白鸿声供了出来。一学期结束后，镇小学的校长就找白鸿声谈话，说多次接到家长投诉，认为白鸿声的教学水平和教学方法有问题，学校经研究决定，下学期不再聘用他。校长说着拿出了好几封家长投诉他的信件，投诉他对学生学习漠不关心，说别的老师给学生布置很多家庭作业，而他白鸿声从不给学生布置作业。甚至有家长追溯到他家的传统，认为他爷爷就有这样的思想，因此他父亲白奇谋读了十六年书却大字不识一个，现在他又用这样的方法来毒害孩子。白鸿声争辩说，"校长，现在不是提倡减轻学生负担么？我这样的教学方法，是在与国际接轨，是先进的教学方法。"校长说，"我不管你什么方法，本次期末考，你带的班语文全级最差，这是不争的事实。"校长还拿出一封信，信中举报白鸿声上语文课时带学生出去玩，把语文课当成体育课来上。白鸿声说他是在探索新的教学方法，说他在村小学当校长时，就鼓励老师用新方法教学生，当年在教师公开课比赛上，岛东村小学的老师，还在全市拿过名次，这说明他的教学方法，是得到了市教委肯定的。这话让校长很不高兴，他黑着脸说，"白鸿声，你有没有搞错？你是在指责我这镇小学校长不如你这个村小学校长吗？我不管你过去当校长还是当什么，也不管你拿过什么奖，你现在是我学校的老师，就要跟着我的教学思路走，家长把孩子交给我们，是希望我们把孩子送进最好的中学，将来能上好的大学。"白鸿声说，"我……"校长说，"你不用解释，我也不会轻信几封检举信，以我对你这一年的观察，觉得你是个不务正业的老师，你把精力都用在了教书以外，听说你还以意见领袖自居，那就去当你的意见领袖吧，咱们学校的庙太小，容不下你这尊大佛，但学校会按《劳动法》给你结清工资的。"谈话就这样结束了。白鸿声知道一切无可挽回。结工资时又出了问题，镇小学按《劳动法》，赔偿给他三个月的工资。这样一来白鸿声就吃大亏了，一年前村小学解散时，遣散老师的赔偿是按教龄赔的，一年教龄赔三个月工资，白鸿声教了十六年书，按去年的标准，他能拿到四十八个月工资的遣散费，而如今，他在镇小当了一年老师被辞退，却只拿三个月的赔偿，一下子损失了好几万。他拿着工资单去找校长，校长冷笑道，"白老师，你是有文化的人，不会这么不明事理吧，我们是签了劳动合同的，你在我这里才做了一年，我依法赔偿你三个月工资，没少你一分钱，你不能把以前的烂账都算到我们头上吧。"白鸿声一时无语，想想，校长说得合情合理，找镇小要赔偿没有道理，可总不能这样吃哑巴亏，白鸿声于是去找镇教委，镇教委的人见了白鸿声，热情招呼，又是递烟又是倒茶的，说白老师不常来，稀客啊。白鸿声说，"我就开门见山，我是来要钱的。"就将他的情况大致说了，镇教委的领导就沉默了，半晌才说，"白老师，你这是给我们出难题了。你是吃了亏，但我们只能同情你，却帮不了你呀。"白鸿声说，"这话是什么意思？"镇教委的领导解释道，"去年主导改革，将村小学遣散并入镇小，是全市一盘棋，由市教委主持的，遣散教师的补偿费，也是各镇教委报上名单资料，由市教委审核后统一下发放的，这笔钱不是镇财政出，更不是我们镇教委出的。这样吧，你写一个材料来，我们给你盖章送到市教委，至于结果怎么样，不是我能说了算的。"

白奇谋听说白鸿声被学校辞退，而且只拿到了三个月的补偿，气得要命，也没有什么办法，当即抱了孙女白笑笑去找李文艳。李文艳正在打麻将，见公公抱着孩子来，说，"不是刚吃过奶么？"白奇谋说，"你别打牌了，鸿声回来了。"李文艳说，"他回来就回来了，又不是稀客。"白奇谋小声说，"他被学校开除了。"李文艳拿在手中的一张牌就没有打出去，她盯着白奇谋，说，"被开除了？"白奇谋说，"鸿声是这样说的。"李文艳就将手中的牌一推，说，"不打了。"气冲冲回到家，听白鸿声将经过一说，当时就跳了起来，说，"这不是明摆着欺负人么？这镇小学的老师不当就不当，钱要是少了我一毛，我跟他们没完。"又说，"反正你也不上班了，明天起你就去要钱，镇里不给你去市里，市里不给你就去省里，去北京，我就不信没个说理的地方。"次日吃过早饭，白鸿声就坐车去了市里，也不知这事该找谁，市教委的人自然也是推脱，白鸿声就想到，当年教委的一个副局长到小学听他上过公开课，他们小学获奖，也是这位副局长颁的奖。他就打听到了那位副局长的办公室，原来副局长升了正局长。白鸿声心下一喜，就去找这位局长。自报了家门，局长对白鸿声没有印象，他就细细提醒局长，说他是米岛岛东村小学的校长，局长听过他的公开课。局长说，"哦，是的是的，我想起来了，米岛环境很美呀，四面环水。你们那里鱼很鲜，鸡的味道也很好，给我留下了深刻的印象。"白鸿声就想起来，局长当时是在米爱红家吃的饭。局长给白鸿声倒了水，又递烟，白鸿声说不会抽烟。局长自己点上了烟，说，"记得还在你们村吃过地衣，现在地衣不容易吃到了，环境差了，地衣都不敢吃了，可惜。"局长似乎还在回味当年的美味，白鸿声说，"米岛的地衣也不能吃了。"局长说，"米岛也有工业污染了么？"白鸿声说，"局长可能是太久没去过米岛了，米岛现在开了两家化工厂。小学中学都撤并了，空出来的学校，听说又有化工厂老板看中了。米岛现在主打化工牌，说还要打造化工重镇呢。"局长说，"可惜了。"这样闲扯了一会儿，才问白鸿声来找他有什么事。白鸿声就将事情的经过说了。局长将烟摁在烟灰缸里，说，"这可难办了。当时由市政府、教委、财政局、劳动局一起联合推动的教育改革，教委只是其中的一个执行单位，挂帅的是市里分管文教卫的苏副市长，所有补偿款是市财政统一核发的。这样吧，你去米岛镇教委写一个材料，然后报到市教委，我给你签字盖章，然后你去找劳动局盖章，再去财政局，看能不能给你落实，教了这么多年书，于情于理，我都要帮你，可我们教委没有权批这笔钱给你，希望你能理解。"

　　走出教委大楼，站在楚州市的大街上，有那么一阵，白鸿声感到茫然不知所措。缓过神来后，他给李文艳打电话，把经过原原本本讲了，李文艳在电话那边骂，说你怎么不去找市长？白鸿声就在楚州住了下来，先是写好材料，回米岛镇教委盖了章，又去市教委盖章。又去找劳动局，来回十几趟每个部门都跑遍，又四次返回米岛补充各类档案材料，在他的软磨硬泡下，劳动局终于给他盖了章。拿到加盖了劳动局公章的材料，白鸿声又去找财政局。倒是一下子就找到了局长，局长看了他的材料，说，这事也不是他们财政局能决定的，"当然啦，"局长说，"也不是没有解决办法，当年我们这个改革小组的组长是苏副市长，你若能找到苏副市长签字，我分分钟给你办妥。"白鸿声就去找苏副市长，一连两天，他连市政府的大楼都进不了，大楼门口有武警站岗，他想进去，武警问他找谁，他说找苏副市长，武警问他有没有预约，他说没有。武警就将他轰到了一边，说谁都可以这样来找市长，那市长还办不办公？白鸿声第二次去的时候学聪明了，说他约好了苏副市长。结果武警打电话进去核实，知道白鸿声在说谎，又将他轰了出去，并表示下次再来这里胡闹就将他抓起来。白鸿声站在政府大楼门前，看着气派的市府大楼，突然很想哭。他辛苦教了十六年书，就这样被扫地出门，而且两手空空，想找个说理的地方都没有。后来他想到了信访办，信访办的人像审罪犯一样，先将他审问了一通。见他不像个闹事的人，就让他将经过写成材料，答复会将他的情况反映上去。走出信访办，白鸿声知道，他这样做不过是有枣没枣打一竿子，没敢抱任何希望，也不会有任何希望。白鸿声回到家，李文艳听他说了这些天的办事经过，骂他，"你这样去找，八辈子也要不到钱。还是想想办法，找找关系吧。"白鸿声说，"我哪有什么关系呢？"李文艳说，"你去找花一朵，只有她能帮你要回这笔钱。"白鸿声说，"花一朵有这样的关系吗？就算有，她会帮我？"想到自己和花一朵，已经是两个世界的人，这样去求她，拉不下那张脸。李文艳说，"我知道你拉不下脸，你以为你的脸很值钱吗？你的脸一文不值！你去求花一朵，让她帮你，如果要回补偿款，那你这张脸就值几万块。"白鸿声死活不去。李文艳告诉白鸿声，说，"你不想求花一朵，也已经求过了。"就将前年她如何去求花一朵，花一朵如何帮他，他才得以进入镇小学的事说了。李文艳说，"你还真以为镇里看你是个人才把你调过去的？"白鸿声说，"早知这样，不如不去。"李文艳说，"谁能想到你这么不争气，那么多人偏偏开除你。"白鸿声说，"开除就开除，这工作就是鸡肋，食之无味，弃之可惜，只是要不到赔偿款，我咽不下这口气。"李文艳道，"咽不下这口气就听我的，去找花一朵。"白鸿声说，"还是你去找吧。"李文艳冷笑，说，"什么事都让我冲在前面，为了你的事，我已经厚着脸皮求过她一次了，我不管你了。有本事就去要回那笔钱，要不回来，这个家，你也别回了。"

　　经过三天的思想斗争，白鸿声决定去找花一朵。如今的花一朵已非往日，她的生意越做越顺，最近正在谋划进军利润丰厚的化工业。花一朵知道，想涉足化工业，得和马挖苦搞好关系。现在米岛陆续建了三家化工厂，有两家化工厂是外地老板投资，自然不会帮她花一朵。她主动请马挖苦吃饭，直截了当说出她的想法，说她这些年赚了些钱，但钱放在手中贬值快，打算另找门路投资，想听听马挖苦的意见。马挖苦接到花一朵的约请电话，知道花一朵有求于他，乐得心花怒放，甚至还精心打扮了一番，见花一朵时，穿上了平时从未穿过的西装。吃饭的地方在米岛大酒店，花一朵要了一间包房，早早到了。马挖苦穿西装出现的那一瞬间，本来心理上还处于弱势的花一朵就明白了，原来不止只有她看重这次约会。她在心里敬重马挖苦这商业奇才，而在马挖苦心中，原来她也是不同凡响的。这是花一朵第一次见马挖苦穿西装，去年市政协年会上，同为政协委员的花一朵和马挖苦皆受邀参加，所有人无不是盛装出席，唯马挖苦穿了件松松垮垮的夹客，而且还敞着怀，露出里面的鸡心领毛衣。市政协主席开玩笑说，"马总，你要是走到大街上，谁也看不出你是大老板。你这种低调，倒有点像珠三角那边的老板。"政协主席于是讲到他年前去珠三角考察，晚宴设在一家五星级大酒店，参与宴会的皆是楚州在珠三角经商的企业家，他见在座有个农民模样的人，就是马挖苦这样的打扮，连长相都似马挖苦，政协主席说他还以为是哪个老板的司机呢。"当时还邀请了楚州首富刘万林，我们市委的张书记也在。可是刘万林一进来，却没有先和张书记握手，而是直奔那个农民模样的人，两人握完手，刘万林才和张书记握手，和我们握手。刘万林介绍说这位就是这家五星级酒店的老板，说他在大陆和香港有多家五星级酒店。"政协主席总结说，"越是有本事的人，越是低调，因为他们自信啊。马总是个自信的企业家。"这件事，给花一朵留下了深刻的印象，因为那天她也是精心打扮过的。后来，她和马挖苦碰杯的时候就说，"和你比起来，我真是太肤浅了。"马挖苦却说，"男人可以随意些，你这样的美女，出席再小的聚会，也是要精心打扮的，这才是美女本色。"这次见马挖苦，花一朵依然精心化了妆，是淡妆，很有一种清水出芙蓉的感觉。坐在包间里等马挖苦的时候她还在想，马挖苦会穿成怎样来赴约呢？没想到马挖苦参加政协年会这样大的场合不修边幅，赴她的约倒是穿起了西装。不过说实话，马挖苦实在不适合穿西装，倒显得有几分古怪了。花一朵见马挖苦这身打扮，心里就有了底气，笑着说，"很少见马总穿西装啊。"马挖苦说，"一起长大的朋友，叫什么马总，是把我当外人了。"

两人一起喝茶，叙旧。直到上菜，花一朵也没有说请马挖苦来有何事。马挖苦倒先沉不住气了，说花一朵约他吃饭一定是有事，花一朵笑靥如花，说，"就不兴我请你这大老板叙叙旧拉拉关系么？"马挖苦说，"你这是寒碜我啊，我是什么大老板。我比你大，你应该叫我哥。"花一朵说，"也是啊，大几分钟也是大的。"两人自然就谈到了当年同年同月同日出生的伙伴。还聊到了花五朵，花一朵就将花五朵的情况说了。马挖苦说，"她是了不起的，和她一比，我就是俗人一个，俗得只知道钱了。"又说到了米立心。花一朵说，"我听花子春叔叔说，市委的张书记这个月要去一趟广东，主要想去拜会一些楚州籍的政要、企业家与各界名流。花叔叔还问起我，说有个米立心，是米岛出来的，问我认识不。我问花叔叔怎么认得米立心的，花叔叔说他也不认得，但在张书记要宴请拜会的名单上，排第一位的是在广东任高官的刘子义，第二位是咱们楚州首富刘万林，排第三位的居然是米立心。我就对花叔叔说，我和米立心是同年同月同日生的。回来后，我上网查了一下，也没有查到他的什么消息。"马挖苦说，"米立心在外面做得怎么样，倒没怎么听人说起。能被书记排在第三位，肯定是不简单。"又说到白鸿声，马挖苦愤然道，"不要提他，提起他我就来气。"花一朵说，"怎么啦？"马挖苦说，"说起来，我们从小一起长大，可他却是一点也不念旧情，还给我下绊子使坏呢。"马挖苦轻描淡写地将白鸿声在背后给人出谋划策整他的事说了。两人感慨一番，说人心难测。花一朵的心里，自多了一份心酸。马挖苦又说，"你能请我吃饭，我是太高兴了。打小是五朵对我好，你从来都不拿正眼看我的。可说来也怪，你越是不理我，我越是想讨好你，越是讨好你，你就越是讨厌我。"花一朵说，"小时候是不懂事，你是越发有魅力了，现在，你就是我的偶像啊。"这样一说，马挖苦眼里就发亮了，两朵火苗一跳一跳。两人喝了不少红酒，说了不少的话。马挖苦又问花一朵找他有什么事。花一朵说，"这些年，我跟我妈做服装，也赚了些钱。做生意的，最怕把钱存在银行，总想着投资个什么项目。"马挖苦笑道，"你给我的化工厂投资啊，你入股，我就扩大生产规模，我缺的就是钱呢。"花一朵笑笑，说，"别人缺钱，你会缺钱么？"马挖苦说，"哪个做生意的不缺钱？有一百万，就想做一千万的生意，有了一千万，又想做上亿的生意了。"花一朵说，"我也这样想，可我妈是个谨慎的人，她是有一千万，却只敢做五百万的生意，另外五百万是要放在银行里的。"马挖苦说，"伯母她们那代人是穷怕了的，做生意稳扎稳打，这样很好啊。"花一朵说，"好是好，可看着当年同样起步的人，现在发展比我们大了十倍，我们却错过了一次又一次的发展机遇。"马挖苦说，"你是只看到了发展比你们好的公司，却没有看到，还有更多的公司，当年和你们一同起步，如今早就尸骨无存了。"花一朵说，"你这话，和我妈说的一模一样。"又说，"我也不想贸然进去，约你见面，就是想听听你的意见，看有什么稳妥可行的投资。"马挖苦说，"你入股我的公司，我不敢保证你赚多少，但我敢保证，这是目前米岛回报最高的投资。"花一朵说，"我是想自己闯一闯，入股你的公司自然是好，但坐享其成，对我的成长也不利，你说是不是？"马挖苦说，"我知道妹子是不甘屈居人下的。你是想进军化工业？"花一朵说，"有这样的想法，也做了些调查，但下不了决心。"马挖苦就说，"我估计，未来十年，做化工还是一个好的产业，再往后就不好说了。"马挖苦就分析说，"原本化工厂大多建在中小城市的市郊，但随着城市的扩张，化工厂在市郊待不下去，自然要搬迁，可搬的地方又不能太偏，一要交通便利，二要靠近大江大河，便于排污。因此好多化工厂搬迁后找不到地方生产，设备就闲置了。随着经济的发展，对化工产品的需求会越来越大，比如我们公司生产的选矿剂，国内国际市场上，需求量也是很大，但产量总是跟不上，出现了求大于供的情况，价钱自然就会上升，这三年价格就涨了两倍。而且随着各地对环境保护的重视，经济发展对矿产需求量增加，这种求大于供的情况，还会持续相当长一段时间，因此现在办化工厂是最好的时机，一来二手设备投资不大，二来生产见效快，只要工厂一冒烟，投资一个中型规模的化工厂，两年就能收回成本，再干两年就能再赚一个化工厂。在米岛办化工厂，还有一个好处，农民都不种地了，大家搬到镇上来住，咱们在乡下办厂，阻力也比较小。"花一朵说，"你刚才说，十年之内，是什么意思？"马挖苦说，"十年以后就不好说了，到那时，米岛的经济发展了，人们的环保意识也会加强，到时米岛的化工厂可能又要重复之前的命运，往更偏远的地方搬。现在投产，只要能生产三年，就能赚钱。生产十年，能赚大钱。"听马挖苦如此一说，花一朵就决心办化工厂了。马挖苦说，"你若办化工厂，往后咱们就是同行了。"花一朵说，"同行是冤家，你对我说这些，就不怕我到时抢了你的生意？"马挖苦笑道，"我们怎么会成冤家呢，咱们生产的产品，并不愁卖呀，相反，将来还可以联手，这样在原材料采购上还可以降低成本，产量大了，出货时还有更多的主动权。"马挖苦又问花一朵有没有想好厂址选在哪里。花一朵说，"还没想好。"马挖苦说，"送佛送到西，帮人帮到底。我再给你一个建议，这厂址，一是要交通方便，二是要离镇中心远，越远就意味着厂子在米岛生存的时间会越长，我的厂就在米岛的东北角，离镇远，离大河又近，修排污管投资小，排出去的水直接流入米河，对咱们米岛影响不大。"花一朵说，"只是现在想拿到土地很难。"马挖苦说，"我心中倒有一块好地，这地，别人拿可能有难度，你花一朵拿，分分钟能到手。"花一朵问是哪里的地，马挖苦就说，"米岛二中。"花一朵说，"米岛二中？"马挖苦说，"现在征地比较麻烦，国家对占用农业用地控制得又严，农民也学精了，地荒在那里一毛钱收入没有，但政府想买征地搞工业建厂房，他们立马坐地起价，还会在地里栽上密密麻麻的树苗，单青苗费一项都是不小的开支。现在各村闲置的校舍，大多租给人办厂了，岛东小学地方虽好，但是离水源较远，又是村里的公有土地，想要征用，村里一样会坐地起价，镇里也不好出面干涉，就算干涉，公关费用也不会低。米岛二中就不一样，一来，米岛二中虽然建在咱们村，但不归村里管，归教委管，你只要打通关系，把学校租下来就行，租十年，我保证你赚大钱。"花一朵兴奋地说，"我就知道你会帮我的。"说着就拿迷离的眼神看马挖苦，越看越觉得马挖苦帅气，英俊。两人后来抱在了一起，马挖苦踮着脚吻了花一朵的唇。

白鸿声没有找到花一朵，鼓起勇气给花一朵打电话时，花一朵刚和马挖苦分手，唇上还留着马挖苦的气息，意乱情迷的她，第一次有了强烈地想和男人在一起的感觉。马挖苦有家室，当然不可能离婚娶她。她和马挖苦，不可能有更进一步发展，如果她愿意，最多只能做马挖苦的情人。但在这一刻，她觉得，只要马挖苦愿意，她甘心情愿做马挖苦的情人。就在刚才，马挖苦只是吻了她，然后理智地和她分开。花一朵接到了白鸿声的电话，白鸿声在电话里磨叽了半天，才说出他的请求。花一朵莫名地觉得白鸿声很是讨厌，拿白鸿声和马挖苦一比，白鸿声简直就不算男人。又想到白鸿声在背后搞阴谋陷害马挖苦的事，知道一定是马挖苦在背后收拾他，觉得白鸿声既可怜又可恨。想，可怜之人，必有可恨之处。想，当初自己居然爱上了他，幸亏是堂兄妹，不然嫁了他，这一辈子何来幸福可言？但想到马挖苦断了白鸿声的后路，又有些于心不忍，大人不计小人过，便答应白鸿声，说她会尽力而为。挂了电话，想，到底要不要帮白鸿声？帮了，马挖苦知道会不高兴。不帮，白鸿声委实可怜。花一朵因此陷入两难之中，但她很快就做出了决定。她并没有去为白鸿声说情，而是在几天后回复白鸿声，说很遗憾，自己没能帮上忙。

许多天之后，白鸿声去信访局问消息，得到的消息只是让他耐心等待。白鸿声实在找不到可以帮他的人，又去市教委，那位接待他的局长，却对白鸿声说了句意味深长的话，他说，"白老师呀，你还是应该想一想，问题到底出在什么地方？"见白鸿声没有明白，又说，"你想一想，你得罪了什么人？"这样一说，白鸿声就问，"您听到什么了？"局长说，"我什么也没有听到，只是帮你分析分析，比如你做

了什么不该做的事。要解决问题，得从根本上找原因。"白鸿声就想
到了马挖苦。回到米岛，白鸿声去找李文明，再三追问之下，李文明
才将马挖苦找他谈判的细节和盘托出。从李文明家出来，白鸿声站在
街上发了半天呆，他决定再去找花一朵，把事情的经过对花一朵讲清
楚，也许花一朵还是能帮上他的。他给花一朵打电话，花一朵问他有
什么事，他说还是为了上次的事，他有了新发现，原来一切都是马挖
苦在背后搞鬼，现在他想见花一朵面谈。白鸿声哪里知道，他给花一
朵打电话时，花一朵正和马挖苦带着工程人员在米岛二中实地勘察。
确如马挖苦所言，米岛二中真是化工厂的绝佳选址，地方够开阔，地
势高，离大河故道又近，埋排污管方便又省钱。学校的教室还可以改
造利用，只要略加修缮，就可以充当办公室、仓库等，只需修建主体
车间即可。一行人正站在米岛中学至高处的山丘上，看着眼前的米
岛，指点江山，展望未来。马挖苦见花一朵开心，自是心花怒放。花
一朵正是在此时接到白鸿声的电话，不免觉得扫兴，眉头皱起，边听
白鸿声说，边小声告诉马挖苦，"白鸿声的电话。"听白鸿声说完，花
一朵说，"对不起啊，我在市里开会呢，既然是你得罪马挖苦在先，
你去给他赔礼道歉，求他高抬贵手不就行了，你和马挖苦比我还要熟
啊。"白鸿声还要说什么，花一朵说，"不同你说了，我在开会。"挂
了电话，把白鸿声的话对马挖苦复述了，并为白鸿声求情，说，"他
也怪可怜的，你大人不计小人过，就放他一马吧。"马挖苦冷笑一
声，说，"我这人，有恩报恩，有仇报仇。他在背后搞我时，可曾想
过我的感受？要是都和他一样在背后随便整我而不用付出代价，那我
的生意还怎么做？"花一朵说，"这是你们俩的事，我就不掺和了。"
马挖苦说，"他要是来求我，我是可以放他一马的。只是，白鸿声这
人，打小我就看不惯他，自认为很了不起，学习成绩好，老师喜欢
他，你和花五朵也喜欢他，他就高高在上，他就从来没把我当过朋
友。"花一朵说，"你这也是在批评我呀。"

　　一行人出了二中荒废的校园，又去马挖苦的化工厂参观。彼时，
马挖苦的化工厂正开足马力生产，空气中飘浮着刺鼻的气味。因排污
管接缝处没接好，有些渗漏，沿排污管两边十多米远寸草不生。花一

朵说，"这么多的水都排到河里，会不会？"马挖苦说，"这么大一条河，又是流动的，水排下去就稀释掉了。再说，这沿河又不是我们一家厂排污，多我们两家不多，少我们两家不少。反正这条河里，现在也没有鱼了，家家都吃自来水，又没有人云河里挑水吃。"花一朵说，"也是，西方国家，在经济发展初期，也是以牺牲环境为代价的，先把经济搞上去了，再慢慢修复环境。"马挖苦说，"你以为把咱们米岛环境搞坏了，我心里就没有一点愧疚？可我觉得，咱在米岛办厂，还是功大于过的，我厂里招的工人，都是米岛人，一百多个工人，背后就是一百多个家庭，一家只要有一个人在我厂里打工就可以脱贫，这还别说我一年给国家和地方上交的税，逢到灾害又是捐钱又是捐物的。米岛要发展，光靠农业顶什么用？都知道要农村城镇化，要发展工业，可咱们米岛叫发展工业叫了那么多年，能发展什么工业？除了化工厂，别的企业谁愿意到这地方来？四面环水，交通不便，离大城市又远。新任镇长上任时，也想过发展旅游，米岛环境虽好，但没有特别之处，谁大老远跑你这儿来旅游？说句不好听的话，米岛没有我们这些化工厂，镇领导和学校老师的工资都发不下来呢。"花一朵用越发崇拜的眼神看着马挖苦，说，"没想到，你看问题如此深刻。"马挖苦说，"你笑话我。"又带花一朵参观他的仓库，里面堆满已经封装好的选矿剂。花一朵说，"这么多成品，是多长时间做出来的？"马挖苦说，"今年的产品我还没有出过货。"花一朵说，"这是为什么呢，不是说资金要转动起来么，你还把货都压着？"马挖苦说，"选矿剂的市场行情看涨，一年涨百分之四十，只要资金能周转过来，我就尽量把货压着，现在好多厂家都在压货，压在这里就是在增值。"花一朵说，"这一仓库货，大概能卖多少钱？"马挖苦笑笑，说，"也没多少钱，不过这批货出手，我所有的投资都能收回来，现在这个工厂就是纯赚的了。"花一朵感叹道，"难怪那么多人想开化工厂。"

花一朵和马挖苦的车离开岛东村时，与骑自行车回家的白鸿声迎面相遇。马挖苦远远看出是白鸿声，故意放慢车速，冲白鸿声摁喇叭。白鸿声见车里坐的是马挖苦，眼里能喷出火来，又看到后面一辆车里的花一朵，就更加愤怒了。没想到花一朵骗了自己，明明说在市里开会，却原来是和马挖苦在一起。他为自己居然去求花一朵而感到可笑。回到家，天黑严实了，在外打牌的李文艳才回来，见白鸿声脸色不好，就知道事情又没办成，埋怨白鸿声没有本事。白鸿声说，"你有本事，不都是你做的好事么，当初不去求花一朵，我就在村小学遣散，早拿到遣散费了，也不至于落到现在，像条狗一样。"李文艳说，"你这人，真是狗咬吕洞宾，不识好人心，不是看你想去镇小学教书么？你当初若不想去，谁能拿刀逼了你去？你当时不也是欢天喜地去的？不看看自己，肩不能挑，手不能提，回家能干什么？你这个样子，去窑场打苦工都没人要！"李文艳一通数落，白鸿声就哑口无言了。李文艳说，"算了，指望你，屁事都办不成，还是得我来。"白鸿声冷笑道，"你有本事，那我看你怎么办成。"李文艳说，"我明天去找花一朵，不行去找武义兰。"白鸿声冷笑道，"你知道是谁在背后害我么？"就将他的怀疑说了。白奇谋一听就跳了起来，骂，"这个马挖苦，我们和他无冤无仇，他干吗要害我们。他有钱吃香喝辣，总得给我们穷人留条活路。"李文艳说，"原来是马挖苦，别人怕他，我不怕他。他不是厉害吗？他的化工厂，排毒气不说，放出来的污水，把河边的树都毒死了，那可是咱们村的地，他不仁，就别怪我不义。我明天就去找他。"白鸿声没有作声。次日，李文艳果然杀到化工厂里，正好马挖苦在，见李文艳来，知她为何而来，但见她杀气腾腾，知道不是来求他高抬贵手，是兴师问罪来了。因假笑道，"哟哟哟，稀客稀客，什么风把李大主任吹来了。"其时村里已没村长一说，村主任是民选的。李文艳竞选过村主任，但没选上，不是能力问题，而是大家拉票太厉害。现任主任是花书记的侄儿，他用十块钱一张选票，把村里大多数的票都买到了手。这年头，当村主任比当年做村长要强得多，当年做村长，管理的是一个背了一身债务的穷村，现在不一样了，村里有了窑场、化工厂，村主任的手中掌握着资源，有了资源，就能用手中的权力搞到钱。因此村主任是块人人想抢的肥差。村主任被别人抢去，李文艳只选了个副主任。主任是花了大价钱才当上的，哪会匀丁点好处给副主任，副主任也就是个干活跑腿的角色。眼下又到了换届的时候，李文艳知道，要想选上主任，一是看谁的票子多，二看谁的拳头硬。李文艳知道，她纵有心上位，却也无力去争。因此当马挖苦叫她李主任，她心里是极难受的，知道马挖苦在讽刺她。李文艳说，"没什么风，就不兴我们穷人到你大老板这里来沾点财气？"马挖苦将李文艳让进办公室，又倒了茶。马挖苦说，"李主任是无事不登三宝殿，有什么指教请讲。"李文艳说，"咱们也不绕圈子了，我为什么事来，你心里清楚。我只想问你一句，我们到底哪里得罪你了，你要把我家鸿声往死里整。你发你的财，我过我的穷日子，咱井水不犯河水，你说是不是这个理？"马挖苦说，"你说得对，我也是这样想的，我做我的生意，对你和白鸿声从来尊敬有加，我记不清什么地方得罪你们了，你们要把我往死里整。"李文艳说，"笑话，你这是倒打一耙，我们能整倒你么？"马挖苦说，"我也不怕得罪你，白鸿声下岗，是我给上面打了招呼。他的补偿金拿不到，也是我打了招呼的。你知道为什么吗？是你家白鸿声先把事情做绝的，让我损失了几十万。"李文艳说，"白鸿声做什么事了？"马挖苦说，"你还是回去问你家白鸿声吧，我和他往日无冤，近日无仇，他为何在背后坏我的事。我损失了五十万，你们损失五万块，这不为过吧？"李文艳还要说什么，马挖苦说，"我还有事，先走了，你去问白鸿声，把事情搞清楚了再来向我兴师问罪。"说完起身送客。

李文艳怒气冲冲回到家，劈头盖脸冲白鸿声一通臭骂，问白鸿声对马挖苦做了什么见不得人的事。白鸿声说他没做什么见不得人的事，马挖苦和当官的勾结，将岛南村的工业用地用来建小区，损伤了村民的利益，他不过是伸张正义，为岛南村的人出谋划策罢了。李文艳冷笑一声，说，"伸张正义。人家的正义伸张了，你的正义谁给你伸张！让你老婆给你伸张？我还没有开口，人家就拿话把我堵得死死的。这事是你挑起来的，我不管了。"李文艳不再管白鸿声的事。自此，白鸿声赋闲在家，整日无事可做，又不会打麻将，又不想去做农田里的活。白奇谋就骂他，说你哪怕在家带带孩子也是好的。白鸿声却从来不抱白笑笑。后来的很长一段时间，奇谋家的每天坐在门口随着太阳转，白鸿声也搬了一张躺椅挨在母亲旁边，从早睡到晚。对于一个又哑又瞎的老太婆来说，这很正常，但对一个手脚健全年富力强的男人来说，这实在让人看不过去。李文艳每天除了打麻将还是打麻将，家里的事都落到了白奇谋身上，他要带孩子，又要做一家人的饭菜，偏他又不是个能干的人，做饭只将就把米煮熟，菜更谈不上色香味，什么菜都拿水来煮，看起来像猪食。李文艳多半时候都在麻将馆花五块钱吃碗面，隔段时间抱着笑笑回趟娘家。白家眼看就这样败落了，急得白家的一众鬼魂摇头叹息却也无可奈何。

眼看到了年底，新一届的村主任选举又要开始。陪母亲晒了几个月太阳的白鸿声，突然听见母亲开口说话了。奇谋家的说，"儿啊，你去参选村主任吧！选上村主任，就可以和马挖苦对着干，可以报你的仇了。"白鸿声以为自己在做梦，这段时间，他总是做梦，白天黑夜皆在梦中，梦中有时出现的是那个小时候陪他玩耍的小女孩，有时又是村里那些故去的人，耳边总是出现一些莫名其妙的声音，那些声音似乎来自梦境，但又好像不是。但是现在，这声音分明出自母亲之口。他已经许久没有听过母亲说话了。他说，"妈，你不是哑了么？"奇谋家的冷笑，"谁说我哑了？我是懒得理你们，我倒要看看那个女人会把这个家折腾成什么样子。"她说的"那个女人"，自然是指李文艳。奇谋家的说，"我本不想管你们的事，可你实在不争气，在家受老婆欺，在外被别人欺，你们白家，是离不开我的。"白鸿声说，"妈，你老糊涂了，儿子哪里是当村主任的料。"奇谋家的说，"那谁是当村主任的料？现在的村主任算个什么东西不也在当么？"白鸿声说，"儿子不是这个意思，儿子是说，咱家无钱无势的，哪里当得上主任。"奇谋家的突然不吭声了，很快陷入昏睡之中。晚上，白奇谋把饭煮好，李文艳打牌还没回来，白奇谋就喊白鸿声吃饭，说李文艳肯定又在麻将馆吃了。奇谋家的突然说，"去把李文艳叫回来，晚上咱们开会。"白奇谋被老婆突然开口说话吓了一跳，说，"老婆子你会说话呀？"奇谋家的说，"那么多废话，让你去叫李文艳。"李文艳听说婆婆突然开口说话了，还要主持家庭会议，也吓得不轻。她有点害怕这个婆婆了，特别是她瞎了之后，像个妖精，你心里一点花花肠子她都知道得一清二楚。李文艳不敢怠慢，随白奇谋回到家，奇谋家的端坐饭桌上首，其他三人各据一方。奇谋家的说，"这个家，不能这样下去了，再这样下去，白家就成了一堆臭狗屎。"其他人都不说话。奇谋家的继续说，"李文艳，你以为你有多大本事，我让你当家，折腾了这么多年，这个家，越发折腾得没样了。你也就那点本事，从今天起，这个家，我老太婆说了算。"李文艳偷偷瞄一眼婆婆。奇谋家的说，"看什么看，心里不服么？"李文艳说，"你没有瞎。你是装的吧？"奇谋家的说，"装什么，我的眼瞎了，可心里亮堂得很，你那点小把戏，少在我面前要。"李文艳吓得低下了头。奇谋家的说，"我宣布另外一件事，鸿声要选村主任了，李文艳，从明天起，你不许打牌了，做饭洗衣服做家务，这些活都归你。"李文艳说，"鸿声要能选上村主任，我愿意做饭洗衣侍候他，可他选得上村主任吗？我们一没有钞票，二没有权力，三也没有拳头，凭什么能当选。"奇谋家的说，"我宣布完了，散会，吃饭。"

　　吃完饭，李文艳将碗筷一推，就想进房间。奇谋家的咳嗽一声，说，"你去洗碗。"李文艳乖乖地去洗碗了。忙完家务，睡在床上，李文艳对白鸿声说，"你妈到底是人还是鬼？我怎么觉得她鬼气阴森。"白鸿声说，"你妈才是鬼。"李文艳说，"你真要选村主任？"白鸿声说，"真选。我要选上了，第一件事，就是把窑场的承包权收回来，马挖苦早就过了承包的期限。"李文艳说，"收回后谁来经营？又和从前一样，一年下来就开垮。"白鸿声说，"收回来后公开招标，谁出钱多就包给谁。"白鸿声说，"第二件事，就是让马挖苦的化工厂滚蛋，化工厂是个祸害，弄得我们一天到晚闻臭味，污水又把地都给毁了。他要不滚也可以，给咱们村的村民按月支付健康损失补偿。第三件，花一朵不是拿下了米岛二中的空房子建化工厂么？米岛二中虽不是咱村的土地，但建在咱们村，就得和马挖苦的化工厂一样，接受村里的监管。"李文艳说，"做梦去吧，别说你选不上，就算选上了，一个小小的村主任，你能斗得过人家大老板？"白鸿声说，"我为的是咱们村所有人的利益，我就不信斗不过他。"李文艳说，"可你凭什么选上？"白鸿声说，"我先拟一个竞选纲领，一家一户告诉这些村民，选我当主任要做哪些事，他们可以得到哪些好处。"李文艳说，"你和你妈都疯了，得了痴心妄想症。"后来的事情证明，奇谋家的并没有痴心妄想，她在这天晚上，从床底下拖出一个箱子。这是当时她遵照婆婆的指点，从我这老觉悟树下挖出来的当年白振甫埋下的金子。她摸黑将木箱抱回了家，里面一共八根金条，还有耳环戒指手镯之类的金首饰。奇谋家的眼中就涌出了泪水，打心底里感谢未曾谋面的公公，说还是你老人家有远见。我就知道你不会不管自己的儿孙。奇谋家的一直在找合适的机会让这些东西发挥作用，现在，她觉得时机成熟了。奇谋家的取出两根金条、一对耳环，又一个戒指，其余的，又放回了箱子。次日早餐时，她又召开了家庭会议，一开始她就告诉儿媳李文艳，咱白家不是穷人，过去就是米岛的大户，白振甫早在被政府枪毙之前，就为儿孙留下了一批财宝。这些财宝，一直由白婆婆保管，后来交到了她的手中，她说婆婆跟她交代过，这些财宝要用在最关键的时刻，现在，白家就到了最关键时刻，因此她现在决定公开这件事。白奇谋听她说得有鼻子有眼，就问："我怎么不知道这事？"奇谋家的说，"你不知道的事多了。"说着从怀里摸出一包东西。白奇谋和白鸿声夫妇眼睛就直了，连白笑笑都在一边手舞足蹈。奇谋家的翻了一下白眼，从布包里摸出一对耳环，说，"李文艳，这个，是给你的。"李文艳不敢接，眼睛直勾勾地盯着那东西，那是一对老式的耳环，深沉的金黄色在这个清晨散发着迷人的光辉。"别装了，给你就拿着。别以为白家现在破落了。瘦死的骆驼比马大！"李文艳赶紧接过那对耳环，放在手心里左看右看，欣喜若狂。奇谋家的又摸出一个戒指说，"这个也给你，李文艳。"李文艳的嘴就张得合不拢了。"把手拿过来。"奇谋家的说。李文艳就将颤抖的右手伸了过去。奇谋家的一把薅住，李文艳本能地往回缩，缩了一下又停住了，脸上却是惊喜的表情。奇谋家的说，"这是白家祖传的东西，戴上它，就要忠于白家，忠于鸿声，安心做鸿声的老婆，你要敢在外面惹出什么花脚乌龟的事，白家祖宗也饶不了你。"李文艳就忙不迭地点头。奇谋家的抓过她的手，将那戒指准确无误地戴在她的无名指上。李文艳心中残存的那一点骄傲在这一瞬间土崩瓦解，再不敢有三心二意。

奇谋家的又从手绢里摸出一根金条，轻轻放在桌子中央。说，

"鸿声，这个，足够你拉票买个村主任。"白鸿声不敢伸手去拿。白奇谋却喃喃地说，"没想到，真没想到，老头子还留了一手。"李文艳伸手将那金条拿在手中掂量一下，又轻轻放回桌子，没敢说话。奇谋家的又拿出一根金条，放在前一根金条上面。两根金条，在晨光中浮动着耀眼的光芒。奇谋家的说，"这条也换成钱，把房子修整一下，该置的电器都置上，咱白家，要有个样子了。"奇谋家的说，"鸿声，重振白家就靠你了。娘拿出来的，只是你爷爷留下财宝的十股之一，其他的我不会交给你，你也别想找得到。不到关键时刻，我是不会拿出来的。"白鸿声和李文艳做梦也没想到，白家原来还有如此雄厚的家底。李文艳说，"难怪你妈那样不可一世，原来手里掌握这么大一笔财宝。"

白振甫给白家留下了巨额财宝的事很快就在米岛传开。李文艳走到哪里，都有人围观她手上的戒指和耳朵上的耳环，那古朴的造型和深沉的光泽，引来不少女人的羡慕。而在李文艳的传播中，白家的财宝被描述成金条数百根、首饰珠宝一大箱。白家还购买了冰箱洗衣机等家用电器，那辆破旧的自行车也终于退休，换上了崭新的摩托车，这一切都在证明，白家在一夜之间暴富。暴富后的白鸿声，透出的自信与气场亦非往日可比，他开始为竞选村主任造势。彼时的米岛，人们普遍对有钱人怀有莫名的敬畏和信赖，他们无法想象一个穷得叮当响的人能当好村干部并为大家谋福利。白家当年在米岛的辉煌也再次被人提及，老人们开始讲述白家当年如何富有而且仁义。白鸿声的人气直线上升，加之李文艳到处为白鸿声造势拉票，半根金条，就将大多数的选票稳稳攥在白鸿声手中。是年腊月的换届选举，白鸿声以高票当选为村主任，李文艳则退居幕后，为白鸿声出谋划策。白鸿声当选村主任的当天，马挖苦给他发来了一条短信表示祝贺。白鸿声本不想回复。李文艳却说，"当你要打人时，先将自己的拳头收回来。你要不动声色，主动和马挖苦和解，然后再出拳。公是公，私归私，这样你才能占理又占势。"白鸿声深以为是，大赞李文艳不愧做过这么多年村干部，深谙阴谋与阳谋，不像他，一介穷书生，根本不通人情世故，因此往后有拿不定主意的事，皆请教李文艳。李文艳也都能帮他仔细分析，作出最有利的选择。所谓贫贱夫妻百事哀，现在家里有了钱，白鸿声又当上了村主任，家里还有财宝给他们撑腰，底气一下子就上来了。自此夫妻同心，违心旧事，件件从此随心逝，如意新图，张张自今得意成。李文艳感受到了白鸿声对她的信任，白鸿声也在李文艳的面前感受到作为男人的尊严与自信，夫妻之间，渐渐又有了性事。一次，夫妻恩爱后李文艳哭了，说她对不起白鸿声，还说想为白鸿声再生一个孩子。白鸿声说，"我们不是有笑笑么。"李文艳还想说什么，白鸿声却说，"你什么都不用说，我也不想知道，笑笑就是我的孩子。"李文艳哭得更加伤心，说当初她是气糊涂了，才会使出那样的狠招拿掉赵小兰的孩子，说她知道这事伤了白鸿声的心，但这么多年过去了，她的心里一直不安。白鸿声说，"过去的事，现在不要再提了。"白鸿声还说，一开始他选村主任，只是想向马挖苦报一箭之仇，现在倒觉得，那并不是什么大不了的仇，村民选他当主任，他就要对得起村民，对得起他祖上在米岛的荣光。李文艳说，"鸿声，你这样想，才真是大男人，你做什么，我都支持你。"人心就是这样奇怪而复杂。夫妻二人多年的隔阂，居然就这样化解了，而一直觉得上天对其不公的白鸿声，突然发觉老天原来对他是如此厚爱。人有了地位，想问题就会变得全面，做事也变得谨慎起来。他给马挖苦回了短信，表示感谢。很快，马挖苦又发来短信，说想请白鸿声和花一朵一起聚聚。白鸿声就问李文艳，是去赴约还是不去，李文艳认为应该拒绝。白鸿声就找借口推托了。

新官上任三把火，白鸿声的第一把火就烧向了马挖苦。他上任后，召集村干部一起讨论了窑场重新招标承包的事，有赞成者，也有反对的。赞成者认为虽然当年是马挖苦让窑场起死回生，但这么多年来，马挖苦靠窑场起家，早就赚得盆满钵满，但窑场的承包费基本上没涨，村民早就有意见了。反对的人认为，如果收回来，没有人接手，又成了烫手的山芋。但赞成的人马上说现在米岛的形势不比当年，所有窑场的砖都是供不应求，有钱人也多，只要重新招标，大把人抢着包，早不是当年少了他马挖苦就做不成酒席的局面了。商量后的结果，是大家一致同意了将窑场收回重新招标。这边村委刚刚决定，那边马挖苦就收到了信息，知道白鸿声要和他对着干了。马挖苦并未将白鸿声放在眼里，以他的实力，对付一个小小的白鸿声自不费吹灰之力。只是他要掂量一下，是和白鸿声硬碰硬好，还是和他和解更妙，这样掂量的结果自然是和白鸿声和解为好。马挖苦是生意人，生意人在做选择时，遵循的是利益至上的原则，当他决定和白鸿声修好后，就给市教委的领导打了电话，当天，白鸿声就接到了镇教委的电话，让他去结算遣散费，说是上面的批示已经下来，一切都按照当年的政策办。马挖苦又给白鸿声发了条短信，再次提出想请白鸿声吃饭，时间由白鸿声来定。白鸿声回家和李文艳商量，李文艳见补偿款这么快就拿到，也就是说马挖苦是真心和解了，便建议白鸿声去，顺便把村里准备收回窑场重新招标的决定口头通知他。白鸿声就回短信答应，并约好次日中午赴约。次日，白鸿声带上老婆李文艳一同赴约。马挖苦也请了花一朵作陪。马挖苦给白鸿声道贺。白鸿声说，"一个小小的村主任，芝麻官都算不上，我不过是失业在家，闲不住，这才出头为村里做点事情。"又将村委的决定对马挖苦说了，并说他这是对事不对人，希望马挖苦理解。席间，李文艳悄悄给白鸿声发一条短信，"做得好，继续沉住气。"白鸿声回，"老婆教导有方。"饭吃了两个小时，大家东扯西拉一番，马挖苦说往后还要你这个村主任多关照，白鸿声也说，"两位都是大老板，你们跺跺脚米岛就要地震，我这小小村官，能不能当得稳，还不是攥在你们手心里。"

窑场要收回重新招标，村里给马挖苦下了正式通知。白鸿声又给马挖苦打了电话，说明这是村委作出的决定，风都吹出去了，改是不能改了，如果马老板有意继续承包，自然可以参与竞标。马挖苦说，"到时还得你多多关照。"接下来，村里花钱在镇电视台做了窑场招标承包的广告。米岛镇电视台每天的节目很单调，先是米岛新闻，接下来是点歌台，然后播放电视连续剧。彼时，米岛谁家有喜事，时兴在镇电视台点播歌曲。振国窑场重新招标的事，在镇电视台连续播了几天，这样一来，竞标的人远远超出了他们的预想。最后的结果，还是马挖苦竞得了未来十年的承包权，但是每年上交村里的承包费，由过去的五万上升到了二十万元，而且承包费要一次性付清。马挖苦本来

不打算再竞标窑场，也很少过问窑场的事，窑场实际上是他的岳父在
打理。只是他岳父当了一辈子掌窑师傅，听说马挖苦不想再承包窑
场，当即就发了脾气，说要是没有窑烧，等于要了他的老命。马挖苦
完全为了讨岳父欢心，才出如此高的承包费将这窑场承包下来。但这
件事，却让白鸿声在村民中立起了威信，村里人都觉得他能干，上任
的第一把火烧得很好，村干部们，当然希望村集体收入越多越好，公
款吃喝活动经费就都有了着落，都觉得白鸿声这个村主任没选错。也
有人为他担心，过去的村主任不是没想过这一招，只不过一来不想得
罪马挖苦，二来私下里得了马挖苦的好处，现在这白鸿声，还真有点
铁面无私的样子，大家就等着看他如何来烧第二把火。

　　白鸿声的第二把火依然烧向了马挖苦，只是白鸿声决定在出手
前，将准备工作先做到位，他从市里请来了专家，对岛东村的水质、
土壤进行了检测，特别是对化工厂排污管附近数百米的土壤，和化工
厂附近两个村民小组的水质土质进行了检测，检测结果是白鸿声没料
到的。当他请教专家，这样的检测结果意味着什么时，专家说水和土
壤里重金属严重超标，已经属于重度污染。就是从地底三十米深的压
水井取水，重金属也已经严重超标。专家说，岛东村的水已经不能饮
用。拿到这样一份检测报告，白鸿声倒有些犹豫了，他不知道，这份
报告公布出来，村民们会如何愤怒，会闹出什么事端，但如果不告诉
大家，他内心又实在不安。现在，这份报告在他手中，就不再是他和
马挖苦的个人恩怨了，他将报告给李文艳看了，李文艳看后，也不知
该如何是好。而这时，花一朵在米岛二中的化工厂已经开始安装锅炉
等设备，眼看也要开工了。

　　自从拿到那份检测报告，白鸿声就开始坐立不安，他知道，如果
把事情公开，他和马挖苦皆没有退路。这样犹豫了差不多一个月，白
鸿声决定把报告公布，怎么处理由村民来决定。李文艳用担忧的眼神
看着白鸿声，说，"鸿声，你可想好了。一公布，那就是和马挖苦、
花一朵走到了对立面，他们在米岛办化工厂，化工厂有没有毒，他们
心里还不一清二楚，他们心里清楚，镇里的领导心里难道不清楚？市
里的领导心里没有数？你这不仅是和马挖苦作对，也是在和政府对着

干。"白鸿声听李文艳这样一说又为难了。他自忖没有勇气为了全村百姓而舍弃一家人的安逸，可明知道这样的检测结果却隐瞒不说又让他于心不安。再者说了，他自己也生活在这片天空下，也喝着被污染的水，吃着被污染的土地种出来的庄稼。李文艳说，"还是再想想吧。做英雄，是要付出代价的。不过只要是你决定的，我都支持，大不了咱们离开米岛，一家人都离走，眼不见心不烦。妈不是说有好多财宝吗？把财宝拿出来换成钱，咱们一家人搬离米岛，到市里去住。"白鸿声说，"到市里，我们能干什么呢？"李文艳说，"我们不能做点生意？"白鸿声长叹一声，说，"我在米岛出生，在这里住习惯了，要让我搬走，哪里习惯？"李文艳说，"那你就做好和马挖苦死磕到底的准备。"

就在白鸿声左右为难时，岛西村却发生了一起群体事件，一位在南方发了财的打工者，应着米岛准备大兴化工的风潮，也回村办起了一间化工厂。岛西村有户人家，出了位大学生，那大学生毕业后分到省报当记者，回家过春节时，发现化工厂对环境污染很大，就写了一篇报导，准备在省报上发表，稿子还没发出来，市里的领导就知道了，一面通知镇里做好防范记者的准备，一面让那化工厂老板带了钱去省里公关。但那记者很有骨气，不为老板带去的金钱所动，表示如果这篇稿子省报不发，他将发到别的报纸，没有报纸发，他就发在网上。这事让市领导很恼火，将命令下到镇里，让镇里无论采取什么手段，也要让那记者闭嘴。镇领导让那化工厂老板约记者面谈，却暗中设了个局，谈话时故意做出讨价还价的样子，说，"我给你十万，你不要将稿子发出来，如何？"记者说，"这不是十万块钱就能摆平的事。"老板说，"十万不行，那我给你二十万，如何？"记者说，"二十万，你也太小看我了吧。"老板说，"你不要太贪心。狮子大开口，我们做企业的也要活命。难不成你想问我要一百万？"记者很生气，觉得自己受了侮辱，当场便义正词严地反驳了化工厂老板。最后闹得不欢而散。他们的谈话，却被偷偷录了音，还做了剪辑处理，只留下前面老板与记者讲价的那一段对话，后面记者反驳老板的话却没有留。老板将消息反馈给镇领导，镇领导感觉已胜券在握，就去威胁记者的父亲，说，"你儿子身为米岛人，不为米岛发展考虑，却借了记者的身份敲诈勒索。"并放了那段录音，说，"凭这段录音，就可以告你儿子敲诈勒索。"又说，"你儿子若把稿子压了不发，他回到米岛，还是咱们镇政府的座上宾，如果不听劝阻，别怪我们不客气，不仅二位老人，怕是只要和你们沾亲带故的，都别想在米岛活得自在了。"镇领导最后还苦口婆心对记者的父母讲道理，说米岛引进化工厂，对米岛经济发展至关重要，打造化工强镇，是市政府的决定，谁阻挡市政府的决定，就是与全镇人民为敌。记者的父亲当即给儿子打了电话，劝儿子不要一意孤行。可那记者不听，记者的父亲就说如果你还想让你爹多活几年，就不要发这篇文章，你今天发，老子明天就去跳河。记者的稿子终是没有发出来。但这件事，给市里和镇里的领导提了个醒，后来镇里就加强了米岛的维稳力度，组织了人在进岛的轮渡上蹲点，看见记者模样的就要跟踪询问。那记者的稿子没发，却暗中请了自己的同行来米岛暗访，但那两人刚上轮渡，就被蹲点的人盯上了。镇里略施小计，策划了一起抢劫，找人将他们的相机背包抢了，还被人打得鼻青脸肿。两位记者当即就报了警，但这样的案子，如何破得了。

后来，镇里专门召集各村和各化工厂老板开了个通气会，号召大家防火防盗防记者，任何人胆敢阻止米岛的经济发展，就是全民公敌。开完会回到家，白鸿声一身都是汗，他将会议精神对李文艳传达了，李文艳说，"祖宗菩萨开眼，幸好你没有做出糊涂事。人家省城的记者都斗不过他们，你一个小小的村委会主任算哪根葱。"白鸿声就将那份检测报告压在了床垫底下，从此家里做饭用水和饮用水都买了从岛外进来的桶装水。白奇谋骂儿子是个败家子，白鸿声也不明说，心里却被强烈的不安所笼罩。一年后，李文艳的肚子大了起来，白鸿声就把心思都转移到了未来孩子身上，把这事就放下了。花一朵化工厂的开工仪式上，市里的领导，米岛镇的书记、镇长都参加了。白鸿声默默地做着服务工作，这是个接近大领导的好机会，村干部们都激动万分，白鸿声却没有了初任村主任时的激情，一直躲在人群后面。仪式结束后，花一朵给了白鸿声一个红包，白鸿声接过，知道里面的钱不少，领导们走后，他又悄悄将红包还给了花一朵。花一朵说，"这是规矩，领导们都拿了，往后还要鸿声你多关照呢。"白鸿声却坚决不拿。他的想法，不做那勇敢的斗士，但也不与他们同流合污。

明哲保身。这是他的选择，白鸿声开始为自己的这一选择脸红而且懊悔，却是两年以后的事了。而这两年，他这个村主任，除了在上任之初风风火火收回窑场再承包出去，为村集体增加了一点收入之外，就再没有什么作为。但作为村主任，他还是获得了村民们的尊敬，都觉得他比较亲民，而且没有任何架子。村民要办什么事，来找他盖公章，过去是要送烟送酒的。而村民们只要求他办事，只要合情合理，他都会帮人去办，而且从不收人送的烟酒。怀胎八个月，李文艳生下一个儿子，由于不足月，孩子生下来四斤都不到，像只小猫，整天哭闹。在镇上的医院住了一个多月，出院时，孩子倒是长了一点肉，但身体还是很虚，依然是爱哭爱闹，好像对这个世界非常的不满。按白氏族谱的辈分，鸿字辈下面是书字辈，白鸿声给孩子取名白书剑，希望孩子将来能文能武，不像他一样懦弱。又给孩子取了个"闹闹"的小名。白鸿声对这孩子甚是溺爱，一天到晚抱在手中。闹闹果如其名，白天吃完就睡，睡醒了再吃，怎么弄都不醒。但一到晚上就睁着一双大眼，没完没了地哭闹，非要人一刻不停地抱着走来走去才行。累得李文艳和白鸿声走路都打瞌睡。谁也弄不清孩子到底怎么回事，白鸿声什么招都用了，白天闹闹再睡，就去捏他鼻子揪他耳朵，但任你怎么弄他依然呼呼大睡，到了晚上又是睁大眼睛又哭又闹。没有办法，白奇谋就去买了黄表纸，让白鸿声写了"天皇皇，地皇皇，我家有个夜哭郎，过路君子念一念，一觉睡到大天亮"。在村里路边到处粘贴，但无济于事，白闹闹依然是一到晚上就开始闹。白鸿声不知道，这个早产的孩子，和当年的马挖苦一样，能够看见围在他身边的那些鬼魂——白振甫、白振国、白婆婆。他们冲着闹闹做鬼脸，用手摸他的小鸡鸡，亲吻他的小屁股。这样没过多久，白闹闹就病了，小脸蜡黄，小嘴乌青。白家的鬼魂们就开始反省，觉得他们太爱孩子却是害了孩子，于是开始远离白闹闹，想看他也只是远远地看上一眼。但白闹闹的病情却未因此而减轻。后来的很长一段时间，白

闹闹隔三岔五就要生一场病，吹点冷风就会发烧咳嗽。白鸿声和李文艳被孩子折腾得焦头烂额，也没心思再去管别的事。村里人也为他们两口子叹息。白闹闹除了爱哭爱闹爱生病，发育也相当迟缓，一直都不见长大。与此同时，马挖苦和花一朵的事业却蒸蒸日上。花一朵的工厂渐渐走上了正轨，她对马挖苦也充满了感激，于是亲自下厨做了几个菜，请马挖苦来吃。两人聊到很晚，也喝了一些酒，后来的一切就自然顺理成章。花一朵叫痛的时候，马挖苦才发现花一朵竟然还是处女之身，这让他既兴奋又感动，事后，马挖苦哭了。马挖苦对花一朵说，他做梦都没有想到，和花一朵会有这样的缘分。花一朵说，"这是我的第一次，你要珍惜。"马挖苦说，"你要我的心肝，我现在都可以挖出来给你。"花一朵说，"我不要你的心肝，我要做你的心肝宝贝。我要你一辈子对我负责。"见马挖苦似有所思，她笑了，说，"你别害怕。我爱你，没有任何的附加条件，只要跟你在一起就够了。"马挖苦就将花一朵紧紧搂在怀里。

十七

孩子，长夜漫漫，终有晓时。风雪已止，站在我的高度，已然看到东边天际的曙色。米岛故事还在继续，而我身体里残存的能量已越来越少，我知道，我将不久于世。太阳升起时，我将沉入永远的黑暗。我很累了，但我要继续我的讲述——

再来说一说花子范。花子范减刑出狱时，已经到了风烛残年，当他踏上米岛的大地时，一切皆是那样陌生。当年与天斗与地斗与人斗的豪情不复，他知道自己时日无多。回到米岛后，花子范谢绝了女儿花一朵的邀请，并没有去住那位于市郊的奢华别墅。武义兰请他吃了顿饭，这顿饭，让他感慨不已。他和武义兰已经无话可说，看着眼前这个衣着华贵风韵犹存的阔妇人，他觉出了自己的寒酸。花子范对女儿提出的唯一要求，就是回到米岛，回到老屋度过余生。老屋已破败不堪，花一朵让马挖苦从窑场运了些砖，又请泥水工将花敬钟夫妇住过的旧屋翻修一新，从此，花子范就住回了老屋。和米岛那些整天泡在麻将馆里的老人不同，花子范却闲不下来，他在屋后整出了一畦菜地，种上了南瓜、西红柿、辣椒、茄子……什么季节种什么菜，他的菜地里，总有吃不完的蔬菜。自己吃不了，就用篮子摘了送到花一朵的化工厂，让厨房的师傅做给工人吃。他还在门前种上了美人蕉、指甲花和牵牛花。他种的蓝色牵牛花泛着宝蓝色的光华，像华美的绸缎。他种的红色牵牛花像红宝石，阳光下闪着炫目的光辉。他还在门口栽了芭蕉树，夏天，高大的芭蕉树高过屋顶，下雨时，他就坐在窗前，看雨，听雨打芭蕉的声音。他家的小院成为了岛东村最美的地方，像高士隐居的田园。他还养鸡，养鹅，养一只黄色的中华田园犬。自从米爱红走后，岛东村再没人家门前这样热闹过，花子范的到来，让岛东村有了点世外桃源的味道。花一朵和马挖苦一样，并不住在米岛，他们住在米岛之外的市郊，工厂里的生产有条不紊，有专人管理，他们周末才会回米岛一次。花一朵每次回来，都会到父亲花子范那里坐坐。对于父亲，她没有多少情感。小时候，她就知道父亲对母亲不好，又将她姐妹丢在乡下，后来花子范去坐了牢，她偶尔会去探望一次，如此而已。她给花子范安了家，并不时来看望他，完全是出于为人子女的义务。她这样在米岛有头有脸的人，不能让人从道德上对她有所诟病。来得次数多了，花一朵渐渐喜欢上了花子范打造的这个小庭院，这里有田园的气息，如果没有化工厂不时飘出的刺鼻气味就更好了。花一朵一来，花子范就会格外高兴，慌得给她端椅子泡茶，但花一朵不喝米岛的水泡出来的茶。花子范摘了地里结出来的瓜果，花一朵也不吃。花一朵就喜欢在那庭院里的树荫下坐一会儿，听听虫鸣与鸡叫，还有那柴犬偶尔发出的一两声狗吠。花子范劝女儿，说，"你要那么多钱干什么，赚多少钱是个头呢？我看你现在什么都有了，可是过得一点都不开心。"花子范说，"你看我，年轻时多么要强，可结果呢，坐了半辈子的牢。这十几年，我倒是活明白了，人生在世，名和利都是空的，生不带来死不带去。"花一朵听他这样说，有些不耐烦。花子范就说，"你不喜欢听，那我不说了。"下次，花一朵再回米岛，还会来父亲花子范这里坐。有时也会带上马挖苦一起，两人坐在瓜架底下，聊生意上的事，聊过往的生活，聊他们童年时期那个世外桃源一样的米岛。他们也感叹，现在的米岛，已不再是童年记忆中的米岛了。

花子范偶尔也会出去串串门，当年的那些伙伴，如今都已进入人生暮年。一日，他在花子发家门口坐着聊天。花子发现在的日子过得幸福安康，儿女们都在外面有自己的事业，一年两年难得回家一次，他和老伴也不再经营农资生意，每天就是打打麻将聊聊天，数着日子过。和花子发聊一会儿天，花子范感觉有些累，刚回家躺下，就听见村口放鞭炮的声音。花子范也没在意，迷迷糊糊就睡着了，醒来时，却听见村口传来哭声。他心里一动，走到村口，发现哭声从花子发家传来，原来，花子范刚刚离开，花子发就突发脑溢血，倒下去几分钟就断了气。子发家的呼天抢地，村里的老人们都坐在一边安慰，陪她落泪。有人就给他们的儿女打了电话，也有人去给他家的亲戚报丧。接下来的几天，岛东村就不时响起鞭炮唢呐声，还有哭声。晚上，花子范和花家的亲戚们一起为花子发守夜。花子发的儿女们回来后，岛东村就越发地热闹起来，做了三天三夜斋，斋公师傅还是当年的老斋公李一，李一也老了，带了几个徒弟，徒弟们做起斋来也是有模有样。吹吹打打热闹了三天，花子发就被送到火葬场去了，火化之后，亲人们又将那骨灰装入棺材再土葬。花家的儿女们在外工作都忙，花子发下葬次日就离开了米岛，余下花子发的老伴，在悲伤中过了一段日子后，渐渐走了出来，重新坐上了麻将桌。老人走了，又是在这个年纪，在米岛人看来，是白喜事。

花子发走后不久，白奇谋的本家兄弟白奇福也倒在了麻将桌上，据说也是脑溢血，倒是救过来了，在医院里住了一个多月，落下一个半身不遂。奇福家的就用轮椅推着他，天天坐在麻将馆门口看着别的老人打麻将聊天，自己则继续打麻将。白奇福才出院，正值壮年的李铁子却查出患了肝癌，已经到了晚期，家里人也没有打算给他做手术，做了也是白做，就那样在家里躺着等死。一段时间以来，岛东村的人不论白天黑夜，都能听到他高一声低一声的呻吟，他的呻吟和白闹闹的哭闹声交织在一起，让人心烦意乱。好在没过多久，他在一次晕厥后，就再也没有醒来。福无双至，祸不单行。李铁子死后，他的父亲李西北，那个早过了风烛残年的老叫花子，在失去儿子后自己也中了风，李铁子的老婆也不堪忍受这样的日子，抛下卧病在床的公公出门打工去了。李西北什么时候去世的，村里人都不知道，是屋里传来的恶臭引起了人们注意，这才发现他已死去多日。是白鸿声出面，从村集体支了钱，将李西北安葬了。接下来的一段时间，死亡的阴影前所未有地笼罩着米岛。一开始只是一些年老体弱的人纷纷离世，老人们传言，说这是在走阴兵，要将这些老鬼们都收走。随着李铁子患肝癌去世后，村里又接二连三有人患癌，最后都无一例外地死去。那些死去的人，有的喝了孟婆汤赶去投胎，也有的放心不下家人，就和那些鬼魂们一道留在了米岛。我的树枝上很快就鬼满为患了，这让米南村忧心忡忡，他说这样下去，米岛出生的孩子将越来越少，死的人却越来越多，用不了多久，米岛就没人了。鬼魂们在为米岛担忧时，白鸿声也在为他的儿子白闹闹担忧。孩子已经两岁，倒是会走路会说话了，也不再像过去那样爱哭爱闹，但却是光长脑袋不长个子，脑袋奇大无比，下巴尖瘦细小，像极了电影中的外星人。直到离开米岛多年的花五朵回到米岛，见到白闹闹后，人们才将米岛的这一系列怪病与化工厂联系在了一起。

如果不是花子范住回了米岛，花五朵可能不会回到米岛来，花五朵不回到米岛，一切将如往昔平静。但是花五朵骑着一辆山地自行车回到了米岛。她谢绝了母亲和姐姐为她提供的车辆，她说她喜欢这种骑行的感觉，她还兴奋地对姐姐说她回到米岛要好好拍些照片，并要将这些照片发到她的微博上。作为一名颇有影响的无国界医生，她的微博拥有数以万计的粉丝。回米岛前她就发了一条微博，"离开米岛十多年，就要回到那个梦中的仙境了，大家等我发回醉人的照片吧。"并且@米立心。米立心也回复了她，"羡慕，真想和你一起回到米岛。"当她站在轮渡码头，米岛的江风吹乱了她的长发。她拿出手机拍了一张大江东去的照片，发上了微博。很快就有粉丝回帖或转发，有人回复：江美人更美，期待着米岛迷人的风景。当花五朵踏上米岛的土地时，竟一时分不清东西南北了，记忆中的米岛，过了轮渡就是河滩，河滩边上满是防护河堤的柳树，沿着一条沙石路上到河堤，就是一条直街，那是米岛唯一的一条街道。但是现在，一下轮渡，路两边全是店铺。过了大堤，眼前是繁华的小镇，层层叠叠望不到尽头。花五朵并没有下堤进入小镇，她搜寻着记忆中的米岛，沿着那北面的干堤往东骑行。她记得，当年她和米立心、花一朵、白鸿声一道，在看完公审大会后，正是沿着这条大堤走回家的，后来他们无意中看见了枪毙犯人。许多年后，当她第一次上人体解剖课时，眼前浮现的就是那天看到的画面，她依稀又看到子弹穿过少年的头颅，看到了漫天的红雾，看到那些提着箱子的白大褂走向那些倒下的少年，将他们的身体切开，熟练地摘取着他们的脏器。第一次上解剖课，有不少女生吓得哇哇乱叫，大多数人当场就吐了，包括男生在内，而她

米 岛

却是全班最冷静的一个。也因此，她被班上的男生视为男人婆。现在，干堤已不是她记忆中的样子，那年大洪水后，国家拨款加固了大堤，用钢筋水泥浇筑成了网格状的防护带，江边的柳树防护林已经不见，换成了阔叶的意大利杨树。但在记忆的指挥下，花五朵还是顺利地找到了当年枪毙犯人的地方，那块石碑不见了。她用手机拍下一张照片，又发一条微博，并配上文字："八十场，米岛的一处地名，少年时意外在这里目睹枪毙犯人。记得有位小青年，因脱了女生裤子而被执行死刑。"她@了米立心。米立心回了一句："遥远的1983。"

花五朵在那旧日的刑场上寻找往日痕迹，但一无所获。拍了几张照片后，骑车往岛东村方向去，远远地就看到了我这棵觉悟树高大的影子，她兴奋地停了下来，拍了一张我的英姿，并在微博上为我做了如下宣传："村口一株千年觉悟树，那是米岛的标致，也是米岛千年来沧海桑田的见证。"之后，她就看见了窑场那冒着青烟的大烟囱，还有化工厂密密麻麻的烟囱，她还闻到了一股刺鼻的气味。米岛的变化，是花五朵所未料到的。记忆中的米岛已不复存在，她曾经就读的小学，如今也是大门紧锁，从铁栅栏里望进去，芦蒿苦竹、荒草萋萋，而曾经的米岛二中，现在却挂上了"一朵化工有限责任公司"的牌子。守门的老头错把花五朵当成了花一朵，见了她就远远地跑过来喊花总好。花五朵笑笑，说，"你认错人啦，我不是你们的花总。"看门老头不好意思地抓着脑瓜子，说，"长得太像了，只是比花总黑些。"花一朵没有进姐姐的化工厂，她骑着自行车拐进旧的岛东村，大水冲毁的老房子周围长满了荒草和荆棘。花一朵依然认出了米立心和白鸿声家的老屋。再往里走，传来狗叫声，一只黄狗汪汪叫着跑了出来，冲着花五朵叫了两声后就开始摇头摆尾，然后转身朝回走，走几步一回头，像在等着花五朵。花五朵说，"你是来给我带路的吗？"就跟着那条黄狗，走过一道篱笆，就到了她小时候住过的老屋。出狱后，花子范还没有见过花五朵，也不知道花五朵要来，蓦地见到花五朵，一下子就木在了那里。好半天，才讷讷地说，"你是，五朵？"花五朵也愣了一下，她对父亲的记忆本来就淡，又许多年未见，一时居然不敢相认。花子范说，"是五朵，真的是五朵。"就慌忙搬了椅子给

377

花五朵坐。花五朵却没有坐，先是将老屋房前屋后转了一圈，说米岛家家都荒了，倒是咱家还有些人气。父女二人，相对而坐，自然是花子范问，花五朵答，讲她这些年去过的地方，那是花子范听都没有听说过的地名。花子范问花五朵，"一个月能挣多少工资？"花五朵说，"不挣钱，我干的工作属于公益性质。"花子范说，"那你从哪里来的钱生活呢？不能总是问你妈和你姐要吧？"花五朵说她写书，她将自己走过的地方，还有她做无国界医生的所见所闻都写成了书，可以拿版税。"但是，"花五朵说，"光靠版税还不能养活自己，我背后有大公司资助。"花子范说，"什么公司这么好？"花五朵说，"说起来，这公司的董事长，父亲你还是认得的。"花子范说，"我认得？"花五朵说，"江一郎江医生，您还记得么？"花子范的脸上就现出惭愧的表情来，说，"记得，怎么能不记得。这些年我在劳改，也时常会想起他。当年，你和你姐还是他接生的呢，你妈生你们姐妹时难产，要不是江一郎，你们母子三人早就没命了。可是我当年……"又问花五朵江一郎现在可好。花五朵说她也不常见到江一郎，她总是在外面跑。她只知道当年江一郎离开米岛去了深圳，先是在朋友主管的医院里做医生，做主任，后来他有了自己的医院，有了自己的医药公司。经常参加一些公益的医疗活动，还派出一支医疗队，专门到西部的偏远地区，为那里的白内障患者做手术。花五朵是在网络上看到他们医疗队的新闻后联系上他，后来才知道，这家医药公司的董事长，居然是亲手将她接到这个世界上的江一郎医生。再后来，医院就将她纳入了资助的名单，资助她进行公益医疗事业。花子范长叹一声，"沉舟侧畔千帆过，病树前头万木春啊。"父女俩聊了足有两个小时，花五朵说她想再四处看看。后来她打听到了白鸿声的家。白鸿声当时正抱着儿子白闹闹坐在门口，突然见到花五朵，开始以为是花一朵，可又觉得和花一朵有些不同，便灵醒过来，眼前定是花五朵无疑了，却不敢相认。花五朵也没认出白鸿声，彼时的白鸿声胡子拉碴，黑瘦而苍老，一点没有了少年时的模样。白鸿声问花五朵，"你，找谁？"花五朵说，"有个白鸿声……"话没说完，白鸿声就笑了，说，"你真是花五朵？我就是白鸿声。"花五朵盯着白鸿声，说，"一点都认不出来了。"白鸿声说，"我是认出你来了，可没敢叫，和一朵长得还是那么像，只是精气神完全不一样，一朵是个女强人的样子，而你，却像电影里的牛仔。"

这次相遇，花五朵以她医生的职业敏感，发现了白鸿声的儿子白闹闹的问题。她详细询问了闹闹的情况后，建议白鸿声带闹闹到楚州的大医院里做一个全面的身体检查，重点检查身体里重金属的含量。白鸿声和李文艳焦急地问花五朵孩子这病可有得治，花五朵说，"肯定是可以改善的，现在关键的问题，是要查出病因所在。"白鸿声就说，"也是奇怪，咱米岛以前从未听说过谁得这样的病，但这两年，像闹闹这样的孩子就有好几个，都是一样的脑袋大，不长个子，还爱哭爱闹。"花五朵就沉默了，她给白鸿声一个电话号码，让她到楚州人民医院打这个电话，就说是花五朵的朋友，她说这人是楚州人民医院血液病专家，是她的同门师兄。"他会安排好的。"花五朵说。接下来的时间，花五朵本来是想去看看马挖苦的，这个她从小就喜欢的怪孩子，小时候经常饿肚子，马挖苦总是偷偷从家里拿东西给她吃。她也多次从母亲和姐姐嘴里，知道了他作为一个民营企业家的光辉业绩。但现在，她临时改变了主意，让白鸿声带她去看了那几个和闹闹得相同怪病的孩子，她拿出相机，给孩子们拍了照片，详细了解了他们的病情后，花五朵的心情变得沉重起来。她再没有心思去发微博，拍风景。她的沉重表情，让白鸿声也感觉到了事态的严重。花五朵又采集了一些水样和土壤样品。白鸿声问她，"你弄这些东西干吗?"花五朵说，"我怀疑，这些孩子们得的病，与土壤或者水质有关。"白鸿声就想到当年他曾请人来做的土壤与水质的检测报告。可他并没有将那报告拿出来交给花五朵。花五朵对白鸿声说她马上就要走了，并交代白鸿声，对谁也不要说起她采集水样和土壤的事。她说在没有得出科学结论之前，不宜将事情闹得沸沸扬扬人心惶惶，包括他们带孩子去楚州做检查的事，也不要对外人说。

次日，白鸿声打电话给花五朵的同门师兄，师兄说五朵已经给他打过电话，问白鸿声什么时候带孩子来医院检查，白鸿声说这两天就去，师兄交代如果坐上到楚州的车就给他电话，他安排人到车站去接。第三天，白鸿声和李文艳带上闹闹去楚州，白笑笑也闹着要一起去大城市玩，被李文艳责骂了一通，吓得不敢再闹。白鸿声走后，奇谋家的突然感到一种不祥的预感，她对白奇谋说她恐怕时日无多了，让白奇谋爬到床底下，找出白振甫当年为他们留下的金条。她叮嘱白奇谋，如果她没死，不得动那些金子，如果她死了，白奇谋得好好守着那些金子，不到万不得已，不能拿出来给儿子。白奇谋答应了，奇谋家的说这样她就可以安心去死了。奇谋家的依然和过去一样坐在门口晒太阳，偶尔会叫一下白笑笑的名字。白笑笑怕她，不敢过去。她又叫，"笑笑，你过来，过奶奶这边来。"白笑笑依旧是不敢过去，她就长叹一声，说，"小丫头片子，和你娘一样精。过来，奶奶又不会吃了你。"白笑笑却吓得大哭，跑到白奇谋那里，说奶奶要吃她。白奇谋安慰笑笑，说奶奶逗你玩，奶奶喜欢你呢。白笑笑却死活也不肯走近奶奶的身边。奇谋家的长叹一声，说，"这是白家的劫数。全乎的孩子不是白家的种，是白家种的，又是病秧子。"说完就从椅子上滑下来，倒在地上不省人事。白奇谋慌忙叫人把老伴往医院送，又给白鸿声打电话让他赶快回家，说回来晚了怕是见不到他妈最后一面了。又给在南方打工的女儿白鸿云打电话，让白鸿云马上回家。

奇谋家的被送到米岛镇人民医院后一直处于昏迷之中。医生已经下了病危通知。白奇谋一遍又一遍问儿子到哪里了。白鸿声说他们刚做完检查，也顾不得等结果就马上坐车往回赶。白鸿声赶回米岛时，奇谋家的已经深度昏迷。白鸿声叫着母亲，说儿子回来了。喊了几声，听见奇谋家的发出一声沉重的叹息。白鸿云回到米岛，是两天后的清晨，她的眼睛已肿得只余下一条缝。扑到母亲身上已经哭不出声音。亲人们将悲伤过度的白鸿云扶起来。奇谋家的眼窝里溢出两汪水，心电图就变成了一条直线。就在医生和亲人们都以为奇谋家的已经去世时，那变成了直线的心电图却突然上下波动起来。医生并未注意到心电图的起伏在显示什么信息，一开始，心电图还只是做上下起伏状，但在一阵闪动之后，电脑显示屏上居然出现了一些字母。发现这一奇怪现象后，医生就将那重复在心电图显示屏上的字母连续读了，"hongyan"，鸿雁！于是白家人都明白了，奇谋家的此时最放心不下的，是她那远嫁他乡后就再无音信的大女儿白鸿雁。但白家人却无法联系到白鸿雁。医生告诉白奇谋，说病人现在已经脑死亡，之所以还有心跳，全靠呼吸机维持，只要拔掉呼吸机，她就死了。是继续让她维持这种植物人的状态，还是拔掉呼吸机，请病人家属做出决定。白家人都不同意拔掉呼吸机，这样维持了一个星期，白家人不似之前那样悲伤了。他们现在开始重新考虑是否拔掉呼吸机。白鸿声和白奇谋都同意拔掉呼吸机，因为这样维持着，每天花费高额的医疗费用并没有任何的意义。就算是找到白鸿雁，无非是让鸿雁回家见母亲最后一面，鸿雁这不孝的女儿，见了又有什么意义？她要是心里还有父母和兄妹，早该回家来看看了。白鸿云却坚持不让拔掉呼吸机，她说她要去找姐姐，她相信姐姐并不是因为不孝而不回家，姐姐不回家，肯定有她的原因。白鸿云离开米岛去找姐姐了，她手中的线索，只有姐姐嫁人后给家里写过的一封信，信封上也只有"贵州遵义望草镇"七个字。白鸿云离开米岛后，白奇谋决定拔掉呼吸机。奇谋家的死去后，并未对那个鬼魂的世界表示惊奇，她说她瞎了眼后，天天听他们这些死鬼吵架，一到晚上就没完没了，烦死她了。她并不留恋人世的生活，也不想留在米岛。她说米岛快毁掉了，你们这些死鬼还待在这里干什么呢？爱红娘劝她，说，"你不想等白鸿雁回来么？"奇谋家的还是喝了孟婆汤，从此，忘记了人世间的一切痛苦与欢乐，转世成了一只白鹭鸟，继续生活在我这大树上，但它刚刚学会捕食，就因吃了有毒的小鱼而死去。它再次喝了孟婆汤，这一次，转世为一只江豚，依然活了不到一年，又被污染的江水毒死。它又进入了新一轮的投胎转世中，没完没了，一直未能逃离痛苦，它所有的转世与轮回都未能脱离米岛，直至变成一只蟑螂，在米岛的废墟之间自由穿梭，土壤和水中的任何毒素对它再也构不成杀伤力，它才真正活完了一个物种应有的生命周期，迎来了一次自然死亡。

白鸿声安葬完母亲后，从痛苦中回过神来，他给楚州的医生打电话询问检测结果，但得到的答复是他们还不能下结论。这让白鸿声疑心重重，自花五朵回到米岛后，白鸿声就断定闹闹的病，还有米岛其他孩子的病与米岛的化工厂有关。这几年岛上人患病，基本上就是两种疾病，一是脑溢血，二是癌症。而这两种病，从前米岛人很少会得。他拿出当年那份土壤和水质检测报告，查了其中的重金属汞、镉、铬、铅及砷等在土壤和水中的含量，超出了正常含量的数百倍。他开始为自己当初的决定而后悔，并开始怀疑，花五朵肯定早就知道是这样的结果，但花家在米岛也有工厂，她和马挖苦、花一朵属于同一个利益集团，不可能站出来揭出这个黑幕。母亲的死，儿子的病，开始折磨着白鸿声的心。他彻夜难眠，终于做出了三年前就该做出的决定，他要告诉村民真相，他要带领村民，将化工厂逐出米岛。他把这想法对李文艳讲了，李文艳说，"不管你做什么，我都支持你。"

白鸿声写了一封信，并打印了几百份，他将米岛被污染的现状，并把这些年来死去的村民名单和病因都列举在其中，并将那份检测报告也复印了，给岛东村每个在外打工的村民都寄去一份，并附上一封题为《救救米岛，救救孩子》的信。他在信里留下了自己的联系电话。白鸿声知道，靠他的力量，和留守在米岛这些老人的力量，无法达成心愿，无法将化工厂驱逐出岛。他相信，那些收到信的打工者，在外接受了新的思想，一定能明白他这样做的意义。他相信他能找到支持者。但白鸿声失望了，他等了一个月，也没有等到一个电话和一封回信，这让他深感失望。他知道，开弓没有回头箭，他以村主任的名义召集村干部一起开会，在会上，他将先前的检测结果读给村民们听，他告诉大家米岛就快要被毁掉了。但村干部们提出了疑问，第一，这份检测报告有多少科学依据？第二，化工厂真有这么大的污染，政府会不管不问吗？第三，米岛要是没了这些工厂，村里哪来的收入？没有收入，村干部的工资谁来发？村干部们比较一致的意见是，可以拿这个为砝码和化工厂的老板谈判，让化工厂给大家赔钱。死了人的家庭赔多少，没有死人的又该补偿多少健康损失费。白鸿声说，"这个我也想过，三年前我就想过，但这样做治不了根本，米岛还是会被毁掉。"显然，大家认为他的说法有点耸人听闻。米岛被毁掉是不可能的事。最后的结果，是大家达成共识，不用驱逐化工厂，但要向化工厂提出赔偿，这赔偿包括三个部分，一是白鸿声等几家孩子生病的医疗等费用；二是脑溢血和癌症死者的丧葬费；三是所有村民的健康损失费。白鸿声以村委会的名义起草了一份文件，盖了村委会公章，派人送到两家化工厂。但一个星期过去了，两家化工厂如同约好了似的，没有一家主动联系村委的任何人。白鸿声就派人去厂里催问，却说根本见不到马挖苦和花一朵的人。白鸿声只好自己去化工厂找，得知马挖苦和花一朵已经多日未来化工厂了。白鸿声只好给马挖苦打电话，马挖苦却说他在外省出差，打花一朵的电话，花一朵也说她人在外地，问白鸿声有什么事，白鸿声就将村委会的决定对他们讲了。花一朵说等她回来之后再说。而马挖苦却说村里孩子的怪病，还有得脑溢血和癌症的村民，与化工厂之间是否有直接关系，有多大的关系，要有一个科学的论证，如果科学证明了他们的病是因化工厂而起，那么他愿意承担相应的责任，如果证明不了是化工厂的原因，他可以给村民人道的援助，若村委因此而勒索他，那么他就要去镇里、市里讨回公道。他说做生意不容易，他一家工厂，解决米岛多少人的就业，帮助了多少家庭脱贫致富，给国家交纳了多少税收，这样一个优秀的企业，不能因为村民的无知与眼红，就任由他们敲诈勒索。马挖苦的话让白鸿声很愤怒，马挖苦明显是在给村委扣帽子，认为大家是眼红他发财，敲诈勒索，破坏米岛经济建设大局。几天后，马挖苦和花一朵回到米岛，他们主动找到村委，再一次表明了他们的态度。马挖苦说，"作为一名从米岛成长起来的企业家，我愿意捐出十万，给生病的孩子看病。"岛东村这两年来出生了五个这样的孩子，这就意味着，每个家庭可以获得二万元的捐赠。二万元虽然不是大数目，但对于这些被孩子的病拖入到贫困深渊的家庭来说，却是一大笔钱。马挖苦强调，"这是我的慈善行为，不是赔偿，如果村委坚持让我赔偿，我将一分钱也不会捐。"马挖苦不仅在村委会上这样表态了，还一家一户去看望了那些生病的孩子，把他的承诺也对这些家庭讲了。这样一来，马挖苦就轻易地将索赔主力分化了。不少人站在了马挖苦一边，认为马挖苦是个好人，孩子生病，也不能证明就是人家马挖苦的责任，但他如此慷慨，却很让人感动。马挖苦没有算计到的是，他分化了这批索赔的主力，但二万元却深深刺激了那些拿不到捐赠的人，他们纷纷给村委施加压力，表示支持村委的决定，要让化

工厂作出赔偿，每家每户都要赔钱，双方因此而没了退路。事情激化已是不可避免。

这天，化工厂的货车拉原材料进村，不小心碰到了一位骑自行车的村民。当时化工厂的车开得不快，也没有撞伤人。司机下车，连声赔礼道歉，见人没事，以为可以走人了，不料那村民却因此索要五百元的医药费。司机说不是没受伤么，村民说他的肋骨痛，也许是内伤。司机知道村民是借机敲诈，哪里肯平白出这五百元，村民说不出钱就不让走，身体就挡在了货车前面。本来只是两个人的纠纷，但事情发生在岛东村的村口，那村民一通大叫，本无事可做聚集在麻将馆打牌看牌的，都过来围观，见是化工厂的车，都高声叫着赔钱，还有人站在后面用土坷垃砸那司机，司机吓得躲进车里给马挖苦打电话。看热闹起哄的人渐渐多了，就有了些声势，有人骂娘，有人嘻嘻哈哈，有人喊不让化工厂的车进村，有人喊化工厂滚出村去，总之是说什么的都有，比往常过年看灯会还热闹。白鸿声见村民们情绪激昂，心想正好利用这机会，将化工厂的运料车堵在村外，以此逼迫马挖苦和花一朵低头。有村民抬来了树木和石头，在路中间设了路障。形势的转变出乎马挖苦的意料，也出乎白鸿声的意料。一次偶发事件，居然成了导火索，但这样的局面却让白鸿声看到了希望。他站在了队伍最前列，提醒村民要理性，不要打人伤人。一桩小纠纷，演变成了村民和化工厂之间的对抗。村主任出面，大家就更加起劲。马挖苦不敢贸然出面，给白鸿声电话，白鸿声见是马挖苦的电话，没有接。村民在白鸿声的组织下分了班，日夜守在路口。马挖苦先是想趁着夜晚让厂里的工人将路障清除，只要原材料进了厂，胜利就站在他这边了，村民闹几天就会散去，料谁也不敢进他的厂子里闹事。但他厂里的工人多是岛东村人，并不真心帮他，嘴上叫得凶，却大多站着不动手，这样坚持了一天一夜，马挖苦只有请镇政府出面解决。镇长是新调来的，年轻有为，也想在米岛有一番作为，因此很重视米岛的化工企业，听说村里出了事，带了镇里的几位干部，还有派出所的干警，很快就到了岛东村。镇长命令白鸿声动员村民撤退。白鸿声说，"镇长，不是我不劝他们，而是不能劝，我觉得村民的诉求是正当的。"

镇长盯着白鸿声严厉地说，"作为一名基层干部，你要和镇政府站在一起，维护好米岛的投资环境。"白鸿声说，"镇长，我是村民一票一票选出来的主任，我要对村民的健康负责。"与镇长同行的一位干部就骂白鸿声，说，"你这是什么态度，你是代表政府的利益说话，还是代表人民的利益说话？你这样鼓动村民闹事，我先撤掉你这个主任。"白鸿声见村民们都在围观，这个镇干部当着村民的面说要撤他的职，他也无路可退，索性豁出去了，不卑不亢地说，"这位领导，你这话说得大大不妥，什么叫代表政府的利益说话还是代表人民的利益说话？我们的党和政府，不就是代表人民利益的吗？政府的利益，不就是人民的利益吗？再说了，我这村主任是村民选出来的，你无权撤我的职。"镇长就对那干部黑了脸，说，"你一个镇里的干部，政治素质还没有村干部高。"又问白鸿声村民封路堵车，究竟想要达到什么目的。白鸿声说，"只有一个目的，就是把这两家化工厂请出岛东村。"镇长冷笑一声，说，"我也明确告诉你，这是不可能的。"又面向村民做工作，见镇长给大家喊话，村民们顿时安静下来。镇长说，"你们的要求，镇里会带回去好好研究，我在这里承诺你们，这件事，一定会给你们一个满意的答复。但你们这样堵路是违法的，请你们马上把路障搬开，让化工厂的车进去。化工厂排出的烟虽然有点气味，但是对人并没有伤害，化工厂的排污是符合国家标准的。排出的水虽然有毒，但是经过排污管直接流进了河里，污水排进大河，也没见大河里的鱼被毒死，连鱼都毒不死，怎么会毒死人呢？这是没有科学依据的。"有村民说，"白主任都请人做检测了，我们的土地和水都污染了。"镇长说，"首先，这个检测单位是否有资质我不知道，再说了，一次检测也说明不了任何问题，就算米岛的土壤和水质被污染了，怎么就能证明是化工厂污染的呢？这些年来，我们过量使用杀虫剂，使用化肥，使用除草剂，这些都是污染源，我们不能把罪过都归到化工厂。我能理解大家的心情，但是，有一点我得批评你们，你们有个思想很不好，见不得身边的人发财。你们扪心自问，马总和花总的工厂，给你们带来了多少实惠？你们种田，一亩田一年能赚多少钱？能赚五百到头了吧，种十亩地才赚五千，可你们在化工厂打工，一个月就能赚一两千。我这个当镇长的，一个月也才两千块钱工资。马总花总给你们开的工资很高了，为什么给你们开这么高的工资？还不是看在乡里乡亲的情分上，他们富起来了，先富起来的带动你们这些后富起来的，走共同富裕的道路。他这是在有心拉你们一把，你们不能恩将仇报啊。你们各家都有人在外打工，你们想见儿女一面都难。为什么要出去打工？就因为咱米岛工业不够发达。如果米岛多一些工厂，年轻人就不用出门打工了，在米岛就有班上，有工资拿，就能在你们身边尽孝，你们说是不是？可是你们这样一闹，不仅损害了马总花总的利益，更重要的，是破坏了米岛的投资环境，其他想来米岛办厂的老板们，一看米岛人这样不明事理，动不动就闹事，谁还敢把成百上千万的钱投到米岛来呢？咱米岛不欢迎人家来，大把的地方抢着请他们去开厂。要是没有他们在这里开厂，你们能天天安逸地打麻将？还不是在田里死种活做。我还要批评某些村干部，村民们可以不懂这样的大道理，当村干部的不能不懂。其实你们是懂的，只是你们有私心，不以大局为重。你们的孩子生病了，我同情，马总也同情，可你们不能因为孩子生病，就拿来当作敲诈的借口，就可以胡来。白主任，你是教过书的，我知道你还爱上网，学了一些所谓的新知识，跟着网上那些人瞎起哄，比如反对工业化，我问问你，工业化本身有罪吗？要是反了工业化，人类是不是要回到原始社会刀耕火种呢？你说是不是这个理？"镇长读大学期间，参加过学校的辩论大赛，还担任过一辩，虽然没有得到奖，但他的口才却是公认的。镇长一席话，把群情激愤的现场变成了他的演说现场，人群鸦雀无声。他一连向白鸿声发出的几个质问，白鸿声都无法反驳。一来他没有做好理论上的准备，二来对方是镇长，他只是一个小小村主任，被镇长的气势给压住了。镇长的演说却正在兴头上，他说，"何况，马总和花总这样的优秀企业家，他们不仅带动大家共同富裕，还给国家上缴那么多的税收。咱们米岛过去的财政收入，不够发镇干部和老师们的工资，现在，咱们不仅可以发工资，还有钱为米岛做公共投资。将来米岛的工厂多了，米岛的农村就会变成城市化，这是国家的大政方针，是不会错的。农村城市化以后，大家就不用种田，就都是城里人了，过上城里人一样的日子，这有什么不好？至于说污染，北京广州上海，空气就没有被污染么？满大街跑的车，排出的废气不比这几家化工厂多？可人们还都爱往北上广挤，为什么？你们会说，咱们这里原来环境优美，空气清新，可是，你们想一想，环境优美空气清新能当饭吃？各位大爷大妈是挨过饿受过穷的，你们说，是住在青山绿水中饿肚子好，还是牺牲一点环境过富裕日子好？你们也许会问，有没有又能过上富裕生活，又不破坏环境的办法呢？我告诉你们，有些发达国家现在做到了这一点，但我们是发展中国家，我们的国情不同，发达国家在工业化初期，都是以牺牲环境为代价的。咱们不扯发达国家那么远的事，就说咱米岛，这几年大力发展化工是对还是错呢？你们换位思考一下，假如你来当我这个镇长，你要搞好米岛的经济，你怎么办？搞农业？米岛几百年来一直靠农业，什么时候富裕过？何况现在人多地少，纯靠农业只会饿肚子。除了农业，咱们还能发展什么呢？发展旅游咱们没有资源，谁会到这里来旅游呢？除了发展工业，还能干什么？可除了化工厂，还有什么企业愿到这个交通不便的闭塞小岛上来投资？再说了，马总花总这样的企业家，还是那样的仁慈，我听说马总承诺要捐十万给村里的孩子看病。其他村民可能有些眼红，但你们摸着良心想一想，你们是愿意拿这两万块钱，还是愿意自己的孩子生病？我还有个建议，马总捐出来的钱，只能当医药费用于孩子的治疗，这样钱才能用到实处。对这样一个有良心的企业家，又是你们村成长起来的企业家，乡里乡亲的，你们何苦为难他呢？你们把路拦起来，说轻一点，是破坏米岛的经济发展，说重一点，是非法聚众闹事，我把派出所的人也带来了，我这叫先礼后兵，如果你们听我的劝，这就散了，把路障清除，我也不追究任何人的责任。如果你们一意孤行，那就怪不得我了，我该说的话都说了，该怎么做，你们看着办。"

　　镇长一番话，说得大家不住点头，都认为镇长说得有理，认为自己是被白鸿声给忽悠了。马挖苦就指挥他的工人把路障清除掉。工人们动手，村民们也没有阻挡，还有人加入到了清理路障的队伍，很快大家就在欢笑声中把路障清理完了，送货的卡车顺利通过。大家就围在镇长身边，有人就夸镇长，说，"镇长就是镇长，说起话来就是有水平。"镇长就和老人们一一握手，又去村里视察了一通，问了大家平时都怎么打发时间。老人们说，"下棋，打麻将。"镇长说，"看看，要不是发展工业，你们有时间下棋打麻将？"有老人就说，"是呀是呀，过去大冬天都要上工修水利呢，一年四季一天都不得闲。"一场剑拔弩张的危机，居然就被镇长一通演说给化解了。镇长在回镇政府的路上，对身边的人说，"咱中国的老百姓，是最善良最通情达理的老百姓，只要不把他们逼上绝路，他们就不会起来闹事。"又说，"那个村主任，叫白鸿声的，这种人，不能和镇政府保持一致，不能再让他继续当村主任了。"身边的人就说，"可是，他是选上来的，选举法……"镇长说，"让派出所查查，他是怎么选上村主任的，选举时有没有违规的地方。"

镇长走后，白鸿声回到家中，发了半天愣，觉得镇长说得虽然在理，但也是片面之理。虽然现在还不能把孩子生病、村民患癌直接归罪于化工厂，但化工厂开起来之前，米岛从来没有孩子得过这怪病，也少有人死于癌症，化工厂开起来几年，这样的病就都出来了，这是不争的事实。还有土壤里检测出的重金属严重超标，已经不是牺牲一点环境换来经济发展，而是竭泽而渔了。如果米岛经济发展了，GDP上来了，但是米岛却再也不适合人住，那这两者又该如何选择呢？还有，化工厂排出的污水，要说没有污染，那沿着排污管几十米的范围内连草都不长了，这也是不争的事实。污水直接排进大河，虽然流到下游去了，但也还是在污染环境，原本生活在这条水域，有水中大熊猫之称的中华白鳍豚不是也灭绝了么。一两家化工厂排污不可能就将整条河给毁了，但千万家的排污企业，不就是这里一家那里一家累积起来的么？白鸿声就恨自己口才不好，刚才没想到拿这些话来反驳镇长，也恨自己不争气，见了当官的就底气不足，一个镇长就拿住了自己。他决定将他的想法写成书面报告送到镇政府，看镇政府怎么回复。

白鸿声的书面报告尚未上呈，这天他将写好的材料装进信封，早起时吃了碗昨晚的剩饭，拿出刮胡刀将胡子刮干净，准备以一个良好的精神面貌去会见镇领导。这时，一辆面包车悄无声息地开进了村，车在白鸿声家门口停了下来，两名身着黑色夹克的中年男子走进了白鸿声家。白鸿声听见李文艳在问你们找谁，一男子问，"白鸿声在家吗？"白鸿声在屋里答，"哪个找我？"两名男子几步走到白鸿声面前。一男问，"你是白鸿声？"白鸿声说是。另一男就出示了一张纸，说，"你被逮捕了。"白鸿声离开家时，手上戴着冰凉的手铐。他大声叫，"你们凭什么抓我，我犯了什么罪？"但两人皆没答他。李文艳扑上来欲拉白鸿声，一男道，"请不要妨碍我们执行公务。"白鸿声就喊，"文艳，你在家照顾好孩子，我又没犯法，不会有事的。"白鸿声被两个陌生人带走，车子离开米岛后，不知去向何方。几天后，镇里的干部来到米岛，宣布白鸿声在村主任选举中有买票的违法行为，镇干部宣布了选举无效，并安排召开了新的村主任选举大会。半个月后，当年被白鸿声打败的花主任侄子重新回到村主任的岗位。花主任一上任就宣布了他的治村方略，大力支持镇政府招商引资发展化工。镇里计划在岛东村征地建化工产业园的小道消息不胫而走，据说这次来米岛投资的是楚州首富。首富在南方打拼多年，资产二十亿，其经济实力之雄厚，远非马挖苦、花一朵这样的乡镇企业家能比。另外还有消息说，此次投资是大手笔，镇里计划将岛东村的居民全部搬迁到镇上居住，整个岛东村将变成化工厂产业园区。消息传来时，米岛的老人们并未意识到他们的生活将发生怎样的改变，也未曾意识到有怎样的机遇摆在他们面前。这时，离岛多年的花庆余突然回到了米岛。多年前，花庆余以招工之名骗了许多米岛的年轻人，从此便消逝无踪，有人传说他在外面发了大财，也有人说他在外面混得并不怎么样，还有人说他早已死于非命。花庆余回村后，不再像过去那样高调，而是在他那荒弃多年已然倒塌的老屋上盖起了新房，但他的新房却盖得不伦不类。盖新房的人家一般都要打上半米深的地基，如果盖楼房地基就会打得更深。但花庆余据说要盖三层的楼房，却只象征性地打了尺把深的地基，砌墙用的红砖也都大多是残次品。村里的老人就劝他，说这样的房子盖起来哪能住人，一阵风都能吹倒。花庆余神秘地笑笑，并未听取老人的意见。村里人不明白花庆余葫芦里卖的到底是什么药。但花庆余的秘密并未隐瞒多久，随后，新当选的花主任家也开始盖新房，而且和花庆余的盖法一模一样，而且尽可能地将房子往大往高里盖，然后还搭起大大小小的棚子，将房前屋后所有的宅基地都占满。花庆余的怪异举动，惹人嘲笑，但花主任的怪异举动，则让人生疑。很快，村里人都知道了岛东村的土地要被征用，原来他们建房子，是为了将来能更多地拿到政府的征地补偿。也就是说这房子盖起来不是住人的，是为了凑面积多得补偿款。于是除了在老宅基地上盖房子的同时，村民们还在自家的农田里栽种树苗。过去种水稻的农田，现在都密密麻麻栽上了树苗。据说将来政府赔钱，是要清点树苗的多少，然后按树苗的棵数进行赔偿的。谁也不清楚这消息是如何传开的，看着花庆余和花主任家盖房种树，有些人就坐不住了，他们打听到事情的原委后，也开始建房栽树，那些本来将信将疑的人家最终也坐不住了，纷纷打电话给在外打工的儿女，让儿女寄钱回家盖房。有钱的就将钱统统投入建了房子栽了树，没钱的借钱也跟着学。大家皆心照不宣，谁也没有把建房栽树的真实意图挑明。

白鸿声重获自由回到村子时，还以为自己走错了地方，离家三月，米岛已然变了模样。村子成了个乱七八糟的大工地，到处都在建房子。白鸿声被人带走后，李文艳就无怨无悔地担起了这个家，她也想建房，但她一个女人家，又带着两个孩子，没有这个能力，于是一有空就在地里栽树。彼时的岛东村，再也看不到打麻将的人，离开米岛的人也纷纷回到米岛，年轻人都忙着建房子，上至八十岁老人，下到五六岁孩子，则都在忙着栽树。大家见了面都不说话，连招呼也顾不得打，一股躁动与兴奋的情绪在岛东村上空回荡。白鸿声拖着沉重的脚步回到米岛，像从一个噩梦进入到另外一个噩梦。他分不清到底什么时候是生活中的真实，什么时候是在梦游。分不清是庄周梦蝶，还是蝶梦庄周。梦游症很快在岛东村传播开来。人们白天发了疯似的建房子栽树，吃完晚饭就上床睡觉，但睡不到一会儿就又纷纷爬起床，继续栽树盖房子。而这时他们皆在梦中。那些在化工厂上班的村民也纷纷离开化工厂，加入到盖房子栽树的队伍。这让马挖苦和花一朵十分不安，他们不明白，好端端地，工人们怎么不上班了。就去村子里找那些工人，这才发现所有的人都在家里盖房子栽树。他们问工人为什么不上班了？工人回答说要回来盖房子栽树。问他们为什么要盖房子栽树？这房子盖得东倒西歪根本不能住人，这树栽得密密麻麻根本不能长大。工人说人家都在盖房子栽树，他们当然不能落在后面。花一朵和马挖苦弄不明白，为什么这些人会这样做。整个村庄都陷入梦游之中后，马挖苦一针见血地指出了村民们荒诞行为的根本，但是村民们却反驳他，说你怎么知道是我们在梦游而不是你自己在梦游？这样的反问让马挖苦也产生了错觉，他开始怀疑，现在的一切都是在梦中。他回想了自己几十年来的经历，他这个从小就让人瞧不起的穷小子傻瓜蛋，学会了烧窑，娶了向师傅的女儿，承包了窑场，又办起了化工厂，发了财，还和他从小只敢暗恋的花一朵睡在了一起，这一切，都是那么的不真实。他突然感到了无边的恐惧，怕这一切不过是个梦，而真实的他，此时可能还在鸭划船上流着口水酣睡。他害怕醒来之后，眼前的这一切荣华富贵全部消逝，他还是那个没人正眼瞧一下的丑八怪。他把这疑惑告诉花一朵，花一朵说这一切都是真的，不是做梦。花一朵说，"不信我掐你一下，你会痛。"她就掐马挖苦，马挖苦果然觉得痛。马挖苦就抱紧了花一朵，那一刻他才发觉，他的财富是真实的，他的爱情也是真实的。可当他进入花一朵的身体，处于一种眩晕的状态中时，又开始怀疑这一切只是梦。花一朵知道，马挖苦也染上了米岛人所患的梦游症。她带着马挖苦回到她的别墅，打算帮马挖苦治疗他的梦游症。但是一离开米岛，马挖苦就从梦游中清醒过来。他并不清楚之前产生过那样的怀疑，只是操心化工厂的生产进度。花一朵告诉他化工厂因为没有工人现在停产了。马挖苦说，"这样不行，化工厂一天都不能停。"花一朵只好和他一起又回到米岛，可是一进岛东村，看到那些盖房子栽树的村民，他又开始梦游，开始进入无边的梦境之中不能自拔。花一朵却没有被梦游症传染，她再次将马挖苦带离了米岛。坐在离开米岛的轮渡上，马挖苦突然看见了父亲马脚。马脚划着他的鸭划船，顺着大河划圈。马脚的头发胡子长得都快遮住了脸，可马挖苦还是一眼就认出了父亲。他听到轮渡上许多人在对着他的父亲指手画脚。他不敢叫父亲，只是将花一朵紧紧搂在怀里，小声对花一朵说，"那个人，是我爹。"轮渡的巨浪，将马脚的小船高高掀起，小船在大浪中上下起伏。马挖苦流泪了，他告诉花一朵，父亲离开家的时候给米爱红留下过口信，说米岛就要毁掉了，他要去寻找另外的一个米岛。轮渡很快就驶到江心，马脚划的小船很快变成了一个小点。

米岛人从梦中醒来，已是是年夏天。是夏，米岛岛北村开始了大规模征地，米岛大街上，还有通往岛北村的路口随处可见标语横幅。镇里展开了大力的宣传，动员岛北村集体搬迁到镇上，从此离开土地，脱离世世代代农民的身份，变成城镇居民。他们的家园将被建成楚州最大的化工产业园区，据说未来将会有许多的化工企业进驻。岛北村人突然陷入巨大的惊喜之中。他们的房子被测量出面积，得到国家的高额赔偿，而地里的庄稼和房前屋后的树木，也会按青苗费给予补偿。此时岛北村的人才明白，为什么岛东村的人都在拼命地建房子栽树，他们后悔自己没有先见之明，若是在宅基地上盖起三层楼房，再将地里密密麻麻栽上苗木，如今就有可能成为百万富翁，但现在一切已晚，宣传条例中说得清清楚楚，从现在开始，抢建抢栽，一律不赔。就在岛北村人后悔不迭时，岛东村人却陷入了巨大的痛苦之中，听说化工产业园建在岛北村，岛东村人一开始还不信，他们纷纷来到岛北村，看见了宣传标语，也从镇政府了解到，征地建化工产业园的不是岛东村，而是岛北村。他们的梦，就在那一瞬间醒来。那些疯狂建起来的楼房，还有那密密麻麻栽在地里的树苗，成为了扎在他们心上的刺。他们开始追查是谁最先传播的谣言，结果花庆余就被推到了风口浪尖。但花庆余更加愤怒，他说本来镇里就是计划在岛东村征地建化工产业园的，但大家都疯狂地建房子栽树，于是镇里才改变了原有的计划。一夜之间梦想破灭，岛东村人从此不再梦游，也再没有做过任何美梦。沉重的债务压在身上，让他们不堪重负，心情也变得越来越坏，一任田地里那些密密麻麻的树苗因为缺少雨水和阳光而枯萎死去。那些抢建起来的楼房，也在风雨之中摇摇欲坠。终于，不堪重负的白奇禄喝下一瓶白酒之后，于一个阴雨绵绵的傍晚爬上他建好的三层楼楼顶，大哭一场之后，纵身跳下。当他的灵魂看着那血肉模糊脑浆迸裂的肉身时，突然间得到了解脱。

白奇禄死后，村里人开始渐渐面对现实，不是每个人都有如他一样抛下一切去死的勇气，既然不敢去死，那就得坚忍地活着。于是，年轻的，重新又离开米岛去打工还债，留在米岛的老弱病残，再没有了闲情坐在麻将馆里打麻将，他们陆续走向田间，将那些由他们亲手栽种，曾经寄托他们一夜暴富梦想的树苗拔掉，拉回家里当柴烧。而那些离开化工厂的人，现在又希望重新回到化工厂。但马挖苦和花一朵的工厂已经从岛外和别的村庄招了新的工人，他们没有理由将那些工人无端辞退，那些曾经的老工人，就成为了无业游民。他们苦苦哀求马老板、花老板能够开恩，看在乡里乡亲的分上，能让他们重新回厂，但是马挖苦无法容忍他们曾经的背叛，花一朵也听从了马挖苦的建议，对于这样的人，一日不忠，终生不用。马挖苦和花一朵并没有意识到，如此一来，他们的化工厂想在岛东村扎根就失去了一个坚实的群众基础。在过去，许多人家给他们打工，大家有着共同的利益，现在，化工厂对于岛东村的村民而言，有百害而无一利。村民们拿马挖苦和花一朵没办法，强弱之间力量悬殊，于是将仇恨的矛头对准那些从岛外招来的工人，他们试图将那些工人撵走，这样白家和花家的工厂就只能重新请他们去工作。

岛外来的打工者在下班后也没有地方打发时光，于是三五成群的到村子里转悠，有时还坐车到米岛镇上逛逛。后来就出事了，事情出在一个柑子上。彼时已到深冬，岛东村家家门前屋后，原是栽有柑子树的，入冬，树上就挂满黄澄澄的柑子。但那时节，岛上少了年轻人，老年人不爱吃柑子，太酸，也卖不出价钱。那柑子就一直挂在枝头，霜打雨淋的，覆盖上厚厚的冰雪，掉落泥土化成肥料。但这黄澄澄的果子，对于那些外来的打工者，却有着无边的诱惑，只看一眼，嘴里就会流酸水。见那果子根本没有人看管，工人们便摘了来吃，也并没有谁会说什么，反正挂在树上终究也要落在泥里烂掉。下班后，三五成群的工人到村里来摘柑子吃就成了常事。一开始，他们还有点偷偷摸摸的意思，但村里人并没有责骂他们，后来胆子也就越来越大，竟大摇大摆地站在树下边摘边剥了吃，吃饱了还装上一塑料袋，然后慢悠悠回到厂里。但这天，当那些外来的工人又站在树下摘柑子时，有失去工作的妇人看见了就心里不爽，远远地就开始骂，用了米岛本地最恶毒的语言。她这一骂，那些外来工也回骂。那妇人就捡了石子扔他们，工人也捡了石子回砸，一石正中妇人额头，虽然只是鸡蛋大的石子，却将那妇人砸得头破血流。工人一看形势不妙，撒腿就跑。而那妇人很快就纠集了一群老汉老妇，个个手里拿了家伙，追到马挖苦的化工厂门口。化工厂大门紧闭，他们就在化工厂门外叫骂，隔围墙往里面扔石子，扔进去的石子很快就被扔了出来。外来的工人和村里人干上了。后来，村民们纷纷冲上去，用铁锹和锄头砸化工厂的铁门。眼看铁门就要被砸开，外来工人们人手一根铁条，在铁栅门里对峙着。接到电话的马挖苦赶到化工厂时，村民刚刚突破铁门，眼看一场械斗就要发生。工人们皆是血气方刚之辈，村民则多是老弱病残，若真打起来，吃亏的必将是村民。马挖苦横在两拨人中间，喝止了工人，然后赔着笑脸给村民作揖打躬，了解清楚事情的原委，原是他的工人有错在先，但工人们很齐心，没谁站出来承担责任，也没人供出同伙来。马挖苦就表示愿意给伤者赔偿医药费。那受伤的妇人只是伤了皮肉，却狮子大开口，要马挖苦拿十万块来。新上任的花主任也带了村干部赶来，花主任是拿过马挖苦好处的，就劝村民，说赔偿是要的，但这么一点小伤，赔一千块钱就差不多了。又说你们那柑子烂了不也是烂了，人家吃几个有什么了不起呢？你们骂人也是不对。村民并不给花主任面子，他们其实索赔是假，将那些外来工赶走却是真，因此一口咬定要赔十万，而且还要将凶手交村民严惩。马挖苦见事态有些失控，就打电话报了警。警察来后事态才算平息，马挖苦赔了伤者五千元，村民这才勉强收兵。这件事后，村民和外来工之间算是结上仇了。马挖苦告诫他的工人，再不许去摘村民的柑子吃，也不要去惹那村民，没事不要出厂，非要出厂时，也要三五成群有个照应。工人也吓坏了，一段时间都猫在厂里不敢出门。平静了一个月，工人以为这事过去了，整天关在化工厂，人都快闷死了，于是又开始三五一群出厂转悠。那件事发生后，失去化工厂工作的村民就开始自发组织在一起，想再找机会将事情闹大，坚决要将那些外来的工人驱逐出米岛。

　　已然心灰意冷的白鸿声是村里少有的清醒者。在此次抢建抢栽中，他没有抢建房屋，因此损失并不大。他觉得村民们这样驱逐外来工人很可笑，他对李文艳说，他们不该驱逐外来的工人，而应该驱逐马挖苦、花一朵这些老板，只有将化工厂彻底赶出米岛，米岛才会逃过一劫。李文艳说，"岛北村都在建化工产业园了，你怎么赶？再说你的村主任都给撸了，关了这么久，你还没受够？他们爱怎么闹就去闹吧，你自家的事都焦头烂额搞不清楚呢。"白鸿声也的确是焦头烂额，自母亲去世后，二妹白鸿云去贵州找白鸿雁无果，当她听白鸿声说已经拔掉了母亲的呼吸机后，白鸿云赶回了家，却没有见到母亲最后一面。在母亲的坟头大哭一场，然后宣布，是父亲白奇谋和哥哥白鸿声害死了母亲，声称一辈子不会原谅他们，并说这个世界上，她只剩下一个亲人，那就是不知现在身在何处的姐姐白鸿雁，她要和杀死母亲的父兄一刀两断。白鸿云单方面宣布和父亲、哥哥断绝关系之后就离开了米岛。临行前，她给父亲下了跪，说她今生今世再也不回米岛。面对父亲的眼泪和哥哥的苦心挽留根本无动于衷，毅然决然离开了米岛，并更换了新的手机号码，从此和家人断了联系。就在白鸿云离开米岛后没多久，村里和闹闹一样得怪病的孩子，病情都开始加重，他们的父母在拿到马挖苦捐的医疗费后，并未用于孩子的治疗，他们不约而同选择了放弃那生病的孩子，而把希望寄托在再生一个健康的孩子上。放弃治疗的孩子终日哭闹，孩子们的哭闹声在岛东村此起彼伏，吵得村民日夜不宁。终于，一个孩子在一个有月无风的夜晚停止了哭闹。同病相怜，白鸿声去安慰那失去孩子的父母，却发现他们并不十分悲伤，他们为终于从噩梦中走出长舒了一口气，用怜悯的目光看着还处在痛苦中的白鸿声，并安慰白鸿声说，"鸿声，生下这样的孩子就是生了个讨债鬼，是我们前世欠他们的，这辈子，要让我们受尽折磨来还。"白鸿声的心里满是忧伤。他很理解他们的心情。回到家，白鸿声对李文艳说，"咱们带孩子去楚州，继续给孩子治病吧。"李文艳说，"我听你的。"白鸿声和李文艳就离开米岛，踏上了为白闹闹求医问药的漫长路途。他们辗转于楚州和省外一些有名的医院，所有的医院均表示，孩子由于体内重金属超标，严重损伤了脏器，现在的治疗也只能暂时缓解一下病情，只要一断药，或者患了感冒之类的小病都可能引起并发症，并导致孩子脏器衰竭。在漫长的求医途中，李文艳渐渐对孩子的治疗失去了信心，她哭着劝白鸿声放弃这个孩子，她说她还能生，他们可以再生一个孩子。但白鸿声却坚持着，他说明知治愈无望，但也不忍放弃孩子。对于当初放弃母亲拔掉了她的呼吸机，白鸿声至今都不能释怀。他说已经错了一次，不能再错第二次，只要有万分之一的希望，也是希望，他就不应该放弃。就在他们为白闹闹四处求医时，米岛其他几个生病的孩子皆相继去世。而在米岛，孩子的哭闹声并未从此消逝。又有两个得怪病的孩子相继出生，这让米岛人开始感到无边的恐惧，他们认为是米岛的风水出了问题，于是想生孩子的妇女再不敢在米岛居住，害怕生下病儿。而在米岛，想要得到在化工厂工作的村民，和那些外来工人之间的冲突也正如火如荼。

一直想找机会将事情闹大，然后趁机将外来工驱逐出去的村民终于抓到了机会，有个工人骑自行车到镇上买生活用品，回来经过村子时，将奇禄家的给撞了。那工人害怕，不顾奇禄家的受没受伤，吓得骑了自行车拼命往厂里逃。奇禄家的扯开嗓子喊起来。这一喊，那工人更慌张了，一头栽到路边的一条沟里，等他从沟里爬上来时，已被几个村民团团围住。村民并没有给他辩解的机会，一拥而上拳打脚踢，打得那小伙子哇哇乱叫。倒是被撞的奇禄家的，反过来劝阻大家，说别打了，再打下去会出人命的。那外来工人这才得以站起来，推着自行车，一瘸一拐回了厂。村民就站在路边兴奋地回味刚才打人的经历，又有看热闹的围过来，听他们讲述收拾外来工人的英雄壮举。那打人的村民正在手舞足蹈口水横飞讲得起劲，就见化工厂方向跑来一群人，个个手里举着铁条呼啸而至，边跑边喊打死他们。村民一看对方人多势众，而且个个手里都有家伙，就一哄而散，但那群工人却似下山猛虎，转眼就冲进村民之中，也不问青红皂白，也不问谁是刚才打人的谁是过来看热闹的，甚至包括刚才劝退村民的奇禄家的在内，见人就打。不到两分钟时间就打翻了十几人。等闻讯的村民纠集了足够的人手杀回来时，那些外来工人已经回厂去了。村民们再次把工厂围住，愤怒的村民甚至推了两板车芦苇堆在工厂门口，放言如果不交出凶手，就放火烧了化工厂。后来依然是警方介入，拘捕了几个村民和那参与打人的外来工人，依然是马挖苦拿出一笔钱来补偿给所有受伤的村民才算了事。村民们驱逐外来工的目的并没有达到。马挖苦知道村民的用意所在，无非是想赶走这些外来工人，然后他们好来厂里上班。但这些外来的工人比本地村民吃苦耐劳，也不会像本地村民们这般没有组织纪律，不是迟到就是早退，过去办厂，总想着给本村人带来一些福利，也算是给父老乡亲一个交代，当用了这批外来工人后，一比较，外来工人的好处就显现出来了。但村民们总是这样动不动就闹事打斗，却是得不偿失，因此马挖苦就想退一步，将外来的工人辞退，还是用原来的村民。镇政府却给出了意见，他们认为驱逐外来工人是一股不好的风气，传出去好说不好听，坚决不能向恶势力低头，要刹住这股歪风，不然将来还会有哪家工厂敢到米岛来投资？有楚州报社的记者得知此事，来米岛采访，但记者刚到就被镇里得知，马上采取果断措施，派人和记者谈判，软硬兼施，最后给了记者封口费，这事才终未能见报。马挖苦也被镇政府告知，用米岛人还是外来人，不再是他一家工厂的问题，是关乎到米岛投资环境的问题。镇里给出了强硬的态度，还严惩了参与闹事的村民，将带头闹事的一个村民关进了江北农场进行劳教，参与打架的工人也被解雇。马挖苦就重新招了几个本村村民进化工厂，事情看似平息了下来。但村民与外来工人、村民与化工厂之间的矛盾，却越发尖锐。像是一个火药桶，随时可能爆炸，缺的只是一根导火索。这一切，让马挖苦和花一朵忧心忡忡，不知道这个火药桶何时会爆炸。

十八

　　白奇谋终其一生都未能促成一百对姻缘。自老伴去世后，他就陷入无边的梦境之中。两个女儿相继离开米岛，都已不知去向何方，就像蒲公英的种子，被风吹向未知的远方，也许她们过上了幸福的生活，也许正承受着无边的痛苦。这一切，他都不得而知。儿子媳妇带着孙子，走上了求医问药之路，他则留守在了米岛，照看孙女白笑笑。这孩子，据老伴说不是白家的血脉，但白奇谋喜欢这孩子，这孩子打小就和他亲，脸上总带着一股忧伤，看着让人心疼。儿子媳妇离开了米岛，白笑笑也进了学校读书，其时，米岛的乡村早没有了小学，白奇谋每天清晨起床，为笑笑做好早餐，祖孙二人吃完早饭，他就用自行车驮着孙女去镇上读书，晚上又骑了自行车去学校接孙女回家，然后祖孙二人一起生火做饭。吃完晚饭，他就陪着孙女写作业。看着笑笑趴在桌上写作业的样子，他就会想起许多年前，父亲白振甫送他进白家私塾的往事，父亲告诉教书先生，他的儿子到私塾并不是为了读书识字，只是为了有个玩伴。父亲还对他说，人生忧患识字始，百无一用是书生。他读了十六年书，大字却不识一个。但他这一辈子依然有着无穷的忧患，依然是百无一用，因此他认定，父亲的话也不可信。他经常对孙女白笑笑说起他这一生中最得意的时光，那是遥远的八十年代，他是米岛最著名的红媒先生。那些正值妙龄的青年男女，为了找到如意的对象，纷纷抢着给他家插秧斫谷，也是在那段时间，他体会到了被人尊敬的滋味。他热爱保媒事业，并立下宏愿，有生之年要说成一百对姻缘，后来，米岛的年轻人纷纷外出，他的愿望终是落空。他再一次被社会抛弃，成为无用之人。而他的这个孙女，也是个被抛弃的孩子，祖孙二人同病相怜。他不知道这个孩子是谁家的血脉，孩子的父亲又是谁，这一切，对于白奇谋来说，都不重要了，重要的是，他生育了一儿两女，但现在自己老了，相依为命的小女却又不是他白家的血脉。白笑笑从小就感受到了家人对她的冷落，父亲几乎没抱过她，奶奶也没给过她好脸色，这让她对父亲和奶奶毫无感情，母亲曾经是爱过她的，但自从有了弟弟，多病的弟弟就成了一家人的中心，她只有默默地退回角落。有时她也想，她若是弟弟就好了。她不明白为什么家里人更在乎弟弟而忽视她。后来她大一点才明白，那是因为弟弟生了病，生病了就可以得到父母更多的关爱，因此她很想让自己生病。有一次下大雨，她故意站在雨中把全身淋湿，结果她真的生病了，换来的却是父亲的冷漠和母亲的责骂。后来，父母带着弟弟离开米岛，她也想跟着去，但父母没有答应，她知道，她是被抛弃了，从此只有和爷爷相依为命。上学后，她并不孤单，学校里，许多孩子和她一样，父母常年在外打工，有的同学甚至出生才几个月就同爷爷奶奶生活在一起，相比之下，她算幸福的。有些伙伴只有在过年时才能和父母待上几天，有的则好几年见不到自己的父母。每天放学，来接他们的，都是白发苍苍的爷爷奶奶外公外婆。他们会在祖父母的安慰中期待着父母早日归来。爷爷奶奶总是说，过年了父母就会回来，会给他们买喜欢的玩具，给他们买新衣服，买好吃的。而白笑笑知道，就算父母回来，也不会把爱分给她一点。她根本没心思念书，小小的她只有一个愿望，那就是快快长大，长大了，她也要出去打工。她渴望离开米岛，她不知道外面的世界是什么样子，但是她知道米岛是个牢笼，将她死死困在里面。这天放学后，她没有等到来接她的祖父白奇谋，她一个人背着书包回家，走到半路，她突然很想哭，感觉连最爱自己的爷爷也抛弃她了，她突然不想回家，转回身朝镇上跑去，穿过主街，她又走到了河边，她看到了大轮渡船，于是她随着过轮渡的汽车上了轮渡。轮渡船发出一声长鸣，她有些害怕，将身子缩成一团，躲在一辆汽车下面。后来，轮渡船到了对岸，她看到了米岛以外的世界。她有些兴奋，随着车流一起上了岸。她还没有长大就离开了米岛，开始去远方流浪。她不知道，她的爷爷并不是不要她了，此时的白奇谋，已经走到了生命的终点。

　　白奇谋在这个下午，看到了来索他命的小鬼，他知道，自己的时间不多了。很长一段时间以来，他就预感到自己时日无多。他的喉咙里像长了刺一样难受，每天只能喝下一点点稀饭，这几天连稀饭也咽不下了。他知道，和许多米岛人一样，他患上了食道癌，但他没有打电话告诉白鸿声，他不想让儿子操心。回来了又能怎么样呢？他知道，米岛是不能住人了，自从化工厂开起来后，得癌的人越来越多，村里人明知是化工厂害的，却还抱着侥幸心理，认为自己不会得病。就像他白奇谋，看到老邻居们纷纷因患癌去世，当时却并没有那么害怕，认为自己这么大年纪，说不定哪天就去了，等不到癌症来找自己，没想到，癌症还是来找他了。父亲留下的金子，他都交给了白鸿声，给白闹闹治病需要用钱。他知道那是一个无底洞，多少钱都不够花，可是看到儿子横下一条心要救孙子，他也没什么可说的。这天他本来想去接孙女放学的，但身体却有些支撑不住，中午时就倒在了床上，几次试图站起来都没有成功。迷迷糊糊之中，他看到了父亲白振甫，还有他曾经的小娘爱红娘，还看到了他的堂叔白振国，看到了好多熟人。他问他们，"你们怎么都在这里？我这是在哪里？"那些人告诉他，"你这是要死啦。"他说，"我不能死，我还要去接孙女回家。"他努力挣扎着，却感觉自己突然从那沉重老迈的肉身中抽离出来。他看见自己的肉身像一块朽木，倒在阴冷的床上。他顾不上别的，他要赶紧去接孙女。于是他就往镇上跑去，他感觉自己像一阵风，很快就飘到了学校，学校里却没有孙女的影子，他到处找，后来，找到河边，他看到了那鸣着长笛的轮渡缓缓离开米岛。孙女白笑笑就在那轮渡上。他拼命喊着孙女的名字，但是他的声音喊出来就被风吹走了。他就那样呆呆站在江边，突然看见一条小船，船上的人在叫他名字。"奇谋老倌子。"他回应了一声。那小船就向他慢慢靠近。他看见了一个头发已经长得拖在地上，胡子也快挨到地的老人。他说，"你是谁呀，怎么晓得我的名字？"那人说，"奇谋老倌，我是马脚呀。"白奇谋就想起来了，说，"你还在呀？"马脚说，"我一直都在。我在寻另一条通往米岛的路呀，要不我们搭个伴，一起去找吧。"白奇谋说，"另一个米岛，什么意思？"马脚说，"咱们的米岛已经毁了，这里将来会寸草不生的，我们的儿孙总要有个出去。好多年前，李桂枝就告诉我，她找到了另外一个米岛，那里开满鲜花，那里的人没有痛苦，没有争斗。人们之间你爱我，我爱你，大家一起干活，有东西一起分着吃。"白奇谋说，"那不是好多年前宣扬的共产主义么？五几年六几年，我们不就过上了那样的生活么？你忘记那时候饿死过多少人？"马脚说，"老伙计，你错了。李桂枝告诉我的那个世界，人人都有饭吃，有衣穿。"白奇谋说，"那李桂枝为何不带你去？"马脚说，"是呀，我也不清楚她为么事不带我去？"白奇谋说，"你是做梦梦见李桂枝对你说的有那个地方吧？"马脚沉默不语。白奇谋说，"我不和你一起去了，要找你自己去找，我还要去找我的孙女呢。"马脚空洞的眼里就涌出了泪花，喃喃自语道，"李桂枝为什么不带我去呢？我怎么没想过这个问题，难道这一切真的是梦？这么说我一直都在做梦。"马脚这样说时，就不再划动他的鸭划船，仰面躺在船上，望着头上的星空发呆，他突然想起了许多年前的一个冬夜，他用食物换到了李桂枝的身体，后来他有了儿子，还有了孙子。孙子叫什么来着？叫马破天，那小子就会搞破坏。他就这样想啊想，小船就顺着江水缓缓地漂流。忽然，他闻到了一股浓郁的花香，他深深吸了一下鼻子，确定是鲜花的香味，他一下子灵醒过来，从船上翻身而起。呵！他看到鲜花开满了河面。还看到了许多的鱼虾，都浮在清澈透明的河水中。他还看见了米岛，看见了大觉悟树。他激动了起来，大喊，"我找到了，我找到了。"他想，我得回去，告诉米岛所有的人，现在的米岛虽然毁了，还有另外的一个米岛在。于是，他又沿着开满鲜花的河面一遍又一遍地划圈，试图找到来的那条路。

　　白奇谋是在死后的第三天才被人发现的。白笑笑没有到学校上课，老师给白奇谋打电话，电话没有人接，老师就将电话打到村部，花主任接到电话，说一会儿去他家看看。但他这些天正被化工厂与村民之间的冲突弄得焦头烂额，一忙就把这事给忘了，第二天，他又接到学校老师打来的电话，这才想起昨天答应的事，于是骑着摩托车到了白奇谋家，白家的大门洞开，他站在门口喊白奇谋的名字，但没有人应。于是他进了白奇谋家，才看到白奇谋倒在床上，早已冰冷僵硬。

　　白鸿声和李文艳接到父亲去世的消息，带着白闹闹回到了米岛，简单料理了白奇谋的后事。女儿白笑笑失踪，让李文艳陷入了无边的悲痛，一家人生活的重点，从为白闹闹治病转到寻找白笑笑上面。他们在报纸上登了广告，到处张贴寻人启事，但是均一无所获。白闹闹的病发再一次将夫妻二人的生活重点拉了回来。一次感冒引起的并发症，很快要了白闹闹的命。转眼之间家破人亡，偌大的家只余下了两个人，每天以泪洗面的李文艳和整天沉默不语的白鸿声。这样的惨状，让所有看见他们的人，都为他们家庭的悲剧摇头叹息。一个月后，李文艳告诉白鸿声，她要去寻找女儿白笑笑，走遍天涯海角也要把孩子找到，她希望白鸿声能和她一起去。白鸿声用木然的眼神看着她，半晌，摇了摇头。白鸿声说，"我要为儿子讨回公道。"白鸿声说，"是马挖苦和花一朵杀了咱们的儿子。"李文艳冷冷地说，"我就知道你不会去找笑笑，反正不是你的孩子，我也没有理由强求。我们离婚吧。"白鸿声从口袋里掏出了一张卡，卡里有他当初变卖祖产换来的钱。白鸿声说，"所有的钱都在这里，也不多了，你拿去吧。"李文艳接过卡，抱着白鸿声号啕大哭。李文艳说，"咱们一起走，离开米岛吧。"白鸿声说，"你走吧，我哪里也不去。你去找笑笑，我为闹闹讨回公道。"李文艳说，"找不到笑笑我不回家。"白鸿声说，"为闹闹讨回公道，我就去找你，跟你一起找笑笑。"夫妻二人紧紧抱在一起，他们都感受到了对方身体里传达出来的坚定。

　　李文艳离开米岛后，白鸿声就开始着手为白闹闹讨回公道。他首先联系村里那些因疾病而失去孩子的父母，希望大家联手将马挖苦告上法庭，但却没有人响应他的号召。无奈之下，白鸿声只好单干，他向米岛镇司法所递交了一纸诉状，起诉马挖苦。他认为白闹闹的死是因为化工厂的污染而造成。因此他要求马挖苦的化工厂赔偿他的各项损失共计一百万元，并且关闭在米岛的化工厂。司法所在接到白鸿声的诉状后，先约了白鸿声和马挖苦当面进行调解。马挖苦做梦也没有想到，白鸿声居然会将他告上法庭。这让他对白鸿声本来还抱有的一丝怜悯与愧疚烟消云散。当他看见疲惫不堪，双眼却几乎冒火的白鸿声，打了一个冷战，他知道遇上了一个难缠的对手。但白鸿声的无理要求，他是无论如何不能答应的。如果妥协了，其他因病失去孩子的父母都会来告他，他马上就会破产。因此当马挖苦接到司法所的通知，第一个念头就是一毛钱也不会赔给白鸿声，更别说关闭工厂。可是，当他看到白鸿声坚毅的目光，心里又有些动摇。他不想让自己深陷官司之中，对于他来讲，时间就是金钱，他有太多的事情需要处理，不想在这件事上浪费时间。何况，现在他还有更重要的事情要处理，一个星期前，他刚刚得知花一朵怀上了他的孩子。这是个让他且喜且忧的消息。喜的是他又有了孩子，而且这孩子还是和他深爱的花一朵爱的结晶。忧的是，他不知道该如何处理和妻子向春花的关系。从前花一朵没有孩子，也没有问他要过名分，但现在，孩子不能没有父亲。从前，他觉得愧对花一朵，但现在，他愧对的是花一朵母子两个。

花一朵的化工厂早收回了投资，并赚回了大把钞票。他们二人强强联手，是生意上的伙伴，又是精神与肉体上的伴侣。花一朵现在不再满足于和马挖苦的地下关系，她渴望拥有整个马挖苦。那些马挖苦离开他回到向春花身边的夜晚，孤独与寂寞将花一朵深深淹没。事业上的成功，却无法掩饰内心的苍凉。在一次楚州工商业界人士的聚会上，马挖苦和结发妻子向春花双双出席，而她却只能躲在角落里，喝着冰冷的红酒看着他们。那一瞬间，她发现自己的内心远没有表面那么强大。她也是个平凡的女人，也渴望有个家。母亲武义兰也不止一次地逼着她去相亲。那些相亲的对象，要么事业有成，要么风度翩翩，但她却总能在他们身上看到这样那样的缺点，然后将他们与马挖苦比较，她的心里已然容不下别人。那次酒会之后，她故意和一个男人交往。马挖苦得知后，表现出了前所未有的痛苦，痛苦之后，马挖苦做出了退让的选择。他说他若不退出，花一朵将无法开始真正的爱。但这样的结果，于两人来说皆是残酷的，他们都离不开对方。很快，花一朵和马挖苦又睡在了一起，他们也争吵，但每次争吵过后，却是更加疯狂地爱着对方。武义兰以她饱经世事的洞察力，看穿了女儿的心思。她对花一朵说，"你心里有人了。"花一朵不否认，也不肯定。武义兰一声长叹，说，"你等不到他的，何苦让自己的心这么苦。"花一朵说，"可是，嫁给别人不快乐。我情愿不嫁。"没想到意外发生，花一朵怀上了马挖苦的孩子。作为楚州著名的企业家，没结婚就怀孕，将会成为报纸和人们茶余饭后的花边新闻。而她爱马挖苦，更爱着这个孩子，她想为马挖苦生下这个孩子。她没有马上告诉马挖苦她怀孕的事，而是悄悄地孕育着这个小生命。她的怀孕过程并不幸福，她整夜整夜被噩梦缠绕。她总是梦见白鸿声死去的儿子白闹闹，那孩子总像影子一样追随着她。自怀孕后，花一朵就再没回过米岛，她对母亲武义兰说她很累，想要休息一段时间。她和母亲商量，打算把化工厂转出去。武义兰问她为什么会这样想，她没敢对母亲说她怀孕的事，只是说累了，不想再操那么多心。武义兰那时已经不再过问公司的事物，自从花子春副市长退休后，武义兰和他的联系渐渐少了，后来彻底断绝了往来。市里新建了一所教堂，武义兰在去教堂听了几次弥撒后，躁动的内心终于得到了平静，她成了一名忠实的信徒。公司的事情，她已不想再过问。女儿退出化工行业的想法，让她深感欣慰。武义兰说，现在她越来越能理解五朵的选择了。花一朵将她的想法告诉马挖苦，马挖苦吃惊地看着花一朵。作为一名商人，他无法想象，是什么事情，让花一朵做出如此不合常理的决定，在化工厂的经营状态如此好的时候却要退出。可是花一朵眼里的幸福，又让他陷入迷茫。聪明的马挖苦，在和花一朵做爱时，觉察到了花一朵有别于过去的种种蛛丝马迹，她似乎有些小心翼翼。事后，马挖苦问花一朵是不是有事情瞒着他。花一朵说没有。马挖苦就问花一朵，是不是心里有了别人？在马挖苦的再三追问下，花一朵才说，"是的，我心里有了别人。"这让马挖苦很是失落。但花一朵接下来的一句话，却让马挖苦兴奋不已。花一朵说，"我的心里是有了别人，这个人，住在这里。"她幸福地摸着自己的肚子。马挖苦不敢相信自己的耳朵，说，"你是说，你怀孕了？"花一朵脸上溢满着幸福的红云，她说，"是的，我怀上了你的孩子。我要把他生下来。你放心，我不会逼着你和我结婚，但是这孩子，无论如何我要把他生下来。"马挖苦抱住了花一朵，亲吻着花一朵的肚皮，他的内心在那一刻纷乱无比而且五味杂陈。那久未光顾的预感再次闪现，他感到了不安与灾难，但又无法捕捉到更准确的信息。长期被欲望所侵蚀，他纯净的内心早已蒙上了尘垢。马挖苦对花一朵说，"化工厂不要卖，我来帮你打点。"花一朵却坚持要卖掉，她没有告诉马挖苦，自从怀孕后，她就被噩梦缠绕。马挖苦说，"如果一定要卖，那你就卖给我。"花一朵却摇了摇头，说，"我不会卖给你的，你出多少钱我也不卖。"马挖苦问花一朵为什么，"为了他。"花一朵摸着肚子说。

想到花一朵，再看看眼前这个坚硬得像块石头的白鸿声，马挖苦决定退一步。法官进行调解时，马挖苦就提出了他的和解方案，说他愿意出于人道主义和过去朋友的情谊，给白鸿声一定的经济补偿，但不是以赔偿的名义。因为现在没有任何科学依据证明白闹闹的病和他的化工厂有直接联系。至于白鸿声提出的，让他的化工厂关闭，那是不可能的事。他的化工厂牵扯的不光是他一个人，那么多的经济投入，那么多的工人，镇政府也不会同意他关闭化工厂的。马挖苦的态度，让主持调解的法官看到了和解的希望。白鸿声起诉马挖苦一案，法庭十分重视，镇政府也很重视，因这一案件关乎到米岛的投资环境。马挖苦答应退一步，那么余下来的就是给白鸿声多少钱的问题了。主持调解的法官也认为这将是一个容易解决的问题。白鸿声漫天要价，马挖苦就地还钱。不料白鸿声听了马挖苦的方案后，冷笑了一声，他说他不同意调解，马挖苦私下里就算给他一千万他都不要，他要的是赔偿，而不是施舍。调解失败后，法庭提出择日开庭审理。按民事诉讼规则，谁主张谁举证，白鸿声诉讼化工厂导致了白闹闹病故，就要由他自己找出证据。而白鸿声所能收集到的证据，只有三条，第一，是多年前村委会做的水质与土壤检测报告；第二就是医院给白闹闹做的诊断结果；第三是在化工厂开设之前，米岛人的死亡情况和化工厂开设之后米岛人死亡情况的对比。但是这三条，却都被马挖苦的律师轻易推翻。关于第一条证据，米岛的水质与土壤检测报告，出现了重金属严重超标，但没有证据显示，马挖苦的化工厂就是这些重金属的主要来源；第二条证据更加缺少相应的科学依据，只能算是一种猜测。第一条证据不能成立，后面的证据就都没有说服力了。庭审的结果可想而知，白鸿声的诉求没有得到支持，他不仅未能获得一分钱的赔偿，还要支付诉讼所产生的费用。走出法庭，马挖苦

还是想和白鸿声和解，他说，"鸿声，我理解你内心的痛苦，可是你
将孩子的死归罪于我，真的没有科学依据。再说了，你将我扳倒，对
你又有什么好处？我知道，当初被学校解雇，你一直怀恨在心，那件
事，虽然是你先对不起我，但我做得也确实过分，没有念及从小玩到
大的友谊，我现在对你说声对不起。我还是那句话，愿意在经济上帮
助你。我知道你们家笑笑丢了，李文艳出去找孩子，花费一定不小。
我愿意出钱在楚州的电视台和报纸上打寻人启事。冤冤相报何时了，
我们和解吧。"马挖苦向白鸿声伸出了手，白鸿声却无动于衷。他
说，"马挖苦，你小看我了，我并不是记恨你把我从学校弄走，我是
在为我的孩子讨公道，在为米岛那些死去的孩子讨回公道。"马挖苦
说，"公道，你以为公道在你那一边吗？公道自在人心，我知道你去
动员村里人一起告我，为什么没有人支持你？说明在他们心里，你这
样做有失公道。我承认，化工厂对环境有一定污染，但那些水都排到
了江里，我们住在上游，要污染也是污染下游，跟我们米岛又有什么
关系？现在大河的水质是变坏了，但这是我一家化工厂造成的吗？这
些污水都是上游排下来的。你要告，先去告上游的那些工厂，把所有
的过失都归咎到我身上，你觉得公道吗？"白鸿声说，"你有你的公
道，我有我的公道。咱们道不同，不相为谋。"两人不欢而散。白鸿
声坚定的眼神，再一次让马挖苦不寒而栗。

　　从法庭出来，马挖苦没有回化工厂，也没有回家。他给妻子打电
话，告诉她官司打赢了，但是以他的估计，白鸿声不会就此罢休，还
会去上一级法院起诉的。然后他驱车去见花一朵。花一朵卖掉了化工
厂，其他生意也交给专人打理，她现在全部的心思都在肚子里的孩子
上。见到马挖苦，花一朵问官司怎么样。马挖苦说，"赢了。白鸿声
看样子不会就此罢手。不过也不怕，他就是告到楚州，也是会败诉
的，他完全是在无理取闹。"花一朵的眼里闪过一丝忧郁。她对马挖
苦说，"自从怀上这孩子，我的心里就一直不安，每天晚上做噩梦，
总是梦见米岛那些死去的孩子。我担心，我们的孩子，将来也得那样
的怪病。"马挖苦轻轻搂着花一朵，在她的额头亲了一下，说，"宝
贝，你想得太多了。日有所思，夜有所梦。"又说，"当初向春花怀马

破天的时候，也是一天到晚忧心忡忡，害怕孩子生下来难看，又怕孩子缺胳膊少腿，可是你看我们破天，现在不是长得又高又壮，怀孕的女人就爱胡思乱想。"花一朵说，"我心里就是不安。这段时间，我一直在想，也许，我们在米岛开化工厂，真的是个错误。那些孩子的病，真的与我们无关吗？你知道我为什么把化工厂转掉吗，我害怕我们遭报应。"马挖苦笑了，说，"别胡思乱想了，那间厂，你卖给别人，不是一样在生产吗？别人开与你开，有什么不同？"花一朵说，"这也是我感到不安的地方，我真的不该将化工厂卖给别人，应该把它关掉的。我现在每天都很自责，很后悔。"马挖苦说，"现在医学这么发达，我们定时去医院做检查，孩子若有什么问题，能检查出来的。你放心吧。"花一朵还是不放心，她说她决定了，怀孕期间要远离米岛。她已经找好一处清静的地方，准备安心养胎。

花一朵先后搬了好几个地方，但是无论躲到哪里，那噩梦始终如影随形。后来偶然发现了楚州城外桃花山里的一处道观，许多人在此修行，中国的，外国的，都有。说来也怪，自从住进道观，花一朵就再也没有做过那噩梦。听着晨钟暮鼓，守护着腹中的胎儿，她的内心出奇地安静，她能感受到孩子在她腹中的一举一动，她每天都用心地和孩子对话。道观里还住了一些得了绝症的病人，他们都放弃了治疗，在这里安详地度过生命中的最后时光。看着那些人的平静与笃定，怎么也不能联想到他们的生命将随时可能终结，想不到他们此刻正经受着病痛的折磨与煎熬。花一朵也感觉到了前所未有的淡然与安逸。她给马挖苦发短信，说她现在很好，内心平静，对生活充满了感恩。马挖苦来看她时，她甚至劝马挖苦也在这里住下来，感受那份宁静与美好。但马挖苦会错了意，以为是花一朵舍不得他离开，体会不出花一朵此刻内心的感受。看着忙碌的马挖苦，她想让马挖苦放慢脚步，感受一下幸福。她希望她爱的人，也能体会一下这种无法言说的感觉。马挖苦总是嘴上答应说，"好，我就住在这里不走了。"但却不停地接电话，不停看时间。花一朵知道马挖苦放不下化工厂的事，最后还是让他走了。马挖苦告诉花一朵，他接到法院传票，白鸿声又在市法院起诉他了，他要去见律师，他说他不能让白鸿声将他几十年

的心血毁掉。看着马挖苦匆匆离去的背影，花一朵的眼里，泛起了怜悯。

法院依然是先走庭外调解程序。白鸿声认死理，寸步不让，马挖苦自然也就没有退步的理由。庭外调解只是走走过场，开庭后就是一审二审，结果是明摆着的，白鸿声并不能拿出更有说服力的证据，又没钱请律师，自己一个人孤军奋战。上次的官司败诉后，他买回了一堆民事诉讼法的书籍，自己了解相关知识，但他那点现学现卖的法律知识，在马挖苦的专业律师面前简直是不堪一击。二审结果出来，马挖苦长长舒了一口气。他知道，走完了法律程序，现在的白鸿声就是再固执也拿他没办法了。果然，后来的很长一段时间，白鸿声似乎被击垮了，他将自己关在家中，足足有十天没有出家门。再次走出家门时，他面色憔悴胡子拉碴，但眼神却分明比之前更加坚定。他开始一家一户地调查，取证，录音，找那些失去孩子的家长，和那些因患癌失去亲人的家庭。几乎所有的村民都认定，他们孩子的病与亲人的死，都是化工厂排放的毒气与污水所致，但却没有人愿意陪他上法庭。白鸿声倒不需要这些村民陪他上法庭，他只希望从这些同病相怜的人的身上找到共鸣。他将这些谈话录了音，整理成资料。他还联系上了妻子李文艳，其时的李文艳为了寻找白笑笑，已经远离了楚州。白鸿声告诉李文艳，官司失败了，但他会继续打下去，他准备去省里上访。夫妻二人在电话里相互安慰鼓励。第二天，白鸿声就离开了米岛，去了楚州。

白鸿声离开后的许多夜晚，那些盘踞在我枝柯间的鬼魂们，开始议论白鸿声。白振甫和白振国，很为白家这样有骨气的儿孙骄傲。但同时又深感忧虑，不知白鸿声此去将会经历什么。于是，一起为白鸿声祈祷，希望他能平安无事。白鸿声离开米岛后，就像消逝了一样，一个月过去了，两个月过去了，半年过去了，白鸿声没有回来，也没有任何关于他的消息传回米岛。而另外一个离开米岛多年的人，却在这时候回来了。这个人，是差不多已被米岛人遗忘的江一郎。

江一郎回到米岛时，已是风烛残年。他知道，他剩下的时间不多了。他想到了落叶归根。他想回到楚州，回到米岛。他希望，他死之后能葬在米岛。他是坐着一辆救护车回到米岛的。一路陪伴他的，是花五朵和米立心，还有他的医护团队。一路上，江一郎都处在昏睡之中，胳膊上一直吊着生理盐水。车一上轮渡，江一郎就醒了。他坚持要坐起来，米立心和花五朵将他扶起。拉开车窗的帘子，他的眼睛就直勾勾地盯着窗外，窗外是滚滚的江水，江一郎久久望着，似乎看不够一样。花五朵劝他，"江老师，先躺下来休息，这样趴着多累。"江一郎不听，他说，"三十年了，三十年没回来了，我天天做梦都想着米岛。落叶归根，我知足了。"说完话剧烈地咳嗽了起来。米立心赶紧拉上窗帘，扶着江一郎躺下。但江一郎很激动，似乎兴致很高。躺在床上说，"时间过得真快，我还记得立心出生的那一年，一晃，立心都有孩子了。"米立心说，"小时候，我妈总对我说起您，说我的名字还是您取的，为天地立心，为生民立命，为往圣继绝学，为万世开太平。只是，我辜负了这么一个好名字。"江一郎脸上泛起了笑，说，"立心你不要这样说。你现在当了记者，记者是什么，是无冕之王，是社会的良心。特别是你这样的调查记者，还有你供职的报社，我为你骄傲。"花五朵说，"您偏心，夸起立心来就滔滔不绝，就不夸夸我。"花五朵撒起了娇。江一朗的脸上，就泛起了开心的笑，他伸出手去，握住了花五朵的手。花五朵就摩挲着江一郎长满了老人斑的双手。江一郎说，"长得真好看，和你妈年轻时一个样子。"花五朵说，"我只是长得好看么?"江一郎说，"我也为你骄傲，医者仁心。你是一名了不起的医生。我为我当年，亲手将你们接到这个世界上感到荣幸。"花五朵就露出了娇嗔的笑，说，"这还差不多。"说话间，轮渡就过了江。汽车驶下轮渡，明显开始爬坡。江一郎说，"上堤了吧? 在堤上停一停，我要看一看米岛。"米立心就交代了司机，救护车在堤岸的高处停了下来。米立心和花五朵一左一右搀扶着江一郎下了车。一阵江风吹来，江一郎打了个寒战。花五朵说，"外面风大，还是回车上去吧。"江一郎说，"不怕，不怕，让我看看，再看看米岛。"他站在堤上，慢慢看了一圈，却再未发一言。他的兴致突然没那么高了，说，"我们上车吧。"回到车上，他就躺了下来。司机问去哪里，他说，"米岛变了，变得和广东的小镇，没什么区别了。不知道，还能不能找到，我当年开诊所的地方。"米立心说他去前面问问。米立心就坐到了副驾驶的位置。车下了堤，他就开始打听，一路打听，一路凭记忆回想，那条街已经没有了，变成了一片住宅小区。当年开诊所的地方，也找不到一间老建筑了。江一郎还是下了车，站在那里，发了好久的呆。米立心说咱们现在去哪里？江一郎沉默了许久，说，"去岛东村。我记得，村口有一棵千年菩提树，你们叫觉悟树的，不知道，那树还在不在。"米立心说，"应该还在的。"于是车就往岛东村驶去。江一郎在车窗里，远远就看见了我这老觉悟树。我听见他兴奋地说，"看见了，看见了。"下车后，江一郎在米立心和花五朵的搀扶下向村里走来。路上未遇见一个村民，也未听见一声狗叫。江一郎说，"好安静。"走到我的树冠下，江一郎不停地抬头看我，摩挲着我的身子，将他的脸，紧紧贴在我的身上，久久，久久。我看到他的眼里满是泪水。慢慢平复了心情，江一郎才松开我，绕着我转了一圈。他们的到来，终是有人发现了，很多人围了过来，他们一开始并未认出江一郎。是米立心先和他们打招呼，说自己是米爱红的儿子米立心，又说这个是花五朵，老人是江一郎医生。江一郎回来的消息很快传遍了全村，有人就端了椅子招呼江一郎坐。江一郎一个个地打招呼，一个个报出名字来。有些人，江一郎还记得，有些，他已经不记得了。大家都像见了亲人一样高兴。麻将馆的老板也端来了茶水。江一郎接过，喝一口，说，"好喝。"老板就咧开嘴笑，说，"您喝得惯啊。"江一郎就打听起一些人的情况，问白奇谋呢，老人们说，死啦，食道癌。又问起马脚。大家也说了。江一郎将自己想得起来的人名都报了一遍，结果差不多都死了。江一郎长叹一声，说，"都走了，我也要走了。"老人们就安慰他，说，"您能活到一百岁哩。"江一郎就笑。正聊着，一个老人远远地跑来，嘴里叫着，"江一郎回来了？江一郎在哪里？"

花五朵快步上去扶那老人，叫了一声爸。花子范说，"五朵也回来了。"却并未和女儿多说，急急朝着江一郎走来。江一郎见了花子范，却并未认出来。说，"您是？"花子范手伸了一半，却又缩了回去，说，"你不记得我了？"江一郎摇了摇头，说，"不记得了。"花子范说，"你再看看我，好好想想？"江一郎又认真地看了，还是摇头，说，"对不起，我老糊涂了，真是想不起来了。"花子范就说，"一个害过你的人。你真的记不得了？"江一郎说，"害过我的人？我从来不记害我的人，只记对我好的人。"花子范说，"我是花子范啊。当年米岛革委会主任，花五朵的爹，是你给我接生了一对双胞胎女儿。我还将你拉到台上斗，说你是反动学术权威，你忘记啦？"江一郎说，"哦，记起来了。你怎么老成这个样子了？"花子范说，"四十年过去了，怎么能不老呢？我对不起你啊，您还恨我不？"江一郎说，"恨什么呀，人哪能总是活在仇恨里呢。"花子范说，"我就是一直活在仇恨里啊，想当年，你对我有恩，我不但不感激你，还小心眼找碴儿批斗你。我还恨过武义兰，觉得她也欠我的。坐了十几年牢，老了老了，才慢慢活明白，才放下了心头的恨，却放不下心头的悔呀！我对不起你啊江医生。"花子范说着，就要给江一郎下跪。江一郎慌得去扶花子范，头一晕，就倒在了地上。吓得米立心和花五朵，还有陪同的医生护士，赶忙将江一郎抬上了车。这突然的变故，让花子范十分懊悔，说这都是他的错。花五朵就安慰父亲，说，"您不要再自责了。江医生没事的。"随行的医生给江一郎插上了氧气，医生建议马上送他去省城的大医院。花五朵却坚持就地治疗。她知道，就是送到楚州医院，江一郎也没得救了，他已是油尽灯枯。与其让他死在去楚州的路上，还不如让他平静地躺在他眷念的米岛。

天黑的时候，江一郎依然处于昏睡之中，嘴里却在含混不清地念着"爱红，爱红"。花五朵就问米立心，"你妈妈，能联系上么？"米立心摇了摇头，说，"她和赵叔叔，这会儿还在俄罗斯呢。"花五朵说，"江老师的心里，其实一直放不下爱红阿姨。"米立心说，"可他却成全了我妈和赵叔。他知道我妈这辈子最大的梦想，就是去莫斯科看看，才给我妈和赵叔报了去俄罗斯的旅行团。"花五朵说，"江老师曾经对我说过，他说他老了，说不定什么时候就走了。还说你妈苦了一辈子，他爱你妈妈，就应该成全她。"江一郎嘴里依然在叫着米爱红。而这时，那些昼伏夜出的鬼魂们，都围在了江一郎身边。里面自然也有爱红娘，她对江一郎说，"江医生，你回来了。"江一郎说，"回来了，我回来了。"爱红娘说，"你老了，老得不成样子了。"江一

郎说，"你不是死了么，怎么会在这里？"爱红娘说，"我是死了，你
见到的，是我的鬼魂。"江一郎说，"那，我是死了么？"爱红娘说，
"你还没有死，不过你就快要死了，快要死的人，才能看见鬼魂。"爱
红娘说，"你在叫爱红么，爱红怎么没跟你一起回来？"江一郎说，
"爱红，爱红现在去了很远的地方，去了歌中唱到的地方。"米立心和
花五朵眼看着江一郎一会儿叫爱红，一会儿又胡言乱语，他们知道，
江一郎已经到了弥留之际。江一郎却突然睁开了眼。看到了坐在他身
边流泪的米立心和花五朵。米立心见江一郎突然睁开眼，就握住了他
的手。米立心说，"江伯伯，您还有什么话要交代么？"江一郎说，
"立心，伯伯身后的事，都写在遗嘱里了，公司的律师，会处理的。"
又说，"立心，不要恨伯伯。"米立心说，"我怎么会恨你呢，您是我
的偶像，是我这辈子最尊敬的人。"江一郎说，"我……对不起……你
妈妈。你妈妈……受了……一辈子的苦……你……要成全她。"米立
心拼命点头。江一郎说，"我没有……给你……留遗产，你……别怪
我。人……要自己……奋斗。"米立心说，"您的为人，就是留给我
最宝贵的遗产。"江一郎脸上露出了欣慰的笑，说，"五朵。"花五
朵说，"我在听呢。"江一郎说，"你……是个……好医生。我……走
后……把担子……交到……你的肩上了。律师……会告诉你。"花五
朵说，"江老师……"江一郎说，"你……不小了……找一个……爱你
的人……结婚……给……心灵……找一个……家。"花五朵说，"我知
道，我听您的。"江一郎又说，"米岛……你们要……救米岛。我累
了，真累啊，真累。"江一郎说完，长出了一口气。米立心和花五朵
就痛哭了起来，陪同的医护人员也跟着默默流泪。江一郎的灵魂升到
了车顶，看着哭泣的两个孩子，看着安详躺在那里的他的肉身。江一
郎知道，从此，他和他爱的那些人，就人鬼殊途了。

江一郎回到米岛，一众鬼魂们都好奇他这么多年来的经历，但他
却并不愿多说。只说当年他离开米岛，去到深圳，在医院当了主任，
后来自己又开了诊所，建立了自己的医药公司。爱红娘问江一郎是怎
么和立心联系上的，又是怎么碰上花五朵的。江一郎面对爱红娘和一
干鬼魂们的问题，陷入了沉思。作为鬼魂，他的思绪回到了遥远的过

去，那一年，他已届花甲，因为和米爱红婚姻无望，在失落与痛苦中逃离了米岛，他当时没有别的想法，只是想离开米岛，去一个很远的地方。当他去到深圳，那个朝气蓬勃的城市，给了他第二次青春。所有在深圳打拼的人，心中无不充满激情。三天一层楼的深圳速度创造着一个又一个奇迹。他先是在朋友的医院里工作，后来，因为与朋友对医道的理解不同而分道扬镳，朋友把办医院当成一门生意，追求利润最大化，病人进来，想的是怎样让病人花更多的钱，这让他难接受。他和朋友发生了不止一次的争吵，朋友认为他的思想落后跟不上时代，而他坚持医者的本分，从不给病人多开药，能不住院的他坚持不让病人住院，能吃药解决的问题他也坚决不让病人打针。和朋友争吵过几次之后，他辞去了工作。后来的很长一段时间，他在不同的医疗机构里工作，他说那时的深圳，是一个多么年轻的城市，在深圳根本看不到老人。他这么大年纪还到深圳打工简直是奇闻。一度，他曾经想过打道回米岛，可一想到回米岛又要面对米爱红的问题，他又坚定了不回米岛的决心。总之是吃过了许多的苦，但江一郎将那些苦难经历都轻描淡写一一略过，他说最初到深圳的开拓者，哪个没有吃过苦呢？要不说早期闯深圳的人是拓荒牛。好在他手上还有一些钱，不至于像许多初到深圳的年轻人一样流落街头，也没有像后来的米立心那样，陷入无休无止的收容之中。吃过一些苦吧……江一郎说，后来，他有了一间自己的诊所。他的专长是妇科，但是他说，来他这里看病的都是打工妹。而最主要的业务是为那些从乡村来到城市，因各种原因怀孕的打工妹做人流。江一郎说他那段时间很矛盾，也很痛苦，他像许多年轻人一样，在深圳打拼。数年之后，他接手了一家濒临倒闭的药厂，在他的苦心经营下，药厂很快发展起来。并且以飞快的速度发展，后来年纪大了，他觉得自己应该喘一口气了，他想过回米岛来看看，但是又想，离开多年，米爱红怕是早就已经嫁人，回来会给她增添不必要的烦恼。江一郎说遇到花五朵，是他到南方打拼许多年以后了，那时他的医药公司已经走上了良性轨道，他可以放手让公司的年轻团队去管理了。他就在医院挂牌坐诊。他喜欢给病人看病，为病人排除疾苦。和花五朵认识，缘于一次偶然，他在报纸上，看到了关于无国界医生的报导，让他萌生了利用公司优势做一些慈善的想法。于是，他见到了花五朵。江一郎说，他清楚地记得那个日子，他在办公室里等候约请的客人。后来花五朵就出现在他的面前，这个穿着T恤衫，牛仔裤，留着短发，肤色健康的女孩子，一下子让他有了一种似曾相识的感觉。和花五朵握过手，他递过名片，花五朵看后微微张了一下嘴，似乎有点吃惊，但很快镇定下来。她说，"我没有名片，不好意思。我叫五朵，朋友们都叫我朵朵。"江一郎说，当时，他并未想到许多年前他接生过的那对双胞胎。于是请她介绍无国界医生的具体事物，她讲起她到非洲，到战乱和贫穷的国家行医的经历。"那一天的谈话很愉快，我一直在听。她在讲。后来，我给她介绍了我的机构，我说我想做一些力所能及的慈善事业，问她有什么建议，她就说到我们国家西部的高原，那里的人们长期受紫外线照射，许多人得了白内障，但却由于贫穷得不到医治。她说如果有一个流动的手术车，到那里为他们解除病痛并检查身体，送去药品该有多好。我们还谈到关于生命，关于财富，关于一个医生的操守与道德。我问她，为什么读到医学博士，却不进三甲医院当大夫，或进医疗机构搞研究。她也谈了她的看法，她说在大医院固然可以为病人服务，但是在中国，多她这样一个医生不多，少她一个不少，中国缺少的是志愿者，尤其缺少医疗专业领域的志愿者。我问她，没有收入，平时生活怎么办，她就笑，说当啃老族，说她的母亲和姐姐经营公司，她就揩她们的油。我问她，如果我每年拿出一笔钱来，组建一支志愿医疗团队，请她来负责，她愿不愿意。一次见面，我就决定，这个年轻人，就是我要找的人。自从我有了一些财富，我的前妻和儿子不止一次来找过我，儿子愿意认我这父亲，孙子也很想认我这祖父。我也给了他们不少经济上的援助，但是我发现，当他们知道我现在有了一些财富，而且他们将是我法定的继承人之后就变得贪得无厌。后来，我断然决定，不再给他们一毛钱。而且明确告诉他们，我死后财产也不会让他们继承。于是他们不止一次来和我闹，甚至，我的孙子们还找到一些混混到我的公司闹事。这让我很寒心，也越发坚定了不把财产留给他们的决心。医者仁心，让心术不正的人接管医药公司，只会带来灾难。花五朵的出现，让我看到了希望。认识米立心，是在见到花五朵之后。那时的花五朵，已经很有一些名气，她和她的爱心医疗团队，经常接受媒体采访，这样她和米立心就联系上了。有一天，花五朵给我打电话，说要带一个人来见我。还让我猜是谁。那一瞬间，我就感觉到了，这个人，一定来自米岛。只是我没有想到，她带来的是米立心。米立心站在我的面前，我一眼就认出了他。那时的米立心已经是一名记者，他供职的媒体在南方颇有些名气。第一次和米立心见面，我们没聊太多。后来花五朵才告诉我米立心所经历的一切，那如噩梦般无休止地被收容，还有他后来如何从工厂底层打工者成长为一名记者。他所受过的苦难，是这代人所经受的，他没有被打倒，也没有因为苦难而变成祥林嫂，更没有被仇恨所淹没。他是一个踏实又心怀大爱的人。因了我和他母亲之间的事，一开始，我们的交流并不十分顺畅，他在我面前有一些拘谨。也很少在我面前谈及他的母亲，我也很少问及。接触久了，他对我的了解渐深，我对他也越来越了解。一开始，我还在心里想，他和花五朵，是多么般配的一对，我甚至认为花五朵是爱他的。后来我对花五朵说，五朵，你都这么大了，也不谈个男朋友，我看立心很不错，虽说你是博士，他是初中生。花五朵就哈哈大笑，说我是乱点鸳鸯谱。她说米立心有女朋友了，就是咱们米岛人。直到有一天，米立心将他的妻子带来见我。作为长辈，我想送给他一份礼物。那时米立心和新婚妻子租房住，我想买套房子送给他，但米立心谢绝了。他说他不能收我这么重的礼。这让我越发喜欢这个孩子，我一直觉得，许多年前，我为他取名立心，他虽没有做到为天地立心，但他在为生民立命，这让我很骄傲。我对他说，有什么难处可以来找我，但他从来没有对我开过口。直到有一天，他告诉我，他妻子要生了，他想让妻子到我的医院里生孩子。他说一是相信我们医院，二来，他是想让他的孩子一出生，就像当年的他一样，被寄予立心立命立言的志向。他还对我说，我曾经赐给他嘉名，希望我也能为他的孩子取个名字。后来我给他的孩子取名米岛，我说立心，你们这一代人从米岛走出来了，也许，你们的子孙后代，再不会回到米岛生活，回到米岛也像是做客一样，但我希望你们不要忘记米岛，不要忘了自己的根。米立心得了个儿子，孩子很健康。米岛出生后，米爱红来到南方。那时米立心的妻子还住在医院，米爱红来照顾媳妇坐月子，我是到住院部看米岛的时候见到了米爱红。许多年不见，我没有想到，会在自己的医院里看见米爱红，当我走进病房，看到米爱红的背影时，一眼就认出是她。我站在门口，心跳得很厉害。米爱红并不知道这医院是我开的，更没有想到我会出现。当她的儿媳对她说江医生来了时，她转过身，那一瞬间，我看见她愣了一下，但很快就反应过来。她很从容，也很淡然。轻声说，是你呀，你怎么在这里？我说是我，这医院是我开的。她说，你还是老样子，没有变。我说，怎么能没变，头发全都白了。你倒还是老样子。她笑，说，你看我们，当着孩子的面，都在说些啥呀。我知道，米爱红心里没有忘记我，但我都这把年纪，也什么都不想了。我不知道，在我走后，曾经出现过赵建国，赵建国那时也在广东打工，在米立心的帮助下，他进了一家私立学校当了老师。米立心曾经和我谈起过，他说他尊重母亲的选择，无论赵叔叔还是我，他希望母亲能找到心灵的归宿。米爱红谁也没有选。她有时也找我说说话，但从不谈及从前的事。有时赵建国到米立心家，她也只是像招待朋友一样。米立心说他母亲的心死了。只有我知道，米爱红的心没有死，只是她无法做出选择，所以她谁也不选。后来，我从米立心那里，知道了米爱红的那个心愿，她这辈子爱过的男人，吴青山也好，我也好，赵建国也好，没有一个是农民，都是所谓的文化人。她说当年，她迷上了吴青山的口琴声，迷上《莫斯科郊外的晚上》这首歌，才会疯狂而不顾一切地爱上他。她说她这辈子，最大的遗憾就是不能亲眼看看莫斯科郊外的美景。安排她和赵建国去俄罗斯旅游，是我和米立心背地里商量好的。我老了，不能给她幸福，但她和赵建国还可以相扶走完人生。也许现在，她正和赵建国徜徉在莫斯科郊外，陶醉在美景之中。也许，赵建国正在给她吹口琴，吹那一曲《莫斯科郊外的晚上》。我无憾了。我知道我的时间不多，就写好遗嘱，将公司交给了花五朵。我知道，五朵会善用这些财富。一切都办妥，我知道，我该离开了。花五朵曾对我讲起过，米岛可能面临着生态灾难，她为此忧心忡忡。但是我老了，我完成了我们这一代人的使命,拯救米岛,是他们下一代的责任。我只有一个愿望,回到米岛,我死后,希望他们能将我安葬在米岛,这个我一辈子也无法忘记的地方。"

江一郎的鬼魂一口气讲了半天。最后,他说,"我没想到,人死之后还会有灵魂。我是学医的,我以为人死如灯灭,有灵魂,说明死亡也不是最终的解脱。我们还要在这里受着痛苦的煎熬。"米南村说,"小子,你还没有资格说这些,我死了几百年了,看着一代又一代的后辈在这米岛上你争我斗,恩仇未了,你至少要像他们一样,在这里看上三五十年,才会理解什么是人生,什么是命运。"江一郎从此也留在了我的枝柯上。米南村笑着说,"又是一个看不开放不下的人啊。"江一郎的鬼魂,亲眼目睹了米立心和花五朵像儿女一样操办着他的后事,将他的肉身火化,将他的骨灰葬在米岛村口的一块墓地。坟前立了一块石碑。碑上写道:

医者父母心
江一郎医生之墓
儿　米立心　女　花五朵　立

办完江一郎的后事,花五朵本是想着和米立心留下来,对米岛的生态灾难进行调研并找到解决方案后再离去,但作为江一郎指定的继承人,她接到了公司律师打来的电话,让她尽快赶回南方处理公司事务。律师在电话里说江一郎的亲生儿子和他的孙子们,在得知了江一郎将遗产全部委托给花五朵处置之后,将花五朵告上了法庭。米立心留在了米岛,开始对米岛的生态问题进行调研。这一切,让江一郎的鬼魂感到欣慰又揪心。他未曾想到,他下葬不到半月,他的儿子和孙子就带着一伙人来到米岛,找到他的坟墓,将那墓碑推倒并砸烂。他们认为米立心和花五朵的行为十分无耻而且用心险恶。闻讯赶来的米立心,看到被推翻砸碎的墓碑,愤怒地指责江一郎的儿孙。但江一郎的儿子却用最恶毒的语言攻击米立心,并辱骂了他的母亲米爱红,这让米立心失去了应有的理智,他不能容忍别人诋毁他母亲和江一郎之间真挚的感情。更不能容忍的是，江一郎的儿孙们将江一郎的骨灰挖出，要将骨灰运离米岛，说是要埋在江家的祖坟山里。他们认为，米立心和花五朵为江一郎立碑，仅仅是为了夺取江一郎留下的遗产。米立心想上去夺回江一郎的骨灰，却被江家人围攻，他们将米立心暴打一顿，然后扬长而去。江一郎的孙子们走时留下一句话，说这事没完，你们伪造我爷爷的遗嘱，想骗走我们家财产，门都没有。

　　这天晚上，米南村的鬼魂发出了"嘎嘎嘎"的怪叫，他说，"江一郎，十天前我对你说什么来着？你现在看到了吧，什么叫尸骨未寒！"江一郎长叹一声。白振国安慰他道，"人性如此，你争我夺，许多人到老死都没弄明白。"江一郎说，"让立心受委屈了。"米立心被打伤，他的调研也不得已中断。米立心没有想到的是，这次调研的中断，失去了最后一次拯救米岛的机会。后来，当米岛遭受灭顶之灾，米立心才意识到后果的严重性。他很后悔当初对米岛的生态灾难缺少足够重视，因为其他的事，而错过拯救米岛的机会。但这所谓的机会，也只存在于人们的假想和米立心与花五朵的自责之中，而严酷的现实也许谁都无能为力。孩子，东方的天空越来越亮，而我身体里，最后的一丝能量即将耗尽，米岛故事，也已接近尾声——

　　今年冬天来得格外早，米岛依旧上演着一幕幕闹剧，热闹着它的热闹，寂寞着它的寂寞。有人在梦想着发财，有人梦想着升迁。初冬，米岛镇经过招商引资，成功建成的米岛化工产业园开始冒出第一缕烟。看着升腾到半空的青烟，嗅着那随风飘散的刺鼻气味，米岛镇政府的官员们脸上露出了欣慰的笑容。特别是米岛的一镇之长，看到自己的梦想终于成真，一个全新的，以化工为支柱产业的米岛在他的脑海里绘出了一张宏伟蓝图。米岛化工产业园开工暨首届楚州十大杰出企业家颁奖仪式，在初冬的米岛拉开了帷幕。十大杰出企业家的评选两个月前就开始了，先是各镇各区推选，然后层层筛选出三十名候选人，这三十名企业家的名单、照片和事迹，在《楚州日报》上刊登。楚州政务网也贴出了他们的杰出事迹，并且开通了网络投票。在市民投票、网络投票和专家评选三结合的基础上，最终选出楚州首届十大杰出企业家。马挖苦是米岛唯一的获奖者。这是莫大的荣耀，在这十个人中，大多数有着高学历硬背景，只有马挖苦，是十足的草根，地道的农民，依靠努力，从烧窑工做起。最为重要的是他第一个在米岛建化工厂，正是在他成功经验的启发下，米岛镇才开始大力发展化工产业，从一个默默无闻的小镇一跃成为化工产业名镇。因此可以说，十大杰出企业家中，马挖苦是最引人关注的。何况这次颁奖仪式又是在米岛举行。仪式开始前两个小时，村民们早早聚集在化工产业园门前的广场上看热闹。现场的喇叭里响起女主持人高亢而激动的声音，站在长长的红毯两边，脸上搽了红红胭脂的小学生们也吹起了号，打起了鼓，演奏着激动人心的进行曲。身着西装，胸戴红花的官员和老板们依次走上红地毯。当马挖苦踏上红毯的那一刻，现场立刻响起热烈的掌声和叫好声。那些认得马挖苦的，和他说过话的，甚至在小时候抱过他的人，就脸放红光，显得异常激动，不断地与身边人讲述着与马挖苦有关的一些往事。

马挖苦一步入会场，眼睛就开始泛起一片蘑菇状的红云。他以为是被眼前的红色地毯和红色花朵炫花了眼。马挖苦觉得那红毯好长，怎么也走不到尽头。红毯两边皆是废墟，而废墟上，隐约出现了几个人。他认出是白鸿声、米立心，还有花一朵和花五朵。他们在向他招手。于是他加快了脚步，但是无论怎么赶，都无法走近他们。那一瞬间，他又看到了许多年前，他和白鸿声、米立心、花家姐妹一起，在我这棵觉悟树下磕头立誓：一辈子相扶相持，相亲相爱的那一幕。马挖苦感觉到脚下发软，差一点就摔倒了。他感觉到有一双手将他拉住，并听见镇长飘忽的声音，"你怎么啦！没事吧？"他说没事。眼前的废墟突然又消逝了，只有一片红，像火。他闻到了死神的气息。又听见镇长在说，"你怎么啦马总？脸色很不好。"在镇长的牵扶下，马挖苦在一片红色的海洋中深一脚浅一脚地往前走。他感觉镇长将他牵到了一个地方并请他坐下，他听见到处都是嘈杂的声音，眼前一片红色，别的什么也看不清。他坐下来深吸了一口气，让自己心情平静。接下来，他听见镇长在讲话，镇长说，将米岛打造成化工重镇，村民们一开始并不理解，网络上也有一些负面的声音，但是他相信，米岛人终有一天会理解政府的良苦用心。他还说，生产选矿剂是在为国家

的基础建设做贡献，镇长还回忆起他童年时挨饿的情形，说到了米岛
的局限性，还说米岛生产的化工产品将会在国家建设中发挥重要作
用。说我们的生活和工业发展离不开这些产品，总要有地方生产，总
要有地方被污染。我不入地狱，谁入地狱！马挖苦感觉镇长的每句话
都说到了他的心坎里，他就激动，想流泪，为了米岛，他付出了这么
多，但却遭来那么多的非议与误解。接下来，还听到了化工产业园的
老板代表讲话，说感谢米岛镇政府和米岛人民接纳他们，给了他们一
个好的生产环境。接下来是楚州市领导讲话，还听见"砰砰砰"放礼
炮的声音，接下来女主持人宣布，"下面开始本次大会的第二个环
节，十大杰出企业家颁奖仪式。"主持人报了获奖者的名单，声情并
茂地朗诵着评委会的授奖辞，现场响起热烈的掌声和鼓号声。马挖苦
听到坐在身边的镇长激动的声音，"下一个就是你了，马总。"马挖苦
的眼前依旧是一片红光。他听见主持人在读授奖辞：

> 他是一个地道的农民。他只读过初中，却极具商业眼
> 光。他从一个烧窑工起步，却成功转入化工行业，开办了米
> 岛第一家化工厂，为米岛打造化工重镇立下汗马功劳，为米
> 岛的农村城市化蹚出了一条可行性道路。他出身寒微心怀
> 大爱，扶危济困善用金钱。他就是米岛本土企业家——马挖
> 苦。有请马挖苦先生。有请楚州市人民政府副市长米立军先
> 生为马挖苦颁奖。

马挖苦站起身时，眼前依旧是一片血色。他分不清方向，就朝着
主持人声音的方向走过去，他走得极慢，力图不伸出双手摸索，不让
人看出他的异样。他绊了一跤，扑倒在地。他听见了哄堂大笑声。他
知道，那笑里只有欢乐，没有恶意。他爬起来，听见主持人说，"马
挖苦先生太兴奋了"。他从副市长的手中接过了奖牌。他的手就和米
副市长的手握在了一起，他听见副市长米立军在说，"不容易啊，马
挖苦，你是咱们米岛的骄傲"。他还听见主持人说，"接下来，请马挖
苦先生发表获奖感言"。谁也没有想到，一脸空洞的马挖苦，面对着

黑压压的观众，足足三分钟没有说话。那一瞬间，马挖苦看到了他的童年，那些吃不饱饭的岁月，看到了他的父亲母亲，还有那只叫李桂枝的鸭子。后来又看到米岛那些患病而死的孩子和患癌死去的乡亲，他还看到白鸿声。白鸿声在一片火光中又哭又笑。他想起白鸿声一次次上访又一次次被截回，然后走进精神病院。他还想起上次去看白鸿声的情形。他本来想劝劝白鸿声，不要再上访了，回去好好过自己的日子，有什么困难他都会帮忙。隔着一道铁栅栏，他叫了一声，"鸿声。"白鸿声抬起头，用空洞的眼神望着他，说，"你叫我？你是哪个？"他说，"你不认得我了？"白鸿声愣了一下，突然拍手笑了起来，说，"你是闹闹。我的闹闹，你跑到哪里去了，来，爸爸抱抱。"说着从铁栅栏里伸出手来要抓他。马挖苦后退了一步。白鸿声就从怀里摸出来一张纸，将那张纸交给马挖苦，说，"你是不是上级派来调查坏人的？这是我收集到的情报。"马挖苦刚要接过"情报"，白鸿声却又将手缩了回去，说，"你还没和我对暗号呢。"马挖苦说，"什么暗号？"白鸿声说，"你要对上暗号，才是我的同志，我才能将情报交给你。"马挖苦说，"好，我们对暗号。"白鸿声说，"那我先说。"白鸿声说，"锄禾日当午，汗滴禾下土。"马挖苦说，"谁知盘中餐，粒粒皆辛苦。"白鸿声却说，"你对错了，应该是欲穷千里目，更上一层楼。"于是马挖苦说，欲穷千里目，更上一层楼。白鸿声一把将马挖苦的手握住，大哭了起来，说，"同志，我可把你给找到了。我收集了重要的情报，但是我找不到组织。现在我把情报交给你。"马挖苦知道，白鸿声真的疯了。他接过白鸿声递过来的情报，握着白鸿声的手说，"你辛苦了，你收集的情报很有价值。"白鸿声的脸上就绽开了笑，说，"我每天都潜伏在敌人的总部侦察情报。"说着又拿出一张纸，说，"这是我画的敌军总部地形图，你看看，这是化工厂的大门，大门里有哨兵，这是后门，我们可以从后门摸进去，这是火药库，这是发报室，这是会议室。我有个计划，趁着后门没有哨兵，摸到火药库，在这里放一把火，就可以将敌人一举歼灭。"马挖苦走后，给相关部门打了电话，说白鸿声是真的疯了，希望能给他好好治疗，治好了病还他自由。

　　站在台上的马挖苦，看到了灾难的影子笼罩在整个米岛上空。他明白了灾难的来源，他想阻止这一切发生，他刚迈开步，就吐出了一口鲜血，扑倒在地。现场一片混乱，有人将他翻过来掐人中，有人在摸他的脉搏。这时，一声巨响从岛东村方向传来，地动山摇之后，天空就下起了纷纷细雨，细雨落到哪里，哪里就被烧成黑炭。现场哭喊声不断，他们还不知道，在岛东村，马挖苦的化工厂在一瞬间变成了火海。从精神病院出来的白鸿声摸进了化工厂的后门，点燃了仓库。工人们开始还想救火，可一看火势来得凶猛，都拼了命地往外跑。白鸿声在那熊熊燃起的火焰中手舞足蹈。十分钟后，一声惊天巨响，接下来是连环的爆炸声，化工厂巨大的锅炉被冲击波抛到半空，那些强酸性的化工产品瞬间变成了一场雨，落在米岛的每个角落。一连串的爆炸之后，被火光映红的天空像烧红的铁，最后渐渐冷却，变成了青灰色。厚厚的乌云积集在米岛上空，酸雨开始没完没了地下，整整下了三十天。村民在爆炸发生后的两天内全部撤离，米岛成了空无一人的死亡之地。酸雨将米岛所有的植物和没来得及逃跑的动物全数杀死。到处是一片枯黄与焦糊。而就在米岛发生爆炸的那一刻，花一朵生下了一名健康的男婴。满脸幸福的花一朵，亲吻了孩子柔软的面颊，给孩子的父亲马挖苦拨了一个电话，电话里却一直是"嘟嘟嘟"的声音。

　　孩子，在那连绵的酸雨里，我感觉到了刺骨的痛，雨水落在我的叶子上，本来就已经枯黄的树叶在一瞬间全部掉光。雨水侵蚀着我的枝柯，我听见我的身体在雨水的侵蚀下发出吱吱的声音，那是我的皮肉被烧焦的声音。我的身体被烧成了千疮百孔，雨水顺着我的根须往土壤里渗透，我感觉到呼吸困难，我听见了动物们发出的最后哀鸣，我亲眼看见我的同类，那些植物们在呻吟中归于沉寂。米岛没有了白天，只有黑夜。我知道，我的时间真的不多了。连那些曾经寄居在我身上的鬼魂，也经受不住这巨大的痛苦，纷纷喝了孟婆汤，投胎去了。酸雨之后，米岛再无人的踪迹。我感到无限悲凉，如今，我只有一个愿望，在我死去之前，将我看到的这米岛的故事告诉后来者。我的生命即将到头，就在我快要绝望时，突然听见了一声鸟叫。一只七彩山鸡落在我焦黑的枝头。山鸡在发出一声鸣叫后，我看见从它的嘴里掉落一粒种子。那是一粒觉悟树种子，是我的同类。雪落下来了。纷纷扬扬，越下越大，我听见我那老朽的枝杈断裂的声音，我知道，我就要死了。我也知道，我倒下后，会腐朽，会被泥土覆盖，最终会化成肥，让那酸雨侵蚀的土地重新变得肥沃起来。而你，我的孩子，你将生根，发芽，并汲取我的养分，和我一样，长成一株参天大树。到时，你将看到一个全新的世界，一个与众不同的米岛，这是我最后的愿望。

2010/1—2012/12/初稿
2012/12—2013/2/定稿
2013/2—2013/3/14/三稿

后 记

我曾说，我是一个飘荡在城乡之间的离魂。

我拥有了城里人的身份，在城市安了家，有一份还算体面的工作，不富有，也不至于贫困，还有一些所谓的名声。据说，在我那遥远的家乡，湖北石首，我当了传奇，被人们讲述。用现在的话说，一个屌丝的逆袭。但我的内心深处，却一直有种不安定感。我的心，一直无法真正融入所处的都市，虽然我是如此热爱它。可我又回不去故乡。不是回不去，是故乡在我心里已经远去。我为此有强烈的焦虑，在这焦虑感驱使下，我试图建立一个心灵的故乡。早在2005年左右，我就写了一系列《烟村故事》，我写乡村人的那种田园牧歌式的生活。我的愿望，是像沈从文那样，书写一种"自然而优美"的生活。这样的书写，一度曾让我的内心获得平静。有读者读了《烟村故事》，想去我笔下的烟村远足，我惶恐了。我知道，烟村并不存在，只是我一厢情愿的梦想。一次回乡，坐在大哥家的堂屋，听父亲讲村里的人事，许多我童年时的玩伴已死去，死于癌症。化工厂正在改变着乡村的生态。村民意识到了这种改变将带来的灾难，但他们无力阻止，也无心去阻止。他们不会发出呐喊，哪怕是轻微的反抗。只是说，"死了算了，人总是要死的。"逆来顺受，这是他们的生存方式——沉默，安于命运的安排。这愈加让我心痛。回来后，我写下了中篇小说《寻根团》，那是我第一次用文学回望并审视我的故乡，打量那片土地上人的生存困境与精神苦难。我的故乡书写，不再是《烟村故事》中的唯美与抒情。写完《寻根团》，我知道，这只是我回望故乡的开始，后面的路还很长。我知道，我得写我的故乡，写故乡那真实的存在。写完《寻根团》，我就写下了两个字——荒原。这是艾略特的名篇，但我决定了用这个标题。"荒原"二字，是我对故乡现状的真实感受。这是一次艰难的写作，仅小说的开篇就写下了数种。一度，曾认为找到了方向，写了十五万字，如果不是突然邂逅那株大树，一切都会按照原定的方向行走，那将是另一部书，一部名叫《荒原》的小说。但是，在一天清晨，我的脑海里突然出现了一株大树。我听见了大树在对我说话，说我熟悉的一切。没有一丝犹豫，我决定放弃前面写下的十五万字。我不想再去说什么，而是听那株大树说，然后记录在册。

在故乡，曾经是有许多大树的。屋后的山上，就有许多高大的栗树。小时，常去树下捡了栗树果做成玩具。现在，栗树在我故乡已绝迹。屋前曾有一株硕大的苦楝，树上住一窝喜鹊，冬天，总有成群的八哥来抢喜鹊的窝，于是喜鹊一家奋起反抗，保卫自己的家园。那株苦楝什么时候没的，我记不真切了。屋前还有一株黄槲，三个人才能围过来，树大，挡住了我家的阳光，屋里一天到晚阴沉沉的。分田到户后，晒稻子成了问题，于是那株树被锯倒。另一株古树，在村里最为著名，它就是《米岛》讲述者的原型。其实不是树，是一根荆条，也许是年岁太过久远，居然长成了树，两个人才能围过来。故乡地处北纬35度，四季常青的树不多，这荆条，却是四季常青，叶片格外的绿，绿成墨黑色，立在老虎山背，阴森森的，很恐怖。孩子们都怕这树。外地人路过，总会加紧脚步。不知从哪朝哪代开始，村里人就将那树奉若神明，逢年过节，总有人在树下焚香膜拜。求妻。求子。求财。求平安。求保佑自己所爱的人。诅咒自己所恨的人……我出生时，尚在"文革"中，破四旧，人们不信鬼神之说，村里据说是组织了劳力要将那树挖倒，几人去挖树，一个却莫明一锄，挖到了另一个人的背上，伤了脊骨，落了个终身瘫痪。都说是树神显灵，自此，村里人再不敢去动那树。

上世纪八十年代中，我初中毕业，辍学在家，正值叛逆期，和村里的一伙年轻人成天东游西荡，打架斗殴，看什么皆不顺眼，破坏欲极强。个个心比天高，不甘于重复父辈的日子，却又无力去改变什么。无力改变，于是就打架，偷鸡摸狗，搞破坏。幸运的是，我生略晚，一九八三年严打时还小，眼见了村里许多年轻人，因为这不安分而被严打。有两个正值青春期的男孩，因将一女子拖到林子里扒了裤子，而被判了死刑。公审那天，镇里人如过节一样，去看热闹，追着行刑的大卡车去看枪决人犯。那是我少年时期记忆极深的一幕。出生略晚的我们自然是珍爱生命的，不敢去挑战法律，忽一日，大家看这神树不顺眼了，想着除之而后快，方显我辈之英雄本色。其时，人们不用偷偷摸摸膜拜那大树，明目张胆，大张旗鼓，在那树上系上红布条，许下心愿，在树下焚了香火，祭奠了三生。这一切，被我们认为愚昧而可笑，并认作是乡村落后之根本。于是，砍倒神树，就有了救民于水火的意义。一段时间，我们兴奋地寻找胆大的同党，相约要将那株古树砍倒。谋划一冬，却不知为何迟迟未能施行。过完年，我拜了王子君先生学画，离开了家。回来后，心中有了别样的世界，和过去的玩伴们渐渐疏远了。那株古树终于被砍倒，我没有参与。村里的老人们先是怒骂，后是恐慌。但时间久了，也就淡忘了。那被挖倒的大树一直倒在那里，过了一年，人们不再怕它，树枝被砍去当了柴烧，树干也被人锯回家打成家具。这是故乡最后一株大树的结局。人们忘却了这株大树，忘却了这株大树是如何被挖倒的。后来出生的孩子，他们的生命中再没有了大树的影子。本以为事情就这样结束了，二十多年后，故乡的老人们却还在议论着那株大树，说当年参与挖树的人，某某离婚了，某某被电打死了，某某如今四十有七尚打着光棍，而那将大树砍回家去当柴烧的人得了癌症，将树干锯回家的那家人几年时间全家死绝……

二十多年后，我突然想起了这株大树，并以它的视角，开始了这部小说的讲述。《米岛》写下了许多的人。若问我谁是这部书的主角，我的答案只有两个字——米岛。米岛是我故乡的缩影，其所经历的，是中国成千上万的乡村正在经历的，从这个意义上来说，我其实想写的是中国这几十年来的缩影。巴尔扎克说，小说被认为是一个民族的秘史。我的《米岛》，自然也是我们民族的秘史。感谢故乡的这株大树，它的视角，让我获得了叙事上的自由，第一人称视角和全知全能视角在这里得到了统一。但我更感谢故乡那些人，他们的故事随着时间的流水缓缓流过我的记忆，成就了这部书。从我的祖辈，父辈，到我，和我的下一代们，我们在这里生息的故事，我们的困境与局限，我们的喜悦与悲伤，我们的理想与现实，我们灵魂中的罪恶与善良，卑微与高尚，都在这片土地上纠结，从生到死，从死到生。我写了米岛从生到死，向死而生的过程，也写了米岛人的生前死后和前世今生。我写下了许多人的命运，写下了人类命运的不可预知。当我们认为，他的命运会朝某个方向发展时，往往一个微小的事件，甚或是没有什么缘由，他的命运却会突然拐弯，去向另一个未知。我迷恋这样的拐弯，我们的人生，正因为时时处在这未知中，才如此的迷人。我小时常听大人们说，某某是读书的种子，将来肯定能上大学，结果，这孩子却早早退学，务农一生，而一个被认为最无出息的孩子，后来却成为了大企业家、大艺术家。这样的事，发生在每个人的身上。我们今天所长成的样子，都是我们未曾预想过的。我还写下了许多人，他们在米岛的某个时段出现，似乎有许多的故事，似乎将成为故事的主角，但他们消逝了，不知所终。我们每个人的身边，大约都有这样的人。来无迹象，去无踪影。这样写，似乎不符合惯常有的写作规律，我们习惯对人物的出场与结局都做出明确交代。但生活却往往如此，没有规律，也没有交代。他们是过客。我们每个人都是过客，我要书写的，就是这些过客。

　　"I leave no trace of wings in the air, but I am glad I have had my flight." 天空没有留下翅膀的痕迹 但我已经飞过。这是泰戈尔《飞鸟集》中智慧的金句。"人生到处知何似，应似飞鸿踏雪泥。泥上偶然留指爪，鸿飞那复计东西。"这是宋代诗人苏轼的感慨。两位伟大的灵魂，对人生的看法何其相似。我的《米岛》，写下了许多人孤独而漫长的一生，他们活着时就成为了死人，他们被家人遗忘，他们没有人理解，也不追求被人理解。他们飞过这世界，没有留下痕迹。而我所做的，不过是为他们留下那偶然的指爪。我不知道这指爪能否为他们的生存作证，谨以这部书作为证据呈堂。

2013年5月4日于广州闻德斋

图书在版编目（CIP）数据

米岛/王十月著. – 北京:作家出版社，2013.8
（中国文学创作出版精品工程）
ISBN 978 – 7 – 5063 – 6936 – 7

Ⅰ.①米… Ⅱ.①王 … Ⅲ.①长篇小说 – 中国 – 当代
Ⅳ.①I247.5

中国版本图书馆 CIP 数据核字（2013）第 121828 号

米 岛

作　　者：王十月
责任编辑：史佳丽
装帧设计：曹全弘
出版发行：作家出版社
社　　址：北京农展馆南里 10 号　　邮编：100125
电话传真：86 – 10 – 65930756（出版发行部）
　　　　　86 – 10 – 65004079（总编室）
　　　　　86 – 10 – 65015116（邮购部）
E – mail：zuojia@ zuojia. net. cn
http：//www. haozuojia. com（作家在线）
印　　刷：三河市北燕印装有限公司
成品尺寸：152 × 230
字　　数：430 千
印　　张：27
版　　次：2013 年 8 月第 1 版
印　　次：2013 年 8 月第 1 次印刷
ISBN　978 – 7 – 5063 – 6936 – 7
定　　价：38.00 元